本书属于华中师范大学中文系"双一流"学科建设资助项目

19—20世纪之交德国文学思想史

张玉能 / 著

人民出版社

责任编辑：洪　琼
版式设计：顾杰珍

图书在版编目（CIP）数据

19—20世纪之交德国文学思想史/张玉能 著．—北京：人民出版社，2021.7
ISBN 978 - 7 - 01 - 022741 - 2

Ⅰ.① 1…　Ⅱ.①张…　Ⅲ.①文学思想史 - 研究 - 德国 -19—20世纪　Ⅳ.① I516.095

中国版本图书馆CIP数据核字（2020）第241238号

19—20世纪之交德国文学思想史

19–20 SHIJI ZHI JIAO DEGUO WENXUE SIXIANGSHI

张玉能　著

人民出版社 出版发行
（100706　北京市东城区隆福寺街99号）

北京汇林印务有限公司印刷　新华书店经销

2021年7月第1版　2021年7月北京第1次印刷
开本：787毫米 ×1092毫米 1/16　印张：31.25
字数：580千字

ISBN 978 - 7 - 01 - 022741 - 2　定价：129.00元

邮购地址 100706　北京市东城区隆福寺街99号
人民东方图书销售中心　电话（010）65250042　65289539

目　录

导　论

19 世纪末到 20 世纪初：德国文学思想走向现代

19 世纪末到 20 世纪初是德国现代历史上的一个重要阶段。在这段时间里，德国迅速成为一个工业化的强大帝国，推动了社会思想的急剧变化。在思想领域，新康德主义占据了主导地位，成为德国学院哲学的主流；现象学运动也风起云涌，并逐步取代新康德主义成为 20 世纪德语世界乃至整个西方的主要思想流派。在文学领域，出现了唯美主义运动与现实主义运动两大潮流，产生了像里尔克、曼氏兄弟（托马斯·曼和亨利希·曼）等在文学创作和文学思想上均取得重大成果的大家。在文学思想上集中于一点，这就是：作为"迟到的民族"的文学思想，德国文学思想走向现代，具有了审美现代性。

一、德国文学思想的现代转型

直到 19 世纪 70 年代，德意志民族虽然有着越来越强烈的民族意识，但是统一的德意志民族国家始终没有形成。真正的、统一的德意志民族国家是在德意志各邦的工业化基础上，经过 1848 年革命的洗礼，在俾斯麦的"铁血政策"的实施之中，逐步得以实现的。当时的普鲁士的亲王、日后的普鲁士国王兼德意志皇帝威廉曾经这样挖苦地说过："谁想统治德国，就必须征服德国，照加格恩的话行事已不行了。""只有上帝才知道统一的时刻是否已经到来！可是普鲁士注定居于各邦之首，在我们整个历史上就是如此。但何时统一、如何统一，这才是主要问题。"[1] 结果，1871 年成立的德意志帝国竟然应验了威廉的话。俾斯麦利用法国的国内外危机，在色当大捷的欢呼声影响下，着手完成在政治上统一德国的事业。1871 年 1 月 8 日在凡尔赛

---

[1]　[德] 迪特夫·拉夫：《德意志史——从古老帝国到第二共和国》，波恩：Inter Nationes 出版社 1987 年版，第 119 页。

宫镜厅举行了德国皇帝的登基仪式，德意志民族统一国家才真正建立起来了。这个事件对于德国的社会和思想产生了深远的影响。它不仅使得德国的经济迅速发展，而且极大地增强了德意志民族的民族自豪感。就像作家盖·霍普特曼 (Gehard Hauputmann, 1862—1946, 一译为格哈德·豪普特曼) 所回忆的："对德国来说，皇帝在凡尔赛加冕的意义不下于开天辟地。我国人民产生了一种自我意识。它造就了一大批以俾斯麦为首的伟大的人物，全世界的人们都以惊奇而恐惧的眼光，然而首先是敬仰的眼光注视着这些伟人。由于有这些伟人，有他们的胜利，即人民的胜利而产生的自豪感感染了每一个人，也感染了我这么一个小男孩。我毫不迟疑地把我之所以能分享这些成就，把我之所以也能有一份功劳归于我的血统。"[①] 这样一来，德国民族在走向现代的历史进程之中，就在文学思想上抹上了浓重的民族意识色彩，从而尽情地发挥了从康德、席勒开始的反思启蒙现代性的审美现代性。

1. 启蒙现代性与审美现代性的反思

德国文学思想的现代转型与整个西方文学思想的转型基本上是一致的，不过，由于德国民族的统一国家的成立比起的英国、法国相对滞后，当英国 1640 年资产阶级革命经过 1688 年光荣革命从而成立了君主立宪制的现代国家的时候，当 1789 年法国大革命以后到 1792 年建立了第一共和国的时候，德意志民族还处于四分五裂的许许多多封建小公国之中。因此，很长一段时期之中，德意志民族主要还是行进于现代国家的建构过程之中，德意志民族也在较长时间沉浸在启蒙现代性的氛围之中。当时，虽然已经有了以康德和席勒的美学思想为代表的审美现代性的萌芽，但是，民族的四分五裂严重地阻碍了德意志民族的现代化进程。到了 1789 年德意志帝国的成立才使得德国的现代化进程加速进行，德国的文学思想也才逐渐反思启蒙现代性，从而逐步具有了审美现代性。

所谓启蒙现代性，就是指西方启蒙主义运动所赋予西方社会的，区别于传统社会的现代性质。实际上，启蒙现代性就是西方资本主义生产方式和社会性质在全球化过程之中所推进的资本主义社会的根本性质。

西方启蒙主义运动肇始于何时，历史学家有不同的看法。一般说来，启蒙主义运动的开始有两个标志性事件：牛顿的划时代巨著《数学原理》于 1688 年出版，1688年的英国光荣革命。"《数学原理》和光荣革命都是标志着科学、理性主义和自由取

---

① ［德］迪特夫·拉夫：《德意志史——从古老帝国到第二共和国》，波恩：Inter Nationes 出版社 1987 年版，第 154 页。

得进展的重要里程碑。"① 直到 1789—1794 年法国大革命启蒙运动告一段落。因此，一般来说，18 世纪也就被称为"启蒙主义运动时代"或者"启蒙主义时代"和"启蒙时代"。这个时代继承了文艺复兴时代（14—16 世纪）的人文主义精神，彻底冲击了17 世纪新古典主义的封建专制主义和基督教宗教的思想统治，建构了三大神话：理性主义神话、科学主义神话、进步主义神话。因而构成了"启蒙现代性"。

　　启蒙主义文化为资产阶级构建了三大神话：以个体的人性和权利为核心的理性神话，以数学和物理学的经典形式为主要依据的科技神话，以人类为中心的进步神话。恩格斯在《反杜林论》中指出："我们在《引论》里已经看到，为革命做了准备的 18 世纪的法国哲学家们，如何求助于理性，把理性当作一切现存事物的唯一裁判者。他们认为，应当建立理性的国家、理性的社会，应当无情地铲除一切同永恒理性相矛盾的东西。我们也已经看到，这个永恒的理性实际上不过是恰好那时正在发展成为资产者的中等市民的理想化的知性而已。因此，当法国革命把这个理性的社会和理性的国家实现了的时候，新制度就表明，不论它较之旧制度如何合理，却不是绝对合乎理性的。理性的国家完全破产了。"② 在《自然辩证法》中他指出："18 世纪上半叶的自然科学在知识上，甚至在材料的整理上大大超过了希腊古代，但是在观念地掌握这些材料上，在一般的自然观上却大大低于希腊古代。在希腊哲学家看来，世界在本质上是某种从混沌中产生出来的东西，是某种发展起来的东西，某种生成着的东西。在我们所探讨的这个时期的自然研究家看来，它却是某种僵化的东西，某种不变的东西，而在他们中的大多数人看来，则是某种一下子就造成的东西。科学还深深地禁锢在神学之中。"③ "在这种情况下，占首要地位的必然是最基本的自然科学，即关于地球上的物体和天体的力学，和它靠近并且为它服务的，是一些数学方法的发现和完善。在这方面已取得了一些伟大的成就。在以牛顿和林耐为标志的这一时期末，我们见到这些科学部门在某种程度上已臻完成。最重要的数学方法基本上被确立了；主要由笛卡儿确立了解析几何，耐普尔确立了对数，莱布尼茨，也许还有牛顿确立了微积分。固体力学也是一样，它的主要规律一举弄清楚了。在太阳系的天文学中，开普勒终于发现了行星运动的规律，而牛顿则从物质的普遍运动规律的角度对这些规律进行了概括。自然科学的其他部门甚至离眼前的这种完成

①　罗伯特·C.拉姆：《西方人文史》下，王宪生、张月译，天津：百花文艺出版社 2005 年版，第173 页。
②　《马克思恩格斯选集》第 3 卷，北京：人民出版社 1995 年版，第 606 页。
③　《马克思恩格斯选集》第 4 卷，北京：人民出版社 1995 年版，第 265 页。

还很远。"① 在《路德维希·费尔巴哈和德国古典哲学的终结》中他还指出:"关于人类(至少在现时)总的说来是沿着进步方向运动的这种信念,是同唯物主义和唯心主义的对立绝对不相干的。法国唯物主义者同自然神论者伏尔泰和卢梭一样几乎狂热地抱有这种信念,并且往往为它付出最大的个人牺牲。"像意大利启蒙主义者维科(1668—1744)在《新科学》中把人类历史的进步归纳为"神的时代→英雄时代→人的时代"在当时产生了广泛的影响。

西方启蒙主义者的三大神话,不仅为现代性的确立规定了质的特征,而且也形成了西方的"元叙事"模式,同时还制约了西方近代哲学的理性主义、经验主义、历史主义的发展态势。这种西方的现代性的质的规定就在于:弘扬理性,张扬个性,高扬主体;这种西方的元叙事模式就是:基础主义(本质主义),普遍主义和确定性的追寻;西方近代哲学形成为大陆理性主义和英国经验主义的两大对立思潮,而最终综合为以康德、黑格尔为代表的,以历史辩证理性为标志的德国古典哲学。它们都追寻终极的形而上的本质、基础,故而又称为形而上学,不过,启蒙主义的形而上学不同于古代的本体论形而上学,而是一种认识论形而上学,因为正是这个历史时期西方哲学经历了"认识论转向"(笛卡儿→康德→黑格尔)。

启蒙主义的文化形式,在以后的历史发展之中逐步暴露出,它的"三大神话"不过是资产阶级理想化了的王国。恩格斯一针见血地指出:"总之,同启蒙学者的华美诺言比起来,由'理性胜利'建立起来的社会制度和政治制度是一幅令人极度失望的讽刺画。"② 因此,引起了对启蒙主义及其三大神话和现代性的反思和批判。这种反思和批判有两个方面:一方面来自对立的无产阶级思想家,这便是马克思主义的创立和发展;另一方面来自资产阶级内部的激进派,这就是现代主义的形成。我们也可以说,这个反思和批判现代性的发展过程就是,启蒙现代性向审美现代性的过渡。

在西方,反思和批判启蒙现代性的源头就在于处身于启蒙主义运动之中的先觉者——法国的卢梭,德国的康德和席勒。所谓"审美现代性"是指,对启蒙现代性的"三大神话"予以反思和批判,力图以审美方式和艺术方式克服人的异化、重建现代社会的社会性质。审美现代性的主要思想资源就是康德的"批判哲学"和席勒的"审美教育"。审美现代性用以批判启蒙现代性的武器就是审美和艺术。从卢梭到康德,再到席勒,对于启蒙现代性进行了深刻的反思和批判,开始从启蒙现代性的内部颠

---

① 《马克思恩格斯选集》第 4 卷,北京:人民出版社 1995 年版,第 263—264 页。
② 《马克思恩格斯选集》第 3 卷,北京:人民出版社 1995 年版,第 607 页。

覆了启蒙现代性的"三大神话"。

卢梭的历史功绩就在于，他最早在启蒙现代性不断报捷的胜利呼声之中发出了批判的强音。他指出了资本主义启蒙现代性给人们带来的不平等、不自由、不公正，要求不可让渡的天赋人权，给法国大革命提供了思想武器，但是，他最终所描绘的"回到自然"（回到大自然，回到人的自然本性，回到人的自然状态）的理想化社会蓝图不仅没有在法国大革命以后在现实之中确立起来，而且充分暴露出了其中的乌托邦性质和保守、幼稚性质。

康德沿着卢梭的反思和批判启蒙现代性的思路，开启了"法国大革命的德国理论"的德国古典哲学和美学的反思和批判。康德的"批判哲学"最终要解决的问题就是"人是什么"，他的结论就是："人是目的，不是手段"。但是，康德解决人的问题的途径不在现实领域，而在思辨领域。他通过对人的认识的边界的划定，把人的认识的边界划定在现象界，从而给信仰留下意志自由的地盘；然后又找到与情感相对的审美判断力和审美目的判断力来沟通现象界（认识）和物自体（意志），使人成为一个内在的"知—情—意"统一的整体和外在对应于"真—美—善"的整体。因此，康德的"批判哲学"在思辨领域反思和批判了启蒙现代性，进一步使得人及其对应的外在世界与宗教世界和神学理论相分离和分化，完成了马克斯·韦伯所谓文化对宗教和神学的"祛魅"，从而实现人的解放和自我实现，实现启蒙运动的真正目的："启蒙运动就是人类脱离自己所加之于自己的不成熟状态。"（《答复这个问题："什么是启蒙运动？"》）[①]康德开启的反思和批判启蒙现代性的事业，虽然并没有明确地把美和审美以及艺术作为主要的反思和批判的武器，但是，他把审美判断力、美和艺术放在了"自然向人的自由生成"的中介地位之上，就彰显了审美判断力、美和艺术对人的自我生成和自我实现的举足轻重的作用。这样，一方面给席勒的审美教育思想和审美人类学思想直接的启迪；另一方面给 19 世纪的新康德主义的价值哲学的创立和 20 世纪初审美自律性、"为艺术而艺术"的现代主义美学、文艺思潮的大行其道奠定了基础。

康德曾经对美和崇高（审美判断）作了四个契机的分析，实际上是肯定了审美判断的具有某种消解特征的非功利性本质、普遍有效性、主观合目的性、主观必然性，但同时也引起了 19 世纪中期西方现代美学的反思，走向了对立的否定性的本质主义、基础主义、普遍主义、深度确定意义追寻，实质上是一种反形而上学的形而上学。

---

① 　江怡主编：《理性与启蒙——后现代经典文选》，北京：东方出版社 2004 年版，第 1 页。

康德坚持了形式逻辑的普遍性、纯粹性和形式性,以量、质、关系和模态作为标准对判断进行了下列四种区分:(1)量的方面:全称判断,特称判断,单称判断;(2)质的方面:肯定判断,否定判断,无限判断;(3)关系方面:直言判断,假言判断,选言判断;(4)模态方面:或然判断,实然判断,确然判断。康德通过这么四个方面的分析,实质上是要解决审美判断及美(崇高)的本质、普遍有效性、必然性、合目的性等问题,并通过这些问题来揭示审美判断及美的矛盾性和特征。正是通过这些,康德总结了启蒙美学所确定的西方美学的现代性,并开启这四个契机,对启蒙美学规定的现代性的反思和重写:在质上表现为,本质论→意义论→意义延异论;在量上表现为,普遍有效论→历史差异论→社会差异论;在模态上表现为主观必然性→主观偶然论→非主体可能论;在关系上表现为,主观合目的论→符号形式论→语言游戏论。因此,康德对启蒙现代性的反思和批判就集中在审美判断力、美和艺术的分析和阐发之上,因而可以视为一种"审美现代性"的奠基和肇始。

紧接着席勒全面和大力发挥了康德的审美现代性。席勒在《审美教育书简》第二信中明确地指出:"为了解决经验中的政治问题,人们必须通过解决美学问题的途径,因为正是通过美,人们才可以走向自由。"① 所以,席勒对于启蒙现代性的批判就直接转化为一种审美现代性对启蒙现代性的反思和批判。不过,席勒的反思和批判比康德的反思和批判要现实得多,已经由康德的思辨的哲学美学的领域转向了现实和艺术的审美活动的领域。尽管席勒所设想的审美王国仍然是一个连他自己都不敢相信的审美乌托邦,但是,席勒对资本主义启蒙现代性的反思和批判却是一针见血的。那就是针对启蒙现代性的"三大神话"而提出了自己的"审美现代性",这个审美现代性就是对康德四个契机(或四个要素)的美的分析和崇高分析的归纳和提炼。针对启蒙现代性的理性神话,席勒强调了美和审美以及艺术的感性与理性统一的"反思性",也就是说,审美现代性是正题(自然、感性)与反题(自由、理性)的合题,是对正题和反题的扬弃、批判、反思,也就是康德所谓的美的不依赖于概念的普遍令人愉快性和必然令人愉快性② ;针对启蒙现代性的科技神话,席勒强调了美和审美以及艺术的"自律性",也就是说,审美现代性是人类知识、价值领域的分离和分化,不仅科学技术、文学艺术、道德伦理要与宗教神学分离和分化,而且世俗现实领域之中的科学技术(真)、道德伦理(善)、文学艺术(美)也要相互分离和分化,尤其是文学

---

① [德]弗里德利希·席勒:《席勒散文选》,张玉能译,天津:百花文艺出版社 1997 年版,第156 页。

② [德]康德:《判断力批判》上卷,宗白华译,北京:商务印书馆 1964 年版,第 57、79 页。

艺术（美）由于要担负着解放人类的伟大历史任务就更加应该保持它们的独立、自主、自足的"自律性"，也就是康德所谓的美的"无目的的合目的性"，即美的"形式的主观合目的性"①；针对启蒙现代性的进步神话，席勒强调了美和审美以及艺术的无功利性，也就是说，审美现代性是颠覆人类实用功利、政治功利和道德功利的形式的令人愉快性，也就是康德所谓的美的"鉴赏是凭借完全无利害观念的快感和不快感对某一对象或其表现方法的一种判断力"，"美是无一切利害关系的对象"。②

　　总而言之，审美现代性与启蒙现代性的"三大神话"相对具有三大特征：对应于进步神话的"无功利性"，对应于科技神话的"自律性"，对应于理性神话的"反思性"。它们表现为审美现代性对启蒙现代性的反思、批判和超越。具体表现在现代主义文学艺术上就是：现代主义文学艺术的形形色色形式主义实验，"为艺术而艺术"、"纯艺术"、"纯诗"，对于启蒙主义运动以来资本主义社会的各种异化现象的批判。但是，审美现代性内在蕴涵着矛盾性，它也必然引起对它的反思和批判，这就是一个否定之否定的辩证发展过程。这样，现代主义就走向后现代主义，审美现代性就走向文化现代性。

　　德国文学思想史就是在这样的反思和批判启蒙现代性、继承康德和席勒的美学思想和文艺思想的语境之中，走向了现代，具有了审美现代性。德意志民族统一国家的建立加强了德国人的民族自豪感，这又加速了德国文学思想的现代化进程，使得德国文学思想的审美现代性在德国古典哲学、美学、文艺学的丰厚土壤之上萌发、开花、结果。

　　2. 德国古典美学的终结与德国文学思想的现代转型

　　德国文学思想的现代转型是与德国古典美学的确立和终结密不可分的。一方面，德国古典美学的早期代表人物康德和席勒为德国文学思想的现代转型开启了审美现代性的思路；另一方面，德国古典美学在黑格尔的绝对唯心主义的庞大体系之中又窒息了审美现代性的某些反思和批判的意味，给德国文学思想的现代转型树立了反思和批判的对象和靶子。因此，一部分人就沿着康德的思路，进一步发挥审美现代性的自律性、非功利性、反思性，形成了新康德主义的美学思想和文学思想，突出了文学艺术的价值性和象征符号性特点；另一部分人则沿着席勒的思路，进一步发掘文学艺术的现象层面，凸显文学艺术的形式决定性，建构了现象学美学的文学思想；

---

① ［德］康德：《判断力批判》上卷，宗白华译，北京：商务印书馆1964年版，第74页。
② ［德］康德：《判断力批判》上卷，宗白华译，北京：商务印书馆1964年版，第47—48页。

还有一些人，主要是作家、诗人，沿着黑格尔的现实主义美学思想的思路，结合对当时现实的批判性表现，形成了自然主义和批判现实主义的文学思潮；此外，马克思主义创始人在批判继承德国古典美学的基础上，以实践唯物主义为哲学基础，以《1844年经济学哲学手稿》为奠基之作，创立了马克思主义美学，开创了德国文学思想乃至世界文学思想的革命性变更。

按照哈贝马斯的意见，"黑格尔不是第一位现代性哲学家，但他是第一位意识到现代性问题的哲学家。他的理论第一次用概念把现代性、时间意识和合理性之间的格局突显出来。黑格尔自己最后又打破了这个格局，因为，膨胀成绝对精神的合理性把现代性获得自我意识的前提给中立化了。这样，黑格尔就无法解决现代性的自我确证问题。结果，在他之后，只有以更加温和的方式把握理性概念的人，才能处理现代性的自我确证问题。"① 的确，黑格尔是最明确地提出了现代性问题的第一位哲学家，但是，由于他以绝对精神（理念）作为世界的本体，而且构成了一个绝对精神自我矛盾运动的完整圆圈，还把美学（美和艺术）作为绝对精神的自我确证的低级阶段（感性显现）的产物，而把宗教（信仰）和哲学（理性认识）至于美学（美和艺术）的发展之上，所以，他就必然要扬弃审美现代性，走向柏拉图式的形而上学。正因如此，黑格尔的美学虽然具有巨大的历史感，但是，他仍然是以古希腊的古典型艺术为理想，强调和谐与统一，而一旦这种和谐与统一的古典型艺术发展成为浪漫型艺术，艺术本身也就解体了、终结了，必须以更高的表象显现出来的宗教来取而代之，而宗教解体和终结之后才是以最高的概念显现出来的哲学回归到绝对精神本身。这样看来，美和艺术的美学就离开绝对精神的自我确证和自我回归非常遥远，尽管黑格尔也认为美和艺术具有解放人的性质，可是，那种人的解放是在古典型艺术范围之内，其合理性和合法性都是极其有限的，远远没有康德和席勒赋予美学（美和艺术）的那么巨大的力量，也就是说，黑格尔把审美现代性的意义和价值仅仅限定在绝对精神的感性显现的范围之内，主要规定在古典型艺术的"前现代"的阶段之上。因此，黑格尔的哲学体系所构成的圆圈最后是终结在绝对精神的哲学阶段，回归到了柏拉图的"哲学王"的理想国之中。因此，他的理想国家是君主专制的普鲁士王国，他的理想的诗歌竟然是腓特烈大帝时代的普鲁士诗歌，普鲁士的哲学通过他的庞大体系达到了世界哲学的高峰。那么，我们似乎可以说，黑格尔的现代

---

① ［德］于尔根·哈贝马斯：《现代性的哲学话语》，曹卫东等译，南京：译林出版社 2004 年版，第 51 页。

性概念仍然是属于"启蒙现代性"的范畴，相对于康德和席勒的"审美现代性"的萌芽倒是一种倒退，是以"绝对精神"的自我确证重构了理性主义、科学主义、进步主义的"三大神话"。

就是在这样的历史语境和现代性话语的语境之中，德国文学思想的现代性诉求和现代化进程就必然地以黑格尔的现代性话语为批判对象，或者转向康德和席勒，或者从一个方面批判黑格尔（叔本华、尼采），或者从另一个方面批判黑格尔（马克思主义创始人）。

哈贝马斯说："康德把实践理性能力和理论知识的判断能力区别开来，并为它们奠定了各自的基础。由于批判理性确立了客观知识、道德认识和审美评价，所以，它不但保证了其自身的主观能力，即它不但使理性建筑术透明化，而且还充当了整个文化领域的最高法官。正如艾米尔·拉斯克所说的，哲学完全从形式角度把文化价值领域分为科学和技术、法律和道德、艺术和艺术批评，所有这些领域彼此对立，此外，哲学还在此范围内把它们合法化。"① 这就是说，康德的哲学和美学，虽然并没有明确地提出现代性概念和现代性话语，但是，它预示了19—20世纪之交的新康德主义的审美现代性思路。这是德国文学思想走向现代的一个重要方面，即文学思想的价值性。

哈贝马斯说："席勒用康德哲学的概念来分析自身内部已经发生分裂的现代性，并设计了一套审美乌托邦，赋予艺术一种全面的社会—革命作用。由此看来，较之在图宾根结为挚友的谢林、黑格尔和荷尔德林在法兰克福对未来的憧憬，席勒的这部作品已经领先了一步。艺术应当能够代替宗教，发挥出一体化的力量，因为艺术被看作是一种深入到人的主体间性关系当中的'中介形式'（Form der Mitteilung）。席勒把艺术理解成了一种交往理性，将在未来的'审美王国'里付诸实现。"② 席勒突出了美和艺术的"一体化"的力量，在他看来，美和艺术的这种力量具有社会—革命的作用，而这种一体化力量的社会—革命作用来自于美和艺术的"形式"的力量。席勒在《审美教育书简》第22封信之中指出："在一部真正的艺术作品中，内容不应该起任何作用，而形式应该起全部作用；因为只有通过形式才会对人的整体发生作用，内容不论多么高尚和广泛，它对精神随时都起限制作用，而只有从形式中才有希望

---

① ［德］于尔根·哈贝马斯：《现代性的哲学话语》，曹卫东等译，南京：译林出版社2004年版，第23页。

② ［德］于尔根·哈贝马斯：《现代性的哲学话语》，曹卫东等译，南京：译林出版社2004年版，第52页。

得到真正的审美自由。"① 这无疑是对康德的形式美学思想的发挥,把形式加以一体化、社会化、革命化,从而使形式具有了使人得到自由解放的力量。正是这种形式的一体化力量给了后来的美学家、文学家们极大的启发,使得他们的文学思想具有了这种形式的审美现代性。这就是新康德主义的形式符号思想(卡西尔)、现象学美学的形式的本质还原思想(胡塞尔)、象征主义的形式象征思想的思想来源,甚至也是法兰克福学派的形式的"新感性"(马尔库塞)思想的根源。

马克思对黑格尔的批判就是建立了实践唯物主义哲学,把黑格尔的绝对唯心主义的绝对精神的自我矛盾运动的天国移植到人类劳动实践的现实。哈贝马斯说:"在实践哲学看来,构成现代性原则的不是自我意识,而是劳动。""青年马克思把劳动比作艺术家的创造性生产。在艺术作品中,艺术家把自身的本质力量释放出来,并在凝神观赏中再次占有自己的作品。赫尔德和洪堡勾勒出了这样一种自我全面实现的个体理想;席勒和浪漫派、谢林和黑格尔等接着用一种生产美学对这一表现主义的教化观念进行了论证。但是,由于马克思把美学生产转移到'类的劳动生活'当中,所以,他可以把社会劳动看作是生产者的集体自我实现。"② 因此,马克思是在实践观点的基础上,批判了黑格尔的现代性,而接续了康德、席勒的审美现代性的思路。这样,在德国文学思想史上翻开了新篇章,也在世界文学思想史上开始了革命性变革。

德国文学思想在 19—20 世纪之交还有一个重要的思路是由尼采开启的。尼采同样是从批判黑格尔的现代性而开启自己的审美现代性思路的。哈贝马斯说:"尼采依靠超越理性视界的彻底的理性批判,建立起了权力理论的现代性概念。这种理性批判具有某种诱逼性,因为它至少含蓄地乞助于来自审美现代性的基本经验尺度,为此,尼采让趣味——'是否合乎口味'——作为真和假、善和恶之外的认识工具而粉墨登场;但尼采无法使审美判断所保留的尺度合法化。因为他把审美经验远古化,并且没有把因现代艺术而尖锐起来的价值评估的批判潜能看作至少在论证程序上与客观认识和道德认识息息相通的理性环节。审美作为进入酒神精神的途径,更多地被设定为理性的他者。"③ 因此,尼采是紧跟着叔本华的脚步对黑格尔的理性主义进行了坚决的批判,在酒神精神的非理性道路上走进了审美现代性,给德国文学

---

① [德] 弗里德利希·席勒:《席勒散文选》,张玉能译,天津:百花文艺出版社 1997 年版,第 241 页。
② [德] 于尔根·哈贝马斯:《现代性的哲学话语》,曹卫东等译,南京:译林出版社 2004 年版,第 73—74 页。
③ [德] 于尔根·哈贝马斯:《现代性的哲学话语》,曹卫东等译,南京:译林出版社 2004 年版,第 112 页。

思想注入了新的血液，并且一直涌动在弗洛伊德、荣格等人的审美现代性血管里，甚至激荡在后现代主义者的身体之内。

当然，沿着黑格尔的思路走向现代的思想家，也是不乏其人的。那就是新黑格尔主义思潮的兴起。费舍尔父子（弗里德里希·费舍尔，1807—1887，Friedrich Vischer；罗伯特·费舍尔，Robert Vischer）的美学思想，不仅是流行于 20 世纪德国的移情说的滥觞，而且对象征主义文学思潮也有推波助澜的作用。新黑格尔主义者罗森克兰茨（Johan Karl Friedrich Rosenkranz, 1805—1879）的《丑的美学》（*Aesthetik des Häßlichen.Königsberg* 1853），在西方美学史和德国美学史上第一次最系统地论述了丑及其各种形态，适应了文学思想的现代化进程，在浪漫派（德国耶那派施莱格尔兄弟）的基础上应和着法国雨果的《〈克伦威尔〉序》（1827）的呐喊，为德国文学思想的审美现代性开出了新局面。

3. "迟到的民族"与德国文学思想

诚如《西方社会史》的作者所说："1848 年革命结束了一个时代。城市工业组织开始加强对这块大陆的控制，就像它早已对英国进行的控制那样。在国际上，梅特涅时代的强制性和平与外交稳定被一个战争和快速变动的时代所替代。在思想上和文化上，崇高的浪漫主义让位于实际的现实主义。在经济方面，欧洲从 19 世纪 40 年代的艰难时期之后，从 50 年代到 60 年代的大部分时间都是繁荣阶段。也许最重要的一点是：不论好坏，欧洲社会已经逐步找到了一条全新而有效的组织原则，能够应付双重革命与新兴城市文明的挑战，该原则就是民族主义——献身和认同于民族国家。"[①] 在这个欧洲民族主义思潮的凯歌声中，德意志民族的声音是当时时代的最强音。德意志民族，作为一个"迟到的民族"（赫尔姆特·普莱斯纳《迟到的民族》，Helmuth Plessner. *Die Verspätete Nation*. Frankfurt am Main, 1998.）[②]，德国现代思想的发生，德国现代社会结构和政治结构的形成，都远远滞后于英国、法国、意大利等其他欧洲大国，但是，也许由于"蓄积已久，其发也速"，德国的现代性的建构过程也以加速度推进。虽然 1848 年的革命运动遭到失败，德国人为民族建立一个统一国家的企图未能实现，但是，随着欧洲工业革命和德国工业化进程所带来的经济繁荣，"使人们超出一切邦国的界限，奋力从事经济活动，结成新的共同体。在广大地区，工业

---

① ［美］约翰·巴克勒、贝内特·希尔、约翰·麦凯：《西方社会史》第三卷，霍文利、赵燕灵、朱歌姝、黄鹤、倪咏娟、钱金飞等译，朱孝远审校，桂林：广西师范大学出版社 2005 年版，第110 页。

② 曹卫东：《思想的他者》，北京：北京大学出版社 2006 年版，第 6 页。

化和技术发展作为日常生活的基础开始最终消灭旧的秩序,所以可以说是革命的方式揭开了'进入现代'的序幕。"①1818 年普鲁士取消国内关卡征税;1834 年德意志关税同盟成立;1835 年德国第一条客运铁路线(纽伦堡至菲尔特)建成;1836 年在埃斯林根和奥格斯堡开办纺纱厂和织布厂(南德工业化开端);1837 年德国第一条货运铁路线(莱比锡至德累斯顿)建成,在凯泽斯韦特创办女护士学校,莫尔斯发明第一台可用的记录电报机;1840 年李比希创立农业化学;1842 年李斯特发表他的著作《政治经济学的国民体系》,博尔西希和马法伊开始生产机车;1842 年不来梅至纽约轮船开航;1845 年医生兼物理学家迈尔发表他发现的能量守恒定律,柏林至汉堡的铁路建成;1847 年西门子公司和哈尔斯克公司成立,汉堡—美洲线通航,马克思、恩格斯写《共产党宣言》;1853 年第一家工商大银行达姆施塔特银行成立;1863 年拉萨尔建立全德工人联合会;1867 年在巴黎举办第一届世界博览会,西门子发现电动原理,奥托完成使用气体燃料的内燃机的研制工作,这一系列事件都预示着"迟到的民族"——德国的现代化进程的加速进行。"十九世纪中叶,德国的工业有了迅速全面发展。1848 年的危机没有得到解决,面对这样迅猛发展的工业形势,当时的政治现实已经不能适应由于经济变革而引起的社会变化。工业化以前的保守势力,始终不愿意让资产阶级在政治上发挥和他们的经济地位相适应的作用。然而就连这些保守势力对这一点也不能视而不见:德国人希望为他们已经发展了的经济实力获得相应的国家组织形式的愿望已更加强烈。"②19 世纪 50—70 年代,德意志民族的统一国家正在紧锣密鼓地构建之中,从俾斯麦到一般民众都沉浸在强烈的民族意识之中。除了一系列的政治事件(比如,1859 年 9 月 15—16 日德意志民族协会建立,1861 年普鲁士国王威廉一世加冕,1862 年普鲁士陆军纷争——任命俾斯麦为普鲁士首相,1866 年普奥战争,1868 德意志关税议会开幕,1870—1871 年德法战争,1871 年德意志帝国成立)以外,"1859 年 11 月 10 日举办的席勒诞生一百周年纪念会令人难忘地显示出不屈不挠的民族意志。"③ 这似乎最鲜明地显示了德国文学思想与"迟到的民族"的强烈的民族意志息息相关。弗兰茨·梅林对此曾经说过:"席勒在死后成为全国景仰的诗人。资产阶级之所以尊崇他,与其说是为了席勒确曾描述或歌颂过的事物,还

① [德]迪特夫·拉夫:《德意志史——从古老帝国到第二共和国》,波恩:Inter Nationes 出版社 1987 年版,第 94 页。

② [德] 迪特夫·拉夫:《德意志史——从古老帝国到第二共和国》,波恩:Inter Nationes 出版社 1987 年版,第 119 页。

③ [德] 迪特夫·拉夫:《德意志史——从古老帝国到第二共和国》,波恩:Inter Nationes 出版社 1987 年版,第 132 页。

不如说是为了资产阶级对他的作品所强加的那种解释。席勒成了受资产阶级恩宠、符合他们思想倾向的自由派的、民族的理想诗人。"① 实际上，在席勒身上德国人寄托了自己的民族意识，而席勒作为一个诗人、剧作家、美学家、哲学家、思想家恰恰是以自己的文学作品和美学著作表达了德意志民族的民族意识。早在 1784 年，席勒就在《好的常设剧院究竟能够起什么作用？——论作为一种道德机构的剧院》一文中指出过："谁能够无可辩驳地证明剧院起着教育人和教育民族的作用，谁就是把剧院的地位确定在首要的国家机构之列。"② 席勒这里所说的"教育"（Bildung）就是"形成"、"构成"、"成为"的意思，那么，"教育民族"的意思就是"形成、构成、成为一个民族"了，所以，席勒在后面就又说："总而言之，如果到有一个民族剧院的那一天，那么我们也就会成为一个民族。是什么使希腊各邦那么紧密地联系在一起呢？是什么吸引这个民族那么执着地追求自己的剧院呢？绝不是其他什么。而是戏剧中的祖国的内容，希腊的精神，国家的至高无上利益，在这种利益中显示的较好的人性。"③因此，在 19—20 世纪之交的德意志民族那里席勒的文学创作、美学思想、文学思想作为德意志民族的民族意识的象征和标志就是可以理解的，甚至是不言而喻的。"迟到的民族"的民族意识那种迫切心情和强烈愿望就在纪念席勒诞生一百周年的狂欢之中爆发出来，不过它披上了一件簇新的审美现代性的彩衣。

二、德国文学思想的现代性

德国文学思想的审美现代性在 19—20 世纪之交所表现出来的主要特征就是：强烈的民族意识性，鲜明的象征符号性，突出的非理性化。

1. 德国文学思想的民族意识性

《西方社会史》指出："从 19 世纪中期开始，西方社会成为民族主义的、城市化的和工业化的。民族国家和意志坚强的民族领袖们逐渐谋取到广泛的支持，并给予人们——男性和女性——一种归属感。即使是社会主义，其定位也越来越民族化，在国内政治中作为工人阶级利益的捍卫者来积聚力量。但民族主义在统一各民族的时候，它也会把它们分开。尽管最明显的例子是奥匈帝国和爱尔兰，但真实的情况是，

---

① ［德］弗兰茨·梅林：《中世纪末期以来的德国史》，北京：生活·读书·新知三联书店 1980 年版，第 110 页。

② ［德］弗里德利希·席勒：《秀美与尊严——席勒艺术和美学文集》，张玉能译，北京：文化艺术出版社 1996 年版，第 9 页。

③ ［德］弗里德利希·席勒：《秀美与尊严——席勒艺术和美学文集》，张玉能译，北京：文化艺术出版社 1996 年版，第 19 页。

所有的西方文明都是如此。至于那缓和了各国紧张局面的普遍的民族信仰，促进了国与国之间的一种痛苦的、几乎是达尔文主义的竞争，因此不祥地威胁着它所帮助建立起来的进步和统一。"① 作为"迟到的民族"的德意志民族，在 19—20 世纪之交的西方世界之中就特别明显地表现出了自己的民族意识性，甚至由于经济和社会的发展促使了这种民族意识性的极度膨胀。也许正因为如此，德意志民族及其国家便成为了西方两次世界大战的策源地。德意志民族的民族意识性在文学思想方面也表现得比较强烈。

首先，从 19—20 世纪之交的文学作品所表现的文学思想来看，德国文学思想的民族意识性是十分明显的。

19 世纪末德国产生了一个民族意识特别强烈的文学流派——乡土文学（Heimatkunst）。这个文学流派是德国文学思想的民族意识性在 19—20 世纪之交最为明显的表现。这一流派，"以创作具有民族风格及乡土情调的作品为其目标，反对当时社会面临的城市化、工业化及技术化倾向，反对颓废主义、印象主义文学，反对自然主义文学形成以来出现的文学理智化倾向，提倡植根于民间的'土生土长的文学'，认为文学应该反映民族性、地区情调及种族的原始力量。"② 反对都市化，反对知识化，反对欧洲化和国际化，这是乡土文学的几个原则。1900 年，作家 F. 利恩哈德（1865—1929）和 A. 巴尔德尔（1862—1945）与另外一些志同道合者创办了一份杂志，取名为《乡土》。他们认为，自然主义是产生于大城市和都会文明的"沥青文学"，因此这种文学只适用于城市阶层的人，与广大乡村没有关系；象征主义是不道德的美学，是使人民大众变得衰弱的"堕落文学"。他们要求以健康的外省来对抗大都会，提出了"摆脱柏林"（Los von Berlin），要求用健壮的农民来取代病态的知识分子，要求用德意志传统文学来对抗欧洲的资产阶级进步文学。A. 巴特尔斯 1904 年在《乡土艺术》一文中指出："乡土艺术应该在一种强有力的乡土感情上建立起民族感情，用这种方式给德意志人民创造出一种文学，使它的存在的根苗实而强壮，使它的生存美好、丰庶，变得强大，使它的民族抵抗力和扩张力增强。"③ 乡土文学的作家们在自己的文学作品之中，反映了德国社会中的保守农民阶层的意识形态，鼓吹

---

① [美] 约翰·巴克勒、贝内特·希尔、约翰·麦凯：《西方社会史》第三卷，霍文利、赵燕灵、朱歌姝、黄鹤、倪咏娟、钱金飞等译，朱孝远审校，桂林：广西师范大学出版社 2005 年版，第 151 页。

② 张威廉主编：《德语文学词典》，上海：上海辞书出版社 1991 年版，第 773 页。

③ 高中甫、宁瑛：《20 世纪德国文学史》，青岛：青岛出版社 1998 年版，第 10 页。

了民族主义和种族主义，在当时的德国还颇受欢迎。像赫尔曼·伦斯1910年出版的长篇小说《人狼》（*Der Weherwolf*）第一版竟然印数高达80万册。这无疑表达了19—20世纪之交德国人的德意志民族意识，力图以德意志民族意识的审美现代性来抵抗启蒙现代性的企求。其中所蕴含的反动的政治意识形态，尤其是它的种族主义和保守主义倾向，到了第三帝国时代，乡土文学就被希特勒纳粹分子所利用，汇合到第三帝国的"血统与土地文学"之中，成为反犹主义、民族沙文主义、反理性主义的工具。

　　还有一个在文学创作之中表现这种德意志民族意识性的作家就是著名的托马斯·曼。作家的女儿艾丽卡·曼如是说："托马斯·曼喜爱音乐，浪漫主义，形而上学，美学，一句话，喜欢'德意志的东西'，他自始至终地通过研究自身和自己生存的全部问题来表现德意志民族的特点。"① 托马斯·曼的早期创作就有比较明显的德意志民族意识性，就是他的成名之作《布登勃洛克一家》（1901）也不例外。"作家是怀着同情、爱、惋惜和哀伤的心情来描写布登勃洛克家族——他所属的阶级和家族的衰落的，从而为诚信、恪守商业道德这种传统的没落唱了一曲忧伤的挽歌。作家的现实主义创作方法，不仅真实地揭示了这个家族的衰败历程，也展现了德国社会历史发展的必然。"因此，才会有《一个不问政治者的看法》（1918）之中拥护当时的所谓"民族"的战争，并且与他的哥哥海因里希·曼进行论战，表示要保卫所谓的"德意志精神文化"②。《一个不问政治者的看法》实际上是19—20世纪之交德意志民族意识性的一种表现，也就是这个时期德国文学思想的审美现代性的具体体现。这正是德国文学思想的现代性的一个特点。我们无须为尊者讳。不然的话，"迟到的民族"所形成的两次世界大战的思想意识的根源就是无法说明的。

　　其次，从19—20世纪之交的哲学思想所制约的文学思想来看，德国文学思想的民族意识性也是不言而喻的。

　　应该说，19—20世纪之交德国哲学思想所制约的文学思想，从黑格尔开始就已经带有比较明确的民族意识性。德国哲学家卡尔·洛维特指出："从精神自由的原则出发，黑格尔也在考虑一个完成了的终结的情况下构思了世界的历史。在他的历史哲学中，精神自我解放的最重要步骤就是在东方的开始和在西方的终结。世界历史

---

① ［德］艾丽卡·曼著，［德］伊·冯·德吕尔、乌·瑙曼编：《我的父亲托马斯·曼》，北京：东方出版社2001年版，第206页。

② 吴元迈主编：《20世纪外国文学史》第一卷《世纪之交的外国文学》，南京：译林出版社、凤凰出版社2004年版，第109、107页。

是以中国、印度、波斯这些东方大帝国开始的；由于希腊人对波斯人的决定性胜利，它在地中海希腊人和罗马人的国家形成中继续延续，并结束于西北方的基督教—日耳曼帝国。"① 黑格尔的哲学体系是一个以"绝对精神"（理念）的自我矛盾运动而展开的封闭的圆圈。在从自在的"绝对精神"（理念）出发，经过逻辑阶段、自然阶段、主观精神阶段、客观精神阶段，再回到"绝对精神"（理念）。这时的"绝对精神"（理念）就是自为的"绝对精神"（理念）了。在从客观精神阶段回到自为的"绝对精神"（理念）的过程之中，绝对精神（理念）显现为感性形式时就是美和艺术，并由美学来研究；绝对精神（理念）显现为表象形式时就是宗教，并由宗教学（神学）来研究；绝对精神（理念）显现为概念形式就是真，并由哲学来研究；而在美学研究的美的艺术的发展过程中，艺术又经历了象征型艺术、古典型艺术、浪漫型艺术三个阶段，象征型艺术的典型形式是建筑，古典型艺术的典型形式是雕塑和绘画，浪漫型艺术的典型形式就是音乐和文学；当艺术依次发展到文学时就走向终结，要发展成为宗教。而在黑格尔看来，文学作为美的艺术的终结是终结在以普鲁士文学为代表的浪漫型艺术的，就好像整个绝对精神（理念）的自为阶段的哲学是终结在作为普鲁士官方哲学的他自己的庞大的"绝对哲学"之中一样。所以，这其中的德意志民族意识性是不言而喻的。

德国新黑格尔主义者克洛纳（Richard Kroner, 1884— ）在《从康德到黑格尔》之中指出："历史证明，在整个欧洲思想界，德意志民族的特殊使命就在于把一切伟大的运动引入人类灵魂的堂奥，使它们在人心深处安定下来。"② 《德国哲学家圆桌》一书的导论一开始也说："德国哲学背负着传统的包袱，这表现在许多方面。德国唯心主义时代，尤其是康德的先验哲学仍然对后世发生着影响，并形成了后世思想的尺度和背景。"③ 因此，19—20 世纪之交的哲学所具有的德意志民族意识就是在德国古典哲学的唯心主义主潮的制约下形成的。新康德主义、新黑格尔主义、唯意志主义、生命哲学都是如此，而在德意志民族这样一个"迟到的民族"和"哲学的民族"之中，在哲学唯心主义所规范的德国文学思想就在人类的心灵世界之中探寻奥秘。新康德主义走向象征符号的文学世界，新黑格尔主义在主观印象之中来看待文学艺术，

---

① ［德］卡尔·洛维特：《从黑格尔到尼采：19 世纪思维中的革命性决裂》，李秋零译，北京：生活·读书·新知三联书店 2006 年版，第 41 页。

② 洪谦主编：《西方现代资产阶级哲学论著选辑》，北京：商务印书馆 1964 年版，第 131 页。

③ ［德］布劳耶尔、洛伊施、默施：《德国哲学家圆桌》，张荣译，北京：华夏出版社 2003 年版，第 1 页。

唯意志主义则把诗视为"意志"的结果（叔本华认为诗是对生命意志的超脱，尼采认为诗是权力意志的表现），生命哲学就从生命的"体验"和"理解"之中来探求诗（文学）。因此，诗（文学）在 19—20 世纪之交的哲学家们那里，就像在黑格尔那里一样，成为了历史的归宿，生命的真谛，心灵的显现，是对抗启蒙现代性的审美现代性。因此，尼采在他的自传《瞧，这个人！》之中就明白地说："我也许比现在的德国人，纯帝国时代的德国人更像德国人——我，我是最后一个反政治的德国人。"[①] 这似乎是德意志民族意识的审美现代性的最为直白的表达。

再次，从世纪之交的美学思想所规范的文学思想来看，德国文学思想的民族意识性也是非常突出的。

德国是西方美学的故乡。俄国革命民主主义者、美学家车尔尼雪夫斯基曾经认为，唯有德国美学才是真正的美学。自从德国美学家鲍姆加登把美学规定为关于感性认识的科学，又经过了以康德、费希特、歌德、席勒、谢林、黑格尔、费尔巴哈为代表的德国古典美学的发展和完善，美学不仅在西方得到了长足的进展，成为一门独立的人文科学，而且在德国取得了举世瞩目的伟大成就，矗立起德国古典美学这么一座无法超越的美学高峰。就是在德国古典美学的基础上，19—20 世纪之交的德国美学把德国古典美学的民族意识性进一步发挥，对于西方美学的审美现代性增添了德意志民族意识的浓重色彩，与法国、意大利、俄国等欧洲大陆国家一道发展了 18 世纪大陆理性主义美学的特色，并且综合英国经验主义美学的特色，使得西方美学在 20 世纪的发展显示出海纳百川的综合趋势，西方现代主义美学、俄国革命民主主义美学、马克思主义美学的三大美学潮流，在审美现代性的入海口激荡、汇流，在人类本体论（即社会本体论）"转向"的两大走向——"人类学转向"和"语言学转向"之中，最终融汇成为后现代主义的文化现代性的美学海洋。

德国古典美学，作为法国大革命的德国美学理论，作为西方美学古典形态的最高表现，一般说来具有这么几个特征：第一，德国古典美学是 18 世纪启蒙主义美学的大陆理性主义和英国经验主义的综合。第二，德国古典美学是一个以唯心主义为主导倾向的美学流派；它的主要代表人物，除了费尔巴哈是唯物主义者（但是他的历史观仍然是唯心主义的），歌德是自然神论者（泛神论者，半个唯物主义）以外，其他的都是唯心主义者：康德是不可知论的先验唯心主义者，费希特是彻底的主观唯

---

① 王雨、陈基发编译：《快乐的智慧——尼采精品集》，北京：中国社会出版社 1997 年版，第 14 页。[德] 卡尔·洛维特：《从黑格尔到尼采：19 世纪思维中的革命性决裂》，李秋零译，北京：生活·读书·新知三联书店 2006 年版，第 259 页。

心主义者（自我哲学，唯我主义），谢林是客观唯心主义者（同一哲学），席勒是客观唯心主义者（改造了的康德主义），黑格尔是客观唯心主义者（绝对哲学）。第三，德国古典美学从康德经过费希特、席勒、谢林到黑格尔的发展是合乎逻辑的过程；它的发展逻辑就是两个方面：一方面，德国古典美学从主观唯心主义发展到客观唯心主义，另一方面，德国古典美学从外在辩证法发展到内在辩证法。第四，德国古典美学充满着人道主义思想；德国古典美学的所有代表人物都把人类的发展和前途，人的解放和自由寄托在美和艺术、审美教育之上，无论是美和艺术的形式方面（康德、席勒），还是美和艺术的内容方面（谢林、黑格尔）都被视为具有解放人的性质，使人获得自由，让人成为全面发展的人的伟大作用。也许就是德国古典美学的这些特征，在德意志民族形成统一国家的过程中塑造了德意志民族意识性和德意志民族特征。概括起来说，德意志民族特征主要就在于以下方面：中庸性质，讲究折中统一；精神性质，注重从精神方面来考虑世界的问题；辩证性质，强调事物的变化发展和对立统一；人道主义性质，突出人、人性、人道的地位。

19—20 世纪之交德国美学理论及其规范下的德国文学思想就是继承和发展了德国古典美学的这些特征，使得它们所表现的审美现代性具有了德意志民族意识性。这一时期德国美学承继德国古典美学的余绪，呈现出多元发展的态势：除了新康德主义、新黑格尔主义、生命哲学、唯意志主义等主要美学流派之外，费希纳的"自下而上"的实验美学，从费舍尔父子到伏尔盖特、立普斯的"移情说"，朗格、屈尔佩的生理心理学美学，赫尔巴特的形式主义美学，汉斯立克的形式主义音乐美学，哈特曼的"无意识美学"，格罗塞的艺术史美学，沃林格、沃尔夫林的艺术风格学美学，马克思主义美学，等等。这些丰富多彩、多元共存、相辅相成的美学流派，或多或少地规范着德国文学思想，使得德国文学思想也在充分体现德意志民族意识性上异彩纷呈而又特色鲜明。

德国文学思想的精神性质的民族意识性是非常明显的。美国文论史家、文学理论家雷纳·韦勒克对于 19—20 世纪之交的德国文学评价不高，不过，他在卷帙浩繁的《近代文学批评史》第四卷之中还是揭示了这一时期德国文学思想的主要特征。韦勒克指出："十九世纪下半叶的德国文学在西方国家完全是一片未知领域，直至尼采的出现。……这段时期的德国批评必然更是湮没不彰。没有一个人物出类拔萃，成为本国的发言人，如同法国的圣伯夫和泰纳，意大利的德·桑克蒂斯、丹麦的布兰代斯。纵然如此，这段时间不仅专门化的文学艺术研究大为拓展，是歌德学几乎成为一门学科的时期，而且文学研究在形式上蓬勃发展，跟名副其实的批评密切相关：文学史修撰、文学传记、技巧诗学。"他指出："这段时期德国文学史的成就洋洋可观，特别是赫尔曼·赫特纳（1821—1882）的著作。"① 他认为，"对自由统一的德国的政治期望激励着早熟的赫特纳。"尤其是在赫特纳的《十八世纪文学史》之中，进一步发挥了这种德意志民族意识性。"德国古典主义的人性至上论在赫特纳看来是西方文明的奇葩：它已把德国人造就成'世界上最有教养而且最有精神自由的民族'。""有两个种类的艺术得到赫特纳的认可：第一种为现实主义的，揭示心理的艺术，如《铁手骑士葛兹·封·贝利欣根》和《埃格蒙特》中倾注感情的细腻笔调，《浮士德》第一部那种无与伦比的生气，《阴谋与爱情》中特有的德国格调。"② 另一位文学史家就是威廉·谢雷尔（1841—1886），是 19 世纪后期最有影响的德国文学史家。他的《德国文学史》（1883）指出："全书体现了民族主义、普鲁士文化、新教立场的精神面貌（尽管谢雷尔出生于奥地利乡村）。在早期的《德国语言史》（1868）中致米伦霍夫的题词里，谢雷尔以浪漫派的措辞谈到诗歌与科学沿着'坚定的民族宏图'相辅相成以及日耳曼学作为一门科学应旨在确定一套'民族伦理体系'和'民族价值及义务的理论'。《德国文学史》犹如一份民族价值的清单，它们应当成为艺术和道德两个方面的楷模。""这种主张积极行动的民族主义思想渗透了《文学史》，结语便是把《浮士德》第二部的尾声解释为诉诸社会行动。论现代文学的一节开头就是歌颂腓特烈大帝，结束还是称颂征服拿破仑战役的组织者封·施泰因男爵；不过最后的只言片语道出了他的忧虑：国人已经走得太远，到了物质至上的地步，时至今日应该重温往代的精神成果。"③ 谢雷尔的柏林大学教席的继承者埃里希·施密特（1853—1913），"在题为《德国文学的道路和目标》（1880）的就职演讲中提出了浪漫派的文学史定义：'一国精神生活的发展史，并用比较观点看待其他民族的文学'，然而他也本着新的科学态度，谈到'继承'和'适应'，并且就文学源头直至美学及归纳诗学方面每一个可能产生的问题提出一长串的疑问。"④ 还有一个现象，也与上述的文学史研究一样反映德意志民族意识性的精神性特征。韦勒克指出："这段时间德国特有

①　[美] 雷纳·韦勒克：《近代文学批评史，1750—1950》第四卷，杨自伍译，上海：上海译文出版社 1997 年版，第 341、342 页。

②　[美] 雷纳·韦勒克：《近代文学批评史，1750—1950》第四卷，杨自伍译，上海：上海译文出版社 1997 年版，第 344、345 页。

③　[美] 雷纳·韦勒克：《近代文学批评史，1750—1950》第四卷，杨自伍译，上海：上海译文出版社 1997 年版，第 350—351 页。

④　[美] 雷纳·韦勒克：《近代文学批评史，1750—1950》第四卷，杨自伍译，上海：上海译文出版社 1997 年版，第 352 页。

的一项创造看来成了批评的一个载体：从进化角度研究作者个性及其作品这层含义上的文学传记。"鲁道尔夫·海姆（1821—1901）就是这种文学传记的开山师。"他的梦想便是撰写'一部体现实在主义精神的德国思想演化史'，此处的实在主义意为历史性质的、非演绎性的、非黑格尔体系的。"他的主要文学传记有：《威廉·封·洪堡：传略与特性》（1856）、《黑格尔与他的时代》（1857）、《赫尔德：生平与代表著作》（两卷本，1880—1885）。这些文学传记，在韦勒克看来，"海姆（和赫特纳一样）并未变成实证主义者和相对主义者，反而回到'历史学派'、回到歌德、回到康德、回到赫尔德学说，以他们为宗师，并且从德国启蒙运动的角度摈弃了思辨哲学和浪漫主义的反动。"[①] 这些应该说都是比较明显地表现了这段时期的文学思想是在正反两方面批判继承了德国古典美学所塑造的德意志民族意识性的精神性特征，并且在新时代有所发展。

德国文学思想的中庸性民族特性同样是比较鲜明的。这一时期这种德国民族意识性的中庸性特征在狄尔泰、尼采的文学思想之中表现得尤为清楚。

威廉·狄尔泰（Wilhelm Dilthey, 1833—1911）是19—20世纪之交的生命哲学家，认识论的阐释学的主要代表人物，西方人文科学（精神科学，Geisteswissenschaften）的真正确立者。他写了19世纪下半叶德国最重要的诗学论文《诗人的想象力，诗学的基础》（1887），并且以《体验与诗》（1905）的论文集享誉世界。狄尔泰主张，"一切真诗的基础在于体验"。[②] 他说："诗艺是生活的表现和表达。诗艺表达生活经历，表现生活的外部现实。我试图唤起读者记忆中的生活的特征。在生活中，我的自身于我是已存在于其环境中的，是我的生存的感觉，是同我周围的人和物的一种关系和态度：我周围的人和物对我施加压力或者供给我力量和生活之乐，向我提出要求，在我的存在中占有一个空间每一事物和每一个人就这样在我的生活覆盖层中接受一种自己的力和色彩。……在我周围的万物中，我重新体验我本人曾经体验过的事物。我在黄昏中俯视我脚下寂静的城市，一幢幢房子里渐次亮起来的灯光向我表达了一种受保护的和平的生存。在我的自身中，在我的状况中，在我周围的人和物中的这种生活的内涵，构成了它们的生活价值，这有别于现实给予它们的价值。文学创作首先让人看到的是前者而不是别的。文学创作的对象不是为认识着的精神而存

---

① ［美］雷纳·韦勒克：《近代文学批评史，1750—1950》第四卷，杨自伍译，上海：上海译文出版社1997年版，第353—355页。

② ［美］雷纳·韦勒克：《近代文学批评史，1750—1950》第四卷，杨自伍译，上海：上海译文出版社1997年版，第374页。

在的现实，而是出现在生活覆盖层中的我的自身和诸事物的性质和状态。由此可以说明，一首抒情诗或者一篇小说让我们看到的是什么，以及什么不是为它们而存在的。但是，生活价值存在于各种相互关系中，这些关系的原因在于生活本身的关联，各种相互关系给予个人、事物、环境、事件以它们的意义。作家就这样趋向有意义的东西。当回忆、生活经验及其思想内涵把生活、价值和意义的这种关联提高为典型性，当事件由此成为一种普遍性的载体和象征，目标和财富成为理想，这时，在这种文学作品的普遍性的内涵中以生活的意义被表达出来的，不是对现实的一种认识，而是对我们的生存覆盖层的关联的最生动的经验。除了这种经验以外，不再有什么文学作品的思想以及文学创作应予现实化的美学价值。""这是生活与文学创作的基本关系，诗艺的任何一种历史形象都取决于这一关系。"① 对于狄尔泰的这种"生活（生命）—体验—理解—意义—价值—文学"的文学思想，韦勒克就认为是一种中庸性的调和，即把心理学和诗学的思想、历史主义世界观和相对主义世界观、理性主义和非理性主义等等对立统一起来的认识论阐释学。他说："从其著作的大体看，狄尔泰有个宏大的志向：试图把一门纯粹心理学的诗学理论——它必然需要诉诸普通人的人性——和一套必须假定存在着人与历史相对主义的同一性的解释理论，以及导致了怀疑主义的、无标准的、非理性主义结论的类型与世界观都调和在一起。"②

从表面上看，弗里德里希·尼采（Friedrich Wilhelm Nietzsche, 1844—1900）所表现出来的文学思想是最偏激的，似乎没有什么德国民族意识性的中庸性的表现。他不仅严词宣布"上帝死了"，而且强烈要求"重新评估一切价值"，在他的美学思想所规范的文学思想之中片面地追求文学艺术的审美价值及其权力意志和生命力量。但是，我们从他的最主要的美学著作和文学理论著作《悲剧的诞生》之中，却明白无误地感受到了他的文学思想就是要把"日神精神"（阿波罗精神，"梦"）与"酒神精神"（狄奥尼索斯精神，"醉"）结合起来形成理想的希腊悲剧。尼采说："艺术是生命的最高使命和生命未来的形而上活动。"正是由于尼采是从这样的形而上的高度来探讨文学艺术的活动，所以，他才充分地论述了文学艺术，尤其是希腊悲剧的对立统一性，从而表现出德意志民族意识性的中庸性。他开宗明义地指出："只要我们不单从逻辑推理出发，而且从直观的直接可靠性出发，来了解艺术的持续发展是同**日神**和**酒**

①　[德] 威廉·狄尔泰：《体验与诗》，胡其鼎译，北京：生活·读书·新知三联书店2003年版，第149—150页。

②　[美] 雷纳·韦勒克：《近代文学批评史，1750—1950》第四卷，杨自伍译，上海：上海译文出版社1997年版，第388页。

神的二元性密切相关的,我们就会使审美科学大有收益。这酷似生育有赖于性的二元性,其中有着连续不断的斗争和只是间发性的和解。我们从希腊人那里借用这些名称,他们尽管并非用概念,而是用他们的神话世界的鲜明形象,使得有理解力的人能够听见他们的艺术直观的意味深长的秘训。我们的认识是同他们的两位艺术神日神和酒神相联系的。在希腊世界里,按照根源和目标来说,在日神的造型艺术和酒神的非造型艺术的音乐艺术之间存在着极大的对立。两种如此不同的本能彼此共生并存,多半又彼此公开分离,相互不断地激发更有力的新生,以求在这新生中永远保持着对立面的斗争,'艺术'这一通用术语仅仅在表面上调和这种斗争罢了。直到最后,由于希腊'意志'的一个形而上的奇迹行为,它们才彼此结合起来,而通过这种结合,终于产生了阿提卡悲剧这种既是酒神的又是日神的艺术作品。"① 所以,韦勒克在《近代文学批评史》第四卷之中指出:"尼采的批评是由努力、意志、自律这条准则贯穿起来的,正如他的热爱命运和永恒轮回哲学是不顾一切地把秩序强加于流动混乱的态势。查拉图什特拉的'照耀于混沌之上的飞舞的星辰'是一个贴切的形象,说明了尼采对狄奥尼索斯精神和古典精神的牵强的调和。这种个人的、心理上的解决办法可能解决了他精神上的冲突,但却没有提供能使理论家感到满意的解答。狄奥尼索斯精神的悲剧、理智的古典主义、斯特恩式的幽默、生理学美学思想终究无法调和起来。"②

至于19—20世纪之交的德国文学思想的德意志民族意识性的人道性应该说也是非常显而易见的。这一时期的主要思想家、美学家、文论家、文学家都可以说是以塑造德国人、解放德国人,乃至拯救整个人类为己任的,而且他们是继承了德国古典美学家的衣钵,要用文学艺术来塑造德国人、解放德国人、解放全人类的。叔本华(Arthur Schopenhauer, 1788—1860)的整个思想体系就是要把人从盲目的生命意志的束缚之中解放出来,使得人们可以摆脱生命意志给人带来的宿命的痛苦和无聊。为了使人能够彻底地摆脱生命意志而获得自由和解放,叔本华诉诸佛教的"涅槃";但是,为了使人能够暂时地摆脱生命意志而获得自由和解放,他就诉求于文学艺术尤其是诗(文学)的最高形式——悲剧。在《作为意志和表象的世界》之中,叔本华说:"从一切美得来的享受,艺术所提供的安慰,使艺术家忘怀人生劳苦的那种热情——使天才不同于别人的这一优点,对于天才随意识明了的程度而相应加强了的痛苦,

---

① [德]尼采:《悲剧的诞生——尼采美学文选》,周国平译,北京:三联书店1986年版,第2—3页。

② [美]雷纳·韦勒克:《近代文学批评史,1750—1950》第四卷,杨自伍译,上海:上海译文出版社1997年版,第414页。

对于他在一个异己的世代中遭遇到的寂寞孤独是唯一的补偿——这一切，如下文就会给我们指出的，都是由于生命的自在本身，意志，生存自身就是不息的痛苦，一面可哀、一面又可怕，然而，如果这一切只是作为表象，在纯粹直观之下或是由艺术复制出来，脱离了痛苦，则又给我们演出一出富有意味的戏剧。世界的这一面，可以纯粹地认识的一面，以及这一面在任何一种艺术中的复制，乃是艺术家本分内的园地。观看意志客体化这幕戏剧的演出把艺术家吸引住了。他逗留在这演出之前不知疲倦地观察这个演出，不知疲劳地以艺术反映这个演出；同时，他还负担这个剧本演出的工本费，即是说他自己就是那把自己客体化而常住于苦难中的意志。对于世界的本质那种纯粹的、真正的、深刻的认识，在他看来，现在已经成为目的自身了：他停留在这认识上不前进了。因此，这认识对于他，不像在下一篇里，在那些已达到清心寡欲［境界］的圣者们那里所看到的一样，不是意志的清静剂，不是把他永远解脱了，而只是在某些瞬间把他从生活中解脱一会儿。所以这认识不是使他能够脱离生命的道路，而只是生命中一时的安慰，直到他那由于欣赏而加强了的精力已疲于这出戏又回到严肃为止。"①

　　如果说叔本华是消极地阐述了文学艺术的人道主义功能，那么马克思、恩格斯就是比较积极地阐发了文学艺术的解放人的功能，更加彻底地继承和发扬了德国古典美学以来的德国文学思想的人道性民族意识性。马克思在《〈黑格尔法哲学批判〉导言》之中，把哲学当做解放德国人、无产阶级和全人类的武器。他说："哲学把无产阶级当作自己的**物质**武器，同样，无产阶级也把哲学当作自己的**精神**武器；思想的闪电一旦彻底击中这块素朴的人民园地，**德国人**就会解放成为人。"接着他得出了结论："德国唯一**实际**可能的**解放**是以宣布人是人的最高本质**这个理论**为立足点的解放。在德国，只有同时从对中世纪的**部分胜利**解放出来，才能从**中世纪**得到解放。在德国，不摧毁**一切奴役制，任何一种**奴役制都不可能被摧毁。**彻底的**德国不从根本上进行革命，就不可能完成革命。**德国人的解放就是人的解放。**这个解放的头脑是**哲学**，它的心脏是**无产阶级**。哲学不消灭无产阶级，就不能成为现实；无产阶级不把哲学变成现实，就不可能消灭自身。"② 而在《1844年经济学哲学手稿》之中，马克思又把美学和艺术作为解放无产阶级和全人类的武器。他说："宗教、家庭、国家、法、道德、科学、艺术等等，都不过是生产的一些**特殊的**形态，并且受生产的普遍规律的

① ［德］叔本华：《作为意志和表象的世界》，石冲白译，杨一之校，北京：商务印书馆1982年版，第369—370页。
② 《马克思恩格斯选集》第1卷，北京：人民出版社1995年版，第15—16页。

支配。因此,**私有财产的积极的扬弃**,作为人的生活的确立,是一切异化的积极的扬弃,从而是人从宗教、家庭、国家等等向自己的**合乎人的本性的**存在亦即**社会的**存在的复归。"① 也就是说,人要摆脱私有制所造成的异化,成为合乎人的本性的人,亦即社会的存在,主要是要通过物质生产及其感性表现形式——宗教、家庭、国家、法、道德、科学、艺术等等意识形态。"因此,人不仅在思维中,而且以**全部**感觉在对象世界中肯定自己。"这样,才能够形成"感受音乐的耳朵、感受形式美的眼睛,简言之,那些能感受人的快乐和确证自己是属人的本质力量的**感觉**",才能够形成"人的感觉,感觉的人类性",从而使人成为全面的人,从异化状态之中解放出来的人②。正是在这种人道性的哲学和美学的理论观点指导和规范下,马克思、恩格斯对于文学艺术的解放人的巨大作用给予了充分肯定。马克思认为,"艺术对象创造出懂得艺术和能够欣赏美的大众,——任何其他产品也都是如此。因此,生产不仅为主体生产对象,而且也为对象生产主体。"③ 文学艺术对于审美主体的培养和造就的作用被辩证地规定了。恩格斯在《给敏·考茨基》(1885 年 11 月 26 日)的信中指出:"如果一部具有社会主义倾向的小说通过对现实关系的真实描写,来打破关于这些关系的流行的传统幻想,动摇资产阶级世界的乐观主义,不可避免地引起对于现存事物的永世长存的怀疑,那么,即使作者没有直接提出任何解决办法,甚至作者有时并没有明确地表明自己的立场,但我认为这部小说也完全完成了自己的使命。"④ 这就明确地表明了恩格斯对于具有社会主义倾向的小说应该把人从资本主义社会的传统思想束缚之中解放出来的文学思想。在《评"普鲁士人"的〈普鲁士王国和社会改革〉一文》(1844 年 7 月 31 日)之中,马克思说:"首先请回忆一下**织工**的那**支歌**吧! 这是一个勇敢的战斗的**呼声**。在这支歌中根本没有提到家庭、工厂、地区,相反地,无产阶级在这支歌中一下子就毫不含糊地、尖锐地、直截了当地、威风凛凛地宣布,它反对私有制社会。西里西亚一**开始**就恰好做到了法国和英国工人在起义**结束**时才做到的事,那就是意识到无产阶级的本质。"⑤ 马克思在这里通过对在西里西亚纺织区流行的革命歌曲《血腥的屠杀》的赞颂和分析表明了无产阶级文学对于无产阶级阶级意识的

① [德] 马克思:《1844 年经济学哲学手稿》,刘丕坤译,北京:人民出版社 1979 年版,第 74 页。
② [德] 马克思:《1844 年经济学哲学手稿》,刘丕坤译,北京:人民出版社 1979 年版,第 79 页。
③ 陆梅林辑注:《马克思恩格斯论文学艺术》(一),北京:人民文学出版社 1982 年版,第 154—155 页。
④ 陆梅林辑注:《马克思恩格斯论文学艺术》(一),北京:人民文学出版社 1982 年版,第 186—187 页。
⑤ 陆梅林辑注:《马克思恩格斯论文学艺术》(一),北京:人民文学出版社 1982 年版,第 226 页。

宣布，从而说明了文学作品解放阶级和人类的积极意义。

上述这些就是19—20世纪之交德国文学思想在走向现代的过程之中所表现出来的德意志民族意识性。它表明了德意志民族在反思启蒙现代性的过程之中，继承了德国古典美学以来康德、席勒、黑格尔所开启的审美现代性，并且在文学思想方面突出了文学艺术的精神性、中庸性和人道性，给20世纪的德国文学思想奠定了哲学、美学的基本方向。

2. 德国文学思想的象征符号性

德国文学思想在19—20世纪之交另一个特点就是它的审美现代性表现出鲜明的象征符号性。

所谓文学思想的象征符号性就是指，把文学艺术和文学艺术作品当做象征之类的符号来对待的文学思想。吉尔伯特、库恩的《美学史》指出："在一九二五年左右，象征这个概念开始成为人们注意的中心。艺术是直觉表现或艺术是想象这种定义，或美是客观化的快感这种定义，让位于讨论艺术这样一种意义，即它体现了人们的创造象征和符号的独特而神奇的力量。这一思潮涉及许多方面，它时而同人类学和人文科学联系在一起，时而同数理逻辑和逻辑实证主义联系在一起，亦有时与心理学联系在一起。研究符号和象征的学科开始结成了许多联盟，而且还常常从这些'盟友'那里借取方法和构架（不过，桑塔亚那的象征主义则是在他个人所特有的观察事物的方式中自由发展的），而这正是近来美学中日益自我意识的、也许是学究气的研究方式的重要方面。"[①] 由此可见，象征符号性的美学在20世纪初已经在西方哲学、西方美学、西方文论中成为了一个引人瞩目的焦点。不过，这种象征符号性的美学和文学思想在德国表现得尤其鲜明。为什么？这就不得不追溯到德国古典美学的康德、席勒、黑格尔的哲学和美学思想及其发展。

首先值得注意的是，19世纪后期针对西方传统美学和黑格尔哲学和美学的"自上而下"（von oben）形而上学研究途径，德国人费希纳（Gustav Theodor Fechner，1834—1887）提出了他的实验美学的"自下而上"（von unten）的研究方法和途径，从而打破了那种传统的思辨的、从一般到特殊的方法和途径，提倡从经验事实出发、逐渐上升到综合归纳和概括总结的方法和途径。这样一来，西方美学的研究就产生了一种方法论的变革，各种形式研究、心理研究、生理研究的美学也就应运而生，成

---

① ［美］凯·埃·吉尔伯特、［联邦德国］赫·库恩：《美学史》下卷，上海：上海译文出版社1989年版，第735页。

为一大主流。就是在形形色色的审美形式、审美心理、审美生理的研究过程之中，人类的语言、象征等符号形式及其生理和心理机制等问题逐渐凸显出来。到 20 世纪初伴随着心理学美学、形式主义美学的日益兴盛，象征符号的美学思想和文学思想也就成为了人们关注的热点。而当时的德国，无论是心理学美学，还是形式主义美学都是在欧洲独占鳌头的。德国的心理学是欧洲的心理学重镇，冯特 1879 年在莱比锡大学所创立的世界上第一个心理实验室就成为了心理学学科正式诞生的标志，而由费希纳所开创的实验美学就直接把生理学和心理学的实验方法运用于美学研究，赫尔姆霍茨 (Hermann Ludwig Ferdiland von Helmholtz, 1821—1894) 对于音乐的心理学研究引起了热烈的争论，与此同时，从新黑格尔派的费舍尔父子 (Friedrich Theodor Vischer, 1807—1887; Robert Vischer, 弗·费舍尔之子) 关于审美与象征的关系的理论观点发展而来的"移情说"，经过立普斯 (Theodor-Lipps, 1851—1914)、谷鲁斯 (Karl Groos, 1861—1946)、伏尔盖特 (Johannes Volkelt, 1848—1930) 等人的发挥在德国蔚为大观。所以，象征符号性就自然而然地成为了德国文学思想走向审美现代性的一个主要特点。

当然，直接来源于康德、席勒的有关形式理论的形式主义美学也是德国文学思想的象征符号性的更为明确的源泉。康德在《判断力批判》之中分析纯粹美的时候，规定了纯粹美是纯形式的，与内容无关。他指出："美是一对象的合目的性的形式，在它不具有一个目的的表象而在对象身上被知觉时。"换句话说，"美是一个形式的主观合目的性"。① 席勒在《论美书简》和《审美教育书简》之中就更加发挥了康德的这种形式观点。在《论美书简》第 7 封信 (1793 年 2 月 28 日，耶拿) 之中说："在艺术表现中形式应该克服质料。""那么，在一个艺术作品中质料 (模仿者的自然本性) 应消失在 (被模仿者的) 形式中，物体应该消失在意象中，现实应该消失在形象显现之中。"② 在《审美教育书简》第 22 封信之中席勒就说得更加肯定："在一部真正的美的艺术作品中，内容不应该起任何作用，而形式应该起全部作用；因为只有通过形式才会对人的整体发生作用，相反通过内容只会对个别能力发生作用。内容不论多么高尚和广泛，它对精神随时都起限制作用，而只有从形式中才有希望得到真正的审美自由。因此，艺术大师的真正秘密就在于，他通过形式来消灭质料；质料本身越是宏伟，越是傲慢，越是有诱惑力，质料越是自行其是地显示它自身的作用，或者

① [德] 康德：《判断力批判》上卷，宗白华译，北京：商务印书馆 1964 年版，第 74、66 页。
② [德] 弗里德利希·席勒：《秀美与尊严——席勒艺术和美学文集》，张玉能译，北京：文化艺术出版社 1996 年版，第 76—77 页。

观赏者越是喜欢直接与质料打交道，那么，那种坚持克服质料和控制观赏者的艺术就越是成功。"① 较早的德国形式主义美学家是赫尔巴特（Johann Friedrich Herbart, 1776—1841）、齐默尔曼（Robert Zimmermann, 1824—1898），还有奥地利音乐美学家汉斯立克（Eduard Hanslick, 1825—1904）。赫尔巴特认为，美在形式。他主张，美仅仅表示它是美而已。汉斯立克认为，艺术形式就是艺术的本质，他把音乐规定为"乐音的运动形式"，认为音乐与感情的表现没有关系，"音乐真正的心脏，即无需外求的自足的形式美"。② 当这些形式主义美学家把美和艺术归结为形式和形式因素的时候，虽然对形而上学的思辨美学是一种反思和批判，但是，它本身也留下了一些让人思考的问题。诚如吉尔伯特、库恩的《美学史》所说："形式主义者的功绩在于，他们把注意力放在审美客体可以测定的成分上。但是，由于他们认为感情与美感没有关系，把它排除于美感之外，所以，他们就不能在艺术中找到比智力游戏更多的东西。他们的学说不把艺术作品的意义和激发美感的特性作为审美的要素，故而忽视了这样一个最高准则：一部艺术作品是一个不可分割的整体。比如，齐默尔曼就曾宣称：无论韵律，也无论语言的音乐性，都不能构成一首诗歌——一个审美整体的组成部分。因此，他给我们留下这样的印象：他错误地把形式理解为先于审美对象而存在的一种外在装饰。"③ 当形式主义美学遭到驳诘时，人们就会为了寻求形式的意义而思索。因为各种艺术的形式也就是一种特殊的符号和一种象征，所以，把艺术的形式与象征等符号联系起来就是势在必然了。

此外，19世纪中叶以后人类学和审美人类学的发展对于德国文学思想的象征符号性也是一种启发性源头。18世纪后半叶和19世纪初，人类学还处于初始阶段。当时人类学还未能成为独立的科学，这已是19世纪中叶的事情了。不过，在德国至少在1501年就有了洪德的名为《人类学》的书，尽管那是一本有关人体解剖与生理的著作。④ 然而，18世纪的西方探险家对新大陆的发现和对原始民族生活的介绍使得人类学和审美人类学也初具雏形。因此，在德国，席勒作为一个卡尔学院的医科学生，才可能写出他的毕业论文《论人的动物本性和精神本性的联系》（1779）。这

① ［德］弗里德利希·席勒：《席勒散文选》，张玉能译，天津：百花文艺出版社1997年版，第241页。

② ［奥］爱德华·汉斯立克：《论音乐的美》，杨业治译，北京：人民音乐出版社1980年版，第50、67页。

③ ［美］凯·埃·吉尔伯特、［联邦德国］赫·库恩：《美学史》下卷，上海：上海译文出版社1989年版，第679页。

④ 陈国强等：《建设中国人类学》，上海：上海三联书店1992年版，第2页。

实际上就是一篇从体质人类学和文化人类学的交叉点上来探讨人性的人类学论文。因此,尽管席勒在写作他的美学著作时不可能有完整的人类学和审美人类学的体系构想,但是,他当时就已经在从人类学的角度来看美学问题,也从审美的角度来看人类问题,可以说,在席勒的头脑中已经涌动了一系列的审美人类学的问题。他在《审美教育书简》的第四封信中写道:"尽管在片面的道德评价中这种区别还可以忽略不计,因为只要理性的法则无条件地适用,理性就满足了;但是在完整的人类学的(anthropologischen)评价中,这种区别会引起更多的注视,因为在那里内容也与形式一道起作用,而且活生生的感觉也有一份发言权。"① 所以。我们可以说,席勒是西方审美人类学的创始人。当然,真正意义上的人类学和审美人类学是 19 世纪末 20世纪初的产物。但是,随着人类学内部体质人类学和文化人类学的分化,人类的符号活动,尤其是语言、象征等符号活动的深入研究,使得人们的视野开阔到了语言、象征等符号活动的领域,而人类学和审美人类学较早在德国的产生和发展就势必影响到德国文学思想的象征符号性。

较早地注意到象征的是弗里德里希·费舍尔,他的最后一篇论文《论象征》(1887)仔细地分析了"象征"一词的不同含义。不过,他最终由"象征"的分析转向了心理学美学,从心理学角度研究审美的"象征作用",把"象征"说成"对象的人化",以至于他的儿子罗伯特·费舍尔把他所说的"象征"(Symbol)转化为"移情"(Einfühlung),从而成为"移情说"滥觞,也是"由下而上"的美学的一种表现。因此,吉尔伯特和库恩的《美学史》把弗·费舍尔的美学思想看作是"使黑格尔现代化"②。韦勒克的《近代文学批评史》第 3 卷也指出:"菲舍尔最后一篇文章《论象征》(1887)标志着他向心理说和经验说美学的发展已到了终极阶段,同时他依然株守他所视为的唯心主义立场的本质。他仔细分析了'象征'一词的不同含义。象征不仅仅是形象和含义的浑然一体(例如圣餐中的面包和酒已和基督的形体合而为一了)。象征与'神话'也不是一回事,后者应像现实一般为人确信。毋宁说,我们近代诗歌所信奉的神话应当称为象征性的,这是菲舍尔的论点。除了第一种宗教上的象征意义,他还承认第二阶段是象征性的:诗人为自然灌注生气。'宇宙、自然、精神在根本上融为一体这个千真万确的真谛'激发出万物有灵和拟人手法这种第二层意义上的

---

① [德] 弗里德利希·席勒:《席勒散文选》,张玉能译,天津:百花文艺出版社 1997 年版,第161 页。

② [美] 凯·埃·吉尔伯特、[联邦德国] 赫·库恩:《美学史》下卷,上海:上海译文出版社1989 年版,第 662 页。

象征。这是一种菲舍尔用纯粹心理学术语加以分析的'移情'活动。他区别出不同的阶段——单纯感官的移情，神经运动的移情，最后阶段是认同。菲舍尔在身体刺激引起的梦境、面相和手势语言中寻找最后阶段的证据。他提出，移情不单单是构成纯美的形式方面的联想。毋宁说，即便数学上和逻辑上的美也可以化入移情活动。艺术上不存在两条原理——'和声'和'仿声'——而是只有一条：想象移情。'象征'一词的第三种用法，即作为有意识地构想出来的象征手法，作为具有普遍意蕴和典型性的事物的诗之再现，在菲舍尔看来是危险地接近于寓意，而他对《浮士德》第二部和但丁作品里的寓意始终加以非难。象征手法乃是一切艺术的基础，但在菲舍尔学说中象征首先是指移情，自然的生气化，拟人手法，从而维护的是一种泛神论的形而上学。"① 所以，我们也可以把费舍尔的有关象征的分析看做是德国文学思想象征符号性的最初表现，同时也就是德国文学思想走向审美现代性的一个标志。

在文学思想上比较明确地论及象征符号性的是德国剧作家、诗人克里斯蒂安·弗里德里希·黑贝尔（Christian Friedrich Hebbel, 1813—1863）。他在《论戏剧风格》（1847）之中，从语言的分析入手，谈到了文学作品的象征符号性。他认为，"不容争辩，语言是一切文学作品最重要的因素，当然也是戏剧的最重要的因素"，"思想的生命以双重形象，即思维和创作，出现在语言里。"但是，思维和创作是截然不同的，"思维活动侧重于纯粹概念的形成，并在哲学体系中获得形态；创作活动侧重于直接感受和象征性观点的自由再现，并在完整的艺术作品中达到顶峰。但是概念植根在观点里，并且首先表之以想象；诗人的观点依靠它所超越的一般象征性质参与概念，就参与的方向来说，二者的差别在于：概念在无限的伸展中使一切特殊的事物变成一般的事物，诗人的观点则以同样无限的深度，在特殊的事物中揭示一般的事物。"② 当然，黑贝尔在这里并不是专门来论述文学艺术的符号象征性，而是主要在论述戏剧风格，但是，他为了论述戏剧风格就从戏剧作为语言艺术的最重要的因素——语言入手，而语言，在他看来是与思想和创作这么两个方面相联系的，然后，他从思维和创作都要表现思想观点入手进一步分析思维活动与诗歌（文学）创作活动的区别。就这样，黑贝尔把语言的符号象征性当做了文学作品及其创作的本质特点。因此，我们可以说，黑贝尔是在探讨文学作品及其创作的审美性质，以彰显文学的审美现代性——象征符号性。

---

① ［美］雷纳·韦勒克：《近代文学批评史，1750—1950》第三卷，杨自伍译，上海：上海译文出版社1991年版，第267—268页。

② 刘小枫选编：《德国诗学文选》上卷，上海：华东师范大学出版社2006年版，第336—339页。

另一位比较明确而直接地论述了文学的象征符号性的是德国哲学家、美学家、文论家威廉·狄尔泰。他在生命哲学和认识论阐释学的框架之内写下了文学论文专集《体验与诗》、文学论文《德国文学中一个新世界观的诞生》、《各种世界观在诗中的地位》、《诗的伟大想象》以及专著《哲学的本质》等论著,在其中对于诗(文学)的象征符号性进行了一些独具特色的论述,比较明确地表明了德国文学思想的审美现代性。在《体验与诗》评述莱辛的文章《戈特霍尔德·埃夫赖姆·莱辛》之中,狄尔泰对于莱辛的《拉奥孔》区分诗(文学)与画(造型艺术)的符号性质——画用自然符号,而诗用人工符号,进行了评述,而且充分肯定了这种划分。① 在《德国文学中一个新世界观的诞生》之中,狄尔泰从生命哲学出发谈到了体验和理解(领会)的重要性,并且论述了解释的重要性和多样性。他说:"人只有在一定的深度上领会一切事物才能得到新生,而这种领会仅仅只有通过想象和积极的移情作用才能获得;自然自身也只有对富于共鸣的灵魂才会展示其奥秘。"② 如果我们把狄尔泰这里的论述与弗·费舍尔关于"象征"与"想象"和"移情"的密切关系联系起来考虑,那么,我们也可以说,狄尔泰在这里是把由"想象"和"移情"所进行的"体验"和"领会"(理解)看做是人的生命的本质、展示和新生的主要活动,换句话说,人的生命的本质、展示和新生也就是要靠"象征"的活动和作用才能获得的。在这个基础上,他直接深入到诗(文学)的理解之上,阐明了由于诗(文学)的符号象征性而产生了对于诗(文学)理解的多样性。他说:"诗的创造同感觉到知觉的组织,同我们对人们洞察力的起源有很松散的联系。这是一个形成某种奇特图像的问题。理性过程在此包含有两个特征,如果我们观察得更细微一些的话,我们所理解的应该是相互联系的。它们主要是由特殊到特殊的,推断所组成并且发生在无意识的种种深层之中。这个看来好像是渗入到真正的诗的活动和特性之中的一般概念,并不需要现存于一个预先的理性洞察力的形式之中。这样,读者从诗中人物和命运的紧密结合中抽象出来的只是他自己,主观地形成的,从读诗的快感中获得的想法,尽管这并非诗自身固有的。这就解释了诗歌作品的无限多样性,它允许完全不同的对概念的阐发来表达其内容而无所迄止。我们面对着诗人种种创造犹如面对着世界本身,这同样地蔑视了任何通过种种概念而得到的最后诠释。"③ 我们认为,狄尔泰所谓的诗的创造"这是一个形成某种奇特图像的问题"就是指称的诗(文学)的象征符号性,由这种诗(文学)的象征符

---

① [德]威廉·狄尔泰:《体验与诗》,胡其鼎译,北京:三联书店 2003 年版,第 46 页。
② 刘小枫选编:《德国诗学文选》上卷,上海:华东师范大学出版社 2006 年版,第 368 页。
③ 刘小枫选编:《德国诗学文选》上卷,上海:华东师范大学出版社 2006 年版,第 369 页。

号性就必然产生了诗的特性和对诗的理解的无意识性、非概念性和无限多样性，也就是彰显了诗（文学）的审美现代性。在《各种世界观在诗中的地位》之中，狄尔泰进一步阐明了诗（文学）的语言符号的中介性和寓意性，也就是阐明了诗（文学）的象征符号性。他说："在所有的艺术形式中，诗可以说与所有世界观有一种特殊的关系，语言，诗的中介，可以将所闻、所见以致所感受到的一切以抒情的、史诗般的或者戏剧化的形式表达出来。在此我们并不试图对诗的本质和成就加以总体的评价。广义上讲，诗将人从现实的重负下解放出来，激发起人对自身价值的认识。通过它的中介，一次偶然的事件的寓意超出了它所意欲表明的关系之外，它对于现象世界的描绘变成了生活本质的表达。由于诗满足了人的内在的渴求：当命运和自身的抉择将他束缚在一种既定的生活秩序中去时，他的想象会将他引入不可能实现的生活。诗展示了一种前景，从中可以进入更高、更宏大的世界。在这一切之中，诗的基本关系不断地得以表现，它以生命为出发点，与人、物、自然的关系由于人的体验而成为诗的创作的内在核心。因而，普遍的生活的情绪滋长了一种总括源于生活关系的体验的需求。但是所有这样的体验的主要内容是诗人对生命意义的反思。"① 由此可见，狄尔泰是把语言符号的中介性与它的象征符号性联系起来，从而阐明了"生命——体验——语言（象征符号性）——理解——生命意义"的密切关系。因此，狄尔泰在《哲学的本质》之中直截了当地揭示了诗（文学）的语言符号性而使得它具有表现世界观的最佳可能性。他说："唯独诗在现实和概念的全部领域里应付自如，因为它能够用语言表达一切人心中会出现的东西——外在的对象，内在的心境、价值观念和意向；而这种语言及其表现方式，则已囊括着既定的、直接的思想现实之把握。因此，若艺术作品中某些地方表现了世界观，是在诗中。"② 看来，狄尔泰是非常清楚文学（诗）的语言符号性及其表现世界观、生命体验的重要性，也十分明白诗（文学）的语言符号性给它自己本身带来的理解的内在体验性、无限多样性。这些都明确无误地显示了德国文学思想的审美现代性，即对文学（诗）的自身特点和自律的强调。

　　最全面系统地论述了文学艺术的象征符号性的当然是新康德主义者恩斯特·卡西尔（Ernst Cassier, 1874—1945），正是他的一系列完整系统的相关论述，最充分地显示了德国文学思想的象征符号性，也把康德所开启的审美现代性加以发挥，使得19—20世纪之交的德国文学思想的审美现代性特色在整个欧洲乃至西方世界大放

①　刘小枫选编：《德国诗学文选》上卷，上海：华东师范大学出版社2006年版，第388页。
②　刘小枫选编：《德国诗学文选》上卷，上海：华东师范大学出版社2006年版，第406页。

异彩。因此，关于卡西尔的文化哲学、象征符号哲学、文学思想的象征符号性及其巨大的影响，那是需要进行系统评介的。

3. 德国文学思想的非理性化

德国文学思想的最后一个突出的特点就是它的非理性化（包括反理性化）。反传统，反对传统思想的理性主义，反对文学思想中的理性化倾向，是 19—20 世纪之交西方思想界和学术界的一个主要潮流，而在这股汹涌澎湃的非理性和反理性的潮流之中，德国思想家、哲学家、美学家、文学家、文论家却是最为活跃的，像叔本华、哈特曼、尼采、狄尔泰、奥伊肯（一译倭铿）、弗洛伊德、阿德勒等等都是德意志民族的非理性化和反理性化的重要代表人物，也是欧洲和西方世界的非理性化和反理性化潮流的主将。这种非理性化和反理性化思潮对于 20 世纪欧洲和西方世界是非同寻常的，甚至可以说是翻天覆地的。英国思想史家彼得·沃森的《20 世纪思想史》就把弗洛伊德的《释梦》的出版（1899）及其书评的发表（1900）作为 20 世纪思想史的"打破宁静"的戏剧性开场——"揭去无意识的面纱"[①]。吉尔伯特、库恩的《美学史》也这样说道："人们几乎这样说，在我们时代，差不多没有一种美学理论不在某种程度上受到弗洛伊德理论的影响。"[②]

叔本华（1788—1860）的唯意志主义，始终把无意识的意志当做世界的本原和人类心理的动力。由于这种无意识意志的作用，人们便像钟摆一样在痛苦和无聊之间摆动，得不到满足就痛苦，暂时的满足则令人感到无聊，因此，人生实在多苦多难。为了摆脱苦难的生涯，最彻底的办法是达到佛教所说的涅槃，而审美活动和艺术则可以使人们暂时从苦难之中解脱出来，忘却现实生活，进入无我境界。因为在他看来，审美活动是主体摆脱了生命意志的束缚上升为纯粹主体后所进行的一种非理性的直观永恒理念的活动，艺术是由纯粹直观而掌握的永恒理性的复制品。这些主张把哲学和美学以及心理学的研究重点移向了非理性的深层意识的幽邃区域。

爱德华·冯·哈特曼（Eduard Hartmann, 1842—1906）的成名之作便是《无意识的哲学》（1869）。这本书综合了黑格尔和叔本华的思想体系，对无意识心理活动进行了详尽的研究，并把无意识视为世界的根基。由此而形成了哈特曼的主要美学观点：美植根于无意识，通过无意识，知性的直觉在美中起作用。在《美的哲学》（1887）

---

① [英] 彼得·沃森：《20 世纪思想史》，朱进东、陆月宏、胡发贵译，上海：上海译文出版社 2005 年版，第 11 页。

② [美] 凯·埃·吉尔伯特、[联邦德国] 赫·库恩：《美学史》下卷，上海：上海译文出版社 1989 年版，第 747 页。

中，他则进一步对美与无意识的关系做了具体阐述。他把感性的愉悦性视为无意识的形式美，并依次把形式美分为 7 个品级（数学美、力学美、被动合目的性美、生命体美、标准类型美、个体美）。美通过这 7 个品级依次更有具体性，随着具体化品级的递升，逻辑性也减少，而个体美则显示出一种神秘性。这里面有许多关于深层审美心理的分析，尽管其中有许多荒谬的东西，但毕竟成了现代心理学美学和深层审美心理学的先声。

尼采（1844—1900）是 19 世纪末最具代表性的非理性主义哲学的宣扬者。他把充满悲观主义的叔本华的无意识生命意志改造成积极扩张自身的无意识权力意志，并从这种非理性的权力意志之中生发出宇宙人生的现实世界和审美艺术的精神世界。因此，他不仅承认无意识的存在，而且认为无意识是"最伟大最基本活动"。他还把无意识在审美和艺术中的根源具体化为日神精神和酒神精神，即梦和醉的两种无意识状态，认为日神精神和酒神精神都是植根于人的至深本能的，前者是个体的人借外观的幻觉自我肯定的冲动，后者是个体的人自我否定而复归世界本体的冲动。这两种无意识非理性冲动经由梦的幻觉和醉的癫狂状态，造就了日神艺术和酒神艺术这样两种生命本来的形而上活动，从而把人类从基督教的陈旧价值观之中解救出来，推向审美人生，超乎善恶之外，享受心灵的自由和生命的欢乐。因此，人类的审美和艺术的活动，在外在表现上有两种（即日神艺术和酒神艺术），但在实质上，日神状态（梦）和酒神状态（醉）都可归为醉。所以，醉是一切审美行为的心理前提，是最基本的审美情绪。由生命力高涨洋溢的醉产生出种种审美状态。日神的美感是把生命力的丰盈投射到事物上的结果，酒神的悲剧快感更是强大的生命力敢于与痛苦灾难相抗衡的一种胜利感。艺术是改变事物、借事物来反映自身生命力的丰盈的冲动。这样一来，尼采不仅直接启发了弗洛伊德的生本能和死本能的概念以及无意识原动力（特别是性欲的力比多）的学说，而且还最为明确、系统地把深层审美心理的奥秘做了自己的阐发。尽管这些阐发在哲学本体论上是唯心主义的，在心理学上是猜测性的，在美学上是诗意化的，但是，在深层心理学和深层审美心理学脱离潜科学阶段踏上独立科学阶段的转变过程中，却是关键性的一步。因为正是尼采大胆地宣布了"上帝已经死了"，并声称要"重新评估一切价值"。这一伟大的举动以及他向无意识的生命深层的突进，揭开了 20 世纪哲学、心理学和美学的转型新篇章①。

因此，正当尼采这颗人类文明的奇星陨落的时候，弗洛伊德的《梦的解释》

---

① ［德］尼采：《悲剧的诞生——尼采美学文选》，周国平译，北京：三联书店 1986 年版，第 1—9 页。

(1900) 承续了奇星划出的轨迹,从而宣告了深层心理学(内部孕育着深层审美心理学)的独立。弗洛伊德通过对大量梦的分析和解释深入人类无意识(或潜意识)的广阔领域,因为在他看来,梦是人的潜意识(或无意识)愿望的象征性表现和满足。他在分析梦的成因和工作程序的过程中得出了人类心灵的结构模式和人格构成:(显)意识——前意识——无意识。由此他还进一步指出,无意识是以性冲动为核心。这样就初步完成了无意识理论的体系化。与此同时,弗洛伊德又写了《日常生活的心理分析》(1901),把他的无意识理论运用到了日常生活中的遗忘、口误、笔误、误引行为、错失行为等心理现象。弗洛伊德断然肯定,诸如此类的心理现象都与人的无意识动机相关并明确地提出了"无意识心理学"(或译为潜意识心理学)的学科名称,而无意识即我们脑子的最深层,由本能冲动构成。这就实际上导致了深层心理学即无意识心理学的正式独立起来。弗洛伊德对文学艺术作品进行了深层心理的开掘,把文学艺术作品的内容一直追溯到作家艺术家的深层心理——童年的经验及其根本标志:恋母情结(或俄狄浦斯情结)。在《梦的解释》中,他就是这样来"说明创造性作家的心理冲动的最深层"的[1]。他具体地指出,俄狄浦斯的故事正是两种典型的梦(杀父和娶母)的想象的反映;哈姆雷特可以做任何事情,就是不能对杀死他的父亲、篡夺王位并娶了他母亲的人进行报复,因为这个人向他展示了他自己童年时代被压抑的愿望的实现。因此,在他看来,不仅《俄狄浦斯王》和《哈姆雷特》的剧中人物在表演着杀父娶母或想杀父娶母的命运遭际,而且,这两部作品也就是作家本人的被压抑的性力冲动,即恋母情结的最典型的表现。直到弗洛伊德写《陀思妥耶夫斯基与弑父者》(1928)的时候,他依然这样写道:"很难说是由于巧合,文学史上的三部杰作——索福克勒斯的《俄狄浦斯王》、莎士比亚的《哈姆雷特》和陀思妥耶夫斯基的《卡拉玛卓夫兄弟》都表现了同一主题——弑父。而且,在这三部作品中,弑父的动机都是为了争夺女人,这一点也十分清楚。"[2] 由此可见,弗洛伊德是把文学艺术作品的基本内容和主要源泉深插到人的心灵深处,从而开辟了文学艺术作品评析的新意向和新洞天。此外,弗洛伊德对艺术本质作了深层审美心理学的阐释,认为艺术就是被压抑的欲望借幻想而得到满足,也就是性力的升华。在《作家与白日梦》(一译《诗人与幻想》,1908)中,弗洛伊德专门探讨了艺术的本质。他运用精神分析拿手的自由联想法把艺术与儿童的游戏、白日梦和夜梦进行比较,从中寻

---

① 《弗洛伊德论美文选》,张唤民、陈伟奇译,裘小龙校,上海:知识出版社 1987 年版,第 18 页。
② 《弗洛伊德论美文选》,张唤民、陈伟奇译,裘小龙校,上海:知识出版社 1987 年版,第 160 页。

找到了这几种活动的共同之处在于，它们都离不开未得到愿望满足的幻想，都是受压抑的愿望的实现。因此，他指出："一篇创造性作品像一场白日梦一样，是童年时代曾做过的游戏的继续和代替物。""像神话这样的东西就是所有民族充满愿望的幻想，人类年轻时期的世俗梦想的歪曲了之后留下的痕迹。"①　不过，艺术与白日梦、夜梦的区别则在于，艺术运用了一些技巧来表达自己见不得人的本能欲望，使人不必为这些欲念感到羞愧或自我责备。发挥这个技巧，在弗洛伊德看来，主要有两种方式："其一，作家通过改变和伪装他的利己主义的白日梦以软化它们的性质；其二，在他表达他的幻想时，他向我们提供纯形式的——亦即美学的——快乐，以取悦于人。"②　也就是说，艺术是一种本能欲望，主要是"里比多"（性力）的表现，这种表达是经过变形而可以为社会所允许的，因而叫做"里比多的转移"，即升华③。这样，弗洛伊德把艺术的本质与人的深层心理紧密联系起来，一反西方传统艺术哲学的理性主义主调，为艺术哲学开启了通向幽深的非理性领域的大门。

格奥尔格·齐美尔（Georg Simmel, 1858—1918，一译西美尔或西梅尔），作为生命哲学家和新康德主义者，在19—20世纪之交是一个比较自觉的非理性主义者。他认为，作为世界的本原，生命不是实体，而是活动，是一种不可遏止的永恒的冲动，是不断的自我超越。生命有"增加的生命"和"提高的生命"之别，因而生命在形成和创造世界时就有两种不同阶段的表现形式，前者就是无机界、有机界、家庭和社会，后者是生命在精神阶段上所达到的高级表现形式，它包括宗教、艺术和科学等文化现象。他认为，自然科学、历史科学都无法理解生命这个世界的本原，而只有拥有直觉和本能性预见的生命哲学家，才能把握生命的整体性、规律性，窥测世界的内部机制、领悟世界存在的真谛。④　在《现代文化的冲突》（1918）之中指出，"无论什么时候，只要生命超出动物水平向着精神水平进步，以及精神水平向着文化水平进步，一个内在的矛盾便出现了。全部文化史就是解决这个矛盾的历史。一当生命产生出它用以表现和认识自己的某种形式时，这便是文化：亦即艺术作品、宗教作品、科学作品、技术作品、法律作品，以及无数其他作品。这些形式蕴含生命之流并供给它以内容和形式、自由和秩序。"⑤　他举例说明了这种观点。他说："中世纪有传教士的基督教

---

① 《弗洛伊德论美文选》，张唤民、陈伟奇译，裴小龙校，上海：知识出版社1987年版，第36页。
② 《弗洛伊德论美文选》，张唤民、陈伟奇译，裴小龙校，上海：知识出版社1987年版，第37页。
③ 《弗洛伊德论美文选》，张唤民、陈伟奇译，裴小龙校，上海：知识出版社1987年版，第170页。
④ 刘蔚华主编：《世界哲学家辞典》，重庆：重庆出版社1992年版，第1022页。
⑤ 刘小枫选编：《德国诗学文选》下卷，上海：华东师范大学出版社2006年版，第1页。

理想,文艺复兴时期有对世俗性的再发现,启蒙运动信奉理性的理想,德国的理性主义则用艺术幻想来给科学润色,同时又用科学知识给艺术提供一个极其广阔的基础。但当代文化背后却是否定性的动力,这就是我们之所以不像以前所有时代的人们的原因,我们虽然没有共同的理想,甚至根本没有任何理想,但却生存一段时间了。"①因此。在齐美尔那里"生命"是根本,而生命是非理性的,并且不能屈从于现实的形式。所以,齐美尔褒扬表现主义而贬抑印象主义。他说:"在被称为未来主义所做的各种努力之中,只有自称为表现主义的运动才似乎有它自己轮廓分明的个性。如果我没有弄错的话,表现主义的意思就是艺术家的内部情感表现在他的著作中时,就跟他所经历的一模一样;他的情感在他的作品中延续和扩张。但人类的情感不可能按照艺术常规来具体化,或按外部强加给它的形式来铸成。由于这个原因,表现主义与旨在模仿存在事件的印象主义毫无共同之处。不过,印象归根结底并不纯粹是艺术家个人的产物,它除了取决于内心世界,还是被动的,依赖于外部世界的。反映这些印象的艺术作品是艺术家的生命和一定客体的特殊性之间的混合物。任何艺术形式都一定会在某些地方影响到艺术家,例如传统、从前的典范、固定的原则。但所有这些形式都是出于对生命的限制,而生命却希望在自身内部创造性地奔流。如果生命听命于这些形式,它在艺术作品中就只能发现,它已屈服、僵化和被扭曲了。"②在他看来,"生命无论什么时候表现自己,它都只愿意表现自己;这样,它就突破了由某些其他现实性强加在它身上的任何形式。""伟大的艺术家在这个完美的时代是如此纯洁,以致他的作品能通过它的形式来揭示他的生命推动下自动地产生出来的东西。形式的独一无二的权力对这样的艺术家来说并不存在。"他又以梵·高为例指出,"人们在梵·高那里,会比在任何其他画家那里更多地感受到远远超越绘画艺术界限的热烈的生命。"③这些思想与狄尔泰、奥伊肯等德国生命哲学家一样都是突出了生命的非理性、非规范性、非现实形式性,对于 19—20 世纪之交德国文学思想的非理性主义产生了深远而又直接的影响。

在这种非理性主义思想的影响下,许多诗人、作家从不同的角度论述了文学的非理性的基础。

德国小说家威廉·伯尔舍(Bölsche,1861—1939),虽然拥有自然主义的文学思想,认为诗歌(文学)应该以自然科学为基础,但是,他的"科学认识往往同思辨的唯

---

① 刘小枫选编:《德国诗学文选》下卷,上海:华东师范大学出版社 2006 年版,第 6—7 页。
② 刘小枫选编:《德国诗学文选》下卷,上海:华东师范大学出版社 2006 年版,第 7 页。
③ 刘小枫选编:《德国诗学文选》下卷,上海:华东师范大学出版社 2006 年版,第 9、10 页。

心主义混合在一起"①，所以，在《诗的自然科学基础》（1887）之中他说："人们唯一能要求的就是去符合科学研究的新成果。健康的现实主义能够做到这一点。现实主义在保护诗歌艺术的巨大成就的同时，果断地以新的观念取替旧的观念，从而与精密的科学相吻合。在这里，现实主义高兴地看到，新的支柱不仅相对而且绝对地比老的好，并且借助这一科学的符合，为诗歌艺术注入了富有朝气的生命原则，这一新的生命原则待完全适应后必将为诗歌创作这个高贵的家族吐放出人们过去无法想象的崭新的花蕊。这些抽象而简洁的话语就是现实主义实际上容易理解的定义。"②伯尔舍强调的，不是自然科学给诗歌带来理性的原则，而是自然科学给诗歌带来"新的生命原则"。由此可见，伯尔舍的文学思想仍然是在生命哲学的非理性主义思想的烛照之中。

德国诗人里夏德·德默尔（Richard Dehmel，1863—1920，一译戴默尔），虽然同样是自然主义文学思想的熟悉者，然而，他仍然以非理性主义思想来论述诗（文学）和艺术的情感特征。他在《哲学的世界观与诗意的世界观》一文中说："艺术家在创作时，不是在知性概念中思考，而是在情感表象中思考。他不是想获得某种信仰，而是从信仰出发。"尽管这种观点在今天已经是司空见惯，但是，在19—20世纪之交文学思想转型的时代，却是有一点石破天惊的意味。而且，德默尔以世界上最有名的文学大师埃斯库罗斯、但丁、迦梨陀娑、鲁米、李太白以及德国文学泰斗歌德的例子说明："独创性并非在思想之中，而恰恰是在激情之中，在感情的巨大翻腾之中，激情在思想的伴随下创造出自己的富有图像的波动。""诗人当然不是思想的链条，只有在这个链条上，诗人自己才会同其他人一起被拴在世界汪洋之上。不过，诗人身上本身就拥有感情的罗盘，它给诗人和他人指示方向，告诉人们，在瞬间激情的罗经刻度盘中，自己最强烈、最心爱的感受在何处获得恒久的一极，在何处获得与世界对立的可靠立足点。在这方面，那些带说教的话就没有必要讲了。"③这些文学思想的阐述，非常明白地表达了由西方传统美学的"摹仿说——镜子说——再现说"艺术本质论转向西方现代主义美学的"表现说"、由传统文学思想的理性主义转向现代主义文学思想的非理性主义的大趋势。

德国象征主义诗人斯特凡·格奥尔格（Stefan George，1868—1933，一译盖奥尔格）在他所主办的《艺术之页》第二期（1894）的导言之中，也宣扬了反理性的文学

①　刘蔚华主编：《世界哲学家辞典》，重庆：重庆出版社1992年版，第1215页。

②　刘小枫选编：《德国诗学文选》下卷，上海：华东师范大学出版社2006年版，第6—7、38页。

③　刘小枫选编：《德国诗学文选》下卷，上海：华东师范大学出版社2006年版，第40—43页。

思想。他说:"我们所追求的不是发明历史,而是再现情绪;不是观察,而是阐明;不是交谈,而是印象。""近代诗人大多数是创作自己的作品,或者至少愿意把它们看做是一种观点的支柱:——一种世界观——而我们在每一事件中,在每个时代里看见的只是艺术冲动的手段。"诗是一件事情的最高的、最彻底的表达方式:不是思想的再现,而是情绪的再现。绘画中起作用的是布局、线条和色彩;诗中则是选择、内涵和音调。把感情、激情看得比思想更加重要,也就是一种非理性的文学思想,是德国文学思想从启蒙主义现代性的理性主义走向审美现代性的非理性主义的一种表现,也是启蒙现代性的认识论的艺术本质论转向审美现代性的人类本体论的艺术本质论的表现。在这种转型之中,德国文学思想走在了欧洲和整个西方的前头。

从以上所述可见,德国文学思想在 19—20 世纪之交走向现代的时候,非常清楚地表现出审美现代性对启蒙现代性的反思和批判。这一点,托马斯·曼(Thomas Mann, 1875— 1955) 在《从我们的体验看尼采哲学》一文中似乎有比较清醒的认识。他说:"尼采在不止一个意义上是名垂青史的,他创造了历史。可怕的历史。他自称是'一场灾难',这并非言过其实。他以审美眼光夸大了他的孤独,他属于,当然是作为一个极富德意志气质的人,一场席卷全西方的运动,一场克尔恺郭尔、柏格森等多人参与的反对 19—20 世纪古典理性信仰的思想史上的叛乱。这场叛乱运动确有所成,或者说仅仅由于一点残缺尚系未竟之业:它必然的续篇是在获得一个较之资产阶级时代自负浅薄的人道概念更具深度的人道概念这一新的基础上重建人类理性。"[1]尼采既是一个审美主义者,他的名言就是:一切唯有作为审美现象才有存在的理由,才能被人理解、受人推崇;同时,他又是一个非理性主义者,他把生命的权力意志作为世界的本原,他反对苏格拉底式的"理论人",极力推崇酒神精神的"醉"的非理性状态及其表现形式——"超人"。而这一切恰恰是 19—20 世纪之交西方社会和历史的反对古典传统理性主义和反思、批判启蒙现代性的非理性主义和审美现代性的统一。这些在 19—20 世纪之交德国文学思想之中得到了最为充分的表现和张扬。

三、德国文学思想走向现代的历程

19—20 世纪之交德国文学思想走向现代的表现,不仅仅在于这时的德国文学思想具有强烈的民族意识性,鲜明的象征符号性,突出的非理性化,彰显为审美现代性

---

① 刘小枫选编:《德国诗学文选》下卷,上海:华东师范大学出版社 2006 年版,第 186 页。

对启蒙现代性的反思和批判，而且展开为几种文学思想的流派的相互消长和相互影响，这就是：新康德主义和现象学的文学思想在哲学层面实现德国文学思想的现代转型，象征主义和现实主义的文学思想在文学创作实践的层面实现德国文学思想的现代转型，马克思主义的文学思想在社会历史层面实现德国文学思想的现代转型。

1. 新康德主义和现象学的文学思想

19—20 世纪之交德国哲学界流行的哲学流派主要是新康德主义和现象学。《十九世纪德国非主流哲学——现象学史前史札记》指出："新康德主义是一个哲学学派，也是一次哲学运动，新康德主义诞生于 19 世纪下半叶，从 19 世纪末起占领了整个德国哲学界，到 20 世纪 30 年代，它前后共流行了七十多年。它是德国哲学史上继德国古典哲学之后持续时间最长、统治德国大学哲学系最久的哲学学派。它对后来德国哲学发展的影响是十分深远的。新康德主义就是从康德的精神出发，系统地、成体系地进行哲学思维的哲学运动。属于这个运动的哲学家思想家数以百计，但主要是两大学派，6 位领衔学者：马堡学派的柯亨、那托普、卡西尔。西南学派（即弗赖堡学派——引者按）的文德尔班、李凯尔特和腊斯克。"[1]"在 20 世纪第一年，德国哲学家胡塞尔发表了《逻辑研究》一书。《逻辑研究》的问世，是现象学诞生的标志。"[2]《新编西方现代哲学》认为："就 19 世纪下半期以来盛行的新康德主义思潮来说，他们对待康德的态度与集理性派唯心主义辩证法之大成的黑格尔和恢复了唯物主义权威的费尔巴哈都大不相同。因为他们既反对把康德的自在之物融化于绝对精神之中，把康德哲学改造为客观唯心主义；更反对对康德的'自在之物'作出唯物主义解释（例如当做某种客观自在的存在物），由此建立某种新的唯物主义。他们的根本立场是进一步发挥康德对传统形而上学的批判及康德的'哥白尼变更'所体现的对主体的创造作用的强调，尽管新康德主义的各个支派在理论上互有差异，但他们几乎都否定康德以后德国古典哲学的发展而要求回到康德。这当然不是简单地复活康德，而是要求继承和发展康德对形而上学和理性独断的批判精神，为哲学的发展探索新的道路。"[3]"胡塞尔在哲学上终生奋斗的目标是使哲学成为一门严格的科学。为此他寻求建立一种可以用来建立这样的哲学的可靠方法。"[4]"胡塞尔像笛

---

[1]　靳希平、吴增定：《十九世纪德国非主流哲学——现象学史前史札记》，北京：北京大学出版社 2004 年版，第 225 页。

[2]　靳希平、吴增定：《十九世纪德国非主流哲学——现象学史前史札记》，北京：北京大学出版社 2004 年版，第 491 页。

[3]　刘放桐等编著：《新编西方现代哲学》，北京：人民出版社 2000 年版，第 63—64 页。

[4]　刘放桐等编著：《新编西方现代哲学》，北京：人民出版社 2000 年版，第 305 页。

卡儿一样，认为首先应当通过一种方法，找到哲学的出发点、'第一原理'。"不过，他并不同意笛卡儿的"心物分裂的二元论"。"胡塞尔要求有一种新的方法，这种方法将对世界提供一种彻底地改变了的观点。这种观点就是他所谓的面向'事物本身'。必须注意，他所说的'事物'（Sachen）并不是指客观存在的物理客体，而是指一个人所意识到的任何东西，或者说是呈现在一个人的意识中的一切东西，诸如自然对象、数学实体、价值、情感、意志、愿望、情绪等等，不论是物理的或是心理的东西。胡塞尔把所有这些呈现在意识中的东西都称为**现象**，认为这些现象就是哲学研究的领域。可见，所谓面向'事物本身'，就是返回到'现象'，也就是返回到意识领域。这是胡塞尔现象学的一个基本观点。胡塞尔认为，哲学研究既不应当从物质出发去解释精神，把精神还原（归结）为物质；也不应当从精神去解释物质，把物质还原（归结）为精神。只有回到'事物本身'，也就是回到'现象'，以此作为哲学研究的出发点，从这里开始，才能避免心物分裂的二元论，避免传统的唯心论或唯物论。"① 由此可见，新康德主义和现象学哲学都是要以康德的"批判"精神来反思传统西方哲学的形而上学和二元对立的思维方式，要探讨一种新的反对形而上学和颠覆二元对立的哲学思维方法。实质上，新康德主义和现象学哲学就是从哲学上对启蒙现代性进行反思和批判，把从康德就开始萌发的审美现代性对启蒙现代性的反思和批判继续下去。具体而言，新康德主义和现象学哲学就是要针对启蒙现代性所构筑的"理性主义神话"、"科学技术神话"、"进步神话"来阐明"审美现代性"的哲学基础：反对理性主义神话的形而上学和二元对立思维方式，反对科学技术神话的普遍主义和唯我独尊，反对进步神话的线性发展观和单向思维方法，主张明确划分各门学科之间的边界，找到科学技术之外的学科尤其是哲学和艺术（美学）的自身规律，确立哲学和美学（艺术）的表现形式，从而达到审美现代性的自立、自律、自足。德国新康德主义和现象学哲学就是德国这个"迟到的民族"从哲学上为审美现代性清理基础的表现，在文学思想上，新康德主义和现象学哲学就是德国文学思想在 19—20 世纪之交走向审美现代性的哲学表现。

新康德主义首先继承了康德为人类的不同学科划分界限的哲学理路，给文学艺术进行定位。康德哲学为自己提出了这么几个问题：我们能够认识什么？我们应该做什么？我们能够希望什么？人是什么？为此他写了《纯粹理性批判》来回答认识论问题，写了《实践理性批判》来回答伦理学问题，写了《判断力批判》来回答美

---

① 全增嘏主编：《西方哲学史》下册，上海：上海人民出版社 1985 年版，第 753 页。

学和目的论的问题，最终解决人学的问题。正是在这样的哲学批判的基础上，康德给美学（文学艺术）规定了边界——与感情相对的审美判断力领域，从而开始把美学（文学艺术）从认识论和伦理学之中划分出来。新康德主义就是沿着康德的这条反思和批判启蒙现代性的思路，进一步对文学艺术进行定位。弗赖堡学派的文德尔班（1848—1915）在1894年斯特拉斯堡大学的讲演《历史与自然科学》之中指出："在方法上把哲学与数学分开，并且对哲学与心理学作出原则上的划分，这项工作是由**康德**完成的。"[①] 他把历史与自然科学区分开来而与文艺相比附："对于历史学家来说，任务则在于使某一过去事象丝毫不走样地重新复活于当前的观念中。他对于过去曾经实存过的东西所要完成的任务，颇像艺术家对于自己想象中的东西所要完成的任务。历史工作之与美术工作相近，历史科学之于**文艺**相近，根源即在于此。"[②]"自然研究的气力用在抽象的方面，历史的气力用在直观的方面，如果我们把两者的研究成果拿来比较一下，就可以格外清楚地看到这一点。历史的批判在对它所陈述的东西加工制作的时候，尽管需要进行一些非常细致复杂的概念工作，但是它的最终目的永远在于从大量素材中把过去的真相栩栩如生地刻画出来；它所陈述出来的东西是人的形貌，人的生活，及其全部丰富多彩的特有的形成过程，描绘得一丝不苟，完全保存着生动的个性。"[③] 这里是把历史与自然科学相区别：自然科学是普遍规律的探索和抽象概念的研究，而历史则是个别事实的陈述和直观的描绘。弗赖堡学派的另一个代表人物李凯尔特（1863—1939）在《文化科学和自然科学》（1899）之中进一步把艺术（美学）与历史区别开来："毋宁说，艺术借助于美学必须确认的手段，把直观提升到'普遍性'的领域；对于这种普遍性，我们这里不做进一步确定的论述，它和概念的普遍性显然有原则性的区别。也许，可以把美学的基本问题表述为关于**普遍直观**的可能性问题，而历史逻辑学的基本问题则是关于**个别概念**的可能性问题。"[④] 新康德主义马堡学派的那托普（1854—1924）在1912年康德学会哈勒会议上的演说《康德与马堡学派》之中指出："把逻辑学、伦理学、美学简单地并列起来，这是与我们的看法不合的，正如与康德的看法不合一样；因为我们始终遵循着一条发展路线，这就是从柏拉图到康德、再到康德，进而达到一种纯粹、彻底的方法唯心

①　洪谦主编：《西方现代资产阶级哲学论著选辑》，北京：商务印书馆1982年版，第52页。
②　洪谦主编：《西方现代资产阶级哲学论著选辑》，北京：商务印书馆1982年版，第59页。
③　洪谦主编：《西方现代资产阶级哲学论著选辑》，北京：商务印书馆1982年版，第60页。
④　[德] H.李凯尔特：《文化科学和自然科学》，涂纪亮译，杜任之校，北京：商务印书馆1986年版，第66—67页。

论的发展路线。伦理学(现在要抓住伦理学)与理论哲学的关系,我们是和柏拉图、康德一样,把它定义为无假设的东西与假设的关系,无条件的东西、即无条件地合规律性的东西与有条件的东西、有条件地合规律的东西的关系。但是理论哲学中在时空因果制约的范围以内展开活动的,与伦理学中摆脱这种制约而活动的,乃是**同一个逻各斯,同一个'理性'**。因此在理性学说原来的广泛意义之下,我们认为'逻辑'是要往上擢升一等的;它不仅包括作为'可能经验'的逻辑的理论哲学,而且包括作为意志形态的逻辑的伦理学,以及作为纯粹艺术形态的逻辑的美学。因此它奠定了一些更广泛的、广不可测的科学领域:社会科学(经济学、法学、教育学)和历史学、艺术科学以及宗教科学,因而也奠定了各种所谓精神科学,而不仅仅是自然科学,更不用说不仅是数理科学。"① 从这种审美现代性的角度来看文学艺术,文学艺术就是具有自己的独立性质和地位的"精神科学"(人文科学),既不同于自然科学,也不同于社会科学,而是按照美学的逻辑的自立的(不同于历史、宗教的)人文科学。

其次,新康德主义继承了康德论述文学艺术的"自律性"的传统,进一步从价值论的角度论证了文学艺术的审美的"自律性"。W. 文德尔班(1848—1945)著有《序曲》,第三版,(1907);《历史和自然科学》,第三版,(1904);《意志自由》,第二版(1905);《趋向真理的意志》(1909)。他受康德和费希特的影响,根据批判哲学的精神制定他的学说。在他看来,哲学是关于一般价值的科学,研究绝对价值判断(逻辑、伦理和美学)原理;其他科学的课题则是理论判断。这两种命题根本不同:例如,这东西是白的,这东西是好的。在前一种情况,我们陈述那属于所呈现的客观内容的一种性质;在后一种情况,我们陈述一种关系,它表明规定某种目的的意识。逻辑公理、道德法规、美学规律的确实性不能证明;其各自的真理建立在一个目的上,这个目的必然作为人的思想、感情或愿望的理想而是必要的前提。那就是说,如果你向往真理,你必须承认思维原则的确实性;如果你相信有是非的绝对标准,你必须承认某种道德准则的确实性;如果美不仅仅是主观的满足,你必须承认美有一般的准则。所有这些公理都是准则,其确实性建立在这个前提下,即思维旨在实现求真的目的,意志旨在实现为善的目的,感情旨在实现理解美的目的——其方式是普遍可以接受的。相信普遍的目的是批判的方法的必要条件,没有这个条件,批判的哲学就毫无意义。② 新康德主义者建构了价值哲学,把哲学按照康德"批判哲学"的三大批判的

---

① 洪谦主编:《西方现代资产阶级哲学论著选辑》,北京:商务印书馆 1982 年版,第 92 页。
② [美]梯利:《西方哲学史》(增补修订版),葛力译,北京:商务印书馆 1995 年版,第 546 页。

结构一分为三：研究思维的逻辑学探求真的价值，研究意志的伦理学探求善的价值，研究感情的美学探求美的价值。在这个价值哲学的体系之中，文学艺术就属于美学的领域，文学艺术的价值就是美。这样，文德尔班就沿着康德的批判哲学的思路给文学艺术的自律性找到了价值哲学的根据，从审美现代性的角度规定了文学艺术的本质属性，把 18 世纪以来所确立的"美的艺术"的概念放置在坚实的哲学基础上，从而打破了启蒙现代性的理性主义神话的一统天下，给文学艺术找到了自己的领域和目的：情感领域和美的目的。这样，文学艺术的美的自律性就为 20 世纪现代主义美学的形形色色形式主义、唯美主义、"为艺术而艺术"流派奠定了理论基础。

再次，新康德主义者从符号（语言）和文化的角度看到了文化发展的辩证法，从而否定了启蒙现代性的理性主义和科学技术主义的进步神话。新康德主义马堡学派的主要代表人物之一恩斯特·卡西尔（1874—1945）把人从传统的"理性的动物"重新界定为"符号的动物"或"文化的动物"①。正是这种对启蒙现代性的反思和批判，使得卡西尔从人的符号（语言）的存在形式来看待人和人类社会的进步，从而否定了启蒙现代性的线性的、单向的进步神话，从文化的发展辩证法来表述人文科学的发展逻辑，显示出审美现代性的文学思想。在《人文科学的逻辑》之中，卡西尔指出："文明绝不是一种和谐的自我封闭的整体，而是充满了最为激烈的内部矛盾的。文明是富于辩证色彩和戏剧色彩的。它不是一种前后相继的简单过程，而是一种永远必然不断更新目的的行为。它的目标绝不是确定的。所以，无论怎样都不可能将文明归结为简单的乐观主义的理论，或归结为对人的'完善性'的独断的信仰。因为文明所建构的一切，同样可以由文化摧毁。所以，仅从文明的产物来说，它总是包含着某种令人不满的东西、某种十分可疑的东西。"②卡西尔通过对语言（符号）的分析给文学艺术以"自足的"形式规定，从而阐述了文学艺术的辩证发展，反思和批判了启蒙现代性的进步神话，表述了关于文学艺术的审美现代性。他说："毫无疑问，语言的这种创造是在对某种既定的模式的偏离中表现出来的。它与真正的创造性活动相差甚远，它不过是在语言的基质中发生的变化，还称不上立足于新的力量的自觉和主动的行为。但是，如果语言还没有衰亡的话，上面这决定性的一步是必不可少的。当语言不仅作为某种文化的传宗接代的工具，而且成为对生命的新奇的、富有特色的情感表达时，语言从内部更新的这种趋向首先就获得了它的强大力量。这种情感融

---

① ［德］恩斯特·卡西尔：《人论》，甘阳译，上海：上海译文出版社 1985 年版，第 34 页。

② ［德］恩斯特·卡西尔：《人文科学的逻辑》，沉晖、海平、叶舟译，冯俊校，北京：中国人民大学出版社 1991 年版，第 166 页。

汇在语言之中,它唤醒了在语言中潜存的活力。这样一来,日常语言中的纯粹变化,现在成为新形式的建构,这种新的形式建构不断发展的结果,终将导致语言的词汇、语法和语言风格的彻底改变。""正是通过这种方式,伟大诗歌的创作对语言的形成发挥过深刻的影响。但丁的《神曲》不仅赋予叙事诗以新的意义和内容,而且由此宣告现代意大利的'白话文'的诞生。历史上一些伟大艺术家几乎都经历过这样的深刻:他们往往会产生一种对既成语言革故鼎新的强烈冲动,在他们看来,这些语言与其说是从事创作的文字素材,不如说是对创作的束缚。在这种时刻,他们对语言的强烈的怀疑态度形成一种强大的力量。歌德同样没有摆脱这种怀疑,他对语言的怀疑态度与柏拉图不相上下。他在威尼斯写的一首著名的讽刺诗中说,尽管他竭尽全力,但还有一种技艺一直没有掌握,这就是用德文写作的能力。"[①] 因此,在卡西尔看来,文学艺术由于运用"语言",而"语言"(符号)是既有继承性又有变革性的,所以文学艺术乃至一切人文科学的发展就不是线性的、单向的"进步"。他说:"在任何情况下,都会遇到形式的稳定性因素和变化性因素。"[②] 他还以抒情诗为例来说明文学艺术的发展辩证法:"确实,在所有的艺术形式中,抒情诗是最富于动感和变化的。抒情诗只知道以其完全的生成揭示自身的那种存在,这种生成并非客观事物的变化,而是自我的内心搏动。人们对此所能把握的,只有某种过渡性,即心智的微妙的荡漾和情感的或隐或现。这才是真正的诗人的世界。在这个世界里,不存在既成的'形式',随时都有新形式创造出来。然而,抒情诗的历史表明它并不完全缺少延续性,在这里,'异质性'不是唯一的、全能的因素。抒情诗所创造出的新事物似乎总是一种情感上的振奋和鸣响。"[③] 这种语言符号形式的文化规定性给文学艺术赋予了"自足的"形式,从而在文学思想上显示出符号化、形式化的审美现代性,给 20 世纪的西方文学思想的形式主义美学和符号学美学的诞生注入了新的理论活力。

现象学的文学思想在哲学基础上对于启蒙现代性的反思和批判,对于审美现代性的阐发则与新康德主义有所不同,不过仍然表现出异曲同工之妙。现象学的文学思想是以现象学方法来观照文学艺术,而现象学方法的主要方面就是"悬置法(加括号法)"、"本质的直观"、"面向事物本身"、"回到生活世界"。实际上,通过现象学方

---

① [德] 恩斯特·卡西尔:《人文科学的逻辑》,沉晖、海平、叶舟译,冯俊校,北京:中国人民大学出版社 1991 年版,第 174—175 页。

② [德] 恩斯特·卡西尔:《人文科学的逻辑》,沉晖、海平、叶舟译,冯俊校,北京:中国人民大学出版社 1991 年版,第 182 页。

③ [德] 恩斯特·卡西尔:《人文科学的逻辑》,沉晖、海平、叶舟译,冯俊校,北京:中国人民大学出版社 1991 年版,第 183 页。

法的"悬置（加括号）——本质的还原——面向事物本身——返回生活世界"的整个过程，我们就可以得到一个作为审美意象的文学艺术作品，即不关涉对象的存在，不依赖于概念的，在意识之中存在的纯粹的事物本身，而它又由于意向性与生活世界相联系的本质的形象显现。换句话说，这种审美意象也就是一种"自立"、"自律"、"自足"的"事物本身"和"生活世界"。

首先，现象学方法的目的是要"面向事物本身"，也就是回到意识中的一切东西，即回到"现象"。作为现象学哲学的创始人胡塞尔（1859—1938）"要求有一种新的方法，这种方法将对世界提供一种彻底地改变了的观点。这种观点就是他所谓的面向'事物本身'。必须注意，他所说的'事物'（Sachen）并不是指客观存在的物理客体，而是指一个人所意识到的任何东西，或者说是呈现在一个人的意识中的一切东西，诸如自然对象、数学实体、价值、情感、意志、愿望等，不论是物理的或是心理的东西。胡塞尔把所有这些呈现在意识中的东西都称为**现象**，认为这些现象就是哲学研究的领域。可见，所谓面向'事物本身'，就是返回到'现象'，也就是返回到意识领域。这是胡塞尔的一个基本观点。"[1] 由此可以看到，胡塞尔所面向的"事物本身"倒是非常类似"审美意象"——意中之象，意识中的一切东西，诸如自然对象、数学实体、价值、情感、意志、愿望等，不论是物理的或是心理的东西。

其次，要返回"事物本身"就必须有一套方法，即"悬置"或"加括号"，到达本质直观从而"本质还原"。"现象学的'悬置'就是把种种假设搁置起来，使人摆脱这些假设的干扰，从而澄清被各种假设所充塞了的人的意识，也就是使人能转向意识的内容本身（即呈现在意识中的一切'事物本身'，或者说转向'现象'）。"[2] "胡塞尔认为，通过现象学的悬置或加括号的活动，一个人就能使意识摆脱种种前哲学的或传统哲学的假设，结果就会意识到，呈现在意识中的现象不仅有事物的感性的、具体的、外在的那些东西，而且有使该物成为该物的东西，也就是事物的一般、共相的东西。胡塞尔将后者称为本质（eidos）。他认为，本质不是像现象主义者所认为的那样是在现象后面的东西，又不是柏拉图式的超越于个别事物的理念，也不是笛卡儿式的天赋观念或康德式的心灵的构造。本质是观念的、先验的，但又是直接地呈现在意识中的，也就是在现象中的；本质是现象中的稳定的、一般的、变中之不变的'常数'。……因此本质具有普遍性、必然性。"[3] 由此我们可以看到，胡塞尔本质还原

---

①　全增嘏主编：《西方哲学史》下册，上海：上海人民出版社 1985 年版，第 753 页。

②　全增嘏主编：《西方哲学史》下册，上海：上海人民出版社 1985 年版，第 755 页。

③　全增嘏主编：《西方哲学史》下册，上海：上海人民出版社 1985 年版，第 756 页。

的"事物本身"就是一个不依赖于概念但又是能够表征本质的普遍性、必然性的"意识中的现象",这也就是康德在《判断力批判》之中所进行"美的分析"的"审美意象"——不关涉对象的存在的非功利性的、不关涉概念而又具有普遍有效性和必然性的、无目的而又合目的的"意识中的现象"。

再次,胡塞尔所面向的"事物本身"还是与生活世界息息相通的,因为意识的结构是意向性的。"胡塞尔认为,本质和现象是不可分割的,现象之中就有本质,本质就是一种现象。同样,他认为,思想和物或意识和意识的对象也是不可分割的。这就是现象的一元论和意识的一元论,它将克服笛卡儿和康德的二元论。按照他的一元论,意识存在着一种基本结构,即意向性。……意向性就是指意识活动总是指向某个对象,不存在赤裸裸的意识,不存在把自身封闭起来的意识,意识总是对某种东西的意识。……胡塞尔提出,意识和对象、世界之间的关系是'构成'的过程,这是现象学的一个重要的基本观点。这也是胡塞尔对意识的意向性原理的进一步发展。"[1] 正是这种"意识的意向性结构,意识的'构造'活动,可以说是本质直觉的理论基础"。[2] 经过了这一系列的现象学还原,人们也就可以回到生活世界,"就可以懂得,这个世界是一个被人改造了的世界,是一个人化了的世界,因为这个世界是由'自我'、由人的意识活动'构造'的,是由人赋予意义和价值的。胡塞尔把意识的意向活动范围及其所造成的周围环境、区域、关系称为'水平域'或'边缘域'(horizon),而生活世界(Lebenswelt)就是这个与人联系在一起的具有意义的'水平域',它包括我们所相遇的、我们与之打交道的一切人、事、物、时间、空间,包括我们通过情感、思想、想象和任何自然力所知道的东西。这个生活世界是人的一切活动、努力的背景,不管这些活动、努力是否正确,是否真实。"[3] 因此,胡塞尔所面向的"事物本身"又是与生活世界息息相关的,返回这样的生活世界就是返回到自我本身、事物本身、现象本身。这样的可以返回生活世界的"事物本身"也就好像是艺术世界的"审美意象"。

正因为如此,胡塞尔在给胡戈·冯·霍夫曼斯塔尔的一封信(1907年1月12日)之中阐述了"艺术直观与现象学直观"。胡塞尔首先把现象学方法所持有的态度与审美的态度视为"相近的"。他说:"艺术作品将我们置身于一种纯粹美学的、排除了任何表态的直观之中。存在性的世界显露得越多或被利用得越多(例如,艺

---

① 全增嘏主编:《西方哲学史》下册,上海:上海人民出版社 1985 年版,第 758—759 页。

② 全增嘏主编:《西方哲学史》下册,上海:上海人民出版社 1985 年版,第 760 页。

③ 全增嘏主编:《西方哲学史》下册,上海:上海人民出版社 1985 年版,第 762—763 页。

作品甚至作为自然主义的感官假象：摄影的自然真实性），这部作品在美学上便越是不纯。"① 这就是阐述了艺术作品的非存在性和非功利性的"自律性"。他还指出："艺术家为了从世界中获得有关自然和人的'知识'而'观察'世界，他对待世界的态度与现象学家对待世界的态度是相似的。就是说，他不是观察着的自然自然研究者和心理学家，不是一个对人进行实际观察的观察家，就好像他的目的是在于自然科学和人的科学一样。当他观察世界时，世界对他来说成为现象，世界的存在对他来说无关紧要，正如哲学家（在理性批判中）所做的那样。艺术家与哲学家不同的地方只是在于，前者的目的不是为了论证和在概念中把握这个世界现象的'意义'。而是在于直觉地占有这个现象，以便从中为美学的创造性刻画收集丰富的形象和材料。"② 这里非常明确地阐述了艺术（创造）的非概念的"现象学"的直观形象性，以区别于自然科学、人的科学以及哲学，从而显示出艺术的审美（美学）"自立性"和"自足性"。这就是德国现象学哲学对启蒙现代性所做的反思和批判以及所建立的现象学的审美现代性，与新康德主义的审美现代性在哲学上为19—20世纪之交德国文学思想的走向现代奠定了哲学基础。

2. 象征主义和现实主义的文学思想

在19—20世纪之交德国文坛上主要流行的现代文学流派就是象征主义和现实主义。《20世纪德国文学史》指出："19世纪末，在德国文坛上曾独领风骚的自然主义失去了活力，它只是机械地、照相式地去模仿现实，既看不到也没有勇气去描绘正在兴起的新的事物，正在社会舞台上挥斥方遒的新生力量；它所运用的表现手段和所遵循的思想都无法适应发展着的时代。这必然导致艺术和文学的不可遏止的堕落，因为它违背了艺术的本质，以所谓的一丝不苟地再现自然来理解艺术的价值，排斥艺术家幻想中的任何一种特有的功能、任何一种艺术虚构。""随着自然主义的日趋没落，标榜现代派的各种文学流派兴起来了，这在艺术和建筑领域里表现得尤为明显。它们给自己标上新浪漫派、印象主义、象征主义的标签。这一代人要突破、要追寻的是一种'青年风格'。在这个时期走向文坛的斯·茨威格（1881—1942）在自传《昨日的世界》中这样描绘了与他同时代青年人的心态：'我们发现新的，因为我们要求新的，因为我们渴望属于我们的而不是属于我们父辈的世界……随着旧世纪的结束，某些艺术见解也将结束，革命已经到来，至少是价值的一种变化的开始。'"③

---

① 倪梁康选编：《胡塞尔选集》（下），上海：上海三联书店1997年版，第1202页。

② 倪梁康选编：《胡塞尔选集》（下），上海：上海三联书店1997年版，第1204页。

③ 高中甫、宁瑛：《20世纪德国文学史》，青岛：青岛出版社1998年版，第2页。

我们认为，在德国 19—20 世纪之交，最主要的现代主义文学流派就是象征主义。袁可嘉的《欧美现代派文学概论》指出："在欧美现代派文学中出现最早、影响最大的派别当推象征主义诗歌。它的起源可以追溯到 19 世纪中叶的坡和波德莱尔的创作和理论。1886 年，'象征主义'这个称谓首先在法国出现，这股思潮在 1910—1925 年间扩及欧美各国，世称'后象征主义'，由此确立为现代派文学的一个核心分支，它的影响一直延续到今天，而且渗透到各种文学体裁。大致以 1890 年为起点的象征主义是划分西方古典文学和现代文学的分界点。"① 在德国，象征主义的审美现代性特征表现得比较明显。与此同时，随着法国、俄国等国的批判现实主义文学的发展，德国的批判现实主义也在不断发展。《20 世纪德国文学史》指出："德国现实主义中的社会批判倾向在上一个世纪的一些作家身上已有所发展，这一点在冯塔纳晚年的作品中表现得尤为明显。这条现实主义路线在"一战"后的 20 世纪 20 年代里，特别是在 20 年代中期表现主义已失去活力的时候，明显地加强了。第一次世界大战的灾难、随后的革命时期、战后的悲惨境况、通货膨胀年代、激烈的党派斗争、相对稳定时期中的动荡，这些时代的和社会的课题为现实主义的发展增加了批判内容，注入了新活力。包括自然主义在内的各种流派：印象主义、象征主义、表现主义、新实际主义等，承受不了如此沉重的任务，无法从本质上去反映去把握这个时代，尽管它们分别做出了各自的贡献。只有批判的现实主义才能承担起这一历史责任，一些自然主义作家、现代派作家纷纷转向批判现实主义，正是基于这一认识。"② 正是象征主义和批判现实主义的文学创作及其文学思想表现了德国文学思想在 19—20 世纪之交走向现代的审美现代性和对启蒙现代性的反思和批判。

首先，象征主义和批判现实主义的文学流派共同针锋相对的就是当时正在成为强弩之末的德国自然主义文学流派。众所周知，自然主义文学流派是以实证主义哲学为基础的，而其要旨就是文学要与自然科学一样来观察、研究、表现现实生活。自然主义的主要创作和理论的代表人物，法国作家左拉（1840—1902）在《戏剧上的自然主义》之中说得非常明确："……自然主义意味着回到自然；科学家们决定从物体和现象出发，以实验为工作的基础，通过分析进行工作，这时候他们的手法便意味着自然主义。相应地在文学方面，自然主义是回到自然和人；它是直接的观察、精确的剖解、对存在事物的接受和描写。作家和科学家的任务一直是相同的。双方都须

---

① 袁可嘉：《欧美现代派文学概论》，桂林：广西师范大学出版社 2003 年版，第 95 页。
② 高中甫、宁瑛：《20 世纪德国文学史》，青岛：青岛出版社 1998 年版，第 52 页。

以具体的代替抽象的，以严格的分析代替单凭经验所得的公式。因此书中不再是抽象的人物，不再是谎言式的发明，不再是绝对的事物，而只有真正历史上的真实人物和日常生活中的相对事物。一切都从头再来过，首先须从人生的真源来认识人，然后才像一些发明典型的理想主义者那样来作出结论；因此作家们只需从基础上把握结构，尽量提供有关人的文献并在逻辑的秩序中呈现它们。这就是自然主义，它起源于第一个在思考着的头脑，嫁入你要这样说的话，但是它的宽广发展——无疑地也是明确的发展——则在上一世纪。"① 在《实验小说》之中左拉说得更加斩钉截铁："在我的文学论文中，我常常谈到把实验方法应用于小说和戏剧。回到自然、作为本世纪的标志的自然主义的发展，逐渐地把人类智力的一切表现都驱入同一条科学的道路。只以科学来控制一个文学的思想，无疑地引起惊异，故须以确切的解释而使人理解。那么，我似乎有必要，就我所理解的实验小说，作些简要地说明了。"② "总之，一切都被总结在一个巨大的事实里：文学上的实验方法和科学上的一样，正在解释个人的以及社会的自然现象，直到现在为止，形而上学对这些现象只不过作了非理性的和超自然的解释。"③ 象征主义文学创作和文学思想就是对这种混淆文学和科学的自然主义文学流派的反思和批判。袁可嘉指出："19世纪80年代中期在法国正式打出旗号的象征主义是对以孔德为代表的实证主义哲学和以左拉为代表的自然主义文学的反拨。它首先发生在法国，因为法国正是实证主义哲学和自然主义文学的发源地。实证主义者只知机械地论证实际事物之间的因果关系，而象征主义者则强调隐匿在自然世界之后的理念世界；自然主义者侧重遗传和环境对人的决定性影响，而象征主义者则要求凭个人的敏感和想象力来创造超自然的艺术。与当时尼采、弗洛伊德、柏格森等人的思想相呼应，象征主义者十分重视主体的认识作用和艺术想象的创造作用。"④ 袁可嘉还分析了象征主义的主要特征："象征主义者在题材上侧重写个人幻景和内心感受，除少数例外，较少涉及广阔的社会题材；在艺术方法上，否定空泛的修辞和生硬的说教，强调用有质感的形象（不只是比兴一端，而且包括诗歌的全部艺术手段，从命意、诗体、辞藻、节奏、色彩、结构甚至到标点和排列形式）通过暗示、烘托、对比、联想的方法来表现。他们重视音乐性，目的不仅在声韵上的美妙动听，而且在它能引起丰富的暗示和联想。""'象征'一词在希

---

① 伍蠡甫主编：《西方文论选》下卷，上海：上海译文出版社1979年版，第246—247页。
② 伍蠡甫主编：《西方文论选》下卷，上海：上海译文出版社1979年版，第249页。
③ 伍蠡甫主编：《西方文论选》下卷，上海：上海译文出版社1979年版，第256页。
④ 袁可嘉：《欧美现代派文学概论》，桂林：广西师范大学出版社2003年版，第95页。

腊文中指一个事物（如木板、陶器）分成对半、主客双方各执其一，再次见面时拼成一块、以昭友善，后来就引申为某个观念或事物的代表，如十字架代表基督教、皇笏代表王权。但象征与一般的比喻不同，比喻只作间接修饰用，如以花比美人，喻体与本体未必有什么实质上的联系；象征中形象大于字面意义，要求体现本体的实质，如艾略特以奄奄一息的'小老头'象征精神虚脱的现代人，以'荒原'象征没落的现代世界，涉及事物的实质，含义比较深广。中古文学中的象征主义使用早已固定的、大众认可的象征，而现代派的象征主义往往构成一个个人的、隐秘的系统，不经过一番研究是不易掌握的。这也是造成现代派晦涩性的一个原因。"① 由此可见，象征主义的文学思想就是要与自然主义的实证主义哲学和科学主义神话划清界限，使得文学艺术成为不同于科学的一种特殊的创造。批判现实主义的文学思想在文学艺术的"自立性"这一点上与象征主义是一样的。德国的象征主义和批判现实主义比较明显地表现出来这种文学思想的审美现代性——把文学与科学的界限划分出来，以突出文学的特征。

现实主义文学艺术在德国的发展是伴随着德国 18 世纪启蒙主义运动和 19 世纪30 年代以后的资产阶级民主革命的历史发展而逐步展开的。从 18 世纪 70—80 年代"狂飙突进"文学运动和早期耶拿派浪漫主义开始，德国现实主义文学艺术就在不断发展壮大，直到 1794—1805 年歌德和席勒在魏玛共同创建德国古典现实主义文学艺术高峰，德国现实主义文学艺术才确立了在德国本土乃至整个欧洲的地位。从此以后，德国现实主义文学艺术逐渐从浪漫主义思潮和流派之中成长起来，19 世纪初"青年德意志派"在德国文学艺术从浪漫主义向现实主义过渡之中起了重要的作用，到 19 世纪中叶马克思主义文论和美学诞生就大大地促进了德国现实主义文学艺术的发展。19 世纪 40 年代以后产生了所谓"诗意的现实主义"（创始人奥托·路德维希，1813—1865；其他代表人物有凯勒、迈耶、施托姆、海泽、施蒂弗特等人），19 世纪 70 年代以后产生了"批判现实主义"。批判现实主义文学的主要代表人物是特奥多尔·冯塔纳（1819—1898）、亨利希·曼（1871—1950）、托马斯·曼（1875—1955）。冯塔纳在《1848 年以来我国的诗歌和小说》一文中指出："现实主义并不等于日常生活赤裸裸的再现，尤其不是痛苦和阴暗面的再现。""这种倾向与真正的现实主义的关系正像矿石与金属的关系：它还缺少提纯和精炼。"② 这实际上就是针对

---

① 袁可嘉：《欧美现代派文学概论》，桂林：广西师范大学出版社 2003 年版，第 96 页。

② 贺祥麟主编，杜东枝副主编：《西方现实主义文学》，贵阳：贵州人民出版社 1988 年版，第 267 页。

着自然主义的自然科学的、生物学解剖的、实验的文学观念和创作方法，主张作家必须对日常生活中的素材进行加工提炼，就像冶金工人把矿石冶炼成为金属制品一样，也就是要对日常生活进行"诗意的升华"。德国批判现实主义者反对当时流行于德国的自然主义文学流派的文学观念，而大力倡导"真实性"。冯塔纳给现实主义的规定是："现实主义是一切真正的生活、力量和利益在艺术中的反映，……它包括整个丰富的生活，包括一切最伟大和最渺小的：它包括哥伦布，那个送给我们一个新世界的人，也包括水中的微生物，一滴水珠就足以构成其全部宇宙；它把最高尚的思想和最深沉的感情收进自己的领地……因为这一切都是**真实的**。现实主义并不仅仅是感官世界，绝不是这样，它最不需要纯直观的东西，但它需要**真实**。它只摒弃谎言、做作、模糊和僵死这四者。"① 这种真实性是要保持了日常生活的一切丰富性、多样性、生动性的，同时又要显示出日常生活的整体性、概括性、明确性的。这就是现实主义的真实性和典型性相统一的美学原则。

其次，象征主义和批判现实主义也都强调文学的"自律性"，不过象征主义以"象征"来凸显文学艺术的"自律性"，而批判现实主义则以"批判社会"来张扬文学艺术的"自律性"。"象征主义是世纪之交的重要文学流派，它反对自然主义和印象主义，认为文学的目的不在于用客观的描写再现现实（如现实主义），或直抒胸臆（如浪漫主义），它认为文学（尤其是诗歌）不应反映现实而应表达理想世界——美的世界，而这理想世界又不应该去直接加以表达，只应该加以象征，这'象征'又不应该是十分明确的，只可以是暗示的，应让读者自己去玩味。……象征主义提倡写直觉，反对思维科学化，也反对技术进步。象征主义在哲学上显然受了柏格森直觉主义的影响。柏格森认为现实无法用理性即理智来把握，而只能依靠神秘的直觉能力。象征主义诗人往往是资产阶级社会中的孤独寂寞者，他们认为现实根本不理想，是丑的，只有文艺能够成为美的，所以他们提倡'为艺术而艺术'，提倡'纯粹的诗'——与现实、时代和文化不相干的作品。反对文学的'功利'，提倡艺术至上，要求在艺术中追求理想的美，他们的这种'追求'后来在艺术上导致文艺的形式主义。象征主义诗人竭力想表达出语言的外在音乐性，它要求艺术语言，反对自然主义的口语和方言，它十分重视韵脚、节奏、旋律、遣词造句，企图用声音——语言的音乐性来进行'象征'。"② "德国批判现实主义文学贯穿于本世纪初至第二次世界大战结束的

① 贺祥麟主编，杜东枝副主编：《西方现实主义文学》，贵阳：贵州人民出版社1988年版，第267页。

② 余匡复：《德国文学史》，上海：上海外语教育出版社1991年版，第498—499页。

整个时期,它包括三个历史阶段:(1)魏玛共和国成立之前,即第一次世界大战前后;(2)魏玛共和国时期;(3)'第三帝国'时期。批判现实主义并不像本世纪初众多的现代流派那样流行一阵便销声匿迹,它始终有着生命力。这个时期的批判现实主义文学继承了19世纪德国批判现实主义的优秀传统,尖锐地揭露各个历史阶段德国黑暗的现实。这个时期的现实主义文学的特点是:和现实及政治的结合比历史上任何一个时期都密切,创作上结下了前所未有的累累硕果。许多批判现实主义作家的早期作品虽然受到过象征主义或表现主义等流派的不同影响,但他们在创作的成熟阶段都坚定地走上了批判现实主义的创作道路。"[①] 这些批判现实主义作家创作的作品的"批判社会"的力度和广度都大大地加强了,像冯塔纳的《艾菲·布里斯特》和亨利希·曼的《臣仆》。冯塔纳的《艾菲·布里斯特》(1895)描写了容克家庭的独生女艾菲·布里斯特不幸的婚姻,揭露了容克家庭的专制、虚伪给艾菲·布里斯特带来的种种不幸及其所造成的人与人之间的冷酷无情,有力地批判了当时德国社会的真实状况。"从表面看来,这部小说写的是一个普通的爱情与家庭的悲剧,实际上作者只是从普鲁士封建军事帝国社会机体上取出的一个一个脱落的细胞,向读者证明这个罪恶的社会早患上不治之症,已到了无可救药的地步。作品通过三代人(艾菲的父母,艾菲自己与艾菲的女儿安妮)受害事实的具体展示,有力地批判了普鲁士容克贵族社会道德观念的虚伪性和欺骗性。"[②] 亨利希·曼的《臣仆》则以漫画式的笔调写一个无知、低能、怯懦、固执、庸俗的资产阶级知识分子赫斯林如何以钻营拍马的方式一步步地往上爬,最后居然成了普鲁士帝国的主要支柱。作者在这个人物身上已经预示了德国纳粹分子的某些特征,并对他们进行了尖锐、辛辣的讽刺。"亨利希·曼在《臣仆》中为我们绘制了一幅德意志帝国历史的讽刺画。小说涉及的社会历史内容相当丰富,有关于军国主义夺权的描写;有关于1848年后德国政治力量对比的估计,小说提到了工人阶级的英勇斗争和德国民主力量的薄弱。虽说作者受到时代和世界观的限制,尚未把工人阶级当做自觉的战斗阶级来看,只是强调他们忍辱负重的悲苦一面,但毕竟从正面反映了他们的流血斗争。小说对于自由主义者和机会主义者的描写基本上符合历史真实。那时,一方面自由主义者(如布克父子)缺乏斗争的魄力和明智的远见;另一方面比较有势力的德国社会民主党内又大量涌进了资产阶级右翼分子,让拿破仑·菲舍尔这样的叛徒篡夺了领导权。他们的存在不

---

① 余匡复:《德国文学史》,上海:上海外语教育出版社1991年版,第565页。

② 贺祥麟主编,杜东枝副主编:《西方现实主义文学》,贵阳:贵州人民出版社1988年版,第287页。

仅无损于帝国专制主义的统治，而且还起了助纣为虐的反动作用，小说还通过狄德利希参加的'新条顿社'揭示了德国早期法西斯思想萌生的情况。"① 这些都无不说明，象征主义和批判现实主义对文学的艺术功能和批判功能的强调，给启蒙现代性的科学主义神话、理性主义神话和进步神话予以反思和批判，使得文学艺术的"自律性"在19—20世纪之交的德国凸显出来。

再次，象征主义和批判现实主义在19—20世纪之交的德国由于突出地批判了自然主义文学流派，而把文学艺术的象征形式和典型化手法化为了文学艺术的"自足的"表现形式，彰显了文学艺术的"自足性"。这同样是象征主义和批判现实主义反对自然主义文学流派的文学思想的必然结果。德国的象征主义主要代表人物就是：诗人格奥尔格、里尔克、剧作家霍夫曼斯塔尔、小说家胡赫和瓦塞尔曼等人。斯特凡·格奥尔格 (Stefan George, 1868—1933) 在法国结识了当时象征主义的魁首魏尔兰和马拉美，这对他日后的创作有决定性影响。自此以后，他决心把象征主义带回德国，并做这一流派在德国的吹鼓手和旗手。回国后，他在1892年创办了文艺刊物《艺术之页》。这份刊物一直出刊到1919年，它的宗旨在于反对自然主义，主张艺术不为功利，在艺术中排斥一切不属于"艺术"的东西，并极力反对艺术的商品化。不久，有一批诗人渐渐聚集在《艺术之页》和格奥尔格的周围，文学史上称为"格奥尔格派"，在这派中有里尔克、海泽勒和文学评论家贡多尔夫，青年时代的霍夫曼斯塔尔也曾一度与他们接近。格奥尔格的为艺术而艺术的文艺观使他非常讲究格律，注重辞藻和形式。② 格奥尔格认为，新的艺术应该摆脱平凡、理性的现实，创造只有少数人才能欣赏的诗意现实。他还认为，决定诗歌价值的不是思想，而是形式；诗不是思想的再现，而是情绪的再现。在他看来，绘画讲究的是布局、线条和色彩，而诗歌偏重的是选材、尺度和音调。因此，他的作品拒绝反映社会生活，一味追求完美的形式和优雅的语言。格奥尔格深受尼采思想的影响，认为只有少数精英才能进入纯艺术的圣殿。为了反对艺术作品商品化，他的早期诗集印制数量都限制在一二百册之内，只分送给朋友。格奥尔格和他的追随者在德国开展一场"精神运动"，以摆脱日常生活的理性现实，建立纯粹的艺术世界，反对自然主义，恢复德国文学的生命力。③

---

① 贺祥麟主编，杜东枝副主编：《西方现实主义文学》，贵阳：贵州人民出版社1988年版，第298—299页。

② 余匡复：《德国文学史》，上海：上海外语教育出版社1991年版，第499—501页。

③ 吴元迈主编：《20世纪外国文学史》第一卷《世纪之交的外国文学》，南京：凤凰出版社、译林出版社2004年版，第77页。

他们把文学艺术当做一个独立自足的审美世界,显示出德国现代主义文学的早期风貌。象征主义文学流派的另一个代表人物是奥地利诗人赖纳·马利亚·里尔克(1875—1926)。他的文学思想也是充分地显示了审美现代性的自足性。他赞美生命和上帝,歌颂黑夜和"独特的死亡",宣示爱与死的哲理以及对生命存在的体验,对城市化和科技化的批判,对天主教方济各会创始人、意大利修士圣方济各的赞颂,等等。敏感的诗人看到并强烈地感受到的现代工业发展所带来的种种弊端,在诗中多有反映,如小修道士与邻居"上帝"的对话,概括了对现实所持的批判态度。他曾经做过伟大的艺术家罗丹的秘书,罗丹的艺术创作对里尔克产生了巨大的影响和启发。在罗丹的直接影响下,里尔克逐渐摆脱了早期注重感情抒发的诗风,从重感情转变为重经验,从抒写内心主观的"我",转向通过细致的观察去描绘客观事物的姿态和灵魂,并把自己的主观意识和感情融注于客观事物中。无论所写的是人还是物,是人间的离愁还是欢聚,他都尽量同它们保持距离,不让它们染上作者自我的色彩。这一时期他创作的诗被称为"物诗"。他把诗中的事物作为自己生活体验、情感感受、生活本身的象征。因此,他还认为艺术也是一种生活方式,呼唤着真实的生活,因为生活更接近艺术。① 托马斯·曼(Thomas Mann, 1875—1955)是德国批判现实主义文学的主要代表人物之一。他在 19—20 世纪之交的主要作品《布登勃洛克一家》(1901)、《王爷殿下》(1909)、《特里斯坦》(1003)、《托尼奥·克勒格尔》(1903)、《在威尼斯之死》(1912),以典型化手法显现出批判现实主义文学的"自足性"。在《布登勃洛克一家》之中,"托马斯·曼塑造了 19 世纪中叶自由资本主义时代'勤勤恳恳做生意,规规矩矩发财'的资本家,描写了他们的发展和典型特性,如诚实经营,确守信誉,不图暴利等,还描写了 19 世纪末这种类型的资本家怎样为投机发家的资本家所排挤。小说还触及了托马斯·曼日后常爱写的主题,即艺术家和艺术在这个敌视艺术的资产阶级社会里的遭遇,以及艺术家和艺术跟社会的矛盾。"② 托马斯·曼自己说:他写这部小说时,1850—1860 年间英国、俄国和斯堪的纳维亚的小说,瓦格纳的歌剧,叔本华、尼采的颓废思想,福楼拜和龚古尔兄弟的卓绝技巧对他影响颇大。他根据小说情节发展与塑造人物的需要,灵活地运用多种表现手法,或者是象征性与隐喻性的细节描写,如坐落在孟街的布登勃洛克的大宅邸的购置与转卖,象征着这个家族盛极而衰的过程;或者是意识流式的病态心理分析,如关于纨绔子弟克利

① 吴元迈主编:《20 世纪外国文学史》第一卷《世纪之交的外国文学》,南京:凤凰出版社、译林出版社 2004 年版,第 86—88 页。
② 余匡复:《德国文学史》,上海:上海外语教育出版社 1991 年版,第 568 页。

斯蒂安的变态心理描写和托马斯预感到自己末日来临的内心活动；或者是以语言的手段再现出音乐的动人旋律，如关于盖达尔与小汉诺母子俩演奏提琴与钢琴的叙述；或者是以荒诞而带调侃的笔调点画主人公反常的语言与行动，如把安东妮为女儿的婚事张罗的劲头说成是她自己真正的第三次结婚；克利斯蒂安随时突发神经痛和托马斯为拔一颗牙竟然惨死在街上的污泥中；等等。正因为如此，《布登勃洛克一家》才显得如此丰富、如此强烈地打动读者的心灵。托马斯·曼认为长篇小说是现代"最占优势、最有代表性的艺术品种"，它的价值是具有包罗万象的广度，能够自由地描述人类生活各个方面，从而起到推动社会前进的作用。他喜欢将长篇小说比作是一首气势恢宏的交响乐，"是一种在对位法技巧基础上形成的作品，是由这种主题编织起来的，而思想在其中起着音乐旋律的作用"。托马斯·曼关于长篇小说这一精辟的立论在《布登勃洛克一家》一书中得到了完美的体现。①托马斯·曼就是这样把现实主义的长篇小说作为一种审美现代性的充分表现的艺术品种来进行创作，在 19—20 世纪之交的各种文学流派的交互影响之中彰显了德国批判现实主义的独特魅力。仅从这三位德国象征主义和批判现实主义的最主要代表人物的创作和文学思想就可以看到，19—20 世纪之交德国文学思想对启蒙现代性的反思和批判以及所表现出来的审美现代性。

总而言之，正是在反对德国自然主义文学流派的共同斗争中，象征主义和批判现实主义文学以不同的方式反思和批判了启蒙现代性的文学创作上的表现，比较明确地阐述了 19—20 世纪之交德国文学思想的审美现代性：凸显了"自立的"、"自律的"、"自足的"文学创作和文学本质，从而标志着德国文学思想转向了现代。

3. 马克思主义的文学思想

德国是马克思主义的故乡。在德国文学思想史上，马克思主义创始人马克思、恩格斯以及德国早期马克思主义文论的代表人物梅林、考茨基、蔡特金、李卜克内西等人的有关文学艺术的论述，代表了日渐兴起的无产阶级对文学艺术的理论观点，对于德国文学思想在 19—20 世纪之交走向现代的潮流和趋势也是一股不可忽视的强大推动力。他们的文学思想，不仅开辟了世界和德国无产阶级文学思想的新天地，而且在社会历史的层面为 19—20 世纪之交德国文学思想走向现代打开了新局面。具体说来就是，马克思主义的文学思想把 19—20 世纪之交的德国文学思想在马克

---

① 吴元迈主编：《20 世纪外国文学史》第一卷《世纪之交的外国文学》，南京：凤凰出版社、译林出版社 2004 年版，第 308—309 页。

思主义实践唯物主义基础上引向现代的发展道路。它具体表现为：从历史唯物主义出发多层次、多角度、开放性地定位文学艺术，倡导现实主义的美学原则，弘扬无产阶级和社会主义文学艺术的批判精神。

首先，马克思主义创始人和德国早期马克思主义文论代表人物对文学艺术进行了现代定位，以实践唯物主义的开放系统方法把文学艺术的本质作了多层次、多角度、开放性的规定。

马克思的《1844 年经济学哲学手稿》，虽然不是一本完全成熟的马克思主义著作，也不是一本美学和文艺学的专著，但是它却为马克思主义美学和文艺学奠定了马克思主义实践唯物主义的基础，并且为马克思主义文学思想的多角度、多层次、开放性的研究方法作出了先导和示范。因此，《1844 年经济学哲学手稿》可以说是马克思主义美学和文艺学的奠基之作。从此以后，马克思和恩格斯在《德意志意识形态》、《〈政治经济学批判〉序言》、《〈政治经济学批判〉导言》等著作中对文学艺术进行了多层次、多角度、开放性的规定，给马克思主义文学思想指明了方向，作出了示范。

作为马克思主义创始人，马克思和恩格斯对于德国文学思想的走向现代所作出的贡献主要就在于，从实践唯物主义出发全面、系统、科学地阐述了文学艺术的本质。其一，从实践本体论的角度来看，艺术是一种按照美的规律来进行的精神生产。马克思在《1844 年经济学哲学手稿》中说："宗教、家庭、国家、法、道德、科学、艺术等等，都不过是生产的一些特殊的形态，并且受生产的普遍规律的支配。"[1] "人也按照美的规律来建造。"[2] 由此可见，人的一切生产，在本质上就应该都是按照美的规律来进行的实践活动，然而，人的生产主要可以分为两大类：物质生产和精神生产，而艺术则是人的精神生产的一个种，或者说是一种包含着实践因素的精神生产，即"实践—精神的"生产，就是说，艺术的生产不光是一种意识之内或精神领域之内进行的思想活动，还有一个物态化的过程，也就是还有一个物质实践的过程，它的产品不仅仅是思想观念，还是一个个实实在在的物质存在。所以，艺术就是一种按照美的规律来进行的精神生产。其二，从实践认识论的角度来看，艺术是一种审美形象的把握世界的方式。按照马克思在《〈政治经济学批判〉导言》中的分类方法，人类把握世界（认识世界）大致上有：理论的（科学的）、艺术的、宗教的、实践—精神的。[3] 马克思和恩格斯在认识论上是把科学和艺术归于人类把握世界的理论方式之中的，但

---

① 《马克思恩格斯全集》第 42 卷，北京：人民出版社 1979 年版，第 121 页。
② 《马克思恩格斯全集》第 42 卷，北京：人民出版社 1979 年版，第 96—97 页。
③ 《马克思恩格斯选集》第 2 卷，北京：人民出版社 1995 年版，第 19 页。

同时也看到了科学与艺术的区别，那就是：科学是以理智的、思维的方式把握世界，是在意识中理智地复现自己；而艺术则是以感觉的、直观的方式来把握世界，能动地、现实地复现自己，从而在他所创造的世界中直观自己，也就是说，艺术还包含着实践的、创造的因素，所以，艺术是一种"实践—精神的"把握世界的方式。因此，实际上，马克思主义的创始人是继承了席勒关于"审美外观是艺术的本质"的思想，把感性的、直观的审美形象的创造作为区别科学与艺术的一个根本的标志。所以，艺术，从认识论上来看是一种以审美的形象来把握世界的方式，但是，艺术又具有实践的因素，因而艺术又是一种"实践—精神的"掌握世界的方式。其三，从实践发生学的角度来看，艺术应该是实践达到自由的产物，或者说是自由实践的产物，也可以说是审美实践的产物。这一点，恩格斯在论述劳动在从猿到人转变过程中的作用时，在谈到人的手的自由对于拉斐尔、托尔瓦德森、帕格尼尼的艺术创作的关键作用时，已经说得十分透彻精辟了[1]。马克思在《1844年经济学哲学手稿》中论述"五官感觉的形成是以往全部世界历史的产物"[2] 时也做了间接却明确的阐述。实际上，人类的生存的真正逻辑起点只能是以物质生产劳动为中心的社会实践；社会实践不仅改造了外在的自然，而且同时也改造了人本身的自然，即自然被人化了，而同时人也被自然化了；在这种自然和人的双向对象化的实践过程中，社会实践就达到了一定程度的自由；在这种社会实践的一定自由的基础上，人与自然就逐步超越了人对自然的实用关系、认知关系、伦理关系的直接功利目的性，从而产生了人与自然的审美关系，也就是，自然对象可以满足人的审美需要，而人也要求对象成为能够满足人的审美需要的对象；在这种人对自然的审美关系的基础上，一种集中地表现审美关系和专门满足人的审美需要的精神生产及其产品就生成了，这就是艺术和艺术作品。其四，从实践现象学的角度来看，艺术则是再现社会生活和表现审美意识的形式或符号，也就是说，艺术离不开一定的审美的形式或符号，而这些形式或符号应该是社会生活的再现和人们的审美意识的表现。关于艺术的这一方面，马克思主义的创始人没有做过专门、大量的论述，但是他们在原则上是作了充分的肯定的。比如，在《1844年经济学哲学手稿》中，马克思在论述五官感觉的形成时就说过："只是由于人的本质的客观地展开的丰富性，主体的、人的感性的丰富性，如有音乐感的耳朵，能感受形式美的眼睛，才一部分发展起来，一部分产生出来。"[3] 在《资本论》中，马克思在论

---

① 《马克思恩格斯选集》第4卷，北京：人民出版社1995年版，第375页。
② 《马克思恩格斯全集》第42卷，北京：人民出版社1979年版，第126页。
③ 《马克思恩格斯全集》第42卷，北京：人民出版社1979年版，第126页。

述劳动的过程时说:"在劳动的过程中,人的活动借助劳动资料使劳动对象发生预定的变化。过程消失在产品中。它的产品是使用价值,是经过形式变化而适合人的需要的自然物质。劳动与劳动对象结合在一起。劳动对象化了,而对象被加工了。在劳动者方面曾以动的形式表现出来的东西,现在在产品方面作为静的属性,以存在的形式表现出来。"① 如果我们记得,马克思是把艺术作为一种精神生产来看待的,并且认为艺术应该遵循生产的一般规律,那么,这里重视艺术的形式因素的观点就是一目了然的。其五,从社会学的角度来看,艺术是植根于社会生活的一种意识形态的形式。也就是说,根据马克思主义的社会构成理论,在人类社会的"经济基础—上层建筑—意识形态"的构成形态之中,艺术是一种意识形态的形式;它是建基于社会的经济基础之上的,受制约于社会的上层建筑(政治、法律、宗教、教育、科学、道德等机构和制度),受到其他的意识形态形式(政治、哲学、法律、道德、宗教、教育、科学等观点和理论)的影响的;但是,它同时也反作用于经济基础、上层建筑,并施加影响于其他的意识形态形式。在《德意志意识形态》之中,马克思和恩格斯指出:"思想、观念、意识的生产是直接与人们的物质活动,与人们的物质交往,与现实生活的语言交织在一起的。人们的想象、思维、精神交往在这里还是人们物质行动的直接产物。表现在某一民族的政治、法律、道德、宗教、形而上学等的语言中的精神生产也是这样。"② 马克思在《〈政治经济学批判〉序言》中指出:"随着经济基础的变更,全部庞大的上层建筑也或慢或快地发生变革。在考察这些变革时,必须时刻把下面两者区别开来:一种是生产的经济条件方面所发生的物质的、可以用自然科学的精确性指明的变革,一种是人们借以意识到这个冲突并力求把它克服的那些法律的、政治的、宗教的、艺术的或哲学的,简言之,意识形态的形式。"③ 从以上这些角度的解答综合来看,我们目前似乎可以做这样一个结论:艺术是创造一个再现一定的社会生活和表现一定的审美意识的形象世界的精神生产,植根于一定的社会生活的意识形态的形式。

由以上所述我们就可以知道,马克思和恩格斯对于文学艺术的定位,既是对西方古代自然本体论美学的文学本质论——柏拉图和亚里士多德的摹仿说的批判,也是对西方近代认识论美学的文学本质论——镜子说和再现说的超越。马克思主义创始人把文学艺术从社会历史的层面来加以重新审视,即以历史唯物主义的社会结构

① 《马克思恩格斯选集》第 2 卷,北京:人民出版社 1995 年版,第 180 页。
② 《马克思恩格斯选集》第 1 卷,北京:人民出版社 1995 年版,第 72 页。
③ 《马克思恩格斯选集》第 2 卷,北京:人民出版社 1995 年版,第 33 页。

的理论来给文学艺术定位，把文学艺术放在了社会结构的经济基础和上层建筑之上的意识形态之中。这就给整个世界的文学思想开辟了一条崭新的思路——实践本体论、实践认识论、实践发生学、实践现象学相统一的实践唯物主义的理路。这是对西方古代的古典性文学思想和近代的启蒙现代性文学思想的全面反思和批判。它完全摧毁了启蒙现代性的理性主义神话、科学技术神话、进步神话，把文学艺术视为一种"按照美的规律"的精神生产，把文学艺术看做是一种不同于科学（理论）把握世界的"实践—精神的"方式，把文学艺术当做是一种改变对象形式的"按照美的规律"进行的创造性活动，把文学艺术与社会生活紧密地联系起来，从而使得德国文学思想史在 19—20 世纪之交发生了革命性变革，德国文学思想真正在实践唯物主义的基础上转向了现代，不仅充分地显示出审美现代性，而且以其无限的开放性和可能性不断与时俱进，给整个世界的美学和文艺学开辟了新天地。

　　在 19—20 世纪之交的德国革命形势不断高涨的情况下，一些无产阶级革命家按照马克思主义美学和文艺学的基本观点，在作为无产阶级革命事业一部分的文学艺术的批评实践之中运用马克思主义文学思想，充分地显示出马克思主义文学思想的实践性、阶级性、时代性特点，以社会历史批评和理论为主要特色展示了德国文学思想走向现代的另一个层面，表现了历史唯物主义的审美现代性。其中，弗兰茨·梅林（1846—1911）、卡尔·考茨基（1854—1938）、克拉拉·蔡特金（1857—1933）、卡尔·李卜克内西（1871—1919）就是主要的代表人物。他们的文学艺术批评实践和理论是对马克思主义创始人的文学思想基本观点的实际应用和具体阐释，也另有某些方面的拓展。其一，坚持历史唯物主义基本原理，把文学艺术作为意识形态，植根于物质生产和社会生活之中。梅林在《歌德和现代》（1899 年 8 月）之中指出："人不能只靠面包为生，但也不能只靠艺术活命。在创造一种美好的生活之前，首先得保证自己的生存。""所以艺术就一直成为那些得天独厚的少数人的特权，并且这些人还引以为荣地铸出一种无耻的信条，认为群众从来不能经受住艺术的明亮的阳光，顶多只能经受住这种阳光的几缕暗淡的光束而已。只要还有统治阶级存在，只要被统治的群众不得不为起码的生存而搏斗，连吸口气的力量都腾不出来去创造美好的生活，那这种信条就能无耻地传播开去。可是，如果以为，要是这些得天独厚的阶级消亡的话，那艺术也要随之灭亡，那再没有比这更加可笑的愚蠢了。艺术是会灭亡的，但不是作为艺术而灭亡，而是作为特权而灭亡；艺术将会蜕掉使之畸形的包皮，根据它自身的实质应该成为并且也确实是人类固有的财富。随之，沉睡在每个真正的人身上的艺术家灵魂将会欢呼着活跃起来，歌德的名字也将在德意志的精神天空中穿云而出，光芒四射，如同太阳从浮云中涌现出来一样。"① 这种分析确实是把马克思主义的历史唯物主义的社会存在决定社会意识、物质生活决定意识形态、审美和艺术是人的"按照美的规律"的创造、私有制和剥削阶级造成了人的异化并剥夺了劳动者享受艺术的权利、未来社会的美好生活就可以使人的艺术家本性得到恢复等基本原理，做了形象生动和具体现实的阐述和运用。蔡特金在《亨利克·易卜生》之中也是以历史唯物主义的基本原理来评价易卜生的戏剧艺术。她特别指出："易卜生创作的戏剧首先是揭示资产阶级妇女的心灵的戏剧。无产阶级妇女为了自己地位的解放和人类的解放进行了最伟大的决战，她们要打倒的不是海尔麦尔之流以及他们的婚姻骗局，而是资产阶级同资本主义社会制度。经济的发展解放了物质力量和精神力量。这些力量在无产阶级中使妇女同男人、同家庭的关系发生了革命，随之扫除了过去那种毒害两性关系、扼杀妇女人格的偏见和虚伪的道德。但是，这一在客观世界发生作用的倾向，要在人的主观精神里彻底产生影响，却是一个缓慢的过程。因此，像海尔麦尔这类人今天仍然不可胜数。正因为无产阶级妇女作为战士要在阶级斗争中争取自己的人权，她们就必须清算海尔麦尔这些人。更不必说，不论在什么生活环境里，妇女总是想通过矛盾重重的内心斗争弄清楚一个问题，也就是那个深深激动着易卜生戏剧中的典型妇女问题——要求自主的权力与自我克制应如何分界。从这一点看，这位作为召唤者和劝告人的斯堪的那维亚大师，影响所及，势必超越资产阶级世界和自己的时代。任何一个妇女，只要她感觉到要成为完整的女性必须首先做一个自由的、健康地发展的人，就一定会受到易卜生的影响。"② 蔡特金运用历史唯物主义是如此辩证而又全面，她着重分析了妇女解放运动和妇女心理的经济基础的关系以及这种关系的复杂性，并从易卜生的思想观点的超越资产阶级和资本主义时代的高度指明了艺术家对社会生活和社会心理的审美体验和艺术概括，从而把易卜生有关妇女问题的戏剧的审美意义、社会价值、艺术高度的有机统一揭示得入木三分、淋漓尽致。像这样的范例还非常之多，我们将在后面的具体相关章节加以评介。

其二，突出文学艺术的社会历史性质，把文学艺术与无产阶级的历史使命联系起来，充分肯定文学艺术的社会历史功能，特别是强调文学艺术的"倾向性"。梅林在评价莱辛、赫尔德、歌德、席勒等德国伟大的文学家的时候，就特别突出他们这些过去时代的经典作家和典范诗人对于无产阶级的革命事业和解放事业的现实意义和实践价

---

① 《梅林论文学》，张玉书、韩耀成、高中甫译，北京：人民文学出版社 1982 年版，第 80 页。
② 《蔡特金文学评论集》，付惟慈译，北京：人民文学出版社 1978 年版，第 4 页。

值。特别是在德国 1905 年纪念席勒逝世 100 周年的活动之中，梅林一方面揭露了资产阶级纪念席勒的狭隘的阶级利益和狭隘的民族主义，而凸显出席勒对于无产阶级的革命意义。梅林在《席勒和现代》（1905 年 5 月）之中就旗帜鲜明地说："一八九五年的席勒纪念活动同样也是基于一部席勒传奇：德国资产阶级纪念的席勒不是历史真实的席勒，而是他们根据自己需要所创造出来的席勒；不是对德国人民许下诺言，在任何时候都以形成一个近代民族为己任的席勒，而是应该成为一个近代民族意义上的德国统一的所谓的使者的席勒。……如果这两个阶级（大资产阶级和小资产阶级——引者按）今天还想滥用席勒的名字，那从坏的情况来看是谎言，从好的情况来看就是空话。"[1]"正如莱辛在我们古典文学里象征着霍恩索伦的历史使命一样，席勒在我们的古典文学里也应该象征着德国资产阶级的历史使命。"[2] 无产阶级要批判继承席勒这样的古典作家，"这个阶级只要它还置身于为了人类伟大事业的火热斗争之中，它就会高兴地听到这个战士（席勒——引者按）的洪亮的声音。这个战士从他那勇敢的心灵中汲取不可战胜的勇气，去排除一个被奴役的世界里的全部灾难。"[3] 蔡特金在评价诗人斐迪南·弗莱里格拉特的时候也是这样来说道："把'倾向性'排斥出美的王国是欺人之谈，艺术史当然要揭穿这一谎言。艺术史证明：具有最高的和持久的艺术价值的作品，在任何时代都是伟大社会运动和斗争的精神内容的产儿。""革命本身就是肥沃的历史土壤，而弗莱里格拉特的最有力、最深刻、最动人的创作正是在这种土壤上生长出来的。革命给予他的诗篇以热情（作者正是怀着这种热情才抓住了 1848 年革命时期的活动和精神）；革命还给了这些诗篇色泽和芳香，使它们直到今天仍然光辉闪烁，直到今天，只要是为了自由而斗争的地方，它们就能令人心醉神驰。""弗莱里格拉特只能是这样一个诗人，因为他的艺术灵感不是来自文学的冥想，而是来自现实。特别是当生活带着革命狂飙的创造力量向他汹涌奔来的时候，他的艺术灵感就受到极大的鼓舞，就要凌空飞翔。"[4] 这些论述对于文学艺术的倾向性和革命性都做了特殊的强调，是马克思主义文学思想的具体表现，也是无产阶级和社会主义思想对启蒙现代性的反思和批判，显示出德国文学思想的一种新型的现代性——无产阶级和社会主义的审美现代性，从社会历史层面揭示了德国文学思想的审美现代性。其三，特别倡导文学艺术的意识形态性（阶级性），标明了一

---

[1]　《梅林论文学》，张玉书、韩耀成、高中甫译，北京：人民文学出版社 1982 年版，第 98 页。
[2]　《梅林论文学》，张玉书、韩耀成、高中甫译，北京：人民文学出版社 1982 年版，第 97 页。
[3]　《梅林论文学》，张玉书、韩耀成、高中甫译，北京：人民文学出版社 1982 年版，第 101 页。
[4]　《蔡特金文学评论集》，付惟慈译，北京：人民文学出版社 1978 年版，第 12—15 页。

种不同于资产阶级和资本主义社会内部的审美现代性，与西方现代主义文学思潮既同步发展，又泾渭分明。梅林曾经写过《社会主义抒情诗》、《一个无产阶级的诗人》、《格奥尔格·维尔特》、《艺术和无产阶级》、《高尔基的〈夜店〉》等文章，大力宣扬无产阶级和社会主义的文学艺术，与资产阶级和资本主义社会的西方现代主义文学艺术划清界限，旗帜鲜明地标明了马克思主义文学思想的审美现代性。在《社会主义抒情诗》(1914)之中，梅林说："现在还没有写出一部社会主义抒情诗史，而且也不能指望它很快就会写出来，连能不能写出来还很难说呢。如果说社会主义这个概念在政治和经济领域里已经有了些伸缩性，那么在美学领域伸缩性就更大了。如果仅仅把那些打有某个社会主义党派印记的诗歌理解为社会主义抒情诗，那是没有道理的，那么，把凡是对诗人在其中生活的生活状况发出怨恨情绪的诗歌统统归之为社会主义抒情诗，也是没有道理的。"[1] 所以梅林在这篇文章之中只谈了格·赫尔维格、斐·弗莱里格拉特、亨·海涅，并且认为，严格地说，这三位诗人都不能称为社会主义抒情诗人，他在分析了三位诗人的具体情况以后指出："对于科学社会主义，海涅同弗莱里格拉特乃至赫尔维格一样，一窍不通。唯独他们作为思想家的短处，却正好是他们作为诗人的长处。只要共产主义还只是一种远景、一种希望、一种憧憬，给幻想以自由驰骋的广阔天地，这时社会主义抒情诗就蓬勃兴旺；当它一旦明确地认识到，必须要在世界历史的搏斗中来实现的时候，就证实了这个古老的真理：在武器面前诗人保持缄默。"[2] 这里十分辩证地揭示了文学艺术的审美现代性与政治理论现代性的相互关系，实际上就是指明了无产阶级和社会主义的文学艺术的审美现代性并不是科学社会主义理论的简单表述，而是需要经过世界历史的搏斗的血与火的考验而形成的，而在当时 19—20 世纪之交的德国还正在形成之中。在《一个无产阶级的诗人》(1893 年 9 月)之中，梅林引用恩格斯的说法，否定了把弗莱里格拉特当作德国无产阶级第一个诗人的观点，而认为格奥尔格·维尔特才是德国无产阶级第一个诗人。他之所以同意恩格斯的说法，就是因为维尔特的诗是德国工人生活的"自然的、必不可少的、非常惬意的事情"，而且表现得十分自然、健康，写出了一些新的内容。梅林指出："的确，他那些社会主义的和政治的诗篇就其独创性、机智，尤其是如火如荼的热情来说，都大大超过了弗莱里格拉特的诗篇。他常常运用海涅的形式，但仅仅是为了装进完全独特的内容。他的诗一经写出就不去管他了，这是他与大多

---

① 《梅林论文学》，张玉书、韩耀成、高中甫译，北京：人民文学出版社 1982 年版，第 205 页。

② 《梅林论文学》，张玉书、韩耀成、高中甫译，北京：人民文学出版社 1982 年版，第 243—244 页。

数诗人所不同的地方。维尔特之所以成为一个大师，他之所以超过海涅，是因为他更健康、更真诚；他之所以仅仅次于歌德，就是因为他描写了自然的、健康的官能感受和肉欲。这样的日子一定会到来，那时那种最后的德意志市侩的偏见和虚伪的小市民的羞怯心，将被公开地一扫而光，其实这种羞怯心不过是用来掩盖私下里进行的猥亵谈话而已。"① 在《高尔基的〈夜店〉》（1903 年 1 月）之中，梅林对高尔基的早期戏剧作品《夜店》进行了分析，同时也就表明了他的无产阶级和社会主义文学艺术的审美现代性的观点：真实地、热情地表现现实生活。梅林指出："这部戏剧中的俄罗斯气氛太真了，它浸透到剧中每一个人物的指尖，贯穿到每一场的最后一句话；高尔基以一个创作天才所拥有的杰出的准确性，建造了这个陌生的世界，以致我们相信能够用手摸到它。"而且高尔基所描写的社会图景是一种无产阶级和社会主义的审美真实性。梅林说："高尔基的这部戏剧缺少德国或法国作家笔下的贫困场面常有的那种令人难堪的特点，希望自己的安静不被打搅的不仅仅只是一些小市民呵。凡是在底层凭借自身力量骚动起来的地方，凡是在早已开始反对社会机构的革命斗争的地方（流氓无产阶级的种种罪恶乃是那种社会机构的必然结果），如果艺术不是现实世界的一个缩影，只是一再地描述不幸，而不同时去描述从不幸中萌发出来的希望，那将是片面的，在艺术上说是不真实的。可是俄国的情况则不然，这里有一种郁闷和持续不断的压力窒息着人民大众，这里革命斗争还不能挥动它鲜明的旗帜，这里一再破灭的希望在思考多于行动的人身上转而成为一种令人沮丧的屈从。于是，啰假们及其温顺的、俨然长者般的、稍感无可奈何和捉摸不定的智慧便繁荣起来了；仁厚的作者在这里完成他的至高无上的使命，便以恻隐之心把呈现在他眼前的这个悲惨世界变得高尚起来，并把它提高到艺术的高度。""在高尔基的剧本中找不到一句感伤的或者悲戚的废话，但是他的这些被遗弃者的形象都像是用他的心血培育出来的。"② 这些论述都非常明确地揭示了无产阶级和社会主义的文学艺术的审美现代性的基本特征：真实性、热情性。蔡特金在《艺术与无产阶级》（1910—1911）之中特别详细地论述了无产阶级和社会主义的艺术与资产阶级和资本主义社会的艺术的关系，而强调无产阶级和社会主义的文学艺术要与现代主义的当代文学艺术划清界限。她说："无产阶级的阶级斗争成为精神上和道德上的新理想的体现者，在一无所有的无产者中间诞生了一种新的特有的文化生活。正是这种文化生活的强烈脉搏使

---

① 《梅林论文学》，张玉书、韩耀成、高中甫译，北京：人民文学出版社 1982 年版，第 247 页。
② 《梅林论文学》，张玉书、韩耀成、高中甫译，北京：人民文学出版社 1982 年版，第 331—332 页。

得艺术欣赏和艺术创造的憧憬展开了羽翼。而一旦发生了这种情况，无产阶级想借助艺术形式感受的，想自己用艺术手段创造的，都是本阶级所特有的最崇高的有历史意义的本质内容。""无产阶级渴望的是由社会主义世界观赋予灵魂和语言的艺术作品。因此，它同当代的资产阶级艺术处于对立的地位。当代资产阶级的艺术不再是为争取自己的全部自由而自以为怀着人类最高理想的新兴阶级的健康的、有发展前途的艺术，而是一个在自己的发展史上已经走下坡路的统治阶级的艺术，这个阶级已经感到脚下火山的活动正在动摇着它的统治基础。""我们这个时代的资产阶级艺术是从这一世界末日的情绪中产生的。"① 在蔡特金看来，无产阶级和社会主义的文学艺术是一种崭新的文学艺术，而且是与没落的资产阶级和资本主义社会的艺术相对立的文学艺术，所以，"一个正进入文化的光明世界的阶级的艺术，却不能以一个历史上走向没落的阶级的艺术作为出发点，也不能以这种艺术作为范例。艺术史证明了这一点，每一个新兴阶级都从过去艺术发展的最高峰寻找自己艺术上的借鉴。文艺复兴同希腊罗马密切联系着，而德国的古典艺术又同古希腊罗马和文艺复兴时期的艺术有着很深的姻缘。""尽管当代一些流派在艺术创新和表现手法上丰富了文学艺术遗产，而我们在这方面也应该予以适当的评价，未来的艺术仍将跨越当代艺术流派而以资产阶级的古典艺术为路标。"② 处在无产阶级和社会主义的文学艺术产生和发展的初期，蔡特金和梅林等人对于无产阶级和社会主义文学艺术要与资产阶级的没落的当代艺术流派划清界限以及要以新兴的阶级（包括新兴的资产阶级）的古典艺术（经典艺术）为借鉴和路标的论述应该是德国文学思想的一个重要的审美现代性思想。这个思想对于世界无产阶级和社会主义文艺的发展方向指明了方向。我们可以看到，无产阶级和社会主义国家和文化的创立者，像列宁、斯大林、毛泽东等人都具有类似的思想。尽管在后来的阶级斗争的实践之中这种思想产生过某些偏差和负面效应，但是，作为新兴的无产阶级和社会主义文艺的发展大方向应该是正确的。

其次，19—20 世纪之交马克思主义文学思想特别推崇和高举现实主义的旗帜，对于西方文学艺术发展史上现实主义的创作方法和创作精神进行了总结和发挥，不仅影响了 19—20 世纪之交的德国文学思想的审美现代性的特征，而且对整个西方 20 世纪文学思想的审美现代性特征也是发生了举足轻重的影响。

---

① 《蔡特金文学评论集》，付惟慈译，北京：人民文学出版社 1978 年版，第 105 页。
② 《蔡特金文学评论集》，付惟慈译，北京：人民文学出版社 1978 年版，第 108 页。

马克思主义文学思想的一个主要特点就是坚持现实主义的美学原则和文论原则。这种现实主义的美学原则和文艺学原则主要是在马克思和恩格斯的具体文学艺术的批评实践之中阐发和构建起来的。第一，马克思和恩格斯大力倡导现实主义。马克思在《致拉萨尔》（1859年4月1日）的信中批评拉萨尔的理想主义（浪漫主义）倾向，要求拉萨尔说："这样，你就得更加莎士比亚化，而我认为，你的最大缺点就是席勒式地把个人变成时代精神的传声筒。"①恩格斯在1859年5月18日《致拉萨尔》的信中也有同样的说法："我认为，我们不应该为了观念的东西而忘掉现实主义的东西，为了席勒而忘掉莎士比亚，……"②他们把莎士比亚作为现实主义的代表和象征，而把席勒作为理想主义（浪漫主义）的代表和象征，并且明确地提倡现实主义而反对理想主义（浪漫主义）。第二，他们规定了现实主义创作方法的含义。恩格斯在《致玛·哈克奈斯》（1888年4月初）的信中指出："据我看来，现实主义的意思是，除细节的真实外，还要真实地再现典型环境中的典型人物。"③这可以看做马克思主义文学思想关于现实主义创作方法的经典规定。这也是关于现实主义真实性原则的经典表述。第三，他们阐述了现实主义的真实性原则。恩格斯在《致玛·哈克奈斯》的信中对于巴尔扎克作了高度评价，他指出，"巴尔扎克，我认为他是比过去、现在和未来的一切左拉都要伟大得多的现实主义大师"④，因为巴尔扎克能够为了真实性而不得不违反自己的阶级同情和政治偏见，并且认为这一切"是现实主义的最伟大的胜利之一，是老巴尔扎克最重大的特点之一"。⑤马克思和恩格斯在《〈新莱茵报。政治经济评论〉第四期上发表的书评》（1850年3—4月）中指出："如果用伦勃朗的强烈色彩把革命派的领导人——无论是革命前的秘密组织里的或是报刊上的，或是革命时期中的正式领导人——终于栩栩如生地描绘出来，那就太理想了。在现有的一切绘画中，始终没有把这些人物真实地描绘出来，而只是把他们画成一种官场人物，脚穿厚底靴，头上绕着光圈。在这些形象被夸张了的拉斐尔式的画像中，一切绘画的真实性都消失了。"⑥第四，他们主张现实主义的典型化原则。马克思在致拉萨尔的信中批评道："我感到遗憾的是，在性格方面看不到什么特出的东西。"⑦恩格斯在致

①　陆梅林辑注：《马克思恩格斯论文学艺术》（一），北京：人民文学出版社1982年版，第174页。
②　陆梅林辑注：《马克思恩格斯论文学艺术》（一），北京：人民文学出版社1982年版，第180页。
③　陆梅林辑注：《马克思恩格斯论文学艺术》（一），北京：人民文学出版社1982年版，第188页。
④　陆梅林辑注：《马克思恩格斯论文学艺术》（一），北京：人民文学出版社1982年版，第189页。
⑤　陆梅林辑注：《马克思恩格斯论文学艺术》（一），北京：人民文学出版社1982年版，第190页。
⑥　陆梅林辑注：《马克思恩格斯论文学艺术》（一），北京：人民文学出版社1982年版，第191页。
⑦　陆梅林辑注：《马克思恩格斯论文学艺术》（一），北京：人民文学出版社1982年版，第175页。

拉萨尔的信中赞扬拉萨尔说:"您完全正确地反对了现在流行的恶劣的个性化"①,他在《致敏·考茨基》(1885 年 11 月 25 日)的信中阐述了典型化原则:"对于这两种环境里的人物,我认为您都用您平素的鲜明的个性描写手法给刻画出来了;每个人都是典型,但同时又是一定的单个人,正如老黑格尔所说的,是一个'这个',而且应该如此。"② 第五,他们辩证地论述了真实性与倾向性的关系。恩格斯在致敏·考茨基的信中指出:"我决不是反对倾向诗本身。……可是我认为倾向应当从场面和情节中自然而然地流露出来,而不应当特别把它指点出来;同时我认为作家不必要把他所描写的社会冲突的历史的未来解决办法硬塞给读者。……如果一部具有社会主义倾向的小说通过对现实关系的真实描写,来打破关于这些关系的流行的传统幻想,动摇资产阶级世界的乐观主义,不可避免地引起对于现存事物的永世长存的怀疑,那末,即使作者没有直接提出任何解决办法,甚至作者有时没有明确地表明自己的立场,但我认为这部小说也完成了自己的使命。"③

德国早期马克思主义者梅林、考茨基、蔡特金、李卜克内西等人,在文学思想上也是比较倾向于形式主义美学原则和文论原则的。在梅林的文学批评和理论的文章之中,他用了比较多的篇幅来阐述和分析欧洲现实主义大师的文学创作,并且对于当时颇为盛行的欧洲自然主义文学流派进行了批判,以突出现实主义的美学原则和文论原则。梅林曾经写了《查尔士·狄更斯》(1912 年 1 月 26 日)、《亨利克·易卜生》(1900)、《亚历山大·赫尔岑》(1908)、《列夫·托尔斯泰》(1900)等文章,对于欧洲各个民族的现实主义大师进行了具体分析和高度评价。梅林在反对当时德国和欧洲流行一时的自然主义的同时也就高扬了现实主义美学原则和文论原则。在《阴谋与爱情》(1909)之中,他这样评价席勒的《阴谋与爱情》:"席勒不是那种时髦的自然主义者,他们认为艺术的使命在于奴性十足地抄袭自然,但是席勒同样也不用具有明显的倾向性颜料去描绘自然。他是用诗意的真实的面貌反映当时在符腾堡宫廷里和德意志各邦宫廷里比比皆是的令人发指的现实生活。"④ 这就是在反对自然主义的同时在高扬文学思想的现实主义美学原则和文论原则。在《略论自然主义》(1892 年 12 月)之中,梅林认为自然主义是代表没落阶级向新兴阶级进攻的文学代

---

① 陆梅林辑注:《马克思恩格斯论文学艺术》(一),北京:人民文学出版社 1982 年版,第 179 页。
② 陆梅林辑注:《马克思恩格斯论文学艺术》(一),北京:人民文学出版社 1982 年版,第 186 页。
③ 陆梅林辑注:《马克思恩格斯论文学艺术》(一),北京:人民文学出版社 1982 年版,第 186—187 页。
④ 《梅林论文学》,张玉书、韩耀成、高中甫译,北京:人民文学出版社 1982 年版,第 114 页。

表。他指出："在文学史上，凡属于上升阶级和没落阶级的思想意识发生冲突时，前者往往是在自然和真实，在自然主义和现实主义这样的战斗口号下向后者展开攻势，这是不足为怪的。因为一个没落的阶级越是丧失其内在的生命力，就越是惊恐万状地紧紧抱住僵死的公式，而一个上升的阶级越是洋溢着生命的冲劲和活力，就越是猛烈地冲击一切的束缚。对上升的阶级来说，它能够和希望的生活就是自然和真实。在文艺领域内，衡量这些概念的其他标准是没有的，从前没有过，将来也绝不会有。因此，事实了如指掌，在自然主义这个一般名称下，包罗着形形色色的现象，各自以其阶级历史特点为依据，自然主义往往就是这一特定阶级的文学代言人。当然，在某些情况下，自然主义较之于充作进步运动的旗帜更适于充作反动潮流的遮羞布。"① 由此可见，梅林是主张以现实主义的自然和真实来反对自然主义的"自然和真实"的，把后者视为没落阶级的"遮羞布"。梅林同时指出，自然主义在文学发展史上有其贡献，但是又是半途而废的："今天的自然主义有勇气和出于对真实的热爱，去描述正在衰亡之物的本来面目，这是它的一个贡献。这个贡献也不会因其病态和夸张而减色，这种病态和夸张是每一种反叛在它开始时期都必然会有的。但是它到这一步只不过才走了一半的路程，如果它就此停止不前，那它当然要导致艺术和文学的不可遏止的堕落，……当**整个**社会崩溃了的时候，这种只是知道嘲笑崩溃的艺术才是正当的。""但是**整个**社会现在**没有**崩溃，自然主义的命运看它是否能走完它的最后一段路程来定，看它是否有更大的勇气和对真实怀有更强烈的爱，而去描写正在诞生的事物，描写它必然会变成什么样子，它每天已经变成什么样子。诚恳地希望自然主义能达到这个目的，随之，它才配享有开辟艺术和文学的一个崭新时代的荣誉。"② 实质上，梅林是希望当时流行于德国的自然主义文学流派走向现实主义的发展方向。考茨基在《艺术与自然》（《自然和社会中的增殖与发展》一书中的一章，1910）之中也是基本上坚持了现实主义的美学原则和文论原则。他指出："艺术一旦失去同自然的经常联系就会衰亡，它无力取代自然，就像科学为了不断向前发展，并不是从它自身而是从它对周围世界的观察中，从不断扩大我们感受的范围中汲取力量一样。"③ 考茨基主张艺术模仿自然的现实主义美学原则，同时也主张文学艺术的典型化的现实主义美学原则。他认为，艺术家一方面要发现自然、认识自然、

---

① 《梅林论文学》，张玉书、韩耀成、高中甫译，北京：人民文学出版社1982年版，第252—253页。
② 《梅林论文学》，张玉书、韩耀成、高中甫译，北京：人民文学出版社1982年版，第257—258页。
③ 周忠厚、连铗、蒋培坤主编：《国外马克思主义文论家文论选评》，北京：中国人民大学出版社1991年版，第79页。

研究自然；另一方面要追求"图景的内在统一"，将音响、色彩、形式、感觉、体验等等组成一个"审美印象"。这两者的有机统一构成了艺术家创造活动的特点。所以艺术品既是模仿自然又不是自然现象的简单的复制。[①] 李卜克内西的《社会发展规律概论》(1922)之中专门写了"艺术"一章。在这里，李卜克内西基本上就是以历史唯物主义基本原理和现实主义美学原则来阐述了文学艺术，阐明了他的马克思主义文学思想。在《艺术》之中，李卜克内西论述了艺术的三个因素：艺术家（艺术的创造者）和人物，这是感受艺术。他们之间的中间环节便是艺术作品。在这三个因素的相互关系之中就构成了艺术，而艺术的本质则在于："艺术要求审美完善的真实性，并力图再现审美完善，以艺术手段订正和补充真实性。因为它一贯地必然地要求自己、自己的作品、自己的武器在审美上尽善尽美；但是它的主要目的不在于创造完美的艺术作品，而在于创造完美的世界。艺术的目的不在于复制和反映现实的东西，而在于体现非现实的东西。审美完善不仅需要外部形式，而且需要整个存在物的内在本质。"[②] 这是最为明显地表达马克思主义文学思想的审美现代性的现实主义特征的论述。在这里，李卜克内西强调了艺术的创造来源于人类的审美需要："艺术作为一种创造，作为这种创造力的结果、产物，乃是对世界起补充作用的观念和感觉的综合体，这种感觉又由尽善尽美的审美需要不断地重新产生。"[③] 同时艺术又是一种创造审美世界来订正和补充现实世界的真实性的创造，艺术具有审美完善的真实性，艺术以非现实的东西来创造完美的世界。这样，李卜克内西就把艺术的现实主义的真实性美学原则阐述得非常具有审美现代性特征。他说："以固定方式去影响感觉者的精神和理智状态，部分地唤起他的相应的反应和引起独特的共鸣——这就是艺术的目的，同时也不排除各种艺术选择不同的影响范围和作用于心理和理智的不同方面。它们在这条道路上所获得的成就的现实性，就是现实主义的唯一尺度。这个成就揭示出艺术对现实的基本关系。"[④] 李卜克内西还把现实主义美学原则的倾向性、典型性、人民性统一起来："艺术有倾向性，大概还有规律性，这就是使原始素材

---

① 周忠厚、连铗、蒋培坤主编：《国外马克思主义文论家文论选评》，北京：中国人民大学出版社1991年版，第81—82页。

② 周忠厚、连铗、蒋培坤主编：《国外马克思主义文论家文论选评》，北京：中国人民大学出版社1991年版，第194页。

③ 周忠厚、连铗、蒋培坤主编：《国外马克思主义文论家文论选评》，北京：中国人民大学出版社1991年版，第194页。

④ 周忠厚、连铗、蒋培坤主编：《国外马克思主义文论家文论选评》，北京：中国人民大学出版社1991年版，第196页。

摆脱一切偶然的东西，使它具有风格，概括化，把个性的东西提高为典型的东西，并使它具有崇高意义，把它简化，使它具有精炼的外观；在一些场合，这个过程的结果按照艺术规则，根据艺术家周围生动现实的规律和要求，而得到重新改造。这个倾向性或规律性特别要影响'人民的创作'，无论是群众为群众而创造的独创创作，还是因袭的创作，而这种因袭创作并非群众的创造，但后来却落在群众的头上，被当作自己的创造接受下来，并根据人民的趣味加以改造。"① 这些论述把现实主义美学原则的基本内容在马克思主义创始人的论述的基础上做了进一步发挥，在一个独特的视角上展开了德国文学思想发展的审美现代性方向。这个方向也大致规定了 20 世纪前半期苏联、东欧、中国等正在形成的社会主义阵营所流行的马克思主义文学思想。

再次，马克思主义文学思想的另一个特征就是它的革命批判性，以文学艺术为武器批判资本主义社会和资产阶级以及一切腐朽落后的思想观念，从而突出地表现了马克思主义文学思想的审美现代性的反思和批判的特征。这一特征也是从德国文学思想开始的西方马克思主义文论的主要特征，形成了马克思主义文学思想与西方现代主义和后现代主义文学思想的同步发展和对立斗争。

作为无产阶级和社会主义的世界观和思想体系，马克思主义整体上就是与资产阶级和资本主义社会针锋相对的，而且与一切旧的传统思想实行最彻底的决裂，因而是充满着革命批判精神的。因此，作为马克思主义思想体系之中一个组成部分的文学思想同样是充满革命批判精神的，尤其是对资产阶级和资本主义社会及其意识形态（思想体系）进行革命批判，当然对资产阶级的启蒙现代性也是进行反思和批判，进行了理论和实践上的审美的和文化的反思和批判。马克思曾经明确地指出："资本主义生产就同某些精神生产部门如艺术和诗歌相敌对。"② 而且马克思还认为，资本主义生产和资本主义社会把诗人、作家、艺术家变成了"生产劳动者"，但是诗人、作家、艺术家应该是"非生产劳动者"。马克思说："作家之所以是生产劳动者，并不是因为他生产出观念，而是因为他使出版他的著作的书商发财，也就是说，只有在他作为一个某一资本家的雇佣劳动者的时候，他才是生产的。""例如，密尔顿创作《失乐园》得到五磅，他是**非生产劳动者**。相反，为书商提供工厂式劳动的作家，则是**生产劳动者**。密尔顿出于同春蚕吐丝一样的必要而创作《失乐园》，那是**他的**天性的能

---

① 周忠厚、连铗、蒋培坤主编：《国外马克思主义文论家文论选评》，北京：中国人民大学出版社 1991 年版，第 199 页。

② 陆梅林辑注：《马克思恩格斯论文学艺术》（一），北京：人民文学出版社 1982 年版，第 99 页。

动表现。"(《剩余价值理论》,1861 年 8 月—1863 年 7 月)① 这些论述对于资本主义生产和资产阶级社会敌对艺术和诗歌等精神生产的本质进行了揭示和批判。这种对于资产阶级和资本主义生产、资本主义社会的审美的和文化的批判是一针见血的,也是鞭辟入里的。这种植根于马克思主义政治经济学的文学思想对于资产阶级、资本主义生产、资本主义社会的反思和批判,也就是马克思主义文学思想对于资本主义的启蒙现代性的无产阶级和社会主义的审美的和文化的批判。这种马克思主义文学思想的审美的和文化的反思和批判,给后来的西方马克思主义文论,从卢卡奇到法兰克福学派的德国马克思主义文学思想对发达资本主义社会的审美的和文化的批判提供了有力的理论武器。马克思、恩格斯在《共产党宣言》里宣布:"共产主义革命就是同传统的所有制关系实行最彻底的决裂;毫不奇怪,它在自己的发展进程中要同传统的观念实行最彻底的决裂。"② 这样就无异于说,无产阶级和社会主义的文学思想,马克思主义文学思想也要与传统的一切文学思想实行最彻底的决裂。因此,马克思主义创始人要求文学艺术充分发挥它们的批判功能。恩格斯在《致敏·考茨基》(1885 年 11 月 26 日) 的信中指出:"如果一部社会主义倾向的小说通过对现实关系的真实描写,来打破关于这些关系的流行的传统幻想,动摇资产阶级世界的乐观主义,不可避免地引起对于现存事物的永世长存的怀疑,那末,即使作者没有直接任何解决办法,甚至作者有时并没有明确地表明自己的立场,但我认为这部小说也完全完成了自己的使命。"③ 他们对于法国现实主义大师巴尔扎克给予了极高的评价,其中一个重要的原因就是,巴尔扎克以现实主义的描绘无情地批判了资本主义社会和他抱有同情的必然灭亡的贵族阶级的人物。恩格斯在《致玛·哈克奈斯》(1888 年 4 月初) 之中指出:"巴尔扎克,我认为他是比过去、现在和未来的一切左拉要伟大得多的现实主义大师,他在《人间喜剧》里给我们提供了一部法国'社会'特别是巴黎'上流社会'的卓越的现实主义历史,他用编年史的方式几乎逐年地把上升的资产阶级在一八一六年至一八四八年这一时期对贵族社会日甚一日的冲击描写出来,这一贵族社会在一八一五年以后又重整旗鼓,尽力重新恢复旧日法国生活方式的标准。他描写了这个在他看来是模范社会的最后残余怎样在庸俗的、满身铜臭的

---

① 陆梅林辑注:《马克思恩格斯论文学艺术》(一),北京:人民文学出版社 1982 年版,第 103、105 页。
② 陆梅林辑注:《马克思恩格斯论文学艺术》(一),北京:人民文学出版社 1982 年版,第 113 页。
③ 陆梅林辑注:《马克思恩格斯论文学艺术》(一),北京:人民文学出版社 1982 年版,第 186—187 页。

暴发户的逼攻之下逐渐灭亡，或者被这一暴发户所腐化；他描写了贵妇人（他们对丈夫的不忠只不过是维护自己的一种方式，这和她们在婚姻上听人摆布的方式是完全相适应的）怎样让位给专为金钱或衣着而不忠于丈夫的资产阶级妇女。"① 恩格斯把巴尔扎克小说对贵族社会和资产阶级社会的双重批判功能给揭示出来，而且大加赞扬，就明确地表明了马克思主义文学思想的反思和批判的性质和功能。

德国早期马克思主义文学思想的主要代表人物梅林、考茨基、蔡特金、李卜克内西等人，秉承了马克思主义创始人的这种文学思想，也十分强调文学艺术的反思和批判的性质和功能。他们对于历史上的伟大的文学家、诗人、剧作家的评价的标准之一就是他们这些伟大的文学家、诗人、剧作家对于旧传统、旧制度、旧思想。尤其是对资产阶级、资本主义社会的反思和批判。梅林在《莱辛的〈爱米丽娅·迦洛蒂〉》(1894 年 9 月) 称赞："莱辛证明自己恰好是个现代诗人和革命家。他一眼看出了李维乌斯的这个著名故事里最使人愤慨、最震撼人心的社会压迫的附带现象——对处女贞操的玷污，这个现象在十八世纪就跟在两千年前一样是时兴的，在今天也是时兴的，并且只要社会压迫存在一天，它将永远是时兴的。对于莱辛来说，那个悲剧因素所具有的世界历史的普遍含义，远比偶然促使政治变动的个别事件要重要得多。这种看法证明莱辛观察社会的眼光之尖锐。莱辛没有使维吉妮娅这一事件平庸化，而是使它深刻化。"② 梅林评价赫尔德时说："如果想把赫尔德的功过用一句话来概括，那么他在一个其任务在于把过去的往昔残留下来的瓦砾废墟推倒的时代，代表了历史发展的原则。他属于资产阶级启蒙运动，但是，是作为这个运动的不安的良心；他正好拥有启蒙运动所没有、也不可能有、但是为了胜利非有不可的种种能力。"③ 梅林在《席勒和现代》(1905) 之中说："席勒在资产阶级启蒙运动那些伟大的战斗者中间是站在最前列的。"④ 梅林在《强盗》(1909) 之中称赞席勒："他第一个剧本是一篇革命宣言，是一只伸出巨爪扑向暴君的狮子，就跟剧本初版时封面上印的那幅小画里的狮子一样。""《强盗》之所以永受崇敬，不仅是对诗人的纪念，而且是对一个战士的纪念。"⑤ 诸如此类的例子实在太多，梅林对海涅、弗莱里格拉特、维尔特、伏尔泰、狄更斯、易卜生、列夫·托尔斯泰、高尔基等文学大师的高度评价的一个重要尺

---

① 陆梅林辑注：《马克思恩格斯论文学艺术》（一），北京：人民文学出版社 1982 年版，第 189 页。
② 《梅林论文学》，张玉书、韩耀成、高中甫译，北京：人民文学出版社 1982 年版，第 4 页。
③ 《梅林论文学》，张玉书、韩耀成、高中甫译，北京：人民文学出版社 1982 年版，第 50 页。
④ 《梅林论文学》，张玉书、韩耀成、高中甫译，北京：人民文学出版社 1982 年版，第 101 页。
⑤ 《梅林论文学》，张玉书、韩耀成、高中甫译，北京：人民文学出版社 1982 年版，第 103、109 页。

度就是他们的文学作品对现实生活和现实社会的反思和批判。蔡特金的文学批评同样是如此。她说:"易卜生的艺术是问题艺术,是最广泛、最崇高的意义上的倾向艺术。"① 蔡特金这样来褒扬席勒:"席勒的特点在于他既是一个战士,又是一个思想家,既是一个要求行动的实践家,又是一个沉思默想的幻想家。他本性的这两方面融合成这样一种浮士德式的渴望,想在短暂中探求永恒,在斑驳陆离的现象中建立统一的规律,在其最广大的范围、最深刻的内容上理解生活并且按照最高的理想来塑造生活。"② 蔡特金深知无产阶级和社会主义的文学艺术与资产阶级及其旧社会和旧制度的对立,并且希望无产阶级和社会主义的文学艺术开辟新的道路。她说:"我们知道,解放劳动同时也解放艺术的社会革命,只能是战斗的无产阶级的事业。但是战斗的无产阶级给予艺术的不仅是对未来的希望。它的搏斗在资本主义制度中打开了一个又一个的缺口,并通过新的思想内容时艺术获得了新生。这种思想超越了资本主义制度的精神生活,乃是未来的人类的生活。"③ 总而言之,马克思主义文学思想的审美的和文化的批判精神是德国马克思主义文学思想审美现代性的一个最为突出的标志。它不仅在19—20世纪之交德国文学思想之中表现鲜明,而且在以后随着无产阶级和社会主义革命运动的变化发展同样一如既往地体现在德国西方马克思主义文论的主要代表人物那里,像布莱希特的叙事诗戏剧、马尔库塞的"审美之维"、阿多诺的"否定的辩证法"和"否定的艺术"、本雅明的"废墟美学"和"寓言美学"等之中都充满着马克思主义文学思想的审美的和文化的批判精神。它们都是对启蒙现代性的反思和批判的审美现代性的具体表现。

---

① 《蔡特金文学评论集》,付惟慈译,北京:人民文学出版社1978年版,第2页。
② 《蔡特金文学评论集》,付惟慈译,北京:人民文学出版社1978年版,第31页。
③ 《蔡特金文学评论集》,付惟慈译,北京:人民文学出版社1978年版,第104页。

第 一 章

新康德主义的文学思想

第一节 概 述

一、新康德主义的产生和发展

新康德主义是 19 世纪末至 20 世纪初在西欧各国,特别是在德国广泛流行的一个提倡复兴康德哲学的流派。新康德主义最初形成于 19 世纪 50 年代末 60 年代初的德国。1855 年,德国自然科学家、哲学家赫尔曼·路德维希·斐迪南·冯·赫尔姆霍茨 (Hermann Ludwig Ferdinand Helmholtz, 1821—1894) 在他的《论人的视力》一文中,首先强调康德认识论的重要意义,并试图利用感官生理学的成果证明康德的先验主义。接着,库诺·费舍 (Kuno Fischer, 1824—1894) 的《康德生平及其理论基础》(1860) 和爱德华·策勒 (Eduard Zeller, 1814—1908) 的《认识论的意义和任务》(1862) 这两部著作的出版进一步引起了人们对康德哲学的注意和兴趣,表现出复兴康德哲学的倾向。对新康德主义的形成起重大作用的是德国哲学家奥托·李普曼 (Otto Liebmann, 1840—1912) 和弗里德里希·阿尔伯特·朗格 (Ffiedrich Albert Lange, 1828—1875)。李普曼在他 1865 年出版的《康德及其追随者》一书中,明确提出了"回到康德那里去"的口号。朗格在他的《唯物主义史》中,强调康德对于现代比对于他的那个时代具有更深的影响,并号召人们要像研究亚里士多德那样探明康德体系的奥秘。这两部著作的出现促进了当时在德国兴起的复兴康德哲学的运动,标志着新康德主义的正式形成。以李普曼、朗格等人为代表的早期新康德主义在重新解释康德哲学的过程中,只强调康德的理论哲学,不重视康德的实践哲学。在对康德理论哲学的解释中,他们一般都采取心理学或生理学的观点,即用认识主体的心理或生理的结构说明知识的问题。李普曼把康德所谓的先验性解释为意识的生成组织。朗格把康德所说的先天的认识形式归结为先天的生理结构,从而抛弃了康德哲学中的唯物主义因素,使康德哲学彻底唯心主义化。

19 世纪 70 年代以后,新康德主义获得了广泛的传播,很快成为在德国占统治地位的哲学,进入了繁荣期。它发展为许多学派,其中最主要的是马堡学派和弗赖堡学派。马堡学派亦称西南学派,创始人是赫尔曼·柯亨 (Hermann Cohen, 1842—1918),主要代表人物有保尔·纳托尔普 (Paul Natorp, 1854—1924)、恩斯特·卡西尔 (Ernst Cassirer, 1874—1945)、鲁道夫·施塔姆勒尔 (Rudolf Stammler, 1856—1938) 和卡尔·沃伦德尔 (Karl Voränder, 1860—1928) 等人。另一主要的派别是弗赖堡学派,创始人为威廉·文德尔班 (Wilhelm Windelband, 1848—1915)。主要代表人物有:海因里希·李凯尔特 (Heinrich Rickert, 1863—1915)、爱米尔·拉斯克 (Emil Lask, 1875—1915)、布鲁诺·鲍赫 (Bruno Bauch, 1877—1942) 和胡果·闵斯特贝尔格 (Hugo Münsterberg, 1863—1916) 等。这两派的共同特点,是在李普曼和朗格所开创的道路上接受康德哲学,即否定康德关于"物自体"概念的唯物主义因素,发展康德哲学中的主观唯心主义和不可知论,同时还利用和发挥了康德的自律伦理学,提出了所谓伦理社会主义的理论。两派也各有自己的特点。马堡学派着重于认识论和逻辑问题的研究。他们以逻辑结构来解释世界的结构,企图为数学和自然科学以致人类的普遍经验找到逻辑根据。他们利用并改造康德的先验逻辑学说,认为逻辑范畴是纯粹思维创造的,虽是先验的,但并非先天的。它们并无永恒的固定的意义,而只适应于一定的理论体系,并随理论体系的改变而改变。弗赖堡学派则把伦理学和美学作为自己的主要研究领域,着重从价值论上解释康德学说,强调哲学的首要问题不是实在问题,而是应有问题即价值问题。以此出发,他们把自然科学和社会历史科学对立起来,认为自然科学是关于事实的科学,社会历史科学是关于价值的科学。前者利用一般化的方法,以探求普遍的规律;后者利用个别化的方法,以描述特殊的事件。这样,他们就完全歪曲了社会历史科学的性质,否定了社会历史的发展规律。

在德国,新康德主义还有一些学派,如以阿罗伊斯·黎尔 (Alois Riehl, 1844—1924)、屈尔佩 (O. Külpe, 1862—1915) 为代表的实在论派,以弗里德里希·保尔逊 (Friedrich Paulsen, 1846—1908) 为代表的形而上学派,以及以汉斯·科内利乌斯 (Hans Cornelius, 1863—1947)、L. 内尔逊 (L.Nelson, 1882—1927) 为代表的心理学派,等等。不过,它们的影响都较小。1896 年,德国哲学家 H. 魏亨格尔还创办了《康德研究》这一专门刊物,并于 1904 年组建了"康德协会"。新康德主义在西方其他国家也有流传。法国的 C. 勒努夫耶、英国的 R. 亚当森、意大利的 C. 坎托尼等，实际上都是新康德主义的代表。第二国际和德、奥社会民主党内的 E. 伯恩斯坦、K. 施米特以及俄国的"合法马克思主义者"Π.Β. 司徒卢威等人，都是新康德主义的信徒。20 世纪 20 年代以后，新康德主义逐渐失势。第二次世界大战以后又有复活的倾向。

二、新康德主义的总体特征

德国学者汉斯·约阿西姆·施杜里希教授在他的《世界哲学史》(第 17 版) 中指出："虽然新康德主义不久便分裂为许多不同的'学派'，但是这个哲学运动还是有几个共同特征的:(1)'理解康德就意味着要超越康德'——新康德主义者文德尔班说的这一句话或多或少地适用于所有的新康德主义者。没有人仅仅满足于把康德的学说重新搬出来或让他为自己说话，所有的新康德主义者都试图在某个方向上发展康德的思想。(2) 新康德主义者对康德提出的批评主要集中在他的物自体上，李普曼就认为，康德关于外在于时空的物自体的观点纯属无稽之谈，它是康德之后哲学之所以误入歧途和引起误解的主要根源。(3) 我们在叙述康德哲学时就已经明确表示，如果我们仅仅把康德看作是一位认识论理论家，那是不公平的。康德的主要愿望是成为一个实践家和伦理学家。许多新康德主义者的视野过于狭窄，他们的目光只盯在康德的认识论问题上以及与此相关的康德的功绩。"①

施杜里希教授的这些分析应该说是抓住了新康德主义的主要特征:新康德主义是对康德哲学的超越或新发展;新康德主义批判了康德哲学的"物自体"的唯物主义悬设，而更加使得康德哲学走向主观唯心主义;新康德主义主要关注康德哲学的认识论。不过，我们可以更加深入细致地加以分析。其一，新康德主义对康德哲学的"超越"和新发展，实质上就是要"拒斥形而上学"，即"超越"所谓"唯物主义与唯心主义的二元对立"，把康德哲学开启的解构传统形而上学的、综合大陆理性主义和英国经验主义的、结合纯粹理性和实践理性的哲学思路进行到底。诚如刘放桐等编著的《新编现代西方哲学》所言:"就 19 世纪下半期以来盛行的新康德主义思潮来说，他们对待康德的态度与集理性派唯心主义辩证法之大成的黑格尔和恢复了唯物主义权威的费尔巴哈都大不相同。因为他们既反对把康德的自在之物融化于绝对精神之中，把康德哲学改造为客观唯心主义;更反对对康德'自在之物'作出唯物主义解释

---

① ［德］汉斯·约阿西姆·施杜里希:《世界哲学史》(第 17 版)，吕叔君译，济南:山东画报出版社 2006 年版，第 389 页。

(例如当作某种客观自在的存在物)，由此建立某种新的唯物主义。他们的根本立场是进一步发挥康德对传统形而上学的批判及康德的'哥白尼变更'所体现的对主体的创造作用的强调。尽管新康德主义的各个支派在理论上互有差异，但他们几乎都否定康德以后德国古典哲学的发展而要求回到康德。这当然不是简单地复活康德，而是要求继承和发展康德对形而上学和理性独断的批判精神，为哲学的发展探索新的道路。他们大多都力图按照他们所处时代的条件和需要对康德哲学加以改造。例如他们企图按照 19 世纪下半期生理学、数学、逻辑学等科学发展的新成就来论证康德关于主体创造客体的理论和先验论。他们也接受了同一时期的其他哲学思潮，特别是实证主义的反形而上学倾向和唯意志主义关于主体的创造作用的思想，把它们与康德的有关理论融合起来。"[1] 正是这种力图"超越"或"发展"康德哲学的努力，才使得新康德主义对德国哲学、世界哲学的发展产生了一定的历史意义：在科学发展的新材料的基础上论证哲学问题，反对二元对立的思维方式和理性主义的独断论，开辟了价值论和符号论 (语言论) 的哲学研究新路径，批判了传统哲学的形而上学倾向。这些不仅对哲学走向现代起到了一定的作用，而且对德国文学思想走向现代和拓展思路起到了促进作用。其二，新康德主义对康德的"物自体"的批判、取消或消解，不仅有消极作用，也有一定的积极作用。新康德主义的真正创始人赫尔曼·柯亨，在他的三部著作《康德的经验理论》、《康德对伦理学的论证》和《康德对美学的论证》中，首先考察了康德批判哲学的三个主要部分，然后他也与这三个主题相对应，分别用三部著作《纯粹认识的逻辑》、《纯粹意志的伦理学》和《纯粹感情的美学》发展了康德的思想。"这种发展的基本倾向就是彻底地取消物自体。柯亨摒弃了物自体和现象的二元论，他也摒弃了作为两种平等并列的认识形式的直觉和思维的二元论。"[2] 其他的新康德主义者也都毫无二致地批判、取消、解构了康德的"物自体"。这种取消物自体的倾向，从自然本体论来看，当然就是彻底摒弃了自然这个物质的存在，完全走向了主观唯心主义。这是我们必须反对的。但是，从社会本体论或人类本体论来看，这种取消物自体的倾向，却是突出了与人相关和与社会相关的存在或者属人的存在，把哲学的视野从自然界转向了社会，转向了人类社会。这样做是有一定的合理性的，当然，应该像马克思那样，在承认自然界的物质存在的前提下来谈人类的存在和社会的存在。正是在这个意义上，马克思在《1844 年经济学哲学手

① 刘放桐等：《新编现代西方哲学》，北京：人民出版社 2000 年版，第 64 页。

② [德] 汉斯·约阿西姆·施杜里希：《世界哲学史》(第 17 版)，吕叔君译，济南：山东画报出版社 2006 年版，第 389 页。

稿》之中也指出："但是，被抽象地孤立地理解的、被固定为与人分离的**自然界**，对人说来也是**无**。"① 因此，后来的现象学也是把"物自体"悬置起来（放在括号里）而主要关心属人的世界，与人相关的世界——"生活世界"，而且，在20世纪西方哲学之中，转向社会本体论或人类本体论，转向"生活世界"也是一种潮流和趋势。而这种潮流和趋势，对于本来就形成和发展于人类社会之中的文学艺术的理解和研究，对于文学思想的主体化、人文化、历史化，应该说是都非常有益的。也许西方文学思想的本质论由传统的"摹仿说"向现代的"表现说"的转换就与这种取消物自体的倾向有某种关系。这种取消物自体的倾向，从认识论来看，取消了认识的客体的根源和客观标准，当然是我们应该反对的。但是，这样也可以把认识论研究的重点和主要力量集中在主体方面，从而更加突出认识过程中的人的主观能动性，更加深入细致地研究认识主体的具体的心理和逻辑过程，对于认识论的深化和细化也应该是非常有益的。也许正是这种认识论的"哥白尼变更"才使得现代西方文学思想由客体研究转向了主体研究，由内容研究转向了形式研究，由外部研究转向了内部研究，由社会历史研究转向了个体心理研究，由作家传记研究转向了读者接受研究。正是这一系列的"转向"使得西方文学思想走向现代。而德国的新康德主义思潮应该说既开了西方现代文学思想的先河，也发出了德国现代文学思想的先声。其三，新康德主义集中关注认识论问题，尽管显得有些视野狭隘，但也正是这种专注和集中使得哲学研究开辟了新的领域：价值论和符号论（语言论）。马堡学派的最后一位杰出的思想家恩斯特·卡西尔就是在深入研究认识论问题的基础上开拓出符号论（语言论）哲学的新维度。"卡西尔的主要著作有《近代哲学和科学中的认识问题》和《符号形式的哲学》。卡西尔著作的特点是，书中充满了大量经过加工的历史数据，他的观察视角远远超出了专业哲学的范围，尤其注重自然科学的研究——卡西尔为其奠定了认识论的基础，即使是艰涩的思想他也能够用明白易懂的语言表达出来。""卡西尔还对所谓的人文科学和文化学进行了研究：他也将语言、神话和宗教思想以及艺术直觉纳入哲学研究的范围，视其为与科学相对的另一种独立的世界。""卡西尔将他的批判工作的中心从意识和认识问题转移到了语言问题上，他的理论依据就是20世纪初——特别是通过瑞士人菲迪南特·德·索绪尔（Fedinand de Saussure, 1857—1913）的研究——才开始作为精密科学出现的语言学。"② 我们可以看到，认识论问

① 《马克思恩格斯全集》第42卷，北京：人民出版社1979年版，第178页。

② ［德］汉斯·约阿西姆·施杜里希：《世界哲学史》（第17版），吕叔君译，济南：山东画报出版社2006年版，第390页。

题研究的深入必然会引发语言和符号的研究,因为人类的认识必须通过语言和符号这个中介,在某种意义上也可以说,没有语言和符号就没有人类的认识。而认识论的符号论、语言论和文化学的研究,之所以到卡西尔这里被凸显出来,那是因为 19—20 世纪之交现代的语言学、符号学、文化人类学都逐步形成和发展起来。也正是这些以人为主要研究对象的人文科学的形成和发展,也使得新康德主义的海德堡学派(西南学派)形成和发展起来。"这个学派并不以纯粹自然科学为研究对象。他们所关注的主要问题是人文科学以及如何独立地建立人文科学和正确地划分人文科学和自然科学的界限。文德尔班认为,人文科学和自然科学的主要区别在于,自然科学研究一般规律,与此相反,人文科学研究特殊的、唯一的和个别的事物。在研究方法上它们之间也是不同的。""这个学派的另一个特征与他们的兴趣转向文化和文化学是密不可分的。如果文化学——其中最重要的是历史——探索和描述特殊事务,那么其必要的前提条件就是要在大量的个别现象中做出选择,而这种选择——如果不过分武断的话——也要遵循一个标准。这个标准的依据只能是对象的价值。价值这个概念被用于哲学是通过鲁道夫·海尔曼·洛采(Rudolf Hermann Lotze, 1817—1881)实现的,和古斯塔夫·提奥多·费希纳(Gustav Thodor Fechner, 1801—1887)一样,在转向哲学之前,洛采也是个自然科学家。从洛采开始,价值这个概念在哲学中占据了一个中心地位,它不仅对于人文科学研究的方法是不可或缺的,而且也是一切人类行为和认识的基础。"[①] 由此可见,价值论和文化学的研究也是认识论研究的深入和细致的必然结果,也是 20 世纪西方哲学走向现代的一个主要标志。德国的新康德主义也是走在了西方哲学的最前沿。也就是说,德国的新康德主义思潮在西方哲学的现代转向过程中也是扮演了领军人物的角色。与此同时,正是新康德主义的哲学上的这些新的拓展,使得德国文学思想从哲学认识论方面走向了现代的创新发展。这是因为,文学艺术和文学思想是离不开人类和人类社会的,是必须以符号和语言的方式表现出来的,是一定会显现为真善美的价值的,是人类主体性创造的结晶。

三、新康德主义对文学的审美现代性的探索

新康德主义作为 19—20 世纪之交的德国和欧洲的一个重要的哲学思潮,在"回到康德那里去"的口号之下,全面拒斥形而上学,力图超越二元对立的思维方法,反

---

① [德] 汉斯·约阿西姆·施杜里希:《世界哲学史》(第 17 版),吕叔君译,济南:山东画报出版社 2006 年版,第 392 页。

思和批判启蒙现代性,高扬审美现代性,不仅对于哲学研究本身走向现代具有一定的作用,而且对于文学艺术和文学思想的走向现代也奠定了哲学基础。换句话说,新康德主义思潮使得德国文学思想从哲学世界观方面探索审美现代性而走向现代。

按照我们的观点,审美现代性是西方文化针对启蒙现代性所构筑的"三大神话"(理性主义神话、科学主义神话、社会进步神话)所进行反思和批判的现代社会及其文化的性质。审美现代性主要表现为:对应于进步神话的"无功利性",对应于科技神话的"自律性",对应于理性神话的"反思性"。具体表现在现代主义文学艺术上就是:现代主义文学艺术的形形色色形式主义实验,"为艺术而艺术"、"纯艺术"、"纯诗",对于启蒙主义运动以来资本主义社会的各种异化现象的批判。但是,审美现代性内在蕴含着矛盾性,它也必然引起对它的反思和批判,这就是一个否定之否定的辩证发展过程。这样,现代主义就走向后现代主义,审美现代性就走向文化现代性。如果用康德在《判断力批判》之中"美的分析"的模式来描述这样一个"启蒙现代性——审美现代性——文化现代性"的发展过程就是:从质上看,本质论→意义论→意义异延论;从量上看,普遍有效论→历史差异论→社会差异论;从关系上看,主观合目的论→符号形式论→语言游戏论;从模态上看,主观必然论→主观偶然论→非主体可能论;并且彻底地消解了从启蒙主义美学到现代主义美学的现代性:理性/非理性,主体性/非主体性,个体性/无个体性,陷入了极度不确定的悬浮状态。因此,我们可以看到,新康德主义思潮在"启蒙现代性——审美现代性——文化现代性"的发展过程中是一个承前启后的重要思潮,新康德主义流派是西方现代性发展的一个不可忽视的主要流派,对于德国文学思想走向现代具有举足轻重的意义。

新康德主义对于德国文学思想走向现代的意义主要在于,新康德主义为德国文学思想走向现代奠定了哲学基础,亦即世界观和方法论基础,因为新康德主义主要是一种哲学思潮,而哲学就是关于世界观和方法论的学问。这种意义具体说来就是:拒斥形而上学,反对二元对立的思维方法和理性主义独断论,对文学艺术的研究由本质论转向意义论,由普遍有效论转向历史差异论,由主观合目的论转向符号形式论,由主观必然论转向主观偶然论,高扬文学艺术的"审美无功利性"、"审美自律性"和"审美反思性",颠覆和解构启蒙现代性。

首先,新康德主义否弃了诸如"物自体"之类的"本质",把全部固定的"存在"化为一个"过程",以"先验方法"的逻辑来对待文学艺术,与此同时,新康德主义倡导哲学价值论,而价值与意义是不可分割的,这样就由本质论转向了意义论。在前面一点上,马堡学派表现得比较明显。而在后面一点上,弗赖堡学派做了比较明确的阐发。纳托尔普（一译为那托普）在《康德与马堡学派》中对此做了很明确的说明。他说："我们只有回到康德，然后才能遵循着哲学通过他安然获得的基本认识的方向，继承着永恒哲学问题因他而深刻化的纯粹结果，进而向前迈进。就古典意义来说，哲学乃是争取认识基本真理的永恒努力，而并不是宣布自己拥有这种真理。把哲学理解为批判、理解为方法的，正是康德，他诚然也有哲学论证，但是并不打算讲授'一种'哲学。"① 那托普认为，柯亨把"先验方法"的思想理解为康德的中心思想，而"先验方法"，既不同于心理方法，也不同于形而上学方法，也不同于一种古代的、亚里士多德和伏尔夫的意义下的纯粹逻辑方法。这种"先验方法"有两个要点：第一点是踏踏实实地追溯到各种实存的、有历史为证的科学、道德、艺术、宗教等方面的事实。先验方法的第二个坚决要求，就是指明"可能性"的根据，即"法律根据"在于事实，也就是说，正是要在全部创造文化的行动中指出规律的根据 Logos, Ratio 的统一，提炼出纯粹的规律。"这样，先验方法就变成了'批判'方法：批判形而上学的僭越，也批判目无规律、逃避规律的经验主义。""作为'方法'的哲学告诉我们的正是：全部固定的'存在'必须化为一个'过程'，一种思维的运动。"② 正是由于新康德主义批判形而上学，否弃了像"物自体"那样的事实（现象）背后的固定不变的"本质"，而把认识的注意力集中在"科学、道德、艺术、宗教等方面的事实"，从中探寻"全部创造文化的行动中的""可能性"的"纯粹规律"。因此，事实及其过程所显现的意义——纯粹规律就成为哲学研究的主要目的，马堡学派的先验方法就是"创造文化的方法"。这一点与弗赖堡学派的价值论也是完全相通的，尽管他们也有某些不尽相同之处。弗赖堡学派非常积极地倡导哲学价值论。李凯尔特区分了现实和世界，"世界大于现实"，"世界是现实和价值这两个王国的统一，这种统一是通过第三个王国——意义王国而实现的。""专门科学所研究的现实，仅仅作为现实来说，是没有意义的。价值王国使现实获得了意义。世界观提出了关于意义、关于世界的意义、关于我们在世界里的生活的含义和意义的问题。""与价值相联系的现实，就是我们称之为文化的那种东西。我们已经指出，文化'是财富的总和，它只有作为这样的东西才可能被理解'。"③ 当然，新康德主义用"先验方法"把存在都转化为思维和思维

---

① ［德］那托普：《康德与马堡学派》，洪谦主编：《西方现代资产阶级哲学论著选辑》，北京：商务印书馆 1964 年版，第 69 页。

② 洪谦主编：《西方现代资产阶级哲学论著选辑》，北京：商务印书馆 1964 年版，第 69—74 页。

③ ［苏］K.C. 巴克拉捷：《近代德国资产阶级哲学史纲要》，涂纪亮等译，北京：中国社会科学出版社 1980 年版，第 311—312 页。

过程,都转化为文化创造和文化价值、文化意义,从本体论的根本上来说毕竟是一种现代的唯心主义,但是,它终究还是反对和拒斥形而上学及其本质主义,把哲学研究的目标集中在社会和文化的创造过程及其意义和价值上,对于反思和批判启蒙现代性的理性主义神话、科学技术神话、社会进步神话,尤其是对于文学艺术和文学思想这样一种最具创造性的文化现象的研究,应该说是具有重大意义的,也是德国文学思想走向现代的一种哲学方法论上的推动。

其次,新康德主义区分了自然科学与人文科学(历史科学)的不同,认为人文科学(历史科学)描述特殊的、具体的、个别的事件而自然科学说明普遍的、一般的、共同的规律,这样就由普遍有效论转向历史差异论。这个观点在弗赖堡学派那里表现得非常明显。弗赖堡学派主要代表人物文德尔班在《历史与自然科学》的斯特拉斯堡大学的演说(1894)之中,把人文科学(历史科学)与自然科学进行了区分:"在自然研究中,思维是从确认特殊关系进而掌握一般关系,在历史中,思维则始终是对特殊事物进行亲切的摹写。""在自然科学思想中主要是倾向于抽象,相反地,在历史思想中主要是倾向于直观。"文德尔班还把文艺归于历史科学(人文科学)之中:"对于历史学家来说,任务则在于使某一过去事象丝毫不走样地重新复活于当前的观念中。他对于过去曾经实存过的东西所要完成的任务,颇像艺术家对于自己想象中的东西所要完成的任务。历史工作之与美术工作相近,历史之与文艺相近,根源即在于此。"① 文德尔班把自然科学与人文科学区分开来,很明显是继承了意大利思想家维科、德国思想家赫尔德和狄尔泰的思想,进一步反思和批判启蒙现代性所鼓吹的"科学主义神话",要在自然科学研究之外,更加注重研究人类、人类社会、人类历史,要在自然科学的普遍有效性的抽象规律之外探讨人类、人类社会、人类历史的特殊的、个别的、具体直观的规律,或者更加确切地说,要在自然科学的一般的、抽象的、普遍的规律之外,显示出人文科学(历史科学)的社会—历史的差异性、个别性。这样一来,人文科学(历史科学)就与价值联系起来:"人类的一切兴趣和判断,一切评价,全都与个别的、一次性的东西相联系。我们要考虑到,只要感情的对象一旦变多,或者成为千万个同类现象之一例,我们的感情就立刻变得麻木不仁了。在《浮士德》最凄惨的一段里有一句话:'她不是原来的她了!'我们的全部价值感,根源就在于对象的一次性、无双性。斯宾诺莎以认识克服感情冲动的学说,根据即在于此,因为在

---

① [德] 文德尔班:《历史与自然科学》,见洪谦主编:《西方现代资产阶级哲学论著选辑》,北京:商务印书馆 1964 年版,第 59—61 页。

他看来,认识就是特殊潜入普遍,一度潜入永恒。"[①] 这与康德的批判哲学的区分原则和划界行为是一脉相承的。康德在《判断力批判》之中把美的价值从纯粹理性的认识领域和实践理性的意志领域区分出来,划归于审美判断力的感情领域,给传统文学思想的认识论"摹仿说"的普遍有效性注入了历史差异性的因素——现代文学思想的感情论"表现说"。而到了新康德主义的弗赖堡学派进一步发展了这种历史差异论,以价值论的形式充分肯定了感情论"表现说"的文学思想,从而揭示了文学艺术和文学思想的人文性、历史性、直观性,也就是更加鲜明地凸显了文学艺术和文学思想的历史差异性和社会差异性。这恰恰也就是德国文学思想走向现代的一个重要的标志,而这个重要标志却是由新康德主义者以哲学的方式揭示出来的。

再次,新康德主义在执着于康德哲学认识论研究过程之中,必然发现了人类认识的符号和语言的中介,并且深入探讨了当时刚刚兴起的符号学和现代语言学,这样就由主观合目的论转向符号形式论。在这方面,马堡学派的卡西尔的研究是卓尔不凡的,对于德国文学思想的符号形式和语言中介的研究起到了较大的促进作用,也使德国文学思想走向现代的进程大大加速。众所周知,康德提出"主观合目的性"(审美判断力)和"客观合目的性"(审目的判断力)来沟通认识和意志,并且认为"主观合目的性"是对象的形式符合人的愉快和不愉快的性质,在一定意义上是对启蒙现代性的"内容美学"的反思和批判,然而,康德以后黑格尔又以"绝对精神"(理念)为核心恢复了"内容美学",而且势力很大。因此,在黑格尔死后,新康德主义者就必然地要"回到康德那里去",重新推出"主观合目的性"的"形式美学",而且进一步发展成为"符号形式论",给现代主义和后现代主义的形式主义文学思想及其"语言学转向"准备了哲学和美学思想基础,为实现"审美现代性"的"无功利性"、"自律性"和"反思性",给现代主义形形色色的"为艺术而艺术"、"纯诗"的唯美主义文学艺术思潮打开了哲学和美学的思路。美学史家吉尔伯特和库恩的《美学史》就把新康德主义者卡西尔(一译为卡西雷)称为象征(符号)理论的先驱者。他们说:"尽管科学门类的专门化已迫在眉睫,然而,厄恩斯特·卡西雷却以他的著作《象征形式哲学》(Philosophie der Symbolischen Formen),为多方面讨论象征问题奠定了广泛的基础。他早年和晚年的许多文章和论文也补充了这方面的内容。卡西雷认为,一个相信象征在人类生活中居首要地位的人,既不可能是克罗齐那样的唯心主义者,亦不可能是桑塔亚那那样的唯物主义者,而他很可能生活在隐约的意象和深藏的意

① 洪谦主编:《西方现代资产阶级哲学论著选辑》,北京:商务印书馆 1964 年版,第 63 页。

义之中的'中间地带'。诚然，象征与其说是唯物的，不如说是唯心的，而卡西雷自认为他是与康德为伍的一位唯心主义者。但是，卡西雷在讨论象征性创造在人类活动中的决定性作用时明确指出，象征绝非仅仅意指人们头脑中的东西，而是属于那种'旷日持久、日益扩大和极为洗练的寓意艺术（art of the detour）'，人们借助这种艺术，能够在和自己环境的有机交往中稍停一下，能够通过独特的中途载体来储存和巩固自己的经验。按照这一思想流派的观点，使人成其为人的，不是理性，而是构成象征的那种能力。由于艺术是最高的象征活动，所以它使人成为最高意义上的人。"①这段引文中的"象征"（Symbol）译成中文，既可以是"象征"，也可以是"符号"，不过，在这里的哲学语境之中，译成"符号"似乎更加贴切。像卡西尔这样，把人的本质规定为"符号的动物"或者"文化的动物"，应该说是对古典时代和近代时代的"人的本质"的传统观点的颠覆和解构。从柏拉图、亚里士多德起的西方古典时代，人的本质就与"理性"联系在一起，而经过了中世纪的神学时代及其以后的文艺复兴时代直到启蒙主义运动，"理性主义神话"就日益牢固地构建起来，"人是理性的动物"也就成为了一个根深蒂固的理性主义命题和启蒙现代性的标志性命题。但是，在西方走向现代的进程之中，西方思想家们纷纷反思和批判这个理性主义的、启蒙现代性的标志性命题，从不同的方面来解构和颠覆这个命题。新康德主义者，特别是卡西尔，就从符号、语言、文化的角度，从哲学、美学的层面，解构和颠覆了理性主义和启蒙现代性的这个标志性命题，而明确地提出了"人是符号的动物"，"人是文化的动物"的现代命题，表现出一种新的"审美现代性"对"启蒙现代性"的反思和批判。这种反思和批判就使得德国文学思想，从理性主义、科学主义、进步主义的"三大神话"的近代观念走向现代观念。卡西尔不仅仅从哲学层面来谈"符号"（象征），而且直接把符号（象征）引入美学和文学思想之中，这样，符号形式论对德国文学思想的影响就是直截了当的了。卡西尔说："美实质上而且也必然是象征，因为……它内在是分裂的；因为它在任何时候、任何地方，都既是统一的，又是具有两极意义的。在这种分裂中，即在这种既对感性依附又对感性超脱之中，美……表现了遍及我们意识世界的那种张力（tension），……以及存在本身所拥有的那种基本的两极性。"对卡西尔来说，最能说明这种象征过程的便是歌德的诗歌作品，而歌德的作品中，又以《潘朵拉》为最。作为诗歌作品，《潘朵拉》漂浮在感性显现的表层。但从意义上来说，

---

① ［美］凯·埃·吉尔伯特、［联邦德国］赫·库恩：《美学史》下卷，夏乾丰译，上海：上海译文出版社1989年版，第735—736页。

它会使人顿开茅塞,使人们领悟到,原始技艺是如何渴求科学之光的。科学若不实际运用到社会生活中去会是多么不完备,人类对进步的渴望是多么需要通过承认源于自然界的一切事物的演变和衰退的必然性来加以平衡。因此,关于人类生活的限度和潜在能力的全部想象,都反映在这首诗的有形声音之中了。① 由此可见,符号形式论对德国文学思想的影响是多么直接而有力。

此外,新康德主义由于对世界的看法和看待世界的方式与传统的世界观和方法论已经大相径庭,在反对自然科学和理性主义的必然性,而重视人类社会、人类生活、人文科学 (历史科学) 的偶然性、个别性的同时,在哲学和美学上也由主观必然论转向主观偶然论,使得德国文学思想具有了更多的感性的、偶然性的色彩。这一点在文德尔班和李凯尔特的价值论思想之中表现得比较明显。在文德尔班看来,存在着两个不同的世界,一个是事实世界,一个是价值世界。事实世界是表象 (现象) 世界、理论世界,价值世界是本体 (自在之物) 世界、实践世界。这两个世界都不是实在的、客观的世界。事实世界固然只是属于主体的表象,价值世界作为本体 (自在之物) 也只不过是主体的一种公设。与这两个世界相适应,他认为有两种不同的知识,即“理论”知识和“实践”知识,或者说事实知识和价值知识。这两类知识有着重要区别。一切关于事实的知识的命题都是表示两种表象的内容的相互归属关系,而一切关于价值知识的命题则是估价意识 (主体) 和被估价的对象的关系。事实命题都是普通的逻辑判断,它们决定着事实与事实之间的关系。例如:“这朵花是白的”、“这本书在桌子上”。这两个判断分别表示花与白、书与桌子的关系。他认为这种判断丝毫不混杂主观因素。价值命题则不表示事实之间的关系,而表示主体对于对象的估价和态度。例如,“这朵花是美的”、“这本书是有用的”。美和有用都是主体对于这朵花和这本书的估价,它们完全决定于主体的情感和意志,主体对它们的“赞成或不赞成”的态度,不牵扯到它们之间的关系。因此这类命题是完全任意的,它们不服从任何逻辑的因果规则,不包含必然性。它们没有逻辑上的意义,而只有伦理学和美学的意义。② 文德尔班就是这样运用价值论把伦理学和美学的知识的必然性和因果性给取消了,甚至于取消了一切知识的客观标准,在情感和意志、个别和特殊的前提下强调了伦理学和美学的知识和命题的偶然性。李凯尔特与文德尔班大致相同,不过,他是从客体方面来说明问题的。李凯尔特认为,世界是由现实 (即主体和客体)

---

① [美] 凯·埃·吉尔伯特、[联邦德国] 赫·库恩:《美学史》下卷,夏乾丰译,上海:上海译文出版社 1989 年版,第 736—737 页。

② 刘放桐等:《新编现代西方哲学》,北京:人民出版社 2000 年版,第 85 页。

和价值所构成的。主体和客体是现实，是世界的一个部分；与这个部分相对立，世界的另一部分就是价值。哲学问题就是这两部分的关系以及它们的统一问题。财富（Güter）是与价值相联系的、现实的（实在的）客体。价值表现在财富之中。可以认为，价值是与对财富作出评价的主体有联系的。例如，艺术作品（一幅画）之所以具有价值，那是因为主体对它作了评价。李凯尔特认为，必须严格地把价值和评价区别开来。评价是一种心理活动，它是存在着的；价值并不存在着，它"意味着"即"具有意义"（Geltung）。任何一个科学原理的理论价值的意义，即这个原理的真理性，是与对这个原理的评价活动有区别的。李凯尔特得出结论如下：世界是由三个王国——现实、价值和意义——所组成的。现实被客体化的局部科学所瓜分了，财富和评价也属于局部科学。作为价值的价值问题则属于哲学。为此目的，哲学通过对现实生活、特别是评价活动内在地固有的意义作出解释，而把这两个王国结合起来。主体和客体之间的矛盾这个古老的哲学问题被勾销了：主体和客体都属于一个领域。在局部科学的范围内，客体化的方法仍然有效。在哲学中，这个方法对我们没有什么帮助。可是主体化的方法对我们来说也是不适用的。"只有主观的评价活动的意义，对我们才是重要的。我们应当从价值的观点解释主体及其在科学的、艺术的、社会的和宗教的生活中的评价的意义。这是一条能对世界观的可能性作出证明的道路，但只有在建立起哲学体系之后，才能走上这条道路。"[①] 由于李凯尔特把价值及其意义作为哲学研究的对象，因此，李凯尔特得出结论：真理（价值）自在地"具有意义"，但是它不是"对任何人"都具有意义。它是超验的，可是，作为价值来说，它并非存在着，而是"意味着"（gilt）。这样一来，真理（价值）的客观必然性就被主观的偶然性所取代，当李凯尔特把与价值相联系的现实——文化同历史科学紧密联系起来，用这样的观点来对待人文科学和历史科学的时候，他虽然并不否定历史事件中的因果联系，但他坚决反对把规律概念应用于历史。把规律概念应用于单一、个别的现象，这本身就包含着矛盾（"Widersinn"），历史发展规律是"contradictio in adjecto"（词语矛盾）。[②] 由此可见，新康德主义，尤其是弗赖堡学派关于人文科学和历史科学的主观偶然论，是对启蒙现代性的社会进步神话的一种反思和批判，而更多地显示出西方现代的审美现代性特点。这种思想对于德国文学思想走向现代当然就产生了不可

---

① [苏] K.C. 巴克拉捷：《近代德国资产阶级哲学史纲要》，涂纪亮等译，北京：中国社会科学出版社 1980 年版，第 260—263 页。

② [苏] K.C. 巴克拉捷：《近代德国资产阶级哲学史纲要》，涂纪亮等译，北京：中国社会科学出版社 1980 年版，第 290—322 页。

漠视的影响。

第二节　新康德主义的哲学思想与文学思想

新康德主义在 19—20 世纪之交的形成和发展乃至兴盛，绝不是偶然现象，诚如早期新康德主义者朗格在《唯物主义史》中所说："正像一支溃败的军队四处寻找坚固场所，希望重新集结队伍一样，在哲学界到处响起了'回到康德那里去'的呼声。……这位伟大的哥尼斯堡哲学家的观点从根本上说绝不能认为是陈旧了。我们完全有理由像未来人们以极严肃的努力去仅仅研究亚里士多德而不研究其他任何哲学家一样，去投入到康德的深刻体系中。"[①] 一方面，康德哲学本身充满着矛盾，也具有强大的生命力，可以使人们不断地"回到康德那里去"；另一方面，新康德主义者顺应着西方哲学的现代转向，拒斥形而上学，超越二元对立的思维方法，利用新兴的自然科学和人文科学的最新成果，构建了比较系统的哲学理论，不仅使得传统的本体论、认识论、方法论得到了更加系统和深入的研究，而且构建了新的哲学学科：价值哲学和符号哲学。价值哲学和符号哲学的构建和确立，不仅是哲学领域的开拓，而且也给德国和西方的文学思想提供了新的哲学视野和思维工具。

一、价值哲学的构建

价值哲学或者价值论哲学，是关于一般价值的哲学学问。价值是对象能否满足人的某种需要的属性。根据美国人本主义心理学家的研究，人一般具有七种需要：一是生理需要，二是安全需要，三是尊重需要，四是相属需要（爱的需要），五是认知需要，六是审美需要，七是自我实现需要（伦理需要）；也可以把前面四种需要概括为"实用需要"，这样就可以归纳出人的四种现实的需要。相对于这四种人的需要，就产生了利（利益）、真（真理）、美、善四种现实的价值，加上一种与非现实的或虚幻的需要相对应的价值：圣（神圣），一般来说，人类社会存在着这样五种价值：利、真、美、善、圣。按照意大利哲学家、美学家、思想家克罗齐的设想，相对于这五种价值，应该有五门相应的学科来研究：经济学研究利，逻辑学研究真，美学研究美，伦理学

---

① ［德］朗格：《唯物主义史》，伦敦 1925 年英文版，第 2 部分第 153 页。这个译本全书上下册共分 3 部分。见刘放桐等：《新编现代西方哲学》，北京：人民出版社 2000 年版，第 65 页。同时见俞吾金、吴晓明主编：《二十世纪哲学经典文本·序卷（二十世纪西方哲学的先驱者）》，上海：复旦大学出版社 1999 年版，第 492 页。

研究善,宗教学研究圣。如果以这些价值的一般性质、规律、构成、评价、标准等为研究对象就构成了价值哲学或哲学价值论。

在西方哲学史中,从古希腊的苏格拉底、柏拉图开始,就对人生的价值问题进行了探讨。苏格拉底把追求善和美德视为人生的最高价值,认为善和美德同真正的幸福是一致的。他提出一种同特殊相割裂并先于特殊、脱离特殊的一般的善或美德。柏拉图从他的理念论出发,发展了苏格拉底的思想。他认为,只有永恒的理念世界才是真实的,有价值的东西,只有理性才具有绝对的价值,才是善;人的灵魂是理性的部分,而肉体则是灵魂的桎梏。灵魂脱离肉体,沉思善的、美好的理念世界,乃是人生的最大幸福和最终目的。亚里士多德把美德看做是一个人本人好、工作也好的性格状态,这种性格状态同一件艺术品之为美完全相通。他认为世界上任何事物都有自己的目的,而目的总是趋向于至善。这样,至善就成为一切事物的最高价值。这种价值在人身上的实现,也就是善或美德的形成。伊壁鸠鲁认为,人生应该追求的幸福和目的是身体无痛苦和灵魂无干扰的快乐,而快乐也就是至善。斯多阿学派则认为快乐不是绝对的善,它本身毫无价值,只有德性才能使人幸福;而德性来自善良的意志,它要求摆脱一切快乐、痛苦和欲望的激情,要求节制。欧洲中世纪的基督教神学,断言上帝是永恒的、超验的存在物,是全智全能全善的。因而,上帝具有最高的价值,是一切价值的源泉;只有上帝所愿,才是有价值的。神学只承认宗教信仰的价值、不死灵魂的价值,而抹杀现实的人及其世俗生活的价值,抹杀科学知识的价值。文艺复兴以后,资产阶级思想家批判了中世纪基督教神学的宗教价值观,提出尊重理性和人权以及自由、平等、博爱的口号,提高了人的地位和人的价值。资产阶级人道主义思想集中地体现了资产阶级关于人的价值的观点。文艺复兴以来的许多进步思想家,都坚信科学对人类社会的进步具有巨大的价值。例如,F. 培根强调"知识就是力量",肯定科学知识对于推进人类福利的价值。B. 斯宾诺莎强调一切科学以及道德哲学、教育学对于达到最高的"人生圆满境界"的价值,并把不能促进实现人们目的的东西,一概斥为无用。资产阶级的思想家还对经济、道德、美学、知识以至宗教各个领域的价值进行了考察,从不同的方面体现了资产阶级的价值观。19 世纪,欧洲大陆的一些资产阶级哲学家,如德国的 R.H. 洛采 (1817—1881)、F.W. 尼采、K.R.E.von 哈特曼 (1842—1906)、W. 文德尔班、F. 布伦塔诺 (1838—1917) 等,在广泛的和一般哲学的意义上来理解价值概念,从而产生了现代资产阶级的所谓价值哲学。

价值哲学是在 19 世纪末 20 世纪初形成的。首先明确采用价值哲学这个术语的是法国哲学家 P. 拉皮埃（1869—1927）和德国哲学家哈特曼，德国的文德尔班、H. 李凯尔特，奥地利的 C.von 艾伦费斯（1859—1932）、A. 迈农，美国的 J. 杜威、W.M. 厄本（1873—1952）、R.B. 佩里（1876—1957）、C.I. 刘易斯和其他人格主义者、新托马斯主义者，都曾致力于价值哲学的建立和研究。他们认为，诸如愿望、目的、效用、善、正义、德行、道德判断、审美判断、美、真理等，都同价值或应当是什么有关，因而可以建立起包括经济学、伦理学、法学、美学、认识论甚至神学等领域的价值在内的一般价值理论。他们把这种一般价值理论叫做价值哲学。[①]

新康德主义在西方价值哲学的形成和发展之中作出了重大贡献，尤其是西南学派（弗赖堡学派）的文德尔班、李凯尔特在西方价值哲学的系统化、学理化方面有着特殊的成绩。正是由于新康德主义对西方价值哲学作出了系统化、学理化的贡献，才使得西方价值哲学得以形成和发展，并且影响到德国和西方的文学思想及其现代化。文德尔班在他的《哲学史教程》第七篇"十九世纪哲学"之中对西方价值哲学进行了论述。他说："在新康德主义的基础上，**德国西南学派**发展了一种**价值哲学**。"[②]他认为，19 世纪从康德到尼采的西方哲学的现代转向的表征就是价值哲学的兴起。他说："超人的独断意志顶替了'理性的自主性'，——这就是十九世纪所描述的从康德到尼采的道路。"这说明价值哲学是反对理性主义的产物，也就是对启蒙现代性的"理性主义神话"的反思和批判。他还说："正是这一点决定了未来的问题。相对论是哲学的解体和死亡。哲学只有作为**普遍有效的价值的科学**才能继续存在。哲学不能再跻身于特殊科学的活动中（心理学现在还属于特殊科学的范围）。哲学既没有雄心根据自己的观点对特殊科学进行再认识，也没有编纂的兴趣去修补从特殊学科的'普遍成果'中得出的最一般的结构。哲学有自己的领域，有自己关于永恒的、本身有效的那些价值问题，那些价值是一切文化职能和一切特殊生活价值的组织原则。但是哲学描述和阐述这些价值只是为了说明它们的有效性。哲学并不把这些价值当作事实而是当作**规范**来看待。因此哲学必须把自己的使命当作'立法'来发扬——但这立法不是哲学可随意指令之法，而是哲学所发现和理解的理性之法。""沿着通向这一目标的道路，目前的、内部往往意见分歧的运动，其目的似乎是要夺回德国哲学伟大时期的重大成果。由于洛采果断地提高**价值观**的地位，甚至将它置于逻辑学和形而上学〔以及伦理学〕之顶端，激起了许多对于'价值论'（哲学中一门新基础

---

① 以上关于价值哲学发展历史的资料参见《中国大百科全书·哲学卷》Ⅰ，北京·上海：中国大百科全书出版社 1987 年版，第 343—345 页"价值论"条目。

② ［德］文德尔班：《哲学史教程》下卷，罗达仁译，北京：商务印书馆 1996 年版，第 874 页。

科学) 的种种倡议。"由此可见,价值哲学是 19 世纪德国哲学家洛采提倡的结果。正是洛采把价值论放在了哲学的最高位置之上。这样一来,不仅反对了西方传统哲学的形而上学,而且在价值论的哲学之下,给人类的全部知识、感情、意志的领域找到了立法依据和规范,在新的基础上给理性一个合法地位。他又说:"哲学史从而恰恰表现了:在这过程中文化价值意识如何以特殊经验提供的条件为诱因,以特殊的知识问题为工具,以越来越清晰越来越确实的意识,一步一步前进;而这些文化价值的普遍有效性便是哲学的对象。人性之屹立于崇高而广阔的理性世界中不在于合乎心理规律的形式的必然性,而在于从历史的生活共同体到意识形态所显露出来的有价值的内容。作为拥有理性的人不是自然给予的,而是历史决定的。然而人在文化价值创造活动的具体产物中所获得的一切,通过科学,最后通过哲学,达到概念的清晰性和纯洁性。不过哲学成就所拥有的有效性不存在于历史的真实性和可理解性,而必须一再努力追求的是,以批判的改造将哲学成就归因于永恒的法根据,哲学成就以此根据扎根于理性之中。因此哲学史是哲学真正的工具,而不是哲学本身。"[1] 新康德主义就是这样通过价值和价值论把文化问题在哲学史之中凸显出来,对 20 世纪西方哲学的现代转向,即由认识论哲学转向人类本体论或社会本体论哲学,进行了准备工作。因此,19—20 世纪之交的德国和西方的文学思想也在这种西方哲学的现代转向的大趋势之下,实现了走向现代,转向审美现代性。

的确,文德尔班接受了康德三大批判的理论架构,认为康德从认识、意志和感情三方面来表达对人类自身的认识和规定,恰恰构成哲学的主要内容——真、善、美,体现了人类的价值倾向。当尼采提出要"对一切价值进行重新评判"的时候,就把价值问题置于哲学的核心。哲学绝不是把自己的认识限定在某一领域的具体科学,它的基本要素关涉人类生活的方方面面,哲学有必要、也有权利去考察和认识与人类生活相关的一切范畴和领域。在文德尔班这里,重视价值就不只是承认物质价值;相反,重视价值是要把价值评价视为是对人类心智最深层面的认识,要赋予精神价值以特殊重要的意义和人人遵守的、全人类性质,其中包括道德原则、审美原则和形式逻辑。这样,美和审美以及艺术就在价值哲学之中占有了一个重要的合法位置,而且是比黑格尔哲学体系之中的地位更加高的地位。黑格尔把艺术哲学 (美学) 放在绝对精神自我回归的最低阶段——理念的感性显现阶段,上面还有宗教 (理念的表象显现阶段) 和哲学 (理念的概念显现阶段),所以文学艺术在黑格尔的精神哲学

---

① [德] 文德尔班:《哲学史教程》下卷,罗达仁译,北京:商务印书馆 1996 年版,第 926—929 页。

之中是最低级的。但是，新康德主义西南学派的文德尔班和李凯尔特就把文学艺术作为审美价值——美的研究对象，与逻辑学（知识论）和伦理学的研究对象——认识价值和伦理价值（真和善）平起平坐，一视同仁。这样就把文学艺术及其审美价值——美的地位提高了，给文学艺术和文学思想注入了新的生命力。

不仅如此。新康德主义的西南学派主要代表人物文德尔班和李凯尔特的另一个创意是区分了自然科学和人文科学，并回答了"人文科学是如何可能的"这一问题。文德尔班首先提出这一创意，他的学生李凯尔特完善了它。这也是给文学艺术和文学思想新的力量。文德尔班认为自然科学是以总结普遍规律为目的，其内容涉及的是稳定不变的规律性；而历史学或人文科学则以描述个别事实为目的，其内容涉及的是唯一发生、不可重复的东西。前者可称之为规律设定性（normothetisch）科学，后者可称之为个体描述性（idiographisch）科学。文德尔班的贡献在于首先指出了人文科学在何种意义上可能成为描述性科学。（《历史与自然科学》）李凯尔特在总结文德尔班学说的基础上将科学进一步细分为四种类型，其中特别重要的是他将是否与价值判断相关作为划分自然科学和人文科学的一个本质标准。这四种类型分别是：(1) 非评价的从事一般化的科学，纯自然科学。(2) 非评价的从事个别化的科学：生物学进化论，地理学，即准历史科学。(3) 评价的从事一般化的科学：社会学，经济学，即准自然科学性的科学。(4) 纯评价的从事个别化的科学：即纯人文科学，历史，文学评论。[①] 这样，李凯尔特就把文学艺术、文学思想、文学评论放在了纯人文科学之中，而这种人文科学就是要研究个别现象的价值及其评价。像这样突出文学艺术、文学思想、文学评论的价值性、价值判断性，以区别于自然科学及其对象，对于启蒙现代性的科学主义神话当然就是一种有力的反思和批判，打破了文艺复兴时代以来西方人文社会科学的科学化、实证化倾向，重视了文学艺术、文学思想、文学评论作为人文科学的特征。这些无疑对于德国文学思想的现代化进程是一个非常有力的促进。与此同时，把文学评论归入人文科学，并且把人文科学命名为"文化科学"，对于新康德主义者来说，就是纠正了德国哲学家狄尔泰等人的心理主义的倾向。狄尔泰虽然注意到了人文科学和自然科学的区别，但是他把人文科学命名为"精神科学"（Geistwissenschaft），就是要以描述心理学作为人文科学的基础，因此显示了明显的心理主义倾向。现在，新康德主义找到了价值和文化这样的范畴来标识人文科

---

① 靳希平、吴增定：《十九世纪德国非主流哲学——现象学史前史札记》，北京：北京大学出版社2004 年版，第 254—255 页。

学,就可以把人文科学和自然科学之间的区别由心理方面转到了社会生活方面,因为价值和文化既与人类、人类社会、社会生活不可分割,又是一种客观的社会现象和社会存在,这样就避免了把人文科学完全心理化和心理主义倾向的误导和失误。这在 19—20 世纪之交的欧洲哲学思想、美学思想、文学思想的非心理化和反心理主义倾向方面是具有积极作用的。这种积极作用主要表现在:哲学思想、美学思想、文学思想的人化和社会化、价值化和文化化、历时化和历史化。换句话说,新康德主义的价值哲学把哲学、美学、文学思想由自然本体论和认识论转向了人类本体论(社会本体论),从人类社会的存在方面来探讨哲学、美学和文学艺术;新康德主义的价值哲学把哲学、美学、文学思想由纯主观的或纯客观的方面转向了主观和客观的关系方面,从与人的主观方面相关的对象的客观方面来探讨哲学、美学、文学艺术;新康德主义把哲学、美学、文学思想由静态的方面转向了动态的方面,从历史发展的方面来探讨哲学、美学、文学艺术。李凯尔特在《文化科学和自然科学》之中如是说:“价值绝不是现实,既不是物理的现实,也不是心理的现实。价值的实质在于它的有效性(Geltung),而不在于它的实际的事实性(Tatsächlichkeit)。但是,价值是与现实联系着的,而我们在此以前已知道其中的两种联系。首先,价值能够附着于对象之上,并由此使对象变为财富;其次,价值能够与主体的活动相联系,并由此使主体的活动变成评价。为了确定财富是否确实配得上财富的称号或者评价是否正确,可以从与财富和评价相联系的价值的有效性的观点去考察财富和评价。当我们打算对于对象采取实际态度的时候,我们就是这样做的。可是,我谈到这一点,只是为了说明历史的文化科学虽然研究财富和研究进行评价的人,但不能对这样的问题作出任何答案。如果历史的文化科学作出答案,那么它就要作出评价,然而对对象的评价绝不能成为历史文化科学的历史观点。在这里,我们不需要讨论价值的有效性是否是和在多大程度是一个理论问题,以及哲学对价值采取什么样的态度。价值的有效性并不是历史问题,肯定的或否定的评价也并未构成历史学家的任务。”[①] 这些哲学思想对于西方美学和德国文学思想走向现代和进一步发展应该是有很明显的推动作用的。

二、符号哲学的确立

如果说新康德主义的西南学派(弗赖堡学派、海德堡学派)的哲学建树主要在于

---

① [德] H.李凯尔特:《文化科学和自然科学》,涂纪亮译,杜任之校,北京:商务印书馆 1986 年版,第 78 页。

价值哲学的建构，那么，新康德主义的马堡学派的哲学建树就主要在于符号哲学的确立。符号哲学的确立主要功绩在于恩斯特·卡西尔。卡西尔的主要著作《符号形式的哲学》和《人论》就是确立符号哲学的具体表现。《符号形式的哲学》是从这样的前提出发的：如果有什么关于人的本性或本质的定义的话，那么这种定义只能被理解为一种功能性的定义，而不能是一种实体性的定义。我们不能以任何构成人的形而上学本质的内在原则来给人下定义；我们也不能用可以靠经验的观察来确定的天赋能力或本能来给人下定义。人的突出的特征，人的与众不同的标志，既不是他的形而上学本性，也不是他的物理本性，而是人的劳作（work）。正是这种劳作，正是这种人类活动的体系，规定和划定了"人性"的圆周。语言、神话、宗教、艺术、科学、历史，都是这个圆的组成部分和各个扇面。因此，一种"人的哲学"一定是这样一种哲学：它能使我们洞见这些人类活动各自的基本结构，同时又能使我们把这些活动理解为一个有机的整体。[①]《人论》上篇着力于人的特点的研究，指出人具有创造"理想世界"的能力，人的本质就是人的无限的创造活动，并独树一帜地把人定义为"符号的动物"。下篇从这一定义出发，对各种文化现象，诸如神话、宗教、语言、艺术、历史、科学等，进行全面的探索。书中探幽析微，旁征博引，充分体现了一位哲学大师的睿智与精深。

卡西尔在他的符号哲学中将人定义为"符号的动物"，这里的"符号"不能理解为表征事物的一种工具，"符号"也绝不是表象性思维的一种认识工具。这其中的区别也不仅仅由"符号"与"信号"之间的不同而得到完全的说明。"信号是物理的存在世界之一部分；符号则是人类的意义世界之一部分。"这其中的区别是显著的，但"符号"更应当从理性功能的角度去做深一层的理解。卡西尔的符号哲学立足于康德的知识论，是对康德知识论中主体能动性的扩大。在康德那里，一边是先天形式，一边是感性材料，理性具有结合形式与感性的功能。但理性的这种功能在康德那里并没有形成一种统一的说法，因而先天形式与感性材料之间的确有二元对立之嫌。卡西尔对"符号"的标举似乎就是对这种理性结合功能的进一步概括，也是对传统二元对立的思维方法的反拨。"符号"一方面是感性的，另一方面又如康德的先天形式一样，具有普遍适用性。"符号的功能并不局限于特殊的状况，而是一个普遍适用的原理，这个原理包涵了人类思想的全部领域。"可见，卡西尔的"符号"内含了康德意义上的理性结合功能，是紧承康德的先验哲学而来的。与康德的先天形式一样，卡

---

① ［德］恩斯特·卡西尔：《人论》，甘阳译，上海：上海译文出版社1985年版，"中译本序"第6页。

西尔的符号形式也是在人的理性上言说的。实际上，卡西尔对人类文化形态的全面考察以及从这一角度所做出的对"人"的新的定义，仍然是与人的理性特征紧密联系在一起的。他说，"人是理性的动物这个定义并没有失去它的力量。"不过，不能仅仅局限于此。因此，在康德意义上的理性结合功能之外，卡西尔还赋予了他的"符号"以新的特质。"理性能力确实是一切人类活动的固有特性"，而仅仅用人的理性并不足以把握住人类所有文化形态共同的本质特征。比如就神话而言，神话思维本身也体现了一种理性能力，"因为它具有一个系统的或概念的形式"，然而"又绝不能赋予神话结构以理性的特征"，原因就在于神话的感知充满了"感情的质"。再比如语言，它当然是理性的，"甚或就等同于理性的源泉"。但是，"与概念语言并列的同时还有情感语言，与逻辑的或科学的语言并列的还有诗意想象的语言"，因而理性并不能概括语言这一符号形式的全部。同样的情形也表现在其他的文化形态里。总而言之，"对于理解人类文化生活形式的丰富性和多样性来说，理性是个很不充分的名称。"正因为如此，卡西尔才得出了把"人"定义为"符号的动物"的结论。由此可见，卡西尔的符号形式不仅蕴含了理性的功能，同时还包含着情感的特质。这尤其体现在神话思维当中，"神话的真正基质不是思维的基质，而是情感的基质"。这就是说，卡西尔在他的符号哲学中肯定了情感因素在认识当中的重要地位。但是，又与康德的先天形式不同，卡西尔的符号形式在历史的不同时期有不同的呈现，并贯穿在神话、语言、艺术、科学等所有人类文化形态当中。在这一点上，他的"符号"更接近黑格尔的"绝对精神"，其中蕴含了一种"历史理性"。但是，与黑格尔的精神现象学明显不同，人类的文化形态在卡西尔的符号现象学中并不是"绝对精神"的外化。卡西尔的"符号"并不是"绝对精神"，不是具有一种本体意义上的精神存在，也不是什么"绝对"存在。实际上，在卡西尔的符号现象学中，符号形式将康德的知识论扩展开来，囊括了语言、艺术、神话、道德、宗教在内的所有文化形态，都是"符号"的不同形式，并以这一方式排斥或取消了传统的"本体论"问题，因而拒斥了形而上学。这样一来，他的"符号"并不是一种本体的存在，而是一种现象的存在。不过，卡西尔的"符号"虽然不具有本体的地位，却具有理想的意义。卡西尔的"符号"是一种相对于事实的理想。符号的这种理想不是针对现实的一种超越，而总是要与事实结合在一起而成为人类文化形态的"现象"。在这里，符号的理想与事实的关系也就是通常所说的可能与现实的关系。"一个符号并不是作为物理世界一部分的那种现实存在，而是具有一个'意义'。"也就是说，符号不是对现实事态的一种默认，而是超出现实的一种可能，是一种高于现实的创造，是一种意义的创造。因此，"正是符号思维克服了人的自然惰性，并赋予人以一种新的能力，一种善于不断更新人类世界的能力。"可见，卡西尔确实是自觉地赋予了他的"符号"以强烈的理想意义和创造意蕴。

由此可见，卡西尔的符号哲学是从康德哲学出发，而又超越了康德哲学，在拒斥形而上学，反对二元对立的思维方法，摆脱单纯的自然本体论和认识论的哲学体系等方面，开辟了西方现代哲学的新方向——符号哲学和文化哲学，给德国和西方的文学思想带来了新的视野和方法。这种新的视野和方法主要表现在：其一，"人是符号的动物"颠覆和解构了理性主义神话，给文学思想打开了符号形式创造的转向"文学自身"的自律性研究思路。卡西尔在《人论》之中考察了西方思想史上关于人的问题的许许多多不同的观点和理论，随后他指出：综上所述，我们完全可以修正和扩大关于人的古典定义。尽管现代非理性主义作出了一切努力，但是，人是理性的动物这个定义并没有失去它的力量。理性能力确实是一切人类活动的固有特性。神话本身并非只是一大堆原始的迷信和粗陋的妄想，它绝不只是乱七八糟的东西，因为它具有一个系统的或概念的形式。但另一方面，又绝不能赋予神话结构以理性的特征。语言常常被看成是等同于理性的，甚或就等同于理性的源泉。但是很容易看出，这个定义并没有能包括全部领域。它乃是以偏概全 (parspro toto)；是以一个部分代替了全体。因为与概念语言并列的同时还有情感语言，与逻辑的或科学的语言并列的还有诗意想象的语言。语言最初并不是表达思想或观念，而是表达情感和爱慕的。甚至康德所设想和描述的那种"在纯粹理性范围内的"宗教，也仅仅只是纯粹的抽象而已，它仅仅表达了理想的样式，仅仅表达了真正的和具体的宗教生活的幻影。那些把人定义为理性动物的伟大思想家们并不是经验主义者，他们也不曾打算作出一个关于人的本性的经验陈述。靠着这个定义他们所表达的毋宁是一个根本的道德律令。对于理解人类文化生活形式的丰富性和多样性来说，理性是个很不充分的名称。但是，所有这些文化形式都是符号形式。因此，我们应当把人定义为符号的动物 (animal symbolicum) 来取代把人定义为理性的动物。只有这样，我们才能指明人的独特之处，也才能理解对人开放的新路——通向文化之路。① 把这一思想运用于文学艺术和文学思想，就是把文学艺术从理性的范畴划分出来，与情感联系起来。这样，文学艺术的特质就显示出来。一方面，这种文学思想继承了康德对启蒙现代性的反思和批判；另一方面，又避免了叔本华、尼采、哈特曼、弗洛伊德等人的非理性主义思想的偏颇。与此同时，卡西尔把自己的哲学命名为"符号形式的哲

---

① ［德］恩斯特·卡西尔：《人论》，甘阳译，上海：上海译文出版社 1985 年版，第 34 页。

学",也就恢复了康德的形式美学的文学思想,批判了黑格尔的内容美学,使得文学思想回到了"文学自身",显示出现代美学的"审美自律性"。其二,"人是文化的动物"颠覆和解构了科学主义神话,给文学思想拓展了文化创造的转向"文学自身"的非功利性研究思路。卡西尔要求哲学以各种文化形式的统一作为哲学研究的中心,在"人是文化的动物"之中整合出"文化哲学"。他说道:"毫无疑问,人类文化分为各种不同的活动,它们沿着不同的路线进展,追求着不同的目的。如果我们使自己满足于注视这些活动的结果——神话的创作、宗教的仪式与教义、艺术的作品、科学的理论——那么把它们归结为一个公分母似乎就是不可能的。但是哲学的综合则意味着完全不同的东西。在这里,我们寻求的不是结果的统一性而是活动的统一性;不是产品的统一性而是创造过程的统一性。如果'人性'这个词意味着任何什么东西的话,那么它就是意味着:尽管在它的各种形式中存在着一切的差别和对立,然而这些形式都是在向着一个共同目标而努力。从长远的观点看,一定能发现一个突出的特征,一个普遍的特性——在这种特征和特性之中所有的形式全都相互一致而和谐起来。如果我们能规定这个特性的话,发散开的射线就可以被集合到一个思想的焦点之中。正如已经指出过的那样,对于人类文化事实的这样一种组织工作,已经在各种特殊科学——语言学,神话与宗教的比较研究,艺术史——中开始了。所有这些科学都在努力追求某些原则,追求确定的范畴,以图借助这种原则和范畴把宗教现象、艺术现象、语言现象纳入到一个系统的秩序中去。要是没有这种由诸科学本身早已从事的综合工作,哲学就会没有出发点。然而另一方面,哲学不能就此止步。它必须努力获得一种更大的凝聚力和向心力。在神话想象、宗教信条、语言形式、艺术作品的无限复杂化和多样化现象之中,哲学思维揭示出所有这些创造物据以联结在一起的一种普遍功能的统一性。神话、宗教、艺术、语言,甚至科学,现在都被看成是同一主旋律的众多变奏,而哲学的任务正是要使这种主旋律成为听得出的和听得懂的。"[①]卡西尔把各种不同的符号形式统一为"文化",因此,"人是符号的动物"就转化为"人是文化的动物"。在"文化"之中人类以不同的符号形式走过了自己本身的发展道路,而不是为了其他的任何功利。把这种观点运用到文学艺术,同样可以认为,文学艺术是在其构成的符号形式自身之中演变发展着的,而不是为了其他任何外在的功利目的而演变发展的。这样文学思想就回到了"文学自身"的非功利性研究。用涵盖了科学、语言、神话、艺术、宗教等符号形式的文化来定义人,也就

---

① [德] 恩斯特·卡西尔:《人论》,甘阳译,上海:上海译文出版社 1985 年版,第 90—91 页。

是对启蒙现代性的科学主义的否定，从而在更加广泛的范围之内来看待人及其文化创造物的文学艺术。这样就给文学思想开拓了新视阈和新方法。其三，"人类文化是人不断自我解放的历程"颠覆和解构了社会进步神话，给文学思想展现了转向"文学自身"的非线性的反思性研究思路。卡西尔认为：作为一个整体的人类文化，可以被称之为人不断自我解放的历程。语言、艺术、宗教、科学，是这一历程中的不同阶段。在所有这些阶段中，人都发现并且证实了一种新的力量——建设一个人自己的世界、一个"理想"世界的力量。哲学不可能放弃它对这个理想世界的基本统一性的探索，但并不把这种统一性与单一性混淆起来，并不忽视在人的这些不同力量之间存在的张力与摩擦、强烈的对立和深刻的冲突。这些力量不可能被归结为一个公分母。它们趋向于不同的方向，遵循着不同的原则。但是这种多样性和相异性并不意味着不一致或不和谐。所有这些功能都是相辅相成的。每一种功能都开启了一个新的地平线并且向我们展示了人性的一个新方面。不和谐者就是与它自身的相和谐；对立面并不是彼此排斥，而是互相依存："对立造成和谐，正如弓与六弦琴。"① 卡西尔把人类和人类社会的变化发展看做是各种不同的符号形式所组成的文化整体的对立统一的辩证发展过程，从而也就颠覆和解构了启蒙现代性的单向线性发展的社会进步神话。把这种观点运用到文学艺术和文学思想，也就是要从符号形式整体的文化的对立统一之中来看文学艺术的演变发展，当然就是回到"文学（艺术）自身"来看文学艺术的对立统一的发展变化了，也就是一种非线性的反思性发展观。这在19—20世纪之交的德国和西方就是一种非常现代的文学思想，尤其是卡西尔对神话的研究，对于反思和批判启蒙主义运动以来把神话看做是落后蒙昧的精神产物的文学思想，无疑是具有极大启发作用的。这种文学思想与马克思关于希腊神话具有"永恒魅力"的文学思想是异曲同工的，对于20世纪文化人类学、原始思维、原始艺术（原始艺术史）、神话传说（神话学）等的研究也是一种先驱。它们摧毁了文学艺术的单向线性发展的艺术进步观，反观文学艺术本身的符号形式本身的意义，形成了螺旋式发展的辩证发展观。

三、文学价值论和文学符号学

新康德主义的价值哲学把哲学、美学、文学思想由自然本体论和认识论转向了人类本体论（社会本体论），从人类社会的存在方面来探讨哲学、美学和文学艺术；

---

① ［德］恩斯特·卡西尔：《人论》，甘阳译，上海：上海译文出版社1985年版，第288页。

新康德主义的价值哲学把哲学、美学、文学思想由纯主观的或纯客观的方面转向了主观和客观的关系方面，从与人的主观方面相关的对象的客观方面来探讨哲学、美学、文学艺术；新康德主义把哲学、美学、文学思想由静态的方面转向了动态的方面，从历史发展的方面来探讨哲学、美学、文学艺术。这样就初步地形成了文学价值论的雏形。我们可以从李凯尔特的《文化科学和自然科学》一书之中所阐发的一些文学思想来看看新康德主义的文学价值论。

其一，文学艺术是具有价值的文化对象。"价值"是李凯尔特的哲学的基本范畴，李凯尔特认为价值是区分自然和文化的决定性标准，自然是肯定没有价值的，不需要从价值的观点加以考察，而文化产物必定是具有价值的，必须从价值的观点加以考察。他说："价值（wert）是文化对象所固有的，因此我们把文化对象称为**财富**（Güter），以便使文化对象作为富有价值的现实同那不具有任何现实性并且可以撇开现实性的价值本身区别开来，自然现象不能当成财富，因其与价值没有联系。所以，如果把价值和文化对象分开，那么文化对象也就会因此而变成纯粹的自然了。**通过与价值的这种联系**（这种联系或者存在或者不存在），我们能够有把握地把两类对象区别开，而且我们**只有**通过这种方法才能做到这一点，因为撇开文化现象所固有的价值，每个文化现象都可以被看作是与自然有联系的，而且甚至必然被看作是自然。"① 这应该是文学价值论的基本前提：文学艺术作为一种文化现象才具有价值。李凯尔特说："宗教、教会、法权、国家、伦理、科学、语言、文学、艺术、经济以及它们借以进行活动所必需的技术手段，在其发展的一定阶段上无论如何也是严格地就下述意义而言的文化对象或财富：它们所固有的价值或者被全体社会成员公认为有效的，或者可以期望得到他们的承认。因此，我们只需要把我们的文化概念加以扩大，把文化的萌芽阶段和没落阶段以及文化所促进的或者阻碍的事件都包括在内，那我们就看出文化包括了宗教、法学、史学、哲学、政治经济学等科学的一切对象，即包括了心理学之外的各门'精神科学'的对象，因此文化科学一词对于非自然科学的专门科学来说是一个完全恰当的标志。人们还把农业器械、机器和化学药剂归入文化之列，这个情况肯定不是像冯特所认为的那样对使用文化科学一词提出了异议；相反，它表明这个名词比冯特所主张的精神科学一词恰当得多地适用于各门非自然科学的学科。技术发明诚然在大多数情况下是借助于自然科学而得以成功的，但它们

---

① ［德］H. 李凯尔特：《文化科学和自然科学》，涂纪亮译，杜任之校，北京：商务印书馆1986年版，第21页。

本身并不等于自然科学研究的对象，同样也不能列入精神科学之中。只有在文化科学中，才能找到关于它们的发展的叙述，而它们对于'精神'文化能够具有怎样的意义，是不需要证明的。"①

其二，文学艺术的价值在于主体与客体之间的审美价值关系。李凯尔特认为，价值既不是主观的属性，也不是客观的属性，而是一种关系属性。他说："价值绝不是现实，既不是物理的现实，也不是心理的现实。价值的实质在于它的**有效性**（Geltung），而不在于它的实际的**事实性**（Tatsächlichkeit）。但是，价值是与现实联系着的，而我们在此以前已知道其中的两种联系。首先，价值能够附着于对象之上，并由此使对象变为财富；其次，价值能够与主体的活动相联系，并由此使主体的活动变成**评价**。为了确定财富是否确实配得上财富的称号或者评价是否**正确**，可以从与财富和评价相联系的价值的**有效性**的观点去考察财富和评价。当我们打算对于对象采取实际态度的时候，我们就是这样做的。"② 这就是说，价值在于主体与客体之间的关系，而文学艺术的价值就在于文学艺术的主体与客体之间的审美关系，也就是审美价值。所以，李凯尔特才说："人们必须完全确定那种被看作是'艺术'的活动确实与我们称为艺术的文化财富有某些共同之点，而这只有借助于在审美价值概念的基础上形成的关于艺术的历史文化概念才能做到。"③

其三，文学艺术的价值取决于审美的、直观的形象。李凯尔特指出："在那还没有经过科学加工的现实中，亦即在异质的连续性中，每一对象的特异性（我们也把这称为个别性）是和直观性紧密相连的，这种特异性确实仅仅是在直观中直接给予我们的，因此，可以认为，就叙述个别性而言，最好是通过个别直观的重现来实现它，因此历史学家力求把过去从其个别性方面直观地重新显现在我们面前，而他之所以能够做到这一点，是由于他使我们能够在一定程度上从一次事件的个别过程中重新体验这一事件。虽然，和一切科学一样，历史学家在其叙述中也是求助于一些具有普遍意义的词，因而绝不可能通过这些词而直接形成关于现象的直观形象。但是事实上，历史学家有时也要求听众或读者借助于他们的想象力去想象那样一些事物，这些事物在内容上远远超出这些词的普遍意义全部内容的范围。为此，历史学家通

---

① ［德］H. 李凯尔特：《文化科学和自然科学》，涂纪亮译，杜任之校，北京：商务印书馆1986年版，第22页。

② ［德］H. 李凯尔特：《文化科学和自然科学》，涂纪亮译，杜任之校，北京：商务印书馆1986年版，第78页。

③ ［德］H. 李凯尔特：《文化科学和自然科学》，涂纪亮译，杜任之校，北京：商务印书馆1986年版，第99页。

过对其有普遍意义的词进行特殊的组合，把想象引入他所希望的轨道，所以他让想象力在对所要重现的形象的改变方面只有尽可能小的活动范围。每一首诗证明这一点是可能做到的；每首诗诚然也求助于一些具有普遍意义的词，然而它能刺激想象力而形成一些直观的形象。"如果我们理解了李凯尔特这里的"历史科学"（历史学）就是我们今天所谓的"人文科学"，我们就可以理解他对"诗"（文学艺术）的价值的个别性、直观性、形象性了。不仅如此，他还特别强调了文学艺术的价值的审美性。他接着说："为了理解这一点，首先必须弄清楚艺术与直观的、个别的现实之间的关系。和科学一样，艺术也难于反映或重复现实，尽管我们的'现实主义者'屡次宣称他们想做到这一点。毋宁说，艺术或者能创造出一个崭新的世界，或者至少能够在其表现现实时对现实进行改造。但是，这种改造所依据的原则并非逻辑学的，而是美学的。由于美学因素本身在科学中不可能具有决定性的意义，因此如果认为历史学的课题就在于得到一种没有美学形式的直观，那么历史学除了单纯地重现现实之外就没有其他目的了。"与此同时，李凯尔特还明确地指出了文学艺术价值的个别性、直观性是通过美学来达到普遍性的，并且以这种直观的普遍性与历史学相区别。他说："只要艺术不外是艺术，它就不会从直观的个别性方面去理解直观。艺术作品是否与这个或那个个别现实'相似'这对于它来说完全是无关紧要的。毋宁说：艺术借助于美学必须确认的手段，把直观提升到'普遍性'的领域；对于这种普遍性，我们在这里不做进一步确定的论述，它和概念的普遍性显然有原则性的区别。也许，可以把美学的基本问题表述为关于**普遍直观**的可能性问题，而历史逻辑学的基本问题则是关于**个别概念**的可能性问题，这样一来，这两种基本问题之间的关系便显现出来了。无论如何，就某些方面来说，艺术的活动是与历史学家的个别化方法直接**对立的**；由于这个缘故，那就不应当把历史学称为艺术。为了看清楚这一点，不能只考虑那样一些艺术作品，如画像，某个特定地方的风景画或者历史小说，因为它们**不仅仅**是艺术作品，它们所包含的那些作为对一次的、**个别的**现实之重现，恰恰**在美学上是非本质的**。我们也可以完全不考虑：艺术把它所表现的每个对象孤立起来，并通过这个方法把每个对象从它与其余现实的**联系**中提取出来；而历史学则恰恰与此相反，它必须在自己的对象与周围环境的联系中去研究对象，在这个范围内，历史学无论如何是与艺术相对立的。我们只要指出下面这一点就足够了：一幅画像的特殊的**艺术**本质并不在于它的相似程度或理论上的**真实性**；同样地，一部小说的**审美价值**也不在于它与历史事实的一致性。我可以把这幅画像和这部小说判定为艺术作品，而完全用不着知道它们与其表现的个别现实有什么关系。如果有人把这些艺术作品拿来和历史学相比较,而不把其中的纯粹艺术成分和那些与艺术不相干的成分区别开,那只能引起混乱。诚然,一幅画像和一段历史叙述有相似之处,但这仅仅是由于它们含有一些在艺术上没有意义而在**历史上**有意义的成分。我们从这里得到一种显然有助于说明艺术和历史的关系的见解。"因此,李凯尔特指明了文学艺术与历史学的对立:"艺术和历史学相互之间是对立的。因为,在前者中,**直观**是本质的,而在后者中,**概念**却是本质的。在许多历史叙述中呈现出的这两者的结合,只能被比拟为这样一幅画像,对于这幅画像,不仅要从它的艺术质量方面去观察它,而且要从它的相似性方面去观察它。"所以,李凯尔特区别了历史真实与艺术真实:"我们已经说过,在许多历史著作中表现出的艺术与科学的这种结合是毋庸置疑的。在某些情况下,历史学为了表现出个别性也需要把刺激想象力当作一种表象直观形象的手段。但是,肯定不能把这个事实作为根据,而把历史学称为艺术。不管历史学家可能以艺术手段创造出多少个别的直观,但因为他所创造的直观始终必须是个别的直观,历史学家仍然与艺术家有原则性的区别。他的叙述在一切情况下都必须在事实上是真实的,而这种历史的真实性对于艺术作品来说恰恰是不考虑。毋宁可以这样说,在艺术家表现现实的时候,他在一定程度内是受制于普遍化科学的真实性的。只要艺术作品能够迫使我们想到我们所知道的现实,我们便能容忍艺术形态与其作为类的一个事例隶属于其下的普遍概念之间的不一致性。然而,继续论述这种思想,会把我们引导到一个与本文目的完全不同的方向。在这里主要的仅仅是要证明艺术家创作不必考虑与历史事实相一致。"[①] 李凯尔特的这些论述使我们想起了康德关于"美是不依赖于概念而普遍令人愉快的"的论述和亚里士多德关于"诗比历史更具有普遍性和哲学意味"的论述,不过,李凯尔特是在价值哲学的基础之上来论述这些问题的,也就是文学价值论的表述。

其四,文学艺术的价值必然凸显文学艺术的意义及其动态性,而不是线性发展。李凯尔特十分重视价值与意义的联系,而且注意到了意义的历史发展,却反对所谓"历史进步"的线性发展观。他指出:"所要强调指出的只是:评价不属于历史概念的形成这个概念;反之,只有通过与作出指导的文化价值的联系,事件在历史上的重要性或意义才能表现出来,这种重要性或意义同事件的肯定评价或否定价值并不是一回事;因此,个别化的概念形成在逻辑上成为可能,并不是可以不要与价值的理论联

---

① ［德］H. 李凯尔特:《文化科学和自然科学》,涂纪亮译,杜任之校,北京:商务印书馆 1986 年版,第 65—69 页。

系，而是可以不要实践的评价。"① 在这里，李凯尔特强调了价值的客观性和意义性，接着他指出了价值的意义性与历史发展的关系，而又反对所谓"历史进步"。他说："如果我们想到，只有借助于价值联系的概念形成，历史事件才能作为发展系列上的阶段被表现出来，那么这种概念形成的实质便更加明显了。在历史学中，'发展'这个有多种意义的概念（它被普遍地看作是一个固有的**历史**范畴），完全是受我们在其中发现一般历史概念形成的指导观点的那同一个原则的支配。首先，我不能把历史发展理解为随便任何经常**重复出现**的事件，如像小鸡在蛋中的发展那样；与此相反，所应注意的始终是**一次性**的形成过程的特殊性。其次，我们不能把这个形成过程理解为一系列与价值完全无关的变化阶段，而只能理解为这样的**阶梯**，它们本身由于与一个有意义的结果相关联而变成为有意义的，只要重点事件通过价值联系所包含的意义能够传**递到它**的先决条件之上。因此，当我们说，只有通过个别化的、与价值联系的概念形成，文化事件才能形成**发展的历史**，这只是一种比较广泛的、同时考虑到现实的不断**变化**的说法。正如文化价值把狭义的个别性（即通过自己**特性**所获得的意义的总和）从现实对象的纯粹异质性中提取出来一样，文化价值也把处于一个经过一定时间和受因果决定的形成过程中的那些在历史上属于本质的成分连接成为历史上重要的**个别发展**。"② "最后，为了避免误解，必须明确地把历史发展概念与**进步**概念区别开，而这又要借助于评价和价值联系的区别才能做到。与**历史**的发展相比较，纯粹的变动系列包含得太少了，而进步系列又包含得太多了。如果'进步'一词具有简明的意义，那它就意味着**价值的升高**、即文化财富的价值的提高。因此，任何一个关于进步或退步的论断都包含**肯定的**或**否定的**评价。把变动的系列称为进步，这种论断往往意味着每一个后继的阶段都比先行的阶段实现了更高的价值。只有那些同时主张价值的有效性的人（他们在这种价值中感觉到**缺乏**进步），才会做这样的评价。但是，由于历史学并不探询价值的有效性，而仅仅考虑某些价值事实上被评价这一事实，因此历史学可以不对一个变动系列是进步抑或是退步这个问题作出决断。由于这个缘故，进步概念属于历史**哲学**，它从体现在历史事件之中的价值的观点去说明历史事件的'意义'，并对历史是有助于价值或者不利于价值这一点作出判断。这种历史哲学的叙述在多大的程度上可能成为科学，在这里仍然暂时不谈。经

---

① ［德］H. 李凯尔特：《文化科学和自然科学》，涂纪亮译，杜任之校，北京：商务印书馆 1986 年版，第 80 页。

② ［德］H. 李凯尔特：《文化科学和自然科学》，涂纪亮译，杜任之校，北京：商务印书馆 1986 年版，第 83—84 页。

验的历史叙述是拒绝做这样的判断的。就历史这个词的专门科学意义来说，任何一种判断都是'非历史的'。"把这种观点运用到文学艺术和文学思想之上，我们觉得还是比较符合事实的，尽管李凯尔特的论证过程之中充满了历史唯心主义和形而上学的绝对化方法。

李凯尔特的这些文学价值论思想，虽然并不是专门化和系统化的，但是它毕竟把文学艺术的研究引向了一个新的价值论方向。这是新康德主义对于 19—20 世纪之交德国和西方文学思想的一点新贡献。苏联美学家斯托洛维奇就曾经对新康德主义的价值论给予了一定高度的评价和批判，认为新康德主义和现象学对"价值"概念作了唯心主义的解释。①这种批判当然是对的，但是，没有充分肯定新康德主义的价值哲学对文学艺术和文学思想的积极作用。倒是像美国文学理论家和批评家韦勒克、沃伦在《文学理论》一书之中发扬了新康德主义的文学价值论思想。他们在《文学理论》之中回顾了文德尔班和李凯尔特的观点，并且开宗明义地说："'文学研究'（literary scholarship）这一观念已被认为是超乎个人意义的传统，是一个不断发展的知识、识见和判断的体系。"这种探讨所寻找的是"个性和价值的问题"。②而后面经常论述到文学的艺术价值等问题。所以，我们认为，韦勒克、沃伦应该是文学价值论的真正推广者，尽管他们并没有写出一部《文学价值论》，而苏联的斯托洛维奇则是马克思主义审美价值论和文学价值论的传播者。然而，无论如何，他们都是从新康德主义者文德尔班和李凯尔特那里获得了文学价值论的启发的。

另一方面，新康德主义的符号哲学和文化哲学，给德国和西方的文学思想带来了新的视野和方法。这种新的视野和方法主要表现在："人是符号的动物"颠覆和解构了理性主义神话，给文学思想打开了符号形式创造的转向"文学自身"的自律性研究思路；"人是文化的动物"颠覆和解构了科学主义神话，给文学思想拓展了文化创造的转向"文学自身"的非功利性研究思路；"人类文化是人不断自我解放的历程"颠覆和解构了社会进步神话，给文学思想展现了转向"文学自身"的非线性的反思性研究思路。在这样的基础上，经过卡西尔的《符号形式的哲学》和《人论》，再到卡西尔的女弟子、美国的苏珊·朗格的《情感与形式》和《艺术问题》，就形成了符号论美

---

① ［苏］列·斯托洛维奇：《审美价值的本质》，凌继尧译，北京：中国社会科学出版社 1984 年版，第 4 页。

② 韦勒克、沃伦：《文学理论》，刘象愚、邢培民、陈圣生、李哲明译，北京：生活·读书·新知三联书店 1984 年版，第 4—6 页。

学，文学符号学也就成为符号论美学的一个组成部分。我们可以从卡西尔的《人论》来看看文学符号学的主要内容。

《人论·人类文化哲学导引》一书，正如卡西尔自己在该书序言中所说的，正是他晚年到美国以后，在英、美哲学界人士的一再要求下，用英文简要地阐述《符号形式的哲学》基本思想的一本书。同时，卡西尔也提醒读者应该注意，这里已经包含许多"新的事实"和"新的问题"，而且"即使是老问题也已经被作者根据新的眼光在不同的角度和方面来看待了。"因此，该书历来被人们看做一方面是《符号形式的哲学》一书的提要，另一方面又是最足以反映卡西尔晚年哲学思想的代表作（它是卡西尔生前出版的最后一部著作）。也正因为如此，该书是卡西尔著作中被译成外文文种最多、流传最广、影响很大的一本。在其中，我们可以看到卡西尔的文学符号学的基本构想。

其一，人是符号的动物，文学艺术是人的符号活动之一。"人是符号的动物"，这是卡西尔的文学符号学的出发点和基本原理。卡西尔在考察了从古希腊以来西方哲学的主要人学理论以后才审慎地得出这个重要的基本原理。他说："综上所述，我们完全可以修正和扩大关于人的古典定义。尽管现代非理性主义作出了一切努力，但是，人是理性的动物这个定义并没有失去它的力量。理性能力确实是一切人类活动的固有特性。神话本身并非只是一大堆原始的迷信和粗陋的妄想，它绝不只是乱七八糟的东西，因为它具有一个系统的或概念的形式。但另一方面，又绝不能赋予神话结构以理性的特征。语言常常被看成是等同于理性的，甚或就等同于理性的源泉。但是很容易看出，这个定义并没有能包括全部领域。它乃是以偏概全（pars pro toto）；是以一个部分代替了全体。因为与概念语言并列的同时还有情感语言，与逻辑的或科学的语言并列的还有诗意想象的语言。语言最初并不是表达思想或观念，而是表达情感和爱慕的。甚至康德所设想和描述的那种'在纯粹理性范围内的'宗教，也仅仅只是纯粹的抽象而已，它仅仅表达了理想的样式，仅仅表达了真正的和具体的宗教生活的幻影。那些把人定义为理性动物的伟大思想家们并不是经验主义者，他们也不曾打算作出一个关于人的本性的经验陈述。靠着这个定义他们所表达的毋宁是一个根本的道德律令。对于理解人类文化生活形式的丰富性和多样性来说，理性是个很不充分的名称。但是，所有这些文化形式都是符号形式。因此，我们应当把人定义为符号的动物（animal symbolicum）来取代把人定义为理性的动物。只有这样，我们才能指明人的独特之处，也才能理解对人开放的新路——通向文化之路。"由此可见，卡西尔是在西方哲学史的发展过程中来看待人的问题或人的本质问题。他并没有采取完全非理性主义的立场，但是，他已经看到唯理性主义的不完善性和"理性"这个名称对于人的本质的不充分性。因此，他在西方传统的形而上学哲学之外去寻找人的本质的答案。这样才在当时的自然科学和人文科学的最新成果的基础上，卡西尔找到了"符号"的思维和行为来界定人的本质。在卡西尔看来，符号化的思维和符号化的行为是人类生活中最富于代表性的特征，并且人类文化的全部发展都依赖于这些条件，这一点是无可争辩的。换句话说，符号思维和符号行为是把人与其他动物区别开来的最富有代表性的特征，也就是人的本质特征。也只有在这个基础上才能够理解人类的本质性活动的本质和起源。所以，卡西尔说："符号系统 (symbolism) 难道不是一种我们可以追溯其更深的根源，并且具有更宽的适用域的原理吗？如果我们对于这个问题给予否定的回答，那么看来我们就必须承认，对于在人类文化哲学中历来占据注意力中心的许多基本问题，我们都是全然无知的。语言、艺术、宗教的起源问题就成为不可解答的，而人类文化则成了一种给定的事实，在某种意义上它仍然是孤立的，因此也就是不可理解的。"① 卡西尔这样把符号活动 (思维和行为) 与人的本质以及人的本质力量的表现 (语言、艺术、宗教、神话等)不可分割地联系在一起，就给文学符号学奠定了坚实的哲学基础，把文学艺术问题放在了人学哲学的基础上。这应该是对西方传统哲学的自然本体论的一种反思和批判，把哲学的中心由对客体世界和宇宙自然的探讨转向了人本身，开启了西方哲学的"人类本体论转向"或"社会本体论转向"。正因为如此，文学艺术才成为了一个必须重新探讨的问题，而且不再是从对客观世界的"模仿"或"再现"的角度来探讨，而是从人类创造文学艺术的特殊活动及其特殊方式 (媒介)——符号活动和符号形式的角度来研究。因此，我们可以说，卡西尔的文学符号学的初步探索，给 19—20世纪之交的德国文学思想和西方文学思想注入了新的生命力，由客体向主体转换而转变了文学艺术研究的视野，由外部世界条件向人的内部条件转换而转变了文学艺术研究的方法。这一转换和转向，对于整个西方的文学思想的更新是举足轻重的，甚至可以说是"划时代的"。众所周知，自古希腊开始一直到 19 世纪，西方文学思想是在自然本体论和认识论的形而上学哲学指导下的"摹仿说"和"再现说"占统治地位，把文学艺术看作是对现实 (自然) 的摹仿，或者把文学艺术视为自然 (现实)的再现。摹仿说和再现说要么把文学艺术的本质规定放在对现实世界的摹仿，要么把文学艺术的本质规定放在对现实世界的再现，但是都是以自然世界和现实世界

---

① [德] 恩斯特·卡西尔：《人论》，甘阳译，上海：上海译文出版社 1985 年版，第 34—35 页。

作为规定文学艺术的依据，或者说是一种客观论的文学艺术思想，换句话说就是一种由外在条件决定文学艺术本质的外在论的文学艺术思想。到了19世纪末西方文学艺术思想逐步转向了情感的"表现说"，像俄国伟大的文学家列夫·托尔斯泰在1898年发表的《什么是艺术》（或译为《艺术论》）就主张艺术是传达感情的人类活动。他说："艺术是这样的一项人类的活动：一个人用某些外在的符号有意识地把自己体验过的感情传达给别人，而别人为这些感情所感染，也体验到这些感情。"①列夫·托尔斯泰的这种情感表现说无疑是对康德美学的发挥，其重要意义就在于把文学艺术的本质由客观论转向了主观论，实现了文学艺术思想的人类本体论转向。但是，列夫·托尔斯泰却把文学艺术所使用的符号形式当做外在的东西，即一是外在于人本身，二是外在于文学艺术本身。因此，列夫·托尔斯泰的"感情传达说"或"感情表现说"，虽然实现了文学艺术思想由客观论向主观论的转变，然而仍然坚持着文学艺术思想的外在论。而卡西尔的文学符号学就比较彻底地把符号形式作为人的本质和文学艺术的本质，从而实现了对于文学艺术研究的"回到文学本身"，也就是回到文学艺术的内部规定。把文学艺术规定为符号形式的创造，而符号思维和符号行为则是规定人的本质的最根本的标志，因此，符号形式的创造就是人类所特有的，也就是内在于人类和人性的。因此，卡西尔的文学符号学不仅仅完成了文学艺术思想从客观论到主观论的转换，而且也完成了文学艺术思想由外在论向内在论的转换。正是在这两种转换的基础上才会产生出苏珊·朗格的"情感形式说"的文学艺术思想，也才会有西方现代主义美学的形形色色的形式主义文学艺术思想和结构主义的文学思想。

其二，符号活动就是文化活动，人也是文化的动物，文学艺术是一种符号创造的文化活动。卡西尔在"人是符号的动物"的基础上，进一步把人类的主要的符号形式归结为一个整体——文化。他说："在对回答'人是什么？'这个问题上迄今为止所已经使用过的各种不同方法作了这种简括的评述以后，我们可以来谈谈我们的中心问题了。这些方法是充分而彻底的吗？或者还有另一条通道可以走向人类学哲学？在心理学的内省、生物学的观察和实验，以及历史的研究之外，还有没有其他的途径？在我的《符号形式的哲学》中我已经努力揭示了这样一种可供选择的方法。这本书的方法绝不是一种彻底的创新。它并不打算废除而是要补足以往的观点。《符号形式的哲学》是从这样的前提出发的：如果有什么关于人的本性或'本质'的定义

---

① 陈琛主编：《列夫·托尔斯泰文集》第4卷，长春：吉林人民出版社1995年版，第124页。

的话,那么这种定义只能被理解为一种功能性的定义,而不能是一种实体性的定义。我们不能以任何构成人的形而上学本质的内在原则来给人下定义;我们也不能用可以靠经验的观察来确定的天生能力或本能来给人下定义。人的突出特征,人与众不同的标志,既不是他的形而上学本性也不是他的物理本性,而是人的劳作(work)。正是这种劳作,正是这种人类活动的体系,规定和划定了'人性'的圆周。语言、神话、宗教、艺术、科学、历史,都是这个圆的组成部分和各个扇面。因此,一种'人的哲学'一定是这样一种哲学:它能使我们洞见这些人类活动各自的基本结构,同时又能使我们把这些活动理解为一个有机整体。语言、艺术、神话、宗教绝不是互不相干的任意创造。它们是被一个共同的纽带结合在一起的,但是这个纽带不是一种实体的纽带,如在经院哲学中所想象和形容的那样,而是一种功能的纽带。我们必须深入到这些活动的无数形态和表现之后去寻找的,正是言语、神话、艺术、宗教的这种基本功能。而且在最后的分析中我们必须力图追溯到一个共同的起源。""毫无疑问,人类文化分为各种不同的活动,它们沿着不同的路线进展,追求着不同的目的。如果我们使自己满足于注视这些活动的结果——神话的创作、宗教的仪式与教义、艺术的作品、科学的理论——那么把它们归结为一个公分母似乎就是不可能的。但是哲学的综合则意味着完全不同的东西。在这里,我们寻求的不是结果的统一性而是活动的统一性;不是产品的统一性而是创造过程的统一性。如果'人性'这个词意谓着任何什么东西的话,那么它就是意味着:尽管在它的各种形式中存在着一切的差别和对立,然而这些形式都是在向着一个共同目标而努力。从长远的观点看,一定能发现一个突出的特征,一个普遍的特性——在这种特征和特性之中所有的形式全都相互一致而和谐起来。如果我们能规定这个特性的话,发散开的射线就可以被集合到一个思想的焦点之中。正如已经指出过的那样,对于人类文化事实的这样一种组织工作,已经在各种特殊科学——语言学、神话与宗教的比较研究,艺术史——中开始了。所有这些科学都在努力追求某些原则,追求确定的范畴,以图借助这种原则和范畴把宗教现象、艺术现象、语言现象纳入到一个系统的秩序中去。要是没有这种由诸科学本身早已从事的综合工作,哲学就会没有出发点。然而另一方面,哲学不能就此止步。它必须努力获得一种更大的凝聚力和向心力。在神话想象、宗教信条、语言形式、艺术作品的无限复杂化和多样化现象之中,哲学思维揭示出所有这些创造物据以联结在一起的一种普遍功能的统一性。神话、宗教、艺术、语言,甚至科学,现在都被看成是同一主旋律的众多变奏,而哲学的任务正是要使这种主旋律成为听得出的和听得懂的。"① 在这里，卡西尔不仅仅可以得出"人是文化的动物"的结论，更加重要的是，卡西尔解释了自己的"符号形式的哲学"之所以可以成为"文化哲学"的方法论根据——反形而上学的辩证思维方法：对"人性问题"或"人的本质问题"的非实体性的定义方法，即功能性或关系性的定义方法，把各种符号形式统一为"文化"的整体性思维，把语言、宗教、神话、艺术、科学等各种不同的符号形式视为既相互关联而又相互变化的发展性思维，把人类的各种不同的符号形式活动当作文化创造过程的创造性思维。在这样的符号形式哲学的辩证方法论基础上的文学符号学，当然也是要贯穿着这种功能性思维、关系性思维、整体性思维、发展性思维、创造性思维的辩证思维方法。那么，当我们把文学艺术当作符号形式创造活动之一种来对待时，我们就可以超越近代哲学和美学的认识论思维模式，超越二元对立的思维方法，从文化哲学、文化整体、文化有机体、文化创造过程、文化发展过程来看待文学艺术，从而就可能得出不同于纯粹认识论的文学艺术思想的结论。正因为如此，卡西尔在《人论》的第九章专门论述艺术时，得出了一系列不同于传统美学和启蒙现代性的文学艺术思想，即现代美学和审美现代性的文学艺术思想。他看到了和肯定了文学艺术的"审美自律性"。他说："康德在他的《判断力批判》中第一次清晰而令人信服地证明了艺术的自主性。以往所有的体系一直都在理论知识或道德生活的范围之内寻找一种艺术的原则。"他反驳了文学艺术本质论的"摹仿说"和"表现说"而提出了把主观与客观的统一起来，把表现与再现统一起来、把情感与形式统一起来的文学艺术的本质论。他指出："所有的摹仿说都不得不在某种程度上为艺术家的创造性留出余地。想把这两种要求调和起来不是容易的。如果摹仿是艺术的真正目的，那么显而易见，艺术家的自发性和创造力就是一种干扰性的因素而不是一种建设性因素：它歪曲事物的样子而不是根据事物的真实性质去描绘它们。艺术家的主观性所带来的这种干扰，是古典的摹仿说所不可否认的。但是它可以被限制在适当的界线之内并且服从于某些普遍的规则。这样，艺术摹仿自然（ars simia naturae）这个原则就不可能被严格而不妥协地坚持到底。因为甚至自然本身就不是一贯正确的，它也并不总是能达到它的目的。在这样的情况下艺术就必须去帮助自然并且在实际上去修正它或使它更完善。"这种对于文学艺术本质论的"摹仿说"的分析确实是一针见血、入木三分的。他还指出："艺术确实是表现的，但是如果没有构型（formative）它就不可能表现。而这种构型过程是在某种感性媒介物中进行的。"这种对于单纯

① ［德］恩斯特·卡西尔：《人论》，甘阳译，上海：上海译文出版社1985年版，第86—91页。

的"表现说"的反思和批判也是非常辩证的,因而得出的结论就是比较全面的。他又强调了作为一种特殊的符号形式创造的文学艺术的创新性:"像所有其他的符号形式一样,艺术并不是对一个现成的即予的实在的单纯复写。它是导向对事物和人类生活得出客观见解的途径之一。它不是对实在的摹仿,而是对实在的发现。"① 我们把卡西尔的文学符号学放在文化哲学的方法论基础上来看,就可以看出文学符号学对于西方传统美学和文学艺术思想的反思批判性、超越性,也就可以理解文学符号学的审美现代性,当然同时也可以更加清楚地看到,新康德主义的文学符号学对于现代主义和后现代主义的启发的必然性。正是这种在文学艺术之中倡导情感表现与符号形式的统一,主观与客观的统一,表现与再现的统一的文学艺术思想给现代主义形形色色的形式主义、结构主义以及后现代主义的符号学美学、解释学、接受美学、解构主义等文学艺术思想直接或间接的启发。

其三,文学艺术是情感表现与符号形式的统一,主观与客观的统一,表现与再现的统一。卡西尔的文学符号学,在人类的符号形式、符号形式活动、符号形式创造、文化、文化活动、文化创造之中把情感表现与符号形式统一起来,把主观与客观统一起来,把表现与再现统一起来,看来是水到渠成,顺理成章,合乎逻辑的。卡西尔说:"在许多现代美学理论中——尤其是克罗齐及其弟子和追随者们——这种物质因素被忘掉或受到了极度的轻视。克罗齐只对表现的事实感兴趣,而不管表现的方式。在他看来方式无论对于艺术品的风格还是对于艺术品的评价都是无关紧要的。唯一要紧的事就是艺术家的直觉,而不是这种直觉在一种特殊物质中的具体化。物质只有技术的重要性而没有美学的重要性。克罗齐的哲学乃是一个强调艺术品的纯精神特性的精神哲学。但是在他的理论中,全部的精神活力只是被包含在并耗费在直觉的形成上。当这个过程完成时,艺术创造也就完成了。随后唯一的事情就是外在的复写,这种复写对于直觉的传达是必要的,但就其本质而言则是无意义的。但是,对一个伟大的画家,一个伟大的音乐家,或一个伟大的诗人来说,色彩、线条、韵律和语词不只是他技术手段的一个部分,它们是创造过程本身的必要要素。""这一点对于特殊的表现艺术正象对描写艺术一样地适用。甚至在抒情诗中,情感也不是唯一的和决定性的特征。当然毫无疑问,伟大的抒情诗人都具有最深厚的情感,而且一个不具有强烈感情的艺术家除了浅薄和轻浮的艺术以外就不可能创造出什么东西来。但是从这个事实我们不能得出这样的结论:抒情诗以及一般艺术的功能可以被

----

① [德] 恩斯特·卡西尔:《人论》,甘阳译,上海:上海译文出版社 1985 年版,第 175—182 页。

全部说成是艺术家'倾诉其感情'的能力。柯林伍德（R.G.Collingwood）说：'艺术家企图做的，就是表现某一特定的情绪。表现它与令人满意地表现它，都是一回事。……我们每一个人发出的每一个声音、作的每一个姿势都是一件艺术品。'但是在这里，作为创造和观照艺术品的一个先决条件的整个构造过程又一次被完全忽略了。每一个姿势并不就是一件艺术品，就像每一声感叹并不就是一个言语行为一样。姿势和感叹声都缺乏一个基本的必不可少的特征。它们是非自愿的本能的反应，不具有任何真正的自发性（spontaneity）。而对于语言的表达和艺术的表现来说，有目的性这个要素则是必不可少的。在每一种言语行为和每一种艺术创造中我们都能发现一个明确的目的论结构。在一出戏剧中一个男演员真实地'扮演着'他的角色，每一句个别的台词都是首尾一贯的结构整体的一部分。他的语词的重音和节奏，他的声音的抑扬顿挫，他的面部表情，他的身体的姿态，全都趋向于共同的目的——使人的性格具体化。所有这些都不仅仅是'表现'，而且还是再现和解释。甚至连一首抒情诗也不会完全不具有艺术的这种一般旨趣。抒情诗人并不仅仅只是一个沉湎于表现感情的人。只受情绪支配乃是多愁善感，不是艺术。一个艺术家如果不是专注于对各种形式的观照和创造，而是专注于他自己的快乐或者'哀伤的乐趣'，那就成了一个感伤主义者。因此我们根本不能认为抒情艺术比所有其他艺术形式具有更多的主观特性。因为它包含着同样性质的具体化以及同样的客观化过程。马拉美（Mallarmé）写道：'诗不是用思想写成的，而是用语词写成的。'它是以形象、声音、韵律写成的，而这些形象、声音、韵律，正如同在剧体诗和戏剧作品中一样，结合成为一个不可分割的整体。在每一首伟大的抒情诗中我们都能够发现这种具体的不可分割的统一性。'"在客观的与主观的、再现的与表现的艺术之间所做的泾渭分明的区别是难以维持的。帕尔泰农神殿的中楣，巴赫的弥撒曲，米开朗琪罗的'西斯廷教堂天顶画'，莱·奥帕尔迪的一首诗，贝多芬的一首奏鸣曲，或陀思妥耶夫斯基的一部小说，都是既非单纯再现的亦非单纯表现的。在一个新的更深刻的意义上它们都是象征的（symbolic）。伟大的抒情诗人——歌德、荷尔德林、华兹华斯、雪莱——的作品所给予我们的并不是诗人生活的乱七八糟支离破碎的片段。它们并非只是强烈感情的瞬间突发，而是昭示着一种深刻的统一性和连续性。另一方面，伟大的悲剧和喜剧作家们——欧里庇德斯，莎士比亚，塞万提斯，莫里哀——并不以与人生景象相脱离的孤立场景来使我们娱乐。这些孤立场景就其本身来看仅仅是短暂易逝的幻影。但是突然，我们开始在这些幻影背后看见并且面对着一个新的实在。喜剧和悲剧诗人通过他的人物与剧情表示了他对整个人生及其伟大与软弱、崇高与可笑的看法。歌德写道：'艺术并不打算在深度和广度上与自然竞争，它停留于自然现象的表面；但是它有着自己的深度，自己的力量。它借助于在这些表面现象中见出合规律性的性格、尽善尽美的和谐一致、登峰造极的美、雍容华贵的气氛、达到顶点的激情，从而将这些现象的最强烈的瞬间定形化。'这种对'现象的最强烈瞬间'的定形既不是对物理事物的摹仿也不只是强烈感情的流溢。它是对实在的再解释，不过不是靠概念而是靠直观，不是以思想为媒介而是以感性形式为媒介。"[1] 卡西尔的文学符号学旗帜鲜明地批判了克罗齐和科林伍德的"直觉表现论美学"，以人类的符号形式、符号形式创造活动来统一情感表现与符号形式，统一表现与再现，统一主观与客观，实质上就抓住了文学艺术的实践性、现实性、形式性、符号性、感性性与精神性、理想性、内容性、意向性、理性性的辩证统一。文学符号学就是这样抓住了文学艺术实践活动之中的符号形式和符号形式创造活动，才真正把文学艺术之中的主观因素与客观因素、再现因素与表现因素、物质因素与精神因素、内容因素与形式因素、创造者因素与接受者因素、现实因素与理想因素、感性因素与理性因素等等都统一起来，使得文学艺术成为一个真正的"多样的统一"。

其四，文学艺术的真正意义和功能在于人的内在生命的审美自由的显现。卡西尔在分析科学、道德、艺术——真、善、美的区别过程之中指出了文学艺术的真正意义和功能。他说："科学在思想中给予我们以秩序；道德在行动中给予我们以秩序；艺术则在对可见、可触、可听的外观之把握中给予我们以秩序。美学理论确实很晚才承认并充分认识到这些基本的区别。但是，如果不去追求一种美的形而上学理论，而只是分析我们关于艺术品的直接经验的话，那我们几乎就不会达不到目的。艺术可以被定义为一种符号语言，但这只是给了我们共同的类，而没有给我们种差。在现代美学中，对共同的类的兴趣似乎已经占上风到了这样的程度，以致几乎遮蔽和抹杀了特殊的区别。克罗齐坚持认为，在语言和艺术之间不仅有着紧密的联系而且有着完全的同一。按照他的思考方式来看，在这两种活动之间作出区别是相当专横的。根据克罗齐的观点，谁在研究普通语言学，谁也就在研究美学问题——反之亦然。然而，在艺术的符号和日常言语及书写的语言学的语词符号之间，却有着确凿无疑的区别。这两种活动不管在特征上还是在目的上都不是一致的：它们并不使用同样的手段，也不趋向同样的目的。不管是语言还是艺术都不是给予我们对事物或行动的单纯摹仿；它们二者都是表现。但是，一种在激发美感的形式媒介中的表现，

---

[1] [德]恩斯特·卡西尔：《人论》，甘阳译，上海：上海译文出版社1985年版，第180—186页。

是大不相同于一种言语的或概念的表现的。一个画家或诗人对一处地形的描述与一个地理学家或地质学家所做的描述几乎没有任何共同之处。在一个科学家的著作和一个艺术家的作品中，描写的方式和动机都是不同的。一位地理学家可以用造型的方式雕出一块地形，甚至可以给它绘以五颜六色。但是他想传达的不是这地形的景象（vision），而是它的经验概念。为了这个目的，他不得不把它的形状与其他形状相比较，不得不借助于观察和归纳来找出它的典型特征。地质学家在这种经验描述方面走得更远。他不满足于记录物理的事实，因为他想要披露这些事实的起源。他对地面之下的地层加以区别分类，指出年代上的差别，并且进一步追溯地球得以达到它现在的形态的一般因果规律。所有这些经验的联系，所有这些与其他事实的比较，所有这些对因果关系的探求，对艺术家来说都是不存在的。粗略地说来，我们的日常经验概念可以按它们与实践的兴趣相关还是与理论的兴趣相关而被分成两类。一类关涉事物的效用，关涉这样的问题：'那有什么用？'另一类则关涉事物的原因亦即'怎么来的？'问题。但是一当进入艺术的领域，我们必须忘掉所有这样的问题。在存在、自然、事物的经验属性背后，我们突然发现了它们的形式。这些形式不是静止的成分。它们所显示的是运动的秩序，这种秩序向我们展示了自然的新地平线。甚至连一些最酷爱艺术的人，也常常把艺术说成仿佛只是生活的一种单纯附属品、一种装饰品或美化物。这就低估了艺术在人类文化中的真正意义和真实作用。一种实在的单纯复制品的价值始终是非常成问题的。只有把艺术理解为是我们的思想、想象、情感的一种特殊倾向、一种新的态度，我们才能够把握它的真正意义和功能。造型艺术使我们看见了感性世界的全部丰富性和多样性。要是没有伟大的画家和雕塑家的作品，我们能知道事物外表上的无数细微差别吗？与此相似，诗则是我们个人生活的展示。我们所具有但却只是朦胧模糊地预感到的无限可能性，被抒情诗人、小说家、戏剧作家们揭示了出来。这样的艺术品绝不是单纯的仿造品或摹本，而是我们内在生命的真正显现。"① 我们知道，把美和审美以及艺术与生命的自由联系起来的思想和理论，是康德、席勒、黑格尔等德国古典美学家的共同认识，但是，从文学艺术的符号形式、符号形式创造的角度来阐释美和审美以及艺术对内在生命的审美自由的显现，还是卡西尔的重大发现，是他看到了文学艺术的符号形式和符号形式创造的伟大的"构成力量"（formative power）。他说："审美的自由并不是不要情感，不是斯多葛式的漠然，而是恰恰相反，它意味着我们的情感生活达到了它的

---

① ［德］恩斯特·卡西尔：《人论》，甘阳译，上海：上海译文出版社1985年版，第213—215页。

最大强度，而正是在这样的强度中改变了它的形式。因为在这里我们不再生活在事物的直接的实在之中，而是生活在纯粹的感性形式的世界中。在这个世界，我们所有的感情在其本质和特征上都经历了某种质变过程。情感本身解除了它们的物质重负，我们感受到的是它们的形式和它们的生命而不是它们带来的精神重负。说来也怪，艺术作品的静谧（calmness）乃是动态的静谧而非静态的静谧。艺术使我们看到的是人的灵魂最深沉和最多样化的运动。但是这些运动的形式、韵律、节奏是不能与任何单一情感状态同日而语的。我们在艺术中所感受到的不是哪种单纯的或单一的情感性质，而是生命本身的动态过程，是在相反的两极——欢乐与悲伤、希望与恐惧、狂喜与绝望——之间的持续摆动过程。使我们的情感赋有审美形式，也就是把它们变为自由而积极的状态。在艺术家的作品中，情感本身的力量已经成为一种构成力量（formative power）。"① 在这里，我们的确可以发现，卡西尔从康德出发而又超越了康德，他真正理解了康德才能够超越康德，所以施杜里希的话是千真万确的："理解康德就意味着要超越康德。"② 卡西尔对于康德美学的"美是形式的主观合目的性"是深刻理解了，然后在符号形式和符号形式创造的基础上"超越"了康德，因此卡西尔是以文学符号学的初步设想超越了康德的形式美学，从而开启了一个新的美学和文学艺术思想的新方向——符号学美学。正如吉尔伯特、库恩的《美学史》所指出的："尽管科学门类的专门化已迫在眉睫，然而，厄恩斯特·卡西雷却以他的著作《象征形式哲学》（*Philosophie der Symbolischen Formen*）为多方面讨论象征问题奠定了广泛的基础。"③ 以后经过了苏珊·朗格的"情感形式说"、理查兹和奥格登的"语义学分析"、弗洛伊德的"无意识象征理论"等等，文学符号学就蔚为大观，成为 20 世纪美学和文学思想的主要流派之一。

第三节　卡西尔的符号诗学

德国哲学家恩斯特·卡西尔（Ernst Cassirer, 1874—1945）是 20 世纪最重要的哲学家之一。《在世哲学家文库》第六卷《卡西尔的哲学》1949 年纽约第一版在

---

① ［德］恩斯特·卡西尔：《人论》，甘阳译，上海：上海译文出版社 1985 年版，第 189 页。
② ［德］汉斯·约阿西姆·施杜里希：《世界哲学史》（第 17 版），吕叔君译，济南：山东画报出版社 2006 年版，第 389 页。
③ ［美］凯·埃·吉尔伯特、［联邦德国］赫·库恩：《美学史》下卷，夏乾丰译，上海：上海译文出版社 1989 年版，第 735 页。

扉页上将其誉为"当代哲学中最德高望重的人物之一，现今思想界具有百科全书知识的一位学者"。卡西尔1874年7月28日生于德国西里西亚的布累斯劳（即今日波兰的弗芬茨瓦夫）一个犹太富商的家庭。他早年曾学习于柏林大学、莱比锡大学和海德堡大学，后来由于敬仰新康德主义马堡学派首领赫尔曼·柯亨（Hermann Cohen, 1842—1918）而转到马堡大学，在那里获得哲学博士学位，以后很快成为与柯亨、那托普（一译纳托尔普，Paul Natorp, 1854—1924）齐名的马堡学派主将。1919年起，卡西尔任汉堡大学哲学教授，1930年起任汉堡大学校长。在汉堡时期，卡西尔逐渐创立了他自己的所谓"文化哲学体系"，这个体系与马堡学派的新康德主义立场已经相去甚远。1933年1月30日希特勒在德国上台，卡西尔愤怒地声称"这是德国的末日"，遂于同年5月2日辞去汉堡大学校长职务，离开德国，开始了他长达十二年的流亡生活，以后再也没有回去过。他先赴英国，任教于牛津大学全灵学院。1935年9月，接受瑞典哥德堡大学的聘请担任该校哲学教授，在那里待了六年。1941年夏季，卡西尔赴美国，就任耶鲁大学访问教授，后又于1944年秋转赴纽约就任哥伦比亚大学访问教授。1945年4月13日，卡西尔在哥伦比亚大学校园内回答学生提问时猝然而亡，终年71岁。卡西尔是作为新康德主义马堡学派的主要代表之一而在西方哲学界崭露头角的，后来他在现象学、解释学和实用主义等西方哲学流派的影响下建立起文化哲学体系，不仅把人作为哲学研究的核心，强调人的生活和实践在哲学中的决定意义，而且既不排斥理性和科学对人的解释，又力图超越理性和科学的界限来解释人的精神和文化活动。卡西尔一生著述繁富，研究范围几乎涉及当代西方哲学的各个领域。他的主要著作有：《认识问题》四卷本（1906—1940），《实体与功能》（1910），《自由与形式》（1916），《康德的生平与学说》（1918），《语言与神话》（1925），《符号形式的哲学》（1923—1929），《文艺复兴时期哲学中的个人与宇宙机》（1927），《文化科学的逻辑》（1942），《人论·人类文化哲学导论》（1944），《国家与神话》（1946），《符号、神话、文化》（1979），等等。①

　　在这些著作中，卡西尔主要阐述了以下这些观点：（1）人文科学方法——将自然科学方法、历史的方法以及心理学的方法统一起来的方法。（2）人是符号的动物——人可以说是符号的动物，所以人类文化哲学也就是符号形式的哲学。（3）肯定人的本性的功能性——他认为人的本性或本质不能是实体性的定义，而只能是

---

① 刘放桐等：《新编现代西方哲学》，北京：人民出版社2000年版，第401—402页。

功能性的定义。人的突出特征是人的劳作，而符号形式正是人的劳作的表现形态，符号思维就是通过人的劳作，实践连接理想与事实，可能性与现实性的桥梁。正是在这样的世界观和方法论的指导下，卡西尔初步构建了他的文学符号学或者符号诗学。

一、人是符号的动物与符号诗学

"人是符号的动物"是卡西尔的符号形式哲学或文化哲学的最基本原理，也是卡西尔的文学符号学或符号诗学的最基本的根据。这一基本原理揭示了人的本质和人的本质力量，而在这一基础上来建构文学艺术本质论，确立文学符号学或符号诗学，就是把文学艺术的本质问题与人的本质问题不可分割地联系在一起，就是要在人文科学或文化科学的范围之内来探讨文学艺术的本质。这样就把文学艺术问题从自然科学的范围之内划分出去而归入人文科学范围之内，从而把文学艺术问题纳入了一个正确的、合适的研究范围和探究轨道。这应该是卡西尔对于哲学和美学的一大贡献。当然这一贡献却是西方哲学和美学发展的必然结果。"人是符号的动物"对于西方哲学和美学既是一个划时代的研究成果，也是西方哲学和美学发展的必然结果。首先，"人是符号的动物"这一结论是"回到康德"而又"超越康德"的一个成就。众所周知，康德的"批判哲学"的"三大批判"（《纯粹理性批判》、《实践理性批判》、《判断力批判》）所要解决的主要问题就是：其一，我们（人）能够认识什么？《纯粹理性批判》就是回答这个问题的。康德的答案就是，人的纯粹理性只能认识"现象界"而不可能认识"物自体"；如果人的认识越界就必然会陷入"二律背反"的矛盾境地。其二，我们（人）应该怎样行动？《实践理性批判》就是回答这个问题的。康德的答案就是，人应该按照至高无上的"绝对命令"来行动；只有这样，人才能够信仰物自体的存在，从而达到实践理性的先验原理——意志自由，灵魂不朽，上帝存在。其三，我们（人）可以希望什么？《判断力批判》就是回答这个问题的。康德的答案是，人可以通过"形式的主观合目的性"来希望美，而通过"质料的客观合目的性"来希望完善；人只有通过审美判断力和审目的判断力才有希望由自然达到自由，成为一个整体。因此，康德哲学最终要回答的问题归结到一点就是："人是什么"？康德的答案就是：人是目的，不是手段。那么，康德就把西方哲学由研究自然客体的"宇宙论"转换为研究人类主体的"人学"，这就是康德自己所谓的"哥白尼式的变革"。德国哲学史家施杜里希在编写自己的《世界哲学史》时就是以这几个问题为主导思想。他指出："这些问题是所有时代每个有思想的人都会去用心思考的问题。"① 的确,康德所提出的问题可以说是人类必须回答的基本原理问题。从这个意义上来看,新康德主义要"回到康德那里去"就是有道理的。但是,康德虽然提出了问题,而且也给出了他自己的答案,但是,由于时代和个体的条件限制,康德对这些问题的研究和回答还是不彻底的。因此,新康德主义回到康德,还是为了"超越康德"。卡西尔在《人文科学的逻辑》之中曾经指出:"康德曾经为自然科学进行了结构分析,然而,他未能力求给'人文科学'以类似于他对自然科学所做的同样意义的结构分析。""然而,这绝不是说批判哲学的任务潜在地和必然地会受到限制。宁可说批判哲学所表现出的仅仅是一历史的或偶然的限制,这些限制是由于 18 世纪科学水平使然。自浪漫主义以来,由于摆脱了这些限制,由于出现了独立的语言科学、艺术科学和宗教科学,知识的普遍性理论便发现自身面临着许多新问题的挑战。"②很明显,卡西尔就是要把康德所没有进行彻底的事业继续下去,要在 19 世纪语言科学、艺术科学、宗教科学 (还应该包括人类学、文化学、符号学) 等科学独立的新格局之下来对"人文科学"进行类似于康德对自然科学所做的那种结构分析。这样,卡西尔就沿着康德批判哲学的思路,在思考"人的问题"的过程之中发现了"人是符号的动物"的结论。因此,这个结论是康德批判哲学的继承和发展,在世界观和方法论上是一种"哥白尼式的变革"。卡西尔正是"回到康德"而又"超越康德",才做到了由自然科学向人文科学的转换。"在对康德关于物自体、对象世界 (自然界) 以及先验方法等一系列理论的修正上,他大体上都仿效柯亨,他也正因此而被认为是马堡学派主要代表之一。然而,早在《认识问题》第一卷 (1906) 中,卡西尔就不把认识问题仅仅看做是自然科学的认识问题,而力图把认识的发展与神话和宗教、伦理学和美学、心理学与形而上学等人类文化的各种形式结合起来进行研究。在他看来,人类的经验和知识并不限于理性和科学,还包括了人类文化的各种形态。因此应当把康德的主体性扩大和推广到人类文化的一切领域。"③ 这也就是卡西尔把康德的"理性批判"发展到"文化批判",因而也才会有由"人是理性的动物"到"人是符号的动物"和"人是文化的动物"的转换和发现。

这种世界观和方法论上的转换和发现,对于文学艺术和文学艺术思想来说也是

---

① [德] 汉斯·约阿西姆·施杜里希:《世界哲学史》(第 17 版),吕叔君译,济南:山东画报出版社 2006 年版,第 5—6 页。施杜里希把康德所提出的三个问题归纳为:我们能够知道什么? 我们应该做什么? 我们应该信仰什么?

② [德] 恩斯特·卡西尔:《人文科学的逻辑》,沉晖、海平、叶舟译,冯俊校,北京:中国人民大学出版社 1991 年版,第 51 页。

③ 刘放桐等:《新编现代西方哲学》,北京:人民出版社 2000 年版,第 403 页。

一种"哥白尼式的变革",把文学艺术从"对自然的摹仿"或"对现实的再现"转向了"人的符号创造",也给 19 世纪浪漫主义文学思想的"情感表现说"增加了作为人的本质力量的"符号"和"符号形式创造"的本质规定。这样就使得文学艺术和文学思想由客观论转向了主观论,由意识论转向了符号论,文学符号学或符号诗学就水到渠成了。

一般来说,西方美学的文学艺术思想的艺术本质论,从古希腊直到后现代主义,谱写了总体上的三部曲。第一部曲是:古希腊(公元前 6 世纪)到文艺复兴(16 世纪)的自然本体论美学的"模仿说",强调艺术对自然(现实)的模仿,着重在客体对象的存在;第二部曲是:文艺复兴到德国古典美学(19 世纪中期)的认识论美学的"镜子说"和"再现说",虽然在形式上与模仿说有许多类似,但是,它们强调艺术家对自然和现实的"反映"和"认识",着重在创造主体的认识;这两部曲一般被称为西方美学艺术本质论的古典形态,因为它们都认为,艺术是具有一种比较确定的本质的,是在主体和客体的二元对立的思维模式中来思考艺术本质问题的。第三部曲则是:西方现代主义(19 世纪中期到 20 世纪 50 年代)和后现代主义(20 世纪 50 年代以后)的人类本体论美学(社会本体论美学)的"表现说";他有三个声部:精神本体论美学的"表现说",语言本体论美学的"表现说",否定性的无本质说;它们逐步否定了 19 世纪中期以前的传统的古典的艺术本质论,大力鼓吹艺术本质的不确定性,或者根本否定艺术本质问题。然而,在这三部曲的第二个转折处却响起了两股强音。一股强音是 18 世纪 90 年代的席勒的艺术本质论,它响起在认识论美学转向的起始段落,为认识论美学的艺术本质论"曲终奏雅",另一股强音则是马克思主义实践美学的艺术本质论,它奏响在 19 世纪中期,与时俱进,与现代主义和后现代主义同步发展,正步步为营,深入到艺术本质问题的主题,揭示艺术本质的真谛。[①] 而卡西尔及其学生苏珊·朗格的文学符号学或符号诗学以及符号美学则是处在现代主义和后现代主义之交的语言本体论美学的"表现说",它把情感表现与符号形式统一起来,形成了西方美学和文学艺术本质论的一个承前启后的高峰。它应该成为马克思主义实践美学的文学艺术本质论的一个不可忽视的借鉴和参照。然而,长期以来,无论是苏联和东欧的"正统"马克思主义美学还是中国的"特色"马克思主义美学都由于新康德主义的唯心主义而忽视了卡西尔的文学符号学或符号诗学的借鉴和参照的价值。我们

---

① 关于西方美学的艺术本质论的论述,可参见张玉能:《西方美学关于艺术本质的三部曲——艺术本质论:从自然本体论美学到认识论美学》(上、下),《吉首大学学报》2003 年第 2、3 期。

今天研究 19—20 世纪之交的德国文学思想,对于新康德主义的文学符号学或符号诗学就应该予以应有的重视。其实,卡西尔的符号形式的哲学和符号诗学与马克思主义的实践唯物主义和实践美学是有某些相通之处的,不仅在转向人类和人类社会的研究大趋势之上是相通的,而且在某些具体思想上也有相通之处。马克思把社会实践作实践唯物主义哲学的基础,把劳动作为人的本质之一个主要维度,就与卡西尔把符号活动作为哲学的基础,把劳作(work)作为人的本质,就是相通的,而且把符号活动作为人的实践活动之一种应该说是对我们辩证地理解"实践"概念,也是有启发的。我们可以把符号活动列入马克思主义的"实践"概念之中,以形成"实践"概念的三个方面:物质生产,话语生产,精神生产。①

其次,"人是符号的动物"这一结论是坚持和发展西方人文科学传统的必然结晶。

"人是符号的动物"是卡西尔符号形式哲学或文化哲学的基本原理之一。这一结论不仅仅是西方审美现代性对启蒙现代性的科学主义神话的反思和批判,也是卡西尔坚持和发展西方人文科学传统的必然获得的丰硕果实和精粹结晶。我们知道,尽管古希腊的哲学是以自然本体论和宇宙论(宇宙学)作为主导研究方向,但是,人类本体论和人论(人学或人本学)的研究分析也是一种巨大的潜在势力,从公元前 5 世纪左右的智者学派和苏格拉底开始,人类本体论和人论(人学)就已经基本确立了自己的地位,到了公元前 4 世纪柏拉图和亚里士多德的哲学体系之中都包含了人类本体论和人论(人学)。因此,古希腊哲学就这样给西方哲学奠定了基础。卡西尔在《人论》之中指出:"希腊哲学在其最初各阶段上看上去只关心物理宇宙。宇宙学明显地支配着哲学研究的所有其他分支。然而,希腊精神特有的深度和广度正是在于,几乎每一个思想家都是同时代表着一种新的普遍的思想类型。在米利都学派的物理哲学之后,毕达哥拉斯派发现了数学哲学,埃利亚派思想家最早表达了一个逻辑哲学的理想。赫拉克利特则站在宇宙学思想与人类学思想的分界线上。虽然他仍然像一个自然哲学家那样说话,并且属于'古代自然哲学家',然而他确信,不先研究人的秘密而想洞察自然的秘密那是根本不可能的。如果我们想把握实在并理解它的意义,我们就必须把自我反省的要求付诸实现。因此对赫拉克利特来说,可以用两个字概括他的全部哲学:'我已经寻找过我自己'。但是,这种新的思想倾向虽然在

---

① 关于马克思主义的"实践"概念,可参见张玉能等:《新实践美学论》,北京:人民出版社 2007 年版。

某种意义上说是内在于早期希腊哲学之中的，但直到苏格拉底时代才臻于成熟。我们发现，划分苏格拉底和前苏格拉底思想的标志恰恰是在人的问题上。苏格拉底从不攻击或批判他的前人们的各种理论，他也不打算引入一个新的哲学学说。然而在他那里，以往的一切问题都用一种新的眼光来看待了，因为这些问题都指向一个新的理智中心。希腊自然哲学和希腊形而上学的各种问题突然被一个新问题所遮蔽，从此以后这个新问题似乎吸引了人的全部理论兴趣。在苏格拉底那里，不再有一个独立的自然理论或一个独立的逻辑理论，甚至没有像后来的伦理学体系那样的前后一贯和系统的伦理学说。唯一的问题只是：人是什么？苏格拉底始终坚持并捍卫一个客观的、绝对的、普遍的真理的理想。但是，他所知道以及他的全部探究所指向的唯一世界，就是人的世界。他的哲学（如果他具有一个哲学的话）是严格的人类学哲学。"① 虽然经过了欧洲中世纪的神学时代，宇宙论和人论都成了神学的附庸和奴婢，但是，在 14—16 世纪欧洲文艺复兴时代复兴了古希腊哲学的宇宙论和人论，重新发现了自然和人，不仅自然科学得到了长足的发展，而且人文科学也蓬勃兴起，形成了所谓的"人文主义"。人文主义，不仅是指与神学相对的关于人的科学，更重要的是倡导一种肯定人和人的价值，尊重人和解放人的"人文精神"。正是在这种精神的促进下，不仅自然科学发展起来，到 17、18 世纪已经形成了近代自然科学的比较完整的体系，像牛顿、伽利略的物理学，开普勒、伽利略、布鲁诺、哥白尼的天文学，牛顿、笛卡尔、莱布尼茨的数学都形成了体系，并且在生产技术之中得到应用，而且与此同时人文科学也在要求独立的地位，意大利思想家维科（1688—1744）的《新科学》（1725,1730）代表了人文科学对于自然科学的独立呼声。新康德主义西南学派的代表人物文德尔班在《哲学史教程》之中这样写道："维科一开始便离弃了笛卡儿的数学化主义（Mathematizism），与之相比，他更喜欢康帕内拉和培根的经验主义思想。然而他根本不相信自然科学。按照这个原则——人只能认识自己创造的东西，只有上帝才可能认识**自然**，而人只不过略窥（conscienz〔共知〕）神的智慧（sapienza）而已。人自己所创造的数学形式只是抽象化和虚构，不能掌握真实存在，不能掌握活生生的现实。人实际创造的是人的**历史**，只有历史人才能理解。构成这种理解力的最终基础是人对于自身的精神本质的认识，其规律性处处均匀地显示于历史过程中。经验的历史研究证实了这种猜测，因为历史研究用归纳法证实了所有民族政治形势一再出现的系列。在此，对于维科特别重要的是这样的发展：文化从原始状态

---

① ［德］恩斯特·卡西尔：《人论》，甘阳译，上海：上海译文出版社 1985 年版，第 6—7 页。

中摆脱出来，由于自身的过度发展最终又重新陷入更恶劣的野蛮状态。罗马被视为此事的典型过程。维科把他分析问题的精辟细致同对于历史生活诗意般的萌芽近乎浪漫主义的偏爱结合起来。但是由于带有各不同民族各具自身重复发展过程的观点，这位孤独的苦思冥想者视而不见人类历史过程的统一性：他更进一步通过原则性地区分'世俗'历史和'神圣'历史来掩盖这种统一性。"① 维科所倡导的相对于自然科学的"新科学"，即历史科学以及历史主义的观点和方法在整个欧洲的启蒙主义运动过程中发生了巨大的影响。尤其是德国启蒙主义运动的旗手赫尔德进一步发展了维科的人文科学（历史科学）的观点、立场和方法，还有德国语言学家威廉·洪堡把维科和赫尔德的人文科学（历史科学）的立场、观点、方法加以具体化、系统化。卡西尔在《人文科学的逻辑》中如是说："赫尔德和洪堡，把赋予经验以形式的这种愿望和能力视为语言的本质，席勒将其视为游戏和艺术的本质，康德将其视为理论和知识结构的本质。他们认为，如果这些创造缺少独特的形式构造作基础，就不会产生所有这些纯粹的产品。人类具有这种生产力，恰恰显示出了人性的独一无二的特征。从最广的意义上说，'人性'是'形式'得以产生、发展和繁荣的绝对普遍（因而也是唯一的）媒介。"② 正是由于德国启蒙主义运动的代表人物这样把人的本质和"人性"与人的符号形式创造不可分割地联系在一起，并且以此来规定人的本质和人的基本特征，在 19 世纪随着语言学、历史学、考古学、人类学等人文科学的兴起，人文科学传统也得以发扬光大，所以，卡西尔才能够顺理成章地推出一种"符号形式的哲学"："符号形式哲学不仅能把我们关于世界的诸多认识方式和方向统一起来，而且除此而外，它还能对领悟世界的每个尝试和人类心灵对世界所能作出的每一分析予以评估，以及对其各种真实特征予以理解。正是通过这种方式，客观性的问题才会充分地显示出来；从这个意义上去理解，客观性问题就不仅包含了自然世界，而且也包含了人文世界。"③ 因此，我们可以说，卡西尔的符号形式哲学及其"人是符号的动物"恰恰是西方人文科学传统和人文精神的继承和发展。这种西方人文科学传统，促进了符号形式哲学的产生和发展，而符号哲学的产生和发展又促进了西方人文科学传统的发扬光大。因此，19 世纪不仅产生了新的、相对独

---

① ［德］文德尔班：《哲学史教程》，下卷，罗达仁译，北京：商务印书馆 1996 年版，第 720—721 页。

② ［德］恩斯特·卡西尔：《人文科学的逻辑》，沉晖、海平、叶舟译，冯俊校，北京：中国人民大学出版社 1991 年版，第 17 页。

③ ［德］恩斯特·卡西尔：《人文科学的逻辑》，沉晖、海平、叶舟译，冯俊校，北京：中国人民大学出版社 1991 年版，第 55 页。

立的各门人文科学：语言学、符号学、人类学（体质人类学和文化人类学）、考古学、神话学、艺术史等，而且也使得一些早已有之的人文科学，比如文学艺术、文艺学、历史学、美学等逐步回到人文科学的自己本身，从而明确了这些人文科学的性质和特征。

"人是符号的动物"这个结论张扬了西方人文科学传统，使得文学艺术和文学艺术思想真正回归到"人文科学"的自己本身之中，因而在 19—20 世纪之交就产生了"文学是人学"的口号。把文学艺术和文学艺术思想回归到"人文科学"之中，是德国文学思想对西方文学思想的一个划时代的历史贡献。本来，文学艺术是一种符号形式的创造这样一个事实应该是不言而喻的，但是，西方从古希腊开始的"摹仿说"在自然本体论的世界观和方法论的制约下，把文学艺术的"符号形式"和"创造"都给遮蔽了，而强调了文学艺术所摹仿的"自然"世界的现实，尽管亚里士多德的"真实的摹仿说"曾经注意到了文学艺术的"人的现实"和"人的创造性摹仿"，但是，在总体上西方文学艺术思想在 19 世纪以前，始终是客观论占主导地位。从古希腊的"摹仿说"，经过古罗马贺拉斯的"摹仿古人和古典"，到中世纪的"摹仿上帝"，再到文艺复兴时代的"镜子说"，一直发展到 19 世纪初的"再现说"乃至 19 世纪末的"反映论"，描摹的对象始终是文学艺术"摹仿"的根据和标准，即使是 16 世纪西方哲学经历了"认识论转向"，"摹仿说"、"镜子说"、"再现说"、"反映论"等等文学艺术思想仍然是以客观对象（自然、现实、世界）为主要方面和决定方面，现实主义美学原则和现实主义文学艺术潮流的不断发展就是这种客观论的文学艺术思想的表征。卡西尔在这种形势下提出了"符号形式哲学"及其"人是符号的动物"，这对西方文学艺术思想的冲击和意义就是可想而知的了。

从德国哲学和美学以及文学思想的发展来看，卡西尔的关于文学艺术的人文科学的思想，与德国古典哲学和美学的终结者费尔巴哈的"人本学"思想也是完全一致的。费尔巴哈在反对思辨哲学和神学的美学的斗争中，把自然和人提高到了存在本原的高度，因而也就把人当作了艺术的真正对象，在美学史上第一次系统提出了艺术的人学原则，以人本学唯物主义的观点发展了从康德到黑格尔的美学中抽象化表述的以人为中心的人道主义精神。费尔巴哈明确地在《未来哲学原理》中宣称，"艺术、宗教、哲学或科学，只是真正的人的本质的现象或显示。人、完善的，真正的人，只是具有美学的或艺术的，宗教的或道德的，哲学的或科学的官能的人——一般的人只是那一点也不排除本质上属于人的东西的人。Homo Sum, humani nihil a me aliemum puto（我是一点也不排斥人性的东西的人）——这个命题就它最普遍的和最高意义来了解,乃是新哲学的口号。"①因此,他从这个人本学的口号出发,认为"艺术的至高对象便是人,也就是说,整个的人,从头顶到脚跟。"(《从人本学观点论不死问题》)正是从这个文学艺术的人学原则出发,他才盛赞古希腊人:"希腊人只是无条件地毫不犹豫地将人的形象当作最高的形象,当作神的形象,因而才达到使他们的造型艺术完美。"(《关于哲学改造的临时纲要》)"希腊人有一个他们所崇拜的维纳斯——这是业已成就了的,完成了的审美感的必然后果。"这条艺术的人学原则,此后成为现实主义美学的一种主要原则。车尔尼雪夫斯基曾把这一原则一直上溯到亚里士多德的《诗学》,他说,"在亚里士多德的《诗学》里,没有一句话说到自然;他说的是人,说的是人们的行动,说的是事件和人,他认为这才是诗的模仿对象。"而且认为"只有到了萎靡懒散、虚假描写的诗歌(它几乎又有流行的危险了)以及和它拆不开的教诲诗繁荣昌盛的时候,诗学里才会把'自然'接纳进来——亚里士多德是把这几种诗驱逐于诗歌之外的。模仿自然,是和以人为主要对象的真正诗人大异其趣的。"②这是在新的时代要求继承苏格拉底以后古希腊的人学本体论的传统和文艺复兴以来人文主义美学思潮并使之发扬光大。高尔基以后提出"文学是人学"的口号,经过布罗夫(《艺术的审美本质》)等人的发挥,至今,我国文艺理论和美学中仍然听到这种现实主义文学艺术人学原则的呼声。其实,这条人学原则,在费尔巴哈和车尔尼雪夫斯基那儿,主要是要求艺术去表达(再现)自然的最高产物——人及其爱的感情或人性的人和人性的一切形式,更主要的就是感性的人。它的缺陷是十分明显的,岂不说这样把艺术的对象太狭窄化了,就是在艺术究竟表现人的什么东西方面也是十分含混和把人性抽象化和生物学化的。同时也十分露骨地表现出把人心理学化的倾向,也就势必走向了历史唯心主义的玄虚境地之中。诚然,艺术是应该表现人和人的一切的,但是,作为一个美学的命题,"文学是人学"是太含混了,尤其是把人的主体性完全归于人的意识,甚至无意识和本能的时候,人作为实践存在的定性就会在人的抽象存在中完全消失,那倒是在向费尔巴哈的人本学的生物学的类存在原则倒退,而且夹杂着多种唯心主义货色的倒退。费尔巴哈的人学原则本身却正包含着这种倒退的潜能和态势。请看费尔巴哈的一系列否定之否定:"希腊的精神不依附于希腊的身体吗?东方的身体不依附于东方的火热的感情吗?女性的身体不属于女性的感情吗?难道比男性的感觉更柔弱更纤细的女性,不具有更柔弱、更

---

① 马奇主编:《西方美学史资料选编》下卷,上海:上海人民出版社1987年版,第559页。

② [俄]车尔尼雪夫斯基:《车尔尼雪夫斯基论文学》中卷,上海:上海译文出版社1979年版,第202页。

敏感的皮肤,更纤细的骨骼,更敏锐的神经吗?难道处女的感情和愿望比之那性的区别还没成为血肉的儿童的感情,愿望不迥然不同吗?你能够把处女的灵魂即处女的感觉、愿望和思想的质、形态和方式跟处女身体的质分割开来吗?"(《反对身体和灵魂、肉体和精神的二元论》)"人的食物,难道不是人的思想观点和修养的首要条件吗?"(《从人本观点论不死问题》)这种以生物学为基础的人本学的现实主义人学原则,难道还不值得我们警惕吗?马克思和恩格斯对费尔巴哈的人本学的批判是一针见血的:"他把人只看作是'感性的对象',而不是'感性的活动',因为他在这里也仍然停留在理论的领域里,而没有从人们现有的社会联系,从那些使人们成为现在这种样子的周围生活条件来观察人们;因此,毋庸讳言,费尔巴哈从来没有看到真实存在着的、活动的人,而是停留在抽象的'人'上,并且仅仅限于在感情范围内承认'现实的、单独的、肉体的人',也就是说,除了爱与友情,而且是理想化了的爱与友情以外,他不知道'人与人之间'还有什么其他的'人的关系'。他没有批判现在的生活关系,因而他从来没有把感性世界理解为构成这一世界的个人的共同的、活生气的、感性的**活动**。"(《德意志意识形态》)① "他紧紧抓住自然界和人;但是,在他那里,自然界和人都只是空话。无论关于现实的自然界或关于现实的人,他都不能对我们说出任何确定的东西。但是,要从费尔巴哈的抽象的人转到现实的、活生生的人,就必需把这些人当作在历史中行动的人去考察。"(恩格斯:《路德维希·费尔巴哈和德国古典哲学的终结》)② 卡西尔的符号形式哲学除了这种类似的抽象人本学以外,还有一种文化唯心主义的倾向,他更多地把符号形式看做是一种精神的"劳作",而完全忽视了人的"物质生产"这个根本和符号生产(话语生产)的物质生产和精神生产的二重性,而仅仅看到了符号形式的"物质"和"精神"的二重性。因此,我们以为,我们现在不能拾起任何形式的人学原则,而应该以马克思主义的实践的本体论,即以人的感性活动为基础,来确立现实主义的美学原则,把艺术当作一种特殊的自由的感性创造活动,而把包含这种活动在内的整个人类的创造活动所确定的现实世界作为艺术的最高对象,通过艺术的活动及其产品来确证人的自由创造本质,全面发展人的本质力量,从而推进人类从必然王国向自由王国跃进的永无止境的历史活动。

再次,"人是符号的动物"这一结论是反思和批判西方传统形而上学的哲学和美

---

① 《马克思恩格斯选集》第 1 卷,北京:人民出版社 1995 年版,第 78 页。
② 《马克思恩格斯选集》第 4 卷,北京:人民出版社 1995 年版,第 240—241 页。

学而转向现代关系性和功能性哲学和美学的一个成果。卡西尔的符号形式哲学及其"人是符号的动物"的结论是新康德主义和卡西尔反思和批判西方传统形而上学的世界观和方法论的必然成就，是德国哲学和美学走向现代的一种表现。卡西尔在《人论》的结论部分指出了这一点。他说："假如在漫长道路的终点回过头来看一下我们的出发点，我们也许会难以断定究竟是否达到了我们的目的。一个文化哲学是从这样的假设出发的：人类文化的世界并不是杂乱纷离的事实之单纯集结。它试图把这些事实理解为一种体系，理解为一个有机的整体。对一种经验的观点或历史的观点来说，搜集人类文化的材料似乎也就足够了。在这里我们感兴趣的是人类生活的广度。我们全神贯注于对种种特殊现象的丰富性和多样性的研究，欣赏着人类本身的千姿百态。但是哲学的分析给自己提出的是一个不同的任务。它的出发点和它的工作前提体现在这种信念上：各种各样表面上四散开的射线都可以被聚集拢来并且引向一个共同的焦点。在这里事实被化为各种形式，而这些形式本身则被假定为具有一种内在的统一。但是我们现在已经能够证明这个基本要点了吗？我们所有个别的分析向我们揭示的事实不是恰恰相反吗？因为我们一直都在强调不同的符号形式——神话、语言、艺术、宗教、历史、科学——的特殊品性和特殊结构。如果牢记这方面的研究，我们或许就会倾向于同意相反的观点——认为人类文化具有不连续性和根本的异质性。""从一种纯粹本体论的或形而上学的观点来看，要驳斥这种观点确实是非常困难的。但是对一种批判哲学来说，问题就不同了。在这里我们没有任何义务去证明人的实体的统一性。人不再被看成是自在地存在着并且可以被它自身所认识的一种单纯的实体。他的统一性被看成是一种功能的统一性。这样一种统一性并不预先假定组成这统一性的各不同成分具有同质性。它不仅承认，甚至要求它的各构成部分具有复杂性和多样性。因为这是辩证的统一，是对立面的和平共处。"[①] 卡西尔很明确地揭示了他的符号形式哲学的反形而上学的辩证法性质：传统的形而上学是一种实体的本体论，是一种二元对立的思维方法，是一种形式逻辑的同一性（同质性），而否定了事物本来的丰富性、多样性、关系性、开放性、辩证的统一性，而符号形式哲学正是要运用辩证法来揭示事物存在的关系性、多样性、丰富性、开放性、辩证的统一性，用关系本体来取代实体本体，用功能性的统一性来取代实体的统一性。

　　正是这种反对形而上学的实体本体论、二元对立的思维方法，用关系本体来取

① ［德］恩斯特·卡西尔：《人论》，甘阳译，上海：上海译文出版社 1985 年版，第 281—282 页。

代实体本体,用功能性的统一性来取代实体的统一性,运用辩证法来揭示事物存在的关系性、多样性、丰富性、开放性、辩证的统一性,就使得卡西尔的符号诗学能够比较合乎实际地解释了文学艺术的本质和特征,给德国文学思想和西方文学思想的走向现代开辟了新的思路——符号形式,符号形式创造的辩证法。卡西尔在《人论》之中描述了从"摹仿说"到"情感表现说"而达到"符号形式创造说"的历史发展过程:"一般的摹仿说似乎直到十八世纪上半叶仍然坚持着它的立场并对一切非难满不在乎。但是甚至在这种理论的或许是最后的坚决捍卫者阿贝·巴德的论文中,我们也已经能感到了他对这种理论的普遍有效性流露出来的某种不安。抒情诗的现象一直是这种理论的绊脚石。阿贝·巴德企图把抒情诗包含在摹仿艺术的普遍框架之内而提出来的论据是软弱而无说服力的。实际上,所有这些浅薄的论据都由于一种新力量的出现而一下子就被清除了。即使在美学的领域中,卢梭的名字也标志着一般思想史上一个决定性的转折点。卢梭反对所有古典主义和新古典主义传统的艺术理论。在他看来,艺术并不是对经验世界的描绘或复写,而是情感和感情的流溢。卢梭的《新爱洛绮丝》被证明是一种新的革命力量。那曾盛行了许多世纪的摹仿原则从今以后不得不让位于一个新的概念和新的理想——让位于'独特的艺术'(characteristic art)的理想。从这里我们可以看到一个遍及整个欧洲文学的新原则的胜利。在德国,赫尔德和歌德效仿了卢梭的榜样。这样,所有美的理论都不得不采取了一种新的形态。传统意义上所说的美绝不是艺术的唯一目标,事实上它只是一种第二性的派生的特性。歌德在他的论文《论德国建筑》中告诫读者说:'不要让我们中间产生误会;不要让现代的美的贩子的软弱学说弄得你太柔软了,以致不能欣赏有意义的粗野,那样弄到后来,你的变软弱了的情感将除掉无意义的流畅以外,什么都忍受不了。他们企图使你相信,美术是由于我们具有那种使自己周围事物美化的倾向而产生的。这不是事实……''艺术早在其成为美之前,就已经是构形的了,然而在那时候就已经是真实而伟大的艺术,往往比美的艺术本身更真实、更伟大些。原因是,人有一种构形的本性,一旦他的生存变得安定之后,这种本性立刻就活跃起来;……因此野蛮人便以古怪的特色、可怕的形状和粗鄙的色彩来重新模塑他的样子、他的羽饰和他自己的身体。而且虽则这些意象都只有任意的形式,形状仍旧缺乏比例,但是它的各个部分将是调和的,原因是,一个单一的情感将这些部分创造成为一个独特的整体。''而这种独特的艺术正是唯一的真正艺术。当它出于内在的、单一的、个别的、独立的情感,对一切异于它的东西全然不管、甚至不知,而向周围的事物起作用时,那么这种艺术不管是粗鄙的蛮性的产物,抑是文明的感性的产物,它都是完整的、活的。'一个新的美学理论的时代从卢梭和歌德这里开始了。独特的艺术已经取得了对摹仿的艺术的决定性胜利。但是为了理解这种独特的艺术的真正意义,我们就必须避免片面的解释。把重点放在强调艺术品的情感方面,那是不够的。诚然,所有独特的或表现的 (expressjve) 艺术都是'强烈感情的自发流溢'。但是如果我们不加保留地接受了这个华兹华斯派的定义,那我们得到的就只是记号的变化,而不是决定性的意义的变化。在这种情况下,艺术就仍然是复写;只不过不是作为对物理对象的事物之复写,而成了对我们的内部生活,对我们的感情和情绪的复写。我们可以再用我们在语言哲学中所用的比拟来说:我们只不过是把艺术的拟声说改换成了感叹说。但这并不是歌德所理解的'独特的艺术'这个术语的含义。前面所引的那段话是在 1773 年——歌德青年时代的'狂飙运动'时期写的。然而歌德一生中没有任何一个时期曾忽视过他的诗歌的客观一极。艺术确实是表现的,但是如果没有构型 (formative) 它就不可能表现。而这种构型过程是在某种感性媒介物中进行的。歌德写道:'一当他无忧无虑之时,那些悄悄地产生的半神半人就在他周围搜集着材料以便把他的精神灌输进去。'在许多现代美学理论中——尤其是克罗齐及其弟子和追随者们——这种物质因素被忘掉或受到了极度的轻视。克罗齐只对表现的事实感兴趣,而不管表现的方式。在他看来方式无论对于艺术品的风格还是对于艺术品的评价都是无关紧要的。唯一要紧的事就是艺术家的直觉,而不是这种直觉在一种特殊物质中的具体化。物质只有技术的重要性而没有美学的重要性。克罗齐的哲学乃是一个强调艺术品的纯精神特性的精神哲学。但是在他的理论中,全部的精神活力只是被包含在并耗费在直觉的形成上。当这个过程完成时,艺术创造也就完成了。随后唯一的事情就是外在的复写,这种复写对于直觉的传达是必要的,但就其本质而言则是无意义的。但是,对一个伟大的画家,一个伟大的音乐家,或一个伟大的诗人来说,色彩、线条、韵律和语词不只是他技术手段的一个部分,它们是创造过程本身的必要要素。"[1] 我们可以看到,卡西尔借助于符号形式哲学及其"人是符号的动物"的论断已经来到了探索文学艺术本质论秘密的门前,但是,由于他的符号形式哲学最终仍然是历史唯心主义的,没有抓住人的社会实践的中心是物质生产这个根本,没有把符号形式创造活动作为人类生产的一个方面,没有把人类的"物质生产——话语生产 (符号生产) ——精神生产"真正统一为生成为一个"社会实践"整体,因此实际上仍然是在康德的精神层面和"先验原理"之上来看待符号形式和符

---

[1] ［德］恩斯特・卡西尔:《人论》,甘阳译,上海:上海译文出版社 1985 年版,第 178—181 页。

号形式创造,从而符号形式和符号形式创造仍然是脱离人类物质生产为中心的包括物质生产、话语生产、精神生产的"社会实践"的历史唯心主义。

二、文学是符号的创造与符号诗学

卡西尔在符号形式哲学的基础上建构了文学符号学或符号诗学,对文学艺术的本质和特征进行了一系列探讨。我们归纳卡西尔的一系列论述可以得出这样一个对文学艺术的界定:文学艺术是符号形式的创造。这个界定的产生,有着历史的必然性,也有着新康德主义和卡西尔的创造性。这个界定使得符号诗学的文学思想回归到"文学本身",进一步完成德国古典美学对启蒙主义美学的辩证统一,反对了西方传统形而上学的实体本体论、二元对立的思维方法,促进了德国和西方文学思想走向现代。但是,由于卡西尔的符号诗学根本上忽视了物质生产、精神生产和话语生产相统一的、以物质生产为中心的社会实践。因此,仍然是历史唯心主义的,也不可能真正达到社会实践的统一。

首先,"文学是符号形式的创造"这一结论是坚持和发展了康德、歌德等德国古典美学的文学艺术思想的必然结晶。卡西尔与许多新康德主义者一样,探讨每一个重要的哲学问题都要进行哲学史的回顾,并从中寻找问题及其答案。关于美学的核心问题——文学艺术的本质的探讨,也是如此。在《人论》第九章专门论述艺术的探讨之中,卡西尔就是从康德美学的论述开始的。他说:"美看来应当是最明明白白的人类现象之一。它没有沾染任何秘密和神秘的气息,它的品格和本性根本不需要任何复杂而难以捉摸的形而上学理论来解释。美就是人类经验的组成部分;它是明显可知而不会弄错的。然而,在哲学思想的历史上,美的现象却一直被弄成最莫名其妙的事。直到康德的时代,一种美的哲学总是意味着试图把我们的审美经验归结为一个相异的原则,并且使艺术隶属于一个相异的裁判权。康德在他的《判断力批判》中第一次清晰而令人信服地证明了艺术的自主性。以往所有的体系一直都在理论知识或道德生活的范围之内寻找一种艺术的原则。如果艺术被看成是理论活动的产物,那么必然就要去分析这种特殊的活动所遵循的逻辑法则。但在这种情况下,逻辑本身就不再是一个同质的整体了,它应当被划分为互相分离而相对独立的各部分:想象的逻辑应与理性的科学思维的逻辑区别开来。亚历山大·鲍姆加登在其《美学》(1750)中曾最早试图全面而系统地建立一个想象的逻辑。但是即使这个尝试——在某种意义上它已被证明是关键性的非常重要的尝试,也未能使艺术获得一种真正自主的价值。因为想象的逻辑绝不可能赢得与纯粹理智的逻辑同样的尊严。如果有什么艺术的理论，那也只能是一种低级的认识论，只能是对人类知识的'低级的'感性部分的一种分析。在另一方面，艺术可能被看成是道德真理的一幅寓意画。它被看作是在其感性形式下隐含着某种伦理意义的一个讽喻，一种借喻的表达。但是，在对艺术的道德解释和理论解释这两种情况下，艺术都绝不具有任何它自己的独立价值，在人类知识和人类生活的等级中，艺术变成只是一个预备性的阶段，一个指向某种更高目的的次要而从属的手段。"① 卡西尔充分肯定了康德美学对文学艺术的自主性（自律性）的论述，因此，很自然就反对西方美学史上关于文学艺术的"摹仿说"及其伸发的"显现真理说"，所以，卡西尔对亚里士多德以来一直到16—18世纪西方流行的古典主义、新古典主义和启蒙主义的"摹仿说"都予以批判，而高度称赞了德国诗人、美学家歌德在《论德国建筑》一文之中所说的关于艺术"构形"的一段话："艺术早在其成为美之前，就已经是构形的了，然而在那时候就已经是真实而伟大的艺术，往往比美的艺术本身更真实、更伟大些。原因是，人有一种构形的本性，一旦他的生存变得安定之后，这种本性立刻就活跃起来；……因此野蛮人便以古怪的特色、可怕的形状和粗鄙的色彩来重新模塑他的样子、他的羽饰和他自己的身体。而且虽则这些意象都只有任意的形式，形状仍旧缺乏比例，但是它的各个部分将是调和的，原因是，一个单一的情感将这些部分创造成为一个独特的整体。"在这里面包含着歌德的艺术是人的构形本性的表现和艺术离不开感性形式的文学艺术思想，而这一点正是康德美学早就阐述过的，而青年歌德却以艺术家、诗人的敏锐给说明了。这受到了卡西尔的充分肯定，而且他指出，要充分了解歌德的《论德国建筑》之中的文学艺术思想，并不能仅仅片面地停留在"情感表现说"对"摹仿说"的决定性胜利，而是应该更加重视文学艺术的形式创造，即"构型"。卡西尔说道："艺术确实是表现的，但是如果没有构型（formative）它就不可能表现。而这种构型过程是在某种感性媒介物中进行的。"他还批评了意大利美学家克罗齐和英国美学家科林伍德否定艺术的物质媒介形式的"直觉说"和"表现说"，指出了符号形式和符号形式创造对于文学艺术的本质的决定性作用："对一个伟大的画家，一个伟大的音乐家，或一个伟大的诗人来说，色彩、线条、韵律和语词不只是他技术手段的一个部分，它们是创造过程本身的必要要素。""每一个姿势并不就是一件艺术品，就像每一声感叹并不就是一个言语行为一样。姿势和感叹声都缺乏一个基本的必不可少的特征。它们是非自愿的本能的反应，不具有任何真正的自发性（spontaneity）。而对于语言的表达和

---

① ［德］恩斯特·卡西尔：《人论》，甘阳译，上海：上海译文出版社1985年版，第175—176页。

艺术的表现来说，有目的性这个要素则是必不可少的。在每一种言语行为和每一种艺术创造中我们都能发现一个明确的目的论结构。在一出戏剧中一个男演员真实地'扮演着'他的角色，每一句个别的台词都是首尾一贯的结构整体的一部分。他的语词的重音和节奏，他的声音的抑扬顿挫，他的面部表情，他的身体的姿态，全都趋向于共同的目的——使人的性格具体化。所有这些都不仅仅是'表现'，而且还是再现和解释。甚至连一首抒情诗也不会完全不具有艺术的这种一般旨趣。抒情诗人并不仅仅只是一个沉湎于表现感情的人。只受情绪支配乃是多愁善感，不是艺术。一个艺术家如果不是专注于对各种形式的观照和创造，而是专注于他自己的快乐或者'哀伤的乐趣'，那就成了一个感伤主义者。因此我们根本不能认为抒情艺术比所有其他艺术形式具有更多的主观特性。因为它包含着同样性质的具体化以及同样的客观化过程。马拉美（Mallarmé）写道：'诗不是用思想写成的，而是用语词写成的。'它是以形象、声音、韵律写成的，而这些形象、声音、韵律，正如同在剧体诗和戏剧作品中一样，结合成为一个不可分割的整体。在每一首伟大的抒情诗中我们都能够发现这种具体的不可分割的统一性。"卡西尔还引用古希腊美学家亚里士多德和法国自然主义文学大师左拉的话加以分析，说明了他关于艺术是符号形式创造的产物的思想。他说："象所有其他的符号形式一样，艺术并不是对一个现成的即予的实在的单纯复写。它是导向对事物和人类生活得出客观见解的途径之一。它不是对实在的摹仿，而是对实在的发现。然而，我们通过艺术所发现的自然，不是科学家所说的那种'自然'。语言和科学是我们借以弄清和规定我们关于外部世界的概念的两种主要过程。我们必须对我们的感官知觉进行分类并把它们置于一般概念和一般规则之下，以便给它们一个客观的意义。这样的分类是追求简化的不懈努力的结果。艺术品也以同样的方式包含着这样一种凝聚浓缩的作用。当亚里士多德想要说明诗歌与历史之间的真正区别时，他就是强调了这种过程。他断言，戏剧所给予我们的是一个单一的行动（μία πρᾶξιs），这个单一的行动本身是一个完整的整体，它具有一个生命物体所有的一切有机统一性；而历史学家却必须不只是研究一个行动，而是研究一个时期，以及这个时期内发生在一个人或更多人身上的所有事件，不管这些事件是如何地互不相关。""爱米尔·左拉把艺术品定义为'通过某种气质所看到的自然的一角'。这里所说的气质不只是怪僻或癖性。当我们沉浸在对一件伟大的艺术品的直观中时，并不感到主观世界和客观世界的分离，我们并不是生活在朴素平凡的物理事物的实在之中，也不完全生活在一个个人的小圈子内。在这两个领域之外我们发现了一个新的王国——造型形式、音乐形式、诗歌形式的王国；这些形式有着真正的普遍性。康德在他称为'审美的普遍性'与属于逻辑和科学判断的'客观的有效性'之间做了明确的区分。他坚决主张，在我们的审美判断中，我们并不涉及客体本身而是涉及对客体的纯粹观照。审美的普遍性意味着，美的宾语不是局限于某一特殊个人的范围而是扩展到全部作评判的人们的范围。如果艺术品只是某一个别艺术家的异想天开的激情冲动，那它就不具有这种普遍的可传达性。艺术家的想象并不是任意地捏造事物的形式。他以它们的真实形态来向我们展示这些形式，并使这些形式成为可见的和可认识的。艺术家选择实在的某一方面，但这种选择过程同时也就是客观化的过程。当我们进入了他的透镜，我们就不得不以他的眼光来看待世界，仿佛就像我们以前从未从这种特殊的方面来观察过这世界似的。然而我们相信，这个方面并非只是瞬息即逝的，借助于艺术品它已经成为经久不变的了。一旦实在以这种特殊的方式呈现在我们面前以后，我们就一直以这种形态来看待它了。"卡西尔批评"托尔斯泰取消了艺术的一个基本要素——形式的要素"。他反复强调文学艺术的"构型"的"创造活动"。他说："伟大的画家向我们显示外部事物的各种形式；伟大的戏剧家则向我们显示我们内部生活的各种形式。戏剧艺术从一种新的广度和深度上揭示了生活：它传达了对人类的事业和人类的命运、人类的伟大和人类的痛苦的一种认识，与之相比我们日常的存在显得极为无聊和琐碎。我们所有的人都模糊而朦胧地感到生活具有的无限的潜在的可能，它们默默地等待着被从蛰伏状态中唤起而进入意识的明亮而强烈的光照之中。不是感染力的程度而是强化和照亮的程度才是艺术之优劣的尺度。"他又说："艺术使我们看到的是人的灵魂最深沉和最多样化的运动。但是这些运动的形式、韵律、节奏是不能与任何单一情感状态同日而语的。我们在艺术中所感受到的不是哪种单纯的或单一的情感性质，而是生命本身的动态过程，是在相反的两极——欢乐与悲伤、希望与恐惧、狂喜与绝望——之间的持续摆动过程。使我们的情感赋有审美形式，也就是把它们变为自由而积极的状态。在艺术家的作品中，情感本身的力量已经成为一种构成力量（formative power）。"他还说："像言语过程一样，艺术过程也是一个对话的和辩证的过程。甚至连观众也不是一个纯粹被动的角色。从某种程度上可以说，如果不重复和重构一件艺术品借以产生的那种创造过程，我们就不可能理解这件艺术品。凭着这种创造过程的本性，各种情感本身转化为各种行动。"① 由卡西尔上述这些对康德、歌德等德国古典美学家和其他美学家的论述的阐述和发挥，我们就可以得出一个卡西尔关于文学艺术的

---

① ［德］恩斯特·卡西尔：《人论》，甘阳译，上海：上海译文出版社1985年版，第180—190页。

本质的基本界定："文学艺术是符号形式的创造。"这个文学艺术本质论的界定,在西方美学发展史和文学思想发展史上都应该是划时代的历史贡献。它把康德的形式主义美学原则和歌德的构型(构形)原则作为文学艺术的本质规定,与此同时又把形式和构形(构型)具体化为"符号形式"和"符号形式创造",就在 19 世纪语言学、符号学、人类学、神话学等新兴学科的启发下超越了康德的形式主义美学和歌德的艺术构形思想,达到了现代美学的文学符号学或符号诗学的新高度。

其次,"文学是符号形式的创造"这一结论是超越了启蒙现代性而转向审美现代性一个成果。如果说"文学是符号形式的创造"的文学艺术界定主要是卡西尔继承和超越了康德和歌德关于形式和构形的思想,从而从文学艺术的自主性(自律性)、形式性、符号性、创造性等方面反思和批判了启蒙现代性,阐发了康德所开启的审美现代性,那么,"文学是符号形式的创造"还继承和超越了席勒、黑格尔等德国古典美学家关于审美自由、审美想象、审美解放、审美创造的内在方面反思和批判了启蒙现代性,彰显了审美现代性。

在卡西尔看来,各不同美学流派之间的全部争论在某种意义上可以归结为一点。所有这些学派都不得不承认的是:艺术是一个独立的"话语的宇宙"(universe of discourse)。甚至连那些想要把艺术限定为一种纯模仿功能的严格的写实主义的最极端的捍卫者们也总是不得不为艺术想象的独特力量留出余地。但是不同学派在对这种力量的评价上就大为不同了。古典主义和新古典主义的理论不鼓励想象力的自由运用。浪漫主义的艺术理论对诗意想象的品性和功能提出了一种完全不同的观点。这个理论并不是所谓的德国"浪漫派"的产物。它比后者形成得更早,并且在 18 世纪的法国和英国文学中开始起了决定性的作用。卡西尔非常有根据地提出了文学艺术之中起着重要作用的"想象",换句话说,文学艺术可以说是一个独立于自然现实世界的想象的或虚构的"话语的宇宙"。"但是,具有这种虚构的力量和普遍的活跃的力量,还仅仅只是处在艺术的前厅。艺术家不仅必须感受事物的'内在的意义'和它们的道德生命,他还必须给他的感情以外形。艺术想象的最高最独特的力量表现在这后一种活动中。外形化意味着不只是体现在看得见或摸得着的某种特殊的物质媒介如黏土、青铜、大理石中,而是体现在激发美感的形式中:韵律、色调、线条和布局以及具有立体感的造型。在艺术品中,正是这些形式的结构、平衡和秩序感染了我们。每一种艺术都有它自己独特的方言,这种方言是不会混淆不可互换的。不同艺术的方言是可以互相联系的,例如将一首抒情诗谱写成歌曲或给一首诗配上插图来讲解;但是它们并不能彼此翻译。每一种方言在艺术的'系统'中都有一个特定的任务要完成。""一首诗的内容不可能与它的形式——韵文、音调、韵律——分离开来。这些形式成分并不是复写一个给予的直观的纯粹外在的或技巧的手段,而是艺术直观本身的基本组成部分。"也就是说,文学艺术当然是离不开想象和虚构的,但是,这种想象和虚构应该是与符号形式内在地结合在一起的。因此,卡西尔并不赞同德国早期浪漫派——耶那派(施莱格尔兄弟、诺瓦利斯、费希特、谢林)把文学艺术(尤其是诗歌)神秘化和形而上学化,倒是颇为欣赏19世纪伟大的现实主义作家们(巴尔扎克、福楼拜、左拉)专注于把想象和虚构"现实化"的"艺术的过程","他们力主一种激进而毫不妥协的自然主义;但是恰恰正是这种自然主义使他们得到了关于艺术形式的更深刻的见解。他们否认唯心主义流派的'纯粹形式'而专注于事物的内容方面。靠着这种绝对的专注,他们得以克服了在诗的领域和平凡的领域之间的传统的二元论。在现实主义作家们看来,一件艺术作品的性质,并不依赖于它的题材的伟大或渺小。没有任何题材不能被艺术的构成能力所渗透。艺术的最大成就之一就是能使我们看见平凡事物的真面目。"巴尔扎克埋头于"人间喜剧"的各种最微不足道的细节;福楼拜则对最平庸的性格条缕细析。在左拉的一些小说中我们可以看到对一个火车头、一个百货商店,或一个煤矿的结构的细致入微的描写。没有任何技术上的细节不管是多么微不足道会在这种叙述中被省略掉。然而,只要浏览一下所有这些现实主义作家的作品,就不难看到极大的想象力,它绝不低于浪漫派作家们的想象力。不过,卡西尔认为现实主义或自然主义也有它的弊端,即"想象"这种力量没有被公开承认。这样做的结果就是,现实主义作家们在力图驳斥浪漫派的先验诗歌论时,回复到了艺术是对自然的摹仿这个老定义中去了。卡西尔指出:"这样他们就没有抓住关键之点,因为他们没有认识到艺术的符号特性。似乎承认了这样一种艺术的典型特征,那么也就不能逃脱形而上学的浪漫主义理论。艺术确实是符号体系,但是艺术的符号体系必须以内在的而不是超验的意义来理解。按照谢林的说法,美是'有限地呈现出来的无限'。然而,艺术的真正主题既不是谢林的形而上学的无限,也不是黑格尔的绝对。我们应当从感性经验本身的某些基本的结构要素中去寻找,在线条、布局,在建筑的、音乐的形式中去寻找。可以说,这些要素是无所不在的。它们显露无遗,毫无任何神秘之处:看得见、听得见、摸得着。正是在这种意义上,歌德毫不犹豫地说,艺术并不打算揭示事物的奥秘之处,而仅仅只停留在自然现象的表面。但是这个表面并不是直接的感知的东西。当我们在大艺术家的作品中发现它以前,我们根本就不知道它。然而,这种发现并不局限于某一特殊的领域。就人类语言可以表达所有从最低级到最高级的事物而言,艺术可以包含并渗入人类经验的全部领域。在物理世界或道德世界中没有任何东西，没有任何自然事物或人的行动，就其本性和本质而言会被排除在艺术领域之外，因为没有任何东西能抵抗艺术的构成性和创造性过程。"① 卡西尔从想象和虚构在文学艺术的创造过程之中的重要地位出发，结合18世纪末到19世纪初欧洲浪漫主义和现实主义两大文学艺术潮流的文学思想的利弊得失论证了这样一个文学艺术的本真真理：想象和虚构与符号形式不可分割，并内在地统一于文学艺术的构成过程和创造过程之中。因此，卡西尔就以浪漫主义和现实主义文学思想的利弊得失具体地反思和批判了传统美学的形而上学和二元对立的思维方法，以符号形式和符号形式的创造统一了现实与虚构，生活与想象，内容与形式，美与真，彰显了审美现代性，反思和批判了启蒙现代性及其在文学艺术潮流之上的表现。

再次，"文学是符号形式的创造"这一结论是在符号形式创造活动的基础上统一感性与理性、质料与形式、情感表现与符号形式、主观与客观、再现与表现的理论成果。卡西尔不仅反对传统哲学和美学的形而上学和二元对立的思维方法，要在符号形式和符号形式创造之中统一文学艺术之中的各种因素，而且也反对心理主义倾向的哲学和美学，要把感性与理性、质料与形式、主观与客观、情感表现与符号形式、再现与表现辩证地统一在符号形式、符号形式创造活动之中。卡西尔认为，虽然心理学的观点和方法比形而上学的观点和方法具有某些非形而上学化的优点，但是，并不能认为心理学就可以解决哲学和美学的所有问题。因此，他反对心理主义倾向的哲学和美学，在文学艺术思想方面，卡西尔同样反对心理主义倾向。一方面，他对美国哲学家和美学家桑塔亚那的"美是客观化的快感"进行了非心理主义的解释和符号诗学的发挥："在当代思潮中，美学快乐主义理论已经在桑塔亚那的哲学中得到了最清晰的表达。根据桑塔亚那的看法，美是一种作为事物属性的快感；它是'客观化了的快感'。但是这只是提出了问题。因为快感——我们心灵的最主观的状态——如何才能被客观化呢？桑塔亚那说，科学'满足我们求知的要求，在科学上我们要求一切都真实，而且只要求真实。艺术满足我们娱乐的要求，……而真实性在艺术上只是有助于达到这些目的罢了。'但是如果这就是艺术的目的，我们就一定会说，艺术在其最高的成就上并没能达到它的真正目的。'娱乐的要求'可以用更好更容易得多的手段来满足。认为伟大的艺术家们在为这个目的而工作——米开朗基罗建造圣彼得大教堂，但丁或密尔顿写诗，都只是为了娱乐而已——那是不可能的。他们

---

① ［德］恩斯特·卡西尔：《人论》，甘阳译，上海：上海译文出版社1985年版，第193—201页。

无疑都会赞成亚里士多德的名言:'为消遣计而努力和工作那是无聊的和十足孩子气的。'如果艺术是享受的话,它不是对事物的享受,而是对形式的享受。喜爱形式是完全不同于喜爱事物或感性印象的。形式不可能只是被印到我们的心灵上,我们必须创造它们才能感受它们的美。一切古代的和现代的美学快乐主义体系的一个共同缺陷正是在于,它们提供了一个关于审美快感的心理学理论却完全没能说明审美创造的基本事实。在审美生活中我们经历了一个根本的变化。快感本身不再是一种单纯的感受(affection),而是成了一种功能。因为艺术家的眼睛不只是反应或复写感官印象的眼睛。它的能动性并不局限于接受或登录关于外部事物的印象或者以一种新的任意的方式把这些印象加以组合。一个伟大的画家或音乐家之所以伟大并不在于他对色彩或声音的敏感性,而在于他从这种静态的材料中引发出动态的有生命的形式的力量。只有在这种意义上,我们在艺术中所得到的快感才可能被客观化。因此,把美定义为'客观化了的快感'是用一句话包含了全部的问题。客观化始终是一个构造的过程。物理的世界——经久不变的事物和性质的世界——绝不只是感性材料的集合;艺术的世界也不是情感和情绪的集合。前者依赖于理论上的客观化的活动——借助于概念和科学构造的客观化;后者则依赖于另一种类型的构形活动,依赖于观照活动。"卡西尔用符号形式和符号形式的创造活动来解释桑塔亚那的"客观化"过程,并且把文学艺术的这个"快感的客观化"的符号形式创造活动与人的"观照活动"联系起来对文学艺术及其美进行界定,就不仅反对了心理主义的美学理论和文学思想,而且也把文学艺术所包含的感性与理性、质料与形式、情感表现与符号形式、主观与客观辩证统一在符号形式和符号形式创造活动。另一方面,卡西尔对法国哲学家和美学家柏格森的心理主义倾向也进行了反思和批判。他指出:"柏格森提出了一个美的理论来作为他的一般形而上学原理的最有决定性的最后证明。在他看来,艺术品最好地说明了那基本的二元论——直觉与理性的互不相容性。我们所称作理性的或科学的真实是表面的、普通平凡的。艺术逃脱了这种肤浅狭窄的平凡世界,引导我们返回到实在的真正源泉。如果实在是'创造的进化',那么我们就必须在艺术的创造中寻找生命的创造的明证及其根本显现。乍一看来,这似乎是一种真正动态的或有活力的美的哲学。但是柏格森的直觉并不是真正的能动原则。它是一种接受性的样式,而非自发性的样式。审美的直觉也处处都被柏格森说成是一种被动地接受力,而不是一种能动的形式。柏格森写道:'……艺术的目的在于麻痹我们人格的活动能力或不妨说抵抗能力,从而使我们进入一种完全准备接受外来影响的状态;我们在这种状态中就会体会那暗示出来的意点,就会同情那表达出来的情感。在艺术创作的过程中，我们可以发现通常的催眠手段的变相形式，这手段在艺术里被冲淡了，被精细化了，且在某种程度上被精神化了。……美感并非什么特别的情感……我们所感到的任一情感都会具有审美的性质，只要这情感是通过暗示引起的，而不是通过因果关系产生的。……这样，在审美情感的进展中，正如在催眠状态里一样，有着诸不同的阶段……'然而，我们关于美的经验并不具有这样一种催眠的性质。靠着催眠，我们可以促使一个人去做某种行为，或者说我们可以把某种情绪强加给他。但是美，就其真正的和特定的意义而言，不可能以这种方式印在我们心上。要想感受美，一个人就必须与艺术家合作。不仅必须同情艺术家的感情，而且还须加入艺术家的创造性活动。如果艺术家成功地麻痹了我们人格的活动能力的话，那么他也就麻痹了我们的美感。对美的领悟，对活生生的形式的认识，不可能用这种方式来传递。因为美既依赖于某类特殊的情感，又依赖于一种判断力和观照的活动。"由此可见，卡西尔着力强调的是艺术家的"创造活动"和"对活生生的形式的认识"，是情感表现与符号形式在艺术家创造活动之中的辩证统一，是直觉的观照与符号形式创造的主动的融合。与此同时，他也批评了尼采的心理主义倾向和席勒等人的游戏说的心理主义倾向。卡西尔认为，把文学艺术的创作像尼采那样归结为"醉"（酒神精神）和"梦"（日神精神）是不贴切的。"因为艺术家的灵感并非酩酊大醉，艺术家的想象也不是梦想或幻觉。每一件伟大的艺术品都以一种深刻的结构统一为特征。我们不可能靠着把它归之于两种不同的状态而来说明这种统一；像梦幻和大醉这样的状态完全是散乱而无秩序的。我们不可能把模糊不定的东西结合为一个有结构的整体。"所以，文学艺术创作绝不是醉和梦的非理性状态，也不是催眠状态。卡西尔指出："企图根据从人类经验的无秩序无统一的领域——催眠状态、梦幻状态、迷醉状态——中抽取得来的相似性来解释艺术的所有美学理论，都没有抓住主要之点。一个伟大的抒情诗人有力量使得我们最为朦胧的情感具有确定的形态，这之所以可能，仅仅是由于他的作品虽然是在处理一个表面上看来不合理性的无法表达的题材，但是却具有条理分明的安排和清楚有力的表达。甚至在最狂放不羁的艺术创造之中，我们也决不会看到'令人陶醉的幻想的混乱状态'、'人类本性的原始混沌'。浪漫主义作家们所提出的这种艺术定义，是一种语词矛盾的说法。每一件艺术作品都有一个直观的结构，而这就意味着一种理性的品格。每一个别的成分都必须被看成是一个综合整体的组成部分。如果在一首抒情诗中，我们改变了其中的一个语词、一个重音或一个韵脚，那我们就有破坏这首诗的韵味和魅力的危险。艺术并不受事物或事件的理性之束缚，它可以违反被古典美学家们宣称为是艺术的合法规则的所有那些或然律（laws of probability）。它可以给予我们最稀奇古怪荒诞不经的幻象，然而却保持着它自己的理性——形式的理性。这样我们就可以理解歌德的一句初看起来是悖理的格言：'艺术是第二自然，也是神秘的东西，但却更好理解，因为它本产生于理智。'"卡西尔是用"直观的结构"、"形式的理性"、"综合整体"的创造活动来统一文学艺术之中的理性与感性，质料与形式，再现与表现。卡西尔同样认为"游戏说"的心理主义倾向是不恰当的，而应该用符号形式和符号形式创造活动来统一感性与理性、质料与形式、情感表现与符号形式、主观与客观、再现与表现。所以，卡西尔指出："另一种不同的类型是那些希望借着把艺术归结为游戏的功能而来阐明艺术本质的理论。对这些理论人们不可能批评它们忽视或低估了人的自由活动性。游戏是一种能动的功能，它并不局限于经验材料的界线内。另一方面，我们在游戏中所发现的快感是完全无偏见的。因此在游戏活动中，似乎不缺乏艺术品的任何特殊性质和条件。大多数艺术的游戏说的倡导者们确实都已向我们保证，他们在这两种功能之间完全不能找出任何区别。他们断言，没有任何一个艺术的特征不能适用于自欺的游戏（games of illusion），而在艺术中也能发现这种游戏的所有特征。但是，可以为这种论点提出来的所有论据都是全然否定的。从心理学上讲，游戏与艺术彼此极为相似。它们都是非功利的，不与任何实际目的相关。在游戏中就像在艺术中一样，我们抛开我们直接的实际需要，以便给我们的世界以一种新的样态。但是，这种相似性并不足以证明真正的同一性。艺术想象始终与我们的游戏活动所具有的那一类想象有着泾渭分明的区别。在游戏中，我们必须与模拟的形象打交道，它们可能会如此栩栩如生以至被误以为是实在的事物。把艺术定义为只是这种模拟的形象的总和，那是用一个非常贫乏的概念来指示艺术的特性和任务。我们所说的'审美的幻相'（aesthetic semblance）与我们在自欺的游戏中所经历到的现象并不是一回事。游戏所给予我们的是虚幻的形象；艺术给予我们的则是一种新类型的真实——这种真实不是经验事物的真实，而是纯形式的真实。"卡西尔以符号形式和符号形式创造这个人的本质的角度来看待席勒的美学理论。他说："艺术的游戏说是朝着两个完全不同的方向发展的。在美学史上，席勒、达尔文、斯宾塞通常被看成是这种理论的突出代表。然而，在席勒的观点与现代生物学的艺术理论之间很难找到一个共同点。这两种观点在基本倾向上不仅是背道而驰的，而且在某种意义上乃是互不相容的。在席勒的叙述中所理解和解释的'游戏'这个术语，在某种意义上是完全不同于所有以后的理论的。席勒的游戏说是一个先验的和唯心主义的理论；达尔文和斯宾塞的理论则是生物学的和自然主义的。达尔文和斯宾塞把游戏和美看成是普遍的自然现象，而席勒则把它们与自由的世界联系起来。并且，根据他的康德主义的二元论，自由并不意味着像自然那样的东西，恰恰相反，它代表相反的一极。自由和美二者都属于理智的世界，而不属于现象的世界。各种自然主义形式的艺术游戏说对动物的游戏的研究是与对人的游戏的研究同时进行的。席勒不可能承认任何这类观点。对他来说，游戏不是一种普遍的有机体的活动，而是一种人类特有的活动。'只有当人成为完全的人时，他才游戏，也只有当人游戏的时候，他才完全是人。'至于说在人的游戏与动物的游戏之间，或者就人的范围而言在艺术的游戏和所谓自欺的游戏之间，存在着一种相似性更不必说同一性了，那就是与席勒的理论全然相异的。对他来说，这种相似性多半是一种基本的误解。"所以，卡西尔得出结论："如果美按照席勒的定义就是'活的形式'的话，那么它按其本性和本质而言就把这里互相对立着的这两个成分统一了起来。当然，生活在形式的领域，与生活在事物的领域，生活在我们周围的经验对象的领域，并不是一回事。但另一方面，艺术的形式并不是空洞的形式。它们在人类经验的构造和组织中履行着一个明确的任务。生活在形式的领域中并不意味着是对各种人生问题的一种逃避；恰恰相反，它表示生命本身的最高活力之一得到了实现。如果我们把艺术说成是'越出人之外的'或'超人的'，那就忽略了艺术的基本特性之一，忽略了艺术在塑造我们人类世界中的构造力量。"卡西尔不仅看到了文学艺术在符号形式和符号创造之中统一了现实与理想、生活与形式、感性与理性，而且也指明了文学艺术的符号形式与其他的一般符号形式之间的区别。他明确地说："艺术可以被定义为一种符号语言，但这只是给了我们共同的类，而没有给我们种差。在现代美学中，对共同的类的兴趣似乎已经占上风到了这样的程度，以致几乎遮蔽和抹杀了特殊的区别。克罗齐坚持认为，在语言和艺术之间不仅有着紧密的联系而且有着完全的同一。按照他的思考方式来看，在这两种活动之间作出区别是相当专横的。根据克罗齐的观点，谁在研究普通语言学，谁也就在研究美学问题——反之亦然。然而，在艺术的符号和日常言语及书写的语言学的语词符号之间，却有着确凿无疑的区别。这两种活动不管在特征上还是在目的上都不是一致的：它们并不使用同样的手段，也不趋向同样的目的。不管是语言还是艺术都不是给予我们对事物或行动的单纯模仿；它们都是表现。但是，一种在激发美感的形式媒介中的表现，是大不相同于一种言语的或概念的表现的。一个画家或诗人对一处地形的描述与一个地理学家或地质学家所做的描述几乎没有任何共同之处。在一个科学家的著作和一个艺术家的作品中，描写的方式和动机都是不同的。一位地理学家可以用造型的方式雕出一块地形，甚至可以给它绘以五颜六色。

但是他想传达的不是这地形的景象（vision），而是它的经验概念。为了这个目的，他不得不把它的形状与其他形状相比较，不得不借助于观察和归纳来找出它的典型特征。地质学家在这种经验描述方面走得更远。他不满足于记录物理的事实，因为他想要披露这些事实的起源。他对地面之下的地层加以区别分类，指出年代上的差别，并且进一步追溯地球得以达到它现在的形态的一般因果规律。所有这些经验的联系，所有这些与其他事实的比较，所有这些对因果关系的探求，对艺术家来说都是不存在的。粗略地说来，我们的日常经验概念可以按它们与实践的兴趣相关还是与理论的兴趣相关而被分成两类。一类关涉事物的效用，关涉这样的问题：'那有什么用？'另一类则关涉事物的原因亦即'怎么来的？'问题。但是一当进入艺术的领域，我们必须忘掉所有这样的问题。在存在、自然、事物的经验属性背后，我们突然发现了它们的形式。这些形式不是静止的成分。它们所显示的是运动的秩序，这种秩序向我们展示了自然的新地平线。甚至连一些最酷爱艺术的人，也常常把艺术说成仿佛只是生活的一种单纯附属品、一种装饰品或美化物。这就低估了艺术在人类文化中的真正意义和真实作用。一种实在的单纯复制品的价值始终是非常成问题的。只有把艺术理解为是我们的思想、想象、情感的一种特殊倾向、一种新的态度，我们才能够把握它的真正意义和功能。造型艺术使我们看见了感性世界的全部丰富性和多样性。要是没有伟大的画家和雕塑家的作品，我们能知道事物外表上的无数细微差别吗？与此相似，诗则是我们个人生活的展示。我们所具有但却只是朦胧模糊地预感到的无限可能性，被抒情诗人、小说家、戏剧作家们揭示了出来。这样的艺术品绝不是单纯的仿造品或摹本，而是我们内在生命的真正显现。"[①] 根据卡西尔在这里所区分的科学（真）、道德（善）、艺术（美）的论述，我们似乎可以这样归纳：文学艺术是显现人的生命自由的符号形式和符号形式创造。

卡西尔就是这样反思和批判了西方美学近代以来直到他所生活的时代的一些主要的美学理论和文学思想，从而在符号形式和符号形式创造的基础上统一了文学艺术之中的一系列因素：感性与理性、质料与形式、情感表现与符号形式、主观与客观、再现与表现、现实与理想、生活与形式。这实质上就是继承和发展了德国古典美学对启蒙主义美学的理性主义和经验主义分裂状态的综合。众所周知，德国古典美学的文学艺术思想，从康德奠基，经过席勒、歌德、费希特、谢林，到黑格尔集大成，就是要克服启蒙主义美学的大陆理性主义和英国经验主义对美和审美以及艺术的

---

① ［德］恩斯特·卡西尔：《人论》，甘阳译，上海：上海译文出版社 1985 年版，第 203—215 页。

分裂，企图在人的自由本质的基础上统一感性与理性、质料与形式、情感表现与符号形式、主观与客观、再现与表现、现实与理想、生活与形式。黑格尔的"美是理念的感性显现"就最完备地表现了这种统一的企图。黑格尔认为，艺术美是"美的充分的体现"[①]，"美是理念的感性显现"，因而艺术也就是"理念的感性显现"，它是美的理想，是理性与感性、内容与形式、一般与个别、主观与客观、必然与偶然、理论与实践的统一，是灌注了生气的统一体，是以外在的东西显示出了心灵的自由。这样，黑格尔就与他的前辈康德、席勒一样，赋予了艺术以审美本质和自由特质，并从艺术和美的内在矛盾之中揭示了它们，又同费希特一样，把艺术当作自我意识的自我认识的一个阶段，而从谢林的艺术至上论的绝对顶点上退下了几步，从绝对理念自生展的历史过程中给艺术安置了一个以感性形式显现理性内容的特殊地位，因而把从康德到谢林所阐发的关于艺术的本质和功能的许多相关观点都归入他的庞大客观唯心主义的美学体系之中了。所以，作为美的艺术的哲学的美学，在黑格尔这里也就达到了一个十分完备的体系。但是，在卡西尔看来，德国古典美学的统一大陆理性主义和英国经验主义的历史任务并没有彻底完成，因为不论是康德的"形式的主观合目的性"，还是席勒的"活的形象"，或者是黑格尔的"理念的感性显现"，都是在观念形态上的统一，是抽象的统一，所以，卡西尔就继承和发展了德国古典美学的历史使命，在符号形式哲学和文化哲学的基础上来完成统一大陆理性主义和英国经验主义的一系列分裂的历史任务。卡西尔认为自己是真正完成了这个历史使命，而且是以辩证的统一来完成了这一历史任务。他在《人论》的最后这样写道："作为一个整体的人类文化，可以被称之为人不断自我解放的历程。语言、艺术、宗教、科学，是这一历程中的不同阶段。在所有这些阶段中，人都发现并且证实了一种新的力量——建设一个人自己的世界、一个'理想'世界的力量。哲学不可能放弃它对这个理想世界的基本统一性的探索，但并不把这种统一性与单一性混淆起来，并不忽视在人的这些不同力量之间存在的张力与摩擦、强烈的对立和深刻的冲突。这些力量不可能被归结为一个公分母。它们趋向于不同的方向，遵循着不同的原则。但是这种多样性和相异性并不意味着不一致或不和谐。所有这些功能都是相辅相成的。每一种功能都开启了一个新的地平线并且向我们展示了人性的一个新方面。不和谐者就是与它自身的相和谐；对立面并不是彼此排斥，而是互相依存：'对立造成和谐，正如弓与六弦琴。'"[②] 但是，

① [德] 黑格尔：《美学》第一卷，北京：商务印书馆 1979 年版，第 356 页。
② [德] 恩斯特·卡西尔：《人论》，甘阳译，上海：上海译文出版社 1985 年版，第 288 页。

我们看到，卡西尔的符号诗学或文学符号学对文学艺术的组成因素的统一，并不是完美无缺的。因为卡西尔的符号形式哲学和符号诗学或文学符号学的核心是人类的符号形式和符号形式活动，或者说是文化活动，因此，这种理论并没有从根基上揭示人类和人类社会的本质，而是用人类的一种精神性活动，或者更确切地说是用人类的一种"实践—精神的"活动（符号活动）来揭示人类和人类社会的本质，所以仍然是一种历史唯心主义的观点和理论。在我们看来，只有以物质生产为中心的包括物质生产、话语生产（符号形式活动）和精神生产的"社会实践"整体为根基来揭示人类、人类社会和文学艺术的本质，才是历史唯物主义的正确观点和理论。

三、神话研究与符号诗学

卡西尔的符号形式哲学和符号诗学（文学符号学）还有一项独特的历史贡献，那就是他的独特的神话研究。除了在《符号形式的哲学》（1923—1929）的第二卷（1925年，英译本译为《神话思维》，中译本从英译本译出）、《人文科学的逻辑》（1942）、《人论》（1944）等著作之中论述了神话，他还专门写了《语言与神话》（1925）、《神话思维的概念形式》（1922）来论述神话。卡西尔并不是把神话作为文学的一种原始的体裁或题材来研究，也没有把神话视为人类思维的荒诞不经、颠三倒四、神志不清、莫名其妙的表现，而是把神话作为人的本质和人的本质力量的表征来研究，把神话作为人类的一种特有的、原初的生命形式、生存方式和思维方式来研究，把神话与宗教和语言联系起来进行研究，完成了由康德的"理性批判"向"文化批判"的转换，不仅给符号形式哲学和符号诗学开辟了一个新的领域，而且也给德国和西方的美学和文学思想拓展了思路。

首先，卡西尔明确指出了，神话是人类的一种原初的符号形式和符号形式创造活动。

卡西尔在《人论》第七章中明确地指出："没有什么自然现象或人类生活现象不可以被作出一种神话的解释，然而，自然现象或人类生活现象不需要做这样的解释。各种学派的比较神话学那种想统一各种神话学观念并把它们归结为某一相同类型的所有企图，都是注定以完全的失败而告终的。然而，尽管神话作品有着这样的多样性和差异性，神话创作功能却并不缺乏真正的同质性。人类学家和人种学家们常常极为惊讶地发现，同样的一些基本思想遍布于全世界，并且在相当不同的社会文化环境中都得到传播。这同样也适用于宗教的历史。信条、教义以及神学的体系都处于没完没了的斗争之中，甚至不同宗教的伦理观也是极为不同，几乎不可能彼此调和的；然而所有这些并不影响宗教感情的特有形式以及宗教思想的内在统一。宗教的符号不断地变化着，但是根本的原则，符号活动本身，则保持着同一：教义变换，宗教如一（una est religio inrituum varietate）。"① 卡西尔不同意西方哲学的传统的和现代的神话理论，不论是古代的"寓言式解释"的理论，还是弗洛伊德的"精神分析"的理论，或者是弗雷泽的"现代人类学"的理论，而认为："我们不能把神话归结为某种静止不变的要素，而必须努力从它的内在生命力中去把握它，从它的运动性和多面性中去把握它，总之要从它的动力学原则中去把握它。"正是从这种反对形而上学和二元对立的思维方法的思路，卡西尔指出："神话仿佛具有一副双重面目。一方面它向我们展示一个概念的结构，另一方面则又展示一个感性的结构。它并不只是一大团无组织的混乱观念，而是依赖于一定的感知方式。如果神话不以一种不同的方式感知世界，那它就不可能以其独特的方式对之作出判断或解释。我们必须追溯到这种更深的感知层，以便理解神话思想的特性。在经验思维中引起我们注意的是我们感觉经验的不变特征。在这里我们总是在实体的与属性的、必然的与偶然的、恒定不变的与瞬息即逝的东西之间作出区分。靠着这种识别力，我们得出了一个由具有各种确定而明确的质的诸物理对象构成的世界概念。但是所有这一切都包含了一个分析的过程，这种过程是与神话感知和神话思维的基本结构相对立的。神话世界仿佛是处在一个比由事物与属性、实体与偶性构成的理论世界远为易变而动摇不定的阶段。为了把握和描述这种差别，我们可以说，神话最初所感知的并不是客观的特征而是观相学的特征。自然，就其经验的或科学的意义而言，可以把它定义为'物的存在，这是就存在这一词的意思是指按照普遍法则所规定的东西来说的'。这样的一种'自然'对于神话来说是不存在的。神话的世界乃是一个戏剧般的世界——一个关于各种活动、人物、冲突力量的世界。在每一种自然现象中它都看见这些力量的冲突。神话的感知总是充满了这些感情的质。它看见或感到的一切，都被某种特殊的气氛所围绕——欢乐或悲伤的气氛，苦恼的气氛，兴奋的气氛，欢欣鼓舞或意气消沉的气氛，等等。在这里我们不能把'事物'说成是死气沉沉的中立的东西。所有的对象不是善意的就是恶意的，不是友好的就是敌对的，不是亲近的就是危险的，不是引人向往、销魂夺魄的就是凶相毕露、令人反感的。我们可以轻而易举地再现人类经验的这种初级形式，因为即使在文明人的生活中它也绝没有丧失它的原初力量。如果我们处在极端激动的情绪中时，我们就仍然具有对所有事物的这

---

① ［德］恩斯特·卡西尔：《人论》，甘阳译，上海：上海译文出版社 1985 年版，第 93—94 页。

种戏剧性观念：它们不再现出平常的面貌，而是突然地改变了它们的相貌，带上了特殊的情感色彩——爱或恨，恐惧或希望。再没有什么东西能比我们经验中的这种原初倾向与被科学所引导的真理的理想之间的差别更大了。科学思想的一切努力都是旨在消灭这种最初视图的每一点痕迹。在科学的新光芒之下，神话感知不得不逐渐消失。但是这并不意味着我们的观相学经验的事实本身被摧毁和消灭了。它们虽然失去了一切客观的或宇宙论的价值，但是它们的人类学价值继续存在着。在我们人类世界中我们不能否认它们，不能失去它们；它们保持着它们的地位和它们的意义。在社会生活中，在我们与人们的日常交往中，我们不可能抹杀这些事实。即使从发生学的次序上讲，在诸观相学的质之间的差别，似乎也先于在诸知觉的质之间的差别。儿童在其最初的发展阶段似乎对它们更为敏感。而科学为了完成它的任务也不得不从这些质抽象，它不可能完全抑制它们。它们并没有被斩尽杀绝，而只是被限制在它们自己的领域内。正是这种对主观的质的限制，成为一般的科学方法的标志。科学为它们的客观性划定了界线，但是它不可能完全摧毁它们的实在性。因为我们人类经验的每一方面都具有实在性。在我们的科学概念中，我们把两种颜色——比如说红与蓝——之间的差别归之于数值的差别。但是如果我们宣称数要比颜色更为实在，那就是非常不适当的说法。真正的意思乃是：它是更普遍的。数学的表达式给予我们一个新的更为普泛的观点，一个更为自由更为宽广的知识的地平线。但是如果像毕达哥拉斯派那样把数加以实体化，把数说成是最高的实在，说成是事物的真正本质和实体，那就是形而上学的谬误。如果我们根据这种方法论和认识论的原则来立论的话，那么甚至我们感官经验的最低层次——我们的‘情感性质’的层次——也都会以新的面貌出现。我们的感官知觉的世界——所谓‘第二性的质’的世界，就处在了一种居间的位置：它已经抛弃和克服了我们的观相学经验的最初阶段，又还没有达到在我们的科学概念中——在我们对物理世界的概念中已经获得的那种普遍化形式阶段。但是所有这三个阶段都有它们一定的功能价值。它们没有一个是单纯的错觉；每一个就它自己的范围而言，都是我们步向实在的台阶。”从这种神话的“概念的结构”和“感性的结构”的双重面目入手，卡西尔意识到：“如果我们想要说明神话感知和神话想象的世界，我们就不能把用我们关于知识和真理的理论范式观点去批评神话感知和神话想象作为出发点，而必须根据它们的‘直接性的质本身’来看待神话经验的性质。因为这里需要的不是对单纯的思想或信仰的解释，而是对神话生活的解释。神话并不是教义的体系，它更多地存在于各种行动之中而不是存在于纯粹的想象或表现之中。现代人类学和现代宗教史中明确进步的标志就在于,这种观点已经越来越占上风了。无论从历史上说还是从心理学上说,宗教的仪式先于教义,这么看来已是现在公认的准则。即使我们能成功把神话分析到最后的概念要素,我们也绝不可能靠这种分析过程而把握它的活生生的原则。这种原则乃是动态的而不是静态的,它只有根据行动才可描述。原始人并不是以各种纯粹抽象的符号而是以一种具体而直接的方式来表达他们的感情和情绪的,所以我们必须研究这种表达的整体才能发觉神话和原始宗教的结构。""关于这种结构的最清晰而又自圆其说的理论之一,已经在法国社会学学派——杜尔克姆(Durkheim)及其门生和追随者的著作中提了出来。杜尔克姆从这样一个原则出发:如果我们从物理的世界,从对自然现象的直观中寻找神话的源泉,那就绝不可能对神话作出充分的说明。不是自然,而是社会才是神话的原型。神话的所有基本主旨都是人的社会生活的投影。靠着这种投影,自然成了社会化世界的映象:自然反映了社会的全部基本特征,反映了社会的组织和结构、区域的划分和再划分。杜尔克姆的这个论点在列维—布留尔(Levy-Bruhl)的著作中得到了充分的发展。但是在这里我们遇见了一个更为一般的特征。神话思维被说成是'原逻辑的思维'(prelogical thought)。如果它也寻求什么原因的话,这些原因既不是逻辑的也不是经验的,而是'神秘的原因'。'我们的日常活动总是暗含着对自然法则不变性的沉着而毋庸置疑的信任。原始人的态度是完全不同的。对他来说,他置身于其中的自然是以完全不同的面貌呈现其自身的。在那里的所有事物和所有生物都被包含在一个神秘的互渗和排斥之网中。'在列维-布留尔看来,原始宗教的这种神秘性格是来自于这个事实:它的表象乃是'集体表象'。对于这种表象我们是不能运用我们自己的逻辑法则的,因为这些逻辑法则是用于完全不同的目的的。如果我们探讨这个领域,那么甚至连矛盾律,以及所有其他的理性思维法则,都成了无效的了。在我看来,法国社会学派对于其论点的第一部分已经给予了充分而具结论性的论证,但对其论点的第二部分则没有给予这种论证。神话的基本社会性品格是无须争辩的。但是,认为原始人的智力必然是原逻辑的或神秘的,这似乎是与我们人类学和人种学的证据相矛盾的。我们可以看到,原始生活和原始文化的许多方面,都表现出我们自己的文化生活中所熟知的各种特点。只要我们假定在我们自己的逻辑与原始人的逻辑之间有着绝对的异质性,只要我们认为它们彼此之间有着类的差别并且是在根本上对立的,那我们就几乎不可能解释上述事实。即使在原始生活中,我们也总是看到,在神圣的领域以外还有着尘世的或非宗教的领域。存在着一套由各种习惯的或法定的规则构成的世俗传统,它们规定着社会生活得以进行的方式。"① 因此，我们似乎可以说，神话是原始人类对氏族社会生活的情感符号形式的创造活动。

卡西尔关于神话是原始人类的情感符号形式的创造的观点，从一个特殊的角度反对和消解了西方传统形而上学（实在论）的文学艺术本质论——"摹仿说"，一方面促使德国和西方的文学思想转向"情感表现说"，另一方面在符号形式创造活动的基础上发展了康德、席勒的形式美学思想，将西方和德国的文学思想"回到文学本身"的探讨上。卡西尔的这种历史贡献是非常自觉的。在《语言与神话》之中卡西尔批评了英国哲学家赫伯特·斯宾塞（Herbert Spencer）的神话的"名称误解"说和语文学家马克斯·米勒（Max Müller）的神话的"语言缺陷"说，他就明确地指出："当我们把这种观念还原为最基本的哲学术语时就会发现，这种态度无非是那种幼稚的实在论的必然结果。依照这种实在论，客体的实在性是某种直接且明确地给定的东西，是某种实实在在可以触摸到、可以感知到的东西。以这种方式来设想实在性，一切不具备这种实实在在的实在性的事物自然只是些骗人的玩意儿和幻象了。这类幻象可以制作得精巧无比，可以围着我们轻盈地上下翻飞，可以闪烁出最欢快最可爱的色彩，但无论怎样也改变不了这一事实：这种意象没有独立实存的内容，没有内在的意义（meaning）。这种意象确实也在映照某种实在；但这种意象永远也不会与它所映照的实在相吻合，永远也无法准确地描绘实在。在这种观点看来，整个艺术创造只不过是一种模仿罢了，而且是永远也无法与原型相匹配的模仿。在这种观点的判决之下，不仅那种对于呈诸感官的原型的简单模仿要被处以死刑，甚至连人们称之为观念化产物的文体和风格最终也要被处以极刑；因为，以被描述对象的赤裸裸的'真实'为标准加以衡量，观念化本身无非是主体的观念错误和虚假化而已。"为了治愈这种实在论及其摹仿说的"自我幻灭症"，卡西尔认为，唯有一剂良药，那就是认真严肃、诚心诚意地接受康德自称为"哥白尼式革命"的理论。"从这样一种观点来看，神话、艺术、语言和科学都是作为符号（symbols）而存在的，这并不是说，它们都只是一些凭借暗示或寓意手法来指称某种给定实在的修辞格，而是说，它们每一个都是能创造并设定一个它自己的世界的力量。在这些它自己创造并设定的世界中，精神按照内在规定的辩证法则展现自身；并且，唯有通过这种内在规定的辩证法则，才能有任何实在，才能有任何确定的、组织起来的'存在'。因此，这些特定的符号形式并不是些模仿之物，而是实在的**器官**；因为，唯有通过它们的媒介作用，实在

① ［德］恩斯特·卡西尔：《人论》，甘阳译，上海：上海译文出版社 1985 年版，第 97—103 页。

的事物才得以转变为心灵知性的对象，其本身才能变得可以为我们所见。"① 的确，如果按照西方传统形而上学（实在论）及其文学艺术摹仿说的观点来看待神话，就必定是牛头不对马嘴，南辕北辙的。世界上根本就没有什么雷神、风神，也没有什么狮身人面的怪物和人头马身的妖魔，然而，在世界各民族的神话之中却出现了形形色色的神仙精灵和妖魔鬼怪，演出了千奇百怪的诡异场面。神话虽然不是对自然和现实世界的模仿，但是对于原始人来说神话世界却是一种"实在"，因此，神话世界就不能遵循现实世界的逻辑，也不能遵循大自然的规律，它应该有自己独特的逻辑和规律，那就是符号形式和符号形式创造活动的逻辑和规律。卡西尔就这样通过神话的研究，揭示了神话作为一种原始人类情感符号创造的本质，把西方传统形而上学制约下的文学艺术思想的"摹仿说"和"语言错误说"给解构了。

其次，卡西尔确认了神话是有其内在合规律性的，并且明确指出了神话思维就是一种"隐喻思维"，神话思维就是通过"隐喻思维"创造出一种直观的"类概念"的符号形式。

卡西尔是在他的符号形式哲学的基础上来探讨神话和神话思维的。在《语言与神话》中他说："神话和语言一样，在心智建构我们关于'事物'的世界的过程中执行着做出规定和作出区别的功能；对于这种功能的洞见，似乎是一种'符号形式的哲学'所能教导我们的全部内容。哲学本身无法再前进一步；它不能也不敢向我们具体地表明这一伟大的显现过程，不能也不敢为我们划分出这一过程的各个阶段。但是，如果说纯哲学必定只能为这个演化过程勾勒出一幅总体的理论图景的话，那么，语文学和比较神话学或许可以进一步充实这个轮廓，以肯定而清晰的笔触描绘出哲学思辨只能暗示地勾勒出的图景。……神话观念，无论初看上去显得多么丰富多彩，多么千变万化，多么庞杂无章，其实是有着自身的内在合规律性的；它们并非源于漫无边际的恣意狂想，而是在因循感觉和创造性思维的确定轨道运行着的。神话学力图建立的就是这一内在的规律。神话学即是关于神话的科学（λογos），抑或说是关于宗教概念的诸形式的科学。"② 卡西尔在符号形式哲学的基础上来研究神话，不是从对象事物来考察神话对对象的模仿或语言错误表达，而是从人类的创造性思维和感知的规律的角度来观察神话的符号形式创造。因此，他不仅规定了纯哲学层面对神话的总体性图景的描述，还进一步设想了语文学和比较神话学的更加细致的描述，

① ［德］恩斯特·卡西尔：《语言与神话》，于晓等译，北京：三联书店 1988 年版，第 31—36 页。
② ［德］恩斯特·卡西尔：《语言与神话》，于晓等译，北京：三联书店 1988 年版，第 42—43 页。

因而设计了一种跨学科的神话学。这不仅对于神话研究具有方法论的意义，而且对于神话研究的跨学科科学性质也是一种十分有价值的规定。正是在这个意义上，我们可以说，神话研究不仅仅是哲学的领域，也是语文学、语言学、人类学、人种志学、文化人类学、考古学、艺术学、艺术史学的领域，或者更确切地说，神话研究是一种边缘学科或交叉学科。这样就可以使我们的神话研究具有多角度、多层次、开放性的性质，可以得出更加全面的研究成果。这应该是卡西尔的一个重要历史贡献。

在卡西尔看来，在神话、语言、宗教、艺术、科学中，人所能做的不过是建造他自己的宇宙——一个使人类经验能够被他所理解和解释、联结和组织、综合化和普遍化的符号的宇宙。① 那么，神话作为创造符号宇宙和建造人类自己的符号形式世界的活动和特殊的符号形式，当然就必定有自身的内在合规律性和内在逻辑。卡西尔就初步地揭示了这种规律性和逻辑性——隐喻思维。卡西尔把神话看做与宗教观念相等同的，在《人论》这部晚年的著作之中第七章就是"神话与宗教"。在其中，他说："在这方面，神话思想与宗教思想之间没有什么根本的区别。它们二者都来源于人类生活的同一基本现象。在人类文化的发展中，我们不可能确定一个标明神话终止或宗教开端的点。宗教在它的整个历史过程中始终不可分解地与神话的成分相联系并且渗透了神话的内容。另一方面，神话甚至在其最原始最粗糙的形式中，也包含了一些在某种意义上已经预示了较高较晚的宗教理想的主旨。神话从一开始起就是潜在的宗教。"② 因此，他在探讨神话的基本特征的时候就首先从宗教观念的演化入手。在《语言与神话》一书中，卡西尔借鉴了语文学家、宗教学家和比较神话学家乌西诺 (Usener) 的研究成果。乌西诺在研究神祇名称时发现神祇概念的演化过程可以划分为三个主要阶段："瞬息神"——"专职神"——"人格神"。在这个演化过程中，卡西尔发现了神话与语言之间的紧密关系，由此他进一步发现了神话的思维——隐喻思维。他指出："神话思维和语言思维在各个方面都相互交错着；神话王国和语言王国的巨大结构在各自漫长的发展过程中都受着同样一些心理机制的制约和引导。但一个基本的动机至今未受到关注，而它却不但能阐明两者间的关系，而且还能为这种关系提供终极的说明。神话和语言受着相同的，至少是相似的演化规律的制约；这一点只有在我们能够发现两者从中诞生的共同根源时才能真正懂得、真正理解。两者的结果，即两者产生出的形式间的相似之处统统指向一种最终的功

---

① ［德］恩斯特·卡西尔：《人论》，甘阳译，上海：上海译文出版社 1985 年版，第 279—280 页。
② ［德］恩斯特·卡西尔：《人论》，甘阳译，上海：上海译文出版社 1985 年版，第 112 页。

能的共同性,指向两者借以发挥其功能的原则的共同性。为着认识这一功能并以其抽象的赤裸裸的原样表征这一功能,我们就不能顺着神话和语言前进的方向考察其发展,而必须沿着相反的方向回溯其由来——一直要上溯到这两条同源而分行的路线的发源之处为止。这个共同的中心似乎确实是可以证实的;因为不论语言和神话在内容上有多么大的差异,同样一种心智概念的形式却在两者中相同地作用着。这就是可称作**隐喻式思维**的那种形式。因此,如果我们想要一方面找出语言和神话的世界的同一性,另一方面又找出其差异性,那么,我们就必须从隐喻的性质和意义入手。"他把隐喻当做是"语言和神话的理智连接点"。① 他对隐喻做了这样的"狭义的"界定:"即指这一概念只包括**有意识地**以彼思想内容的名称指代此思想内容,只要彼思想内容在某个方面相似于此思想内容,或多少与之相似。在这种情况下,隐喻即是真正的'移译'或'翻译';它介于其间的那两个概念是固定的互不依赖的意义;在作为**始端**和**终端**的这两个意义之间发生了概念过程,导致从一端向另一端的转化,从而使一端得以在语义上替代另一端。"简单地说,就是"以一种观念迂回地表述另一观念的方法。"② 这种神话思维的隐喻原则就是:"部分代替整体。"(pars pro toto)卡西尔认为:"全部神话运思都受着这条原则的支配,都渗透着这条原则,这已是大家所熟悉的事实。任何人,只要他把整体的一部分置于自己的力量范围之内,在魔法意义上,就会由此获得控制整体本身的力量。至于这个部分在整体的结构和统一体中具有什么意蕴,它完成的是什么功能,相对而言并不重要。"③ 这是一种与理论思维完全不同的思维方式,也就是我们今天所谓的"形象思维"的方式。也许如下的理解可以帮助我们了解卡西尔关于神话思维的主要特征:恩斯特·卡西尔在《语言与神话》一书中集中论述了这种思维方式的特性,这些特性是:一是直觉性。直觉在神话思维中占支配地位。卡西尔说,"在神话形式下,思维并不是自由地支配直观材料",相反,"这种形式的思维反倒被突然呈现在面前的直觉所俘获"。直觉决定了神话思维的内容,在这种思维中,"文明所发现的,不是直觉经验的扩展,而是直觉经验的终极界限"。这样,直觉就把概念、逻辑等抛在一边,使"理智同一性的特点恰恰与神话思维的特点相对立"。二是整体性。在神话思维中,"没有什么'所指关系'和'意义',心智所关注的每一项意识内容都被直接'翻译'成具有实际在场性和效应性的术语"。也就是说,它的每一个意识内容都具有相应的客观对应物,因而也就能

---

① [德]恩斯特·卡西尔:《语言与神话》,于晓等译,北京:三联书店 1988 年版,第 102 页。
② [德]恩斯特·卡西尔:《语言与神话》,于晓等译,北京:三联书店 1988 年版,第 105 页。
③ [德]恩斯特·卡西尔:《语言与神话》,于晓等译,北京:三联书店 1988 年版,第 109 页。

对这一客观对应物进行理解。在这里，"思维不是以一种自由观照的态度面对其材料，不是力图理解这些材料的结构和它们成系统的联系，也不是分析这些材料的作用和功能，相反，它只是被一个整体印象迷住了"。而这个整体印象又直接成了某一外在客体的理解前提。这就是神话思维以整体代部分的思维特征，它使得作为材料的外在客体只能在这种整体印象中才会成为思维的对象，才会被理解。三是被动性或自发性。卡西尔说："这种思维并不发展给定的经验内容，并不站在一个有利的制高点上前后寻找什么'原因'与'结果'；相反，它只满足于接受单纯的现存之物。"也就是说，"这种思维趋向于将全部自发性活动都看作是接受性活动，把人类的全部成就都看作是赐来之物"。神话思维的这种被动接受使它能保持在同一的状态中，不受外界的影响而朝其他思维方式转变。四是象征性。神话作为一个隐喻，是对世界意义象征性的表述。神话思维的象征性表现为它时常以隐喻的方式而非逻辑的方式形成对世界的看法。五是情感性。卡西尔说："在神话思维中，我们发现的正是这种客观化和实在化，也就是说，各种情感都具有了自己的形状和外貌"，"好像这些情感是一个外在的存在物"。因此，神话思维又是一种使情感对象化的精神状态。①

卡西尔如此把语言、神话、隐喻三者联系在一起进行研究，对于19—20世纪之交的德国和西方的文学艺术思想来说，其意义不仅在于，对于神话的研究开辟了一种新的思路和新的方法——跨学科的思路和方法，从哲学认识论、心理学、语文学、比较神话学、考古学、语言学、艺术史学、人类学、文化人类学等新兴学科的研究成果之中来探讨神话，使神话研究发展成为一门新兴学科——神话学，而且在于，以强有力的神话证据从一个新奇的角度证实了，文学艺术根本就不是对自然、世界、现实的"模仿"，而是一种符号形式和符号形式创造。诚如卡西尔在一次关于艺术与语言的讲演之中所说的："但是无论艺术还是语言，都不仅仅是'第二自然'，它们还有更多的性质，它们是独立的，是独创的人类功能和能力。正是凭着这些能力。我们成功地建立和组织了我们的知觉世界，概念世界和直觉世界。在这个意义上，语言和艺术拥有的不仅是再创的，而且是创造的和构造的特征和价值，正是这特征使语言和艺术在人类文化世界占有了一个真正的位置。"(《符号·神话·文化》)②

---

① 王先霈、王又平主编：《文学理论批评术语汇释》，北京：高等教育出版社2006年版，第572页。
② [德] 恩斯特·卡西尔：《语言与神话》，于晓等译，北京：三联书店1988年版，第145页。

再次,卡西尔把神话研究与语言紧密联系在一起,不仅在"语言学转向"的思路下来研究文学艺术,而且反过来促进了文学思想的"语言学转向",对于"语言艺术"的文学的研究也是一种推进。

卡西尔在《人论》的第八章"语言"的开头就指出:"语言与神话乃是近亲。在人类文化的早期阶段,它们二者的联系是如此密切,它们的协作是如此明显,以致几乎不可能把它们彼此分离开来:它们乃是同根而生的两股分枝。不管在哪里,只要我们发现了人,我们也就发现他具有言语的能力并且受着神话创作功能的影响。因此,把这两种人类独具的特性归之于同一渊源,对于哲学人类学来说,是颇有诱惑力的。这样的尝试是常有人做的。麦克斯·米勒 (F. Max Müller) 就曾发挥出一个古怪的理论,把神话解释为只是语言的一种副产品。他把神话看成是人类心灵的某种病态,而其原因则需在言语能力中去寻找:语言就其本性和本质而言,是隐喻式的;它不能直接描述事物,而是求助于间接的描述方式,求助于含混而多歧义的语词。根据米勒的看法,神话正是起源于这种语言固有的含混性并且总是从中寻取精神的养料。"卡西尔批评了米勒的这种论调:"但是,把一个极为重要的人类活动看作只是一种畸形,看作某种精神的病态,这简直不能算是对它的一种适当的解释。为了理解神话和语言在原始人那里仿佛是孪生兄弟这一现象,我们并不需要这种莫名其妙牵强附会的理论。神话和语言二者都是基于人类的一种很早很普遍的经验,一种关于社会性的自然而非物理性的自然的经验。一个儿童早在学会说话以前,就已经发现了与他人交流信息的其他更简便的手段。遍及于整个有机界的那种由于不安,痛苦和饥饿,畏惧或恐怖而发出的叫喊,〔在人这里〕开始采取了一种新的方式。它们不再是简单的本能反应,因为它们是在更有意识更为自觉的方式下进行的了。当无人照料的婴儿以多多少少清晰的哭叫声来要求母亲或保姆来到自己身边时,他知道自己的哭叫能有意欲的效果。原始人把这种最初的基本的社会经验转移到了自然的总体上去。对原始人来说,自然与社会不仅是最紧密地相互联系着,而且是一个难分的整体。没有什么泾渭分明的界线可把这两个领域分离开来。自然界本身不过是个大社会——生命的社会。从这种观点出发,我们也就容易理解巫术语词的用处与特殊功能了。对巫术的信仰乃是深深地植根于生命一体化的信念之中的。在原始人心中,在无数情况下所体验到的语词的社会力量,成了一种自然的甚至超自然的力量。原始人感到他自身被各种各样可见和不可见的危险包围着,他不能指望仅仅以物理的手段来克服这些危险。在他看来,这个世界并不是无声无息的死寂的世界,而是能够倾听和理解的世界。因此,如果能以适当的方式向自然力提出请求,它们是不会拒绝给予帮助的：没有什么东西能抗拒巫术的语词，诗语歌声能够推动月亮（carmina vel coelo possunt deducerelunam）。""当人第一次开始认识到这种信念乃是虚妄的，认识到自然的无情并非因为它不愿意满足人的要求，而是因为它不理解人的语言，这时对人一定是个沉重的打击。在此他不得不面临一个标志着人的理智生活和道德生活之转折点和危机的新问题。从那时起，人一定发现他自己处在深深的孤独之中，从而被极度的寂寞感和彻底的绝望感所笼罩。如果他不能发现一种在拒斥巫术的同时又能另辟一条更富希望之路的新的精神力量，那他简直就不可能摆脱这种寂寞感和绝望感。人们试图凭借巫术语词来征服自然的一切希望都已破灭；但也因此，人开始以不同的眼光来看待语言与实在之间的关系了。语词的巫术功能消失了，代之而起的是语词的语义功能。语词不再具有神秘的力量，它不再具有直接的物理的或超自然的影响力。它不可能改变事物的本性，也不能左右诸神或魔鬼的意志。但尽管如此，它并非是无意的，也不是无力量的。它并非只是声音的振动（flatus vocis），并非只是一阵空气的轻微波动。具有决定意义的特征并不是它的物理特性而是它的逻辑特性。从物理上讲，语词可以被说成是软弱无力的；但是从逻辑上讲，它被提到了更高的甚至最高的地位：逻各斯成为宇宙的原则，并且也成了人类知识的首要原则。"卡西尔把这种转变称为"早期希腊思想就这样从自然哲学转到了语言哲学。"① 由此可见，从神话到语言或者反过来从语言到神话的探讨，在西方古希腊时代就已经促成了哲学思想由自然哲学向语言哲学的"语言学转向"，是否可以认为，古希腊时代的这种"语言学转向"就孕育了20世纪西方哲学的现代转向和后现代转向的"语言学转向"呢？我们认为是可以这样认为的，因为古希腊是西方哲学的源头和母体，在那里，西方哲学后来所有发展的泉源和萌芽都已经形成了。语言作为人类所特有的符号形式，在人类文化的圆圈之中占有独特的地位，所以，在《语言与神话》的结尾处，卡西尔这样说："尽管语言和艺术都以这种方式从它们神话思维的本土上解放出来，两者理念的、精神的同一却在更高的层次上得到了维护。如果语言注定要发展为思维的工具，发展为概念和判断的表达方式，那么，这一演化过程只能以弃绝直接经验的丰富性和充分性为代价才有可能完成。最后，直接经验曾经据有过的感觉和情感内容将只会残留下一具没有血肉的骷髅。可是，还有这样一个心智的国度：其中语词不仅保存下了它的原初创造力，而且还在不断地更新这一能力；在这个国度中，语词经历着往返不已的灵魂轮回，经历着既是感觉的亦是精神的再生。

---

① ［德］恩斯特·卡西尔：《人论》，甘阳译，上海：上海译文出版社1985年版，第140—143页。

语言变成艺术表现的康庄大道之际，便是这一再生的完成之时。这时，语言复活了全部的生命；但这已不再是被神话束缚着的生命，而是审美地解放了的生命。在诗的全部类型和全部形式中，抒情诗最清晰地镜映出这一理想的发展过程。因为抒情诗不仅植根于神话动机，以之为其起源，而且在其最高级最纯粹的产品中也还与神话保持着联系。在最伟大的抒情诗人如荷尔德林（Hölderlin）或济慈（Keats）身上，神话洞见力再一次以其充分的强度和客观化力量迸发出来。但这种客观性已经弃绝了所有物质的束缚。精神生活在语言的语词和神话的意象中，但却不受它们的支配。诗所表达的既不是神或鬼的神话式语词图像，也不是抽象的确定性和关系的逻辑真理。诗的世界和这两样东西都不同，它是一个幻想和狂想的世界——但正是以这种幻想的方式，纯感受的领域才能得以倾吐，才能获得其充分而具体的实现。语词和神话意象，这曾经作为坚硬的现实力量撞击人的心智的东西，现在抛弃了全部的实在性和实效性；它们变作了一道光，一团明亮的以太气，精神在其中无拘无束无牵无挂地活动着。这一解放之所以能获得，并不是因为心智抛弃了语词和意象的感觉形式，而是在于心智把语词和意象都用作自己的**器官**，从而认识出它们真实的面目：心智自己的自我显现形式。"① 由此可见，卡西尔看到了神话、语言、艺术由浑然一体到相互分离的历史发展过程，并且明确地揭示了语言（符号）在其中的功能转换，从而清晰地揭示了语言对于文学艺术，尤其是文学和抒情诗的伟大的、独特的作用，这给西方哲学、美学和文学思想的"语言学转向"都是一种巨大的促进作用。我们以往重视了 20 世纪的分析哲学和现象学哲学以及符号学和语言学对于西方哲学和美学的"语言学转向"的直接或间接作用，但是，往往忽视了新康德主义的符号哲学和文学符号学（符号诗学）在其中所起的直接作用。从卡西尔的神话研究的具体实际来看，我们可以说，如果没有符号诗学的神话研究，西方哲学和美学的"语言学转向"至少要推迟发生，更不可能产生符号学美学以及俄国形式主义、英国语义学诗学、法国结构主义等哲学、美学和文学思想的"语言（符号）转向"。当然，我们也要清醒地看到，卡西尔的神话研究与符号诗学都还是新康德主义的历史唯心主义的观点、立场、方法，因为他把人类的符号形式创造活动从人类的以物质生产为中心的整个社会实践之中分离出来，忽略了物质生产对于人类和人类社会的本体论意义，而把符号形式创造活动作为一种脱离物质生产的独立的"本体"来建构整个新康德主义的符号形式哲学、文化哲学或文化科学，而更多地"回到康德"的主观的"先验形式"去了，而

---

① ［德］恩斯特·卡西尔：《语言与神话》，于晓等译，北京：三联书店 1988 年版，第 114—115 页。

且，新康德主义，无论是马堡学派还是西南学派，都是公开地打着"反对历史唯物主义"的旗号的。因此，我们在充分认识新康德主义的文学符号学和文学价值论的意义的同时，也要清醒地看到新康德主义的历史唯心主义的实质。

第 二 章

德国现象学的文学思想

第一节 概 述

一、德国现象学的产生和发展

就在新康德主义运动开始从鼎盛走向衰落之际，以德国中西部城市哥廷根和南部城市慕尼黑为基地，崛起了后来演变成 20 世纪西方最重要和最有影响的现象学哲学运动。现象学的创始人是埃德蒙德·胡塞尔 (Edmund Husserl, 1859—1938)。胡塞尔认为，哲学的使命就是对认识本身进行批判，就是研究认识的可能性和客观性，就是超越一切相对性达到绝对终极有效的真理，并从方法上为经验科学奠定基础，所以它应该是所有科学中最高的和最严密的科学，应该是代表了人类对于纯粹的绝对认识永恒要求的科学。这样的科学自然既不能还原到经验科学的层面，也不能运用经验科学的方法。为此，他不懈探求能使哲学成为一门严密科学的可靠方法。尽管胡塞尔想建立作为严密科学的哲学的愿望并没能变为现实，但他开启的、要求摆脱权威（传统）的中介而直接"面向实事本身"的现象学精神，却不断地穿透着科学与生活的广阔领域。甚至他留下的一大堆问题，他不断否定自己的哲学探索的轨迹，也都激发起后人经久不衰的兴趣。现象学具有狭义和广义两种理解。狭义的现象学指 20 世纪西方哲学中的一个重要学派，创始人为德国哲学家胡塞尔，其学说主要由胡塞尔本人及其早期追随者的哲学理论所构成。广义的现象学首先指胡塞尔哲学以及直接和间接受其影响而产生的种种哲学理论；其次它还指 20 世纪西方人文学科中运用现象学原则和方法的各种体系的总和。

"现象学"的词源来自希腊语 phainesthai（自我显现，彰显）的动词不定式，分词 phainomenon 意思是"自我显现的东西"，而且哲学史上自古以来它就与"显现于感官和意识的东西"是同一个意思。18 世纪法国哲学家兰伯尔以及德国古典哲学家黑格尔的著作之中较早运用，但其含义均与胡塞尔的用法不同。胡塞尔赋予"现象"的特殊含义，是指意识界种种经验类的"本质"，而且这种本质现象是前逻辑性的和前因果性的，它是现象学还原法的结果。现象学不是一套内容固定的学说，而是一种通过"直接的认识"描述现象的研究方法。现象学所说的现象既不是客观事物的表象，亦非客观存在的经验事实或马赫主义的"感觉材料"，而是一种不同于任何心理经验的"纯粹意识内的存有"。

现象学思潮从 20 世纪初以来，按时序可分为三个阶段，即胡塞尔现象学时期 (20 世纪初至 30 年代中)、存在论现象学时期 (20 年代末至 50 年代末) 和综合研究时期 (40 年代以后)。三个时期互有交叉，各时期均包括一些主要代表人物。

胡塞尔现象学是在奥地利哲学家、心理学家弗兰茨·布伦塔诺 (Franz Brentano, 1838—1917) 意向性心理哲学的影响下创立的，但布伦塔诺认为心理行为的意识与该行为对象的意识是同一现象。胡塞尔则认为二者有分别，意识经验的内容既不是主体也不是客体，而是与二者相关的意向性结构，从而离开了主张主体内在性的传统唯心主义，返回到原始的"现象"，即各类经验的"本质"。在他的倡导下所形成的早期现象学运动，旨在使哲学关注的重点，从当时新康德主义的"批判唯心主义"的主体概念，转向意识经验中的实在对象。这一运动的主要成员除胡塞尔和对意识中的情绪及价值结构进行现象学描述的马克斯·舍勒 (Max. Scheler, 1874—1928) 以外，还有所谓哥丁根与慕尼黑小组的阿道夫·赖那赫 (Adolf Reinach, 1883—1917)、亚历山大·普凡德尔 (Alexander Phänder, 1870—1941)、莫里茨·盖格尔 (Morizt Geiger, 1880—1937/1938)、赫德维希·康拉德－马修斯 (Hedwig Conrad-Martius, 1888—1966) 以及罗曼·英伽登 (Roman Ingarden, 1893—1970) 等。他们分别在本体论、伦理学、美学、法学、心理学、自然哲学、文学理论等研究中，运用现象学描述法探寻研究对象的"本质"，在对象中寻找不变的"先天"因素。胡塞尔的追随者们当时认为，现象学是一种实在论哲学。早期现象学运动兴起不久便由于胡塞尔转向先验现象学而趋分化。胡塞尔通过对意向结构进行先验还原分析，分别研究不同层次的自我、先验自我的构成作用和诸主体间的关系以及自我的"生活世界"等。他认为，现象学的根本方法是反思分析，在先验反思过程中存在着意向对象和与其相应的"诸自我"之间盘结交错的反思层次。胡塞尔指责其追随者们误解了他的"事物本身"的概念，并由于囿于客观主义和实在论而无法达到先验意识水平。其追随者们指责胡塞尔重返侧重主体概念的唯心论老路。现象学研究的胡塞尔时期，最终由于马丁·海德格尔学说被提出以及舍勒去世（1928）和纳粹上台而宣告结束。

胡塞尔的弟子海德格尔在 20 世纪 20 年代末改变了现象学研究的方向，开创了侧重探讨存在问题的新思潮。这一时期一直持续到 50 年代末，研究基地也从德国移向法国，并逐渐扩展到其他地区。海德格尔认为，反思的意识尽管重要，但必须首先研究意识经验背后更基本的结构，即所谓前反思、前理解与前逻辑的本体论结构——此在（da-sein）结构。只有通过对这一基本结构的研究，才能了解意识和先验自我的可能性及其条件，从而揭示隐蔽的"存在"。由于海德格尔探讨存在的意义问题，因而其学说又被称作是解释学的现象学。然而，海德格尔的后期哲学无论是从对象还是方法上看，都与现象学越来越疏远了。

20 世纪中期，在胡塞尔哲学和海德格尔的早期哲学影响下，形成了法国现象学运动。这一运动的主要创始人是让·保罗·萨特（Jean Paul Sarter, 1905—1980）和梅洛-庞蒂（Maurice Meeleau-Ponty, 1906—1961）。萨特批判了胡塞尔的先验自我与反思意识，认为胡塞尔未能区分意识的反思过程与前反思的意识结构，遂导致现象学还原成为无穷尽的倒退。他还指出，先验自我概念是毫无必要的，现象学还原不仅应把世界放入括号，也应把自我本身放入括号，从而使自我与世界居于同一侧，因为自我和世界同样都是意识的对象。这就从意识中排除了任何内在性内容和本质，而使之归于"虚无"，并由此产生了充实的"自在存在"与虚无的"自为意识"之间互相对立、互相依存的关系。萨特的现象学还原不是对意识的反思，而是使意识虚无化，以达到纯粹的意识。在他看来，由于意识所具有的意向性，使虚无的意识不断向外，它在显现外部世界的同时也显现了自身，而我的意识所显现出来的就是我的本质。所以，萨特认为人们存在是先于人的本质的。此外，萨特还把现象学还原理解为一种自由过程，即人通过自我设计"中止"与其过去的因果关联，并从未来（目的）返回现在。萨特的现象学由于扩大了意识与意向关系概念，并使主体不只限于理智活动，而是指进行着各种心理体验（包括想象与情绪）的具体生存的人，从而使现象学研究的对象扩大到人类生存的外在方面，即历史、文化、政治等方面，并由此开创了相对独立于现象学思潮的法国存在主义运动。梅洛-庞蒂是法国现象学最主要的代表之一。他也认为意识结构是哲学的基本问题，但既不同意胡塞尔把人最终还原为先验意识，也不同意海德格尔把人的生存还原为神秘的"存在"，同时也反对萨特把自我的生存还原为自我对生存的意识。他认为"我思"必然把我显示于历史情境中，现象学还原的结果是先验性的"知觉世界"。他强调知觉世界是人与世界的原初关系，因而主体必然"嵌于"世界之中，与世界和他者混同，以此否认唯心主义与实在论的界限。梅洛－庞蒂是现象学意义论的重要研究者，认为知觉世界是一切意义的源泉，但意义始终是含混性的，其结果是意义与无意义混杂难分，现象学还原也就永无完成之日。这一时期法国其他重要的现象学者还有马塞尔、莱维纳、杜甫兰和里科尔等。一般而论，法国现象学者倾向于调和胡塞尔的意识分析与海德格尔的存在分析，同时把研究对象扩展到人类历史、社会、文化、政治等各领域，造成了唯心主义历史观与人生观的泛滥。

第二次世界大战以后，比利时、联邦德国、美国、法国分别建立了胡塞尔研究中心，对胡塞尔的思想重新深入研究，出现了不少精通胡塞尔哲学的现象学者，如比利时的梵布雷达，联邦德国的兰德格里伯、芬克和比麦尔。20世纪50—70年代在美国更是出现了很多介绍研究现象学的学者，除早先的法伯、肯恩斯外，还有考夫曼、古尔维奇、舒茨、艾迪、伊迪、斯皮格伯格、泰美涅茨卡和纳汤森等。在欧洲战后较具独创性的现象学者还有瑞士的精神病理学家宾斯方格、心理学家闵考夫斯基等。这一时期的现象学者尽管在研究的原则对象和方法论上具有更大的综合性，但其学术地位一般而言尚不及前两个时期的主要现象学者。然而，它作为一个整体的现象学思潮，在当代西方人文科学领域的影响却比以前大得多。它的突出特点是：研究活动扩展到东西欧、南北美以及亚非各洲，研究人数与学术活动均较前增加。与其他哲学流派如分析哲学、实用主义、结构主义、精神分析学、解释学、西方马克思主义等的比较研究进一步增强。作为方法论的现象学，较为广泛地应用于历史学、社会学、语言学、宗教学、精神病理学、文学理论等人文学科的研究中。[①]

作为一个影响时间悠长，影响面覆盖整个世界，波及哲学、人文科学、社会科学、自然科学等全部人类知识领域的哲学思潮，现象学发源于19—20世纪之交的德国，它所开创的世界观和方法论当然对于19—20世纪之交的德国文学思想，甚至整个西方文学思想产生了深远而广泛的影响。不仅如此，现象学哲学家之中也有一些思想家还专门研究了美学和文学艺术思想，形成了西方现象学美学和文学思想。因此，对于现象学的发源地和创始人所在的德国早期现象学哲学和美学，以及文学思想就是我们研究20世纪德国文学思想的重要课题。

---

① 以上关于现象学哲学发展历史的资料参见《中国大百科全书·哲学卷》Ⅱ，北京·上海：中国大百科全书出版社1987年版，第997—998页，"现象学"条目；[德] 汉斯·约阿西姆·施杜里希：《世界哲学史》(第17版)，吕叔君译，济南：山东画报出版社2006年版，第420页；[美] 赫伯特·施皮格伯格：《现象学运动》，王炳文、张金言译，北京：商务印书馆1995年版。

二、德国现象学的总体特征与文学思想

德国早期现象学主要是现象学的创立时期，它是以胡塞尔的现象学及其影响下所形成的哥廷根小组和慕尼黑小组的活动为主。我们这里所研究的德国早期现象学及其文学思想，主要就是指的这一时期，以胡塞尔创立现象学的理论为主。这一时期的理论建树奠定了现象学哲学的总体特征："面向实事本身"的世界观，"悬搁"、"本质直观"、"先验还原"的现象学方法，"意向性"的意识对象构成理论，"生活世界"的历史解释学。这些总体特征给德国文学思想走向现代提供了世界观和方法论的基础。

德国哲学史家施杜里希认为：胡塞尔在他的《观念》(1913)的导言中解释说，他将要建立的现象学不是事实科学，而是本质科学。为了认识本质，需要一种特别的态度。我们必须将习以为常的认识态度"悬置起来"，而将整个为我们而存在的自然世界"加括号"。我们称这个步骤为"epoche"（重音在词尾的 e），也就是说要撇开整个存在的现实世界而进入"纯粹意识"的世界。读者可能期望胡塞尔能够在他的三卷本代表性著作中列举一些实例，能够向人们展示一下该如何运用他的方法以及运用这种方法将会得到什么结果。但是，在胡塞尔那里我们几乎找不到令人信服的例子，而他的学生如马克斯·舍勒却做到了这一点。他们非常认真地响应了胡塞尔所倡导的"回到事物本身去"的号召，然而他们放弃了他"先验地"提出来的方法。"现象学"在他们那里干脆就是一种实事求是的、无任何偏见的和方法精确的思维方式。① 施杜里希给我们大致准确地归纳了胡塞尔的现象学的主要内容及其主要的影响。的确，胡塞尔的现象学哲学给德国文学思想提供了一种不同于传统哲学和美学的世界观和方法论，为德国文学思想走向现代开辟了新的思路。

（一）"面向实事本身"的世界观与文学思想

尽管胡塞尔本人坚决反对"世界观"的哲学（他认为"世界观"哲学是自然主义态度的表现，或自然科学的观点），而把自己的"现象学"主要视为一种"认识论"，一种"严格的科学"或"第一哲学"，一种方法论，但是，他所提倡的"面向实事本身"的号召，实质上就是倡导一种对待世界的新的看法和观点。

著名现象学家克劳斯·海尔德对于胡塞尔的"面向实事本身"做了辨析。他

---

① [德] 汉斯·约阿西姆·施杜里希：《世界哲学史》（第17版），吕叔君译，济南：山东画报出版社 2006 年版，第 420 页。

指出：胡塞尔提出"面向实事本身"这个现象学原则。但这里所说的"实事"[注："实事"，德语原文为 Sache，也可以译为"事情"、"东西"、"事物"等。英文本 (Held 教授本人翻译) 作"thing"。] 是什么呢？把我们要对待的一切"实事 (事情)"都称为"对象"，这对我们现代人来讲是已经完全不言自明的了。"对象"（Gegenstande）这个概念中的介词"对"（gegen）的意思，就如同相应的外来词"客体"（Objekt）中的拉丁文 Ob，表示对象是以某种方式与我们"相对"的，或者，对象的存在是"针对"我们人的。这只能意味着，对象是作为某种独立于我们关于对象的表象的东西与我们照面的，或者换一种说法，对象具有一种独立于我们的表象的存在。为了尖锐地表达事物的存在越出了与我们表象的关联，哲学自古以来用的是"自在"这个术语，在此用法中，"自在"构成"为我们"或者"为我"的对立概念。

对象"自在地"实存，也就是说，对象的存在首先并不依赖于我们人是否与之打交道，这乃是我们的一个最不言自明的信念了。我们相信，"实事"或"事物"只是事后才进入与我们人的关联状态范围内，也即说，唯当我们人把它们搞成我们的认识和行动的对象时，它们才进入与我们人的关联状态范围之内。对于这种完全不言自明的信赖，胡塞尔在 1913 年用"自然态度"来加以表示。尽人皆知，关于某物"自在"实存的信念有可能欺骗我们。因此，自然态度虽然一方面是我们整个生活的基础，但另一方面也是我们偏见的第一来源。

胡塞尔想以现象学方法来重申无偏见精神，希腊人的科学正是从这种无偏见精神中产生的。倘若哲学未加进一步检验就接受了关于实事或者事物之自在存在的自然态度的基本信念，那么哲学就不再去追求无偏见性了。另一方面，一种正当的思想不能若无其事，仿佛这种基本信念并不存在似的。一种批判性的哲学的任务因此只能在于：去说明自然态度是如何达到这种信念的。这乃是"面向实事本身"这个座右铭的意义。以"本身"一词来说，这个座右铭针对的是事物的"自在"。它向哲学提出任务，要哲学具体地解答以下问题：何以事物以自在地存在的样子与人照面，从而向人显现出来？这正是胡塞尔"现象之学"的原始问题。所谓"现象之学"在字面上就意味着"关于显现的科学"。现象学哲学关心的这种"显现"，乃是在人与世界和事物照面过程中自在存在的自身显示。①

由此可见，"面向实事本身"或"面向事物本身"（Zur Sache selbst），是一种反对

---

① 克劳斯·海尔德：《海德格尔通向"实事本身"之路》，《浙江学刊》1999 年第 2 期。作者系哲学博士，著名现象学家，德国现象学哲学学会前任主席，现任德国乌泊塔尔大学哲学教授。

传统哲学的形而上学世界观的新的对待世界万事万物的世界观（Weltanschauung）。其中 Sache（实事，事物，事情，东西）的含义，在胡塞尔那里主要是："一方面，'实事'无非是指被给予之物、直接之物、直观之物，它是在自身显示（显现）中，在感性的具体性中被把握的对象；另一方面，'实事'还意味着哲学所应该探讨的实际问题本身；更进一步说，它是指所有那些以自身被给予方式展现出来的实际问题，从而有别于那些远离实际问题的话语、意见与成见。"① "在此事物不是指物理事物，而是指'直接的给予'或'纯粹现象'。胡塞尔在《观念》中表述了这条'一切原则的原则'：'每一种原初地给予的直观是认识的正当的源泉，一切在直觉中原初地（在某种程度上可以说，在活生生的呈现中）提供给我们的东西，都应干脆地接受为自身呈现的东西，而这仅仅是就它自身呈现的范围内而言的。'"② 这是一种让事物自己呈现在人们的直观之中而让人把握事物的本质的世界观，即把世界万事万物当做直接地呈现于直观之前的纯粹现象而把握其本质的对待世界的总体的"看法"和"观点"。

这种看待世界的"看法"和"观点"是不同于传统哲学形而上学的世界观的，它要求把对象世界不当做客观存在，而是当做自己直接呈现在直观面前的"纯粹现象"或"纯粹意识现象"，这种"纯粹现象"也就是"实事本身"或事物的"本质"。从本体论角度来看，胡塞尔的这种"面向实事本身"的世界观毫无疑义是一种主观唯心主义，但是，从认识论的角度来看，它却是反对自然主义和心理主义的认识论的，也是反对大陆理性主义和英国经验主义认识论的，揭示了认识的主体建构性和自明性，反对了传统形而上学的认识论的主客对立二分的思维方式，使认识回归到"纯粹现象"或"纯粹意识现象"的"实事本身"或"事物本身"，即"回到事物本身"或"回到实事本身"（zurück zu den Sachen selbst）。从这个角度看，"面向实事本身"应该是对认识活动本质的一种现象学解释和理解，而且对于文学艺术的审美活动的本质的理解和解释尤其具有合理性。正因为如此，当德国早期现象学在 19—20 世纪之交创立以后，在德国很快就产生了反响，不仅在现象学小组内部派生出了现象学美学，像莫里茨·盖格尔、罗曼·英伽登的现象学美学对于德国文学思想的现代化发生了积极影响，而且一些其他的思想家、艺术家也在现象学世界观的影响下反思和批判了西方传统文学思想，促进了德国文学思想走向现代。

德国生命哲学家格奥尔格·齐美尔（Georg Simmel, 1858—1918，或译为：西梅

---

① 倪梁康：《胡塞尔现象学概念通释》，北京：生活·读书·新知三联书店 1999 年版，第 415—416 页。

② 刘放桐等：《新编现代西方哲学》，北京：人民出版社 2000 年版，第 316 页。

尔,西美尔)在《现代文化的冲突》(1918)的讲演之中,从生命概念的角度谈到了19世纪末的现代哲学和文化对西方传统形而上学的批判。他指出:"只是到了这个世纪的末叶,一个新的观念才出现:生命的概念被提高到了中心地位,其中关于实在的观念已经同形而上学、心理学、伦理学和美学价值联系起来了。"①在这个反对西方形而上学传统的过程之中,"面向实事本身"就是要打破"实在"存在的前提条件来考虑事物的纯粹现象的本质,这种思路与文学思想的"回到文学艺术本身"的思路是完全一致的。那就是,不能把文学艺术作品仅仅当做物理对象和自然科学的对象,而应该把他们作为与人的纯粹意识现象相关的价值和价值对象来对待,当做人文科学的对象和"面向实事本身"的反思对象。因此,现象学对文学艺术思想的影响,与新康德主义哲学的文学价值论和生命哲学的形式美学思想是殊途同归的,都是将要使文学艺术"回到自身",新康德主义要使文学艺术"回到"审美价值,生命哲学要使文学艺术"回到"生命的美学价值,而现象学则要使文学艺术"回到"纯粹意识现象的"本质"。它们一起促成了文学艺术"回到自身",促成了德国文学思想走向现代。

作为德国早期现象学代表人物的马克斯·舍勒(Max Scheler, 1774—1928),"他不仅把'洞察本质'的现象学方法运用到了认识论领域(如胡塞尔),而且还把它运用到了伦理学中,运用到了价值领域。价值(洛采将这一概念引入到哲学中来)有其独立的存在(它与物质的存在不同),我们能够直接把握价值,而且不是通过理性,而是通过感觉。价值的本质是不可改变的(可改变的是我们的知识以及我们与知识的关系)。价值也是有等级之分的,价值的最低等级是感官的愉悦,在其上面的价值就是生命感、高贵和平庸,更高级的价值就是精神价值、认识、真、美、正义,更高一级的价值就是宗教和神圣。"②因此,舍勒在论述悲剧性的时候就认为:"悲剧性现象却并非来自艺术表现本身","悲剧性是否主要是一种'审美'现象,也是大可怀疑的";"悲剧性并非对世界及世间万物进行'说明'的结果,而是一种固定、深刻的印象。"因此,"对悲剧性的形而上学说明是颇为有趣的,然而现象本身却乃说明现象的前提。""一切'说明'都在无情的最终事实面前撞得粉碎,后者无声地嘲弄前者。""并非仅仅在谈到悲剧性时才有必要以事实来回答时代灵活的理性。"经过这样的"面向实事本身"的现象学研究,舍勒指出:"无价值的宇宙中,如严谨的物理力学构思的宇宙中,是无悲剧可言的。""这就是说,悲剧性始终是以价值和价值关系

---

① 刘小枫选编:《德语诗学文选》下卷,上海:上海华东师范大学出版社2006年版,第5页。

② [德]汉斯·约阿西姆·施杜里希:《世界哲学史》(第17版),吕叔君译,济南:山东画报出版社2006年版,第421页。

为支点和基础的。而在此领域中，又只有价值载体不断运动，相互作用的所在，才产生悲剧性。""如果悲剧性现象出现，那么一种价值无论如何必然毁灭。"① 这样我们就可以得出结论：悲剧性是一种在价值载体不断运动和相互作用的冲突之中价值必然被毁灭的现象。应该说，这样来"面向实事（悲剧性现象）本身"所得出的结论是大致接近了悲剧性现象的本质的。

莫里茨·盖格尔（Morizt Geiger, 1880—1937/1938）和罗曼·英伽登（Roman Ingarden, 1893—1970），作为现象学美学的主要代表人物，把胡塞尔的"面向实事本身"的"第一原则"或"原则的原则"落实到文学艺术现象和文学艺术作品的分析之中，使得德国文学艺术思想的"走向现代"在现象学哲学的土壤之中扎根、开花、结果。

盖格尔是公认的现象学美学的主要代表人物之一。他把现象学的"面向实事本身"这一基本原则贯彻到美学和文学思想之中，对德国文学思想的"回到文学艺术本身"起到了关键性作用。在他的一份现象学美学的手稿之中，他说得非常清楚："对于作为一种独立自足的特殊科学的美学来说，任何一个人都不会对下面这个把它的领域和其他科学的领域区别开来的特征有什么怀疑：这种特征就是审美价值的特征（在这里以及在以下的论述中，'审美'价值也应当毫无保留地被理解为'艺术'价值）。每一个可以贴上审美价值标签的事物——每一个可以被当做美的或者丑的、本原的或者琐屑的、崇高的或者普通的、雅致的或者粗俗的、高贵的或者卑贱的等等东西来评价的事物，诸如诗歌，音乐作品，绘画和各种装饰，人类和各种风景，各种建筑，各种花园设计方案，舞蹈——都属于作为一种特殊科学的美学的领域。""但是，审美价值或者其他任何一种价值的缺乏并不属于那些作为**真实**客体的客体，而是属于它们作为**现象**被给定的范围，它属于那些构成一种和谐音的音响——那些作为现象的音响，而不属于那些被人们认为构成空气振动的音响。一座雕像作为一堆真正的石头从审美的角度来看并没有什么意味，但是，它作为提供给观赏者的东西，作为对一种有生命事物的再现，在审美的方面却是有意味的。而且，无论扮演巫女的歌手是否年老丑陋，这从审美的角度来说都无关紧要，她那年轻而又充满朝气的外表只取决于服装式样、化装术以及舞台脚灯的效果——在这里重要的是外表，而不是实在。""因为审美价值不属于一个客体的真实的侧面，而是属于这个客体的现象的侧面，这样，作为一种特殊科学的美学所具有的富有特色的任务就可以定出来了。首

---

① 刘小枫选编：《德语诗学文选》下卷，上海：上海华东师范大学出版社 2006 年版，第 58—63 页。

先我们必须从这些审美客体的现象的侧面出发来研究它们。我们说以下的话也许会显得琐碎啰唆，即以这种方式研究美学必须把那些审美客体当做现象来分析。但是，我们考虑一下美学史——即使我们只把美学当做一种特殊的科学来考虑——就可以看出，这样一种从现象出发的思想无论如何并没有被人们认为是理所当然的。在美学中存在着许多种倾向，它们在它们的理论核心树立了这样的观念，即审美对象是一种外貌，是一种幻象。但是，只要人们把这种幻象概念引进到美学之中去，那么，得到分析的就根本不是审美现象，而是被引进的审美对象的那些实在的侧面。如果把审美对象当做一种现象来考虑，那么这种客体并不是一种幻象，就幻象——例如，当人们把月亮看做是与一个盘子不相上下的时候——而言，我们应当把它所不具有的现实的性质归之于现象。另一方面，就审美对象而言，人们不会认为一幅绘画中的风景是实在的东西，是某种后来证明不是实际存在的东西，而会认为它是一种再现出来的风景，是一种作为被给定的东西再现出来的东西。因此，一旦把这种幻象概念，这种关于给定的实在与实际上的非实在之间的对照的思想引进到美学中来，我们就离开了审美现象的领域。"①这里的论述，不仅把美学研究的对象——现象中的审美价值给规定得一清二楚，而且，把现象学美学的文学艺术思想的基本原则——"面向实事本身"阐述得明明白白。也就是说，现象学美学的文学艺术思想就是要打破西方自古希腊以来直到 19 世纪中后期的文学艺术思想的基本原则——摹仿说及其相关的幻象说，要把文学艺术的审美价值作为一种"现象"，而不是作为一种"实在"或"实在的幻象"和"实在的摹仿"来对待和分析。这样，现象学美学的文学艺术思想就"面向（艺术）实事本身"，"回到了艺术本身"，而不是去分析和研究与文学艺术"本质"无关的"实在"（实际存在的东西，诸如作为空气振动的音响，作为一堆石头的雕像，作为实际的风景，作为巫女的扮演着的女演员，等等），而是要分析和研究文学艺术所直接呈现在人们的直观面前的"现象"——音乐作品本身，具体的雕像本身，绘画中的风景本身，剧情中的巫女本身。这样就把文学艺术的研究回归到文学艺术作品的"现象"本身，而不是做"外部研究"，也就是进行真正的"美学研究"。这正是现代美学的研究。

英伽登同样是如此。他在一次关于现象学美学的演讲之中明确地说："在这个演讲中我将主要关注于艺术价值和审美价值的区别。我将简要地论及，一个艺术作品

① 倪梁康主编：《面向实事本身——现象学经典文选》，北京：东方出版社 2000 年版，第 240—241 页。

到底是有确定形式的物理对象，还是建筑在物理对象上的、由艺术家的创造活动实现的全新创作的某种事物。这种创造活动的实质是由艺术家有意识的明确行为构成的，但这些行为总是以某种物理的作用来显示自己，而这些作用是由那实现或改造某种物理对象——物质材料——的艺术家的意志所引导的，赋予物理对象以它借以成为艺术作品本身存在的基质的形式，譬如，一部文学或音乐作品、一幅画、一座建筑物等，同时，这些作用保证物理对象获得同大量观赏者相关联的持久性与可理解性。然而，一个艺术作品总是按其结构和特性扩展，超越自身的物质结构和基质，即在本体论上支撑着它的真实东西，虽然这种基质的特性与依赖它的艺术作品的特性毫无关系。艺术作品是艺术家的创造行为导致其构成的真正对象，而作品实存的基质的形成，却从属于将由艺术家实现的艺术作品本身的一种辅助的效用。"[①] 英伽登在这里虽然强调了艺术价值和审美价值的区别，这一点与盖格尔稍有不同，但是，他们坚持现象学哲学和美学的"面向实事本身"的基本原则是一致的。这种要求把作为艺术再现对象的"物理对象"与艺术作品本身相区别的"面向实事本身"的现象学原则，的确把艺术作品本身与艺术所再现的"实在"的物理对象区别开来了，甚至于也把作为"审美现象"的艺术作品与作为"物理对象"的艺术作品区别开来了，这就使人们直接"面向（艺术）实事本身"，深入到作为审美现象的艺术作品的创造性的、精神性的、艺术形式构成性的"真正对象"本身之中，真正触及了文学艺术的审美价值和审美本质。这就是德国早期现象学对德国文学思想乃至于整个西方文学思想的"回到文学艺术本身"的现代化进程的历史贡献。尽管英伽登是一位波兰美学家，但是，他是胡塞尔的主要弟子，而且是把现象学的"面向实事本身"的原则贯彻到美学和文学思想之中的主要代表人物之一。所以，我们在这里要把他的思想也归入德国早期现象学的文学思想之中。

（二）"悬搁"、"本质直观"、"先验还原"的现象学方法与文学思想

为了实现"面向实事本身"的现象学原则，胡塞尔创造了一整套"现象学方法"。关于现象学方法，胡塞尔本人的阐述是不断变化发展的，人们对现象学方法的理解也并不是完全一致的。因此，我们只是综合性地加以理解和阐释。

为什么"面向实事本身"就必须运用现象学还原方法呢？这是因为胡塞尔所谓的"面向实事本身"有其特殊含义。诚如施皮格伯格所说："'走向事物'这个号召有

---

① ［法］米盖尔·杜夫海纳主编：《美学文艺学方法论》，朱立元、程未介编译，北京：中国文联出版公司 1992 年版，第 218 页。

时被过于天真地解释为只是表示'转向外在世界的客观事物',而不是转向'主观的反思'。但是这将特别会与胡塞尔后来对现象学的解释相抵触。这句话的意思是拒绝把哲学理论和对哲学理论的批评当成首要的事情,许多语言分析和批判就是这样做的。对于意义和观点的分析,不论是有关常识的还是有关更为深奥的见解的,都不是哲学的主要对象。相反,哲学所必须由之开始的是现象和问题本身,一切理论研究,不论它多么重要,都必须放到第二位。评价这类研讨的恰当性的唯一适当的方式,乃是在人们自己的实际洞察中检验这种研讨的成果。"[①] 因此,现象学还原方法就是要回到"主观的反思",从而转向"现象和问题本身",通过"直观"而"洞察"事物的"本质"。为此,胡塞尔前后规定了现象学还原方法的三个方面:"悬搁"(悬置,epoché),本质直观(Wesenschau),先验还原(transzendental Reduktion)。我们认为,这三个方面是现象学还原方法的一个完整的整体和过程。

施皮格伯格认为:"一切还原的主要功能就是使我们为批判地估量在我们解释性的信念涌现之前不容置疑地给予的东西做好准备。""从一开始胡塞尔就把现象学的还原至少分作两个阶段:i. 从单纯的个别事物还原到一般本质,依照所采用的柏拉图的'本质'(eidos)一词,他又称它为**本质的还原**(eidetic reduction)。""ii. **真正的现象学还原**。为了完成这种还原,至少在引入它的开始阶段应该得到许多有关的指示。但是必须了解,这个概念也经受了很大的发展与增殖。不过基本的目标仍然是使现象摆脱一切非现象的或超现象的成分,只留给我们以无可置疑的或'绝对的'给予的东西。""这种还原操作的首要的和基本的说明是相当简单的:对于一切有关伴随我们日常生活以及科学思想的对存在的信念都应悬搁或禁止。另一些更有比喻性的同义词是 ausser Kraft setzen(使失去效用),ausschalten(排除)或 keinen Gebrauch machen(不使用)。最令人感兴趣和并非同样无害的是**加括号**(einklammern)这种数学上的比喻,它绝不是胡塞尔的最常见的同义词。在这个阶段绝不包含对存在的否定或任何唯心论的断言。这并不意味着我们应该忘掉有关被还原的实在的一切。这不过是告诉我们不要重视它们。否则被相信东西的现象,甚至归属于它的实在的现象就仍然没有触及。我们只是应该停止对这类信念的任何支持。相反,我们应该通过一种特殊的反思把我们的目光转到现象在其各个方面所剩留下来的东西上,去直观它的本质(Sosein),对它进行分析和描述,而不去注意它的存在(Dasein)。""还原所包含的并不只是悬搁和反思。""这个还原要还原'到'(auf)作为它的'起源'

---

① [美]赫伯特·施皮格伯格:《现象学运动》,北京:商务印书馆1995年版,第170—171页。

的主体性上。""在这种意义上,还原意味着追溯、回归。""根本思想就是,只有借助于还原去寻求现象的'起源',才能够达到对现象的充分的哲学理解。"①

倪梁康对"现象学还原"的解释如下:"'现象学还原'是胡塞尔现象学的一个中心方法概念,但他是在双重的意义上使用这个概念:1.与'现象学悬搁'同义;2.与'先验还原'同义。舍勒接受了这个概念,但却在另一种意义上使用这个概念。'现象学还原'在他那里意味着'不顾及对实在系数之特殊性的所有设定(信仰和非信仰)'。就这一点而言,它与胡塞尔的'现象学悬搁'概念相近。但'现象学悬搁'在胡塞尔那里还具有以纯粹意识为课题的意义,而'现象学还原'在舍勒那里则是对被给予之物的纯粹如此存在(本质)的把握。因此,'现象学还原'对舍勒来说意味着本质直观的方法。"②倪梁康这样解释"先验还原":"在严格意义上的'先验还原'概念标志着推向先验主体性的方法通道。在胡塞尔的哲学发展过程中,我们原则上可以划分出两种对还原的理解:1)胡塞尔首先将还原的概念作为'认识论的还原'或'现象学的还原'与'现象学的悬搁'完全同义地加以使用;2)由于胡塞尔明察到,这种悬搁虽然使纯粹意识领域的开辟得以可能,但这个领域并不必然具有先验主体性的意义,因此,胡塞尔从这时起将严格意义上的先验还原与先验悬搁或现象学悬搁分开来。后者使一门纯粹的现象学心理学得以可能,就此而言,悬搁又被称作'现象学—心理学的还原'。""'先验还原'作为通向先验主体性的通道首先以对现象学悬搁的彻底化为前提。这种彻底化不仅延伸到纯粹意识的所有视域隐含上,而且也延伸到意识的'世界化的(世间的)自身统觉'上,或者相关地说,延伸到'世界的基地有效性'之上。这时,'先验还原'就是一种彻底的转释,即把纯粹意识的'无基地化了的'内部性理解为先验的主体性。通过这种方式,至此为止由世界基地和世间的自身统觉所承载的纯粹意识才成为世界的构造性起源。先验还原由此而使严格意义上的先验经验得以可能。这种先验经验的展开作为先验主体性的自身认识就是先验(静态的和发生的)构造的理论。"③

张汝伦在专门论述现象学方法的多重含义的文章之中有一段对现象学方法的概括:"现象学关心的不是事物自在的存在,它的'什么';而是它对意识的意向显现的方式,它的'怎么'。悬置打开了先验主体性的领域,而还原则最终揭示了先验主

---

① [美]赫伯特·施皮格伯格:《现象学运动》,北京:商务印书馆 1995 年版,第 183—187 页。

② 倪梁康:《胡塞尔现象学概念通释》,北京:生活·读书·新知三联书店 1999 年版,第 393 页。

③ 倪梁康:《胡塞尔现象学概念通释》,北京:生活·读书·新知三联书店 1999 年版,第 398—399 页。

体性和纯粹意识现象的领域对于世界——现象的根本意义。通过悬置,世界成为现象。意识现象的意义及其存在的实现 (Seinsgeltung) 是思维主体及其意识行为的构造。意识行为并不无中生有创造一个对象,而是赋予对象种种意义。意识行为作为一个意指行为 (vermeinender Akt) 在其自身显示其意指的意义。意识是一个体验流,所有意识都包含在这个体验流中。这个体验流也就是先验主体流动的生命。它是现象学最终的和真正的主题。还原,作为悬置方法的补充,就是要将一切现象还原或追溯到这个先验的意识生命——先验主体上去。换言之,现象学还原的最终结果应该是先验主体基础地位的确立。"①

简而言之,现象学还原方法是一种通过"悬搁"(悬置)、"本质直观"(本质还原)、"先验还原"等步骤而实现"面向实事本身"和达到真理的现象学哲学的方法。具体来说,现象学方法有三个实施的操作步骤:第一步就是"悬搁"(悬置)。所谓"悬搁",又译为"存而不论"等。最初由古希腊斯多噶学派和怀疑论者提出,意指"排除……的信仰"、"中止判断"、"失去联系"等。埃德蒙德·胡塞尔借这一概念来解说所谓"现象学还原",并以"加括号"的形象说法来彰明"悬搁"(悬置)的意思。也就是说,在进行现象学的认识批判时,首先必须把所有与认识相关的对象的存在及其有效性"放在括号里","存而不论",对它们"中止判断",使对象(世界)成为现象。胡塞尔说:"在认识批判的开端,整个世界、物理的和心理的自然、最后还有人自身的自我以及所有与上述这些对象有关的科学都必须被打上**可疑**的标记。它们的存在,它们的有效性始终是被搁置的。"② 第二步是"本质直观"或"本质还原"。所谓"本质直观"或"本质还原"就是,经过了"悬搁"(悬置),世界成为了现象,但是这种现象并不是外在的"现象",而是直接呈现在直观之前的"本质现象",即"纯粹意识现象"。胡塞尔说:"在对纯粹现象的直观中,对象不在认识之外,不在'意识'之外并且同时是在一个纯粹被直观之物的绝对自身被给予性意义上被给予。""这个现象就是'被理解为我的知觉的知觉'。""为了获得纯粹现象我就不得不重新对自我以及时间、世界提出怀疑,并且列出一个纯粹的现象——纯粹思维。""现象学的对象并不被设定为一个自我之中,一个时间性的世界之中的存在,而是被设定为在纯粹内在的直观中被把握的绝对被给予性,纯粹的内在之物在这里首先通过**现象学的还原**而得到描述:我意指的是此物,不是某东西超越地意指它,而是某东西在自身之中的

---

① 张汝伦:《德国哲学十论》,上海:复旦大学出版社 2006 年版,第 122—123 页。

② [德] 埃德蒙德·胡塞尔:《现象学观念》,倪梁康译,夏基松、张继武校,上海:上海译文出版社 1986 年版,第 28 页。

它,它是作为某东西被给予的。"① 第三步就是"先验还原"。所谓"先验还原"指的是:在本质直观(本质还原)之中,纯粹现象已经自身显现在直观之中了,但是这种纯粹现象还不是终极的东西,因此还要进一步追溯到这种现象的被给予的"纯粹明证性"的起源上,即追溯到"先验主体性"之上。只有这样才算是完成了现象学的还原。胡塞尔说:"现象学还原的含义并不是指将研究限制于实在的内在领域内,限制于在绝对思维的这个(Dies)之中实在地被包含之物的领域内,它的含义根本不是指限制在思维领域内,而是指限制在**纯粹自身被给予性**的领域内,限制在那些不仅被讨论、不仅被意指之物的领域内;它的含义也不是指限制在那些被知觉之物的领域内,而是指限制在那些完全在其被意指的意义上被给予之物和在最严格意义上自身被给予之物的领域内,以至于被意指之物中没有什么东西不是被给予的。一言以蔽之,限制在纯粹明证性的领域内,但明证性这个词要在某种严格的意义上去理解,这种意义排除任何'间接的明证性',尤其排除所有不严格意义上的明证性。""绝对被给予性是最终的东西。"② "被给予性就是,**对象在认识中构造自身**。"先验还原就是要追溯到认识的"如何可能",认识的先验主体性的"可能性"。

经过了这样三个步骤的现象学还原的认识论批判,胡塞尔认为才算是达到了认识的"最终的东西",才算是达到了认识的"本质",才算是达到了真理。换句话说,认识不是西方传统形而上学的经验主义或理想主义的二元对立的思维方法的结果,而是先验主体在直观中建构的结果,是先验主体性所给予的直接明证性的"绝对被给予性"的结果。简而言之,认识是先验主体的直观的"绝对被给予性"建构的结果。因此,胡塞尔才说:"固定不变的问题是:这种被意指之物是否在真正的意义上被给予,是否在最严格意义上被直观和把握,或者,这种意指是否超出了被意指之物?"③

以这样的现象学还原方法来看待文学艺术,就势必产生完全不同于西方传统形而上学的文学艺术思想的结论。胡塞尔在《现象学的观念》第二讲的一个补充说明中指出:"一个天生的聋子知道,有声音存在,并且声音形成和谐,并且在这种和谐中建立了一门神圣的艺术;但他不能够理解,声音**如何**做这件事,声音的艺术作品如何可能。他不能**想象**同一类东西,即:他不能直观它们,并且不能在直观中把握'如何

① [德]埃德蒙德·胡塞尔:《现象学观念》,倪梁康译,夏基松、张继武校,上海:上海译文出版社 1986 年版,第 39—41 页。
② [德]埃德蒙德·胡塞尔:《现象学观念》,倪梁康译,夏基松、张继武校,上海:上海译文出版社 1986 年版,第 53 页。
③ [德]埃德蒙德·胡塞尔:《现象学观念》,倪梁康译,夏基松、张继武校,上海:上海译文出版社 1986 年版,第 55 页。

可能'。他的关于存在的知识对他毫无帮助，并且如果他想根据他的知识对声音艺术的'如何可能'进行演绎，通过对他的知识的推理弄清声音艺术的可能性，那就太荒唐了。对只是被知道，而不是被直观的存在进行演绎，这是行不通的。直观不能论证或演绎。企图通过对一种非直觉知识的逻辑推理来阐明可能性（而且是直接的可能性），这显然是一种悖谬。我完全可以肯定，有超越的世界存在，可以把所有自然科学的全部内容看作是有效的；但我不能借用它们。我永远不能奢望借助超越的假设和科学的结论达到我在认识批判中想达到的目的：即观察到超越认识的客观性的可能性。"① 因此，我们根据胡塞尔的现象学还原方法来研究文学艺术，就是要追问：文学艺术及其作品"如何可能"，而不是文学艺术及其作品"是什么"。而且，胡塞尔给我们指出了研究文学艺术及其作品不能够借助于自然科学的逻辑方法和结论，而应该运用直观。这是对19世纪末自然科学实证主义流行的文学思想（如德国、法国的自然主义文学流派，泰纳的实证主义艺术观）的反思和批判，是一种新的思维方法的创立。

莫里茨·盖格尔对美学和文艺学之中运用现象学还原方法做了原则性的说明。他说："我们所提出的现象学方法的第一个标准是，它依附于现象，它的任务是研究现象。现象学方法的第二个标准是，它存在于人们对这些现象的领会过程中，不是存在于它们那偶然的、个别的侧面之中，而是存在于它们的基本特性之中。现象学方法的第三个标准是，人们既不能通过演绎，也不能通过归纳来领会这种本质。而只能通过直观来领会这种本质。"② 在这里盖格尔似乎已经把现象学还原方法在美学和文艺学中的含义及其原则阐述得清清楚楚了。现象学还原方法运用于文学艺术思想就是：把文学艺术作品还原到文学艺术的本质现象，运用直观来面向文学艺术作品所显现出来的文学艺术的纯粹现象，从而揭示文学艺术及其作品的"如何可能"或"绝对被给予性"，同时分析文学艺术及其作品的"被给予"、"被直观和被把握"或者"超出了意指之物的意指"的构造过程。

罗曼·英伽登把这种现象学还原方法运用到文学艺术作品的创作和欣赏的分析之中，也就在德国文学思想乃至整个西方文学思想的方法论变革之中起了重要的作用。他在一次讲演中这样说道："艺术家在构造作品时，通过创造性直觉就仿佛预先看透了审美上有价值的质素可能有的复杂性以及它们将怎样导致艺术作品整体的全

---

① ［德］埃德蒙德·胡塞尔：《现象学观念》，倪梁康译，夏基松、张继武校，上海：上海译文出版社1986年版，第36—37页。

② 倪梁康主编：《面向实事本身——现象学经典文选》，北京：东方出版社2000年版，第245页。

部审美价值的出现。同时,他尝试通过对那些审美上中性质素(颜色、声音、形状等)的选择来找到一些技术手段以实现特殊的复合,这些中性特征通过形成作品的骨架来创造对象的条件(即在艺术作品方面的条件),这些条件对主观条件的实现是必不可少的,那就是一个合适的观赏者的存在和审美体验的达到,如果没有这种审美体验,这些中性特征就不可能显现出来,并共同引起各种质素独特复合的出现,审美上有价值的质素和对应的、由全部复杂基质决定的审美价值的构成也不可能显现出来。""综上所述,很明显,在已知的艺术作品基础上凝定的审美价值,不是别的,而是一种特别高级的、通过对互相作用的、审美上有价值的质素的选择而表现出规定性。这些审美上有价值的质素,在有能力的观赏者'重建'的艺术作品的中性骨架基础上展现自己。"① 在这里英伽登与盖格尔一样,突出了现象学还原方法的三大原则:文学艺术及其作品的纯粹意识现象原则,文学艺术及其作品的直观本质现象原则,文学艺术及其作品的直观构造(建构)原则。

现象学还原方法,从哲学的本体论、认识论、方法论的角度来看,应该说都是极端主观唯心主义的学说,尤其是使人想到它与贝克莱的"感觉的复合"的学说非常相似,不过显得更加精致和玄奥。但是,从文学艺术及其作品的审美特征来看,现象学还原方法倒是分析文学艺术及其作品的一个非常贴切、适用而又明晰的学说和方法,它可以使我们深入到文学艺术及其作品的"本身"之中进行分析,从而得到揭示文学艺术及其作品的"本质现象"的结论,而避免诸如泰纳的"种族、环境、时代""三因素论"的外表现象的结论。

(三)"意向性"的意识对象构成理论与文学思想

"意向性"是现象学的核心概念之一,最初见于中世纪经院哲学,其后一度消失,19 世纪又被弗·布伦塔诺(Franz Brentano, 188—1917)引入哲学,经由胡塞尔的张扬而成为现代哲学中的一个主要概念,并深深影响到现象学文学艺术思想。在布伦塔诺那里,意向性是用来描述所有心理现象的本质特征的,由此来区别心理现象和物理现象。他在《经验观点的心理学》中指出:"每一心理现象的特征都可以通过中世纪的经院学者称为意向的(或往往指心智的)对象的非存在的那种性质来刻画。我们也可以把那种性质称为对内容的指示、对对象的指向(在这里对象不应被理解为现实的东西)或称之为固有的对象性,尽管这样的说法不是十分清楚明确的。每

---

① [法] 米盖尔·杜夫海纳主编:《美学文艺学方法论》,朱立元、程未介编译,北京:中国文联出版公司 1992 年版,第 222 页。

一个心理现象都包含作为它的对象的东西，尽管它们不是以同样的方式来包含的。在表象中，是某种被表象的东西，在判断中是某种被肯定和否定的东西，在欲望中是某种被欲望的东西，等等。这种意向的非存在是专属于心理现象的。没有一种物理的现象表现出与此相同的性质。因此我们可以把心理现象定义为通过意向的方式在本身之中包含对象的那样一种现象。"布伦塔诺以此为基础，建立了一个经验心理学体系。胡塞尔将"意向性"引入现象学，企图以此来克服传统哲学中主体与客体、唯心与唯物的对立，同时他竭力清除这一术语的心理主义色彩，把它纳入纯粹意识的本质结构，立足于现象学本体论来加以分析。胡塞尔说："意向性概念是在我们所说的无限广度上加以把握的，它是在要进入现象学时一个必不可少的、作为出发点与基础的概念。"(《理念：纯粹现象学一般导论》)胡塞尔认为，"意识的本质，我以自身的资格生活于其中的意识的本质，就是所谓的意向性。"作为意识之本质的意向性指的是：其一，"意识总是对某物的意识"(《巴黎演讲》)。胡塞尔说："认识体验具有一种意向，这属于认识体验的本质，它们意指某物，它们以这种或那种方式与对象有关。"(《现象学的观念》)这就是说，没有不涉及对象的意识，无论这对象是否实在，也没有脱离意识活动的对象。意向性所标明的正是意识活动和意识对象之间相互包容的意向关系，这种关系比主客体对立的关系本原得多。胡塞尔指出："任何思维现象都具有其对象性关系，并且任何思维现象都具有其作为诸因素的总和的实在内容，这些因素在实在的意义上构成这思维对象；另一方面，它具有其意向对象，在对象根据其本质形成的不同被意指为是这样或那样被构造的对象。"对意识和意识对象的关系，胡塞尔还有一个有趣的说明："对象不是一个像藏在口袋里一样的藏在认识中的东西，好像认识是一个到处都同样空洞的形式，是一个空口袋，在里面这次装进这个，下次装进那个。相反，我们认为被给予性就是：对象在认识中构造自身。"为此，胡塞尔又认为，其二，意向对象是先验自我在意识活动中的建构物，意识活动与意识对象的关系是一种构造关系，其实质是"给予意义"。胡塞尔认为，世界本身是无序、无意义的，正是通过意向性活动，使某物获得意义而成为我的对象。此外，这种"构造"和"给予意义"又是先验的，是在意识之内进行的。他说："所有那些对我而实存的东西是依赖于我的认识意识而实存的；一切东西对我来说，是我不断经验的被经验的东西，我不断思考的被思考的东西，我不断理论化的被理论化的东西，我不断直观的被直观的东西。对我而实存的一切东西仅仅是作为我的我思活动的意向性对象。"而"每一我思，每一意识过程，我们都可以说是意味着某物或其他东西，都会像这样在自身之内创造其特有的被意味者，即它的具体的我思对象"。(《笛卡尔沉思》)

尽管"事物不是思维行为,但却在这思维行为中被构造,在它们之中成为被给予性;所以它们在本质上只是以被构造的方式表现它们为何物的"。正因为如此,"这一世界及其全部对象都从我自己那里,即从唯一与先验现象学还原相联结才居于首要地位的自我那里,派生其全部意义与存在方式"。其三,意向性的本质是先验自我的主观性,先验自我是意向活动的基础。胡塞尔说:"对这个现实世界(而且,在本质上是一般的世界)的存在方式和意义的现象学阐明,结果只能是先验主观性在本体论上具有绝对存在的本体论意义。它才是真正非相对性的。这就是说,它只相对于自身。由此看来,现实世界当然是存在的,但在本质上只与先验主观性相关联。""自我的本质属性在于固执地构成意向性系统。"很显然,胡塞尔将意向性看做先验意识的本质结构。罗曼·英伽登运用意向性理论建立了他的文学的艺术作品理论和关于作品的认识论。他将文学的艺术作品看做"纯粹的意向性构成",而将对此作品的认识看做"意向性重构"。他还把整个文学活动都理解为意向性的活动,例如创作活动是作家意识的意向性向外部世界的投射和建构的过程,审美活动是读者意识的意向性投射和对审美对象的重构过程。因而有批评家指出:"作为现象学观点的代表,英伽登的看法主要依赖于胡塞尔在弗·布伦塔诺的著作中所发现的'意向性'这一概念。"(比克尔《文学和现象学透视角度》)①

莫里茨·盖格尔也指出:"对于哲学美学来说,存在着许多十分明确的成堆的难题,现象学方法正是针对这些难题而具有意味;它把审美世界的内容——各种审美客体和审美价值——当作对象提出来,并且通过作为一门特殊科学的美学把这些内容本身纯粹当作现象来考虑。但是这里还存在着进一步的考虑,即对**主体**而言,它们作为现象才是现象:正是主体从自身之中把悲剧性的东西产生出来,并且使这个事件充满了戏剧性。因此,我们又可以反映这些事实了,正是在这些事实之中,主体对这个现象世界的构造发生了。让我们把语词与意义之间的关系作为一个例子介绍一下。如果我们要考虑这个现象,那么我们就必须说这个语词具有它的意义。但是,我们也可以通过这个现象对主体的依赖来考虑这个现象——正是主体把一个语词的意义赋予了这个语词,并且首先创造了这种包含在语词与意义的关系之中的相互关系。我们还可以对下面这些事实感兴趣——主体就通过这些事实创造了这种关系,这也就是说,对我们的例子来说,我们还可以对这些把意义赋予语词的事实感兴趣,并且进

---

① 王先霈、王又平主编:《文学理论批评术语汇释》,北京:高等教育出版社 2006 年版,第 447—448 页。

一步对它们进行分析。在我们对那些事实和功能——主体正是以这些事实和功能构造了审美的世界——进行分析的过程中也正是如此,它并不是一个有关偶然的个别事例(这种事例可以使我们的具体说明继续下去)的问题,有的人就是通过这种事例把某种意义偶然地赋予了某一个词语。我们所应当研究的正是这些从本质上必然包含在情境之中的事实,语词本身正是通过这些事实获得了它的意义。这样一些有关构造的难题都是无法通过现象学对本质的研究来确定的,它们都属于作为一种哲学美学的美学的领域。"① 盖格尔在这里所论述的对主体构造对象的难题的分析和解决方法,就是建立在现象学意向性对象构成理论的基础上的。也就是说,作为审美对象,文学艺术作品的审美意义和审美价值是由审美主体在意向性活动之中构造出来的,并不是作为物理对象的艺术作品所固有的,而是作为纯粹意识现象的意向性使其在审美主体(创作者或观赏者)的意向性构成之中必然被给予的。之所以如此,就是因为在审美活动之中,对象是意向性对象,而审美意识是必然具有意向性构成功能的纯粹意识现象。这样,现象学的意向性对象构成理论就取消了审美主体和审美客体的二元对立,而把主客体统一在意向性的纯粹意识现象之中。这样现象学的意向性对象构成理论似乎就比较合乎文学艺术及其作品的实际,解决了审美活动之中的主客体的关系,不过,从根本上来看,现象学的意向性对象构成理论虽然强调了文学艺术及其作品的创作和欣赏之中的先验主体性的作用,但是,这种理论完全脱离了物质的客观现实和实践活动,就必然会滑向主观唯心主义的绝对唯我主义的泥淖之中。因此,就艺术作为纯粹意识现象和意识活动的方面来看,现象学的意向性对象构成理论是有其合理性和精致性的,但是,就文学艺术及其作品与社会生活的不可分割的关系方面来看,现象学的意向性对象构成理论又是具有片面性和荒谬性的。也就是说,尽管现象学的意向性对象构成理论与现象学还原方法确实是使文学艺术及其作品"回到自身"了,回到纯粹意识现象的"本质"了,但是,它却切断了文学艺术及其作品的取之不尽、用之不竭的源泉,成为了无源之水,无本之木。所以,现象学的理论是在纯粹意识现象的范围之内发生作用的。这一点应该引起我们的注意。

(四)"生活世界"的历史解释学与文学思想

"生活世界"(Lebenswelt),又译"生命世界"。埃德蒙德·胡塞尔现象学术语,它出现在胡塞尔晚期著作《欧洲科学危机和超验现象学》之中。这一概念的提出标志着胡塞尔克服欧洲科学危机的新设想,以及从纯粹的、超验的理性反思到历史的、

---

① 倪梁康主编:《面向实事本身——现象学经典文选》,北京:东方出版社2000年版,第254页。

经验的理性反思的转变。在胡塞尔看来,理性是人类文明的基础,欧洲科学危机的根源在于它对此基础的误解与遗忘。要克服危机就必须在对理性的本真理解中发挥人类生存的理性基础。早期胡塞尔试图通过对"超验自我"的纯意向性分析来阐明理性的本性:纯粹的内在主体性。但这种超验的非历史性分析太空洞。晚期胡塞尔在"生活世界"这一概念中找到了理性存在的经验的、历史的见证,经由对"生活世界"的阐释而深入分析了科学以及一切学术活动的基础:理性。重建科学与生活世界的本真关联也就是真正返回理性之基础。"生活世界"的理性构成主要有这几个方面:其一,理性作为内在于人身体中的指意、构意和解意的能力在活生生的感觉、知觉活动中建构我们最初直接遭遇的世界。"我们现在从这个侧面看它,待会儿又从那个侧面看它,我持续不断地从各个角度去知觉它。但是,透过它们,事物的表面是在一种连续的综合中向我们展示的,对意识而言,每个侧面都是它展示的一种方式。这就意味着:虽然事物的表面外观是当下既与的,但我所意指的却要多于其所提供的。"正是多于其所提供的"意义剩余"统一着被感知事物的各个侧面,并组建着可理解的感性世界。其二,生活世界是在时间当中由个体主体性和群体主体性共同建构的意义统一体。"在彼此的生活中,每个人皆参与了他人的生活",尤其因为语言对个体经验的介入使个体的感知群体化了,因此,生活世界的这一层面便深深地渗透在前面谈及的感知层面当中。其三,生活世界是诸科学活动的前提与可靠之基础。"科学本身也是人类精神的产物。它预先确立把历史上的周遭直观的生活世界作为其出发点,并预先给定为对一切人都共同的东西。"生活世界作为诸科学的基础为科学提供历史的、经验的理性前提。"例如,爱因斯坦使用米歇尔松的实验、并借其他研究者使用复制米氏的仪器而得的佐证。……所有在此内的一切——人、仪器、研究室等……在这些内在于一般生活世界的活动与创作中,经常是爱因斯坦所有的客观科学探索线索之预设。"此外,"生活世界是对我们所有人的前给予……它是我们人类共同占有的世界。因此,它也是明证性的稳固基础,是理所当然的事物的获得性源泉。"科学正是在此基础上建构可靠的逻辑世界,舍此,科学将是空中楼阁。其四,生活世界是人基于理性而走向普遍自我理解与自我更新之人生境遇,它为诸科学提供根本的意义和价值基础。正因为如此,哲学作为科学之科学,作为整合科学与生活、理论与实践的科学,乃是"生活世界之科学"。只有经由对"生活世界"的全面而终极的反思与澄明,才能为人类的知识找到真正的基础。"生活世界"也体现了现象学文学思想对文学的理解。罗伯特·马格廖拉说:"现象学批评的第一项任务与大多数文学批评一样,批评家鉴赏作品提供的'世界'(人物、主题、情节等)是否透过语言'表现'出来,给读者想象一个活生生的世界。……任何对我们有意义的文学,都一定是与我们的生活世界、我们的经验方式相类似的文学。"(《现象学与文学导论》)特里·伊格尔顿也指出,现象学批评认为"一部文学作品的'世界'并非意指一种客观的现实,而是德文里所说的'生活世界',即一个个人主体实际组织和经验的现实。现象学批评将特别集中注意一个作者对时间和空间的经验方式、自我和他人之间的关系或者他对物质对象的观察。换句话说,胡塞尔哲学中对方法论的关心,经常成为现象学批评的文学'内容'。"(《文学理论导引》)①

值得我们注意的是:胡塞尔晚年很重视对生活世界的研究。目的论的历史解释的方法被用于研究生活世界。他研究生活世界的目的是为了开辟通向生活世界之前的、更深一层次的纯粹意识的道路。因此,目的论的历史解释方法也是对先验还原和本质还原的补充。胡塞尔对生活世界的解释的出发点是一个类似于波普尔的"三个世界"的理论:科学和哲学的理念世界,实践活动的生活世界,纯粹自我和纯粹意识的世界。他企图首先把科学和哲学的观念世界还原为实践活动的生活世界,即指出科学和哲学的理念是生活世界中的理论的和技术的实践活动的产物;然后再把实践活动的生活世界还原为纯粹自我和纯粹意识的世界,即指出生活世界是纯粹自我的意识活动的产物。严格地说,胡塞尔反对"三个世界"的理论,因为还原的结果表明只存在一个世界,即实践活动的生活世界,科学和哲学的观念世界只是人们在实践活动中创造出来的一件生活世界的"理念的衣服"。纯粹自我和纯粹意识是作为超越于生活世界而存在的,本身不是世界,而世界(这包括时间、空间、互相区别的不同的自我、灵魂和物体等)是由纯粹自我通过它的意识活动构成的。因此搁开先验唯心主义的哲学框架,很难理解胡塞尔的生活世界概念。②

晚年胡塞尔转向生活世界,对于德国文学思想的影响也是举足轻重的。胡塞尔现象学思想的发展思路似乎也深受康德和新康德主义"回到康德去"的思路的影响。因此,胡塞尔说:"我们有充分理由详细讨论康德,因为他标志着近代哲学史中的一个意义重大的转折。"③当胡塞尔进行了认识论批判以后,欧洲正经历了以德国为策源地的两次世界大战,欧洲的危机日趋严重。因此,摆在胡塞尔面前的任务就不仅

---

① 王先霈、王又平主编:《文学理论批评术语汇释》,北京:高等教育出版社 2006 年版,第 452—453 页。
② 刘放桐等:《新编现代西方哲学》,北京:人民出版社 2000 年版,第 322 页。
③ [德] 埃德蒙德·胡塞尔:《欧洲科学危机和超验现象学》,张庆熊译,上海:上海译文出版社 1988 年版,第 120 页。

仅是"认识论批判"所能完全解决的，还需要进一步进行"目的论批评"，把视野从人的认识转向生活世界和历史，即人的生活本身。因此，他由认识论的一般现象学转向了认识人的生活世界和历史本身的目的论的历史解释学。胡塞尔认识到，"人们（包括自然科学家）生活在这个世界之中，只能对**这个世界**提出他们实践和理论的问题；在人们的理论中所涉及的只能是**这个**无限开放的、永远存在未知物的世界。"在自然科学的数学化中，"我们为生活世界（即在我们的具体的世界生活中不断作为实际的东西给予我们的世界）量体裁一件**理念的衣服**（Ideenkleid），即所谓客观科学的真理的衣服"。尽管这种自然科学数学化给我们带来了卓有成效的、日益增多的成就，至少给我们带来了一系列新科学，"然而在另一方面，整个这种成就，这种自明性本身，**从新的角度和从心理学出发**（这些成就是在心理学所探讨的领域中发生的），就变得完全不可理解的了"。"于是，现在产生出一种以前从来不可想象的世界之谜。它们引起完全新的哲学思维的方式，即'认识论的'、'理性理论的'哲学思维，随后不久又引起具有完全新的目标和方法的系统哲学。在这一切变革之中最伟大的变革是从**科学的客观主义**，近代的，甚至**数千年以来的所有客观主义，向超验的主观主义的转变**。"在胡塞尔看来，客观主义的活动是在经验先给予的自明的世界的基础上，并追问这个世界的"客观真理"，追问对这个世界是必然的，对于一切理性物是有效的东西，追问这个世界自在的东西。"超验主义正相反，它认为：现存生活世界的存有意义是**主体的构造**，是经验的，前科学的生活的成果。世界的意义和世界存有的认定是在这种生活中自我形成的。——每一时期的世界都被每一时期的经验者实际地认定。至于'客观真的'世界，科学的世界，是在**较高层次上的构成物**，是用前科学的经验和思想为基础的，或者说，是以它的对意义和存有的认定的成果为基础的。只有彻底地追问**这种主体性**（在此特别需追问造成对世界及其内容的认定、造成对一切前科学的和科学的模式的认定的主体性，以及追问理性的成就是什么并如何），我们才能理解客观真理和弄清楚世界最终的存有意义。因此，世界的存有（客观主义对此不加提问，把它视为不言而喻的）并不是自在的第一性的东西，因而不应该只问什么东西客观地属于这种存有。实际上，**自在的第一性的东西是主体性**，是它在起初素朴地预先给定世界的存有，然后把它理性化，这也就是说，把它客观化。"因此，胡塞尔认定了自己的方向："这是一种朝向超验哲学的**最终的形式**，即朝向**现象学**前进的方向。这里也包含作为被悬置的环节的心理学的最终形式，它将连根拔除近代心理学的自然主义的意义。"那么，胡塞尔就转向了现象学的历史研究。"我们必须进行的这种研究（这已经规定了我们所准备的建议的样式）不是通常意义上的那种历史研究。我们的任务是去理解哲学的、特别是近代哲学的、历史发展的**目的**，同时也认清我们自己：我们是这种目的的承担者，我们通过我们自己个人的努力，参与实现这种目的。我们试图识别和理解贯穿于这一切既互相反对又互相合作的变化不定的历史的努力中的**统一性**。我们在不断进行批判的时候，总是把整个历史的复合体视为一种个人的复合体，并从中最终看出我们自己所需承担的历史任务。我们不是从外部、从事实（仿佛我们本身所经历的这一时间的变迁只是一种外在的因果系列）来识别这种目的的，而是从内部来识别它。只有通过这种方式，我们（我们不仅仅是精神遗产的继承者，而且本身完全是历史精神的产物）才能发现真正属于我们自己的任务。我们赢得它不是通过批判任意的一种当代的或者从过去承继下来的系统，任意的一种科学的或前科学的'世界观'（最终甚至是一种中国的世界观），而是通过对历史的（**我们的历史的**）整体的批判地理解。"这种批判应该是目的论批判，是一种现象学的"反思"。"这种通过追索这些目的的最初奠基澄清历史的方式（这些目的把以后各代哲学的环节连接起来，因为它们以沉积的形式继续生存下去，并能一再获得新的活力发挥作用和被批判），这种追索存活下来的目的如何一再重新企图达到新的目标，如何一再企图克服原来的不尽令人满意的地方，进行进一步的澄清、修正、或多或少重新铸造的方式，在我看来，就是哲学家的真正的自我反思的方式。这是一种对哲学家所**真正寻求的东西**的反思，是对那些作为意志生存于他们中间的东西的反思，是对意志的由来和作为他们的精神的先祖的意志的反思。"因此，这种反思就是一种历史解释学。然而这种历史解释学不能以每一个思想家的私下的想当然的"先入之见"为基础，也不能以每一个哲学家的"自我反思"和"自我理解"为基础。因为"无论我们怎样精确地通过历史的研究表述这种'自我解释'（即使表述对整个这一系列哲学家的自我解释）我们还是不能理解贯穿于一切哲学家之间的、最终地在意向的内在性的暗含的统一性中唯一构成历史的统一性的'目的所在'。只有在这种最终的奠基中，这种'目的所在'才能被启明；并只有通过它，哲学和哲学家的统一的发展方向才能被揭示出来。只有从这里出发，我们才能清楚地理解过去的思想家，而他们本身却不能如此清楚地理解自己。""这也使我们看清楚，象'目的论的历史的思考'那样的特有的真理是从来不可能通过引证早期哲学家的有可靠文献资料为依据的'自我证言'而被决定性地驳倒的。因为这种真理只有在批判的总的审视的自明性中才能被建立起来，只有这样的审视，才能使我们看清在以可靠文献资料为依据的哲学理论的'历史事实'和它们表面上的对立和并存背后一种有意义的最终的和谐。"① 这就是胡塞尔的"回到生活世界"的现象学的历史解释学,它直接指向生活世界的目的论的"先验主体性"的历史"现象本质"。

胡塞尔的这种生活世界的历史解释学,即现象学目的论的历史哲学,对于德国文学思想的转向现代同样起到了关键性作用。这个关键就在于:它打破了"客观主义"的模仿论的西方传统观念,而使德国文学思想和西方文学思想转向了胡塞尔所谓的"自在的第一性的东西"——主体性,而且是经过了现象学还原的"先验主体性",并在这种主体性的基础上建立了历史解释学,给文学解释学奠定了基础。我们可以清楚地看到:19—20世纪之交,德国和西方的文学思想从"模仿论"转向了"表现论",从"客体预成论"转向了"主体生成论"和"主观建构论",从"反映论"转向了"符号形式论"和"价值论",从"认识论的解释学"转向了"本体论的解释学"。这一切都与胡塞尔的现象学的目的论和历史解释学有着直接或间接的关系。其中的具体情况,我们将在下面相关部分展开论述。

著名学者赵一凡在《从胡塞尔到德里达——西方文论讲稿》之中说:"应当说,为了追寻本源,胡塞尔勇敢地重建西洋哲学,其意义不亚于路德开创新教。专家认为,这一重建的特征是:(1)拒绝传统哲学合法性,另立科学标准,展开反思研究;(2)为突破形而上学,不惜开创新阐释系统;(3)因其方向多变,终将矛盾带出哲学领域,形成变革意识广泛外溢。"② 总而言之,胡塞尔的现象学哲学对德国文学思想乃至西方文学思想的影响就在于,给予人们一种新的看待文学艺术的观点、立场、方法,从而把德国文学思想和西方文学思想从西方传统的形而上学的观点、立场、方法转向了一种全新的方向,结束了从古希腊亚里士多德以来雄霸西方两千多年的文学思想,开启了德国文学思想和西方文学思想的现代化思路和进程。

三、德国现象学对审美现代性的反思

欧洲现代性问题,在我们看来,实质上就是,欧洲资本主义社会及其文化的全球化推进和扩展的问题。欧洲现代性的确立和发展过程,可以从16世纪文艺复兴和17世纪新古典主义时代算起,16—17世纪是欧洲资本主义生产方式逐步取代封建主义生产方式的时代,而欧洲和西方的现代性的确立是18世纪的启蒙主义时代。

---

① [德]埃德蒙德·胡塞尔:《欧洲科学危机和超验现象学》,张庆熊译,上海:上海译文出版社1988年版,第60—86页。
② 赵一凡:《从胡塞尔到德里达——西方文论讲稿》,北京:生活·读书·新知三联书店2007年版,第116页。

启蒙主义时代确立的是"启蒙现代性",它表征着欧洲和西方资本主义社会及其文化的性质和特征,它建构了理性主义神话、科学技术神话和社会进步神话这"三大神话"。但是,自从"启蒙现代性"确立伊始就暴露出它本身的内在弊病,因而必然地产生了对它进行反思和批判的"审美现代性"。从卢梭、康德、席勒等思想家、美学家开始的"审美现代性",到19世纪末逐渐形成了现代主义的"审美现代性",它反思和批判"启蒙现代性"。德国早期现象学的哲学和美学就是这种现代主义的"审美现代性"的一种表现形式。它针对西方和欧洲传统形而上学和二元对立的思维方法,以现象学的世界观和方法论反思和批判启蒙现代性的理性主义神话、科学主义神话、社会进步神话,对文学艺术的研究由本质论转向意义论,由普遍有效论转向历史差异论,由主观合目的论转向符号形式论,由主观必然论转向主观偶然论,高扬文学艺术的"审美无功利性"、"审美自律性"和"审美反思性",颠覆和解构启蒙现代性,起到了推动作用。德国早期现象学哲学和美学继新康德主义之后,进一步推进德国文学思想的现代转型。然而,德国早期现象学哲学和美学,又与新康德主义不同,是以"面向实事本身"的世界观,"本质直观还原"的现象学方法,"回到生活世界"的历史解释学来反思和批判启蒙现代性的理性主义神话、科学技术神话和社会进步神话,为现代文学思想的意义论、历史差异论、符号形式论、主观偶然论奠定了现象学的哲学和美学基础,对"审美无功利性"、"审美自律性"和"审美反思性"做出了现象学的解说。

1. 现象学反思和批判"三大神话"与文学思想

现象学对于启蒙现代性所构建的"三大神话"进行了反思和批判,不过是以现象学的独特方式进行的,即以先验主体性的理性反思取代理性主义神话,以现象学还原后的"严格科学"颠覆科学主义神话,以目的论历史解释学消解社会进步神话,把德国和西方文学思想的探讨纳入现象学的"审美现代性"的思路之中,完全打破了西方传统文学思想的二元对立的思维方法以及形而上学的自然主义和心理主义的倾向,推进了西方和德国文学思想的现代转向。

胡塞尔建立作为"严格科学"的现象学哲学,就是要消解西方传统形而上学的二元对立的思维方法。他在为《大英百科全书》所撰写的"现象学"条目之中明确地说:"'现象学'标志着一种在19世纪末20世纪初在哲学中得以突破的新型描述方法以及从这种方法产生的先天科学,这种方法和这门科学的职能在于,为一门严格的科学的哲学提供原则性的工具并且通过它们始终一贯的影响使所有科学有可能进行一次方法上的变革。""在现象学的系统的、从直观被给予性向抽象高度不断迈进的工作中,古代遗留下来的模糊的哲学立场对立,如理性主义(柏拉图主义)与经验主义的对立,相对主义与绝对主义的对立,主观主义与客观主义的对立,本体主义与先验主义的对立,心理主义与反心理主义的对立,实证主义与形而上学的对立,目的论与因果性的世界观的对立等等,这些对立都自身得以消解,同时不需要任何论证性的辩论艺术的帮助,不需要任何虚弱的努力和妥协。"① 由此可见,胡塞尔的现象学哲学是 19—20 世纪之交的一场哲学大变革,这场变革就是要消解西方传统形而上学的二元对立的思维方法,建立一种"严格科学"的哲学。从这个意义上说,胡塞尔并不是一般地反对理性、科学和进步,而是反思和批判文艺复兴时代开始而启蒙主义时代确立的理性主义神话、科学主义神话和社会进步神话。胡塞尔是为了挽救欧洲于危机之中,这种危机就是启蒙现代性的"三大神话"。他坚决反对以自然科学为蓝本的科学主义。他在《现象学的观念》之中说:"所有要求作为一门严肃科学的当代哲学,都认为一切科学,包括哲学,只有一种共同的认识方法,这几乎已成为老生常谈。这种信念完全符合十七世纪哲学的伟大传统,这种信念认为,对哲学的所有拯救都依赖于这一点,即:哲学把精密科学作为方法楷模、首先把数学和数学的自然科学作为方法的楷模。"他认为,"**哲学却处于一种全新的维度**中,它需要**全新的出发点**以及一种全新的方法,它们使它与任何'自然的'科学从原则上区别开来。"在胡塞尔那里,"现象学:它标志着一门科学,一种诸科学学科之间的联系;但现象学同时并且首先标志着一种方法和思维态度;典型**哲学的思维态度**和典型**哲学的方法**。"② 所以我们可以说,胡塞尔是以现象学方法还原以后的"严格的科学"来取代了启蒙现代性的科学主义神话。

与此同时,胡塞尔认为,19—20 世纪之交的欧洲哲学危机"这蕴涵地涉及整个理性问题的可能性和意义",而实证主义对形而上学的可能性的质疑实质上就是使得欧洲失去了理性信念,所以,他反对实证主义,而要建立先验主体性的理性反思,来颠覆启蒙现代性的理性主义神话,但同时又要保留真正的理性。他在《欧洲科学危机和超验现象学》之中指出:"对形而上学可能性的怀疑,对作为一代新人的指导者的普遍哲学的信仰的崩溃,实际上意味着对理性信仰的崩溃,这可以被理解为类似古希腊人那里的可靠的知识(Episteme)与广泛流行的意见(Doxa)之间的对立。

---

① 倪梁康主编:《面向实事本身——现象学经典文选》,北京:东方出版社 2000 年版,第 83、104 页。

② [德] 埃德蒙德·胡塞尔:《现象学观念》,倪梁康译,夏基松、张继武校,上海:上海译文出版社 1986 年版,第 24—25 页。

是理性给予一切被认为'存有者'（Seiendes）的东西，即一切事物、价值和目的以及最终的意义。这也就是说，理性刻画了自有哲学以来的'真理'——'自在的真理'——这个词和其相关的词'存有者'——'ὄντω ὄν'（'真正的存有者'——之间的规范的关系。与这种对理性的信仰的崩溃相关联，对赋予世界以意义的'绝对'理性的信仰，对历史意义的信仰，对人的意义的信仰，对自由的信仰，即对为个别的和一般的人生存在（menschliches Dasein）赋予理性意义的人的能力的信仰，都统统失去了。"所以，他认为"哲学和科学本来应该是**揭示普遍的、人'生而固有的'理性的历史运动**"。但是，18世纪启蒙主义时代的理性主义却是素朴的，甚至是荒谬的。胡塞尔认为："我们现在可以确定，十八世纪的理性主义，以及它寻求获得欧洲人所需要的根基的方式，是素朴的。但是承认这种理性主义是素朴的，甚至是荒谬的（如果我们坚持前后一贯的思想）是否必然牺牲理性主义的**真正的**意义呢？"胡塞尔的回答是否定的。虽然不赞同启蒙现代性的理性主义神话，但是，他指出："作为一个哲学家，在我们的内在的个人的工作中的这种对我们自己的真正的存有所负的完全个人的责任中，同时也承担着对整个人类的真正的存有的责任。人类真正的存有是追求**理想目标**（Telos），从根本上说，它只有通过哲学，——通过我们，如果严格地说我们还是哲学家的话，才能被实现。"这就是他的现象学哲学，因为只有现象学哲学所进行的批判才能"批判地考虑什么是在哲学的目标和方法中的**最根本的、原初的、本真的东西**"。这就是现象学还原方法所要"先验还原到的"先验主体性"。[①] 所以，我们也可以说，胡塞尔是要以先验主体性的理性反思来颠覆启蒙现代性的理性主义神话。

　　同样的，胡塞尔对于启蒙现代性的社会进步神话也是要消解的，不过，他并没有彻底否定社会历史的发展，而是以生活世界的目的论历史解释学来重新解释了社会历史的发展。在《哲学与欧洲人的危机》的讲座之中，他主要地阐述了现象学的目的论历史解释学。他指明人的"生活"和"周围世界"的含义，从而规定了他的历史解释学的内容，与启蒙主义时代以来一直到19世纪的"精神科学"的区别。胡塞尔指出："在此，'生活'一词不可取生理学的含义，而是指有目的的生活，它表明精神的创造性——在最广泛的意义上说，它在历史之中创造文化。正是这种生活构成了种种精神科学的主题。"他认为，在他之前和同时的那些精神科学研究者，要么以作为

---

① ［德］埃德蒙德·胡塞尔：《欧洲科学危机和超验现象学》，张庆熊译，上海：上海译文出版社1988年版，第12—20页。

精密科学的自然科学方法把社会历史的研究回溯到动物界，要么以单纯的精神本身为主题，而只能对精神进行历史的报道，并没有超越描述。而他的目的论历史解释学，则以现象学还原方法使社会历史回到生活世界本身。他意指的"世界"并不是"客观世界"，比如说，"历史上环绕着希腊人的世界并不是我们的意义上的客观世界，而毋宁是他们'对世界的表象'，即他们自己的主观评价以及其中的全部实在性，比如诸天神与诸守护神，这些东西对于他们而言都是有效的"。胡塞尔认为，"'周围世界'是这样一个概念，它在精神领域中占据着它独一无二的位置。我们生活在自己的具体的周围世界之中，而且我们的一切关注和努力都指向这个世界，指向纯然发生在这个精神序列中的一个事件。我们的周围世界是我们之中与我们的历史生活之中的一个精神结构。如果某人把作为精神的精神当作自己的主题，从而要求对之进行纯粹精神的解释之外的任何一种解释，在此他没有任何理由。而下面一点具有普遍有效性：若将周围的自然视为本身异在于精神的，并由此用自然科学来支持精神科学从而使后者成为精密的，那是无意义的。"① 胡塞尔要求以现象学还原方法使历史还原到"前科学和哲学"的"生活世界本身"，这样才能还原出历史的精神形象，以实现人类的目标。而对于欧洲来说，就是要回溯到古希腊去。在《欧洲人与哲学危机》之中，胡塞尔指出："'欧洲的精神形象'又是什么呢？它正在展现内在于欧洲（精神的欧洲）的历史中的哲学观念。换句话说，它是历史的内在的目的论。如果我们一般地考虑人类，这一目的论就将自己展现为突然出现并且开始成长的人的新纪元。人在这一新纪元中将要并且能够生活在对自己的存在和历史生活的自由塑造之中，而且这种塑造是按照理性的观念和无限的任务来进行的。"这种历史的内在的目的论要实现，就必须进行现象学还原方法的历史解释学，回到生活世界本身去。因此，胡塞尔说："从本质上说，每一种精神形象都在普遍的历史空间与历史时间的具体统一中占有自己的位置，要么同时存在，要么前后相继——它具有自己的历史。因而，如果我们追随历史的联系，从我们自己与我们的民族出发，那么历史的联系性就把我们不断带向我们的邻邦，从一个民族到另一个民族，从一个时代到另一个时代。最后我们达到古代，从罗马人到希腊人，又到埃及人，再到波斯人那儿，等等。我们又回到原始的时代，并且不得不参阅曼格辛的重要而天才的著作《史前时代的历史》。对于这种类型的研究，人类把自己表现为人们与民众的单一生活，他们只在精神关

---

① ［德］埃德蒙德·胡塞尔：《现象学与哲学的危机》，吕祥译，北京：国际文化出版公司 1988 年版，第 137—138 页。

系中连接在一起，其中充满着一切类型的人的生存与文化，但却不断地相互渗透着。这就如同一片海洋，人类存在与民众作为其中的浪潮，不断地形成、变化与消失，有一些更多更复杂地卷入了，而另一些则简单些。"因此，历史就是一片海洋，在不断地形成、变化、消失的过程之中，欧洲形成了一个"精神统一体"，这个欧洲人的"精神统一体"的诞生地就是"公元前 7 世纪与 6 世纪的古代希腊民族"。① 这样，胡塞尔就以现象学还原的目的论历史解释学反思和批判了启蒙现代性的线性历史观。

　　胡塞尔的现象学哲学对启蒙现代性的"三大神话"的反思和批判，给 19—20 世纪世纪之交的德国文学思想开启了新的思路——审美现代性的新的理性的、本质直观还原的、历史解释学的新思路。哲学学者邓晓芒指出："十九世纪以来，西方人开始感到这种科学主义的苍白和虚假，它远离人性和真正的生活。在艺术领域，印象派反对科学的透视法，强调色彩、感觉，主张'用自己的眼睛看'（莫奈）；在文学中，意识流小说和心理现实主义兴起，也是为了用这种方式表现真正的、人性的真实。应当说，这些努力都已经开始显露出，一切科学的、抽象的、客观的真理都要以人性本身的真理为基础。但许多人却将这一方面引向了非理性主义、相对主义和神秘主义，旨在反对科学的哲学，主张'世界观哲学'。胡塞尔认为，这种倾向同样是欧洲人性即理性的堕落，并指出，西方的一切非理性主义归根结底仍然是理性的，只是未达到某种（更深层次的）理性的自觉而已。没有理性便没有整个西方文化。问题是理性要突破科学的狭隘视野，扩展其地盘，深化其根基，提高其层次，在非理性和科学理性两方面都重新获得理性的自我意识。科学的概念、逻辑必须回到前科学、前逻辑的根，反之，非理性则要意识到克服自己的瘫痪状态的合理前景。这就要求对科学主义和非理性主义的'真理'概念进行一种彻底的反思和追溯，返回到古代思想的源头，即认为真理就是'显现'出来而被'看'到的东西（Eidos），是直接被给予的、自明的东西，其他一切（逻辑、概念、事物的存在等等）都是建立在这一基础上并由此得到彻底理解的，是由'看'的各种不同方式决定的。因此要'回到事情本身去'（Zur Sach selbst），直接地去'看'。"② 那么，对于德国 19—20 世纪之交的德国文学思想来说，重要的就是肃清自然主义和实证主义的文学艺术思想的影响，"面向实事本身"，回到艺术本身，以本质直观来"看"文学艺术。这就是现象学的哲学和美学对德国文学思想走向现代的真正价值。

① ［德］埃德蒙德·胡塞尔：《现象学与哲学的危机》，吕祥译，北京：国际文化出版公司 1988 年版，第 140—143 页。
② 邓晓芒：《胡塞尔现象学导引》，《中州学刊》1996 年第 6 期。

2."审美现代性"的现象学基础与文学思想

德国早期现象学哲学和美学给"审美现代性"的文学艺术思想现代转型奠定了哲学和美学基础,在对文学艺术的研究由本质论转向意义论,由普遍有效论转向历史差异论,由主观合目的论转向符号形式论,由主观必然论转向主观偶然论的过程之中,具体贯彻了现象学还原方法和生活世界的历史解释学的基本原则,建构了文学艺术的"本质现象的意义论","生活世界的历史差异论","先验主体性的偶然论","意向性对象构成的直观形式论",从而大大促进了德国和西方文学思想的现代转型。

胡塞尔反复强调:现象学是关于"本质"的"严格科学"的哲学。在《〈逻辑研究〉第二卷引论》(1901—1913)中,胡塞尔就指出:"这种现象学和它所属的**一般体验的纯粹现象学**一样,仅仅研究那些在直观中可把握、可分析的体验的纯粹本质一般性,而不研究那些作为实体事实、作为在显现的并被设定为经验事实的世界中体验着的人或动物的体验的经验统摄后的体验。"① 在《现象学的观念》(1907)之中,他说:"如果我们不去考虑认识批判的形而上学目的,而是纯粹地坚持它的**阐明认识和认识对象之本质的任务**,那么它就是认识和认识对象的现象学,这就构成现象学的第一的和基本的部分。"② 在《纯粹现象学通论》(1913)之中,他说:"纯粹的或先验的现象学**将不是作为事实的科学,而是作为本质的科学(作为'艾多斯'科学)被确立**;作为这样一门科学,它将专门确立**无关于'事实'的'本质知识'**。这种从心理学现象向纯粹'本质'的还原,或就判断思想来说,从事实的('经验的')一般性向'本质的'一般性的有关还原就是**本质的还原**。"③ 但是,胡塞尔现象学所谓的"本质",并不是西方传统形而上学的那种从"经验事实"之中抽取出来的"实体"的本质,而是在人的直观中直接显现出来的"意义"的"本质",换句话说,胡塞尔的本质探讨并不是回答对象"是什么"(was ist)的问题,而是要回答对象"怎样可能"(wie können)的问题。所以,现象学的本质论是一种"现象意义的本质论"或者更确切地说是一种"本质现象的意义论"。正因为如此,胡塞尔在《〈逻辑研究〉第二卷引论》(1901—1913)中就明确地指出:"逻辑体验的现象学的目的在于,对心理体验和寓居于其中的意义做

---

① 倪梁康主编:《面向实事本身——现象学经典文选》,北京:东方出版社 2000 年版,第 65 页。
② [德]埃德蒙德·胡塞尔:《现象学观念》,倪梁康译,夏基松、张继武校,上海:上海译文出版社 1986 年版,第 24 页。
③ [德]胡塞尔:《纯粹现象学通论》,[荷]舒曼编,李幼蒸译,北京:商务印书馆 1992 年版,第 45 页。

出足够广泛的描述性（而非某种经验心理学的）理解，以便能赋予逻辑的基本概念以固定的含义，这些含义具有以下特征：通过对含义意向和含义充实之间的本质联系的回溯性分析研究，它们已经得到证明：它们所具有的可能的认识功能也可以被理解并且同时是可靠的；简言之，它们就是纯粹逻辑学本身的兴趣、主要是对这门学科之本质认识批判的明察的兴趣、所要求的那些含义。"①因此，当莫里茨·盖格尔把这种"现象本质的意义论"应用于美学领域时，就形成了研究"审美价值"和"艺术（审美）意味"的现象学美学，在文学艺术思想方面就是"艺术意味论"。盖格尔认为："美学家感兴趣的不是个别艺术作品，不是波提切利的画布，不是莎士比亚的十四行诗，也不是海顿的交响乐，而是十四行诗本身的本质，交响乐本身的本质，各种各样的素描画本身的本质，舞蹈本身的本质，等等。他感兴趣的是那些一般的结构而不是特定的审美客体。但是，他也关心审美价值的那些普遍法则，关心那些美学原则在审美客体之中的体现。"不过，现象学美学家所感兴趣的"本质"、"价值"（意义）、"普遍法则"并不是某种一成不变的"实体性"的东西，"这种本质概念却根本不能使我们理解某种真正的历史发展"，"因为真正的发展是另外一种东西，我们不能运用某种固定不变的本质概念——这种本质概念的原型存在于数学之中——来研究它，而只能运用一种能动的本质概念来研究它。"那么，这种现象学美学的研究是什么呢？"这是一个选择那些真正的、具有重要意义的特征过程，是一个不允许自己被那些无关紧要的考虑和偏见引入歧途的过程，也是一个真正集中精力于现象（并且只集中精力于现象）的过程。"②这就是现象学美学的"本质直观还原"过程，得到的是作为现象显现于直观之前的本质，即艺术作品的"意味"、"意义"、"价值"。

胡塞尔的现象学哲学和美学要研究的是"本质现象"或"现象本质"，比如，他说："这里谈的是红的总本质或红的意义以及在总的直观中红的被给予性。"但是，这种研究又是以单个对象的差异性为基础的："对阐明法则的全部研究完全是在本质领域中进行的，这个本质领域又以现象学还原的单一现象为基础构造起来。""**现象学的操作方法是直观阐明的、确定着意义和区分着意义的。它比较，它区别，他连接，它进行联系，分割为部分，或者去除一些因素。**"他还指出："我们思考一个**一般艺术作品的真正意义和某一个艺术作品的特殊意义**。在第一个情况中我们在纯粹一般性中研究一个艺术作品的'本质'；在第二个情况中我们研究真实被给予的艺术作品的

---

① 倪梁康主编：《面向实事本身——现象学经典文选》，北京：东方出版社 2000 年版，第 69 页。

② 倪梁康主编：《面向实事本身——现象学经典文选》，北京：东方出版社 2000 年版，第 248—249 页。

真实内容,这种研究相当于对确定对象的认识(根据它的真实被规定性是作为真实存在着的),如对贝多芬的交响乐的认识。""除了经验的研究、经验的规律性和个体的规定性之外,我们还进行本体论的研究,它们不仅在形式的一般性上,而且在质料区域的规定性上都是对真实有效的意义的研究。"(《现象学的观念》)①对于胡塞尔的这种"生活世界的历史差异论",盖格尔在现象学美学中是心领神会地运用着的。的确,现象学哲学和美学与抽象的形式逻辑的演绎和归纳都是对立的,它是一种"本质直观":"它既不是从某个第一原理推演出它的法则,也不是通过对那些特定的例子进行归纳积累而得出它的法则,而是通过在一个个别例子中从直观的角度观察普遍性本质,观察它与普遍法则的一致来得出它的法则。"例如,悲剧的本质与一部部具体的悲剧作品的关系,盖格尔指出:一方面,每一部悲剧作品都是悲剧本质的具体化:"悲剧那永远同一的本质(或者说,悲剧性的东西那各种各样变体的永远同一的本质)只有在索福克勒斯、莎士比亚、拉辛以及席勒等人那各种各样的悲剧形式之中才能得到具体化。"另一方面,悲剧的本质也是历史发展的且各不相同的:"如果我们的研究目标仅仅指向悲剧性的东西那永远同一的本质,那么我们就无法理解悲剧的发展;我们必须把悲剧性的东西本身看做是能够变化的、可以发生内在变革的、可以发展演化的东西。只有当悲剧的本质通过这种方式被变得流动起来的时候,我们才能够理解悲剧性的东西的发展;而且只有在那时,本质这个概念才会有助于人们的历史研究。"②换句话说,现象学美学就是要回到生活世界的现象之中直观文学艺术本身的历史的具体显现,在这种差异性的历史具体显现之中来直观到生活世界的本质。所以,盖格尔反对柏拉图的理念论的实体本质论,而倾向于黑格尔的辩证发展观的关系本质论,从而转向了"生活世界的历史差异论"。这对于德国文学思想的现代转型,无疑是注入了反对西方传统形而上学文学思想的强大生命力。

经过了现象学还原以后的现象就是"纯粹意识现象",在胡塞尔看来,"这个现象就是'被理解为我的知觉的知觉'","为了获得纯粹现象我就不得不重新对自我以及时间、世界提出怀疑,并且列出一个纯粹的现象——纯粹思维。"③因此,现象学所研究的就是这种纯粹主观的意识现象,而且,现象学的还原还要还原到"先验主体

---

① [德]埃德蒙德·胡塞尔:《现象学观念》,倪梁康译,夏基松、张继武校,上海:上海译文出版社 1986 年版,第 50—51、67—68 页。

② 倪梁康主编:《面向实事本身——现象学经典文选》,北京:东方出版社 2000 年版,第 247—248 页。

③ [德]埃德蒙德·胡塞尔:《现象学观念》,倪梁康译,夏基松、张继武校,上海:上海译文出版社 1986 年版,第 40 页。

性"之上去，也就是还原到"绝对被给予性"这个"最终的东西"之上去，而"被给予性就是：对象在认识中构造自身"①。那么，人的认识就只能是这个"先验主体性"的纯粹意识的"构造"。把这种"先验主体性的构成论"运用到文学艺术领域就形成了"先验主体性的偶然论"。我们之所以称之为"先验主体性的偶然论"，就是因为它与西方传统文学思想的"摹仿说"等"客观对象的必然论"相对立。英伽登在一次讲演之中指出：构成艺术作品的物质质料不过是一些"中性的质素"，而真正使艺术作品具有"艺术价值"和"审美价值"的还是主体的"审美经验"。比如，罗丹的大理石女人体雕刻，"在这些雕刻中震撼我的是极端的精确，同时是表面加工方面的极端轻柔，通过雕像，再现了被表现的女子身体的柔软。这儿这种加工大理石表面的方法，在表现对象的功能方面发挥了核心作用，这对象——一个女子的身体——性质上不同于物质材料，雕像就是这样由这种材料构成，以致观赏者在某种程度上产生这样的印象：在视觉上他不是在和大理石接触，而是就在同人的肉体接触。这是艺术的功效，它的卓越之处就在于对一个性质根本不同于雕像的物质材料的对象灵巧熟练地再现。但这种熟练并非此处唯一的优点，不是作品唯一的艺术价值。在使石头表面成形时展示出技巧的精熟，而体现在技巧精熟中的完满也可能赋予作品某种有艺术价值的东西，某种在作品本身中可以觉察得到，而与任何主观体验、或赞赏的心理状态、或愉快并不同一的东西。实际上，赞赏预先假定了我们成功地理解了我在说的作品本身的特征，赞赏是某种独立的东西，它被外加到作品中明显现存的东西上去了。"从这个例子中，英伽登得出结论："大量审美上有价值的质素是在已构成的审美对象中显现出来的。这些质素全都凭借直接向知觉提供某种东西而显出特征的，或者如果我们想要表达的话这些质素是直接呈现出来的现象，而不是某种可从其他材料推论出的间接的东西。它们具体地呈现给经验。为了审美上有价值的质素得以建立，必须获得一种审美体验，因为唯有在这种体验中，这些质素才逐步实现。"② 换句话说，艺术作品的审美价值是审美主体的审美体验所建构起来的，正是这种审美体验把各种审美上有价值的质素在直观之中本质还原地"构造"出来的。这样，"先验主体性的偶然论"就实现了文学艺术思想上的"哥白尼式革命"，把文学艺术及其作品的审美价值和艺术价值的形成由"客体"（客观的对象）转向了"主体"（主观的

① ［德］埃德蒙德·胡塞尔：《现象学观念》，倪梁康译，夏基松、张继武校，上海：上海译文出版社 1986 年版，第 63 页。

② ［法］米盖尔·杜夫海纳主编：《美学文艺学方法论》，朱立元、程未介编译，北京：中国文联出版公司 1992 年版，第 229—230 页。

体验）。

"先验主体性的偶然论"把文学艺术及其作品的形成归原于"先验主体"和每一个个别主体，那么，文学艺术及其作品与世界和其他主体之间的关系如何处理？或者用康德美学的话来说，文学艺术及其作品的"普遍有效性"问题如何处理？这样就必然产生了现象学的"意向性对象构成理论"（包括交互主体性或主体间性的理论）。套用一句中国传统文论的话来理解"先验主体性的偶然论"文学思想，就是说："文章本天成，妙手偶得之。"文学艺术作品是"先验主体性"的"被给予性"所构成的，当然这种先验主体性的"被给予性"只是构成文学艺术作品的"可能性"，要实现一个具体的文学艺术及其作品就需要一个具体的审美主体（作家，艺术家）的"妙手"（审美体验的创造）的"偶得之"（具体实现文学艺术及其作品）。既然如此，每一个作为审美主体的作家、艺术家自己的"审美体验"是各不相同的，他与作为观赏者的其他的"审美主体"之间能否沟通？这些现实的文学艺术及其作品能否与现实世界之间进行沟通？一句话，文学艺术及其作品能否在不同的审美主体之间具有"普遍有效性"，能否在不同的艺术世界和现实世界之间具有"普遍有效性"？现象学美学就以"意向性对象构成理论"来解释这些问题。也就是说，在现象学哲学和美学看来，任何意识（包括审美意识）都是意向性的意识，即指向一定对象的意识；任何对象也都是在意识之中显现的现象，即在意识中被给予的对象；因此，没有不指向对象的意识，也没有不在意识中显现的对象。这样一来，现象学哲学和美学就消解了主体和客体的二元对立，把对象和意识都统一在现象学还原以后的"纯粹意识现象"之中了。胡塞尔在《现象学的观念》第四讲中说："认识体验具有一种意向（intentio），这属于认识体验的本质，它们意指某物，它们以这种或那种方式与对象发生关系。尽管对象不属于认识体验，但与对象发生的关系却属于认识体验。对象能显现出来，它能在显现中具有某种被给予性，但尽管如此它既不是实在地存在于认识现象中，也不是作为思维（cogitatio）而存在。要澄清认识的本质并使属于认识的本质联系成为自身被给予性，就要从这两方面进行研究，探讨属于认识本质的这个关系。"① 胡塞尔就这样运用"意向性"理论把主体和客体、主体和主体的存在问题转化为认识论问题，并且以"意向性"关系把认识的"普遍有效性"的问题统一在"现象学还原了的""纯粹意识现象"之中，并且认为解决了认识的本质问题——普遍有效性问题

① ［德］埃德蒙德·胡塞尔：《现象学观念》，倪梁康译，夏基松、张继武校，上海：上海译文出版社 1986 年版，第 48 页。

是其中之一。英伽登在关于现象学方法的一次讲演中，为了证明审美价值的非主观任意性指出："为设立一个审美对象，观赏者的共同创造活动是必要的，所以，几个审美对象也可能在完全同一个艺术作品的基础上出现；这些对象中，在审美价值上可能是不同的。但是如前所述，这并不是证明价值主观性的根据。""审美对象在被建构的时刻，是观赏者所直接接触的某种东西，但观赏者可能理解它或对它作出反应。尽管如此，对象还是某种同观赏者及其经验有关的东西；同时，就像艺术作品或任何其他在实存方面独立的、有自己存在权利的自然对象一样，审美对象也是超验的（一种独立的自我存在的整体）。这种对经验的超越不仅扩展到价值上中立的艺术作品或审美对象的那些质素上，而且扩展到对象的有价值的质素以及在此基础上建构起来的种种价值。"① 这就是说，因为审美主体（艺术家和观赏者）的审美意识是与对象世界相关的意识，对象是显现在审美意识之中的现象，所以，任何人的审美意识都不是主观任意性的，而是与对象世界相关的东西，这就不仅保证了审美意识的可交流性，而且还保证了艺术作品的审美价值的客观有效性。这实质上还是在言说着康德美学关于美和审美以及艺术的"不依靠概念的普遍有效性"，不过以"意向性对象构成理论"取代了康德的"人同此心，心同此理"的心理主义倾向。

　　总而言之，德国早期现象学哲学和美学对审美现代性的探索是对康德的哲学和美学所开创的审美现代性探索的进一步发展，从思维方法上更加彻底地消解了西方传统哲学和美学的二元对立的思维方法，以关系的存在论取代了西方传统形而上学的实体本体论，更加有力地促进了德国和西方文学思想的现代转型，不过，我们应该看到，胡塞尔的现象学哲学和美学，盖格尔、英伽登的现象学美学，由于在哲学思想基础上依然是主观唯心主义和历史唯心主义的，尽管他们也想方设法要避开主观唯心主义和历史唯心主义的陷阱，提出了诸如"现象本质的意义论"、"生活世界的历史解释学"、"先验主体性的偶然论"、"意向性对象构成理论"等等新的理论观点，但是，他们的主观唯心主义和历史唯心主义，不仅把现象学美学及其文学艺术思想笼罩上了晦涩艰深和神秘玄奥的云雾烟霭，而且留下了许许多多难以自圆其说的理论"空白"。也许这些理论"空白"也是我们对它感兴趣的缘由之一。

　　3."审美现代性"的现象学解说与文学思想

　　"审美现代性"的具体表现在于：它高扬"审美无功利性"、"审美自律性"和"审

---

① ［法］米盖尔·杜夫海纳主编：《美学文艺学方法论》，朱立元、程未介编译，北京：中国文联出版公司 1992 年版，第 225—226 页。

美反思性"，现象学对"审美无功利性"、"审美自律性"和"审美反思性"进行了自己的解说，使得德国文学思想更加具有直观性、价值性、理想性，加速了德国和西方文学思想的现代转型。

对于审美无功利性、审美自律性、审美反思性，胡塞尔本人并没有说什么直接的话，但是，在他影响之下的现象学美学家盖格尔、英伽登倒是有一些论述和阐发。他们的这些论述和阐发表明了现象学哲学和美学关于文学艺术及其作品的基本看法，对德国文学思想的现代化进程有着明显的作用：加速了德国文学思想的直观性、价值性、理想性的诉求，给20世纪德国文学思潮由自然主义转向象征主义、表现主义准备了哲学和美学的基础。

盖格尔认为："美学是关于审美价值的科学。它是一门科学，这意味着知识是它的目标，而且它要运用一般概念来达到这个目标。但是，美学科学的研究对象——审美价值——却抵制人们运用一般概念来领会它。对于其他科学来说，一般概念是知识得到规定的手段，因为这些科学对它们的研究对象所具有的一般特性感兴趣，或者说，它们至少试图把个别的东西当作某种一般形态的焦点来设想。"可是，"审美价值与这种一般概念的关系却与此大相径庭。在一个艺术作品之中，从审美角度来看具有意味的东西就是存在于这个艺术作品之中的个性——它是这个艺术作品所特有的、不属于其他艺术作品的东西。那存在于济慈的诗歌之中、舒伯特的抒情歌曲之中、瓦托的绘画之中的从审美角度来看杰出的东西，就是某种独一无二的、不能被还原成那些一般概念的东西。我们不能把这种个别的、独一无二的侧面看作是那些一般价值范畴——诸如和谐，对自然真实，表现深刻，等等——注意的中心。这些价值范畴所指的只不过是一个艺术作品所具有的、与其他一百个艺术作品的特征相同的特征，而不是这个艺术作品所特有的审美价值。"不仅审美价值是艺术作品之中一种独一无二、不能被还原成一般概念、不属于其他艺术作品的东西，而因此具有个别性和独特性，而且审美价值还具有直观性，无概念性，愉悦性。所以，盖格尔说："只有在直接体验中，在审美直观中，在快乐和享受中，研究这种个别的、独一无二的侧面的方法才是既定的。康德早已经说过，'美的东西是不需要任何概念而使人快乐的东西'。"因此，人们在美学的开端就首先必须面对一个矛盾：美学作为一门科学只能处理那些一般概念，但是，人们却只有通过那直接的、非概念的体验才能够理解这门科学的研究对象。那么，人们怎么来处理这个矛盾呢？盖格尔提出了以审美价值为研究对象的作为特殊科学和哲学反思相统一的美学。在盖格尔看来，"哲学本质上就是反思；对于它来说，生命变成了反思试图通过它的那些概念来领会的实体。

因此，反思与经验之间的冲突以一种不同的形式表现了出来：只有当反思所涉及的是丰富而充实的生命的时候，反思才能充分发挥它自身的作用。一旦反思所试图把握的生命是空洞的和苍白的，那么反思本身也就会成为空洞的和苍白的。因此哲学反思为了成为深刻而真实的东西，它需要最大限度地涉及经验。它的成就也许就在于把最密集的经验与最强有力的思想结合起来。但是，由于一种倾向除非以牺牲另一种倾向为代价，否则就根本不可能得到发展，所以这样一种成就是不可能存在的。在那些最高级、最集中的经验的领域之中，在审美经验、宗教体验，以及一个人对他与同伴的关系的体验领域之中，在竞争和爱情之中，在仇恨和友谊之中，这种悲剧性结论是最充分地表现了出来。因此，那些真正的宗教本性总是反对人们对神圣的东西进行反思——即反对神学。正因为如此，艺术家以及试图在生命中实现艺术的人一般来说都反对美学。正因为如此，那些恋人根本不想了解那些有关爱情的理论，因为他们觉得他们的爱情是某种非理论的、独一无二的、根本不会再次发生的东西。"盖格尔回溯了从古希腊柏拉图和亚里士多德以来这种哲学反思与特殊科学的矛盾状态及其发展，而同时也看到了二者之间的联系。他说："因此，美学一直既是哲学的过继子女又是科学的过继子女；它那真正的哲学上的发展只限于少数几个名称；而且只是到了十八世纪晚期，科学才开始支配它，而且一般来说，它直到今天仍然是一无所获并且充满了矛盾。"盖格尔在叙述这一段发展历史的过程之中，明显地对启蒙现代性的科学技术主义神话和理性主义神话进行了反思和批判。他一方面批评了那种"注意力都集中在技术的出色上，而不是集中在艺术价值上"的倾向，比如哥特式艺术、巴洛克艺术；另一方面，他也批评了崇尚理智的理性主义倾向，比如，17—18世纪流行的戏剧艺术的"三一律"。他还批评了审美的功利主义倾向。他指出："艺术的本质并不是对各种困难的克服，而且人们对艺术的欣赏也与他们对有些人通过耐力和聪明所取得的那些成就的称赞毫不相干。""在一个艺术作品中，更危险的是那些不是'能力'的价值，而是更深刻的人类价值的外来价值的插入。"也就是说，一切功利性目的都会破坏美和审美以及艺术："即使一个艺术作品所具有的最有意识的审美之外的目标，也不一定必然损害它的审美价值。但是，一旦这个审美之外的价值取代了审美价值，这个艺术作品就会受到损害。"因此，盖格尔要求实现美和审美以及艺术的，这种以审美无功利性、审美无概念性、审美反思性、审美自律性为基础的审美直观性、审美价值性、审美理想性。他明白地指出："美学既不能代替艺术家那里的创造力量，也不能代替艺术评论家那里的艺术理解，或者代替享受艺术的人那直接的艺术体验。美学是知识；美学是对有关审美价值的那些法则所进行的分析，仅此而已。作为这样一种价值论美学——只要它不超越它那合适的界限，它就可以帮助艺术家自己制订出他进行艺术创作所要遵循的那些法则，并且帮助体验艺术的人自己确立他进行艺术体验所依据的背景。"盖格尔还批评了 19 世纪末欧洲和德国所流行的心理学美学以及心理主义倾向。他说："作为一门价值科学，它也许要**运用**心理学，我们也许只能认识那些作为心理事实的价值；不过，美学既不仅仅是对艺术家们创作艺术作品时所发生的事情的描述，也不仅仅是对人们享受艺术作品时所发生的事情的描述。"① 这样，盖格尔的现象学美学就是一门关于审美价值的科学，在价值科学的范围之内，美和审美以及艺术的审美无功利性、审美无概念性、审美自律性、审美反思性就达到了美学科学与哲学反思的高度统一，从而从现象学哲学和美学的角度彰显了德国文学思想的审美现代性性质和特征。英伽登的现象学美学的文学思想主要表现在《文学的艺术作品》（1931）和《对文学的艺术作品的认识》（1937）之中。美国学者罗伯特·R.马格廖拉在《现象学与文学》之中详细地分析了英伽登的《文学的艺术作品》，在关于英伽登的那一章的最后，他这样写道："英伽登定论如下：'文学的艺术作品只有获得具体化的表现时，才构成审美对象。'请注意：具体化本身并不是审美对象，只有表现在具体化之中的文学作品，才构成审美对象。《文学的艺术作品》结束了，结束得那么富有诗意：'文学作品是一桩真正的奇迹……它是'虚无'，但也是一个丰富多彩的世界，然而，它的产生与存在，都有赖于我们人的恩惠。'罗曼·英伽登的文学理论尽管多有玄奥佶屈之处，但仍不失为文学理论中的鸿篇巨制，读后令人耳目一新。"② 正是在现象学哲学和美学这种高扬审美现代性的促进下，德国 19—20 世纪之交的文学思潮努力清理科学主义、理性主义、自然主义、心理主义的倾向，逐步回到美和审美以及艺术的"本身"，因而象征主义、表现主义等文学思潮就在德国乃至整个欧洲兴起和繁荣。德国文学研究专家余匡复在《德国文学史》之中指出："象征主义是世纪之交的重要文学流派，它反对自然主义和印象主义，认为文学的目的不在于用客观的描写再现现实（如现实主义），或直抒胸臆（如浪漫主义），它认为文学（尤其是诗歌）不应反映现实世界而应该表达理想世界——美的世界，而这理想世界又不应该去直接地加以表达，只应该加以象征，这'象征'又不应该是十分明确的，只可以是暗示的，应让读者自己去玩味。这样象征主义必然导致诗歌的晦涩难懂，'象征'和'暗示'的结果必然是朦胧和神秘主义。象征主义提倡

① ［德］莫里茨·盖格尔：《艺术的意味》（*Die Bedeutung der Kunst*），艾彦译，北京：华夏出版社 1999 年版，第 36—53 页。
② ［美］罗伯特·R.马格廖拉：《现象学与文学》，周宁译，春风文艺出版社 1988 年版，第 228 页。

写直觉,反对思维科学化,也反对技术进步。象征主义在哲学上显然受了柏格森直觉主义的影响。"① 象征主义首先兴起于法国,与柏格森的直觉主义的生命哲学当然是有直接关系,不过,直觉主义与德国现象学哲学是同时发生于19—20世纪之交的欧洲的现代主义的哲学思潮,都是对启蒙现代性的"三大神话"进行反思和批判的思想结晶,它们是相互影响的,而且很可能在德国现象学哲学和美学的影响要比法国直觉主义的生命哲学来得更为直接。表现主义作为文学艺术流派应该说诞生于德国。先出现于绘画界。表现主义作家艺术家"要求写本质,作品要有号召力,作家不应该表现外在的真实,而应该表现内在真实,不是表现客观现实而是表现主观现实——人的内在灵魂,一个内在的我。表现主义作家重抽象、概括和思维而不重视具体细节和感情描写。所以表现主义是在反对印象主义中诞生的"。② 从象征主义和表现主义文学流派的主要美学主张来看,他们都是反对启蒙现代性的理性主义神话、科学主义神话、社会进步神话的,尽管表现形式不尽相同,但是,他们都把反思和批判的矛头直接指向了资本主义社会的弊病——启蒙现代性,像格奥尔格、里尔克的诗歌,卡夫卡的小说,布莱希特的戏剧等等,都是如此。而这一切都与现象学哲学和美学是一致的,似乎也可以说,德国早期现象学哲学和美学及其文学思想为德国19—29世纪之交的文学思潮由自然主义和印象主义向象征主义、表现主义转向准备了哲学和美学基础。

第二节　德国现象学的哲学思想与文学思想

如上所述,现象学哲学和美学的总体特征就在于:"面向实事本身"的世界观,"悬搁"——本质直观还原——先验还原的现象学还原方法,意向性对象构成理论,生活世界的历史解释学,它们以现象学哲学和美学的特殊角度反思和批判西方启蒙现代性,探索了现代形态的审美现代性,给19—20世纪德国文学思想注入了新的生命活力,使得德国文学由自然主义、印象主义逐步转向象征主义、表现主义,在文学思想方面,不断去除科学主义、理性主义、历史进步主义、自然主义、心理主义等倾向。与此同时,德国早期现象学哲学和美学对于德国和西方文学思想史所产生的影响,还具体表现在一些现象学哲学和美学的核心概念给德国和西方文学思想的某些重要

① 余匡复:《德国文学史》,上海:上海外语教育出版社1991年版,第498页。
② 余匡复:《德国文学史》,上海:上海外语教育出版社1991年版,第520页。

问题发生了直接或间接的作用,给德国和西方文学思想的发展带来了不可漠视的现代转型和新的模式。我们认为,其中有着比较大影响的有:"意向性对象"使得文学艺术研究转向文学艺术作品本身,形成了"意向性构成的作品分析论"及其模式;"本质直观"和"本质直观还原"使得文学艺术研究转向审美经验的直观,形成了"本质直观的审美知觉经验论"及其模式;"主体间性"或"交互主体性"使得文学艺术研究转向读者与作者的相互关系,形成了"主体间性的审美价值论"及其模式。

一、意向性对象与德国文学思想

"意向性"是现象学的核心概念之一。奥地利心理学家、哲学家布伦塔诺在中世纪哲学的基础上阐述了这一概念。布伦塔诺用"意向性"来区别心理现象和物理现象,认为所有心理现象的本质特征就是具有"意向性"。他在《出自经验立场的心理学》(1874)中指出:"每一心理现象的特征在于具有中世纪经院哲学家所说的意向性的(亦即心理的)内存在(Inexistenz)和我们可以含糊的词语称之为对一内容的指称,对一对象(不一定指实在的对象)的指向,或内在的客体性(an immanent objectivity)的东西。每一心理现象都把某物当做为对象而包容于自身之中,尽管方式可能不同。在表象中总有某物被表象,在判断中总有某物被肯定和否定,在爱中总有某物被爱,在恨中总有某物被恨,在欲望中总有某物被欲求,如此等等。""这种意向的内存在是为心理现象所专有的。没有任何物理现象能表现出类似的性质。所以,我们完全能够为心理现象下这样一个定义,即它们都意向性地把对象包含于自身之中。"[①] 布伦塔诺以此为基础,建立了一种经验的心理学体系。胡塞尔在维也纳大学听了布伦塔诺的课以后很受启发,便将"意向性"引入现象学,企图以此来克服传统哲学中主体与客体、唯心与唯物的对立,同时他竭力清除这一术语的心理主义色彩,把它纳入纯粹意识的本质结构,立足于现象学本体论来加以分析。胡塞尔说:"意向性概念是在我们所说的无限广度上加以把握的,它是在要进入现象学时一个必不可少的、作为出发点与基础的概念。"(《理念:纯粹现象学一般导论》)胡塞尔认为:"意识的本质,我以自身的资格生活于其中的意识的本质,就是所谓的意向性。"作为意识之本质的"意向性"主要含义有三个方面:一是"意识总是对某物的意识"(《巴黎演讲》)。胡塞尔说:"认识体验具有一种意向(intentio),这属于认识体验的本质,它们意指某物,它们以这种或那种方式与

---

① 倪梁康主编:《面向实事本身——现象学经典文选》,北京:东方出版社 2000 年版,第 49—50 页。

对象有关。"(《现象学的观念》)① 这就是说，没有不涉及对象的意识，无论这对象是否实在，也没有脱离意识活动的对象。意向性所标明的正是意识活动和意识对象之间相互包容的意向关系，这种关系比主客体对立的关系本原得多。胡塞尔指出："任何思维现象都具有其对象性关系，并且任何思维现象都具有其作为诸因素的总和的实在内容，这些因素在实在的意义上构成这思维对象；另一方面，它具有其意向对象，在对象根据其本质形成的不同被意指为是这样或那样被构造的对象。"对意识和意识对象的关系，胡塞尔还有个有趣的说明："对象不是一个像藏在口袋里一样的藏在认识中的东西，好像认识是一个到处都同样空洞的形式，是一个空口袋，在里面这次装进这个，下次装进那个。相反，我们认为被给予性就是：对象在认识中构造自身。"二是意向对象是先验自我在意识活动中的建构物，意识活动与意识对象的关系是一种构造关系，其实质是"给予意义"。胡塞尔认为，世界本身是无序、无意义的，正是通过意向性活动，使某物获得意义而成为我的对象。此外，这种"构造"和"给予意义"又是先验的，是在意识之内进行的。他说："所有那些对我而实存的东西是依赖于我的认识意识而实存的；一切东西对我来说，是我不断经验的被经验的东西，我不断思考的被思考的东西，我不断理论化的被理论化的东西，我不断直观的被直观的东西。对我而实存的一切东西仅仅是作为我的我思活动的意向性对象。"而"每一我思，每一意识过程，我们都可以说是意味着某物或其他东西，都会像这样在自身之内创造其特有的被意味者，即它的具体的我思对象"(《笛卡尔沉思》)。尽管"事物不是思维行为，但却在这思维行为中被构造，在它们之中成为被给予性；所以它们在本质上只是以被构造的方式表现它们为何物的"②。正因为如此，"这一世界及其全部对象都从我自己那里，即从唯一与先验现象学还原相联结才居于首要地位的自我那里，派生其全部意义与存在方式"。三是意向性的本质是先验自我的主观性，先验自我是意向活动的基础。胡塞尔说："对这个现实世界（而且，在本质上是一般的世界）的存在方式和意义的现象学阐明，结果只能是先验主观性在本体论上具有绝对存在的本体论意义。它才是真正非相对性的。这就是说，它只相对于自身。由此看来，现实世界当然是存在的，但在本质上只与先验主观性相关联。"自我的本质属性在于固执地构成意向性系统。"很显然，胡塞

---

① ［德］埃德蒙德·胡塞尔：《现象学观念》，倪梁康译，夏基松、张继武校，上海：上海译文出版社 1986 年版，第 48 页。

② ［德］埃德蒙德·胡塞尔：《现象学观念》，倪梁康译，夏基松、张继武校，上海：上海译文出版社 1986 年版，第 61 页。

尔将意向性看作先验意识的本质结构。①

美国学者罗伯特·马格廖拉在《现象学与文学导论》之中指出:"早期阶段的胡塞尔,既否定唯心主义,又反对唯物主义,在他看来,二者都没有把意识理解为一个统一的意向性活动。胡塞尔第一次提出,意识不是笛卡尔所谓的知识活动,而是主体与外界的真实交流。意识是主体意向内的活动(或主体指向客体),客体是意向的对象(或作为意向活动的目标,但客体又超越意向活动)。意向主体与被意向客体相互包含(还要附带一句,即主体是现实的,客体也是现实的,皆产生自外界)。根据几位哲学史学者的观点,我把胡塞尔转载的认识论原则称为'胡塞尔的新唯实论'。现象学相信,通过对显现于意识中的'本质'的认识,便可获得真理。"②

倪梁康在《胡塞尔现象学概念通释》之中这样说道:"在胡塞尔那里,'意向性'作为现象学的'不可或缺的起点概念和基本概念'标志着所有意识的本己特征,即:所有意识都是'关于某物的意识'并且作为这样一种意识而可以得到直接的指明和描述。关于某物的意识是指在广义上的意指行为与被意指之物本身之间可贯通的相互关系。""胡塞尔在与布伦塔诺学说的分歧中发展起他自己的意向性学说。隐含在胡塞尔'意向性'概念中的对意识的本质性基本规定是在现象学悬搁的范围中形成的。'意向性'本质上具有四个层次:(1)在意识生活中必须区分实项的内涵和意向的(非实项的)内涵。所有在时间上流动性的意指行为(意向行为)都是实项的内涵。胡塞尔用'意向活动'这个术语来标示实项内涵。与此相对,被意指之物本身(意向对象)则必须被看作是非实项内涵。对此,胡塞尔使用'意向相关项'的术语。所以,'意向性'便是指意向活动与意向相关项之间的相互关系。在意识的如此被规定的意向活动—意向相关项结构中包含着作为行为进行者的'纯粹自我'(自我极),杂多的意向活动从这个自我中射发出来,同时又在一个意识的统一性中得到聚合。(2)被意指的对象(意向相关项)是一个可能多层次综合的结果,在这种综合中,杂多的意向活动聚合为一个对象意识的统一。(3)围绕着被意指的对象的是一个由非课题的一同被意指之物所组成的视域。与这个在意向相关项方面的视域相符合的是在意向活动方面的意识潜能性(权能性),如果将这些潜能性加以现时化,那么非课题的一同被意指之物就会成为被给予性。(4)'意向性'是指意识对被意指对象的自身给予或自身拥有(明见性)的目的指向性。""在作为描述心理学的现象学中,胡塞尔

---

① 王先霈、王又平主编:《文学理论批评术语汇释》,北京:高等教育出版社 2006 年版,第 447—448 页。

② [美] 罗伯特·R. 马格廖拉:《现象学与文学》,周宁译,春风文艺出版社 1988 年版,第 5 页。

实际上并没有超出布伦塔诺的意向性理论很远。'意向性'在这里也意味着心灵生活的内涵特征，意味着它的能动性。只是在先验现象学中，'意向性'才获得了它的中心地位；它不再意味着心灵体验的主动性，而是意味着纯粹意识的'意向构成能力和成就'，意味着在现象学角度上对主客体关系的最简略描述：'意向性'既不存在于内部主体之中，也不存在于外部客体之中，而是整个具体的主客体关系本身。在这个意义上，'意向性'既意味着进行我思的自我极，也意味着通过我思而被构造的对象极。这两者在'意向性'概念的标题下融为一体，成为意向生活流的两端：同一个生活的无内外之分的两个端点。""对'意向性'之把握的唯一途径在胡塞尔看来是本质直观的反思：'在意向性被反思揭示并因此而自身成为课题之前，它始终是隐蔽着的。"①

根据胡塞尔的思想发展及其对"意向性"概念的诠释，结合"意向性"概念对文学思想可能产生的影响，我们可以把胡塞尔有关"意向性"的观点和理论概括为"意向性对象构成理论"。这个"意向性对象构成理论"的主要内容是：其一，人的意识是"意向性"的，意向性活动是存在着（实项的内涵）的，而意向性活动所意指的对象是一种"意向性对象"，这种"意向性对象"是"内存在"（非实项的内涵）的，是把外在存在的实存对象"悬搁"以后的"意向性活动"的一部分。这样，胡塞尔就消解了西方传统哲学的二元对立的思维方法，把主体和客体、物质和精神统一在"现象学还原"之后的"纯粹意识现象"之中。其二，"意向性对象"是意识所意指的对象，它与外在世界的客观事物的关系是一种"意向相关项"的关系，因此，"意向性对象"是一种"纯粹意识现象"，它本身是一种意识现象，但又是一种"意向相关项"的现象。这样，胡塞尔既把人的意识与外在客观世界隔离开来，保证了意识的纯粹性，又使人的意识不脱离"意向相关项"，保证了意识的意向性的对象性。其三，"意向性对象"是认识主体"我思"（先验主体性）所构成的一个多层次的结构统一体，它作为"纯粹意识现象"直接呈现在人的直观面前，从而使人达到关于现象本质的认识，即获得真理。这样，胡塞尔就在现象学还原的意向性活动的意识范围之内完成了人的认识的真理性构成，避免了西方传统哲学认识论的"符合论"的二元对立的困窘。相应地把这种"意向性对象构成理论"运用到文学艺术领域，就产生了"意向性构成的作品分析论"，它的主要表现形态就是波兰现象学美学家和文论家罗曼·英伽登在《文学的

---

① 倪梁康：《胡塞尔现象学概念通释》，北京：生活·读书·新知三联书店1999年版，第249—251页。

艺术作品》和《对文学的艺术作品的认识》之中所阐发和建构起来的"现象学文学作品论"和"现象学文学作品审美经验论"。

"意向性构成的作品分析论"就是运用胡塞尔的"意向性对象构成理论"来分析文学艺术作品,使得德国文学思想关于文学作品的观念发生了根本性变革,由二元对立的实体本体论(实体存在论)的"模仿复制的作品本体论"转向了纯粹意识现象的关系本体论(关系存在论)的"意向性构成的作品分析论",达到了文学艺术及其作品的主客体统一。

首先,这种"意向性构成的作品分析论"遵循着胡塞尔"意向性对象构成理论"的"意向性对象"的规定性,区分了外存在的对象与内存在的对象,换句话说,把现象学还原方法必须"悬搁"的外在物质对象,区别于作为"纯粹意识现象"的不可或缺的"意向性对象"。这样一来,作为"意向性对象"的文学的艺术作品,就不是一种"外在的","物质的","实体"的存在,而是一种"内在的","纯粹意识现象"的,意指着"意向相关项"的,"关系"的存在。因此,在现象学文学思想这里,文学的艺术作品就不是"模仿"、"复制"、"再现"外在世界的客观事物的一个物质实体,换句话说,文学的艺术作品既不是它所描写的现实世界本身,也不是印刷在纸张上的文字,而是一个有着"意向相关项"、意指着某些对象的"纯粹意识现象"的"意向性对象",也就是一种关系到"意向相关项"的意识现象的关系存在。这就把作为文学艺术的模仿对象与对模仿对象的模仿产品的二元对立彻底地消解了,而把二者统一在人们的"纯粹意识现象"之中。这种纯粹意识现象,当然是一种意识,然而又是一种意指着"意向相关项"的现象。这种观点,对于颠覆西方传统文学思想的"摹仿说"是彻底革命性的,就像哥白尼的"日心说"颠覆"地心说"一样。西方传统文学思想把文学艺术的作品存在和与之相关的现实世界都看做是实体的存在,它就无法解决外在的现实世界如何成为了文学艺术作品之中的艺术世界的问题,因为二者是完全不同的"实体世界"。随着西方哲学的现代转向,欧洲的唯意志主义,直觉主义,生命哲学,精神分析和分析心理的非理性主义等思潮风起云涌,此起彼伏,直接或间接影响到欧洲各国的文学艺术思想,加上自然科学和工业技术的发展对文学艺术思想产生了巨大冲击,比如摄影术的发明和运用直接影响到造型艺术,特别是绘画艺术的观念和实践。如有的学者所说:"传统的艺术理论与塞尚的艺术论区别在于,传统的艺术理论主张,在艺术创作结构中是艺术家与客体这两个元素发生关系,塞尚则主张在这一结构中有三个元素,即艺术家,他的感官,外部世界。前者省略了艺术家的感知,因为人们把视觉活动看成是摄影机一样的忠实复制的机械活动,它认定人们感觉到的世界与真实的外部世界同一，而艺术家只不过作为一个记录工具把客观世界的面貌记录下来，后者虽没有省略外部世界，但却忽略了它，或者说只是把它当作康德式的'物自体'悬挂起来。重点在于感官的感知以及心灵对感知的整理、调整。由此实现了艺术家——外部世界的重心向艺术家——他的感官的转移，改变了整整一个世纪人的视觉方式。"① 这里所说的情形，在德国也发生了，它的表现形式就主要是表现主义和象征主义，而它们的哲学基础主要就是现象学哲学和美学。象征主义和表现主义，最早就是反对自然主义和现实主义文艺流派的结果，而且首先发轫于绘画艺术，然后扩展到文学领域。它们的艺术论就与现象学哲学和美学密切相关。上述学者指出："到了 1905 年，诞生了第一批现代艺术的流派，它们是法国的野兽派和德国的'桥社'表现主义。这两个流派的绘画精神，从原则上讲是在同一路线上。塞尚、梵高和高庚是这条道路的开路人。这两个流派的艺术家完全摆脱了艺术模拟自然的原则，他们主张艺术家应该像儿童那样观察世界，对自然进行感受，主张放弃对自然的客观的模仿，而代之以对自然进行情感化的描绘，表面上虽是描绘自然，实际上是表现艺术家自我的感情，描绘自然只不过意味着把感情投射到自然客体上。"② 其实，德国表现主义和象征主义绘画理论与现象学的意向性对象构成理论倒是息息相通的。德国表现主义画家梅·贝克曼（May Bekman, 1884—1950）说："我的目标是抓住真实的想象，然后把它变成绘画——通过现实赋予'不可视的'以'可视的'。这听起来似乎矛盾，可却是现实，这种现实就是必须赋予存在着的神秘性以形式。""只有通过绘画，我才能抓住那些闯进我生活中来的精神性的、超自然的、有形或无形的东西。问题不在于题材，而在于用绘画的方式把题材转变成画面的抽象。每个对象已经够不真实的了，因此我几乎不需要从中抽取什么，我唯一能做的就是在绘画中构造一个真实。"奥地利著名表现主义画家奥斯卡·柯柯希卡（一译科科什卡，Oskar Kokoschka, 1886—1980）也说过："所谓感受对象，并不是指我们正在追忆感知它，而是说它处于一种意识的层次上，我们是在自身内部体验到视像的。""意识是万物的源泉，意识是所有概念的源泉。它为视像的海洋围绕着。所有构成来世而又不再是真正的来世的东西，我的心灵就是它的归宿。于是，一切最终都荡然无存；所有的事物，其本质就是存在于我心灵中的意象。所有事物的生命都注入意象之中，恰如油灯通过灯芯吸油使灯火更旺。"德国表现主义青骑士派的主要代表人物之一弗

---

① 杨身源、张弘昕编著：《西方画论辑要》，南京：江苏美术出版社 1990 年版，第 576 页。

② 杨身源、张弘昕编著：《西方画论辑要》，南京：江苏美术出版社 1990 年版，第 578 页。

兰兹·马尔克（Franz Marc, 1880—1916）指出："欧洲人——还没出生的真正的欧洲人——将要为缺乏形式而苦恼的日子不很远了。他们会在痛苦中挣扎着去寻找形体。他们不会向过去索求新的形体，也不会在大自然之外，在大自然程式化的外象中索求新的形体。他们将是根据自己新的理解，从内在深处建构起新的形体。他们的新的理解将会转变为形式的基本法则，把古老的哲学——那是研究外部世界的哲学——改变为研究内在超越外部世界的哲学。"① 这些德国、奥地利表现主义画家的言论都确确实实地表明，表现主义的表现对象就是现象学所谓的"意向性对象"——与人的意识（感觉、感知、情感、欲望、意志）相关的，内在存在的，纯粹意识现象的"意象"或"视像"。德国表现主义小说家、戏剧家、诗人、批评家哈尔瓦尔特·瓦尔登（Harwarth Walden, 1887—1941）同样指出："创作一部艺术品就等于要让人看见一种幻觉，但并不是说要去理解这种幻觉。……各种艺术品都要求表现自己。外部的艺术表现意味着内部的完美。内部的完美就是艺术品的美。内部完美由词的发音法和词的造型相互之间合乎逻辑的关系构成。"② 因此，德国 19—20 世纪之交的文学艺术思想在现象学哲学和美学的影响下，由外在世界的客观事物的模仿，转向了人的内在纯粹意识现象的表现。我们在这里必须指明的是，现象学的"意向性对象"及其艺术作品之中的意向性对象表现的观点和理论，既是反对自然主义和实证主义的文学艺术思想的，也是反对心理主义倾向的文学艺术思想（诸如移情说之类）的，又是反对非理性主义（诸如弗洛伊德的精神分析和荣格的分析心理）的。可以说，现象学文学思想是在欧洲危机之中独树一帜的。

其次，"意向性对象构成理论"的一个主要观点就是"意向性对象"是人的意识（主要是直观）所构成的，形成了一种现象学意向性对象的"构成论"。这种观点和理论在关于文学艺术的创作和欣赏的观点和理论之中是具有非常广阔的展现空间的。这同样是对西方传统文学思想的"摹仿说"、"再现说"的一种反拨、反思和批判。众所周知，西方传统文学思想的"摹仿说"、"镜子说"、"再现说"都是要说明，艺术作品是现实世界的"模拟"、"反映"、"镜像"。这样的观点，无论是以经验主义的"白板说"（洛克）为依据，还是以理性主义的"大理石花纹说"（莱布尼茨）为依据，都是以对象（客体）作为艺术作品及其创作和欣赏的最终评判标准，即使是强调人的认识的"主观能动性"的观点和理论，始终离不开对象（客体）这个"原本"、"蓝本"、"原

---

① 迟轲主编：《西方美术理论文选》下册，南京：江苏教育出版社 2005 年版，第 495—506 页。
② 刘小枫选编：《德语诗学文选》下卷，上海华东师范大学出版社 2006 年版，第 203 页。

型"。但是，现象学的意向性对象构成理论却取消了现实对象（客体）的这种"优先性"、"先在性"、"本原性"，把文学艺术及其作品的生成看做是一种"纯粹意识现象"，它是在人的现象学还原过程之中由"先验主体性"建构起来的，它虽然在现实之中存在着"意向相关项"，但是，文学艺术及其作品本身却是这种"先验主体性"所构建的"意向性对象"，是显现在直观面前的纯粹意识现象，也就是"实事本身"或者"现象本质"。莫里茨·盖格尔在《艺术的意味》之中指出："表现存在和再现本质都属于模仿领域，因为本质也**存在于**事物之中。但是，与单纯的表现存在相比，艺术家的创造性活动在再现本质的过程中显得更重要、更意味深长。门外汉从某种非艺术的观点出发也可以看到存在，尽管这不是一种实实在在的体验。因此，在表现存在的过程中，艺术家的任务是使人们能够充分体验那从非存在的角度来看很熟悉的东西。他使人们的听觉和视觉变得敏锐了，我们那模糊的双眼通过他就变得清晰明亮起来。在再现本质的过程中，艺术家面临着更加艰巨的任务。这种任务不是任何一个人都能够承担的，即使对那些**看到了**事物的本质的人来说，情况也是如此。首先，他必须剥去那纯粹感性的东西的外衣；我们的双眼看不到本质，艺术家必须首先使它们睁开。当艺术家抽取出那些人、事物、情境的生命，并且使我们能够体验它的时候，虽然我们仍然熟悉我们长期以来已经熟悉了的这些东西，但是，它们对于我们来说却变成了新的东西。艺术家拥有探矿杖（divining rod），它可以向他表明这种本质的生命源泉的源头；每一个艺术家拥有的探矿杖都各不相同，因为每一个艺术家所发现的都是事物本质的一个侧面。"[1] 盖格尔在这里把艺术家的创造性活动揭示得清清楚楚，而且指出了这种创造性活动是表现存在和再现本质的理性的建构活动，也就是把"实事本身"呈现在人们的面前，让人们直观到事物的本质，换句话说，现象学美学对文学艺术及其作品的研究是"面向实事本身"的，是"回到文学艺术本身"的。罗曼·英伽登在他关于艺术作品的一次讲演之中也强调："艺术作品是艺术家的创造行为导致其构成的真正对象，而作品实存的基质的形成，却从属于将由艺术家实现的艺术作品本身的一种辅助的效用。"他不仅仅指出了艺术作品的创作是一种建构，而且也突出了艺术作品的具体化或现实化也是一个读者的"重建"。他说："每一部不论何种类型的艺术作品都有独特的性质。因此，它不是那种一切方面都完全由其初级特质所决定的事物，换言之，在明确性方面，它在自身之内包含有明显特性的空

---

[1] ［德］莫里茨·盖格尔：《艺术的意味》（*Die Bedeutung der Kunst*），艾彦译，北京：华夏出版社1999年版，第165页。

白,即各种不确定的领域:它是纲要性、图式性的创作。而且并非所有它的决定因素、成分或质素都处于实现的状态,而是其中有些只是潜在的。因为这样,一个艺术作品就需要一个存在于它本身之外的动因,那就是一位观赏者,为了——如我所表述的那样——使作品具体化,观赏者通过他在鉴赏时合作的创造活动,促使自己像普通所说的那样去'解释'作品,或者像我所宁愿说的那样,按它有效的特性去'重建'作品。"① 这样,一个文学艺术作品就不仅仅是文学艺术家的意向性构成的创造产品,而且在某一点上就是艺术家和观赏者共同的产品。这样的观点和理论就比一般性的艺术创造理论要更加合乎文学艺术及其作品的实际情况,更能够揭示文学艺术及其作品的本质规律。

再次,"意向性对象"的观点和理论,在哲学的本体论和认识论上来看,当然是主观唯心主义和先验论唯心主义的观点和理论,但是,它却比较合乎艺术现象的规律地揭示了文学艺术及其作品的特殊存在。换句话说,在现象学的"意向性对象构成理论"看来,艺术作品作为"意向性对象",既要把"意向相关项"的外在世界"悬搁"起来"中止判断",又要把被还原的"纯粹意识现象"视为"意指着""意向相关项"的"本质现象"。这样,现象学的"意向性对象构成理论"就取消了认识过程中的客体与主体的二元对立,把认识的"意向相关项"内在化为"意识的意指的对象",也就是在意识之中的"意味",或者说,"意向性对象"是通过现象学还原以后所构建出来的"具有审美价值的对象","具有审美意义的对象",也就是关系到人的审美价值的对象。如果从审美价值论的角度来看,"意向性对象"就能够顺理成章地揭示文学艺术及其作品的属人的本质,关系性存在的本质。因此,罗曼·英伽登区分了"艺术价值"和"审美价值"。他说:"'艺术价值'——如果我们终究要承认它存在的话——是在艺术作品自身内呈现的、在那儿并有它存在基础的某种东西。'审美价值'是某种仅仅在审美对象内、在决定对象整体性质的特定时刻才显现自身的东西。审美价值的基础是由在审美上有价值的诸质素的某种集合所组成的。这些质素又依赖于使它们有可能在对象中出现的各种属性一定结合的基础。为设立一个审美对象,观赏者的共同创造活动是必要的,所以,几个审美对象有可能在完全同一个艺术作品的基础上出现;这些对象中,在审美价值上可能是不同的。但是如前所述,这并不是证明价值主观性的根据。""审美对象在被构建的时刻,是观赏者所直接接触的某种东

---

① [法]米盖尔·杜夫海纳主编:《美学文艺学方法论》,朱立元、程未介编译,北京:中国文联出版公司1992年版,第219页。

西，但观赏者可能理解它或对它作出反应。尽管如此，对象还是某种同观赏者及其经验有关的东西；同时，就像艺术作品或任何其他在实存方面独立的、有自己存在权利的自然对象一样，审美对象也是超验的（一种独立的自我存在的整体）。这种对经验的超越不仅扩展到价值上中立的艺术作品或审美对象的那些质素上，而且扩展到对象的有价值的质素以及在此基础上建构起来的种种价值。"① 根据这样的现象学的"意向性对象构成理论"，我们就可以把艺术作品的物质存在形态与作为审美对象的艺术作品区分开来，而专注于文学艺术及其艺术作品的审美价值，从而真正转向文学艺术及其作品的"审美价值"本身，而排除一切与审美价值无关的外在世界及其形形色色的，理应被"悬搁"的非审美价值的因素，真正回到文学艺术本身。这正是现象学的美学和文论给 19—20 世纪之交的德国文学思想乃至于西方文学思想的根本性现代转型和新的发展的重大的历史性贡献。

二、本质直观和现象学还原与文学思想

现象学还原方法是现象学哲学和美学的最主要方面，也是现象学哲学和美学对 20 世纪西方哲学和美学的最重大的贡献。它给西方哲学和美学开启了新的思路和新的方法。胡塞尔对现象学还原方法的阐释和论述也是不断变化发展的，但是，总体上来说，现象学还原方法大致有这样一个过程：通过"悬搁"（加括号）和本质直观，达到本质还原，从而直接面向事物本身。因此，现象学还原包含着"悬搁"——"本质直观还原"——"先验还原"这样三个层次，而现象学还原的目标就是"面向实事本身"，回到事物的本质。运用这样的现象学方法来对待文学艺术作品，可以直接"回到文学艺术本身"，以直觉方式把握文学艺术作品的本质意义，以实现文学艺术作品的审美价值。因此，对于文学艺术及其作品来说，现象学还原的最重要的方面就是：本质直观的"本质还原"。

美国学者罗伯特·马格廖拉指出："在英语世界中，'还原论'往往含有贬义，英美传统理解的还原，是视野的不断缩小，在本质多元的复杂事实面前，还原论剥除某些相关材料，进行简化性解释。然而胡塞尔的还原论毕竟不同于英美人理解的还原。胡塞尔认为，还原并不是去粗取精的简化，而是为了某一论旨，将某些问题加括号。"② "悬搁"或"加括号"即现象学还原的准备步骤，其直接目标就是"现象的还

---

① [法] 米盖尔·杜夫海纳主编：《美学文艺学方法论》，朱立元、程未介编译，北京：中国文联出版公司 1992 年版，第 226 页。

② [美] 罗伯特·R.马格廖拉：《现象学与文学》，周宁译，春风文艺出版社 1988 年版，第 66 页。

原"，即回到"现象"。埃德蒙德·胡塞尔说："现象学还原就是说：所有超越之物（没有内在地给予我们的东西）都必须给以无效的标志，即它们的存在，它们的有效性不能作为存在和有效性本身，至多只能作为有效性现象。我所能运用的一切科学，如全部心理学、全部自然科学，都只能作为现象，而不能作为有效的、对我说来可作为开端运用的真理体系，不能作为前提，甚至不能作为假说。""只有通过还原，我们也想把它叫作现象学的还原，我才能获得一种绝对的、不提供任何超越的被给予性"，亦即获得"纯粹现象"。胡塞尔还明确指出："任何心理体验的现象学还原的道路上都与一个纯粹现象相符合，这个现象指出，这个体验的内在本质（个别地看）是绝对的被给予性。所有关于一种'非内在的现实'，即尽管在现象中被意指，但没有被包含在现象中的、同时又不是在第二种意义上被给予的现实的设定都是被排除的，就是说，被悬置的。"（《现象学的观念》）经由对一切非内在的给予之物（"存在的观点"和"历史的观点"）的悬置，我们便返回了在意识中直接呈现出来的、纯粹内在的被给予之物——现象。胡塞尔认为，作为纯粹被给予之物的"现象"既可以是个别的东西，也可以是本质的东西，为此，现象的还原直接通向了"本质的还原"，后者又称"本质直观"或"现象学直观"。胡塞尔指出：本质的还原即本质直观同样要破除人们的朴素态度，这种态度相信只有个别的东西才是现象，才是可以直观的对象，而本质则是非直观的抽象；其实，经由现象的还原，我们发现本质和现象并不是对立的东西（与"本质"对立的是"事实"），本质也可以是现象（直接呈现于意识）。不过，胡塞尔又认为，本质还原或本质直观还得经过一个"自由想象的变更步骤"，因为本质之物和非本质之物同时呈现在我们的意识之中，所以，虽然我们直观到本质的东西却不易识别它们。所谓"自由想象的变更"就是区别"作为本质的现象"和"作为事实的现象"的方法。对此，他论道："在那个无限开放着的领域中的一切变项（其中包括那个'任选的'和摆脱了它的一切事实属性的'最初的'例子）处于一种综合的互相交叉和整体的互相联结的关系中，更具体地说，它们处于一种'冲突之中的一致'的连续的和统包的综合之中。但是正是随着这种一致，久经这种自由的和永远可以重演的变更而必定出现的东西就变得突出起来；这个不变者，这个在这一切异而又异者之中保持一致的东西，就是共同于这一切的本质；这个例子的一切可以想象的变项，以及一切这样的变项正是由于这个普遍的本质而被限定起来的。这个不变者就是相应于这个例子的实体的本质的形式（先天的形式），即本质。"（《形式的和先验的逻辑》）通过自由想象的变更，最终排除掉在这些想象的变更中可变的成分（事实），而把握使意识体验和意向内容保持一致的不变成分，这也就是对本质的把握。"本质"在这里乃是一种"观念意义"，在现象学直观中的本质"并不是作为实在的内在的组成部分，而是在自我意识中，观念地作为意向的某物，显现的某物，或者等值的陈述就是作为自在意识的内在的'对象意义'"（《笛卡尔的沉思》）。这样一来，本质的还原便进入了"先验的还原"，它强调的是在先验自我的基础上意向性地构成对象的意义，亦即进一步追溯本质构成的基础。胡塞尔认为，现象学还原的终端是"先验自我"。赫伯特·施皮格伯格在解释现象学还原时说："还原不仅是离开自然的世界，而且是朝向某种东西的，这一运动的目标无非是先验的主观性。当然，这一肯定的方向也被'先验的还原'这个标题所指明，先验的还原越来越被当成现象学的还原的同义词了。"（《现象学运动》）在先验的还原过程中，胡塞尔借用"意向性"理论来强调"先验自我"的本源性和构成性。他说："一旦我把世界——即从我之中并在我之内获得其存在的世界——排除在我的判断领域之外，那么，我作为先于世界的先验自我就成为进行判断的唯一源泉与对象。"（《巴黎演讲》）先验自我在意识活动中构造意识对象，正如施皮格伯格所打的有趣的比方：先验自我好比是电影放映机，放映机中的胶卷好比是原始材料，意识活动好比光源和胶卷的转动，放映机所投射出来的光束好比现象之流或意识之流，银幕上的画面则类似先验自我所构造的对象。因此胡塞尔说："依靠现象学还原，我将我的自然人的自我和我的心理生命——我的心理自我经验的领域——还原到我的先验现象学的自我，即先验现象学的自我经验的领域。这个客观的世界，这个对我而存在的世界，这个总是具有和将总是对我而存在的世界，永远对我存在的这唯一的世界——我认为，这个世界与一切它的对象一道，从我本身，作为先验自我的我当中得到了它的全部意义和对我所具有的它的存在的地位，这个自我是仅仅与先验现象学的还原一起涌现出来的。"通过现象学的还原，最终显露出纯粹的意识领域，胡塞尔称其为排除了一切经验事实和心理物理因素之后的"现象学剩余"。这个纯粹的意识领域是一个三维结构，由自我、我思、我思对象构成，亦即：先验自我、意向性、意识对象。现象学的所谓"面对事物本身"，就是面对这个纯粹的意识领域，面对纯粹的先验主观性。[①] 全面运用现象学还原方法研究文学的波兰美学家和文艺理论家是罗曼·英伽登，他对文学的艺术作品的本质结构和审美经验过程的深入描述都是严格遵循现象学还原而进行的意向性分析，因而他的著作被美国美学史家比厄斯利 [一译比尔兹利（Monroe C. Beardslei, 1915—1985）] 认为

---

① 　王先霈、王又平主编：《文学理论批评术语汇释》，北京：高等教育出版社 2006 年版，第 449—451 页。

是胡塞尔现象学方法"在美学上的最为杰出的运用"。①

倪梁康的《胡塞尔现象学概念通释》的"直观"题目如此写着："Anschauung 直观：[（英）intuition（法）intuition（日）直观]'直观'概念在胡塞尔现象学中具有中心意义。从研究方法的角度来看，'直观'作为是现象学研究所应依据的最终基础；从研究对象的角度来看，'直观'作为意识行为本身也是现象学研究的重要课题。""胡塞尔现象学的方法要求将所有抽象的哲学概念都回溯到它们在直观之中的原初源泉上去。他坚信，'直观'对于人的认识来说是最后的根据，或者说'最后的教益'。当胡塞尔在传统的笛卡尔真理意义上提出真理就是明见性时，他所指的就是'直观的明见'或'明见的直观'，即一种能够直接原本把握到实事本身的明见性；也就是说，这种明见性的最主要特征应当是直观，即一种'直接把握到'；而在'直接把握到'这个表述中显然包含着'无前设性'、'无成见性'、'面对事实本身'（亦即无间隔性）等等意义。因此，胡塞尔所提出的著名现象学口号，亦即现象学所应遵循的'**一切原则之原则**'或'**第一方法原则**'就在于：'**每一个原本给予的直观都是一个合法的认识源泉，将所有那些在直观中原本地**（可以说是在其切身的真实性中）**展示给我们的东西就当作它们自身所给予的那样来加以接受，但也仅只是在其自身给予的范围内加以接受**'。在这个意义上，现象学首先是一门直观的、并在直观的基础上进行**描述分析**的现象学。""'直观的现象学'本身在胡塞尔那里还包含有两种意义上的'直观'：感性直观与本质直观。一个本质直观必须以感性直观为出发点，因此本质直观奠基于感性直观之中；但本质直观可以超越出感性领域而提供本质性的认识。从总体上说，本质直观的可能性是作为本质科学的现象学得以成立的前提。""无论是感性直观，还是本质直观，无论是个体，还是普遍直观，它们的共同之处都在于，或者说，它们能够被称作直观的理由都在于，它们是一种把握原本的意识行为：'直观'首先意味着一种对事物的直接把握方式。胡塞尔将'直观'的具体特征归纳为：'直观'是一种'需要得到充实的意向'并且原则上也具有'达到真正的充实的能力。'"胡塞尔的意向分析进一步表明，宽泛意义上的'直观'是一种由'感知'与'想象'共同构成的意识行为，因而在自身中包含着'想象行为'与'感知行为'的区分。与'直观行为'相对应的是'符号行为'；后者奠基于前者之中。它们两者一同构成'表象'

---

① ［美］门罗·C.比厄斯利：《西方美学简史》，高建平译，北京：北京大学出版社2006年版，第340页。

或'客体化行为'的总属。但胡塞尔有时也在狭窄的意义上使用'直观'概念，这时它便仅仅意味着'相应的感知'。""在术语的运用上，'直观'一方面作为与'表象'（Vorstellung）相平行的概念通常与'概念'、'思维'相对立；另一方面则与'Intuition'（直觉）的概念完全同义。"①

"本质直观"和"本质直观还原"使得文学艺术研究转向审美经验的直观，形成了"本质直观的审美知觉经验论"及其模式。这种本质直观的审美知觉经验论及其模式，以"直观"的分析揭示了文学艺术及其作品的直观性特征，以"本质直观"的描述阐发了文学艺术及其作品的多层次结构和崇高的真理性认识地位，把文学艺术及其作品当做人类把握真理的一个特殊的途径，给西方和德国文学思想的直觉主义、文本结构分析、诗意语言论，象征主义和表现主义文学流派都产生了不可漠视的影响。

首先，现象学哲学和美学在19—20世纪之交的西方和德国文学思想的现代转型过程中，高扬"直观"，给文学艺术及其作品的直观性特征更加鲜明突出，而且植根于一种"严格科学"的哲学土壤之中。

19—20世纪之交西方的文学艺术思想在反对传统的启蒙现代性的理性主义思潮过程之中，兴起了非理性主义和直觉主义，其代表人物分别是奥地利精神分析理论创始人弗洛伊德，法国生命哲学的思想家柏格森，意大利新黑格尔派哲学家克罗齐。奥地利心理学家西格蒙德·弗洛伊德（Siegmund Freud, 1865—1939）主张文学艺术及其作品是"性欲（本能）的升华"，把文学艺术的创造当做是"白日梦"，目的是反对西方长期以来的理性主义文学思想传统，把文学艺术的创作和欣赏归入非理性主义的生和死的本能，尤其是性欲及其能量（力比多）的领域。法国人亨利·柏格森（Henri Bergson, 1859—1941）的生命哲学被认为是现代市民中心的第一位推动者，他把生命的本质看作是在时间中的"绵延"。"我们只有通过直觉才能领悟纯粹的绵延。今天的人们已经太过习惯于运用理智，以至于我们很难再摆脱理智的束缚，用纯粹直观去感觉时间的生生不息绵延不绝的流动。与理智相反，这种直觉并非服务于人的实践活动，它是人观察和认识世界的感觉器官。"② 柏格森认为，科学的理智（理性）不能认识生命之流，只能获得作为假象的自然知识，而只有文学艺术家

---

① 倪梁康：《胡塞尔现象学概念通释》，北京：生活·读书·新知三联书店1999年版，第38—40页。

② ［德］汉斯·约阿西姆·施杜里希：《世界哲学史》（第17版），吕叔君译，济南：山东画报出版社2006年版，第400页。

由于通过直觉来把握世界的本质——生命的绵延（生命之流），才真正体现了宇宙的生命冲动。柏格森同样是反对西方传统理性主义，即启蒙现代性的理性主义，不过，他特别彰显了"直觉"（ituition）。同样是主张直觉主义的意大利哲学家贝内特托·克罗齐（Benedetto Croce, 1866—1952），作为新黑格尔主义者认为精神就是整个实在，而精神具有理论的和实践的两种形式。理论的精神可以分为直觉的和逻辑的，实践的精神可以分为经济的和伦理的。与此相对应，哲学就可以分为美学、逻辑学、经济哲学、伦理学。其相应的范畴就是：美、真、利、善。对于克罗齐来说，"美即直觉"：美即直觉，直觉即表现，表现即艺术，艺术即美。克罗齐把文学艺术及其作品完全规范在"直觉"的领域之内，甚至于他认为艺术家意识中的"直觉"就是艺术和艺术作品，而物质存在的艺术作品并不是文学艺术的本质所必需的，文学艺术及其作品的本质就是直觉，也就是美。就是在这样的反对西方传统文学思想和启蒙现代性的理性主义的总趋势之下，现象学哲学和美学以一种特殊的现象学方式来反思和批判西方传统文学思想和启蒙现代性的理性主义，而以"直观"（直觉）和"本质直观"来取代西方传统文学思想和启蒙现代性的理性主义，同时也反对 19 世纪末兴起的非理性主义、非理性主义和心理主义倾向。美国美学史家门罗·C.比厄斯利指出："现象学方法的第二个特征是一般本质的直觉 [Wesensschau（本质的显现）]，即'生动的直觉'（'eidetic intuition'），这使它走出了纯粹的接受性，因而可从中引出一种知识，它（被宣称）能够解决哲学上的长期存在的问题。研究者能够认出当下的**作为特殊的特殊**，并且，他在这么做的时候，也能够将它们作为普遍的例证来把握。青春泉是一般泉水的一个例证，因此，普遍的**泉水**也能出现在经验中，或者更确切地说，现象学的研究者能够从中汲取经验。并且，一旦他清楚而明确地拥有了成套的一般性本质，他还能够研究它们之间的本质关系，发现其中哪些是必然联系在一起的。例如，所有的色彩都必然是延展的，就应该这样来理解。"① 因此，我们可以清楚地看到，现象学哲学和美学同样是反对西方传统文学思想和启蒙现代性的理性主义的，但是，现象学的文学思想并不排斥文学艺术及其作品对世界的本质把握，而是要强调文学艺术及其作品对世界把握方式的"直观"，也就是柏格森和克罗齐所说的"直觉"。虽然德文中的 Anschauung 与 Intuition 是两个不同的词语，但是，它被译成欧洲其他民族文字就与 intuition 相对应了，而且就现象学哲学和美

---

① ［美］门罗·C.比厄斯利：《西方美学简史》，高建平译，北京：北京大学出版社 2006 年版，第339 页。

学而言，"直观"（Anschauung）与"直觉"（Intuition）也是同义词。文学艺术及其作品的"直观性"或"直觉性"就是通过柏格森、克罗齐、胡塞尔等哲学家和美学家的大力张扬才在欧洲和西方世界流行起来的。而且，我们可以看到胡塞尔的现象学哲学和美学对于文学艺术及其作品的直观性或直觉性的强调还避免了柏格森和克罗齐的直觉主义的某些片面性。

其次，现象学哲学和美学把文学艺术及其作品的直观性看做是"本质直观"，这种"本质直观"是达到把握世界的真理性的可靠途径，因此，文学艺术及其作品所特有的这种"本质直观"在哲学体系的结构之中就有了崇高的地位。

现象学还原方法之中的"本质直观还原"，是在现象学还原的"悬搁"（加括号）之后进行的。它不同于自然科学所谓"由现象到本质"的认识过程，也就是说，它不是运用"归纳法"（从许许多多个别现象之中抽象出所谓的"本质"）或者"演绎法"（从一般的原理推断出个别现象的所谓"本质"）来把握对象，而是通过现象学还原，"面向实事本身"，让对象作为现象原本地呈现在人们的直观之前，也就是本质地显现在人们的直观之前，使人们把握这种现象本质。对于文学艺术及其作品来说，现象学的"本质直观"和"本质直观还原"似乎具有最为贴切的理论和实践意义。莫里茨·盖格尔对此曾经做过生动的对比说明。他说："在这里，存在于科学知识和审美知识之间的对比也是很清楚的。历史的知识确实只是为了知识的缘故，才在洞察特殊的东西与一般的东西之间的关系的过程中看到了价值；因此，它有了理智的、非感性的知识就满足了。就我们上面提到的对话而言，人们并不是从感知的角度来领会这种一般的历史发展本身的，这种一般的历史发展也没有得到人们的感知；它只是被暗示了出来，并且被人想到了。与此相反，就审美经验而言，人们在领会一个个别的人，或者某种一般的人的本质、在领会一个特殊情境，或者一个世界性事件的本质的过程中，总是使这种本质本身变成可以感知的东西。我们使我们自己完全沉浸在对这种存在于其感知性独立存在之中的个别的东西的领会过程中；我们观看这张面孔所特有的特色，观看这个被描绘出来的人所具有的特殊的皱纹、特殊的线条、特殊的姿势，与此同时，我们也领会它那关于这种本质、关于这种肖像的意味。"因此，本质直观所达到的"艺术真实"比"理智真理"更加接近"实事本身"。盖格尔说："人们必须体验这种本质，而不能仅仅偶然认识这种本质，这个事实也是存在于理智的真理和艺术的真实之间的最深刻的区别的基础。作为理智过程的结论，'这是真实的'有待于人们的辩论、检验和证明。对于艺术真实来说，不论人们从一种理智的观点出发对'这是真实的'这个结论能够提出什么怀疑，它都是一种体验性的依据。"① 罗曼·英伽登也说过:"艺术家在构造作品时,通过创造性直觉就仿佛预先看透了审美上有价值的质素可能有的复杂性以及它们将怎样导致艺术作品整体的全部审美价值的出现。"而且,这种审美价值的复合构成还必须通过审美体验才可能显现出来,"如果没有这种审美体验,这些中性特征就不可能显现出来,并共同引起各种质素独特复合的出现,审美上有价值的质素和对应的、由全部复杂基质决定的审美价值的构成也不可能显现出来"②。那么,无论是艺术创作还是艺术欣赏,文学艺术及其作品的"本质直观"的把握世界的方式都是不可或缺的,也是达到艺术真实,本原地把握世界的真理的不二法门。这样就把文学艺术及其作品的"本质直观"的特性看得比一般的科学的理智真理要高上一筹。这个观点和理论不禁使人想到德国古典哲学和美学的谢林和存在主义现象学的海德格尔。他们都把艺术对真理性的把握置于人类智慧的最高地位,而且把人类救赎的希望也寄托在文学艺术及其作品的"本质直观"之上。由此可见,胡塞尔现象学哲学和美学就是从德国古典哲学和美学到海德格尔存在主义哲学和美学的一个过渡桥梁,这个过渡桥梁使得德国文学思想的发展行进在"审美现代性"的大路上,把美和审美以及艺术认识世界和改造世界的力量看得是至高无上的。从谢林的艺术的"本质直观"使得"艺术是哲学的拱顶石",到胡塞尔的艺术的"本质直观还原"而把握真理,再到海德格尔的"诗意语言论"的"诗的语言的本真性,可以说是一脉相承的审美乌托邦的文学思想,也许这正是德国文学思想的一个审美现代性的传统,这个传统一直到法兰克福学派的几代思想家那里都是薪火相传,从不间断的。"③

再次,现象学哲学和美学把本质直观还原的过程描述为揭示文学艺术及其作品的多层次结构而达到真理性的认识过程,从而肯定了文学艺术及其作品的本质直观的真理性,给德国和西方文学思想的诗意语言论(海德格尔)、文本结构分析(英伽登),象征主义和表现主义文学流派都产生了直接或间接的影响,然而,我们以前的德国文学思想史和西方文学思想史对此却有意或无意地忽视了。

把胡塞尔现象学还原方法成功地运用到文学艺术及其作品的分析和描述的美学家和文论家是胡塞尔的高足,波兰人罗曼·英伽登。他的《文学的艺术作品》和

---

① [德] 莫里茨·盖格尔:《艺术的意味》(*Die Bedeutung der Kunst*),艾彦译,北京:华夏出版社 1999 年版,第 164—166 页。

② [法] 米盖尔·杜夫海纳主编:《美学文艺学方法论》,朱立元、程未介编译,北京:中国文联出版公司 1992 年版,第 232 页。

③ 参阅张玉能:《西方美学思潮》,太原:山西教育出版社 2005 年版,第 399—404 页;张玉能:《德国古典美学使美学不断完善》,《上海师范大学学报》2008 年第 1 期。

《对文学的艺术作品的认识》最充分地揭示了文学的艺术作品的多层次结构及其建构过程。对此，美国美学史家门罗·C.比厄斯利作如是观："《文学的艺术作品》意在完满而细致地回答有关文学的艺术作品的两个主要问题，以及通过这么做，提供一套范畴，根据这些范畴，传统的美学问题就可以联系所有的艺术来处理。第一个问题是：什么是文学作品的存在方式（Seinsweise）？第二，所有文学作品的几本和关键特征是什么？""对第二个问题的回答是，文学作品是一个'多层次的'或'多重分层的'的创造物（ein mehrschichitiges Gebilde，第24页）。在每一部文学作品中，现象学的分析都揭示了四个按照依存和显现的顺序而区分的层次；它也显示出这些层次是如相互合作以产生作品的整体性。英伽登富有启发性地对各层次分别加以说明。第一个层次是声音（sprachelichen Lautgebilde），不是声音符号或发音，而是声音结构（Gestalten）及其性质。第二个层次是意义（Bedeutungseinheiten），包括它的呈现性质，如风格的轻盈性、简洁性和复杂性。第三个层次是对象所展示的层次（dargestellten Gegenständlichkeiten），即处于空间和时间中的'作品的世界'。这些对象是纯粹意向性的，它（从现象学意义上讲）有几个方面不同于'真正的'对象，对此英伽登作了精妙的分析，例如，一个想象的人物不像真正的人那样使所有的特性都得到了确定。第四个层次是'图式化观点'（schematisierten Ansichten）的层次。从第三个层次上的人与人、地点与地点，以及事物与事物之间的关系，产生出某种作品的'视角'；这些视角是图式化的，每一位读者要自己去填补它，但是，读者对作品的阐释是受到作品结构本身的引导，并且这种阐释的正确性也受到作品结构的限制。""每一个层次都有着它自己的'审美的价值性质'。最高的价值性质是那种充盈了作品整体的性质，如崇高、丑、悲剧性、神圣性等等，英伽登将之称为'形上性质'。艺术作品成为一个'审美对象'，正是由于它的所有审美价值的'复调和谐'。'这种复调和谐恰恰是文学的艺术作品的特征，这些特征与其中所显示的形上性质一道，使它成为一件**艺术作品**。'"[①] 由此可见，在现象学哲学和美学看来，文学艺术及其作品的创作和欣赏过程就是一个现象学还原的过程，这个过程不仅仅建构了"意向性对象"（文学艺术作品），而且这个意向性对象还是一个多层次的结构（包括声音、意义、对象展示、图式化观点四个层次的文学作品），当这个多层次结构的文学作品在人们的直观之前逐步呈现出来时，艺术家和观赏者就共同完成了这个作为意向性对

---

① ［美］门罗·C.比厄斯利：《西方美学简史》，高建平译，北京：北京大学出版社2006年版，第340—342页。

象的文学作品，直观到了文学艺术作品的本质，即它和它所展示的世界的"明见性"或"被给予性"的真理性，甚至可以达到形而上的"先验主体性"的真理性的可能性。这样人们才是真正达到了真理，而不是西方传统文学思想所谓的，通过"模仿"、"再现"、"反映"对象的实际存在而认识世界和达到真理。

与此相仿，胡塞尔的现象学哲学和美学也对海德格尔等人的存在主义现象学及其诗意语言论产生了直接的影响。比厄斯利这样说道："在海德格尔的思考中，现象学的方法对存在主义形成了支持，从而产生了一种综合的哲学观，被称为'存在的现象学'。存在主义的洞见，以及他们对人的困境的观察，在文学中——在所要处理的人的形象中，在没有出口的地狱中，也在没有弄清罪名的囚徒的审判中——得到了最完满的表现。"在《艺术作品的本源》（"Der Ursprung des Kunstwerkes"）之中，海德格尔阐述了他的美学思想和文学思想。在他看来，"艺术的功能是打开'在者'的'隐蔽性'。当（引用他的另一个重要的例子）梵·高画一双穿破了的农妇的鞋之时，我们从中看到的是劳动者'辛劳的步态'的印记，是她与潮湿的春天沃土和坚硬的冬日小路接触留下的印记，那么，我们可以说，'这件艺术作品告诉我们鞋处于真实之中的情况'。有一种'是什么'的真理的将自身设定到作品之中（sich-ins-Werk-sezten）'。那么，也有美，它是'一种在其中真理无遮蔽出现的方式'。'美从属于真理的自我降临'。"① 正因为海德格尔把文学艺术及其作品当作是达到真理的主要途径，所以，在哲学和美学"语言学转向"的形势下，海德格尔的哲学和美学也相应地形成了"诗意语言论"。赵一凡指出："《本源》已表示：艺术的本质是真理，而真理之所以能在作品中得以演历，是因为它以诗的方式构成。为此'一切艺术在本质上都是诗。'""请留意，老海的诗，德文写作 Dichtung。为何不用 Poesie？我国学者陈嘉映分析说：海氏偏爱 Dichtung，是看重其多重含义，譬如设计与构造。如是，Dichtung 便可泛指艺术展现真理的过程，还能暗示它所蕴含的语言奥秘。老海发挥说：一切艺术根底之下都是语言，而诗不过是'一种直接凭借语言的艺术方法'。""《形而上学导论》说，人经由词语与世界照面，令亲在成为可能。词语中'万物首次进入存在，并成为一种是'。《现象学基本问题》称：诗乃一种开天辟地的启蒙，只因它是人类领会和表达生命意义的途径，它'以词语方式，展开存在之维'。""倘若承认太初有诗，诗如何展开它的存在之维？《本源》说：诗与艺术均为存在之**首次命名**（die Sagen）。作为筹划

_____

① ［美］门罗·C.比厄斯利：《西方美学简史》，高建平译，北京：北京大学出版社 2006 年版，第344—347 页。

性语言,诗也是针对世界的奠基。不妨说,所谓诗的本质,即真理之**创建**(Stiftung)。他又强调:诗乃基本语言,它令语言成为可能。非但如此,它还是'一个历史民族所拥有的**原初语言**(Ursprace)'。"[①] 这就是我们所谓的"诗意语言论"。这种"诗意语言论"就是从现象学哲学和美学转向存在主义现象学的过程之中在"语言学转向"的大趋势之中所产生的文学艺术思想的具体表现之一。这种文学思想把文学艺术及其作品视为敞亮真理,创建真理的过程,而把诗的语言(诗意语言)作为人类的基本语言和艺术的根基。这种"诗意语言论"恰恰体现了现象学本质直观和本质直观还原的真理观和文学思想。

三、主体间性与文学现象

主体间性(或译为:交互主体性,主体际性,主体间际性,德文 intersubjektität,英文译为 intersubjectivity,法文译为 intersubjectivité,日文译为:间主体性,相互主体性),原本是胡塞尔为了避免他的现象学还原以后的"纯粹意识现象"的唯我性和非普遍有效性以及认识主体之间的不可通约性,而创设的一个概念。随着现象学运动的发展和扩展,主体间性的概念在许多领域之中变得含义丰富起来。当主体间性概念运用到文学艺术及其作品的研究之中时,一种新的理论观点和思维方法就形成了,我们可以称之为"主体间性的审美价值论",它大致可以包括:创作者和观赏者共同创造论,解释学和接受美学的审美意义论,文本间性的审美意义论。

主体间性的概念来源于胡塞尔的现象学哲学,它是现象学哲学的重要概念。"他提出这一术语来克服现象学还原后面临的唯我论倾向。在胡塞尔那里,主体间性指的是在自我和经验意识之间的本质结构中,自我同他人是联系在一起的,因此为我的世界不仅是为我个人的,也是为他人的,是我与他人共同构成的。胡塞尔指出:'无论如何,在我之内,在我的先验地还原了的纯意识生命的限度内,我经历着的这个世界(包括他人)——按其经验意义,不是作为(例如)我私人的综合组成,而是作为不只是我自己的,作为实际上对每一个人都存在的,其对象对每一个人都可理解的、一个主体间的世界去加以经验。'(《笛卡尔的沉思》)胡塞尔认为自我间先验的相互关系是我们认识的对象世界的前提,构成世界的先验主体本身包括了他人的存在。""胡塞尔的'主体间性'理论,对现象学文学理论批评及整个西方现代批评理论

①　赵一凡:《从胡塞尔到德里达——西方文论讲稿》,北京:生活·读书·新知三联书店 2007 年版,第 157—159 页。

发生了很大的影响,并成为西方现代批评中的一个重要概念。英伽登在谈到文学的艺术作品时说:'由于它的语言具有双重层次,它既是主体之间可接近的又是可复制的,所以作品成为主体间性的意向客体,同一个读者社会相联系。这样它就不是一种心理现象,而是超越了所有的意识经验,既包括作家的也包括读者的。'"① 倪梁康指出:"在胡塞尔现象学中,'交互主体性'(即主体间性——引者按)概念被用来标识多个先验自我或多个世间自我之间所具有的所有交互形式。任何一种交互的基础都在于一个由我的先验自我出发而形成的共体化,这个共体化的原形式是陌生经验,亦即对一个自身是第一性的自我—陌生者或他人的构造。陌生经验的构造过程经过先验单子的共体化而导向单子宇宙,经过其世界客体化而导向所有人的世界的构造,这个世界对胡塞尔来说是真正客观的世界。""'交互主体性'在胡塞尔现象学中不是一个系统的、自身封闭的课题之标题,相反,交互主体性方面的问题出现在各种课题领域中,当然,这些问题相互联系,而且对这些问题的解决也相互制约。所以胡塞尔现象学的开端方法,亦即向纯粹意识的还原,已经具有了交互主体的角度。此外,对本己意识和陌生意识的区分,或者说,对本己地被意识到的和陌生地被意识到的'世界'区分已经是一个交互主体问题。就对各种不同对象的构造分析而言,一方面存在着在特殊意义上的交互主体问题:对陌生身体的经验、对陌生心理体验的经验、社会交往。但另一方面,所有构造问题都具有一个交互主体的角度:客观世界的构造、客观空间的构造、本己身体性的构造、本己人格的构造、自然和精神世界的构造。即使在科学论的问题中,例如在对自然科学与精神科学的区分中,亦即在对自然观点和人格观点的区分中,交互主体性也起着根本性的作用。最后,在胡塞尔的伦理学与单子论的本体论中,交互主体性也占有一个中心位置。因此,交互主体性贯穿在整个现象学中,而一门完整的交互主体性现象学也就是一门完整的现象学一般。"②

由此可见,主体间性(Intersubjektivität)在胡塞尔的现象学中就是一个重要的策略性概念,为的是防止在进行了现象学还原以后所面对的事实的世界变成一个纯粹的唯我的意识世界,需要有一个先验的自我或世间的自我与他人的"共在体"或"共体化",这样才可以构造出一个客观存在的"生活世界"。其实这里所说的"主体间性"不过是一种掩耳盗铃的自欺欺人的哲学"狡计",它根本无助于消弭胡塞尔的主观

① 王先霈、王又平主编:《文学理论批评术语汇释》,北京:高等教育出版社 2006 年版,第 406 页。
② 倪梁康:《胡塞尔现象学概念通释》,北京:生活·读书·新知三联书店 1999 年版,第 255 页。

唯心主义的本体论性质。但是，主体间性却对于哲学和美学在现代主义和后现代主义的反对启蒙主义以来的现代性的主体性哲学和美学提供了一个可以使用的武器，用"主体间性"这个武器恰好可以消解启蒙主义以来的现代性哲学和美学的"主体—客体"二元对立的主体性哲学，让哲学和美学回到人的"生活世界"，避免那种离开人类生活世界的客体与主体的隔绝和对立。这也就是我们多次说过的西方美学的发展大趋势：自然本体论美学（公元前 6 世纪—公元 16 世纪）→认识论美学（16—19 世纪）→社会本体论美学（20 世纪 60 年代以前的现代主义的精神本体论和形式本体论美学→20 世纪 60 年代以后的后现代主义语言本体论美学）。主体间性概念诞生于 20 世纪初现代主义的现象学哲学和美学中，用意正在消除主体与客体之间的对立和隔绝，让主体与主体之间的相互关系和相互作用来构造一个与人不可分离的生活世界，在现象学美学中构造出一个由作为主体的作家和作为主体的读者，甚至作为主体的作品之间的相互关系和相互作用的审美世界，从而排除那种离开审美意识经验的客体的存在。这些当然是有积极意义的。而到了后现代主义的"语言学转向"以后，语言的"主体间性"、"对话"、"交往"、"沟通"、"交流"的性质特点，使得后现代主义的哲学家和美学家进一步地运用"主体间性"来消解"主体—客体"二元对立的现代性的主体性哲学和美学，用主体之间的相互关系和相互作用来取代和消融主体与客体之间的相互关系和相互作用，在哲学和社会理论中就是哈贝马斯的"交往理性的理论"，在美学中就是本体论的解释学美学（海德格尔、伽达默尔），接受美学（姚斯），读者反应理论（霍兰德、伊瑟尔），解构主义美学（德里达、福柯）等。[①]

因此，我们可以从几个不同的方面来探讨胡塞尔现象学的"主体间性"对德国和西方文学思想的影响："主体间性的审美价值（意义）论"总体之下的"创作者和观赏者共同创造论"，"解释学和接受美学的审美意义论"，"文本间性的审美意义论"。

首先，把"主体间性的审美价值（意义）论"落实到文学艺术及其作品的创作者主体和观赏者主体之间的关系之中，就可以发现，文学艺术及其作品实际上是创作者和观赏者共同创造出来的。这就是"创作者和观赏者共同创造论"。

众所周知，西方哲学和美学从古希腊开始直到 20 世纪的发展历程经历了这样一个过程：古代的（公元前 6 世纪至公元 16 世纪）自然本体论哲学和美学——近代的（公元 16—19 世纪末）认识论哲学和美学——现代的（公元 19 世纪末至 20 世纪 50 年代）精神本体论哲学和美学——后现代的（20 世纪 50 年代至今）语言本体论哲

---

① 张玉能：《主体间性与文学批评》，《华中师范大学学报》2005 年第 6 期。

学和美学。这样的西方哲学和美学的发展历程必然地影响到西方的文学思想的相应的变化发展，而德国民族的哲学和美学的意识尤其根深蒂固和特色鲜明，当然也就显得更加脉络清晰。在西方古代时期，自然本体论为主的哲学和美学就造成了注重文学艺术及其作品的客体（对象）的文学思想，摹仿说的艺术本质论和以被模仿对象为基准的文学史和文学批评模式，把研究的焦点聚集在作品及其模仿的对象世界之上。在西方近代时期，认识论为主要倾向的哲学和美学则形成了注重文学艺术及其作品的主体（作者）的文学思想，由反映论向表现论转换的艺术本质论和以创作者主体为基准的文学史和文学批评模式（社会历史的批评模式、传记批评的模式），特别是德国古典哲学和美学在康德哲学和美学之中实现了"哥白尼式革命"，在德国早期浪漫主义流派那里表现得最为明显，把研究的注意力集中在创作者（作家、艺术家）及其社会背景和个人经历之上。在西方现代时期，精神本体论哲学和美学又产生了注重文学艺术及其作品的绝对主体及其相互关系的文学思想，由绝对主体性转向主体间性的艺术本质论和以创作主体的精神要素及其相互关系为基准的文学史和文学批评模式，把研究的关注点放在了创作主体和观赏主体的精神要素及其相互关系之上，像德国的唯意志主义（叔本华、尼采）、非理性主义（弗洛伊德）、现象学的直观，法国的生命哲学和直觉主义（柏格森），意大利的直觉主义（克罗齐），等等。在西方后现代的时期，语言本体论哲学和美学则促成了注重文学艺术及其作品的语言构成形式的确定性转向不确定性的文学思想，艺术本质论的解构和取消，走向了文学艺术及其作品的相对主义和虚无主义，像分析哲学的美学和文学思想，本体论解释学的美学和文学思想，接受美学的文学史观和批评模式，解构主义的文学思想，等等，就是如此，它们的研究重点似乎转向了读者。① 我们可以清楚地看到，德国早期现象学的主体间性的观点和理论，在西方哲学和美学及其文学思想的发展过程中，处于一个重要的转折点上，它继承了康德的"哥白尼式革命"，把文学艺术及其作品的研究重点由客体（再现和反映的对象、作为对象的作品）的研究转向了主体（创作者和观赏者），同时，它还进一步把文学艺术及其作品的再现和反映的客体（对象）完全"悬搁"起来，而完全集中研究主体（创作者和观赏者）的"纯粹意识现象"，这样就必然地形成了"文学艺术及其作品的主体间性"这样的课题，而这种"文学艺术及其作品的主体间性"及其构成的问题进一步在后现代语境下就顺理成章、水到渠成地

---

① 张玉能：《席勒的审美人类学》，桂林：广西师范大学出版社 2005 年版，第 142—176 页；张玉能：《西方美学关于艺术本质的三部曲》，《吉首大学学报》2003 年第 2、3 期。

形成了本体论阐释学美学和文论,再后来就是接受美学和解构主义的文学思想。

在现象学关注绝对主体及其相互关系的文学思想之中,英伽登的"文学的艺术作品"和"对文学的艺术作品的认识"的论题及其成果,最为集中和细致地阐发了现象学的主体间性的审美价值论,论述了文学艺术及其作品的"创作者和观赏者共同创造论"。在一次关于艺术价值和审美价值的讲演中,英伽登指出:"'艺术价值'——如果我们终究要承认它存在的话——是在艺术作品自身内呈现的、在那儿并有它存在基础的某种东西。'审美价值'是某种仅仅在审美对象内、在决定对象整体性质的特定时刻才显现自身的东西。审美价值的基础是由在审美上有价值的诸质素的某种集合所组成的。这些质素又依赖于使它们有可能在对象中出现的各种属性一定结合的基础。为设立一个审美对象,观赏者的共同创造活动是必要的,所以,几个审美对象有可能在完全同一个艺术作品的基础上出现;这些对象中,在审美价值上可能是不同的。但是如前所述,这并不是证明价值主观性的根据。""审美对象在被构建的时刻,是观赏者所直接接触的某种东西,但观赏者可能理解它或对它作出反应。尽管如此,对象还是某种同观赏者及其经验有关的东西;同时,就像艺术作品或任何其他在实存方面独立的、有自己存在权利的自然对象一样,审美对象也是超验的(一种独立的自我存在的整体)。这种对经验的超越不仅扩展到价值上中立的艺术作品或审美对象的那些质素上,而且扩展到对象的有价值的质素以及在此基础上建构起来的种种价值。"[①] 由此可见,在英伽登看来,由文学艺术及其作品的"艺术价值"到它们的"审美价值"同样是一个意向性对象的直观构成的过程。在这个过程中,创作者的创造性构成固然很重要,但是,如果没有观赏者的共同创造,文学艺术及其作品的艺术价值和审美价值同样是不可能实现的。这就是文学艺术及其作品的"创作者和观赏者共同创造论"。它的具体内容,我们在有关英伽登的文学思想那一节还会接触到。正是现象学的"主体间性的审美价值论"及其"创作者和观赏者共同创造论"充分注意了观赏者在文学艺术及其作品的创造性构成过程中的作用,在现象学运动内部和外部产生了巨大的影响,从而产生了阐释学美学和接受美学的文学思想。

其次,把"主体间性的审美价值(意义)论"落实到文学艺术及其作品的不同时间、不同地点、不同条件的接受者主体之间的关系之中,就可以发现,文学艺术及其作品的意义和价值实际上是随着不同时间、不同地点、不同条件的接受者的理解和

---

① [法] 米盖尔·杜夫海纳主编:《美学文艺学方法论》,朱立元、程未介编译,北京:中国文联出版公司 1992 年版,第 226 页。

解释而变动不居的。这种理论观点后来就形成了解释学美学和接受美学，所以，我们称之为"解释学和接受美学的审美意义论"。

解释学的发展过程，曾经经历了一个从认识论阐释学向**本体论阐释学**的发展过程，而且这个发展过程主要就在德国哲学和美学的领域之内演化着。赵一凡在《从胡塞尔到德里达——西方文论讲稿》第十讲之中就专门论述了从本体论阐释学到接受美学的发展历程，而且把这一章命名为"德国现象学余波"。我们认为，赵一凡的这种认识是符合德国文学思想和文论发展历史的。他指出：当代阐释学首要代表，是西德哲学家伽达默尔。作为海德格尔的弟子，伽达默尔坦承：他的突破得益于海德格尔的游戏观念，而这"恰是本体论阐释的关键"。何谓本体阐释？我们知道，西方**阐释学**（Hermeneutics），又称解释学。这名称来自希腊神话中一位神祇，**赫尔墨斯**（Hermes）。身为宙斯之子，赫尔墨斯除了代表父亲，在阿波罗神庙发布神谕，还要面向众生，担任传译工作。据此，阐释学的本义，即针对神旨或秘籍，进行翻译，诠释及阐发。作为一项关于古文字释读的专门技术，西洋阐释学近似中国的注疏训诂。早在古希腊，亚里士多德就已发明修辞学，据此提倡一种精细释读法。中世纪经院学者，进而强调神学考据、发展文献注释。文艺复兴后，发育成西方学术一大支系。自 18 世纪以降，欧洲阐释学先后受到维科（Giambattista Vico, 1668—1744）、施莱尔马赫（Friedrich Schleiermacher, 1768—1834）、狄尔泰（Wilheilm Dilthey, 1833—1911）的引导。18 世纪初，意大利启蒙学者维科，写下一部《新科学》（*Sienza Nuova*）。维科说：世界是上帝创造的，因而人类应把有关世界的科学知识，单独留给造物主。此外还有一个"人造世界"：它涉及神话、历史、艺术等人类制度。其原理"就藏在我们人类心灵的各种变化中"。《新科学》鼓吹哲学和语言学通力合作："哲学家如不请教语言学家，就不能令其推理具有精确性。同理，语言学家如不求助于哲学推理，亦无法得到真理的批准。"对此，美国阐释学专家赫希评价说：《新科学》确立一种人文阐释理想，即在描述人类世界方面，它梦想"要比物理学更加严整，比数学更加精密"。维科理想的实现，要靠 18 世纪德国学者施莱尔马赫。施莱尔马赫是精通《圣经》的神学家，又是思想严谨的哲学家。此一双重身份，有助于他突破文字学（Philologie）狭隘视野，另从哲学高度，提出**通用阐释学**（Allgemeine Hermeneutik）概念。援引康德批判精神，他强调人类天生就有理解局限。这局限既有语言的，也有心理的。据此，他以笔记形式写下一套解释原则，主要两条是：（1）参照作者与读者共有的语言领域，以确定文本含义；（2）参照上下文关系，以确定文本中每一个字的含义。上述原则，施莱尔马赫称为语法释义。其次，人类理解还受到个人意志、性格、或情绪影响。为此他又提出心理释义。在他看来，语法释义只是基础。关键在于一种心理解释与复制过程。与语法释义不同，心理释义要求更高一些：它要求批评家学养丰厚、善于比较与创造。这任务包括：再现作者的原先环境，分析其创作意图，领悟其未了之言，还原他当初的各种想象与激情。施莱尔马赫因此遭遇一大难题：即人类如何突破文化障碍，达至相互理解？我们知道：若要理解他人，唯有设身处地，想他人所想。然而西洋哲学主体论过于狭隘，令欧洲人难以克服这一障碍。施莱尔马赫说：心理释义是肯定的，语法释义是否定的，这两者相互排斥。不难看出，他的困难在于主客对立，即无法消除心理与语言的矛盾。狄尔泰研究了施莱尔马赫的困难，想解决问题。他先由心理学入手，寻找人文理解原则。随后转向历史主义，又担心陷入相对论。末了返回文本阐释，以此作为折中之法。狄尔泰强调**"人文理解"**之特性。他表示：科学家面对自然，归纳演绎，此乃一种主客体关系。人文学者置身意义网络中，处理各种精神现象，所以他不能像科学家那样冷漠超然，而要处心积虑，通过对话和移情，去感应并体验他人。这种将心比心的工作，就是所谓的人文理解（Verstehen）了。他又说：科学家说明自然，人文学者理解与表现生活。后者困难，即在于把握精神现象"之所以被理解的那个特定环境"。他认为，人乃一种历史存在。唯有透过历史，方可领悟人类文化之奇妙。然而为了把人类知识纳入理性框架，实证主义不仅清除情感色彩，更无视历史变异。狄尔泰忍无可忍，遂向康德发难道：我们实该"用历史理性批判，代替纯粹理性批判"。狄尔泰学说的最大破绽，就在于它像结构主义那样，无法克服静态与动态、共时与历时的矛盾。狄尔泰的方案行不通，却产生了不可小觑的后果：其一，狄尔泰跑马圈地，为我们保留下一大片人文领地。其二，他将施莱尔马赫的文本阐释，改造成一种针对人类文化的综合阐释，从而肯定了我们今日所说的"人文精神"，以及社会科学之合法性。"二战"后，阐释学经历了又一次转折，史称本体论转折。这门倒霉的学问，历经神学、文字学、精神科学三次变革，总算进入哲学阐释学阶段。此际，由于海德格尔介入，阐释学得以克服形而上学弊端，获得了重大补充，新学诞生标志，即伽达默尔1960年发表的《真理与方法》。《真理与方法》书名，暗含嘲讽，在作者看来，形而上学并非一条通向真理之路，相反，它简直就是南辕北辙：你越是苛求方法，就越远离真理。伽达默尔与狄尔泰不同：他无意确立阐释学统一纲领，反而讥笑狄尔泰对方法的痴迷。他追随海德格尔，反对形而上学。海德格尔认为，形而上学最大的缺陷，就是主客分离。为了纠偏，他提出现象学本体论：其核心不是主体，而是亲在。换言之，海德格尔蔑视主体与方法，却看重亲在的生存方式，这包括言谈与理解。《存在与时间》集中了他的理解论：

(1) 与笛卡尔相悖,海德格尔坚信"我在故我思"。就是说:早在理性思维出现之前,人类一直依靠原始觉悟,来面对世界与自我。(2) 人类通过言谈理解他人、解释世界。由此,阐释学即等于一门"**亲在现象学**"。(3) 人的理解构成亲在与存在的基本关系:唯有亲在,方有理解。所以,海德格尔说,理解是人类活动基础,它为主观认知设置了**先见**(Vorsicht)。海德格尔上述思想,奠定了伽达默尔阐释学的哲学基础。他在《真理与方法》前言中泰然宣称:阐释学不是什么方法论,而是一门有关理解的哲学,其目标是"揭示所有理解方式的共性"。在此基础上,伽达默尔和海德格尔合力将阐释学提升至本体论地位。海德格尔推崇诗思,伽达默尔关注艺术。《真理与方法》第一部题名:《艺术经验中的真理问题》,意在探讨艺术与科学迥然不同的真理表现方式。这方面,伽达默尔再次面对康德,大胆挑战其审美判断。康德反对西方哲学轻视艺术的传统,认为:审美与认识同属于理性判断,只不过它俩分工不同而已。再说了,与理念再现真理一样,艺术表征(Representation)亦可表现丰富人生、创造新奇世界、并令梦想与虚幻事物成为可能。同时,人类心灵并非一个被动接受感官刺激的容器,它具有主动想象与改变世界的能力。康德这一理性分治方案,既为艺术家提供了审美独立依据,也导致艺术与科学的双峰对峙,互不相让。比康德更进一步,海德格尔坚称:诗与艺术出乎自然、揭示存在、并具有葆真特性。伽达默尔紧随老师,强调艺术自有它的真理,及其师法天然的知识合法性。他肯定:艺术不仅显现真理,更是"一种传导真理之认识"。理由是:(1) 诗人和艺术家立足人类生存条件,崇尚神奇、顺应变化;(2) 他们让人在作品中不断转换角度,窥见闪烁不定的真理之光。据此,伽达默尔公开批评康德说:"艺术神殿,并非一个向纯粹审美意识呈现出来的永恒存在,而是某种历史性地聚集着的精神活动。"为了说明艺术展示真理的方式,伽达默尔确认艺术起源于古代祭祀与图腾。正是从这些崇尚自然的游戏中,产生出各式各样的观照游戏:诸如诗画、音乐、舞蹈、戏剧与文学。伽达默尔引入**游戏**(Spiel)概念,目的是修正主体论、摹仿论。在他看来,作为一种对话,游戏无需主体。相反,游戏中始终有一个他者存在。游戏者与之反复较量,直至忘我,方可达到游戏目的。说到底,游戏不但赋予艺术一种本体论地位,它还让我们获得一种灵活变通的阐释方式。据此,艺术作品不再是作者的主观产物,它还需要欣赏者的对话回应。伽达默尔强调:"被阅读是作品的一个本质部分。"伽达默尔有关艺术对话的看法,诱发了后来的接受美学。一旦将艺术与历史打通,伽达默尔便形成他有关"**阐释循环**"的重要见解。在施莱尔马赫、狄尔泰那里,历史间隔造成了理解鸿沟。阐释者为求客观,必须克服成见。伽达默尔却说:成见并非认识障碍,而是理解前提。人文学术和自然科学,都不能免除成见。"我们存在的历史性产生了成见。成见是我们向世界敞开的倾向。"伽达默尔的成见（Vorurteil）说，来自海德格尔的**前理解**（Vorverstandnis）。它包括：（1）人生活于其中的社会文化传统；（2）他所拥有的概念系统；（3）他所习惯的设想方式。这些先在条件，影响并造就个人意识，决定人的理解范围，乃至他的阐释方向。海德格尔相信：理解即一种筹划，它在前理解的基础上滚动前进。据此，伽达默尔下判断说：我们无须摒弃成见，反要承认它的合法地位。历史并非鸿沟，其中充满了传统连续性：它为人类理解提供"积极而富有生产性的可能"。如是，艺术阐释就成为一种循环。"新的理解源源出现，揭示出意想不到的意义。"反过来看，我们在研究艺术作品时，势必要考虑**效果历史**（Wirkungsgeschichte）。伽达默尔说：历史既非客观对象，亦非精神体现。它是主客体的交融统一。我们在研究历史时，已然参与了历史："真正的阐释学，必须展示这种根植于理解的历史效果性。我将它称作效果历史。从根本上说，理解即是一种效果历史的关联。"与之配合，他又提出**视界融合**。所谓**视界**（Horizont），原指一个人的视力所及。在尼采和胡塞尔那里，视界被引申为人类思维相对有限的可变范围。伽达默尔借用此说，既肯定人类的理解局限，又突出其发展可能。就是说：历史运动引起视界变化。而随着理解的拓展，我的视界同他人相融，产生更普遍的新视界。在此意义上，理解即视界融合的过程。阐释者将自己的视界，植入文本中原有的视界，这并非移情，亦非将自家标准强加于人，而是获得一种"更宽广优越的视界"，或一种参与其中的新传统。伽达默尔的本体论阐释学，曾经受到左派势力的严厉批评，哈贝马斯曾经指责《真理与方法》一书维护传统权威，阉割学术批判功能。就在伽达默尔忙着应付批评时，他那中庸可爱的阐释学，竟为一批激进的青年借用，发明出一支**接受美学**（Rezeptionsästhetik）。随后在美国大学校园里，也开始流行一种张扬读者个性、提倡自由阐释的**读者反应理论**（Theory of Readers' Response）。20世纪60年代，新左派学生一哄而起，反对异化、追求解放。造反运动中，法兰克福学派文化批判理论，尤其是阿多诺《否定的辩证法》和《美学理论》流传开来，成为年轻一代的批判武器。从理论上讲，阿多诺反对工具理性，号召艺术自治，弘扬文艺反叛精神。在他看来，艺术作为乌托邦想象，蕴含积极否定力量，因而它是人类自由的希望。动荡背景下，接受美学兴起于西德南部的康士坦茨大学。其代表人物，尧斯和伊瑟尔，都是该校年轻教师。身居偏僻地，喜听风雨声：他俩身处德法两国之间，一头饱受巴黎结构主义的冲击；一头又同法兰克福学派过从甚密。而双方矛盾焦点，即在文学性与历史性。1963年，罗兰·巴特发表论文《历史还是文学？》，挑起一场"**文学史悖论**"之争。他扬言：文学一旦成史，再无文学性可言。他又说，传统文学史排列经典，串成一部"大腕编年史"，但它们极少讨论文学形式。响应巴特，美国批评家哈特曼大声疾呼："怎样才能让艺术获得历史基础，又不否定它的独立性？"这场论战，凸显西方阐释危机，即如何在结构与主体、文本与理解之间，求得一种平衡。1967 年尧斯（Hans Robert Jauss）发表论文《作为向文学科学挑战的文学史》，提出一个"走向读者"的折中方案。从表面看，此时抬举读者，大有讨好新左派之嫌。但尧斯是想乘此危机，解决文学史悖论。与结构派不同，尧斯爱读马克思。马克思《政治经济学批判》，曾论及古希腊艺术影响。尧斯追问："在其社会经济基础灭亡后，希腊艺术何以继续生存？"答案是：**通过读者**。或者说，艺术生命来自读者的能动接受。理由是：文学作品并非一座独白式纪念碑。它更像一部乐曲，"时刻期待阅读中产生的不同凡响"。文学史不同于一般历史，文学作品也不构成一条历史因果链。这是因为：作品自身包含了两种主体，作家和读者。尧斯建议：最好把文学史视为一种创造与接受的循环过程，其中作家、作品和读者缺一不可。据此，文学研究理当引进读者，并考虑他与作家、作品之间的互动关系。在此关系中。读者并非被动一方，而是能动参与者。他的个人阅读，决定作品价值。没有他的参与，我们就"无法想象文学作品的历史生命"。传统文学史迷信大作家的天才灵感，称其决定作品价值。这一作家中心论，延续到阿多诺身上，便有他反叛主体的推崇。与此同时，巴黎结构派否定主体、抹杀作家、强调文本结构。结果却造成一种封闭的"文学形式演变史"。夹在德法之间，尧斯既不赞成作家中心论，也反对文本中心论。于是他提出一个囊括作家、作品、读者的三角公式，以此取代主体论与结构论。从哲学上讲，该方案新旧兼容，堪称一种"互主体"模式。在其中，我们既可感受马克思社会理论的感召，亦可察觉伽达默尔对话逻辑的影响。①

从认识论阐释学到本体论阐释学的发展历程，我们可以清楚地看到，这个发展过程实际上就是从客体标准到主体标准再到主体间性标准的演化。从施莱尔马赫、狄尔泰的认识论阐释学的强调人对文本的理解和阐释要克服社会、历史和个体所造成的认识障碍而达到作者的意图所形成的文本意义来看，认识论阐释学力图达到理解和阐释的客观性。而海德格尔和伽达默尔的本体论阐释学却要充分承认"前理解"和"成见"的合法性，突出人对文本的理解和阐释的效果历史。实际上，他们就是要强调理解和阐释的主体的作用，也就是要强调理解和阐释的主体有两个：先在的、历

---

① 赵一凡：《从胡塞尔到德里达——西方文论讲稿》，北京：生活·读书·新知三联书店 2007 年版，第 192—206 页。

史的主体,当下的、现实的主体。这两个主体在理解和阐释之中都有自己的"视界",真正的认识真理性来源于这两种主体的"视界融合"。因此,海德格尔和伽达默尔的本体论阐释学已经在运用胡塞尔的"主体间性"来说明文学艺术及其作品的意义是"主体间性"的"视界融合",而不是某一个主体的单方面的赋予。在这个基础上,尧斯等人进一步把本体论阐释学的"视界融合"扩展为作家、作品、读者的"主体间性"的"接受美学"模式,甚至于把文学史视为读者的接受史,即文学的演变历史就是不同时间、不同空间、不同条件的读者(接受者)的理解和阐释的变化过程,也就是在接受者的"期待视界"之下形成作家、作品、读者三方的对话,而这种对话式关联构成接受的历史链及其接受效果。因此,在接受美学看来,读者并不是被动的接受者。他的期待视界,决定他对作品的好恶。他的想象和阐释,也可以丰富作品的内涵。这样一来,就可以兼顾文学艺术及其作品的历史性和文学性:一方面,作家通过方法革新,改变读者的期待视界;另一方面,读者的期待视界变化,也会刷新文学艺术及其作品的标准。这样就形成了一个文学接受的历史链,文学生产(作家的创作)与文学消费(读者的接受)就会产生"主体间性"(交互主体性)的历史,二者相互影响,相互制约,相互作用,换句话说:读者的接受效果,反过来支配文学作品的再生产。文学艺术及其作品的意义,并不是任何一方单独赋予的,而是作为主体的作家、作品、读者三方交互作用而产生的,即"主体间性"的效果历史的审美意义,而且也是在三方对话的历史链中不断变化的。这就是我们所谓的"阐释学和接受美学的审美意义论"。它是胡塞尔"主体间性"观点和理论的具体运用。

再次,把"主体间性的审美价值(意义)论"落实到文学艺术及其作品的不同文本主体之间的关系之中,就可以发现,文学艺术及其作品实际上是在作为主体的各种不同文本之间相互制约,相互作用之下产生出不同的审美形态和审美意义。这就是我们所谓的"文本间性的审美意义论"。

这种"文本间性的审美意义论"或者"互文性的审美意义论"主要在法国后现代主义文论之中发展起来。但是,因为它的根本来源是胡塞尔现象学的"主体间性"的观点和理论,因此在这里还是值得一提的。所谓的"文本间性",也可以译为"互文性"。根据法国学者蒂费纳·萨莫瓦约的研究,"互文性"(intertexualite)是一个含混不清的概念。但是,"它囊括了文学作品之间互相交错、彼此依赖的若干表现形式。"最早创造和引入互文性这个概念的是法国学者朱丽娅·克里斯特娃,她把"互文性"定义为"一篇文本中交叉出现的其他文本的表述","已有和现有表述的易位",互文性是研究文本语言工作的基本要素。她的理论依据主要是俄国美学家巴赫金的"对话理论"。后来,罗兰·巴特和麦克·里法特尔"都考虑了理论和文学批评两个方面,使互文性变成阅读文学作品的一个重要内容"。而吉拉尔·热奈特给互文性的定义是"一篇文本在另一篇文本中切实的出现"。因此,以后互文性就成为了含义广泛的概念,主要是"文学体系的一种手法和文本的多种表现形式",主要是引用、戏拟、仿作反串、易位、粘贴、合并、重复等,而其实质"用里法特尔的说法:互文性从很大程度上讲在'不可确定性'的状况中"。"自此,互文性成为复杂而交互的游戏,也就是写作和阅读;两者就是这样不断地互相追忆。"最后,用互文性来界定文学就把文学视为"一个独立的领域","从这个时候开始,文学的目的就不再是反映世界,而是强调这样一个事实:尽管文学本身可能已经有很多种解释,但除此之外,我们还可能在别处找到文本的其他解读,而且永远不可能穷尽所有可能的解读。"的确,我们可以同意蒂费纳·萨莫瓦约的这个说法:"无论是从文本的产生还是从文本接受的角度来看,文本之间的交互作用是多么复杂。""互文性是形成文学创作的主要原则,它通过与其他视角的结合得出自身的意义并发挥文学批评的作用:互文性既是一个广义的理论,也是一种方法。"但是,我们也不能排斥这样一种担心:"透过互文性人们看到了一个令人生畏的庞然大物,或者是对一种结构亦步亦趋的滥用,所有这些都使文学远离现实世界。"所以,"主体间性"和"文本间性"(互文性)是一个文学艺术及其作品的研究领域的拓展,但是,必须注意它的场域和限度,不能把它绝对化、滥用,那样文学的本体也就消失了,文学艺术及其作品的研究也就失去了言说、阐释、对话的对象。①

总而言之,胡塞尔的现象学"主体间性"的观点和理论给德国文学思想乃至整个西方文学思想的现代转向提供了一个突破口,经过以德国美学家和文艺理论家为主的西方学者的各方面努力,在19—20世纪德国和西方文学思想的转折之中,形成了"主体间性的审美价值论"及其具体表现的"创作者和观赏者共同创造论","解释学和接受美学的审美意义论","文本间性的审美意义论"。这些观点和理论极大地丰富了德国和西方文学思想,使得它能够摆脱西方传统文学思想的"摹仿说"、"客体论"、"主体论"的独断论影响,转向"主体间性的审美价值(意义)论",把作家(创作者)、作品(文本)、读者(接受者)都视为文学艺术及其作品的主体,他们共同的、交互作用生成了文学艺术及其作品的审美意义(价值)。这样无疑是对文学艺术及其作品的研究领域的拓展和创新。但是,由于胡塞尔现象学的"主体间性"概念是一

① 张玉能:《主体间性与文学批评》,《华中师范大学学报》2005 年第 6 期。

个现象学还原以后的"纯粹意识现象"范围内的概念,具有明显的主观唯心主义的性质,因此,它已经被掏空了"现实世界"的根源,不宜于过度地阐释和运用,否则就会使得文学艺术及其作品的研究失去本根。后现代主义文论的"文本间性"(互文性)、阐释学和接受美学的"意义不确定性"、解构主义文论的"异延"等都使得后现代主义的文学思想逐步染上虚无主义、相对主义的病症,从而走向了"自我解构"的窘境。这是我们必须引以为戒的。

第三节　德国现象学文学思想

一、胡塞尔论艺术和诗

胡塞尔无疑是现象学哲学和美学的奠基人和创始者,但是,他关于现象学美学及其文学思想的直接论述却是非常少的,主要文献是他写于 1907 年致胡戈·冯·霍夫曼斯塔尔先生的一封信以及散见于他的哲学著作之中的一些零星论述。但是,从这些有限的零星片段的论述之中,我们却可以看到胡塞尔关于美学和文学艺术思想的基本思路和现象学方法的运用。因此,可以说,胡塞尔的这些零星片段的论述已经给现象学美学及其文学艺术思想勾勒出了一个清晰的轮廓,对于 20 世纪现象学美学及其文学艺术思想乃至整个西方的美学思想和文学思想都产生了深远而广泛的影响。这种影响当然是通过他的现实和追随者海德格尔、英伽登、杜夫海纳等人的具体阐发得以实现的。

胡塞尔致胡戈·冯·霍夫曼斯塔尔先生的这封信并不长,我们现在全文引述如下:

尊敬的冯·霍夫曼斯塔尔先生:

您对我说过,不断地像潮水般涌来的信件使您的日子颇为艰难。但您的精美馈赠给我带来极大的愉快,所以我必须向您表示感谢。恶有恶报,于是您也得承担这封信的后果。未能及时表示感谢,在此敬请原谅。我早就在试图综合我的一些想法,现在突然成功了,犹如天赐我。我得赶紧把这些想法固定下来。您的那几个"小短剧"还一直在我身边放着,尽管我只连续地读了其中的一些,它们仍然给我带来很大的启发。

您的艺术将那种"内心状态"描述成纯粹美学的状态,或者,实际上不是描述成纯粹美学的状态,而是把它提高到纯粹美学之美的观念领域之中,我对这种在美学的客体化之中的"内心状态"尤为感兴趣;就是说,我不仅作为艺术爱好者，而且作为哲学家和"现象学家"对此感兴趣。为了把握哲学基本问题的清晰意义和为了把握解决这些问题的方法，我曾进行了多年的努力，我所得到的恒久的收获就是"现象学的"方法。它要求我们对所有的客观性持一种与"自然"态度根本不同的态度，这种态度与我们在欣赏您的纯粹美学的艺术时对被描述的客体与周围世界所持的态度是相近的。对一个纯粹美学的艺术作品的直观是在严格排除任何智慧的存在性表态和任何感情、意愿的表态的情况下进行的，后一种表态是以前一种表态为前提的。或者说，艺术作品将我们置身于一种纯粹美学的、排除了任何表态的直观之中。存在性的世界显露得越多或被利用得越多，一部艺术作品从自身出发对存在性表态要求得越多（例如，艺术作品甚至作为自然主义的感官假象：摄影的自然真实性），这部作品在美学上便越是不纯。（这也包括各种各样的"倾向"。）自然的精神态度、现时生活的精神态度完全是"存在性的"。我们将那些感性地摆在我们面前的事物、将人们在日常生活中和在科学中所谈的那些事物看作是现实，而感情行为和意愿行为则建立在这些对存在的看法上：喜悦——此物在，悲哀——彼物不在，愿望——那物应当在，如此等等（它们等同于情感的存在性表态）：这是与纯粹美学直观以及与此相应的感觉状况所具有的那种精神态度相对立的一极。但这同样也是与纯粹现象学的精神态度相对立的一极，在现象学的精神态度中，所有哲学问题都可以得到解决。因为现象学的方法也要求严格地排除所有存在性的执态。首先是在认识批判之中排除所有存在性的执态。（我这里略去了与此相平行的各个领域，即对"实践理性"、"美学理性"，以及整个"评价理性"的哲学批判不谈。）

一旦认识的斯芬克斯提出它的问题，一旦我们看到了认识可能性的深邃问题，这些认识仅仅在主观体验中得以进行并且可以说是把握了自在存在的客观性，我们对所有已有的认识以及对已有的存在——对所有的科学和所有被宣称的现实的态度便会彻底改变。这一切都是可疑的，都是难以理解的，都是莫名其妙的！要解这个谜，就只有站在这个谜的基地上，把一切认识都看作是可疑的并且不接受任何已有的存在。这样，所有的科学、所有的现实（也包括本身自我的现实）都成了"现象"。剩下要做的只有一件事：在纯粹的直观中（在纯粹直观的分析和抽象中）阐明内在于现象之中的意义；即阐明认识本身以及对象本身根据其内在本质所指的是什么，同时，我们不能在任何时候、任何地方超越出纯粹现象一步，就是说，不把任何在现象中被误认为是超越的存在设定为是被给予的并且不去利用这些超越的存在。"认识"的所有类型、形式都要受到这样的探讨。如果所有的认识都可疑,那么"认识"这个现象便是唯一的被给予性,并且在我承认某物有效之前,我只是直观并纯粹直观地(也可说是纯粹美学地)研究:有效性究竟是指什么,就是说,认识本身以及随同它在它之中"被认识的对象"所指的是什么。当然为了"直观地"研究认识,我不能仅仅依据那种动词的拟——认识(符号性思维),而是依据真正"明证的"、"明察的"认识,尽管对那种符号性的认识也需要在与明证性认识的关系中受到现象学的本质分析。

因此,现象学的直观与"纯粹"艺术的美学直观是相近的;当然这种直观不是为了美学的享受,而是为了进行进一步的研究、进一步的认识,为了科学地确立一个新的(哲学)领域,建设"第一哲学"或"严格的哲学"。

还有一点:艺术家为了从世界中获得有关自然和人的"知识"而"观察"世界,他对待世界的态度与现象学家对待世界的态度是相似的。就是说,他不是观察着的自然研究者和心理学家,不是一个对人进行实际观察的观察家,就好像他的目的是在于自然科学和人的科学一样。当他观察世界时,世界对他来说成为现象,世界的存在对他来说无关紧要,正如哲学家(在理性批判中)所做的那样。艺术家与哲学家不同的地方只是在于,前者的目的不是为了论证和在概念中把握这个世界现象的"意义",而是在于直觉地占有这个现象,以便从中为美学的创造性刻画收集丰富的形象和材料。

无可救药的、十足地道的教授!他一开口就非得做讲授不可。但幸好在讲授的哲学"本质"中并不包含回答的义务,而在"学院自由"的本质中却包含着在讲授时随意睡觉或逃学的权利。

但我祝愿您,尊敬的冯·霍夫曼斯塔尔先生,在新的一年中万事如意。我对您的祝愿也是对所有关心着您内心世界之造诣和发展的人的祝福。

附言:我不想冒昧地谈论您的作品。我想,称赞、指责和所有那些聪明的废话对您来说都无关紧要。您肯定知道(在最广意义上的)艺术家的三条金规则,它们同时也是所有真正伟大作品的公开秘密:1)他具有天赋——这是毫无疑问的,否则他就不是艺术家了。2)他只纯粹地追随着他的魔力,这种发自内心的魔力驱使他发挥直观——盲目的影响。3)反正其他所有的人都比他懂得多,因此他观察所有这些人——纯美学地或者纯现象学地进行观察。①

胡戈·冯·霍夫曼斯塔尔先生是胡塞尔的妻子的一个亲戚的丈夫,是一位诗人

---

① 倪梁康选编:《胡塞尔选集》下,上海:上海三联书店1997年版,第1201—1204页。

和剧作家，他们曾经于 1906 年 12 月在哥廷根相会，胡戈·冯·霍夫曼斯塔尔先生在会见时曾经送给胡塞尔几篇"小短剧"。就是这几篇"小短剧"启发了胡塞尔的灵感，从而写下了这封信，成为了胡塞尔论述现象学美学及其文学艺术思想的唯一一篇比较系统的珍贵文献，而且在胡塞尔生前没有发表过。从这封信中，我们可以看到胡塞尔关于现象学美学及其文学艺术思想的清晰轮廓，其主要观点就是：对艺术作品要采取纯粹的审美态度，对艺术作品的纯粹审美态度的实现要通过一种非存在性的现象学直观才能够实现，现象学的纯粹审美直观是人类认识世界的根本途径，艺术家对世界的观察就是一种纯粹的现象学直观。

首先，胡塞尔认为，对艺术作品要采取纯粹的审美态度。所谓"纯粹的审美态度"是一种非自然主义的态度，或者超越自然主义态度的对待世界的方式，也就是现象学的对待世界的方式。

胡塞尔的现象学哲学最主要的就是"现象学的"方法。对于胡塞尔来说，这种"现象学的"方法，是反对"自然"态度的，也就是反对自然主义态度和实证主义态度的，而与"纯粹的审美态度"倒是非常相近的。因此，他对霍夫曼斯塔尔这样说：它要求我们对所有的客观性持一种与"自然"态度根本不同的态度，这种态度与我们在欣赏您的纯粹美学的艺术时对被描述的客体与周围世界所持的态度是相近的。①

所谓"自然的态度"，也就是自然主义和实证主义的态度。胡塞尔在《现象学观念》(1907)之中对自然的态度是这样说的："**自然的思维态度**尚不关心认识批判。在自然的思维态度中，我们的直观和思维面对着**事物**，这些事物被给予我们，并且是自明地被给予，尽管是以不同的方式和在不同的存在形式中，并且根据认识起源和认识阶段而定。例如在感知中，一个事物显而易见地摆在我们眼前；它具体地在其他事物之间、在活的事物和死的事物、有灵魂的事物和无灵魂的事物之间存在，就是说，具体地存在于一个世界中，这个世界如同个别物体一样部分地进入感知，在回忆的联系中部分地被给予并且由此扩展到不确定的和不熟悉的东西之中。""自然的认识就是这样前进着。它在不断扩展的范围中获得从一开始就显而易见地存在着的被给予的、并只根据范围和内容、根据诸要素、关系、规律进一步研究的现实性。于是这样就形成和成长出各种自然科学，作为关于物理和心理自然的科学的自然科学，精神科学，另一方面是数学科学，关于数、多样性、关系的科学等等。"② 由此可见，在

---

① 倪梁康选编：《胡塞尔选集》下，上海：上海三联书店 1997 年版，第 1202 页。

② 倪梁康选编：《胡塞尔选集》上，上海：上海三联书店 1997 年版，第 34—36 页。

胡塞尔看来，所谓"自然的态度"或"自然的思维态度"，也就是自然科学的、自然主义的或实证主义的态度。这种态度把事物当作显而易见地实际存在于客观世界之中的客观对象，并对它们进行现实性的研究，而不考虑"认识批判"，也就是一种纯粹客观主义的态度。美国现象学研究专家赫伯特·斯皮尔伯格在《现象学运动》之中指出："胡塞尔对现代科学的批判包含两个更严厉的责难，它们要求彻底重整科学：(1) 科学蜕变为一种对于纯粹事实的非哲学研究，实证科学便是一个例子。胡塞尔认为，这种情况致使科学丧失其对于人的整个生活的意义，特别是丧失其对于人的生活目的的意义。(2) 科学的'自然主义'使科学没有能力妥善处理绝对真理和有效性这样一些问题。"[1] 在《〈笛卡尔的沉思〉引论》(1929) 之中，胡塞尔明确地反对实证主义："总之，令人忧虑的是，那些本应通过这些沉思而知道有一种绝对理性基础的实证科学，却对它们如此地不屑一顾。然而，经过 3 世纪的辉煌发展，实证科学现在感到由于自己在基础上的模糊不清而举步维艰。但是，当它们企图给这些基础一个新的形式时，却没有想到要返回去重新继续笛卡尔的沉思。另一方面，必须充分考虑到，《沉思集》是在一个完全独一无二的意义上，而且恰好是通过返回到纯粹的自我我思活动，开辟了哲学的新时代。事实上，笛卡尔开创了一种全新的哲学。由于改变了哲学的整个外观，所以它呈现出一个根本性的转变——从素朴的客观主义到先验的主观主义。这种转变永远是新的，而似乎又总是一些努力找到一种必然最终形态的有缺陷的尝试。"[2] 英国历史学家艾瑞克·霍布斯鲍姆在《帝国的时代：1875—1914》之中这样评价胡塞尔："像胡塞尔这样的非科学批评家指出：19 世纪下半期，现代人的整体世界观完全由实证科学所决定，并被它们造成的'繁荣'所蒙蔽，这意味着当时的人正冷漠地避开真正与人性有关的决定性问题。"[3]

　　胡塞尔的现象学方法的反自然主义态度或实证主义的、非科学的"纯粹审美态度"，实际上就是对世界及其事物的一种非存在的、非现实性的、非客观主义的、先验的主观主义的纯粹自我我思活动，它是关系到人的认识的绝对真理性和有效性、关系到人的生活目的的意义的"认识批判"或反思。具体地说来就是：对一个纯粹美学的艺术作品的直观是在严格排除任何智慧的存在性表态和任何感情、意愿的表态的情况下进行的，后一种表态是以前一种表态为前提的。或者说，艺术作品将我

---

① [美] 赫伯特·施皮格伯格：《现象学运动》，北京：商务印书馆 1995 年版，第 127 页。
② 倪梁康选编：《胡塞尔选集》下，上海：上海三联书店 1997 年版，第 873 页。
③ [英] 艾瑞克·霍布斯鲍姆：《帝国的时代：1875—1914》，贾士蘅译，钱进校，南京：江苏人民出版社 1999 年版，第 331—332 页。

们置身于一种纯粹美学的、排除了任何表态的直观之中。存在性的世界显露得越多或被利用得越多，一部艺术作品从自身出发对存在性表态要求得越多（例如，艺术作品甚至作为自然主义的感官假象：摄影的自然真实性），这部作品在美学上便越是不纯。（这也包括各种各样的"倾向"。）自然的精神态度、现时生活的精神态度完全是"存在性的"。我们将那些感性地摆在我们面前的事物、将人们在日常生活中和在科学中所谈的那些事物看作是现实，而感情行为和意愿行为则建立在这些对存在的看法上：喜悦——此物在，悲哀——彼物不在，愿望——那物应当在，如此等等（它们等同于情感的存在性表态）。这是与纯粹美学直观以及与此相应的感觉状况所具有的那种精神态度相对立的一极。但这同样也是与纯粹现象学的精神态度相对立的一极，在现象学的精神态度中，所有哲学问题都可以得到解决。因为现象学的方法也要求严格地排除所有存在性的执态。首先是在认识批判之中排除所有存在性的执态。①

由此我们可以看到，现象学的纯粹审美的态度是不同于西方传统的自然的、素朴客观主义的、科学化的、存在性的、现实性的文学艺术思想的。这种现象学的纯粹审美态度的文学艺术思想是非自然主义的、先验主观主义的、艺术化的、想象性的、虚构性的文学艺术思想。而其中最主要的就是要排除所有存在性的执态，也就是要把文学艺术及其作品的存在问题存而不论，"悬搁"起来，放在括号里面不予考虑。这个思想实质上与康德美学的审美无利害性（无功利性）是一脉相承的。康德在《判断力批判》之中对美进行"质"的分析时指出："凡是我们把它和一个对象的**存在**之表象（译者按：即意识到该对象是实际存在着的事物）结合起来的快感，谓之利害关系。因此，这种利害感是常常同时和欲望能力有关的，或是作为它的规定根据，或是作为和它的规定根据必然连接着的因素。现在，如果问题是某一对象是否美，我们就不欲知道这对象的存在与否对于我们或任何别人是否重要，或仅仅可能是重要，而是只要知道我们在纯粹的观照（直观或反省）里面怎样地去判断它。"②康德的这一关于审美态度、审美判断和美的思想，在西方传统文学艺术及其作品之中是没有真正实现的，而它的真正实现就是在现代主义的文学艺术及其作品之中，而胡塞尔在现象学方法之中把它提出来，正是为了实现"认识的批判"，要回到人类认识的绝对真理性、有效性等哲学基础之上，"回到实事本身"，对于文学艺术来说就

---

① 倪梁康选编：《胡塞尔选集》下，上海：上海三联书店1997年版，第1202页。

② ［德］康德：《判断力批判》上卷，宗白华译，北京：商务印书馆1964年版，第40页。

是回到文学艺术及其作品的"本源"和"本真"。后来海德格尔所写的《艺术作品的本源》(1950)正是发展了康德和胡塞尔的这一根本思想。从胡塞尔给霍夫曼斯塔尔的信中所说的"艺术作品甚至作为自然主义的感官假象：摄影的自然真实性"来看，就可以看出，在19—20世纪之交的德国和西方，文学艺术及其作品的观念正在经历着一种从传统到现代的转型。特别是19世纪摄影术的产生和发展，给文学艺术思想的现代转型准备了技术条件。英国历史学家艾瑞克·霍布斯鲍姆对于19—20世纪之交的"文艺转型"做了这样的描述："在前卫艺术当中尚有更多矛盾之处。这些矛盾都与维也纳分离派格言中所提到的两件事的本质有关（'给我们的时代以艺术，给艺术以自由'），或与'现代性'和'真实'的本质有关。'自然'仍旧是创造性艺术的题材，甚至日后被视为纯粹抽象派先驱的康定斯基（Vassily Kandinsky，1866—1944），在1911年时也拒绝与它完全断绝关系，因为如此一来便只能画出'像领带或地毯上'的那种图案。但是，如我们在下面将要看到的，当时的艺术是以一种新起的、根本上的不确定感，去回应自然是什么这个问题。它们面对着一道三重难题。姑且承认一棵树、一张脸、一件事具有客观和可描写的真实性，那么描述如何可能捕捉它的真实？在'科学'或客观意义上创造'真实'的困难，已经使得印象派艺术家，远远超越象征性传统的视觉语言，不过，事实证明他们并未越出一般常人理解的范围。它将他们的追随者进一步带进修拉（Seurat，1859—1891）的点彩法，以及对基本结构而非视觉外表的真实追求。立体派画家打着塞尚（Cézanne，1839—1906）的威名，认为他们可以在立体的几何图形中看到基本结构。""当时还有真实性和主观性如何结合的问题。由于'实证主义'的部分危机是坚持'真实'不仅是存在、有待发现的，也是一件可藉由观察家的心灵，去感觉、塑造甚至创造的事物。这种看法的'弱势'说法是，真实在客观上确实存在，但是只能通过那个了解和重建它的个人的想法去了解，例如，普鲁斯特对法国社会的观察，是一个人对其记忆进行漫长探索的副产品。这种看法的'强势'说法则是，除了创作者本身以及其以文字、声音和颜料所传达的信号外，真实性一无所有。这样的艺术在沟通上一定会出现极大的困难，而它也必定会趋近唯我论的纯主观主义。于是，无法与之共鸣的批评家便以这个理由将它草草了结、不予考虑。""事实上，19世纪后期的前卫艺术家，想要延续旧时代的方法去创造新时代的艺术。'自然主义'以扩大题材的方法，尤其是将穷人的生活和性包括进去，将文学领域扩大为'真实'的再现。已确立地位的象征主义和讽喻语言，被修改或改编为新概念和新希望的表示法，如社会主义运动中的新莫里斯图像学，以及'象征主义'的其他前卫学派。新艺术是这一企图的极至——以旧语说新事。"① 从德国文学和文学思想发展史的角度来看,19 世纪末的自然主义文学流派的由盛到衰,象征主义文学流派的兴起,似乎都可以视为德国文学思想的现代转向,而在这个转向之中,胡塞尔现象学方法的传播似乎也可以视为给这种转向提供了继承康德美学的"审美无利害论"的进一步的哲学和美学基础。

简而言之,从纯粹审美态度的角度来看,胡塞尔把文学艺术及其作品看做是一种"非存在性"的,非自然的,非科学的,对待对象的方式。这种方式是"一种在美学的客体化之中的'内心状态'",正是这种"内心状态"使得作为哲学家和现象学家的胡塞尔非常感兴趣,因为,这种"内心状态"与现象学方法还原以后的"纯粹意识现象"的状态是相近的,相似的。文学艺术及其作品是一种非现实性的存在,不具有科学研究对象那样的"存在性",这本来是康德就早已指出的审美现象的特征之一,但值得注意的是:第一,把文学艺术及其作品从美学客体化状态(审美客体化状态)还原到"内心状态",展现了一种新的"回到文学艺术本身"的现象学方法。换句话说,文学艺术研究不能面对"存在性"的、现实性的、物质存在的、外在形态的文学艺术及其作品,即不是研究与文学艺术及其作品的本质无关的那些外在的物质质料,而是要研究那些决定文学艺术及其作品的本质的内在的精神性的建构。这对于文学艺术的研究来说,应该是一种真正"回到文学艺术本身"的视角转换。因为西方传统文学艺术思想就是把注意力集中在文学艺术及其作品的客体化方面的东西之上,即关注着被模仿或被再现的对象世界,研究的是这个对象世界"是什么"和文学艺术及其作品模仿和再现了这个对象世界的"什么",并且就以这个"什么"来衡量文学艺术及其作品的"真实性",却并不关心文学艺术及其作品究竟在创作者和欣赏者的内心(意识)之中"如何可能"。这对于文学艺术研究来说应该是真正把注意力集中到了文学艺术及其作品"本身",关系到了文学艺术及其作品的"如何构成"和"如何可能"。这无异于实现了文学艺术思想的"哥白尼变更",把对客体的研究中心转换为对主体的研究中心,使得文学艺术及其作品的研究转换到了文学艺术及其作品的"本质"方面,因为文学艺术及其作品并不是客观存在的对象世界的产物,而是艺术家和观赏者的审美的"内心状态"或审美意识的建构的结果。第二,突出文学艺术及其作品的审美性质或美学性质,以现象学方法更加强调了文学艺术及其作品的

---

① [英] 艾瑞克·霍布斯鲍姆:《帝国的时代:1875—1914》,贾士蘅译,钱进校,南京:江苏人民出版社 1999 年版,第 297—299 页。

独立自主性,为 20 世纪的自律性美学和唯美主义文学艺术流派的产生和繁荣提高了哲学基础。胡塞尔认为,"存在性的世界显露得越多或被利用得越多,一部艺术作品从自身出发对存在性表态要求得越多(例如,艺术作品甚至作为自然主义的感官假象:摄影的自然真实性),这部作品在美学上便越是不纯。(这也包括各种各样的'倾向'。)"① 这实质上就是明确地指出了文学艺术及其作品的审美本质,而且要求人们对对象世界"中止判断",把"存在性的世界""悬搁"起来,对它们不显露,不利用,不表态,而是让它们自身作为现象自己显现在创作者和欣赏者的直观意识之中。特别值得一提的是,胡塞尔在这里指出了"艺术作品甚至作为自然主义的感官假象:摄影的自然真实性"和"各种各样的'倾向'"。这就表明,一方面,胡塞尔对 19 世纪末的欧洲和德国流行一时的实证主义美学和自然主义文艺流派是持否定态度的;另一方面,胡塞尔对于摄影等科学技术给文学艺术发展带来的影响也是持否定态度的,认为这种摄影的"技术复制"给艺术带来的不过是"自然主义的感官假象",却没有使文学艺术达到事物的本质。这种观点,既反对了自然主义和实证主义的美学原则,也反对了启蒙现代性的科学主义神话,而是大力张扬了文学艺术及其作品的纯粹审美性质和美学品格,质疑各种各样的把文学艺术及其作品当作非审美目的的工具的"倾向"。这种哲学和美学观点在一定的社会历史条件下产生了,同时也促成了"审美现代性"的极端形式的表现——审美自律性的唯美主义、象征主义、纯艺术、纯诗、为艺术而艺术、颓废主义的时尚流行。有学者指出:"19 世纪最后十五年,欧洲资本主义文明达到了最高峰。这个时代的社会特征是合理化。合理化就是合理的永久性企业、合理的核算、合理的技术和合理的法律,以及合理的精神、生活行为和合理的经济道德。它的社会是一个整体,在其中社会结构、性格结构、文化结构和经济结构充满单一的价值体系。以理性与效率为职能的社会结构相一致,要求有远见、勤奋、自制、献身于事业和成功的性格结构,要求排斥浪漫的激情,代之以坚定、冷静的客观精神文化结构。在文艺界,这种合理化以现实主义、自然主义的面貌表现出来。左拉在他的《实验小说论》中说:艺术家要像科学家通过种种不同的实验去研究某一物质的特性那样,通过实验观察和解剖人生,忠实地记录其结果。""但是这种社会结构本身就造成了分裂。大规模的生产与大规模的消费却有意无意地鼓励了一种享乐主义的生活方式和生活态度,它的特征是及时行乐,挥霍浪费,自我炫耀,这样就破坏了资本主义赖以存在的新教道德。因此,在 19 世纪末便产生了与资本主义价

① 倪梁康选编:《胡塞尔选集》下,上海:上海三联书店 1997 年版,第 1202 页。

值相悖的东西,一种'反文化'的现象,这种现象最典型的主张是反对传统的道德,这种思潮的艺术表现就是唯美主义、颓废主义。比如说象征主义者的维尔伦、兰坡等都纷纷出场,他们高喊:我们是颓废、没落的诗人。他们表现的是伤感、不安、恐惧、自暴自弃这些'世纪末'的思想和情绪。"① 胡塞尔的现象学的文学艺术思想对于唯美主义、颓废主义、象征主义、为艺术而艺术等现代主义文艺流派的产生起到了推波助澜的作用。

其次,胡塞尔认为,对艺术作品的纯粹审美态度的实现要通过一种非存在性的现象学直观才能够实现。

在胡塞尔的现象学还原的过程之中,从对存在和对存在的信念的"悬搁"到还原到"纯粹意识现象",再到"本质直观还原",最终达到"先验还原","直观"是一个举足轻重的环节,也是现象学还原以"面向实事本身"的根本途径。美国现象学研究家赫伯特·施皮格伯格指出:"胡塞尔本人还将还原的原初的和基本的意义与加括号(Einklammeerung)这种数学演算联系起来。这种比喻的根本思想就是,我们应该将我们日常经验的现象与我们的素朴的或自然的生活范围分离开,同时尽可能充分而纯粹地保持现象的内容。这种分离的实际程序就在于中止有关这种内容的存在或不存在的判断。""按照仅仅是将存在的信念悬搁起来这种意义来理解,现象学还原的功能和可能的价值是什么呢? 它的最明显的应用似乎就是它使对'所与'的真正直观、分析和描述变得更容易。因为它将我们从通常对于'确实可靠的实在'的全神贯注中解放了出来,这种全神贯注使我们漠视那种'仅仅存在于我们想象中的东西',或是'仅仅由于习惯'将它当作不值得我们注意的东西而弃置一旁。这并不意味着对存在的信念的悬搁是毫无偏见地估量我们的现象所必不可少的。在现象学中十分重要的就是我们将全部的材料,不论是实在的,还是非实在的,还是可疑的,都看作具有平等的权利,并对它们进行不带任何偏见的研究。"在"悬搁"的现象学还原的准备步骤之后,就是本质直观。正因为"本质直观"的举足轻重,所以赫伯特·施皮格伯格才说:"现象学方法在所有层次上都与说明性的假设相反;它将自己限制在直观观察的直接证据上。"② 而在给霍夫曼斯塔尔的这封信中,胡塞尔进一步地说:"一旦认识的斯芬克斯提出它的问题,一旦我们看到了认识可能性的深邃问题,这些认识仅仅在主观体验中得以进行并且可以说是把握了自在存在的客观性,我们对所有

---

① 杨身源、张弘昕编著:《西方画论辑要》,南京:江苏美术出版社 1990 年版,第 574—575 页。
② [美]赫伯特·施皮格伯格:《现象学运动》,北京:商务印书馆 1995 年版,第 954—964 页。

已有的认识以及对已有的存在——对所有的科学和所有被宣称的现实——的态度便会彻底改变。这一切都是可疑的，都是难以理解的，都是莫名其妙的！要解这个谜，就只有站在这个谜的基地上，把一切认识都看作是可疑的并且不接受任何已有的存在。这样，所有的科学、所有的现实（也包括本身自我的现实）都成了'现象'。剩下要做的只有一件事：在纯粹的直观中（在纯粹直观的分析和抽象中）阐明内在于现象之中的意义；即阐明认识本身以及对象本身根据其内在本质所指的是什么，同时，我们不能在任何时候、任何地方超越出纯粹现象一步，就是说，不把任何在现象中被误认为是超越的存在设定为是被给予的并且不去利用这些超越的存在。'认识'的所有类型、形式都要受到这样的探讨。如果所有的认识都可疑，那么'认识'这个现象便是唯一的被给予性，并且在我承认某物有效之前，我只是直观并纯粹直观地（也可说是纯粹美学地）研究：有效性究竟是指什么，就是说，认识本身以及随同它在它之中'被认识的对象'所指的是什么。当然为了'直观地'研究认识，我不能仅仅依据那种动词的拟—认识（符号性思维），而是依据真正'明证的'、'明察的'认识，尽管对那种符号性的认识也需要在与明证性认识的关系中受到现象学的本质分析。"①

在西方美学史上把美和审美以及艺术与直观或直觉联系起来，大概可以上溯到中世纪经院哲学家托马斯·阿奎那（Sain Thomas Aquinas, 1226—1274）。他说："凡是一眼见到就使人愉快的东西才叫做美的。"② 英国 17 世纪末 18 世纪初的新柏拉图主义美学家夏夫兹博里（The Eal of Shaftesbury, 1671—1713）也强调过美的直觉性。他说："我们一睁开眼睛去看一个形象或一张开耳朵去听声音，我们就马上见出美，认出秀雅与和谐。"③ 德国古典美学家谢林是突出直观的。他指出："美乃是现实中所直观的那种自由与必然之不可区分。"④ 到了 19 世纪末 20 世纪初，直觉说（直观说）更是成为主要的哲学和美学观点和理论，像法国哲学家柏格森的直觉主义和意大利哲学家的直觉主义都是非常著名的。就在这样的情况下，胡塞尔的现象学就把现象学的"本质直观"彰显到了极致，把"本质直观"作为解开人类认识之谜的关键，也就是要通过现象学还原把一切都还原为"现象"直接呈现在人的直观面前，也就是

---

① 倪梁康选编：《胡塞尔选集》下，上海：上海三联书店 1997 年版，第 1202—1203 页。

② 北京大学哲学系美学教研室编：《西方美学家论美和美感》，北京：商务印书馆 1980 年版，第 66 页。

③ 北京大学哲学系美学教研室编：《西方美学家论美和美感》，北京：商务印书馆 1980 年版，第 95 页。

④ ［德］弗·威·约·封·谢林：《艺术哲学》上，魏庆征译，北京：中国社会出版社 1996 年版，第 38 页。

把自身的"本质"呈现出来了。因此，他在致霍夫曼斯塔尔的信中说得非常清楚："一旦认识的斯芬克斯提出它的问题，一旦我们看到了认识可能性的深邃问题，这些认识仅仅在主观体验中得以进行并且可以说是把握了自在存在的客观性，我们对所有已有的认识以及对已有的存在——对所有的科学和所有被宣称的现实——的态度便会彻底改变。这一切都是可疑的，都是难以理解的，都是莫名其妙的！要解这个谜，就只有站在这个谜的基地上，把一切认识都看作是可疑的并且不接受任何已有的存在。这样，所有的科学、所有的现实（也包括本身自我的现实）都成了'现象'。剩下要做的只有一件事：在纯粹的直观中（在纯粹直观的分析和抽象中）阐明内在于现象之中的意义；即阐明认识本身以及对象本身根据其内在本质所指的是什么，同时，我们不能在任何时候、任何地方超越出纯粹现象一步，就是说，不把任何在现象中被误认为是超越的存在设定为是被给予的并且不去利用这些超越的存在。"换句话说，非存在性的"审美直观"使得对象世界作为"纯粹意识现象"直接呈现在人们的直观意识之中，也就是使得人们"面向实事本身"了，也就是实现了对对象的本质把握。

再次，胡塞尔把直观和审美直观的作用推到极致，他认为，现象学的纯粹审美直观是人类认识世界的根本途径，可以达到绝对真理性和有效性。所以，胡塞尔在致霍夫曼斯塔尔的信中就说："这样，所有的科学、所有的现实（也包括本身自我的现实）都成了'现象'。剩下要做的只有一件事：在纯粹的直观中（在纯粹直观的分析和抽象中）阐明内在于现象之中的意义；即阐明认识本身以及对象本身根据其内在本质所指的是什么，同时，我们不能在任何时候、任何地方超越出纯粹现象一步，就是说，不把任何在现象中被误认为是超越的存在设定为是被给予的并且不去利用这些超越的存在。'认识'的所有类型、形式都要受到这样的探讨。如果所有的认识都可疑，那么'认识'这个现象便是唯一的被给予性，并且在我承认某物有效之前，我只是直观并纯粹直观地（也可说是纯粹美学地）研究：有效性究竟是指什么，就是说，认识本身以及随同它在它之中'被认识的对象'所指的是什么。当然为了'直观地'研究认识，我不能仅仅依据那种动词的拟—认识（符号性思维），而是依据真正'明证的'、'明察的'认识，尽管对那种符号性的认识也需要在与明证性认识的关系中受到现象学的本质分析。"[①] 胡塞尔把直观作为认识世界本质的根本途径，而且，他的真理观并不是"符合论"（真理是人的认识符合对象的事实），而是追溯

---

① 倪梁康选编：《胡塞尔选集》下，上海：上海三联书店 1997 年版，第 1202—1203 页。

到认识的绝对真理性和有效性，也就是指向现象学还原以后的"纯粹意识现象"及其"先验主体性"所提供的认识的可能性及其意义。因此，胡塞尔的认识论和真理观是不同于西方传统的主客对立的认识论和"符合论"的真理观，而是一种"纯粹意识现象"的"本质直观"的认识论和"先验主体性"的真理观。学者张汝伦对此做了比较明白而深入的解说。他指出："我们需要把那些自然信念、某些思想结构用括号括起来，这绝不是一个消极的否定步骤，绝不意味着通过悬置会失去什么，悬置并不否定任何东西。悬置只是态度的改变，即从自然态度转变为现象学的态度。哲学家通过悬置一无所失，世界仍然如以前一样存在，只是通过悬置它变成了现象，悬置使得更多基本的对象化的意识行为自身彰显出来，这是由自然的世界经验变为现象学的世界经验的第一步，所以这个方法又叫做还原。""在自然态度下，我们相信事物真正在空间中，我们意识到时间流逝，意识到我们自己和世界一起处在某种延续中。当我们实施现象学加括号或现象学悬置后，所有这些都消失了，照胡塞尔的看法，我们只剩下纯粹意识的剩余物，作为绝对存在的意识，它的对象总是意识相互关联者，而不是超越意识之外的东西。胡塞尔坚持认为，这就是笛卡尔普遍怀疑的方法论真正的意义。""不管是悬置也好，还原也好，都只是要使我们'回到事情本身'。'回到事情本身'这个口号并不是像它看上去那么简单。首先，这个'事情本身'绝不是指自然事物，胡塞尔说的'事情本身'，既指在意识中被意指的东西，也指使这些意指可能和构成被意指物意义的意识的种种功能。回到事情本身，也就是要突破经验科学自然主义的思维方式的种种成见和误解，回到我们原始的直观经验。'**每一种原初给予的直观都是认识的合法源泉，在直观中原初地……给予我们的东西，只应按如其被给予的那样，而且也只在它在此被给予的限度之内被理解。**'胡塞尔把这称为'原则之原则'。这样，内在和超越处在了同一个现象学的平面上，它们的区分只是对我们表现的方式不同，而无存在论上的区别。作为现象，它们的地位是一样的。它们都是意向的对象。这样，传统精神与事物、内在与超越的鸿沟，就此消弭于无形。""在把我们的自然态度和自然信念用括号括起来之后，我们就可以思考本质的世界了。但这还不是胡塞尔的目的，他关心的是意识的本质。他要通过悬置获得一个新的存在领域，这就是先验意识的领域，也就是先验现象学的专门领域。先验意识是悬置过后的现象学剩余，悬置不但要使本质得以在直观中显现出来，而且也要直接导向先验意识。换言之，悬置的目的是要发现我们主体性的内在核心。还原直接导致先验主体性。胡塞尔说：'主体性，这是我普遍和唯一的主题。它是一个纯粹自成一体和独立的主题。表明这是可能的和它如何是可能的，是现象学还原方法描述的任务.'"① 胡塞尔的这种现象学还原的过程,特别是"本质直观",在哲学上无疑是唯我论和先验论的唯心主义,但是,这种过程倒是非常类似于作家艺术家的创造过程和观赏者的欣赏过程。作家艺术家和观赏者在创造和欣赏文学艺术作品时,确实是并不把文学艺术及其作品当作一个现实的实在,而是在纯粹意识现象世界之中来建构文学艺术及其作品的意向性世界,并且通过对这个形象性的意向性世界的直观来显现人生世界的本质(真谛),回到人生世界本身,也要回溯到那个构成这个形象性的意向性世界的先验主体性——作家艺术家或观赏者的世界观和价值观及其意识行为的可能性。因此,许多现代主义作家艺术家都非常崇尚直观或直觉。法国意识流文学大师普鲁斯特(1871—1922)就如是说:"直觉,不管它的构成多么单薄与不可捉摸,不管它的形式多么不可思议,唯独它才是判断真理的标准。根据这条理由,它应该为理智所接受,因为,在理智能提取这一真理的条件下,只有直觉才能够使真理更臻完美,从而感受纯粹的快乐。直觉与作家的关系,就如同实验与学者的关系一样,其不同之处仅在于:对于学者来说,理智活动在先,而对于作家来说,理智活动在后。凡不是我们被迫用自己的努力去揭示和阐明的事物,凡是早已经解释明白的事物,都不属于我们的。只有我们从自身内部的黑暗之中取得的,而不为别人所知道的事物,才是真正来自我们自己的。当艺术确切地改写生活时,一种诗意的气氛就笼罩着我们内心所企求的真理,这是一种美妙的神秘,其实也只不过是我们经历过的朦胧微明的阶段。"② 普鲁斯特所说的,好像非常吻合于现象学的纯粹意识现象和纯粹审美态度的"本质直观"、"本质直观还原"和"先验还原"的过程。

此外,胡塞尔认为,艺术家对世界的观察就是一种纯粹的现象学直观。他在致胡戈·冯·霍夫曼斯塔尔的信中的"附言"里这样写道:"我不想冒昧地谈论您的作品。我想,称赞、指责和所有那些聪明的废话对您来说都无关紧要。您肯定知道(在最广意义上的)艺术家的三条金规则,它们同时也是所有真正伟大作品的公开秘密:(1)他具有天赋——这是毫无疑问的,否则他就不是艺术家了。(2)他只纯粹地追随着他的魔力,这种发自内心的魔力驱使他发挥直观——盲目的影响。(3)反正其他所有的人都比他懂得多,因此他观察所有这些人——纯美学地或者纯现象学地进行观察。"③ 这里所说的"三条金规则"实质上都是在说明"纯粹的现象学直观"对于艺

① 张汝伦:《二十世纪德国哲学》,北京:人民出版社 2008 年版,第 135—137 页。

② 何太宰选编:《现代艺术札记·文学大师卷》,北京:外国文学出版社 2001 年版,第 5—6 页。

③ 倪梁康选编:《胡塞尔选集》下,上海:上海三联书店 1997 年版,第 1204 页。

术家的重要性：这种纯粹的现象学直观，既是艺术家的先天才能，是"先验主体性"的天才表现，也是发自艺术家内心的一种建构艺术世界的魔力，还是一种纯粹审美的态度和观察。如果我们去除了其中的唯心主义和神秘主义的色彩，似乎可以说，胡塞尔关于文学艺术的现象学解释和阐发确确实实给美和审美以及艺术的本质特征做出了现象学哲学和美学的理论阐释。

下面我们就以胡塞尔在《纯粹现象学通论》之中的一个审美实例来进一步说明。他说："让我们假定，我们在考察杜勒（即德国文艺复兴时代画家丢勒——引者按）的铜版画'骑士、死和魔鬼'。""我们在此首先区分出正常的知觉，它的相关项是'铜版画'物品，即框架中的这块板画。""其次，我们区分出此知觉意识，在其中对我们呈现着用黑色线条表现的无色的图像：'马上骑士'，'死亡'和'魔鬼'。我们并不在审美观察中把它们作为对象加以注视；我们毋宁是注意'在图像中'呈现的这些现实，更准确些说，注意'被映象的现实'，即有血肉之躯的骑士等。""能够传达和形成这一映象表现的'图象'意识（小而阴暗的人物形象，在其中由于有根基的意向作用，某种另外的东西按类似性'以映象方式被呈现'），现在成为知觉的中性变样之例。这个**进行映象表现的图象客体**，对我们来说**既不是存在的又不是非存在的**，也不是在任何**其他的设定样态中**；不如说，它被意识作存在的，但在存在的中性变样中被意识作准存在的（gleichsam-seind）。""被映象者也完全一样，当我们采取**纯审美**态度时重新又把它当作'纯图象'，而不赋予它关于**存在或非存在**，可能的存在或推测的存在诸如此类的任何标记。但是这显然并不含有任何欠缺的意思，而是意味着一种变样，即**中性化**的变样。我们不应只把它表示为一种附着于某一先前设定之上的改变的运作。它偶尔也会如此，但并不必定如此。"[①] 这是从观赏者的角度来描述和分析审美态度之中的人的知觉和直觉的转换过程和图象客体的构成过程，这是一个现象学还原的"纯粹意识现象"的生成过程，也是一个本质直观的过程，又是一个"面向实事本身"或"回到事物本身"的过程。所以，在胡塞尔看来，美和审美以及艺术就是一个类似于纯粹现象学观察的纯粹审美态度的观察。二者之间的区别就在于，现象学还原最终要达至"先验主体性"的研究，而纯粹审美的态度却是得到"回到事物本身"的享受。于是，胡塞尔在致霍夫曼斯塔尔的信中说："因此，现象学的直观与'纯粹'艺术的美学直观是相近的；当然这种直观不是为了美学的享受，而是为了进

---

① ［德］胡塞尔：《纯粹现象学通论》，［荷］舒曼编，李幼蒸译，北京：商务印书馆1992年版，第270—271页。

行进一步的研究、进一步的认识,为了科学地确立一个新的(哲学)领域。"①

概而言之,胡塞尔关于艺术和诗的这一封信揭示了文学艺术及其作品的审美特征:审美无功利性,审美直觉性,审美先验主体性。这些论述在现象学哲学和美学的基础上,发挥了德国古典美学所开始阐发的文学艺术思想,揭开了现代主义和后现代主义美学和文学艺术思想的序幕,经过海德格尔、伽达默尔、英伽登、盖格尔等人的进一步阐发,在德国文学思想史上逐步蔚为大观,经过法国哲学家和美学家萨特、梅洛-庞蒂、杜夫海纳等人的进一步发挥,在西方美学史上形成了一个现象学美学和文学思想的重要流派。

二、英伽登的现象学文学作品论

罗曼·英伽登(Roman Ingarden, 1893—1970),虽然是波兰人,但是,他是胡塞尔的亲炙弟子,可谓得胡塞尔现象学哲学和美学的真传,按照胡塞尔本人的话说,波兰现象学家罗曼·英加登是"我最亲近和最忠实的老学生",②胡塞尔终生都与这位学生保持着亲密的接触,③而且,他的主要美学和文艺学著作《文学的艺术作品》(Das Literarische Kunstwerk, 1931;波兰文版,1930)和《对文学的艺术作品的认识》(Vom Erkennen des Literischen Kunstwerk, 1968;波兰文版,1932)都有德文版本,应该说对德国文学思想产生了重要的影响,所以,我们把英伽登的文学思想和美学思想也放在德国文学思想史的视野之内来考察。

我们之所以把英伽登的文学思想和美学思想概括地称之为"现象学文学作品论",是因为他的主要美学著作和文学思想专著就是以"文学的艺术作品"为关键词的,而且他的文学思想的最主要的贡献就是对文学作品的现象学构成和现象学认识进行了创新性的描述和分析,给德国和西方文学艺术思想注入了新的生命力,促进了德国和西方美学的文本研究的深入和拓展。而且美国现象学史家赫伯特·施皮格伯格也明确地指出:"茵加登主要以他阐述艺术作品的本体论的基本著作而闻名。"④他的现象学文学作品论,从现象学观点出发,对文学作品的存在方式和结构层次,体验作品的各种方式、作品的具体化、积极阅读和消极阅读、艺术作品与审美对象的区

---

① 倪梁康选编:《胡塞尔选集》下,上海:上海三联书店1997年版,第1203页。

② [美]赫伯特·施皮格伯伯格:《现象学运动》,北京:商务印书馆1995年版,第322页。

③ [美]门罗·C.比厄斯利:《西方美学简史》,高建平译,北京:北京大学出版社2006年版,第340页。

④ [美]赫伯特·施皮格伯伯格:《现象学运动》,北京:商务印书馆1995年版,第322、329页。

别、艺术价值与美学价值的区别等问题，进行了深入细致的分析，对德国文学思想的现代化产生了巨大的影响。

（一）文学作品的存在方式和结构层次

1. 文学作品是一种意向性对象

英伽登根据胡塞尔的"意向性理论"把文学艺术作品看做是一种"纯粹意向性客体（对象）"。按照胡塞尔现象学哲学的基本原理，意向性是"作为现象学首要主题"提出来的。胡塞尔说："意向性是一般体验领域的一个本质特征，因为一切体验在某种方式上均参与它，尽管我们不能在同一意义上说，**每一**体验具有意向性，就如我们可能（例如）就每一作为客体进入可能的反思目光的体验——即使它是一个抽象的体验因素——说它具有时间性的因素一样。意向性是在严格意义上说明**意识**特性的东西，而且同时也有理由把整个体验流称作意识流和一个意识统一体。"[1] 这里值得注意的是：意向性是一切意识现象的本质特征，而意向性对象在现象学之中是统一于"纯粹意识现象"之中的，是在直观之中显现出来的。所以，胡塞尔又说："我们把意向性理解做一个体验的特征，即'作为**对某物**的意识'。我们首先在明确的**我思**中遇到这个令人惊异的特性，一切理性理论的（vernufttheoretischen）和形而上学的谜团都归因于此特性：一个知觉是对某物的，比如说对一个**物体**的知觉；一个判断是对某事态的判断；一个评价是对某一价值事态的评价；一个愿望是对某一愿望事态的愿望，如此等等。行为动作（Handeln）与行为（Handlung）有关，做事（Tun）与举动（Tat）有关，爱与被爱者有关，高兴与令人高兴之物，如此等等。在每一活动的**我思**中，一种从纯粹自我放射出的目光指向该意识相关物的'对象'，指向物体，指向事态等等，而且实行着极其不同的对它的意识。然而现在现象学反思告诉我们，不可能在任一体验中发现这种表象的、思索的、评价的……自我朝向。这种对相关对象的**实显性**参与，这种对它的指向（或者甚至从其离开，但仍将目光指向它），即使如此，体验仍能包含着它的意向性关系。例如因此显然，对象的背景，在思维中被知觉的对象，是由于特殊的自我朝向而从此背景中被突出的。这就是说，虽然我们现在朝向'**我思**'样式中的那个纯粹对象，但各种对象都在'显现'，它们是直观地'被意识到的'，都被汇入一个被意识的对象场的直观统一体中。它是一种**潜在的知觉场**，其意义是，一个特殊的知觉（一个知觉着的**我思**）可朝向如此显现的每一物；但不是在这样的意义上，好像在体验中出现的感觉测显，例如视觉测显和在视觉场统一体中展

---

① 　倪梁康选编：《胡塞尔选集》上，上海：上海三联书店1997年版，第563页。

开的测显，欠缺任何对象的把握，而且只是由于目光朝向对象，直观显现一般来说才被构成。"①

在《文学的艺术作品》之中，英伽登根据意向性理论具体分析了文学作品的存在方式。换句话说，在英伽登看来，传统哲学和美学的提问是：文学作品究竟应该属于哪一类客体（对象）——实在的客体还是观念的客体？这种提问方式实际上是不清楚和不充足的，造成了解决问题的困难，即设置了或者是实在论（自然主义）的，或者是观念论（心理主义）的障碍，使得"文学作品的存在方式"问题无法澄清。英伽登本人却是按照现象学的还原方法来直接把握文学艺术及其作品的"本质"。现象学还原方法分析使得英伽登认识到"文学作品的存在方式及其同一性的基础也依靠文学作品的基本结构"，因此，他就以直接呈现在人们直观之前的"现象"作为出发点，"首先让我们勾画出文学作品的基本结构，以确定我们关于文学作品本质的看法的基本轮廓。照我们看来，文学作品的基本结构依附于这件事实，即文学作品是一种由几个不同质的层次组成的构造。"② 在分析了文学作品的多层次结构的基础上，英伽登逐步达到了文学艺术及其作品的"本质"——纯粹意向性客体。他说："毫无疑问，如果文学作品的个别层次中不存在审美价值属性，从而也就不可能构成复调和声的话，那么我们试图剖析的那种结构也就不成其为艺术作品了。可是这并不等于说，由审美价值属性构成的复调和声本身就是艺术作品。复调和声只不过是使文学作品成为艺术作品的因素（假如作品中的形而上学性质得到表现的话），但是它却同作品中其他成分结合起来构成一个紧密相关的单元。这是某种既来自个别层次的限定和内容又来自各个层次之间的紧密关联的东西，也是某种被认为是依附于整个作品的东西。说得更精确一些就是：个别层次和个别层次构成的整体都在多重审美价值属性（这些属性自动结合起来产生一种复调和声）中显示自身（当然要假定读者一方采取合适的态度）。可是文学艺术作品在这些价值属性中显示自身这件事实并不使作品中的任何一个层次从读者的眼界中消失。恰好相反：读者从主题方面得到的东西，即他最初注意到的东西，正如我们已经阐明的那样，是再现客体的层次，而其他层次则是在占有比较接近外围的位置上同时呈现给读者的。对比之下，审美价值属性却类似用来照亮再现的、客观现实的灿烂光辉，而同时又通过我们在审美享受中的体验，用一种特殊的气氛笼罩住我们，并以当时的情绪为转移，使我们的心情

---

① 倪梁康选编：《胡塞尔选集》上，上海：上海三联书店 1997 年版，第 564 页。
② 蒋孔阳主编：《二十世纪西方美学名著选》下，上海：复旦大学出版社 1988 年版，第 256—257 页。

不是平衡下来就是受到打动或者变得激动起来。这种主观上的共鸣即体验到的价值属性所构成的复调的主观对应物，总是以文学作品中另一个层次但主要是客体层次的存在为出发点的。最后，审美价值属性既不能从实体上又不能从纯粹现象上脱离其构成基础——个别层次中的对应成分。这些属性是在实体上依赖某种负载它们的东西而存在的一些特征，而这也正是它们的部分本质。可以这样说，它们实际上具有双重依赖性，因为它们的构成不是来自某种未知的东西的隐蔽本质，它们也不是一个客观存在的负载者的直接属性；它们是以一种客观实在直观下呈现的**属性**为构成基础的一些特征。正如我们已经说过的那样，它们即使在现象上也不能脱离这种东西即其构成基础。各种客观存在的属性或者各种可以识别的成分之间的确定的结合形式总是通过呈现或者体验到才能照上面所指出的方式在直观上得到确认。价值属性所构成的复调通过这种方式与作品中所有层次形成一个紧密关联的整体，我们在审美知觉和审美享受中与之打交道的正是这个整体。所以这个整体也就是审美客体：文学艺术作品。"[1] 因此，文学艺术作品是一个复合的、多层次的，"纯粹意向性客体"，它是一个意向性构成的创造物，它既是作者意识的创造物，还要通过读者的"具体化"过程才能够存在，它又以一定的物理基础（文字、声音、素材等）来负载形而上学性质的东西，并且在审美价值属性的作用下形成为一个在直观中显现的"意向性对象"。"英伽登说，诗最好应该被理解为一种意向性对象，具体化以不同程度的充分性指向它。它不是一个'理想的实体'，像数字或功能一样是一种抽象，也不是一个'实际的实体'，如印刷出的书中的油墨印迹。"[2] 在《对文学的艺术作品的认识》之中，英伽登关于文学艺术及其作品的存在方式做了这样的归纳："文学作品是一个纯粹意向性构成（a purely intentional formation），它存在的根源是作家意识的创造活动，它存在的物理基础是以书面形式记录的本文或通过其他可能的物理复制手段（例如录音磁带）。由于它的语言具有双重层次，它既是主体间际可接近的又是可以复制的，所以作品成为主体间际的意向客体（an intersubjective intentional object），同一个读者社会相联系。这样它就不是一种心理现象，而是超越了所有的意识经验，既包括作家的也包括读者的。"[3] 这一段论述，可以说是把英伽登的现象学美学的文

---

① 蒋孔阳主编：《二十世纪西方美学名著选》下，上海：复旦大学出版社 1988 年版，第 265—266 页。

② ［美］门罗·C.比厄斯利：《西方美学简史》，高建平译，北京：北京大学出版社 2006 年版，第 341 页。

③ ［波］罗曼·英伽登：《对文学的艺术作品的认识》，陈燕谷、晓未译，北京：中国文联出版公司 1988 年版，第 12 页。

学作品论的意向性存在方式阐述得非常清楚明白了，它揭示了文学作品的意向性客体的本质特征：文学作品的意向性构成性，文学作品的意识创造性，文学作品的文本物理基础性，文学作品的主体间际性（主体间性），文学作品的可复制性和文学作品的审美整体性。

的确，一个文学作品，既不是自然的物质存在，也不是一个心理的精神存在，又不是一个客观的意识存在，它就是一个意向性构成的客体（对象），它必须有物质存在的负载者——文字、语音的文本，但又不是文本的物质存在，它还必须通过作家和读者的意识的创造和再创造才能够生成；它是作家意识的创造构成物，但是又不是纯粹的主观意识本身，它还在外在世界之中有着意向性相关物，即指向一定的生活世界；它必须通过作家和读者的文本和意识的相关的"具体化"才可能现实地存在，它是主体间性的意向客体；它还是一个各个层次的各种审美价值属性的"复调和谐"的审美对象的整体。这样的现象学文学作品论，显然比起西方传统文学思想的文学作品的客观论或主观论的，自然主义的或心理主义的文学作品论，更加符合文学艺术实际，超越了西方传统文学思想的二元对立的思维方法和唯心主义与唯物主义的形而上学划分，同时也彰显了文学艺术及其作品的审美性。

2. 文学作品的四个结构层次

英伽登对于西方和德国文学思想的最大贡献应该是他的文学作品的"四个结构层次说"。美国文学批评史家雷纳·韦勒克在《近代文学批评史》第七卷之中说得十分恳切："探讨文学理论问题方面英伽登的一大进展，据我看来，在于他分析了'文学的艺术作品的结构'，方法就是将作品制作中的四个层面区别开来。"①

在《文学的艺术作品》之中，英伽登对于文学作品的四个层次结构做了这样的结论："那么每部文学作品在保持其内在统一性与基本性质的条件下，哪些层次是必要的层次？这些层次——我们已经看到我们进行的探讨的最后结论——有如下述：(1) **字音**和建立在字音基础上的高一级的**语音构造**；(2) 不同等级的**意义单元**；(3) 由多种图式化观相、观相连续体和观相系列构成的层次；(4) 由**再现的客体**及其各种变化构成的层次。"② 在《对文学的艺术作品的认识》之中，英伽登又指出："文学作品是一个多层次的构成。它包括 (a) 语词声音和语音构成以及一个更高级现象的层次；(b) 意群层次：句子意义和全部句群意义的层次；(c) 图式化外观层次，作品描绘的各种

---

① ［美］雷纳·韦勒克：《近代文学批评史》第七卷，杨自伍译，上海：上海译文出版社 2006 年版，第 629 页。

② 蒋孔阳主编：《二十世纪西方美学名著选》下，上海：复旦大学出版社 1988 年版，第 258 页。

对象通过这些外观呈现出来；(d) 在句子投射的意向事态中描绘的客体层次。"①

对于文学作品的"四个结构层次说"，由于各种翻译和理解的不同，概括也不尽相同。赫伯特·施皮格伯格说："英加登对于不同种类的艺术作品的内部结构，即其不同层次及'纵切'面做了详细的描述。音乐作品只有一个层次，即音乐中的声音组合 (Tongebilde)，绘画则通常有两个层次，即再现的客体中被描绘的简括化观相 (schematized aspect) 所构成的层次和再现客体本身所构成的层次；文学作品有四个层次：语言的声音结构，意义单元，再现的客体以及某些精选字词所能唤起的事物的简括化视觉形象以及其他观相。"② 雷纳·韦勒克则说："这些层面英伽登设想为是彼此制约的：离开第一层面，第二层面就不可能存在，第三层面离开第二层面也是如此，以此类推，各个层面只能互为依存。四个层面分别为 (1) 文字声音的层面，它构成了 (2) 意义单元。二者展现了 (3) 系统组合的方方面面，因此构成 (4) 一个再现的客体的世界。进而言之，英伽登论证了伟大的艺术作品表现'形而上的属性'，在其他作品中这些属性可能是不存在的。每一层面都构成一个整体，而在最佳情况下，这个整体达到的境界则为一个'复调和谐'。"③ 罗伯特·R. 马格廖拉如是说："《文学的艺术作品》第二部分名为'文学作品的结构'。文学作品的结构包括四个异质但又相互依存的层次：(1) 字音和建立在字音基础上的高一级的语音构造；(2) 不同等级的意义单元；(3) 多种图式化观相、观相连续体和观相系列；(4) 再现的客体及其各种变化的构成。四个层次的协调作用，产生'观念'或'形而上质素'——并非任何作品都能产生'观念'或'形而上质素'，它只是伟大作品的特征。在四个层次中，第二个层次是'核心性的'，它离不开其他三个层次，但又规定着其他三个层次，成为其它三个层次的实质基础。每一个层次都有其自身的美学价值，但又共同构成'复调和谐'；作为整体结构的有机的美学价值。"④ 王先霈、王又平主编的《文学理论批评术语汇释》指出："英伽登在《文学的艺术作品》中提出：'文学作品的基本结构依附于这件事实，即文学作品是一种由几个不同质的层次组成的构造。这些个别层次互不相同：(1) 由于组成这些层次的特有材料不同而使每一层次具有特殊属性；(2)

①　[波] 罗曼·英伽登：《对文学的艺术作品的认识》，陈燕谷、晓未译，北京：中国文联出版公司1988 年版，第 10 页。

②　[美] 赫伯特·施皮格伯格：《现象学运动》，北京：商务印书馆 1995 年版，第 329—330 页。

③　[美] 雷纳·韦勒克：《近代文学批评史》第七卷，杨自伍译，上海：上海译文出版社 2006 年版，第 629—630 页。

④　[美] 罗伯特·R. 马格廖拉：《现象学与文学》，周宁译，沈阳：春风文艺出版社 1988 年版，第180 页。

每一层次对于其他层次以及整个作品结构所起的作用也不相同。不管个别层次的材料多么不同，文学作品并非一束松散的由各种成分碰巧拼凑起来的东西，而是一个有机的结构，其一致性恰好就是个别层次的独特性的基础。'英伽登认为构成文学作品的层次是不尽相同的，不同文学作品自身构成的复杂性与丰富性也并非一律，但有一些层次对每部作品保持其内在统一性和基本性质都是必不可少的。这些层次是'(1) 字音和建立在字音基础上的高一级的语音构造；(2) 不同等级的意义单元；(3) 由多种轮廓化图式、图式连续体和图式序列构成的层次；(4) 由再现的对象及其各种变化构成的层次。'除此之外，英伽登还认为：'在每个层次中都构成一些审美价值属性，这些属性带有各自所从属的层次特色'，因此似乎还有一个层次：'贯穿'上述各层次并以它们为其构成基础的——一个由审美价值属性以及这些属性组成的复调共同构成的层次。但由于这一层次'贯穿'上述四个层次之中并依赖于这些层次，所以英伽登又认为最好不要将它看成与之并列的一个层次。总的说来，英伽登将文学作品看作'分层次的复调结构'。他说：'只有对个别层次和层次之间的关联都进行详细的分析才能显示文学作品结构的独特性。这种分析也能为解决人们迄今一直没有取得进展的专属文学以及文艺美学的问题提供可靠的基础。'"深受英伽登影响的雷纳·韦勒克在《文学理论》中对英伽登描述的多层结构给予了详细的说明：'第一个层面是声音的层面，当然，不可将它与文字的实际声音相混。……这一层面的模式是必不可少的，因为只有基于声音的这一层面才能产生第二个层面，即意义单元的组合层面。每一个单独的字都有它的意义，都能在上下文中组成单元，即组成句素和句型。在这种句法的结构上产生了第三个层面，即要表现的事物，也就是小说家的'世界'、人物、背景这样一个层面。英伽登另外还增加了两个层面。我们认为，这两个层面似乎不一定非要分出来。'世界'的层面是从一个特定的观点看出来的，但这一所谓'观点'层面未必非要说明，可以暗含在'世界'的层面中。……最后，英伽登还提出了'形而上性质'的层面（崇高的、悲剧性的、可怕的、神圣的），通过这一层面艺术可以引人深思。'"①

　　综合上述的意见，我们可以把英伽登的文学作品的四个层次结构大致规定为：(1) 文字语音层；(2) 意义单元层；(3) 图式化外观层；(4) 再现的客体层。在伟大的作品中，四个层次结构相互协调作用就产生出"形而上的质素"。在每一部作品中，

---

① 　王先霈、王又平主编：《文学理论批评术语汇释》，北京：高等教育出版社 2006 年版，第 455—456 页。

四个层次结构的自身审美价值，共同形成一种"复调和谐"的整体结构的审美价值。

(二) 体验作品的方式

1. 作品的具体化

英伽登认为，"文学的艺术作品 (一般地说指每一部文学作品) 必须同它的具体化相区别，后者产生于个别的阅读 (或者打个比方说，产生于一出戏剧的演出和观众对它的理解)。"[①] 换句话说，文学作品只有通过阅读产生作用，也就是阅读使得文学作品"具体化"成为审美对象。在英伽登看来，艺术作品本身还不就是审美对象，"文学艺术作品只有在它通过一种具体化而表现出来时才构成**审美客体**"(《文学的艺术作品》)。[②] 这是因为一方面构成艺术作品的再现对象层存在大量的"不定点"，而图式化外观层又仅仅处于潜在的"待机状态"，所以，只有当这些不定成分得到一定程度的填充和确定，只有当潜在的图式化外观在具体的知觉体验中得到实际再现而成为具体的活生生的直观对象时，艺术作品才可能转化为具体的审美对象。另一方面，英伽登指出，读者的阅读本身就是一个积极的意向性重构过程，"在具体化中，读者进行着一种特殊的创造活动。他利用从许多可能的或可允许的要素中选择出来的要素 (尽管所选择的要素从作品方面来说并不总是可能的)，主动地借助于想象'填补'了许多不定点"(《对文学的艺术作品的认识》)。[③] 具体化之发生，"部分是因为受了文本暗示的影响，部分是受了一种自然倾向的影响，因为我们习惯于把具体的事物和人看作是完全确定的。这种填补的另一原因是，文学作品描绘的客体一般都有现实的实体特征，所以在我们看来，它们就像真正的真实的个别客体那样明确地完全地确定的，这似乎是很自然的。"[④]

英伽登对文学作品中各个层次的具体化都做了一些比较细致的阐述。在《对文学的艺术作品的认识》的第一章"对文学的艺术作品认识的初级阶段"之中，英伽登主要分析了对文学作品的"文字语音层"和"意义单元层"的具体化。关于文学作品的"文字语音层"的具体化，英伽登说："阅读文学作品的第一个基本过程不是一个简单的、纯粹感性知觉，而是超出这个知觉，把注意力集中在语词的物理的或纯粹语音学的典型特征上。阅读的基本过程还通过另一个途径超出简单的感性知觉。首先，

---

① [波] 罗曼·英伽登：《对文学的艺术作品的认识》，陈燕谷、晓未译，北京：中国文联出版公司 1988 年版，第 12 页。

② 蒋孔阳主编：《二十世纪西方美学名著选》下，上海：复旦大学出版社 1988 年版，第 268 页。

③ [波] 罗曼·英伽登：《对文学的艺术作品的认识》，陈燕谷、晓未译，北京：中国文联出版公司 1988 年版，第 52 页。

④ 王先霈、王又平主编：《文学理论批评术语汇释》，北京：高等教育出版社 2006 年版，第 460 页。

它把书写（印刷）符号作为'表现'，即意义的载体；其次，语词声音——它似乎以一种特殊方式同语词的书写符号交织在一起——是被直接理解的，当然也是在典型形式中和书写符号一道被理解的。"除了以典型形式和与书写符号一起来理解"文字语音层"之外，英伽登还强调了其中的直觉性质和审美要素。他说："安排语词时对语音形式的考虑不仅带来这样一些现象，例如节奏、韵脚、诗行、句子以及一般谈话的各种'旋律'，而且带来语音表达的直觉性质，例如'柔和'、'生硬'或'尖利'。通常即使在默读时我们也注意到这些语音学构成和现象；即使我们没有对它们特别留意，我们对它们的注意至少在大量文学的艺术作品的审美知觉中起着重要的作用。不仅它们本身构成作品的一个重要的审美要素；同时它们也常常成为揭示作品其他方面和性质的手段，例如，一种渗透了作品描绘的整个情境的基调。所以读者必须对作品的语音学层次（它的'音乐性'）保持一种'听觉'，尽管不能说他应当特别专注于这个层次。作品的语音学性质必须是'附带地'听到的，并且在作品的总体效果中增添了它们的声音。"①

关于文学作品的"意义单元层"的具体化，英伽登是从反对自然主义态度和心理主义倾向的现象学意向构成的角度来论述的。他认为，语词意义既不是一个心理现象，也不是一个理念对象。"语词意义以及句子意义，一方面是某种客观的东西，不论怎么使用，它都保持着同一核心，并从而超越了所有的心理经验（当然，假定语词只有一个意义）。另一方面语词意义是一个具有适应结构的心理经验的意向构成。它或者是由一种心理行为——常常以原始经验为基础——创造性地构成的，或者是在这种构成已经发生之后，由心理行为重新构成或再次意指的。用胡塞尔的贴切的措辞来说，意义是'授予'给语词的。在意向性心理经验中被'授予'的东西本身是一个'派生的意向'（a 'derived intention'），它由一个语词声音支撑着，并且同语词声音一道构成一个词。我们是根据语词具有哪种意向来认识和使用它的。意向可以为对象、特征、关系以及纯粹性质命名，但是在各种意义进入相互联系中或意义所意指的对象进入相互联系之中时，它也可以发挥各种句法的和逻辑的功能。"② 英伽登还指明了理解语词意义的"主体间际性"（主体间性）："几乎每一个构成语词或赋予意义的事例都是两个或更多的人共同工作的结果，他们发现自己面对着同一对象

---

① ［波］罗曼·英伽登：《对文学的艺术作品的认识》，陈燕谷、晓未译，北京：中国文联出版公司1988年版，第17—21页。

② ［波］罗曼·英伽登：《对文学的艺术作品的认识》，陈燕谷、晓未译，北京：中国文联出版公司1988年版，第22—23页。

(一个事物或一个具体过程) 或处在一个共同的境遇中。这两个人不仅企图获得关于对象或处境的本质和特性的知识,而且给予它一个同一的名称,具有一个适当构成意义,或在一个句子中描述它。名称与句子和共同观察到的对象相关,所以它对于这两个人是可以理解的。"即使是一个新的语词意义也是如此。"不管实际困难可能有多大,一个新的语词意义无疑总是由若干意识主体的理智共同构成的,他们和相应对象处于直接的认识联系中。所以,以这种方式产生的具有意义的语词从一开始就是一个主体间际的实体,其意义是主体间际可接近的,而不是一个具有'个人'意义的东西,其意义只能通过观察别人的行为来猜测。语词也不是完全孤立的实体,而永远是一个语言系统的组成成分。"① 英伽登还分析了名词、动词等功能,在这个基础上,"最后,用具有各种确定的要素在它们中间的变化创造出一个完整的世界,完全作为一个纯粹意向性关联物的句群。如果这个句群最终构成一部文学作品,那么我就把互相关联的句子的意向性关联物的全部贮存称为作品'描绘的世界'。"他认为,这个理解过程就是要"发现语词在语言中具有的准确意义意向","成功而直接地发现意义意向,本质上是这个意向的现实化。这就是说,当我理解一个本文,我就思考本文的意义。我把意义从本文中抽出来,并且把它变成我在理解时的心理行为的现实意向,变成一个等同于本文的语词或句子意向的意向。这样我就真正'理解'了本文。"② 在这里,英伽登充分地展开了意向性构成过程的理论分析,使得现象学的阅读理论在"具体化"的分析之中得到充实的阐述和发挥。英伽登说:"我们只有成功地利用和现实化本文提供的所有构成要素,并且构成和本文语义层次包含的意义意向相符合的作品的有组织有意义的整体时,我们才能真正理解作品的内容。"③

关于再现客体的具体化的特点,英伽登抓住了文学作品中必然出现的"不定点"来进行阐述。他说:"我把再现客体没有被本文特别确定的方面或成分叫做'不定点'。文学作品描绘的每一个对象、人物、事件等等,都包含着许多不定点,特别是对人和事物的遭遇的描绘。"对"不定点"的补充和确定就成为了一个非常重要的认识文学作品的具体化环节。英伽登说:"我把这种补充确定叫做再现客体的具体化。"他还对再现客体的具体化在从简单的外审美 (或"前审美") 的理解作品到审美理解

---

① ［波］罗曼·英伽登:《对文学的艺术作品的认识》,陈燕谷、晓未译,北京:中国文联出版公司 1988 年版,第 26—27 页。

② ［波］罗曼·英伽登:《对文学的艺术作品的认识》,陈燕谷、晓未译,北京:中国文联出版公司 1988 年版,第 30—31 页。

③ ［波］罗曼·英伽登:《对文学的艺术作品的认识》,陈燕谷、晓未译,北京:中国文联出版公司 1988 年版,第 34 页。

的过渡中所发挥的作用做了如下概括："1. 除了例外的情况，文学的艺术作品根据其本文的构成，要求在填补不定点时要保持某种节制，对作品形成真正的审美理解取决于对作品中再现的客体进行恰如其分的具体化。2. 任何不定点都可以用好几种方式来填补并且仍然和作品的语义层次协调一致。……3. 客体层次具体化的不同方式必然导致整个作品的多样的具体化。……4. 然而，具体化的方式也表明，在什么程度上一个作品的具体化是符合作家的艺术意向的'精神'的——它如何同它们接近以及如何从它们偏离。这两种具体化都同作品风格相适合，相联系，同作品中实际呈现的东西相一致；否则作品就会由于某种具体化而丧失这种风格。对一部并且是同一部作品的这些'风格接近'的具体化仍然有若干变种，它们既可能有接近的价值，也可能有不同的价值。所以，从正确的忠实的具体化角度和从审美价值的角度看，完成具体化的方式都是相关的。对文学的艺术作品正当的审美理解和评价的问题，同对作品具体化的思考是密切相关的。"①

关于作品图式化外观层的具体化，英伽登指出："文学的艺术作品中再现客体的客观化和具体化与至少是相当大数量的图式化外观的现实化和具体化是同时进行的。""外观"层次在文学的艺术作品中发挥着极其重要的作用，特别是对于在具体化中构成审美价值方面有着重要的作用。英伽登以现象学的方法来解释这个图式化外观的具体化。他指出："这就意味着读者必须在生动的再现的材料中创造性地体验直观外观，从而使再现客体直观地呈现出来，具有再现的外观。在致力于忠实地重构作品的所有层次和认识作品时，读者努力接受由作品提供的暗示并准确地体验到作品'包含在待机状态'的那些外观。当他体验到这些外观，在想象的直观材料中把它们现实化以后，他就给相应的再现客体提供了直观的性质；在某种程度上他在'自己的想象'中看见它，所以它几乎是以其完整的形式显示给他。在这个意义上读者开始比较直接地同对象进行交流了。这些仅仅是体验到的（所以不是客观地意指的！）外观在阅读中发挥着一种作用。它们常常对作品的审美理解的过程，以及作品在具体化中采取的最终形式有着意义重大的影响。"然而，这个图式化外观的具体化过程在很大程度上取决于读者。"在这个过程中，他经常联系到他以往的经验并且按照他在生活过程中为自己构成的世界形象的图式化外观来想象作品所描绘的世界。当他在作品中遇到一个他在生活中从未见过的再现客体时，不知道它'看起来'

---

① ［波］罗曼·英伽登：《对文学的艺术作品的认识》，陈燕谷、晓未译，北京：中国文联出版公司1988 年版，第50—55 页。

是什么样子,他就试图以自己的方式想象它。有时候作品富于暗示性,读者在它的影响下成功地构成同它近似的图式化外观。然而有时候,他不是根据作品而是根据自己的幻想不自觉地构成捏造的虚构的图式化外观。有时候他完全失败了,不能唤起任何图式。他根本'看'不到再现的客体,只能以纯粹意义的方式把握它,从而失去与再现世界的半直接的联系。"①

由于阅读的个别性决定了具体化的多种方式,所以,不同的具体化就导致了不同的审美价值的实现。在对不定点和图式化外观的填充中,"有一些与作品充分明确表现出的要素协调得较好,与其余对其不确定性的填充也协调得较好,而有些填充则协调得较差"(英伽登《艺术的和审美的价值》)。此外,各种填充会把一些新的审美价值属性带入作品,这就在原有的审美价值属性的"复调"中加上了新的"音调",与原有的审美价值属性构成新的组合关系,这些关系可能是和谐的,也可能是不和谐的,它们有可能增加或减少整个作品的审美价值。英伽登认为,理想的具体化应该是既不被缚于作品又不脱离作品而根据作品的暗示来进行的:"一方面艺术作品是艺术家的意向性活动的产物,另一方面,作品的具体化则不仅由于观赏者对作品中有效存在的东西的能动作用而成为一种重建,而且也是作品的完成及其潜在要素的实现。这样,在某种意义上作品就是艺术家和观赏者的共同产物。"(《对文学的艺术作品的认识》)② 应该说,英伽登对于文学作品的现实化和具体化,即读者体验文学作品的方式的分析是比较细致的,而且是超越了当时流行的心理主义倾向的,也就是一种现象学还原的具体分析。

2. 积极阅读和消极阅读

在对文学的艺术作品的认识的具体化和现实化的研究过程中,英伽登区分了两种不同的阅读文学作品的方式:普通的、纯粹消极的(接受的)阅读和积极阅读。

所谓"消极阅读"就是,一种纯粹接受的,主要停留在思考句子的意义领域中,却没有做出理智的努力,没有试图理解再现对象,也没有综合地构成再现对象的阅读方式。英伽登指出:"在许多情况下,读者的全部努力都在于思考句子的意义,而没有使意义成为对象并且仍然停留在意义领域中。没有做出理智的努力,从所读的句子进入到同它们相应的和由它们投射的对象。当然,这些对象永远是句子意义自

---

① [波] 罗曼·英伽登:《对文学的艺术作品的认识》,陈燕谷、晓未译,北京:中国文联出版公司 1988 年版,第 55—58 页。

② 王先霈、王又平主编:《文学理论批评术语汇释》,北京:高等教育出版社 2006 年版,第 460—461 页。

动的意向投射。然而，在纯粹消极的阅读中，人们没有试图理解它们，特别是没有综合地构成它们。所以在消极阅读中没有发生同虚构对象的任何交流。"这种消极阅读的特点就在于它的"机械性"和"非参与性"或"被动性"。英伽登说："这种纯粹消极的接受的阅读方式——它也往往是机械的——在阅读文学的艺术作品和科学著作时都经常发生。人们仍然知道自己在读什么，然而理解的范围往往限于所读的句子本身。但是人们没有清楚地意识到自己读的是关于什么以及它的质的构成是什么。人们忙于应付句子意义本身而不是以这样的方式接受句子使自己能够通过它进入作品的对象世界；人们过分被个别句子的意义限制了。人们'一个句子接着一个句子'地读，每一个句子都是孤立地理解的；未能达到对刚读过的句子同其他句子（有时离开得相当远）进行综合地结合。如果要求消极的读者对所读过的内容作一简短的综述，他就会做不到。若是记忆力好的话，他也许能在一定限度内重复本文，但也仅此而已。对作品语言的丰富知识，一定程度的阅读经验，陈规旧套的句子结构——所有这些都经常导致'机械的'阅读，没有读者个人的和积极地参与，尽管他正在阅读。"①

所谓"积极阅读"就是，一种读者积极参与完成的、"不仅理解句子的意义，而且理解它们的对象并同它们进行一种交流"的阅读方式。这种积极阅读最大的特征，在英伽登看来就是：创造性和意向性，或者说创造性地构成意向性对象。英伽登批判了天真的经验论和实证论现实主义关于"实在的"对象才能与人们交流的观点，而从在纯粹意识现象中意向性构成对象的角度论述了"积极阅读"之中的读者与再现对象的意向性构成关系和在想象中的相互交流。英伽登指出："当创造的艺术想象借助于意识的特殊活动来模仿对象时，也会发生类似的情况。这种对象当然是纯粹意向的，或者如果我们愿意的话，也可以说是'虚构的'；但是正是作为这种创造活动的产品，它们获得一种独立的现实的品格。一旦创造的意向性得到现实化，它对于我们在一定程度上就成为一种限制。同意向行为相应的对象在创造过程的后来阶段被投射为一个在一定程度上独立于这些活动的准实在。我们考虑这个准实在；我们必须使自己同它协调；或者如果由于某种原因它不能使我们满意，我们就必须在新的创造活动中转化它，或进一步发展补充它。"正是因为我们能够进行这种意向性创造活动，在想象中去构成一个意向性对象——"准实在"的对象，我们就可能进行

---

① ［波］罗曼·英伽登：《对文学的艺术作品的认识》，陈燕谷、晓未译，北京：中国文联出版公司1988 年版，第 36—37 页。

"积极阅读"。英伽登接着分析了这种"积极阅读"。他说:"所以,阅读文学的艺术作品能够'积极地'完成,我们以一种特殊的首创性和能动性来思考所读的句子意义;我们以一种共同创造的态度投身于句子意义确定的对象领域。在这种情况中,意义创造出一条接近作品创造的对象的通道。按照胡塞尔的说法,意义只是人们为了达到意指对象所经过的通道。在严格意义上,意义根本不是对象。因为,如果我们积极地思考一个句子,我们所注意的就不是意义,而是通过它或在它之中所确定所思考的东西。尽管不是很精确,我们可以说在积极地思考一个句子时,我们构成和实现了它的意义并且在这样做时,达到了句子的对象,即事态或其他意向性句子关联物。从这一点上说,我们是能够把握句子关联物所指示的对象本身的。"① 在这里我们可以看到这样一个通过阅读句子的意义而建构一个意向性对象的"积极阅读"的意向性创造过程:句子——句子意义——意向性句子关联物——再现对象的对象世界(在想象中的"准实在"对象)。再进一步,英伽登分析了从语言层次到再现客体层次的过程。他说:"除了两个语言层次以外,文学作品还包括再现客体层次。所以,为了理解整个作品,首先必须达到它的所有层次,尤其是再现客体层次。甚至纯粹接受的阅读也能为读者揭示这个层次,至少是隐约地和模糊地。然而,只有积极的阅读才使读者能够发现它特殊的独有的结构和丰富的细节。但是这不可能通过仅仅理解句子的个别意向试图来完成。我们必须从这些事态前进到它们多样的相互联系以及由这些事态描绘的对象(事物、事件)。但是为了达到对对象层次复杂结构的审美理解,积极的读者在发现和重构这个层次以后,还必须超越它,特别是要超出句子意义明确指出的种种细节,必须在许多方向补充所描绘的对象。在这样做时,读者在某种程度上证明自己是文学的艺术作品的共同创造者。"② 换句话说,在英伽登看来,读者正是通过"积极阅读"与作者一道创造了文学的艺术作品。这种文学艺术思想就是后来解释学美学和接受美学及读者反应理论乃至后结构主义的文学思想的现象学哲学和美学的来源。

3. "时间透视"现象

文学作品是一个在时间过程之中展示的艺术样式,也就是人们通常所谓的"时间艺术",尤其是篇幅比较长的文学作品更是在一个比较长的时间过程之中。因此

---

① [波] 罗曼·英伽登:《对文学的艺术作品的认识》,陈燕谷、晓未译,北京:中国文联出版公司1988年版,第39页。

② [波] 罗曼·英伽登:《对文学的艺术作品的认识》,陈燕谷、晓未译,北京:中国文联出版公司1988年版,第39—40页。

对文学作品的认识过程或阅读过程也是一个在时间之中展示的过程。这样就出现了一种英伽登所谓的文学作品"具体化"之中的"时间透视"的现象。

所谓文学作品的具体化中的"时间透视"就是:"我们之中阅读的作品的部分总是被双向视界(如果我们可以在这里借用胡塞尔的措辞)包围在具体化中:(a)已读过的部分,它们沉入作品的'过去';(b)尚未阅读的部分,它们到目前仍然是未知的。这个双向视界总是作为视界出现,但它总是不断地为作品的不同部分所填补。"① 或者说得明白一点,"时间透视"就是在阅读过程之中读者对文学作品的"具体化"必须在过去、现在、未来这样三种不同的时间角度之中围绕着现在视界来进行过去视界和未来视界的填补才可能形成实际上的具体化现象。"时间透视出现在(a)现象的,从质的方面确定的时间中和(b)形式的时间图式中,但仅限于我们所了解的事件和图式化时间的一个阶段密切联系的发生和明显相继发生的时候。"② 也就是说,"时间透视"就是随着文学作品呈现的事件的现象的时间本质和形式的时间图式而发生时间视角的变化,或长或短,或快或慢,或前或后地"具体化"文学作品的事件时间序列。

英伽登详细地列举了若干种时间透视现象:"1. 最明显的时间透视现象也许是时间阶段及其展开的过程的缩短(像人们经常地但不正确地说的)。过去的时间间隔在记忆中比它们在实际经验中似乎要短一些";"2. 但是还有些其他现象和刚才描述的现象截然相反:在神经极度紧张的情况下经历的时间阶段,其中充满剧烈的活动,正在经历以及刚刚结束时显得非常短暂。但在以后的回忆中,这同样的时间阶段就显得长得多";"3. 过程的'动力'中的变化";"4. 我们所描述的时间透视现象帮助我们意识到时间距离的特殊现象";"5. 我们论述的时间距离不应当和一个被记忆的事件在遥远的过去可能具有的性质相混淆";"6. 但是当我们多次回忆一个过去的事件时,它还有另一种变化的特殊现象……它是一个过去事件的质的构成的特殊变化";"7. ……根据我们是否以及在何种程度上扩展我们的记忆,事实(在一个时间阶段中持续的事件、过程、对象)可以通过各种轮廓化图式在记忆中呈现"。英伽登指出:"时间透视现象出现在文学的艺术作品具体化的两个不同方面中。一方面,作品描绘的事件和过程出现在各种时间透视现象中;另一方面,时间透视也适用于整部

---

① [波] 罗曼·英伽登:《对文学的艺术作品的认识》,陈燕谷、晓未译,北京:中国文联出版公司1988 年版,第 106 页。
② [波] 罗曼·英伽登:《对文学的艺术作品的认识》,陈燕谷、晓未译,北京:中国文联出版公司1988 年版,第 110 页。

作品及其具体化已经读过的各个阶段和部分。所以,时间透视的运用出现了一种特殊的'交叉';这种交叉往往造成复杂的和难以预料的时间透视现象,因为两种运用在很大程度中都以读者阅读时的行为为条件。"①

关于"时间透视",英伽登的结论是:"当我们在阅读中慢慢地把作品从头读到尾,我们是从一个不断更新的时间角度,但总是在一个时间外观之中来理解具体化的作品的,这个时间外观和读者的角度、态度以及作品正在阅读的部分是相一致的。这些图式化外观和这些时间透视'缩短'现象中,没有一种能够单独在阅读中将艺术作品的整体在其现实性的形态中呈现给我们。它们中的每一个都只在一种'缩短'现象中显现作品的一个片段。只有在阅读作品所有部分的连续性中我们才能获得它的时间外观的整个体系。如果我们一下子就具有所有这些外观,它们就能够在一个单一的审美理解中形成艺术作品的整体性。但是这种可能性被文学的艺术作品各部分按顺序排列的性质排除了。文学的艺术作品只能在一个时间中展开的时间透视现象的连续统一体中对我们呈现出来,当然,这要以阅读没有被打断为条件,这种中断在读小说时每每发生。所以不能要求对一部艺术作品的理解在一个单一的'现在'就能够完成,并且包括了它的所有阶段和层次。这种要求只能证明人们既没有领悟也没有理解文学的艺术作品的一种本质特征。"② 这种把现象学的"时间性"运用到文学作品的阅读理解过程之中的做法,的确是抓住了文学艺术及其作品作为时间艺术的本质特征,而且也恰当地对文学艺术及其作品的阅读"具体化"作出了实事求是的规定。

(三) 文学的艺术作品的审美价值及其认识特征

1. 科学著作与文学的艺术作品的区别

英伽登为了更好地阐明文学的艺术作品和对文学的艺术作品的认识的本质特征,还专门论述了科学著作与文学的艺术作品的区别。从总体上来看,英伽登是以"审美价值"来区分科学著作与文学的艺术作品。他指出:"科学著作的一个本质特征是它固定,包括,并向别人传达在某个领域中科学研究的成果,以便读者能够继续和发展科学研究。""但是文学的艺术作品的主要意向却不是以概念和判断的形式形成和固定科学知识,也不是同别人交流科学研究的成果。如果偶然发生了这种情况,

---

① [波] 罗曼·英伽登:《对文学的艺术作品的认识》,陈燕谷、晓未译,北京:中国文联出版公司1988 年版,第 113—129 页。

② [波] 罗曼·英伽登:《对文学的艺术作品的认识》,陈燕谷、晓未译,北京:中国文联出版公司1988 年版,第 150 页。

那它就远远超出了它的这种功能。文学的艺术作品不是为了增进科学知识，而是在它的具体化中体现某种非常特殊的价值，我们通常称之为'审美价值'。它使这些价值呈现出来，使我们可以观照它们并对它们进行审美体验，这个过程本身就有某种价值。如果在某个特殊事例中，文学的艺术作品由于某种原因没有体现这些价值，那么它即使能够提供这种或那种知识也是无济于事的。作品失败了而且只是看起来像美文学作品。我们所说的也适用于那些没有呈现出审美价值，但却表现了重要的哲学或心理学洞识的作品；它们仍然不是艺术作品。"①

接着，英伽登分析了来源于这种功能之间的根本区别的结构上的区别。他大致指出了以下六点。这六点是：(1) 科学著作中所有的陈述都是**判断**。……与此相对照，文学的艺术作品 (或者至少是自称为艺术作品) 不包含真正的判断。正如我们在其他地方力图指出的，它们只包含**拟判断**。这些判断并不自称是正确的，即使它们的内容脱离开语境可能被认为具有真理价值。即便如此，它们在文学的艺术作品中也不是像逻辑意义上的正确句子那样发挥功能的。(2) 当然，科学著作像文学的艺术作品一样，也有一个"再现客体"的层次。……科学著作的功能在于把读者的意向——在句子 (判断) 的理解中实现——指向超越了作品的客体。这些客体是自身存在的，独立于作品，正是由作品中的判断句的意义所确定的。(3) 如果我们简单地以普通的方式阅读科学著作，在理解了判断的意义意向之后，把它们直接同超越了作品的客体相对照的话，那么读者方面的所有这些活动和态度以及再现客体方面相应的限定就都不存在了。当我们阅读文学的艺术作品时，这些活动以另外一种方式同样是不存在的，读者的注意立即指向再现客体的描述功能。所以它们从一开始就对读者显示出它们自己特有的特征，并呈现为独立的实在，仿佛它们本身就是这种实在。但是一旦它们对读者半呈现出来，而读者也采取了正确态度，它们就构成审美理解的对象，读者就充分欣赏了它们的审美相关性质。在这之后，任何同一个超越的"真实的"实在的比较都停止了。因为作品本身再现的客体显现为这种假定的实在。(4) 我们已经指出，审美相关性质可以在科学著作的各个层次中存在，并且甚至可以构成一种特殊的审美价值。但是它们根本没有必要在这种著作中出现，如果出现的话，它们也只是一种可以省去的奢侈。有时候它们甚至会妨碍作品发挥其真正的功能，它们使读者接近那个超越的实在，使得对作品的认识理解更为困难。另

---

① [波] 罗曼·英伽登：《对文学的艺术作品的认识》，陈燕谷、晓未译，北京：中国文联出版公司1988 年版，第 154—155 页。

一方面，在文学的艺术作品中这些性质不仅构成一个本质的要素，而且事实上是艺术作品达到审美具体化的最重要的要素。它们的复调性和谐就是艺术作品的审美价值；如果它们失去了或者没有导致任何和谐，而是结束于质的冲突，这种冲突又不能在任何更高级的和谐中解除，那么这个作品要么完全没有价值，要么只有否定价值，它即使还有其他出色的性质也不能使它成为艺术作品，成为一个有价值的艺术作品毕竟是它的"确定性"。(5) 图式化外观可能在科学著作中出现，但是一般说来它们根本不必在其中出现。……在科学著作中没有外观层次是全然无关宏旨的。(6) 最后，同样的道理也适用于形而上学性质，后者在文学的艺术作品中经常有着非常重要的作用；在科学著作中——当然，它们构成论述对象者例外——它们完全是多余的，如果偶然出现了也只能是一个干扰因素。①

英伽登的这些论述从艺术作品的构成及其审美价值的角度揭示了文学的艺术作品与科学著作的区别，就比 19 世纪末俄国革命民主主义者别林斯基、车尔尼雪夫斯基、杜勃罗留波夫等人以"形象思维"与"抽象思维"这个人类思维活动的差异来区分科学著作与文学的艺术作品，显得更加具有可理解性和可操作性，至少是对科学和艺术的区分拓展了一个客体（对象）方面的视角，使得这个西方传统文学思想所面临的古老问题有了新的理解。

2. 对文学的艺术作品的认识的特征

基于上述文学的艺术作品的结构上的特点（拟判断，纯粹意向性客体，假定的实在，审美相关性质，图式化外观层的必要，形而上学性质的重要作用），英伽登又论述了对文学的艺术作品的认识的特征。大致说来有这样一些方面：第一，意义单元层次的歧义性。英伽登指出："在文学的艺术作品中，单词和句子的歧义性可以是有意追求的，并且可以作为描绘的手段。关于明喻、隐喻，以及借喻的或形象化的语言人们已经说得很多了。这些语言现象在艺术形式中绝不是缺点；相反，它们经常在作品中发挥非常积极的，甚至是必不可少的作用。但科学著作的理想却是一种尽可能明确、'严密'和精确的本文。"② 第二，走向审美具体化。英伽登说："科学著作中的句子是真正的判断，它们及其意义意向直接指称超越了作品本身的事态。这些事态以一个实体地独立于作品的存在领域为基础，在大多数情况下也是自主地存在的。

---

① [波] 罗曼·英伽登：《对文学的艺术作品的认识》，陈燕谷、晓未译，北京：中国文联出版公司 1988 年版，第 155—161 页。

② [波] 罗曼·英伽登：《对文学的艺术作品的认识》，陈燕谷、晓未译，北京：中国文联出版公司 1988 年版，第 166 页。

如果读者循着本文的意义并且根据作品的启示作出判断,他立即发现自己进入了一个独立对象的领域,并且借助于自己的经验能够认识它们。……文学的艺术作品中的句子不可能具有引导读者到这样一个领域的功能。任何人在阅读文学的艺术作品时,寻找作品的实体地独立的事实领域都是犯了一个极大的错误。文学的艺术作品的真正功能在于使读者能够对一个审美对象进行适当的审美具体化。"[1] 第三,保持作品的次序性(非逻辑性)。英伽登如是说:"保持各部分的次序对于构成作品忠实的审美具体化是非常重要的。这个次序的任何改变,例如调换各部分的位置,都会影响它的构造的特殊特征,常常会产生完全不同的动态效果,改变了描绘世界中的事件以及作为整体的作品各部分的序列中的时间透视现象。所有这些对审美价值质素的现实化,以及对以它们为基础的审美价值的构成产生或者至少可能产生影响。……正是对陈述的逻辑联系的强调以及对其形式正确性的证实,例如它们提出的论证的正确性,有助于读者更好地理解科学本文。这对于文学的艺术作品的阅读往往没有什么效果,因为句子之间并不总是存在或保持严格的逻辑联系。有时候,某种'非逻辑'的东西可以用来作为艺术手段。"[2] 第四,文学作品的整体性。英伽登强调了科学著作研究的阶段性和文学作品研究的整体性:"的确,每一部科学著作只构成研究的伟大过程的一个阶段,绝不可能提供包含一种理论的整体的综合各识。它提出新的问题,指出研究的新途径。如果它没有这样做,它就是劳而无功的。但这些都不适用于文学的艺术作品。它本身是一个整体;如果它也为读者开辟了新的视野,这也只是说有不止一个忠实于作品的可能的具体化的起点。任何超越作品本身的企图,就像科学著作可能的而且允许的那样,在最好的情况下也是导致了一些全新的文学的艺术作品,它们绝不是上述作品的延续。艺术作品——在本书中尤指文学的艺术作品——不仅仅是创作过程的顶点而且是它的完成,它有一个终结并且停止了创作过程。作品(如果是成功的)只是以前萦绕于作者头脑中的艺术形式的体现。超出这个完成体不可能有什么延续,而在科学著作中,这是完全可能和非常自然的。"[3] 第五,文学研究应该以审美阅读为基础。英伽登特别指明了文学研究不同于一般科学研究的审美具体化基础。他指出:"我们在出于科学目的阅读科学著作时的所作所为,不同于也

---

① [波] 罗曼·英伽登:《对文学的艺术作品的认识》,陈燕谷、晓未译,北京:中国文联出版公司1988年版,第170—171页。

② [波] 罗曼·英伽登:《对文学的艺术作品的认识》,陈燕谷、晓未译,北京:中国文联出版公司1988年版,第173—174页。

③ [波] 罗曼·英伽登:《对文学的艺术作品的认识》,陈燕谷、晓未译,北京:中国文联出版公司1988年版,第174—175页。

应当不同于文学的艺术作品的阅读,后者导致作品审美具体化的现实化。这些说明也许对那些用科学方式来对待文学的艺术作品的人是有意义的。它们可以警告学者们不要把艺术作品当作关于文学的艺术作品的科学著作来读。正因为学者们处理的是文学作品的艺术性问题,所以他们绝不仅仅是科学家。他们必须作为审美感受者和文学消费者来阅读文学的艺术作品,从研究作品的某些方面来说,他们也必须是艺术家。这就是说,他们必须进入诗的创造过程,从而可以理解已经完成的作品的艺术意向和实现这些意向的手段。这样他们才能认识到所研究的艺术作品的艺术成就。只有在他们以阅读的审美体验为基础构成艺术作品的审美具体化之后,才能使这个艺术作品及其具体化成为科学研究的对象,一种特殊的、新的、往往要作出复杂努力的科学认识的对象,它只有在具体化的艺术作品的审美经验基础上来研究。"① 换句话说,对于文学的艺术作品的科学研究是必须以审美经验为基础来进行的,所以,文学研究虽然也是一种科学研究,但是,文学研究却是一种特殊的科学研究,文学研究者必须具有把文学作品审美具体化的审美能力和审美经验。这应该是一个非常重要的启示。这也是对启蒙现代性的科学主义神话的一个有力的挑战。

3. 对文学的艺术作品的各种不同认识

在区分科学著作与文学的艺术作品的特点的基础上,英伽登论述了对文学的艺术作品的认识的审美经验的基础,然后就集中论述对文学的艺术作品的认识的不同种类,特别是分析了认识文学的艺术作品的各种态度。

英伽登列举了诸如"学者的态度"和"读者的态度","前审美"的方式和审美的方式;"在前者,文学的艺术作品本身在其图式化形式中构成研究的主要对象;在后者,研究的对象是在审美经验中得到现实化的作品的具体化。"他认为,我们可以用各种各样的态度来阅读文学的艺术作品,但是总括起来可以分为三种:实践的态度,认识的态度,审美的态度。他是这样说的:"首先必须描述在这里互相对照的读者的两种态度。它们只是构成读者同他面对的客体进行交流时可能采取的两种一般态度之内的特殊可能性:(a)纯粹认识的或'研究的'态度和(b)'审美'态度。两者都和'实践'态度——人在这种态度中开始改变或影响世界中的某种东西——相区别。这并不是说人对生活只有这三种态度。"② 这就是说,从阅读的角度来看,人们可能主

---

① [波] 罗曼·英伽登:《对文学的艺术作品的认识》,陈燕谷、晓未译,北京:中国文联出版公司1988年版,第175页。

② [波] 罗曼·英伽登:《对文学的艺术作品的认识》,陈燕谷、晓未译,北京:中国文联出版公司1988年版,第180页。

要有这样三种态度。然后英伽登举例说明:"我们通常说我们可以对一个并且是同一个对象采取三种态度中的任何一种。例如,如果某人买了一幅古典大师的画,他就是以'实践的'态度来从事这笔交易的。同样,当他把这幅画悬挂在书房的墙上时,他的态度也是'实践的'。但是当他要研究自己是否被卖主欺骗,买了一个赝品的时候,他就采取了认识的'研究的'态度,并且力图获得关于他买的这幅画一系列特点和特征的知识。最后当他倒在沙发上,陷入观照之中,并试图在其艺术形式中观看作品的整体,只有在这时他才采取'审美'态度,并且在'审美体验'过程中发现作品的全部个性以及呈现出来的价值。同一个东西被认为是这个人的三种根本不同的经验和不同的态度的对象,尽管这些经验和态度的目的是不同的。特别值得注意的是,在实践态度中,买主要借助于某种心理—物理活动在现实的物理或心理世界中产生一种新事态。通过买画,他要创造一个新的法律事态;当他把画挂在墙上时,他要创造一个新的物理事态。另一方面,在研究态度中他不想在世界上创造任何新事态;特别是他不想对他的兴趣对象即这幅画'做'任何事情,因为他只要了解它或获得关于它的知识。的确,如果这个对象由于它的认识活动,由于它的认识经验的完成而有任何改变,他就会确信他没有成功地'认识'这幅画。换言之,认识和获得知识应当运用于我们在现实世界中遇到的实体地独立于我们的认知活动的对象(当我们开始认识它的时候)。这种认识的目的是获得一种知识,或者如果我们愿意的话,一系列同我们面前存在的、我们的认识尚未触及的同对象相联系的正确的句子,以这样或那样的方式确定它,确证它的存在,所有这些都尽可能像它的本来面目那样精确。最后,在审美态度中,就像人们经常相信的那样,我们所认识的对象中有一些被用来作为特殊的刺激物,以便使我们产生一些奇怪的令人愉快和快乐的经验。"① 这种三种态度的划分,最后就突出了这样一个问题:审美经验与审美对象,与此相关的就是:艺术作品与审美对象的区别以及艺术价值和审美价值的区别。

(四) 文学的艺术作品与审美经验

在区分了三种对待文学作品的态度以后,英伽登就要集中于对文学作品的审美态度的进一步阐述,这就自然而然地涉及在审美经验中得到现实化的文学作品的具体化的各种情况。于是,英伽登主要分析了审美经验与审美对象,艺术作品与审美对象,艺术价值与审美价值的问题。

---

① [波] 罗曼·英伽登:《对文学的艺术作品的认识》,陈燕谷、晓未译,北京:中国文联出版公司1988 年版,第 180—181 页。

1. 审美经验与审美对象

英伽登严格按照现象学的思想来看待文学的艺术作品。他指出："文学的艺术作品不是作为物理的、心理的或心理物理的客体而存在的。作为物理事物的只有书，即一系列装订成册的带有有色符号（印刷油墨）的纸张。但是一本书并不是一部文学的艺术作品；它只是为文学的艺术作品提供一个稳定的、相对不变的现实基础的物质工具（手段），并以这种方式使读者可以接近作品。在心理状态和经验中只有已经描述过的阅读活动，或各种心理行为和心理意向，它们同一部特定的文学的艺术作品相联系并以之为它们的对象，但并不是文学的艺术作品本身。然而，尽管如此，文学的艺术作品及其具体化可以是审美经验的对象，或者至少是在它的基础上，伴随着真正的审美经验，可以构成特殊的审美对象，只要这种构成是在经验中完成的。"① 换句话说，在英伽登看来，审美对象是文学作品的物质存在经过了审美经验的意向性构成才形成的，从文学作品的物质存在的客体到审美对象有一个意向性构成的审美经验过程：作品的物质存在——阅读活动（心理行为和心理意向）——审美态度——文学的艺术作品——审美具体化——审美经验——审美对象。也就是说，审美对象是在作品的物质存在的基础上以审美态度进行阅读活动，将文学的艺术作品审美具体化的审美经验的意向性构成的结果。

英伽登以维纳斯雕像为例来说明这个过程。我们欣赏米罗的维纳斯，却并不感知那块构成维纳斯的大理石及其物质性质，而是以审美态度把大理石所构成的形体构成感受为一个现实的、具体的女人，从而形成一个审美对象——维纳斯雕像。他说："任何到过巴黎并且就近观察过我们叫做米罗的维纳斯的那块大理石的人都知道，这座石像有许多实在的性质，我们在审美经验（它向我们提供米罗的维纳斯）中不仅不考虑这些性质，而且如果考虑它们的话，还会给审美经验造成明显的干扰。我们仿佛不自觉地忽略了它们。例如，维纳斯的'鼻子'上有一个斑点妨碍和损害了它统一的外观。这块石头也显得有点粗糙，有一些压痕，甚至在'乳房'上有一些小洞，似乎是被水侵蚀了，在左边'乳头'上也有一块'损伤'，等等。我们在审美态度中（对维纳斯的理解是在这种态度中发生）忽略了所有这一切。我们仿佛没有注意到石像的这些细节，仿佛看到'鼻子'统一色彩的形式，仿佛'乳房'的表面没有任何损伤。有人也许会说，尽管我们实际上看到大理石像平滑的、微微闪烁的、白里泛黄

---

① ［波］罗曼·英伽登：《对文学的艺术作品的认识》，陈燕谷、晓未译，北京：中国文联出版公司1988年版，第184页。

的表面，但我们仿佛没有看到它，我们仿佛忘记了维纳斯的'身体'毕竟不会像大理石那样炫目的'白'，它不可能有这样微微闪烁的外观，等等。我们忽略了那同我们关于'女人活的身体'的概念和'完满'的概念不适合的东西；没有清楚地意识到这一点，我们就补充了那些保持'女人活的身体'的形式的因素。这些因素不仅仅是思想（尽管人们会说它们正是在我们的思想中），而是生动的显现并且和其他因素和谐地结合起来构成女人身体的形式。在审美经验的过程中，正是这些附加的因素在保持审美'印象'可能的'最适条件'方面发挥着积极的构成作用，它们造成（或至少有助于造成）审美对象的形式的显现，这个审美对象在特定环境中的审美相关性质和审美价值达到了相对说来最高的程度。"① 英伽登还强调了在审美对象构成过程中直观的作用和重要。他说："在某种程度上，我们在审美经验中看到的还要多；我们以直观的方式理解'维纳斯'，但现在这不仅指我们理解了一个特殊的女人，在一个特殊的地点和物理位置上，在一种心理状态中——这清楚地表现在面部表情，在目光和非常特殊的微笑中，等等。然而同时，它不是一个实在的女性形体，也不是一个实在的女人。我们可以想象，如果我们看到一个实在的断臂女人（我们假设说，她的伤已经好了），我们肯定会对这个可怜的女人感到强烈的反感、厌恶或者同情。另一方面，在米罗的维纳斯的审美知觉（理解）中，就没有这一类的东西。……在审美态度中失去了手臂并没有干扰我们。……我们首先理解的是维纳斯整个形式的积极审美价值的直观特征，手臂并没有妨碍我们直接看见形体的完美无瑕的线条以及整个形式特有的苗条，当我们从一定的距离以外来看塑像，并且被形体那难以觉察的微妙而又敏捷的动作所打动时，这一点表现得尤其清楚。"② 英伽登把这样一个审美对象在审美态度和审美经验之中构成过程看作是一个"审美知觉——审美体验——审美对象"的过程。于是，他指出："无论如何，可以肯定的是，我们所考虑的是处在哪一种基本情境更好一些，既不是对一块大理石的简单的感性知觉，也不是对一个真实女人的知觉，最后也不是艺术史家冰冷的观照，他精确地观察这个从海里打捞出来的'艺术作品'的细节以便'科学地'描述它，他在大多数情况下依靠的也只是感性知觉。它毋宁是这样一种情境，我们在其中衡量什么对艺术作品的审美形式更好一些。对这种情况，感性知觉只构成进一步体验的基础，尽管是一个必不可少的基础，

---

① ［波］罗曼·英伽登：《对文学的艺术作品的认识》，陈燕谷、晓未译，北京：中国文联出版公司1988 年版，第 189—190 页。

② ［波］罗曼·英伽登：《对文学的艺术作品的认识》，陈燕谷、晓未译，北京：中国文联出版公司1988 年版，第 193—194 页。

这种体验从它得到一定的支持，并且最终把米罗的维纳斯理解为一种特殊的审美经验的对象。与此相联系，我们可以说，这种审美经验的对象不等同于任何实在的对象。正是某些以一定方式构成的实在对象（特别是在雕塑中：事物），成为在审美态度中展开的经验过程中的审美对象构成的出发点和基础。这些实在对象（作为出发点和基础）的形式和各种视觉特征都不是不相干的和任意的，如果一个特殊的审美对象在某种经验中构成的话。创造的艺术家力图给予实在对象的正是这种形式，并且使它显出这些特征，它们（连同观者方面适当的态度）就成为构成审美对象（艺术家预期并且在某种意义上预见到的对象）的指导原则。这就是那些只有在艺术作品创造出来之后我们才能解释的艺术的'秘密'。"在这个基础上，英伽登认为，我们还要从其他的角度来进行审美对象的构成，"只有在我们成功地把这些价值在直观中具体化，并且综合地获得最后的统一整体时，我们才能在一种非常特殊的情感观照中，欣赏到最终构成的审美对象的可见和可感的美的魔力。"①

英伽登的这些论述，把审美对象在审美态度和审美经验之中作为意向性构成物的构成分析得非常到位。这种思想，虽然是康德以来先验认识论的一个美学成果，但是，英伽登却把这个过程描绘得合情合理。这应该是审美对象构成论的一个很好的理论表述，对于我们正确地以审美态度和审美经验来构成审美对象，是非常有启发意义的。这对于审美反映论的某些不足之处也是一种补充。

2.审美经验的三阶段

英伽登认为审美经验是一个不断展开的审美对象构成的过程。他把这个过程主要划分为三个阶段：第一，原始情感阶段；第二，审美对象构成阶段；第三，审美对象的宁静反思和情感反应阶段。

关于原始情感阶段，英伽登认为他不是一种一般性的"快感"，而是一种对对象的特殊性质的特殊情感，这种原始情感还具有"原始性质的欲求因素"，这种原始情感转化为审美经验是有一个过程的，就是在这个过程中逐步实现了与日常生活的分离和审美态度，并且在本质还原的直观之中建构起审美对象，实现了审美经验的积极创造性。在英伽登看来，把原始情感视为所谓"快感"是一种"庸俗化"，因为在其中包含着兴奋、惊奇、原始性质的欲求因素等。他所谓的"原始情感"是一种对特殊性质的特殊情感。他说："在一个实在事物的知觉中，我们被一种特殊性质或一系列

---

① ［波］罗曼·英伽登：《对文学的艺术作品的认识》，陈燕谷、晓未译，北京：中国文联出版公司1988年版，第194—195页。

性质,或一种特殊的格式塔性质(例如一种色彩或色彩的和谐,一种旋律或节奏的性质,等等)所打动,它不仅吸引了我们的注意力,要我们把注意力集中在它身上,而且还不让我们无动于衷。它对我们不是无关紧要的东西,而是以特殊的方式影响着我们。这种特殊性质——吸引我们的注意并且影响着我们——使我们产生一种特殊情感,按照它在审美经验中的作用,我称之为这种经验的'原始情感'。因为它是审美经验这一特殊事件的实际起点,尽管决不能忘记它已经是打动我们的性质影响的结果。"① 在明确了"原始情感"的概念以后,英伽登指出了在原始情感阶段,人们如何从一般日常生活的"正常"过程过渡到与日常生活的分离,而产生审美态度的变化,所以原始情感的最主要功能就是这种审美态度的产生。他指出:"原始情感以及从它发展出来的审美经验其后各阶段占据了我们新的目前时刻,所以它和我们日常生活直接的过去和未来的任何明确联系都丧失了。于是它构成一个自足的生活单元,它从现实生活中划分出来,并且只是在审美经验过去之后才重新插入生活的过程。"原始情感所促成的这种与日常生活过程的分离又促成了日常生活态度向审美态度的转变。英伽登说:"原始情感使我们在态度上发生了根本的变化,即从现实生活的自然态度到特殊的审美态度。这是它最主要的功能。它的结果是人们原先注视着现实世界的事实(要么存在着要么将要实现)的态度转移到注视着直观的质的构成的态度,并且同它们建立了直接联系。"也就是说,随着对待对象的态度的改变,人们把握对象的方式也由普通的知觉转变到本质还原的"直观",这种直观"作为原始情感的结果,我们注视的不是具有这些或那些性质的现实存在的事实,而是注视着这些性质本身,它们的格式塔……仅仅这种性质的出现,就完全足以使我们观照它们的特殊本质并从而产生原始审美情感。在这种情感的影响下,感性知觉,在我们发现具有审美感染力的材料中,以一种本质的方式得到转化。"这样,观赏者就会以现象学还原方法去对待对象,即把对象的现实存在"悬置"起来,把最初"在相关知觉中显现为事物特征的性质"从原有的形式结构中解脱出来,呈现为纯粹意识现象,为构成审美对象做好准备,实现"从实践态度到审美态度的过渡"这种"彻底的改变"。而这种改变,并不是现实本身的改变,只是一种"非常积极的、细致的、创造性的人类活动的一个阶段",也就是把现实对象还原为审美经验的"现象"——纯粹意识现象②。

---

① [波] 罗曼·英伽登:《对文学的艺术作品的认识》,陈燕谷、晓未译,北京:中国文联出版公司1988年版,第197—198页。

② [波] 罗曼·英伽登:《对文学的艺术作品的认识》,陈燕谷、晓未译,北京:中国文联出版公司1988年版,第202—206页。

第二阶段是审美对象构成阶段。对此，英伽登进行了比较详细的描述和分析。首先，他认为，在这个过程中，对产生原始情感的性质的直观理解（知觉）占主导地位。"在理解中设想的那种性质获得了某种新的、第二性的特征：它满足了我们'看'它的愿望；它至少在一定程度上平息了这种愿望；与此相关它也变得比以前更'美'了（用通俗的语言说），它获得了一种活力，一种魅力，一种魔力，对此我们以前从未怀疑过。我们在一定程度上满足了对它的渴望。以这种面貌显现并使我们着迷的性质现在对我们变为一种特殊的价值，特别是一种不是冷静地判断而是直接为我们感受的价值。这使我们产生一种新的情感的高涨，情感在这种情况下实际上是一种快感的形式（方式），是对这种性质，它的外观和自我呈现的形式的欣赏。它使我们暂时陶醉和欣喜，就好像美丽的花朵的芬芳令我们陶醉一样。"[1] 其次，英伽登指出了下一步的发展就是构成审美对象。这里有两种情况：一种是直接构成审美对象，另一种是提供一些细节进一步去构成审美对象。他说："要么审美理解把握的是一种要求补充的性质，要么在它的理解中，对象呈现出全新的质的细节，在这些细节中第一次出现了某些相关性质；而且这些细节同原来的性质和谐一致，并且丰富了对象的整体。于是，审美经验开始新的发展，它常常可能是非常复杂和多样的；它可以发展成为两种不同的情况。或者原始情感和一开始出现的性质促使我们完全自由地构成审美对象，而不与周围的对象保持进一步的联系，或者这种性质是一部艺术作品的一个细节，艺术作品具有这种性质作为艺术家创造的实在事物（一幅画、一座建筑等等）的物理基础，对它的知觉使观察者进入审美态度，使他可以观照一系列审美价值质素，促使他重构相应的艺术作品并且构成一个特殊的审美对象。"[2] 再次，英伽登分析了后一种情况。他认为，这是一个由各种审美质素逐步达到和谐的过程，不能一下子完成。"'审美相关性质'的各种和谐都在这里呈现出来，它们以各种外观为条件和互相补充，要求感知主体采取一种非常特殊的行为方式以便在其多样性和由此产生的最终和谐中实现其构成和理解。"[3] 在这个过程中，又有两种不同的性质。一是，从客体质料（如大理石）创造（建构）出主体对象（人），在其中可能出现"移情现象"；另一是，在一系列性质基础上构成一个"和谐的整体，一个质的和谐。""构成

① ［波］罗曼·英伽登：《对文学的艺术作品的认识》，陈燕谷、晓未译，北京：中国文联出版公司1988年版，第206—207页。

② ［波］罗曼·英伽登：《对文学的艺术作品的认识》，陈燕谷、晓未译，北京：中国文联出版公司1988年版，第207页。

③ ［波］罗曼·英伽登：《对文学的艺术作品的认识》，陈燕谷、晓未译，北京：中国文联出版公司1988年版，第211页。

一个有组织的（结构的）具有最终确定性质的质的和谐是审美经验整个过程的最终目标，或至少是其最终创造阶段的目标。审美经验的范畴构成从属于它的结构。这意味着：范畴构成应当以这样的方式来完成，即我们得到一个尽可能丰富和有价值的质的和谐。这种和谐，尤其是其确定性质是——如果我们可以这样说——审美对象构成和存在的终极原则。艺术作品提供审美对象的最高性质和结构来帮助我们构成审美对象。"①

第三阶段是审美对象的宁静反思和情感反应阶段。"审美经验的最后阶段显示出一种宁静。一方面是沉浸于一种更宁静的反思中，在审美对象中对质的和谐进行观照，以及接受各个成为可见的性质；另一方面，与此相一致，开始出现我上面提到的对已构成的质的和谐第二种情感反应形式。就是说，承认审美对象价值的情感以及同它相适应的赞赏方式开始出现。"② 值得注意的是，英伽登说明了在这个阶段中审美经验的主要表现。其一，这种经验是一种确定的情感行为。他说："这种经验，就像对某种东西的快感、赞赏'欣喜、热情一样，是由非常明确的情感确定的行为。"英伽登用马克斯·舍勒的'意向性情感'和希尔布兰德的'对价值的反应'来指称它。"在这种意向性情感中，和同某种东西的直接意向性联系同时，表现了对它的某种评价形式。正因为如此，对审美价值的承认发生在一种情感活动中。它构成我们对价值的适当'反应'。希尔布兰德把它正确地称为'对价值的反应'。它产生对于直接呈现的价值的观照。"③ 在这里，英伽登明确地揭示了审美经验的意向性情感性和情感价值性。这在 19—20 世纪之交西方和德国还是一种新鲜观点，因为当时价值哲学还刚刚兴起不久，把价值哲学运用到美学和文学思想之中那就更是凤毛麟角，而且当时流行的二元对立的思维方法也阻碍着这种运用，而现象学的文学思想在意向性的观念中实现了这种运用，而英伽登是运用得很成功的。其二，审美经验是一种与审美对象直接交流的直观活动。英伽登说："只有在同审美对象的直接交流中才能对它可能的价值作出独特的和生动的反应。当然，我们可以冷静地'判断'某种东西的价值，即运用适当的专门标准对它的（审美）价值作出判断，而没有相应的审美经验，也没有在审美对象中构成并观照一种质的和谐。"他指出那种以纯粹理性来

① ［波］罗曼·英伽登：《对文学的艺术作品的认识》，陈燕谷、晓未译，北京：中国文联出版公司 1988 年版，第 215—216 页。

② ［波］罗曼·英伽登：《对文学的艺术作品的认识》，陈燕谷、晓未译，北京：中国文联出版公司 1988 年版，第 216—217 页。

③ ［波］罗曼·英伽登：《对文学的艺术作品的认识》，陈燕谷、晓未译，北京：中国文联出版公司 1988 年版，第 217 页。

判断艺术作品的人，由于他们把对艺术作品的价值判断，完全和判断一棵树是橡树的判断等同起来，所以"这种对一个对象的审美价值纯粹推论的判断不再属于审美经验"，而职业批评家往往就是这样的情况。"职业批评家经常以高度技巧作出的判断一般只是一些间接判断，不是对审美对象的价值，而是对艺术作品作为一种手段（工具）的判断，借助于这种手段审美经验可以构成一个具有积极价值的审美对象。职业批评家即使在他们关于艺术作品的判断没有错误时，对有关艺术作品的审美对象的本质也没有说出所以然，原因就在于他们往往不再能具有完整的审美经验。"①这些分析可以说是一针见血地揭示了职业批评家的弊病，提出了一个重要的批评原则——美学批评必须以完整的审美经验来构成和观照审美对象的审美价值。而批评家的审美态度和研究态度应该是有机结合的。其三，审美经验还应该与理性概念相结合，才可能得出正确的审美判断。英伽登非常明确地确定："审美对象的价值不是某种外在的东西的手段（工具）的价值，这个手段具有另外的价值。如果审美价值毕竟存在的话，它就包含在审美对象自身之中，并且以它的性质和由这些性质构成的质的和谐为基础。"这里坚持了审美对象的审美价值的本体论存在性质，当然这种存在不是与人的情感无关的自然存在物，而是一种意向性情感的直接构成物和相关物。不过，在整个审美过程之中，审美经验还应该与理性概念相结合，把审美态度与研究态度结合起来，以达到审美判断的理解性。对此，英伽登说："在完成了整个审美经验之后，当我们同直观地呈现给我们的审美对象保持一定距离时，我们可以在一个判断中认为它具有一种价值，我们也可以对这种价值作出判断，或把它同其他价值相比较并在一系列价值中排列具有价值的对象。但是所有这些都不再是在审美态度中发生的，当我们力图冷静地意识到在审美经验中呈现给我们的是什么，并且想从概念上确定这种经验的结果时，我们就又回到研究的认识态度。"也就是说，审美态度只是让人"审美地体验某种东西"，"在直观理解中观照质的和谐"，这不同于对某种东西的"研究态度"，研究态度是要"了解（就这个词的狭义而言）审美对象是什么，它是如何构成的，它包含哪些性质，它们在其中构成哪种永恒的价值"。也就是说，审美活动不仅仅要以审美态度去形成审美经验，而且还应该在审美经验的基础上进一步构成审美经验与理性概念相结合的新经验，以认识文学的艺术作品的图式化外观和形而上的质素。英伽登说："我们可以试图在已有的审美经验基础上建立

---

① ［波］罗曼·英伽登：《对文学的艺术作品的认识》，陈燕谷、晓未译，北京：中国文联出版公司1988年版，第217—218页。

一种新的经验,我们在这个新的经验中把注意力指向所构成的审美对象,并清晰地理解它的细节特别是它的价值。换言之,我们必须力图在一定程度上把审美经验中构成的东西理性化,以便从概念上把握那渗透着情感因素的东西,并且在严格系统地判断中论断性地确定它。"在英伽登看来,审美经验中的审美态度和研究态度是应该相互结合的,他的结论是比较全面的:"所以,任何人以适合于认识实在对象的纯粹研究态度来开始研究艺术作品,而没有首先试图恢复作为基础的有时候相当复杂的艺术作品,同时又没有在审美经验中以艺术作品为基础构成审美对象以便认识它,就决不能获得关于审美价值的知识。另一方面,单是审美经验也不能为他提供这种知识。它只能给他一种具体的经验,这种经验和其他具体经验一样,必须尽可能从概念上理解其结果。"①看来也只有这样才能真正地全面把握一部文学艺术作品。其四,快感是审美经验的附带现象。英伽登在前面分析审美经验时,特别突出了情感因素:在审美经验的第一阶段就是"原始情感"产生,到第二阶段审美对象构成过程中也离不开"意向性情感",而到了第三阶段还是离不开"情感反应"。但是,他却提醒人们不能耽溺于"快感"之中。他说:"审美经验在其全部过程中,尤其是在积极展开的终极阶段中,无疑包含着某些使经验主体愉快的因素。它还在经验主体身上产生进一步的愉快,甚至快乐状态,或者正相反,产生不愉快的反感状态。和具有高度价值的审美对象进行交流,直接地观照它并赞赏它,无疑是一种极大的快乐。但是任何专注于这种愉快的人,实际上都把审美对象主要的和本质的因素完全忽略了,他所注意的只是审美经验的一种附带现象,顺便说一句,这种现象的产生不限于审美经验。……任何人以这样一种不理解的方式忽略了审美经验和审美对象,他也就不能理解审美经验的本质功能。它一方面在于构成审美对象,并从而'实现'那些只能以这种方式具体化的非常特殊的价值;另一方面在于实现一种对于审美价值性质的和谐,以及以此为基础的价值的情感——观照经验。发挥这种本质功能就通过一种特殊的任何其他东西都不能替代的价值来丰富了属于人的世界;它也通过一种打开通向那些价值之门的经验而丰富了人类生活,最后还赋予人一种属于他作为人类成员的质素的能力。"②换句话说,在审美经验中,我们不能忘记它的主要功能、本质功能——构成审美对象,在具体化中实现审美价值,如果仅仅满足于其中的快感,那

---

① [波] 罗曼·英伽登:《对文学的艺术作品的认识》,陈燕谷、晓未译,北京:中国文联出版公司 1988 年版,第 218—220 页。

② [波] 罗曼·英伽登:《对文学的艺术作品的认识》,陈燕谷、晓未译,北京:中国文联出版公司 1988 年版,第 222 页。

就会达不到文学艺术作品的真正审美价值——使人成为人，使人类生活和世界丰富多彩。这对于后现代主义文艺的商品化、消费化和娱乐化也是一种很好的警示。其五，审美经验最终构成全新的意向性对象。英伽登认为，审美对象的最终构成以及对价值的肯定情感反应在审美经验的终极阶段中导致一种进步的因素出现。这就是说，审美经验最终是要祛除人们的一些把审美对象假定为某种东西存在的"独断的"要素，"审美对象中描绘的事物人物和事件的准实在性构成这些被修正的'独断的'要素的意向性关联物。"在英伽登看来，审美经验构成的审美对象是一个全新的对象——意向性对象。他说："尽管审美经验是创造的，但是只要它构成一个全新的对象，这个对象不仅超越了任何实在事物而且超越了作为基础的艺术作品，它就同时在某种意义上是一种发现的经验。因为按照从艺术作品的知觉中产生的暗示，它在纯粹性质，尤其是审美价值性质中发现了某些必然的联系。在理解了这些联系之后，它就可以在想象中把握包含在审美对象中的质的和谐。特别是，审美价值格式塔性质在审美经验中借助于艺术作品所显示的审美性质铭刻在审美对象上。但是这个过程一旦完全构成这个对象，审美经验主体就在下一个阶段中感知这个对象，在审美经验中就出现了一个特殊的存在承认要素，它就是确信实际存在着这样一种审美价值性质的和谐。"不过，这种审美价值性质的和谐的"存在"是一种"理念存在"，"这种'存在'不是实在存在；相反它是纯粹性质——这里尤其是纯粹审美价值性质——中一种必然的和本质的互相联系的理念存在。"英伽登指出了"存在承认要素是成功的审美经验的最后阶段，它不同于并且完全独立于我们周围现实世界的存在承认要素，它甚至也不同于对艺术作品中再现客体的得到限定的存在承认要素。这种要素变成（或进入）一种对质的和谐的存在确认或巩固的要素。"[①] 这确实是现象学文学艺术作品论的独特之处，它指出了我们最终在审美经验中承认的不是实实在在地存在，而是一个审美价值的质的和谐的"准实在"或"意向性存在"。不过，他的这种描述倒也符合审美实际的某些方面，尽管在我看来它在本体论上是唯心主义的和理想主义的。

　　3.艺术作品与审美对象、艺术价值与审美价值的区别

　　英伽登还对文学作品的审美经验进行了考察，其中特别引人注意的是，他区分了艺术作品与审美对象、艺术价值与审美价值。

----

① ［波］罗曼·英伽登：《对文学的艺术作品的认识》，陈燕谷、晓未译，北京：中国文联出版公司1988 年版，第 224—226 页。

他首先指出，我们可以对文学作品以两种不同的方式采取审美态度：自然的方式和人为的方式。在自然的方式中，"原始审美情感是作为作品中一种特别活跃的审美要素的结果而发生的（不管这种情感是根据作品的哪一个层次引起的，还是结合在一起的所有层次中的哪一个阶段唤起的）。"在人为的方式中，"读者把自己置于这种态度中，或者当作品的标题告诉他正在读一首诗或一出戏剧时，从一开始就采取了这种态度。"正因为有这样两种不同的审美方式，所以，在人为的方式中，审美对象的构成就是一个在阅读句子的过程中根据艺术作品来"具体化"而形成审美对象。那么，艺术作品就是审美对象的基础，"如果没有所读作品的支持，这样人为地采取审美态度就会失败"。这样就有必要区分艺术作品和审美对象。"并非每一个纯粹意向对象，并非所有文学作品中再现的对象都是审美对象，正因为它是纯粹意向性的，只有在作品内容中出现了某些一致的审美相关性质，或者同作品中其他审美相关性质构成一个质的和谐，审美对象才会产生。如果这些性质能够在读者中产生原始审美情感，那么就会发生对作品的审美知觉并构成审美对象。"因此，英伽登"把'审美对象'理解为文学作品的具体化，在作品中实现了由作品艺术有效性确定的审美价值质素的现实化和具体化，以及这些性质的和谐从而构成审美价值"。这种审美对象不管有多么复杂，"但最终仍然是一个单一的整体"。① 这样我们就可以看到，区分艺术作品与审美对象的关键就是在原始审美情感下的审美"具体化"。而在这个过程中，"直观心理意象"就是基础。英伽登强调，在文学的艺术作品的具体化中，"都不是以感觉材料为基础，而只是以直观的心理意象——它是以对句子单元意义的理解的认识性活动指导的——为基础，所以尽可能充分地使在作品中处于待机状态的再现客体的各种外观再现实化，对于文学的艺术作品的审美理解发挥着很大作用。"这是指文学作品具体化的"间接想象性"。另外一个文学作品具体化的本质特点就是它的"时间持续性"："审美具体化或审美的文学对象的构成绝不可能发生在一个瞬间而是持续一定的时间，它的时间取决于作品本身的长度。"② 第三个文学作品具体化的特点则是它的"理智理解性"："区别文学的审美经验的另一个重要因素，是它们对进入文学作品的语义单位的理智的理解成分。所以，我们总是通过概念图式来接近作品再现客体的世界；我们决不能在其直观可接近的特性中理解它们。我

---

① [波] 罗曼·英伽登：《对文学的艺术作品的认识》，陈燕谷、晓未译，北京：中国文联出版公司1988 年版，第 232—234 页。

② [波] 罗曼·英伽登：《对文学的艺术作品的认识》，陈燕谷、晓未译，北京：中国文联出版公司1988 年版，第 235—236 页。

们必须首先客观化这些对象并借助于待机的图式化外观给它们'披上'直观的外衣。与此相联系的是下述事实,文学的审美经验绝不可能像音乐作品那样是非理性和纯粹情感的。即使在纯粹情感的抒情诗中,这种理智理解因素也不仅存在着,而且排除或减弱它们就会对抒情诗内容或审美对象的其他因素造成有害的影响。"第四是文学作品具体化的"异质性和丰富性":"作为对照,能够在审美具体化中现实化的审美相关性质,在作品的审美理解过程中可以构成和谐体的性质的异质性和丰富性,是文学的审美经验及其意向性关联物的特有特征。"① 这些描述和分析无疑也是非常贴切和有用的。它可以使我们在阅读文学作品过程中更好地形成文学的审美经验。

在形成文学的审美经验过程中,英伽登划分了一个"前审美研究"或"前审美认识"。正是这种"前审美"的研究或认识,把文学作品的艺术价值和审美价值区别开来。英伽登指出:"对文学的艺术作品这种研究的前审美认识首先是发现那些使它成为一部艺术作品的特性和要素,即在审美具体化中构成审美相关性质的基础的东西。"它只是为形成审美经验准备文学的艺术作品的"客观的"知识。有时候,情感反应会歪曲它,它"应当避免情感反应的这种歪曲的影响。"② 不过,在这个过程中,读者还是应该有一个"同情"的心理过程:"在文学的艺术作品的前审美认识中,必须经验这样一种'同情'而不是以纯粹理智的方式进行。"这种"同情"并不是一种情感反应,似乎应该是一种"感同身受","所以我们必须既不恨又不爱作品中描绘的人物。从而上述同情不是一种情感反应而是生动地揭示某些心理事实的手段,并且以这样的方式使它们重新构成。"而且,"这种态度感受的同情不能把我们带入审美经验,而是使我们保持在文学的艺术作品的前审美研究认识中。"因此,在这时,"文学的艺术作品是审美中性的"。这样看来,这种"前审美研究"就是在"审美具体化"之前的活动,它的目的是揭示作品的"艺术价值",而进入"审美经验"活动则是要进行"审美具体化"活动,从而揭示作品的"审美价值"。正是在这个意义上,英伽登区分了作品的艺术价值和审美价值。他这样描述了这种区别:在前审美研究的认识中,"艺术作品在我们面前展开就仿佛被剥夺了所有实际呈现的审美相关性质,尽管它们在一定程度上作为潜在的东西已经暗示出来。在这个意义上,这样看待的文学的艺术作品是审美中性的。然而,原始审美情感的间歇出现——随即又被抑制了——

① [波] 罗曼·英伽登:《对文学的艺术作品的认识》,陈燕谷、晓未译,北京:中国文联出版公司1988年版,第241页。
② [波] 罗曼·英伽登:《对文学的艺术作品的认识》,陈燕谷、晓未译,北京:中国文联出版公司1988年版,第243—245页。

并不是没有重要性的。认识主体注意到它们的出现并对它寻求一种解释。这种解释就在于发现文学的艺术作品中构成原始审美情感的基础的那些特性或因素。我们以这种方式了解到艺术作品（或其他某些特性或要素）是可能的审美活动的源泉。它包含着特殊的力量，当这种力量出现在读者面前时，就作用于他并能使他构成一个审美对象。由于作品的目的是帮助读者构成一个有价值的审美对象，它愈充分地实现其目的，就具有愈高的价值，它所具有的特性就愈多，这些特性是经过精心选择的，所以能够产生原始审美情感，并且为审美相关性质的现实化提供基础。但是作品本身明显具有一种能够审美地影响读者的工具价值。所以它具有一种关系价值，同对象的审美价值相对照，这种价值永恒地存在于对象之中并且完全以审美相关性质为基础。所以对象的价值在这个意义上是一种'绝对的'价值并且属于审美对象，完全独立于后者是否服务于任何目的或发挥任何功能。这些价值的第一种我称为艺术价值，第二种称为审美价值。揭示和理解艺术价值首先属于文学的艺术作品的前审美研究认识的任务；对艺术作品审美具体化中呈现的审美价值的理解是一种完全不同的认识的任务。这种认识只有在审美经验中构成文学的审美对象之后才能进行。"①简单地说，所谓"艺术价值"就是文学的艺术作品中构成艺术作品的特性和要素，它是前审美研究认识的对象；所谓"审美价值"则是文学的艺术作品审美具体化中呈现出来的构成审美对象的特性和要素，它是审美经验的对象；前者是后者的源泉和基础，具体地说来，前者是引起原始审美情感而进入审美经验的基础。但是，二者之间并不是截然分开的，它们之间有一个基于过去审美经验的态度转换：由前审美研究态度转向审美态度，从而形成审美经验。英伽登说："对文学的艺术作品中的艺术价值的研究是在前审美认识中进行的。然而，由于这些价值的相对性特点，我们在这里不能局限于这种认识，而且必须借助于作品具体化的审美经验。为了确定作品的某些特性是否具有艺术价值，我们必须理解它们在审美相关性质的预先确定和现实化中的功能作用。所以我们必须对作品相关段落的审美相关性质获得一种洞识，而这只有在以往的经验或实际审美经验的基础上才有可能。所以我们必须从这种经验中选取例证。"②英伽登的这些描述和分析把文学作品的阅读过程分为前审美研究和审美经验认识两个阶段，确实是从现象学美学的角度来看待文学作品的"意向性对

---

① ［波］罗曼·英伽登：《对文学的艺术作品的认识》，陈燕谷、晓未译，北京：中国文联出版公司 1988 年版，第 245—248 页。

② ［波］罗曼·英伽登：《对文学的艺术作品的认识》，陈燕谷、晓未译，北京：中国文联出版公司 1988 年版，第 248—249 页。

象构成"及其基础,比较合乎我们的文学阅读实际,把对文学作品的艺术构成要素和审美对象构成要素区分开来,就是突出了从一般的前审美研究态度向审美经验态度的转换,强调了文学作品的审美具体化的"意向性构成"活动。这是比以往任何审美经验理论都要细致和深入的探讨。因此,我们可以说,离开了对文学作品的"审美具体化"(主要是"不定点"的填补,图式化外观的理解,再现客体世界的现实化,反思)及其"审美经验",就不可能产生文学作品的审美阅读和欣赏。因此,离开了读者的阅读和欣赏,即使一个作品具有"艺术价值",这种艺术价值也不可能转化为"审美价值"。所以,英伽登说:"艺术价值属于艺术作品,它包含着一种同它有质的区别的价值,即审美价值现实化必要的但非充足的条件,审美价值出现在艺术作品的具体化中。艺术价值是一种手段、一种工具的价值,如果条件许可的话,它有能力使审美价值呈现出来。审美价值现实化的这个补充条件——这种'有利'形势——是作品的观赏者,他懂得如何利用它的能力以便现实化一个相应的具体化,审美价值在具体化中达到现象的存在。这种现象的存在具有双重的基础:具有相应艺术价值的艺术作品和观赏者,借助于艺术作品尤其是它的艺术价值,使它在具体化中达到现象的自我呈现。艺术价值是一种明显的关系价值,它作为一种价值的实质在于,它是某种自在自为地具有价值的东西现实化的必要手段,因此,后者在这个意义上是绝对的,并且使任何作为他的条件的东西具有一种价值。这种绝对价值正是审美价值,它的材料(价值性质)本质上只是'供观照的',所以穷尽在现象的自我呈现中。"[①] 在这里,英伽登从现象学哲学和美学的理论基础上指明了他区分艺术价值和审美价值的用意,给了我们一定的启发。不过,我们觉得,这种区分从本体论上来看,似乎有可能割裂文学艺术作品与生活世界本身的实在存在的密不可分关系,把文学艺术的源泉纯粹地归结为文学作品的艺术价值本身。因此,英伽登的现象学作品论促使20世纪西方和德国的文学思想由社会和作家研究转向了文本和接受的研究,但是,同时也矫枉过正地偏离了最终的社会生活的根源,还是值得注意的。

总而言之,英伽登的现象学作品构成论主要研究了文学的艺术作品的文本构成和文学的艺术作品的意向性构成,即文学的艺术作品如何构成和文学的艺术作品如何现实化和具体化,把西方和德国文学思想引向了现象学的"意向性构成的作品分析论",使得对于文学艺术作品的把握更加细致和深入,在一定程度上克服了西方传

---

① [波] 罗曼·英伽登:《对文学的艺术作品的认识》,陈燕谷、晓未译,北京:中国文联出版公司1988年版,第303—304页。

统文学思想的二元对立的思维方法和形而上学的观念化研究倾向，让人们实际进入了文学艺术及其作品的丰富而复杂的审美世界，把文学艺术及其作品放在了属人的审美艺术世界中，以先验主体性的意向性构成来统摄审美艺术世界，消解了文学思想中的"客观论"和"主观论"的二元对立，反思和批判了西方启蒙现代性的理性主义神话、科学主义神话、进步主义神话，促进了西方和德国文学思想的审美现代性的发展。英伽登的现象学意向性作品构成分析论，还有许多细致入微的分析研究，我们在这里就不再赘述了。

三、盖格尔的现象学意味论

莫里茨·盖格尔 (Moritz Geiger, 1880—1937)，1880 年出生于德国法兰克福。他上大学时主攻心理学，后来为了探讨心理学的基本原理而转向关注和研究哲学和美学。在此期间，盖格尔结识了著名心理学美学家特奥多尔·利普斯 (Theodor Lipps, 1851—1914)，在利普斯的影响下开始研究心理学美学方面的各种问题。1907 年在哈佛大学进行研究。1908 年开始，盖格尔在慕尼黑大学任教，在那里结识了胡塞尔，在胡塞尔的影响下开始从现象学角度进行美学方面的探讨。1913 年协助胡塞尔编辑出版《哲学和现象学年鉴》，并在该刊物上发表了论文《审美享受的现象学》，成为现象学美学的创始人。他还与马克斯·舍勒、亚历山大·普凡德尔等人组成了现象学的慕尼黑学派，忠实地推行胡塞尔的现象学哲学。从 1909 年开始，他在大学开办了美学讲座，以其深入浅出，生动活泼的讲授吸引了许多爱好哲学、艺术史、文学史的学生和研究者。1923 年，他去哥廷根大学就任教授，开始了他的学术生涯的黄金时代；此后，他还分别先后在世界驰名的里加大学、斯坦福大学等地发表美学演讲，产生了比较广泛的学术影响。希特勒法西斯上台以后，盖格尔于 1933 年移居美国，担任瓦萨尔大学哲学系主任、教授，1937 年因病去世。他的最重要的现象学美学著作就是《艺术的意味》。这是一部未完成著作，由他的慕尼黑的学生克劳斯·伯尔格整理编辑出版。不过，它综合了盖格尔的一些现象学美学著作，如《审美享受的现象学》(1913)、《美学导论》(1928)、《现象学美学》(1828)、《艺术的精神意味》等的主要观点和内容，并且是比较系统地阐述现象学美学的经典。盖格尔的主要成就在于创建了现象学艺术意味论，阐述了文学艺术的价值关系，文学艺术的各种意味，文学艺术与审美活动的关系，对德国文学思想转向现代具有重要作用。美国现象学史家赫伯特·施皮格伯格说："盖格尔在美学中所报的哲学目标是想对这些问题做出回答并连带使真正审美经验与过分多情的感伤主义区分开来；而找到答案的主要方法就是现象学。"① 盖格尔在《审美享受的现象学》关于审美享受的现象学研究主要是阐述了审美享受的特征：审美享受的特征在于它注视到客体的直观丰富性 (anschauliche Fülle)。此外，同非审美享受形成对比，审美享受意味着忘记自我而全神凝注在享受客体上 (Aussenkonzentration)。实际上，这种全神凝注客体就是区分真正审美态度与那种易动感情的业余爱好者完成自我享受的假审美态度的标准。这种业余爱好者享受的只是"他自己"和他自己的感情发泄。最后，康德的有名说法"无利害关系的快乐"中的无利害关系被理解为不存在个人利害。②

我们根据盖格尔的《艺术的意味》（一译《艺术的意义》）把盖格尔的美学思想和文学艺术思想概括为"艺术意味论"。这种艺术意味论，以艺术的意义为中心，研究了文学艺术的价值关系、文学艺术的各种意味、文学艺术与审美活动关系等问题，对现象学美学及其文学艺术思想进行了全面、系统、深入的研究和阐发。施皮格伯格对这本书有一个非常精辟的评价，指明了盖格尔的美学思想的根本："盖格（尔）给这本书写的序就表明盖格越来越对下面这个基本论点中所表现的存在思想感兴趣，即'任何哲学和科学学科都不能比美学更加使我们靠近人的存在的本质'。"③ 他还评价了盖格尔的整个现象学的研究："盖格的具体的现象学研究是他著作中的精华，因为在这些研究中他那敏锐的感受，广博的学识和好奇心，以及他那清楚而又生动的表述，使他得以进行深入的并非总是极为彻底的探讨。这些优点加上他那开朗的自由性格，足以说明他在本国和国外所表现出的个人魅力，这也使他成了早期现象学最有力的宣传家之一。"④ 但是，盖格尔在我们的美学研究和文学思想的视野之中关注还很不够。

经过整理的盖格尔的《艺术的意味》分为三大部分：一是科学背景；论述了现象学美学的对象和内容，以现象学方法研究文学艺术的审美价值。二是审美经验；论述了文学艺术的审美价值与审美经验的关系，揭示了现象学方法对文学艺术的审美价值的本质直观。三是审美价值与人类存在；论述了文学艺术的各种意味及其位置，特别是彰显了文学艺术的审美意味及其与审美态度的关系。正是这部未完成的著作创立了现象学美学及其艺术意味论，深入全面地论述了文学艺术及其作品的审美价值的本质直观意味。它反思和批判了西方传统美学和文学思想的二元对立的思维方

---

① ［美］赫伯特·施皮格伯格：《现象学运动》，北京：商务印书馆1995年版，第293—294页。
② ［美］赫伯特·施皮格伯格：《现象学运动》，北京：商务印书馆1995年版，第302页。
③ ［美］赫伯特·施皮格伯格：《现象学运动》，北京：商务印书馆1995年版，第294页。
④ ［美］赫伯特·施皮格伯格：《现象学运动》，北京：商务印书馆1995年版，第296页。

法和形而上学形态,使得美学研究和文学思想向审美现代性转型跨出了决定性一步。

(一) 文学艺术的价值关系

1. 美学是研究作为现象的审美价值的科学

美学 (Aesthetik) 作为一门独立的学科,1750 年在德国哲学家鲍姆加登那里正式诞生,经过德国古典美学的康德、席勒、谢林、黑格尔等主要代表人物的不断完善,到 19—20 世纪之交的西方和德国已经蔚为大观,并且形成了"由下而上"到"由上而下"的研究方向的转变,但是西方传统美学的二元对立的思维方法却依然没有得到根本转变。[①] 正是在这样的形势下,盖格尔不满意于当时美学研究的现状,力图把胡塞尔的现象学方法运用到美学研究领域之中,创立了现象学美学:研究作为现象的审美价值的美学。

盖格尔首先分析了当时美学存在的三种性质各不相同的学科:美学是一种独立自足的特殊科学,美学是一种哲学学科,以及美学是运用其他各种科学的领域。他认为,由于黑格尔的体系的破裂,作为哲学学科的美学,就转向了费希纳等人的心理学科学领域,但是,美学并没有成为一门独立自足的特殊科学,却是"构成了运用现象学方法的主要领域"。因此,盖格尔就是要运用现象学方法,来创立"一种独立自足的特殊科学"。他指出:"对于作为一种独立自足的特殊科学的美学来说,任何一个人都不会对下面这个把它的领域和其他科学的领域区别开来的特征有什么怀疑:这种特征就是审美价值的特征 (在这里以及在以下的论述中,'审美'价值也应当毫无保留地被理解成为'艺术'价值)。每一个可以贴上审美价值标签的事物——每一个可以被当作美的或者丑的、本原的或者琐碎的、崇高的或者普通的、雅致的或者粗俗的、高贵的或者卑贱的等等东西来评价的事物,诸如诗歌,音乐作品,绘画和各种装饰,人类和各种风景,各种建筑,各种花园设计方案,舞蹈——都属于作为一种特殊科学的美学的领域。"[②] 不过,盖格尔在这里突出了现象学方法的特点,把审美价值作为一种现象学意义上的"现象",而不是"真实的客体"的属性。他说:"但是,审美价值或者其他任何一种价值的缺乏并不属于那些作为**真实**客体的客体,而是属于它们作为**现象**被给定的范围。它属于那些构成一种和谐音的感官方面的音响——那些作为现象的音响,而不属于那些被人们认为构成空气振动的音响。一座雕像作为一堆真正的石头从审美的角度来看并没有什么意味,但是,它作为提供给观赏者观

---

① 张玉能:《德国古典美学使西方美学不断完善》,《上海师范大学学报》2008 年第 1 期。

② [德] 莫里茨·盖格尔:《艺术的意味》(*Die Bedeutung der Kunst*),艾彦译,北京:华夏出版社 1999 年版,第 5 页。

赏的东西,作为对一种有生命的事物的再现,在审美的方面却是有意味的。而且,无论扮演巫女的歌手是否年老丑陋,这从审美的角度来说都无关紧要,她那年轻而又充满朝气的外表只取决于服装式样、化妆术,以及舞台脚灯的效果——在这里重要的是外表,而不是实在。"① 这就是对具有审美价值的东西进行"现象学还原",把对象作为"实在的东西""悬置"起来,存而不论,只是把它们当做直接显现在我们直观面前的现象,"简而言之,我们纯粹是在那些直接在现象中表现出来的特征之中找到这些价值的。因此,只有我们回到这些构成了作为一种现象的艺术作品的特征上去,作为一种特殊科学的美学问题才能得到解决。"② 不仅如此,他还强调了现象学美学研究的应该是作为本质的"现象"。他说得十分明确:"美学家感兴趣的不是个别艺术作品,不是波提切利的画布,不是莎士比亚的十四行诗,也不是海顿的交响乐,而是十四行诗本身的本质,交响乐本身的本质,各种各样素描画本身的本质,舞蹈本身的本质,等等。他感兴趣的是那些一般的结构,而不是特定的审美客体。但是,他也关心审美价值的那些普遍法则,关心那些美学原则在审美客体之中的体现。"③ 与此同时,盖格尔对作为现象的"本质"的探讨,既反对"自上而下"的演绎法,也反对"自下而上"的归纳法。他的现象学方法是要超越这些二元对立的思维方法的"现象学本质还原方法"。这种现象学还原方法的目标就是"回到实事本身",在美学中就是"回到文学艺术及其作品本身"。因此,现象学美学的方法有三条标准:一是研究作为现象的审美价值,二是研究审美价值的本质,三是通过直观来领会这种本质。现象学方法的特色在于:其一,现象学方法在个别之中直观一般,"它既不是从某个第一原理推演出它的法则,也不是通过对那些特定的例子进行归纳积累而得出它的法则,而是通过在一个个别例子中从直观的角度观察普遍性本质,观察它与普遍性法则的一致来得出它的法则。"其二,现象学方法在具体化之中分析能动的本质;"它并不仅仅意味着对那些复杂的客体进行观察,而且也意味着对这些客体进行分析。"在这里有两方面必须注意:一方面,同一的本质必须在各种各样的现象形式中具体化。例如,"悲剧那永远同一的本质(或者说,悲剧性的东西那各种各样变体的永远同一的本质)只有在索福克勒斯、莎士比亚、拉辛,以及席勒等人那各种各样的悲剧形式

---

① [德] 莫里茨·盖格尔:《艺术的意味》(*Die Bedeutung der Kunst*),艾彦译,北京:华夏出版社1999年版,第5—6页。

② [德] 莫里茨·盖格尔:《艺术的意味》(*Die Bedeutung der Kunst*),艾彦译,北京:华夏出版社1999年版,第7页。

③ [德] 莫里茨·盖格尔:《艺术的意味》(*Die Bedeutung der Kunst*),艾彦译,北京:华夏出版社1999年版,第9页。

之中才能得到具体化。"另一方面,我们不能运用某种固定不变的本质概念来研究审美价值,只能运用一种能动的本质概念来研究它。例如,"我们必须把悲剧性的东西本身看作是能够变化的、可以发生内在变革的、可以发展演化的东西。"也就是要把柏拉图式的"理念"转变为黑格尔式的"理念"概念。其三,现象学方法的贵族性:"那些建立在现象学方法基础上的学说本质上都是贵族式的学说。对于那些不具备这个方面才能的人来说,即使其他人早已经发现的那些基本特征,他们也无法看到。"① 现象学方法的直观性、具体化、贵族性的这些特点,不仅把美学研究导向了本质直观,而且强调了美学研究的特殊性。

总而言之,在盖格尔那里,现象学美学就是介于"自上而下"和"自下而上"之间,介于哲学美学和各种学科的美学之间,介于主体和客体之间,是一种关系学。他说:"对于哲学美学来说,存在着许多十分明确的成堆的难题,现象学方法正是针对这些难题而具有意味;它把审美世界的内容——各种审美客体和审美价值——当作现象提出来,并且通过作为一门特殊科学的美学把这些内容本身纯粹当作现象来考虑。但是,这里还存在着进一步的考虑,即对于**主体**而言,它们作为现象才是现象;正是主体在一块画布上的风景面前把自身确立起来,主体从自身之中把悲剧性的东西产生出来,并且使这个事件充满了戏剧性。因此,我们又可以反映这些事实了,正是在这些事实之中,主体对这个现象世界的构造发生了。让我们把语词与意义之间的关系作为一个例子介绍一下。如果我们要考虑这个现象,那么我们就必须说这个语词具有它的意义。但是,我们也可以通过这个现象对主体的依赖来考虑这个现象——正是主体把一个语词的意义赋予了这个语词,并且首先创造了这种包含在语词和意义之中的相互关系。"② 盖格尔在这里强调了主体和客体在现象中的构成性统一,同时也突出了美学的现象学本性:"美学科学是少数几个不关心其客体对象的实际实在的学说之中的一个,但是,现象的特性对于它来说却是决定性的。"③ 换句话说,美学是最有可能运用现象学方法"回到实事本身"和"回到文学艺术及其作品本身"的科学。

2. 文学艺术的价值就在于审美价值

在确立美学作为审美价值的科学的过程中,盖格尔一方面反思和批判了启蒙现

---

① [德] 莫里茨·盖格尔:《艺术的意味》(*Die Bedeutung der Kunst*),艾彦译,北京:华夏出版社1999年版,第10—15页。

② [德] 莫里茨·盖格尔:《艺术的意味》(*Die Bedeutung der Kunst*),艾彦译,北京:华夏出版社1999年版,第19页。

③ [德] 莫里茨·盖格尔:《艺术的意味》(*Die Bedeutung der Kunst*),艾彦译,北京:华夏出版社1999年版,第20页。

代性的科学技术主义神话,另一方面把事实性美学和价值论美学区分开来,这样就为现象学美学规定了价值论美学的特征,从而把审美价值确定为文学艺术及其作品的主要价值。

众所周知,价值论哲学和美学是19—20世纪之交首先在德国兴起的。德国哲学史家汉斯·约阿西姆·施杜里希在《世界哲学史》中指出:"价值这个概念被用于哲学是通过鲁道夫·海尔曼·洛采(Rudolf Hermann Lotze, 1817—1881)实现的,和古斯塔夫·提奥多·费希纳(Gustav Theodor Fechner, 1801—1887)一样,在转向哲学研究之前,洛采也是个自然科学家。从洛采开始,价值这个概念在哲学中占据了一个中心地位,它不仅对于人文科学研究的方法是不可或缺的,而且也是一切人类行为和认识的基础。"[1] 我们可以看到,在价值论哲学和美学确立的过程中,哲学家和美学家都必须反思和批判启蒙现代性的科学主义神话和重事实、轻价值的倾向,新康德主义的文德尔班、李凯尔特等人如此,盖格尔也不例外。在《艺术的意味》中,盖格尔批评了费希纳的实验美学的心理主义倾向和科学主义实践,认为用自然科学的方法研究审美现象,是把审美现象简单化的做法。盖格尔指出,虽然这种简单化的做法从亚里士多德开始就已经有了,但是"我们这个时代特别适合于人们把审美现象简单化"。他主张现象学的方法:"为了从科学的角度探索有关审美现象的问题的最鲜明突出的形态,人们必须把审美现象当作一种关于特殊的本性和深度的现象来体验"。[2] 也就是说,他是要运用现象学方法来研究作为人文科学的美学及其审美现象。他指出:"美学家与其他部门的科学家相比却处在不利的地位上。他不能像数学家那样任意地确定他的研究对象,而是与此相反,他在像化学家那样开始工作以前先得发现它们;但是,他也不能像化学家所能够做的那样展示他所发现的东西。他不能够把审美享受、悲剧,或者艺术真实所意味的东西摆在人们面前,用使一种化学制品可以让人们感知的方式让人们感知这种东西。美学家必须依赖听众或者读者对审美价值的理解,而他在这一点上是与历史学家相类似的。但是与历史学家形成对照的是,他根本不能依赖听众用他的话表述出来的对他理解过的同一个东西的理解。"[3] 这些思想与狄尔泰、文德尔班、李凯尔特等人区分自然科学和人文科学的做法是完全一致的，不过，盖格尔要求运用现象学方法来研究美学，把审美现象及其审美价值作为研究对象，通过现象学还原的本质直观来理解审美现象及其审美价值。确立作为价值论科学的现象学美学，无疑是盖格尔对现象学和美学的双重贡献。

为了确立价值论美学，盖格尔也区分了事实和价值、事实性美学和价值论美学。他把"游戏说"（谷鲁斯）、"再现说"（谢林）、"摹仿说"（亚里士多德）等都归为事实性美学，而事实性美学"从对事实的描述出发，这里并没有使人们走向对这些事实的价值进行表现的道路"。这些事实性美学发展成为心理学美学、社会学美学、历史美学、进化论美学，也取得了一些成就，但是，它们不可能解决美学的一系列难题。而只有价值论美学才能够深入到审美价值的本质来解决这些难题。"通过比较审美价值与其他各种价值，价值论美学发现了审美价值的本质；它研究存在于艺术的审美价值和自然的审美价值之间的那些区别。它研究一般艺术的审美价值，也研究个别艺术所具有的特殊审美价值。它在艺术作品中找到了审美价值所具有的那些条件。它本身只关注对个别艺术——绘画、诗歌等——的结构，这些个别艺术由于这种结构就有资格作为审美价值的承担者而存在。因此，它变成了一般的艺术理论，变成了一种有关艺术及其价值的理论。"[1] 而事实性美学，即使是像费希纳、利普斯那样的卓有成绩的人也只不过把美学看作是一门"解释和描述"的科学。"没有一个人会否认这样一种事实论美学，或者它的研究范围所具有的重要性。但是，那些审美价值问题——有关哪些艺术作品具有审美价值，哪些艺术作品不具有审美价值的问题——却绝不是这样一些研究所能够解决的。难道我们真的能够通过民意测验来确定达姆施塔特市的圣母像更有价值，还是德累斯顿市的圣母像更有价值吗？""作为一门价值科学，美学试图发现希腊艺术的价值是由什么东西构成的，它的价值是普遍有效的呢，还是仅仅对于那些被人们看作是古典时代的时代有效，等等。""价值论美学所要研究的是：存在于希腊艺术之中的价值是什么？……"[2] 这样，盖格尔就通过事实论美学到价值论美学的转换，把美学研究的问题由文学艺术及其作品"是什么"转换为文学艺术及其作品"如何可能"具有审美价值。这种问题域的转换，不仅仅是研究对象的转换，更是思维方式的转换，由二元对立的思维方法转换为纯粹意识现象"生成论"的思维方法。这种思维方式的转换当然会对美学思想和文学思

---

① ［德］莫里茨·盖格尔：《艺术的意味》（*Die Bedeutung der Kunst*），艾彦译，北京：华夏出版社 1999 年版，第 30—32 页。

② ［德］莫里茨·盖格尔：《艺术的意味》（*Die Bedeutung der Kunst*），艾彦译，北京：华夏出版社 1999 年版，第 33—34 页。

想的现代转型产生重大的影响。这也是盖格尔创立现象学美学对德国文学思想现代转型的现实意义。

3. 文学艺术的审美价值在文学艺术作品之中

在创立价值论美学的过程之中，由于思维方式的转换，价值论美学及其文学思想的研究重点也发生了根本性转变：由社会研究、作家研究逐步转向了作品及其审美价值的研究。正是在这样的形势下，盖格尔的现象学美学的研究重点就是文学艺术作品中的审美价值，因此，文学作品、文学文本就成为了研究的重点对象。

在盖格尔那里，美学是关于审美价值的科学。它是一门科学，这就意味着知识是它的目标，而且它要运用一般的概念来达到这个目标。但是，美学科学的研究对象——审美价值——却抵制人们运用一般概念来领会它。对于其他科学来说，一般概念是知识得到规定的手段，因为这些科学对它们的研究对象所具有的那些一般特性感兴趣，或者说，它们至少试图把个别的东西当做某种一般形态的焦点来设想。"审美价值与这种一般概念的关系却与此大相径庭。在一个艺术作品之中，从审美角度来看具有意味的东西就是存在于艺术作品之中的个性——它是这个艺术作品所特有的、不属于其他艺术作品的东西。那存在于济慈的诗歌之中、舒伯特的抒情歌曲之中、瓦托的绘画之中的从审美角度来看杰出的东西，就是某种独一无二的、不能被还原成那些一般概念的东西。我们不能把这种个别的、独一无二的侧面看作是那些一般价值范畴——诸如和谐，对自然真实，表现深刻，等等——注意的中心。这些价值范畴所指的只不过是一个艺术作品所具有的、与其他一百个艺术作品的特征相同的特征，而不是这个艺术作品所特有的审美价值。"那么，人们就只有依靠直接的审美体验、审美直观、审美享受和审美快乐来进行美学研究："只有在直接体验中，在审美直观中，在快乐和享受中，研究这种个别的、独一无二的侧面的方法才是既定的。"[①]因此，美学既不能哲学化，对文学艺术及其作品进行一般概念的反思；也不能科学化，给文学艺术及其作品规定技术规范。所以，盖格尔既反对技术中心主义，也反对理性主义。他指出："仅仅透视画法和那些变幻莫测的形象并不能构成一个艺术作品。""由理智来认识只有哪种东西才是可以构造的，以及最重要的，由理智来作出判断，这是所有理性主义的特征。'法则'就是最高的权威。在十七世纪和十八世纪，来源于亚里士多德的关于时间、地点和活动的三一律是法国戏剧技巧的主要部

---

① [德] 莫里茨·盖格尔：《艺术的意味》（*Die Bedeutung der Kunst*），艾彦译，北京：华夏出版社1999年版，第36—38页。

分。在诸如高乃伊、拉辛、莫里哀这样一些伟大的戏剧家那里,这样一些法则只不过是他们的艺术态度的合法外衣而已。后来,它们就变成法国戏剧发展的障碍了。"①而每一个艺术作品所具有的审美价值都是独一无二的,它不同于任何其他艺术作品所具有的审美价值。因此,美学不应该,也不能够给文学艺术及其作品提供什么法则。"美学既不能代替艺术家那里的创造力量,也不能代替艺术评论家那里的艺术理解,或者代替享受艺术的人那直接的艺术体验。美学是知识;美学是对有关审美价值的那些法则所进行的分析,仅此而已。作为这样一种价值论美学——只要它不超越它那合适的界限,它就可以帮助艺术家自己制订出他进行艺术创作所要遵循的法则,并且帮助体验艺术的人自己确立他进行艺术体验所依据的背景。"②为了达到这种目的,心理学的研究就没有什么作用了,因为价值论美学的中心对象是艺术作品及其审美价值。盖格尔说:"对于作为一门事实性科学的美学来说,**每一种**创造都和其他任何一种创造处在同一种水平上:那些蠢笨的人的创造,业余艺术爱好者的创造,次要艺术家的创造,以及伟大的艺术家的创造,都处在同一种水平上。但是,对于作为一门价值科学的美学来说情况却不是这样。也许在业余艺术爱好者和伟大的艺术家那里,进行艺术创造的心理过程是相同的——也许一个在青少年时代就创作出一部小说的少女的心理过程与狄更斯和福楼拜的心理过程相同;无论如何,我们都不应当通过下面这种假定来进行研究,即在所有艺术家那里,这种心理过程或者相同,或者不同。重要的事实只在于,一个艺术家取得了伟大的成就,而另一个艺术家却没有取得伟大的成就——这正是价值论美学感兴趣的东西。因此,我们必须根据艺术作品,而不是根据艺术家来确定伟大的艺术家与次要的艺术家之间的区别。就这一点而言,艺术家心理学不可能作出什么贡献。"③换句话说,价值论美学要研究作为现象的审美价值,就必须研究艺术作品本身,而不能去研究艺术家的心理过程。这样盖格尔就把美学研究的中心由传统美学的世界和作者转向了作品和读者。这正是现象学美学的文学艺术思想的一个重要的历史贡献。在构成文学艺术的几个重要因素(世界、作者、作品、读者)之中,西方传统美学的文学思想就是注重世界和作者,这也就是"摹仿说"、"再现说"、"游戏说"、"传记说"、"移情说"等事实性美学和"心

① [德] 莫里茨·盖格尔:《艺术的意味》(*Die Bedeutung der Kunst*),艾彦译,北京:华夏出版社1999 年版,第 44 页。

② [德] 莫里茨·盖格尔:《艺术的意味》(*Die Bedeutung der Kunst*),艾彦译,北京:华夏出版社1999 年版,第 49 页。

③ [德] 莫里茨·盖格尔:《艺术的意味》(*Die Bedeutung der Kunst*),艾彦译,北京:华夏出版社1999 年版,第 51 页。

理学美学"的研究路径，它们在 19—20 世纪之交遭遇到了许多困难和障碍，而盖格尔的现象学美学就是要克服这些困难和障碍。这也与后来的英伽登的现象学美学是完全一致的，都是在促使西方和德国文学思想的现代转型和审美现代性转向。

（二）文学艺术与审美经验

为了更好地实现价值论美学的目标——分析研究作为现象的审美价值，盖格尔很自然地转向了审美经验与文学艺术及其作品的关系的考察。

1. 文学艺术的深层效果和表层效果

我们知道，现象学研究对象（客体）并不是把它们当做现实的实际存在来研究，而是把这种实在的"客体"悬置起来，对它们"中止判断"，让它们在纯粹意识之中呈现为"现象"，并在这种纯粹意识现象之中直观到本质。这就是现象学本质还原的方法。刘放桐等人所著的《新编现代西方哲学》对此这样综述："本质还原是在现象学的中止判断的框架中进行的，现象学的中止判断为直觉本质创造必要的条件。通过中止判断，我们的目光集中于什么是事物向我们直接显现的方面，这也就是说，我们达到纯粹现象。在这一基础上可以执行本质还原的第二个步骤：在对个别东西的直观的基础上使共相清楚地呈现在我们的意识面前。这是本质还原的正面步骤。"① 那么，在运用现象学方法研究文学艺术作品时，就必须把这个文学艺术作品放置在对对象（这个作品）的实在"中止判断"（"悬置"）以后的"审美经验"之中来进行直观，在这种直观之中由个别东西呈现出本质（共相）。因此，离开了审美经验，文学艺术作品就只不过是一堆物质存在，而在审美经验之中文学艺术作品才可能"具体化"为审美对象及其审美价值。

正是从这样的现象学方法出发，盖格尔既反对柏拉图等人的形而上学把审美经验理想化、神秘化的做法，也反对费希纳等人的心理学美学把审美经验简单化、世俗化的倾向，区分出审美经验的两个层次：深层效果和表层效果。他指出："人们公正的观察表明，艺术作品，或者所谓的艺术作品可以给人们带来与日常生活经验的效果完全不同的两种效果，我把这两种效果区分为艺术的**深层效果**和**表层效果**。由伦勃朗的一幅肖像画的内在的单纯性，由一座哥特式大教堂所具有的超人的特性，或者由莫扎特的一首回旋曲所具有的优雅的魅力而给人们带来的艺术效果——这些艺术效果都对深层的自我产生吸引力，并且把握它的深层本性。与这种艺术效果形式具有鲜明突出的区别的是另一种艺术效果：即艺术的表层效果。这种艺术效果本质

---

① 刘放桐等：《新编现代西方哲学》，北京：人民出版社 2000 年版，第 317 页。

上并不是一成不变的。它的很大一部分由一种我们可以称之为娱乐效果或者快乐效果的效果组成。也许，一出滑稽戏、一个实际生活中的笑话，或者一次滑稽歌舞剧演出确实能使我们得到娱乐。但是除了这种娱乐效果（或者叫做快乐效果）之外，艺术的表层效果还包括其他类型的效果。由一首情调感伤的民间歌曲激起的情感只能触及自我的表层。同样，存在于一出情节剧带来的激动，或者一个冒险故事那肤浅的紧张状态之中的快乐，总是存在于自我的表层激动之中的快乐，它距离艺术情感所具有的深层效果还很远。就这些艺术的表层效果而言，普通心理学理论是有道理的；这样一种艺术的表层效果是与那些存在于非审美领域之中的效果联系在一起的。它把艺术作品的心理意味和我们从打扑克、吃吃喝喝、赛马，或者从一场学生娱乐中获得的快乐并列起来了。"① 简而言之，在盖格尔那里，所谓艺术的表层效果就是指，那种以娱乐或快乐为目的的审美经验；而所谓艺术的深层效果就是指，那种能够吸引深层的自我和把握自我的深层本性的审美经验。他并不否定艺术的表层效果，但是，他更加看重艺术的深层效果。他指出："除了这些纯粹的快乐效果之外，这里还存在其他的艺术效果，而且正是这些艺术效果构成了艺术体验的高峰点。我们在观看西斯廷教堂天顶画的过程中所寻求的并不是快乐本身，而且我们希望从巴赫的《受难曲》（Passions）中所获得的也不是快乐本身。""美的意味并不存在于它的快乐效果之中"，"人们在艺术中寻求深层效果并不是为了追求快乐"，"人们追求的目标不是快乐，而是幸福"。"幸福——而不是快乐——本身是由艺术的深层效果造成的。"盖格尔把艺术的深层效果归结为一种幸福感，这是对英国经验主义美学的纠正，英国经验主义美学的最主要代表休谟就直接把美与快感联系起来，提出了"美即快感"。那么幸福是什么？盖格尔说："幸福是作为一个整体的自我所具有的一种整体状态，是一种充满着快乐的状态；它是从某种宁静状态或者某种崇高状态中产生出来的自我的完善——这种状态包含了快乐的各种条件，但是它本身却不是快乐。……幸福是一个人的状态，而快乐则主要是一个孤立事件的外衣。"②

从快乐与幸福的比较中，盖格尔指明了艺术的表层效果与艺术的深层效果的差别。在他看来，"快乐是生命事件的象征"，就这样一些快乐体验而言，人和动物是相同的；然而，幸福"主要是个人的一种状态"。因此，"只有艺术的深层效果才能达到

---

① ［德］莫里茨·盖格尔：《艺术的意味》（*Die Bedeutung der Kunst*），艾彦译，北京：华夏出版社 1999 年版，第 60—61 页。

② ［德］莫里茨·盖格尔：《艺术的意味》（*Die Bedeutung der Kunst*），艾彦译，北京：华夏出版社 1999 年版，第 62—66 页。

人的层次,才能达到自我的更深层的领域,并且因此把它们自身从快乐的层次转移到幸福的层次上。"① 换句话说,是艺术的深层效果才使得人从动物的层次上升到人的层次,也就是人的审美经验的深化。盖格尔具体地分析了这种转移和区别。其一,艺术的表层效果是主体对刺激的反应,而艺术的深层效果是主体对艺术作品的艺术价值的反映。艺术的表层效果是人们对一种刺激所作出的反应,艺术的深层效果"要求人们有意识地领会客体的艺术价值,它要求人们作'外在的专注'。"我们不是借助于"生命的"反应去享受丢勒的一座木刻所具有的那些精确的线条,而是通过使他进入我们的内在人格之中而领会这个艺术作品所具有的审美价值,接受它对我们的影响。"艺术的深层效果是存在于艺术作品之中的艺术价值的主观相关物"。因此,"艺术的深层效果是主体对这些艺术价值的反映——只有当这里实际存在主体的反映,也就是说,只有当体验艺术作品的主体确实实际领会并且了解了艺术价值所具有的这些特殊的特征的时候,主体对艺术价值的这种反映才能发生。"② 其二,艺术的表层效果是对生命领域的影响,而艺术的深层效果则是对人格领域的影响。二者之间没有高下之分,只有程度之别。因此,"艺术的表层效果和深层效果之间的区别,也就是艺术的接近审美的效果和艺术的审美效果之间的区别;就价值的深度而言,这些区别存在于审美领域本身之中。"③ 其三,艺术的深层效果交织融合了艺术的表层效果,而形成为一种全新的意味。盖格尔说:"虽然所有各种自己表现出来的艺术表层效果都是审美之外的效果,但是,却没有一种深层效果中不交织融合着那些生命效果,而且这种交织融合是必不可少的。""当这些生命效果和艺术的深层效果一道表现出来的时候,它们就变成新的,与原来不同的东西了。现在,它们不再单纯是这些生命成分;就它们的效果而言,它们已经不再是单纯的艺术的表层效果了;它们现在从根本上获得了某种全新的意味。"在这里二者相互作用,交织融合,不仅艺术的表层效果被吸收到艺术的深层效果之中去了,而且"更深刻的艺术效果同时也得到了表面肤浅的艺术效果的丰富和充实,被后者具体化了"。其结果就是"使它们互相强化,达到绝妙的美的顶点"。"只有引进那些充满生机的效果,人们才能够避免苍白无力,因为它们把有关完满充实和生命的特性赋予了审美经验。"因此,完美的艺术

---

① [德] 莫里茨·盖格尔:《艺术的意味》(*Die Bedeutung der Kunst*),艾彦译,北京:华夏出版社1999年版,第66页。

② [德] 莫里茨·盖格尔:《艺术的意味》(*Die Bedeutung der Kunst*),艾彦译,北京:华夏出版社1999年版,第67—68页。

③ [德] 莫里茨·盖格尔:《艺术的意味》(*Die Bedeutung der Kunst*),艾彦译,北京:华夏出版社1999年版,第69页。

作品不仅对于富有精神性和理智性的人具有吸引力，而且它还对人和生命的统一具有吸引力。所以，伟大的艺术家不仅必须具有精神上的深度，而且还必须具有完满的体验。"不论精神上的深度还是生命体验的完满，在艺术作品中都不可或缺，并且要发挥互相映衬的作用。"①其四，艺术的深层效果是各种艺术效果的核心，它使艺术能够作为艺术而存在。尽管要达到艺术的深层效果并不是一件容易的事情，但是我们也不能够把艺术的审美经验简单化为一种嬉戏、玩耍的"游戏"，所以，盖格尔反对庸俗化的"游戏说"，而主张"只有当我们像席勒那样改变了这个游戏概念的意义，使这种游戏可以包括人格领域的构造活动于自身之中的时候，'艺术即游戏'这个论断才真正是正确的。"盖格尔的结论就是："在真正的艺术中。自我不仅会由于一种'刺激'而运动起来（或者说，它会由于激动而自我活动起来），而且它还能够把握存在于客体之中的艺术价值，同时，它本身也在它那最深层的领域中被这些艺术价值支配了，从而使观赏者得到幸福。"②

盖格尔对审美经验的这种分析，把文学艺术作品的艺术价值的深层效果放在了审美经验的核心地位，使得审美经验在纯粹意识现象之中回到文学艺术及其作品本身——艺术价值的意向性对象及其主观相关物，从而纠正了文学艺术及其作品的事实性美学的主客体二元对立的思维方法，把主客体本身以及主体的生命效果和人格效果交织融合在一起，也就彰显了文学艺术作品的艺术价值及其审美经验的统一性和意向相关性。这应该是现象学美学的一个重要的贡献。

2. 对文学艺术的快乐和享受

在分析了文学艺术作品的审美价值（即艺术价值）"如何"（wie）在审美经验中呈现出来（即呈现为艺术的表层效果和深层效果）以后，盖格尔就进一步分析文学作品的审美价值"如何可能"呈现在审美经验之中，即文学作品的审美价值是由于审美经验的两种形式（审美快乐和审美享受）而呈现出来而存在的。这就是盖格尔所谓的"我们必须通过阐明审美价值的存在方式来开始对审美领域的研究"。③

盖格尔的现象学方法是强调人们能够通过"直接体验领会一个艺术作品的价值（通过听一首交响乐而领会其价值，通过阅读一部小说而领会其价值，通过观赏一幅

---

① ［德］莫里茨·盖格尔：《艺术的意味》（*Die Bedeutung der Kunst*），艾彦译，北京：华夏出版社 1999 年版，第 70—73 页。

② ［德］莫里茨·盖格尔：《艺术的意味》（*Die Bedeutung der Kunst*），艾彦译，北京：华夏出版社 1999 年版，第 74—76 页。

③ ［德］莫里茨·盖格尔：《艺术的意味》（*Die Bedeutung der Kunst*），艾彦译，北京：华夏出版社 1999 年版，第 79 页。

绘画而领会其价值)"。这是毋庸置疑的现象学方法，不过，现象学美学与一般的现象学方法有所不同。"美学却承认两种各不相同的直接经验形式"，"这两种经验形式就是'快乐'（或者叫做'喜欢'，即 Gefallen）和'享受'（Genussen）"。我宣布："这幅画使我感到快乐"，或者"我喜欢这幅绘画"。所谓"快乐""意味着某种内在的接受态度，意味着对这幅画的赞许"。"这种态度并不是一种从理智的角度出发表示赞许或者贬斥的态度，而是一种适合于情感的、前理智（pre-intellectural）的态度。"所谓"享受"，"是人们对艺术作品作出的情感反应。享受不是一种态度，而是一种事实开端。""从本质上讲，享受是被动性的。"快乐却是主动性的。"快乐是明智的，享受则是盲目的。快乐是人们由于客体的价值而快乐。享受则是人们对客体施加到他们的自我之上的效果的最终享受；每一种享受都是人们的自我的享受，它是由客体激发出来的。"① 简而言之，快乐是人们对艺术作品的肯定价值的一种主动的、适合于情感的、前理智的、明智的态度；享受则是人们对艺术作品的审美价值的一种由审美客体激发出来的、被动的、盲目的、面向事实开端的、自我的情感反应。

　　盖格尔认为，在审美经验中究竟是审美快乐还是审美享受更彻底地适应我们，"不仅有个人的性格气质，而且还有艺术的种类"来决定，但是"这两者之间的相互作用构成了审美经验"，而且到底以哪种作为审美经验的源头和主要方面就产生了各种不同的美学理论。以快乐作为出发点的美学可能是"客观论美学"，因为它"会通过研究审美价值来展开自己的研究"。然而，这种审美价值（美）的客观性可能出现三种情况。一种情况是，"现象学的客观性同时意味着审美现象不依赖于任何一种主体性。美所具有的现象学客观性也是一种广泛无边的实在。"这是柏拉图以及柏拉图主义者的理论。第二种情况是，"现象学的客观性并不意味着审美现象不依赖于**任何**一种主体性。美是一种依赖于主体的现象。美虽然不依赖于个别主体那偶然多变的本性，但是它却依赖于主体性本身：它是一种超验的主体性。"这是黑格尔的美学理论。第三种情况是，"审美价值的相对性是和它的现象学的客观性相一致的。美对于主体来说是不是客观的，这并不是一个有关本原的问题。因为美是一种主观的投射，还是一种本身属于艺术作品的特性，这个问题可以保持悬而未决的状态。我们几乎没有必要深入到那些个人之中，去调查他们赞同还是反对美的这种特性。美是存在于客观对象之中的某种东西，也就是说，美是客观的，这已经足够了。"

---

① ［德］莫里茨·盖格尔：《艺术的意味》（*Die Bedeutung der Kunst*），艾彦译，北京：华夏出版社1999 年版，第 80—82 页。

这就是盖格尔的现象学美学理论的出发点。不过，他的现象学美学是一种价值论美学。"当美学从快乐出发，并且把价值看作是艺术作品所具有的一种特性，它就必然会变成一门价值论美学。"①与客观论美学不同，"享受论美学也就是**关于效果的美学**。"这种效果论美学认为："艺术作品的审美价值就存在于它的效果之中"，"价值并不是客观对象所具有的某种独立的特性，它把价值规定为客观对象所可能具有的、从属于某一种效果的对这种产物的适应性"。利普斯的"移情说美学"和形形色色心理学美学就是这种效果论美学，也就是事实论美学。盖格尔指出，"由于把现象学的客观性与具体的客观性混为一谈，因此正像价值论美学在解释价值的过程中容易导致绝对主义那样，享受论美学更容易导致相对主义。"而且，在盖格尔生活的时代，享受论美学或效果论美学更加流行，而且这种效果论美学还把价值论美学变成了事实论美学。②盖格尔认为，混淆现象学的客观性和具体的客观性的那种"客观论美学"和"享受论美学"，虽然都有一定的道理，但是都是片面的。

在现象学美学看来，文学艺术作品的审美价值，虽然是存在于作品之中的，但是，审美价值并不就是那些构成审美价值的确定的特性本身，而是在审美经验之中"构成"或"生成"出来的，而审美经验绝不是单纯的"快乐"或"享受"，而是审美快乐和审美享受相互作用而形成的。盖格尔说："艺术作品本身是通过它的价值特性而被人们体验的，人们与艺术作品的这些价值的内在联系是审美经验的一个基本组成部分。"这样一来，"如果我们想领会审美价值，那么，仅仅描述艺术效果是不够的。"还要注意到引起人们快乐的"直接价值"或者由直接价值引起的"快乐"。盖格尔把价值分为直接价值和间接价值。所谓"直接价值"就是对象内在所固有的特性本身所具有的价值，而所谓"间接价值"则是对象作为使人们达到某种目的的手段才具有的价值，当人们达到了目的的时候，这种价值也就消失了。他认为"审美价值属于直接价值"。③也就是对象本身内在所固有的，能够直接引起人们的快乐的价值。因此，审美价值既可能引起人们的快乐，也可能使人们得到享受。文学艺术作品的审美价值就是在审美快乐与审美享受互相作用所形成的审美经验之中"构成"或"生成"出来的。这应该是对康德美学的一种继承和发挥。在《判断力批判》之中，康德实际上

① ［德］莫里茨·盖格尔：《艺术的意味》（*Die Bedeutung der Kunst*），艾彦译，北京：华夏出版社 1999 年版，第 83—85 页。

② ［德］莫里茨·盖格尔：《艺术的意味》（*Die Bedeutung der Kunst*），艾彦译，北京：华夏出版社 1999 年版，第 86—87 页。

③ ［德］莫里茨·盖格尔：《艺术的意味》（*Die Bedeutung der Kunst*），艾彦译，北京：华夏出版社 1999 年版，第 89—92 页。

把艺术作品仅仅当作一个"审美的心意状态"的意向性相关物,而艺术作品的美则是这种"审美的心意状态"的产物。康德指出:"在审美里面是纳在一单纯可感觉的关系——即是在客体的被表象的形式上面想象力和悟性相互协调的关系——之下","**美必须不按照概念来评定,而是按照想象力和概念机能一般相一致时的合目的性的情调来评定的。**"① 现象学美学接受了康德关于美(审美价值)产生于想象力和知性(悟性)的协调一致的自由和谐的"心意状态"的观点,并且把这种"审美的心意状态"看做是现象学的"本质还原"和"先验还原"的纯粹意识现象的状态,然而,它却对康德把审美判断转向"情感领域"持批评态度,因为在盖格尔看来,康德既是第一个把美学建立在情感基础上的人,也是把情感一般地引入哲学中来的第一人,而"在这里,'转向情感'对于审美经验来说是致命的——这种转变正是在这一点上在审美经验中导致了一种新的业余艺术爱好形式,这种业余艺术爱好形式成了上一个世纪和我们自己这个时代的特色"。② 盖格尔正是针对18、19世纪的心理学美学、享受论美学、效果论美学,提出了审美经验是审美快乐与审美享受相互作用形成的理论,力图使现象学美学避免启蒙现代性所带有的科学主义、理性主义、心理主义、自然主义的特征和倾向。这实质上就是与传统美学和文学思想告别,而使得美学和文学思想更加具有审美现代性,从根本上"回到文学艺术本身",即"回到文学艺术的实事本身"。

3. 对文学艺术的内在专注和外在专注

正是从这样走向审美现代性的意向出发,盖格尔批评了效果论美学,心理主义倾向,理性主义倾向,把它们都称之为"业余艺术爱好形式",而把持有上述这些观点的人称之为"业余艺术爱好者",因为这些观点和这些人都没有真正达到文学艺术的审美价值的本质,都没有真正"回到文学艺术的实事本身"。盖格尔这样来规定"业余艺术爱好":"不论在哪里,当一种不适合于艺术作品的体验被体验者本人出于业余艺术爱好而称为真正的艺术体验的时候,我们就应当谈论存在于艺术体验方面的业余爱好。因此,我们必须把在每一个艺术作品中寻找道德启示的人,把为了激起性冲动而阅读一部小说、观赏一幅裸体画、阅读一首诗歌的人,把那些设想自己正在体验审美享受的人,看作是业余艺术爱好者。"③ 因此,18世纪的理性主义者,他们

---

① [德] 康德:《判断力批判》上卷,宗白华译,北京:商务印书馆1964年版,第134、191页。

② [德] 莫里茨·盖格尔:《艺术的意味》(*Die Bedeutung der Kunst*),艾彦译,北京:华夏出版社1999年版,第95—97页。

③ [德] 莫里茨·盖格尔:《艺术的意味》(*Die Bedeutung der Kunst*),艾彦译,北京:华夏出版社1999年版,第99页。

把过多的注意力放在了文学艺术及其作品的"理解"的作用上,像英国的约翰逊博士时代,法国的伏尔泰时代,德国的高特雪特时代那样;19 世纪的心理主义者,各种各样的心理学美学的享受论美学、效果论美学,等等,都是所谓的"业余艺术爱好形式"或"业余艺术爱好者",而后者则是盖格尔所谓的"内在的专注的业余艺术爱好"形式。

盖格尔把审美经验从态度的角度划分为两种态度:**内在的专注和外在的专注**。所谓内在的专注就是指,在审美经验中人们专注于自己的情感享受之中,而不是审美对象的构成和特性本身的态度。比如,人们面对一幅风景画,"并没有专注于这幅**风景画**,与此相反,他们生活在由这幅绘画启发出来的情感之中。这幅绘画依然存在于这种真正的心理观点之外,但是这种心理观点却被引向了这种情感。我们享受的是这种**情感**,而不是这幅风景画。这幅风景画的存在只是为了引出情感,只是为了激发出情感。这种心理能量不是来自这幅风景画,而是来自这种情感本身——人们就生活在对这种情感的**内在的专注**之中。"所谓外在的专注则是指,在审美经验中人们专注于构成审美对象的结构成分本身的客观性的东西的态度。"当人们的注意力不是针对这种情感,而是针对那种客观性的东西时,他们就可以以一种完全不同的方式体验这幅风景画。在这种情况下,人们的专注方向所针对的是构成这幅**风景画**的那些结构成分。人们睁大眼睛观赏它,静观它的各个细节;人们领会上面的原野,上面的房屋,上面的树丛。这幅风景画不再存在于人们的观点之外——它就是人们的兴趣的中心,而且人们也向从它那里汹涌而来的东西开放自身。它唤起人们的情感,但是对这种外向的 (outwarddirected) 态度却没有什么干扰:他们就生活在**外在的专注**之中。"而且,盖格尔认为,这种外在的专注的态度就是审美的态度。他说:"只要审美经验不只是一种有关所有各种情感的中性的集合概念,那么,**只有外在的专注才特别是审美态度**,这一点是毋庸置疑的。只有在外在的专注中,艺术作品才确实能够表示某种特殊的东西;只有在外在的专注中,人们才能够根据艺术作品的结构的特殊性来领会艺术作品;因此,只有在外在的专注中,艺术作品才能够真正发挥它的效果。"① 这就是说,从现象学美学的观点来看,在外在的专注中,艺术作品真正地获得了属于它自己的地位,它自己把自己的构成审美价值的各种成分的特性呈现在观赏者面前,而对于在外在的专注中体验艺术作品的人来说,艺术作品的

---

① [德] 莫里茨·盖格尔:《艺术的意味》(*Die Bedeutung der Kunst*),艾彦译,北京:华夏出版社 1999 年版,第 102 页。

每一个细节都是重要的,他可以去直观体验艺术作品的整体效果。因此,"只有在外在的专注中,谈论一种适当的审美经验,谈论一种公正地对待艺术作品的诸价值的经验,才能确实具有某种意味。"①

盖格尔在这里划分出内在的专注和外在的专注的两种对待艺术作品的态度,就是要摒弃西方传统的文学艺术思想,把文学艺术及其作品从道德的、政治的、心理的、实用的等等非审美的目的和态度的"业余艺术爱好形式"的纠缠之中解放出来,"回到文学艺术本身"。因此,盖格尔对于18—19世纪的德国浪漫主义和后浪漫主义的这种内在的专注的"业余爱好"倾向进行了批评:"人们在内在的专注中并不认真地领会客观对象,而只不过是走马观花地对待它。这正是处于后浪漫主义时期的资产阶级所需要的。人们应当对艺术进行'再创造',而不应当仅仅发挥心理能力。以前那些时代所具有的宁静正在越来越多地消失。那些以前确立的贵族再也不聚集到一起听海顿或者莫扎特的奏鸣曲了,再也不去欣赏那少数拥有特权的伟大的艺术大师的绘画了;那些资产阶级的家庭在傍晚的时候也不再围坐在桌旁,阅读狄更斯的最新的小说或者海涅最新出版的诗集了。进行外在的专注所需要的沉着冷静已经烟消云散了。那些对这个时代的劳苦和忧虑已经感到厌倦的人,愉快地使自身沉湎于这种在他的内心之中激起的感情,把自身完全沉浸在这种感情之中,并且享受这种感情。荣格曾经把这些人划分为性格内向的类型。"② 这里虽然表现了盖格尔现象学美学的贵族化倾向和反对艺术的平民化立场,但是也确确实实地表明了现象学美学的审美现代性特征:回到文学艺术及其作品的实事本身,回到文学艺术的审美价值的本质。这种审美现代性恰恰就是对资产阶级世界的启蒙现代性的反思和批判。

4.对文学艺术的审美判断

对于审美经验,盖格尔不仅分析了其中的体验(艺术的深层效果和表层效果,即幸福和快乐),也分析了其中的态度(审美快乐和审美享受,外在的专注和内在的专注),还要进一步分析其中的判断,亦即审美经验的理解或知识形式。换句话说,在盖格尔那里,审美经验不仅仅是一种情感的内在深层效果的体验,也不仅仅是一种情感的外在的专注的态度,同时也是一种审美判断(审美的理解或知识形式)。他说:"我们对外部世界的全部理解都是从视觉、听觉、触觉、味觉等方面产生出来的,我们

---

① [德] 莫里茨·盖格尔:《艺术的意味》(*Die Bedeutung der Kunst*),艾彦译,北京:华夏出版社1999年版,第104页。
② [德] 莫里茨·盖格尔:《艺术的意味》(*Die Bedeutung der Kunst*),艾彦译,北京:华夏出版社1999年版,第110—111页。

那涉及外部世界的每一个论断,最终都能够直接或者间接地通过感知得到证实。感知是沟通我们和外部世界,以及外部世界和我们的大门。对于审美世界来说,与感知的功能相应的功能则是由快乐来执行的;每一个关于审美价值的论断都必须得到一个使人们获得快乐的事实的证明。"① 也就是说,在盖格尔这里,快乐为审美经验执行着感知为一般理解所执行的功能——把外部世界和我们沟通的大门。从这一点出发,盖格尔也就找到了区分审美判断与一般知识判断的切入点。于是,他就从感知和快乐的区别入手来分析和描述审美判断的特点。

盖格尔认为,感知具有"可交换性",它使科学成为可能;而快乐具有"不可交换性",即"独一无二性",它使艺术(审美经验)成为可能。他说:"我们借助于感知来超越我们自己;感知的可交换性使得科学有可能存在。动物——它的世界被封闭在它自己的感知范围之中——不具有这种作为科学基础的先决条件。"不过,在审美世界之中情况就不同了。"在人们体验审美价值的过程中,根本不可能用其他人的快乐来代替他们自己的快乐。每一个人都只不过是他自己而已;他就是他自己对一个艺术作品的审美价值的判断。……我们在审美领域中是唯我论者——对于我们来说,凡是我们自己没有体验过的东西都不存在,或者都不应当存在。"② 这样,盖格尔就由此规定了审美判断和审美趣味的个体性或独一无二性特点:"这种不可代替的人们对价值的领会,提出了第一个关于下列断言的论断,即每一个人都具有他自己的趣味。"由此还形成了审美价值的"独一无二性"和"非概念性",因为对审美价值的体验,不可能像人们关于外部世界的知识那样,"通过推理、类比、假设、计算来扩展它那关于世界的图画","三段论演绎推理作为一种手段,对于审美知识来说就像类比那样,几乎没有什么用处;只有一个人自己的快乐才是这样一种有关审美知识的手段。概念思维在建立审美价值的过程中没有发挥什么作用,正像康德在系统论述美的本质的时候早已指出的那样,'美是那不凭借概念而普遍令人愉快的'。"③ 盖格尔通过各种与快乐的区分达到了康德思辨分析的相同结论——美的非概念性。再进一步,盖格尔由此又推导出审美快乐和审美价值的"当下性"和"客观依据性"("客观性")。他指出:"每一个人都具有他自己的趣味只不过意味着:每一个人自己的快乐对于他的

---

① [德] 莫里茨·盖格尔:《艺术的意味》(*Die Bedeutung der Kunst*),艾彦译,北京:华夏出版社1999年版,第119页。

② [德] 莫里茨·盖格尔:《艺术的意味》(*Die Bedeutung der Kunst*),艾彦译,北京:华夏出版社1999年版,第120页。

③ [德] 莫里茨·盖格尔:《艺术的意味》(*Die Bedeutung der Kunst*),艾彦译,北京:华夏出版社1999年版,第122—123页。

价值来说具有决定性的意义；但是，与此同时它也意味着：每一个人都具有与其他人的趣味不同的趣味。"因此，"在审美的领域中，一个人自己目前的快乐是具有决定性意义的；它顽强地坚持它自己的存在的权利。任何一个人的其他快乐都不能取代它，没有任何一个推理能够代替它。任何一个人的其他快乐都不能驳斥它，这个时刻的快乐容不得任何矛盾。"① 尽管如此，盖格尔还是强调审美快乐、审美判断和审美价值的"客观依据性"（客观性）。他说："人们只有通过他们自己体验到的快乐才能领会审美价值；但是，他们对于快乐所持的态度却可以是有依据、有正当的存在理由的。这样，这种循环就被打破了，人们对快乐所持的态度就脱离了主观体验的领域，进入到自认为具有客观性的领域中去了。审美评价的态度并不单纯是接受；人们能够为它进行辩护——而且的确，它也需要辩护。""人们可以通过指出存在于艺术作品之中的价值成分——这种价值成分为审美快乐提供了依据——来为审美快乐辩护。"② 这样一来，审美判断同时也就具有了客观性。审美判断就不同于"享受了"一杯冷饮的陈述。"审美判断却是以一种不同的方式构成的；它是关于客观对象的特性的判断。'这幅画是美的'意味着，这幅画本身含有各种价值，这些价值赋予了我把美这种特性归之于这幅画的权利。下面这个断言与此形成了对照，即'这杯冷饮是好的'并不是一个关于这杯冷饮的判断，而是一个关于我的享受的判断。"在这里，盖格尔还批评了康德关于审美判断的个别性与普遍有效性之间的统一性的解释。他认为，康德的解释是错误的。"康德对审美判断的普遍有效性所进行的这样一种阐述，却充满了无法解决的矛盾。审美判断既被他假设成关于**一种**情感的判断，但是他同时又认为它具有普遍有效性。这怎么可能呢？"盖格尔认为没有所谓"普遍有效的情感"，他从审美判断是一种价值判断来解决这个矛盾。他说："我们的研究已经表明，康德观察得很正确，但是却阐述错了。关于美的判断确实提出了普遍有效性的要求。它之所以能够这样，是因为'这幅绘画是美的'这个断言在这幅绘画所具有的那些价值成分中寻找它的客观辩护理由。'这幅绘画是美的'这个审美判断并不是一个反思判断，而是关于人们通过快乐体验到的价值的判断。关于'令人愉快的东西'的判断则具有不同的本质。它最终要回到反思上去。'这种食物是好的'最终要回到下面这个事实上去，即它对于我来说味道鲜美可口。"因此，"快乐的审美态度允许客观

---

① ［德］莫里茨·盖格尔：《艺术的意味》（*Die Bedeutung der Kunst*），艾彦译，北京：华夏出版社1999 年版，第124—125 页。

② ［德］莫里茨·盖格尔：《艺术的意味》（*Die Bedeutung der Kunst*），艾彦译，北京：华夏出版社1999 年版，第126—127 页。

的辩护理由存在,与此相反,由于关于令人愉快的东西的判断的起源存在于纯粹的主观反应之中,所以它不允许客观的辩护理由存在。"① 由此再进一步,盖格尔就从有关"客观的辩护理由"的技巧不是推理,而是**分析**,达到了现象学美学的直观分析,也就是本质直观。这是现象学美学关于审美经验的一个重要方面。只有通过了现象学的直观分析或本质直观,人们对文学艺术作品的审美判断的个别性与普遍有效性才真正达到统一。也就是说:"一个艺术作品的全部价值都建立在这些个别价值基础上,而我们的分析则可以找出这些个别价值。在对快乐进行过分析以后,艺术作品所具有的价值本身就会作为一个统一体交流给我们。分析可以揭示出这里的全部价值所具有的根据:例如,它表明这种快乐得到了情境的鲜明生动或者词语的表现力量的辩护。"② 这就完全回到了现象学美学的本质直观还原的"直观分析"之中,达到了审美价值的本质。

对于审美经验之中的直观分析,盖格尔进行了比较详细的研究,把它分为三个阶段。第一个阶段是"人们对价值的潜在领会过程"。在这个阶段之中,"这幅绘画使我感到快乐,这首诗歌给我带来了某种印象——在这里,不存在我对这幅绘画或者这首诗歌中使我感到快乐的**那种东西**的任何确切的逻辑方面的理解。这是由'被体验的东西'构成的平面,一般的享受就是在这个平面上产生出来的。"第二个阶段是"分析、揭示、感受这些特殊价值的过程,因为艺术作品作为一个整体就是建立在这些特殊价值基础之上的"。在这个过程中,"为了能够胜任进行这样一种分析,人们需要进行长期的训练。但是,每一个有反思能力的人都能够做好这种训练的最初那些步骤。'这个面庞看上去多么引人注目啊!这种音乐变奏多么精彩啊!在这幅绘画中,集中表现那个单一形象的每一样东西的表现方式是多么美丽啊!'——这些由于认识和领会艺术作品的某些侧面所具有的价值而发出的感叹惊赞,就是这种分析的开端。"这种"分析**可以**存在于思维的领域之中;它可以找出一种又一种价值,并且因此把直接体验消耗掉"。但是,这种分析必须反复不断进行,直到达到一种新的综合并再一次回到直接体验上来。"对于那些从事艺术活动的人来说,分析有助于体验的不断深化;它任何时候都能在一个艺术作品中揭示出新的美,从而造成人们对一种新的综合统一体的体验。"接着当然就是第三个阶段——对这个"新的综

---

① [德] 莫里茨·盖格尔:《艺术的意味》(*Die Bedeutung der Kunst*),艾彦译,北京:华夏出版社 1999 年版,第 129—131 页。

② [德] 莫里茨·盖格尔:《艺术的意味》(*Die Bedeutung der Kunst*),艾彦译,北京:华夏出版社 1999 年版,第 132 页。

合统一体"的价值进行审美判断。这个审美判断就是普遍有效的。"这就是康德所谈到过的要求普遍有效性的基础：我确信我的判断是建立在那些艺术价值基础之上的，而对于我来说，那些艺术价值的普遍有效性是不证自明的。"① 这样一来，对个别艺术作品的审美价值的审美判断，在这种对艺术作品所具有的各种价值本身的直观分析和体验综合之中获得了普遍有效性的基础。这里的分析显然是一种富于艺术鉴赏能力和审美经验的美学家的经验之谈，尽管在说理方面并不是无懈可击，可是，大体上还是符合审美实际情况的。

综上所述，盖格尔以现象学还原的方法分析和描述了对艺术作品的审美经验的比较完整的大致过程。这个过程概括起来就是：审美体验（艺术的深层效果和表层效果，即幸福和快乐的交织融合）——审美态度（审美快乐和审美享受，外在的专注和内在的专注的相互作用）——审美判断，亦即审美经验的理解或知识形式（价值的潜在领会过程——分析、揭示、感受特殊价值过程——新的综合统一体产生）。从中我们可以看到，盖格尔对于文学艺术的审美经验的分析和描述是把艺术作品及其审美价值与观赏者的审美活动不可分割地联系在一起进行分析和描述的，把艺术作品的审美价值的各个方面的构成及其呈现与观赏者的直接体验的直观活动紧密联系在一起进行分析和描述的。这样就回避了西方传统美学的二元对立的思维方法的弊病，把美学思想和文学思想纳入了现象学的本质直观还原和先验还原的思路之中，对于文学艺术的审美经验做出了一些比较深入和细致的研究。这些研究对于西方和德国的文学思想转向审美现代性起到了比较大的推动作用。

（三）文学艺术的各种价值意味与价值判断

众所周知，现象学哲学的最终目标是"面向实事本身"，或者准确地说，"回到实事本身。"要达到这个目标，现象学家认为，必须采取现象学还原的方法——"悬置"作为实在的对象（客体），对它"中止判断"，让它作为"纯粹意识现象"呈现在直观面前，从而还原为或呈现为本质，确定其"被给予性"（自明性），最终指向"先验主体性"，也就真正地"回到实事本身"了。因此，胡塞尔反复强调现象学是关于纯粹意识现象及其意味构成的本质的学说："认识批判的**方法**是现象学的方法，现象学是一般的本质学说，关于认识本质的科学也包含在其中。"（《现象学的观念》）② 现象学

① [德] 莫里茨·盖格尔：《艺术的意味》（*Die Bedeutung der Kunst*），艾彦译，北京：华夏出版社1999年版，第133—135页。

② [德] 埃德蒙德·胡塞尔：《现象学观念》，倪梁康译，夏基松、张继武校，上海：上海译文出版社1986年版，第7页。

是"唯一真正严格意义上的科学性的意义上的严格科学","它是一种在反对前科学的和科学的客观主义的斗争中回到**作为一切客观意义的授予和对存有的认定的最终所在地的认知的主体**中去的哲学。它企图把现存的世界理解为意义和有效性的结构，并且以这种方式寻求创建一种本质上新型的科学的态度和新型的哲学。"(《欧洲科学危机和超验现象学》) 它面向的是这样一个事实："意识生活是一种**进行造就的**生活，它 (不论正确还是错误) 造就了存有的意义。这既包括造就被感性地直观到的存有的意义，也包括造就科学的存有的意义。"① 如此看来，现象学还原不仅仅要达到本质直观还原，让对象在纯粹意识现象之中直观地呈现为本质，而且要达到先验还原，使对象的存在 (存有) 的意义追溯到它的先验根源——先验主体性。正如《新编现代西方哲学》所说："先验还原用以解决形而上学的问题，即存在之为存在的问题，有关存在本身的最一般的规定性的问题。按照胡塞尔的观点，世界 (这里指意识的意向的对象总和) 的本源是先验的主体，世界是由先验的主体构成的。先验还原是指把那种有关世界是自在地、客观地存在的观点还原为世界是相对于先验的主体而存在的观点。先验的还原是一条通向先验的主观性的道路。"② 盖格尔就是把现象学还原方法彻底地运用到美学研究之中。因此，在确立了美学研究作为现象的审美价值的科学以后，就在审美经验之中来还原审美现象及其价值的构成和结构，最后还要追溯到它的最终根源——人类存在的先验主体性，从而揭示文学艺术及其作品的"意味"——审美价值所意指的人类存在。因此，《艺术的意味》的第三编就是：审美价值与人类存在。

1. 文学艺术的精神意味

在现象学美学看来，文学艺术及其作品的审美价值并不是一种自在地、客观地存在的实在，而是一种"纯粹意识现象"，因此，它就是具有精神意味的现象，而且是一种意向性对象，即一种意向性构成物或意识相关物。在这种语境之中，文学艺术及其作品的精神意味当然也就不是自在地、客观地存在的、对象所固有的东西——意义，而是意识的构成物，意识所意指的相关物，即意向性构成物——意味。所以，我们认为，把"Die Bedeutung der Kunst"翻译为"艺术的意味"就是比较准确和贴切的。这样就把 bedeuten 和 Bedeutung 的"意向性"和"意指性"给揭示出来了。

从这样的意义来看盖格尔所谓的文学艺术及其作品的"精神意味"就是一目了

---

① [德] 埃德蒙德·胡塞尔：《欧洲科学危机和超验现象学》，张庆熊译，上海：上海译文出版社1988 年版，第 108、119 页。

② 刘放桐等：《新编现代西方哲学》，北京：人民出版社 2000 年版，第 319 页。

然的了。正因为如此，盖格尔就把"艺术的精神意味"归结为"艺术作品的效果的问题"，"艺术作品的这些效果只有从艺术作品的各种审美特性之中才能产生出来；这个问题是关于艺术那独立自足的效果的问题。"在这里，盖格尔明确地提出了"审美现代性"的问题。他认为，这个问题的提出相对来说是艺术发展"已经比较晚的阶段"才被提出来，也就是到了 18—19 世纪之交的启蒙主义后期和德国古典美学（康德、席勒、谢林、黑格尔）那里"才在艺术所具有的实际文化意味中获得了客观的背景"。因为在此以前，艺术还不具有独立自足性，它们在为"宗教和装饰"这样两种目的服务。从那些原始人的宗教舞蹈、纵酒狂欢、诸神雕像、充满魔力的符咒，从我们可以通过品达的颂诗和希腊悲剧，通过斐迪阿斯创作的《宙斯》，通过宗教的赞美诗和佛的各种雕像追溯出来的下降的线索，到中世纪的建筑，对圣母玛利亚的赞颂，以及那些小教堂，都可以看到艺术为宗教服务的情况。同样，人们的家具、衣物、房间所具有的装饰意味，即使在洛可可时代，作为一种装饰的艺术，其功能也已经突出地表现出来了；人们主要用绘画来装饰淑女贵妇的住所，或者用来装饰集权者的宴会厅，交响乐必须符合沙龙的模式框架，歌剧则被用来为节日庆典增添光彩，也都表明了艺术的装饰目的。而且，在历史上一直存在着只以人们的享受为目的的艺术。这种情况只是到了现代西方才慢慢有所改变。"与受其他目的束缚的艺术相比，艺术只是在最近一百年之内才摆脱了其他的任何目的，作为一种独立的力量突出地表现在人们面前。"[①] 由此可见，盖格尔实在是为了突出文学艺术及其作品的独立自足性和自律性，也就是为了强调文学艺术及其作品的审美现代性，而来考察文学艺术的精神意味的。这种提出问题的方式和倾向就给西方和德国的文学思想和美学思想注入了新的生命力和新的思路。

按照这样的思路，盖格尔从两种不同类型的艺术效果——艺术的深层效果和艺术的表层效果来谈艺术的精神意味，并且指出，"只有艺术的深层效果才能吸引住我们的兴趣，当我们研究探索艺术的意味时，只有它应当得到我们的考虑。"不过，盖格尔并不认为这种艺术的深层效果的"艺术的意味"就是所谓的"它把我们从那由日常生活构成的世界中解放出来，使我们能够超越日常生活的忧愁烦恼"。这大概是针对当时流行的叔本华的美学而言的。盖格尔认为，"人们不会否认，艺术确实履行了这样一种把人们从日常生活的世界之中解放出来的使命。但是，把这样一种使

---

① ［德］莫里茨·盖格尔：《艺术的意味》（*Die Bedeutung der Kunst*），艾彦译，北京：华夏出版社 1999 年版，第 140—141 页。

命揭示出来并没有把握这个问题的关键。'从日常生活的世界之中解放出来'——这句话表述的完全是某种否定性的东西；它指出我们摆脱了某种东西，但是，它却没有指出艺术所特有的功能是什么，也没有指出那些属于艺术，而且只属于艺术的价值的意味是什么。"同时，盖格尔也不同意尼采的观点。尼采认为，艺术并不像其他学说所认为的那样使人从日常生活那些琐碎的忧愁烦恼之中解脱出来，而是使人从那种深刻的、终极的痛苦中解脱出来。这种痛苦是年轻的尼采在叔本华的影响之下感受、考虑到的存在的本质。在艺术中，最初的意志把自身从它的痛苦之中解脱出来，而这就是人们从形而上学角度对艺术提出的辩护。因此，只有那些对深不可测的存在和对有限的形而上学悲哀有所认识的人，像希腊人那样的人，才能够以一种恰当的严肃态度来研究艺术；因为只有那种洞察了存在的那些最初的矛盾的人，才真正需要通过艺术的中介寻求解脱。艺术通过把美的外表覆盖在这个世界的深不可测之上而使这种人获得解脱。它运用魔法，在他面前召回那些存在于史诗和雕塑之中的荷马式的诸神的宁静安详；它把个别的主体抬高到那存在于抒情诗歌之中的超个人的领域之中去；而且，它在悲剧中把这两种效果统一起来。对于尼采的这种观点，盖格尔也不以为然。他认为，"尽管这种理论既具有形而上学的深度，也具有艺术的深度，但它仍然没有确切地说明在艺术中审美的东西是什么。人们也许会承认，艺术是通过假象向人们提供解放的。但是，希腊艺术却不仅仅是假象；它是美的假象，是从审美角度来看有价值的假象。"而他自己的结论就是："只有通过从内部回到艺术的各种价值上去，通过努力为它们对心理来说所具有的特殊意义寻找基础来确定这种意味。"于是，盖格尔根据各种审美价值和艺术价值的价值内容，把它们分成三组："形式价值"、"模仿价值"、"积极内容价值"，来分析文学艺术及其作品的这种深层效果的"精神意味"。①

盖格尔实质上就是以现象学还原的方法"回到文学艺术及其作品的各种价值本身"来研究这种审美价值和艺术价值所意指的"意向性构成物"，也就是"精神意味"。换句话说，他就是要探索那种构成这种意向性构成物（精神意味）的可能性——先验主体性。因此，现象学美学的旨归并不是文学艺术及其作品的外在表现，而是文学艺术及其作品的内在构成基础，也就是人类存在的先验主体的构成力量。这就把文学思想和美学思想的研究方向由静态研究转向了动态研究，由单纯的外在客体

---

① ［德］莫里茨·盖格尔：《艺术的意味》（*Die Bedeutung der Kunst*），艾彦译，北京：华夏出版社1999年版，第142—145页。

研究或内在主体研究转向了在纯粹意识现象之内的主客体一体化研究。这也就是把文学思想和美学思想转移到了审美现代性的立场上。

2. 文学艺术的各种价值意味的位置

盖格尔从审美价值本身的分组来分别阐述文学艺术及其作品的审美价值的意味，也就是分别阐述了审美的形式价值、模仿价值、积极内容价值的意向性构成。

盖格尔认为，所谓审美的"形式价值"就是指"有关对称与和谐、节奏与平衡、比例和多样性的统一的事实"。这是一个首要的价值原理，因为"那些没有获得统一和形式的艺术和自然美是没有立足之地的"。这种形式价值在艺术之中具有三重意味。盖格尔说："我们应当指出，存在于艺术之中的和谐律动具有三重意味。"① 形式价值的第一种意味就是形式构造的秩序功能："存在于形式构造之中的给人印象深刻的秩序的功能"。"和谐律动原理所具有的特殊意味，就存在于它把秩序和连接方式赋予事物这个事实之中。这种和谐律动就存在于这种赋予事物秩序和连接方式的**功能**之中——这就是它最原始的审美意味。"盖格尔举例指出：从审美的角度来看，诸如"Tal, Glanz, mal, ganz"（山谷，光辉，一次，全部）这样一些押韵的语词，在没有秩序，没有任何组织的情况下一个又一个地列举出来根本没有什么意义，尽管在这里也有重复存在。但是，当它们把秩序和形式赋予一个富有意义的整体的时候：丛林和幽谷，/ 又充满了静谧朦胧的辉光；/ 我的整个心灵，/ 再次获得了期待已久的解放。（歌德：《在月亮旁》）这种节奏韵律系列就获得了深刻的艺术意味。"不论在哪里，和谐律动所具有的基本功能都包含在节奏韵律之中：这就是秩序和连接方式。"这就形成了第一种心理意味："对于自我来说，它改变了那可以赋予秩序的东西，**使之从一团异己的混乱的东西变成了一种可以被自我把握的东西。**"由于审美的理解是直观性的，"在审美感知中，我们直接面对客观对象，让它进入到我们的内心之中，并且把我们自己完全交给他。"因此，我们作为观赏者就会产生一种"自我肯定之中的幸福情感"，这种"存在于自我肯定之中的幸福情感正是从这种克服某种异己的东西的紧张状态中显现出来的。这就是存在于审美过程之中的最终的服从与纯粹自我的最终被抹杀之间的相互影响，自我通过这种相互影响就可以更深刻地战胜客观对象。"为了能够把握对象，自我必须使客观对象构成为具有秩序和连接方式的意向性对象，我们才能够说战胜了它，领会了它。"只有把这种客观对象组织起来，使它们变得富有

---

① ［德］莫里茨·盖格尔：《艺术的意味》（*Die Bedeutung der Kunst*），艾彦译，北京：华夏出版社1999年版，第145页。

节奏韵律——这可以使我们以最统一的领会去洞察和理解最混杂的东西——我们才能领会它。"①

盖格尔既不同意 17、18 世纪的理性主义，也不同意 19—20 世纪之交的非理性主义，而以现象学方法强调了审美的体验性。他认为，有一点具有决定性意义，这就是："知识可以具有、也可以不具有'主观意味'；'主观意味'可以影响自我的'存在'，影响它的'实质'，影响它的'实在'，也可以完全在自我的周围回旋往复。从那种最外在的、纯粹理智的知识，到那种完全重建，或者完全摧毁一个人的存在的知识，这之间存在着所有各种层次。"而审美知识却不是纯粹理智的知识。"对于理智知识来说，它的最终目的是使人通过概念来把握客观对象。"然而，"对于审美感知来说，人们对客观对象的把握、洞察和静观，只不过是用来达到目的的手段。审美客体必须获得主观意味，并且影响自我的存在，它必须'得到人们的体验'，而不仅仅是被人们所了解。我们在日常生活中也可以了解到空间是有深度的；的确，每当我们睁开眼睛的时候，我们都可以看到空间的深度。但是，艺术却与这一点不相一致。人们必须'体验'空间的深度。就一座教堂的内部而言，艺术家按照同样的间隔把高度相同的一根又一根圆柱排列起来，并且用穹窿把它们连接成为一体；观赏者的眼睛被引导到空间的深度之中；通过相互交叉和间隔、比例，他把这种空间的深度当作充实完满的东西来概括观察，这样，这种空间的深度就得到了观赏者的体验——就像观赏者在其他情况下体验空间的狭窄或者宽阔那样。"②换句话说，审美感知必须具有"主观意味"，也就是审美客体必须被观赏者体验到。这样在人们的审美体验之中，审美客体就获得了主观意味，对于人具有了存在的意味，也就是成为了"意向性对象"而具有存在的意味。就是由于和谐律动秩序这种形式价值本身的"意味——和谐、统一、平衡，它们就构成了自我的最深刻的需要。每当客观对象通过这些形式表现出来的时候，它都能够使自我的这些需要得到满足"。因此，形式价值的"这种审美效果深入到了一个更深的层次，它触及了主体**本身**，触及了主体的存在、主体的实质、主体的实在"。③

从以上这些分析中，我们可以看到，在盖格尔那里形式价值的三重意味似乎可

---

① [德] 莫里茨·盖格尔:《艺术的意味》(*Die Bedeutung der Kunst*)，艾彦译，北京：华夏出版社 1999 年版，第 146—150 页。

② [德] 莫里茨·盖格尔:《艺术的意味》(*Die Bedeutung der Kunst*)，艾彦译，北京：华夏出版社 1999 年版，第 151—153 页。

③ [德] 莫里茨·盖格尔:《艺术的意味》(*Die Bedeutung der Kunst*)，艾彦译，北京：华夏出版社 1999 年版，第 153—154 页。

以说是：形式赋予审美对象秩序和连接方式构成意向性对象——观赏者体验到意向性对象的统一体——触及审美主体本身、主体的存在、主体的实质、主体的实在；这是一个审美客体和审美主体在纯粹意识现象之中双向建构的过程，在这个过程之中，审美客体通过审美的形式价值意味构成为一个审美统一体，而审美主体也同时达到了审美体验之中直接直观到了审美的形式价值的意味，从而使主体本身真正达到了自己的实在、自己的实质、自己的存在，也就是达到了先验主体性。这种先验主体性提供了构成审美对象的形式价值的主观意味，审美对象就在这种主观意味之中构成了一个意向性统一体，这种意向性统一体克服了对象的异己性而成为审美主体的体验之中的意向性相关物，最终就可以达到先验主体本身，显现出了这种先验主体的存在本身，彰显了人的存在的本质。

在盖格尔那里，所谓审美的"模仿价值"就是指，"按照客体原来的样子再现客体，不加以任何美化、深化、风格化"的事实。他并不完全赞同西方传统美学思想和文学思想的"摹仿说"，因为这种理论观点不能适用于一些非模仿的艺术，比如建筑、音乐、装饰艺术、舞蹈等，也不能适合于各个不同时代和不同民族的艺术，比如，人们既不能使它适合于埃及艺术，也不能使它适合于希腊艺术；既不能使它适合于文艺复兴时期的艺术，也不能使它适合于巴洛克艺术——的确，它根本不能适合于任何一种艺术流派。但是，他从现象学美学的角度看到了模仿艺术的艺术价值或者艺术的模仿价值。由于现象学美学把艺术作品及其审美价值视为一种意向性对象，因此，它并不是一种现实的实在，当然也不能要求模仿艺术与现实世界完全一样，倒是艺术的模仿价值使得艺术本身也具有了特殊的艺术意味。盖格尔指出："不论人们在哪里发现了模仿艺术，它的艺术价值的某种成分也存在于摹仿本身这个事实之中，存在于一种没有理想化的摹仿之中，它只不过想按照客体原来的样子再现客体，不加以任何美化、深化、风格化。"我们可以看到，盖格尔所谓的"摹仿"就是一种构成艺术意象的意向性活动。因此，他说："我们可以把一个现实的形体和任何一种忠实于自然的意象进行比较；在这里，色彩和形状，姿态和运动，生命和形式，都真正以一种直截了当的、生动逼真的方式被再现出来了。这种意象具有实在所根本不具有的对主观意味的某种强化。这种意象具有实在所根本不具有的一种能力，可以使人们通过他们所看到的东西的充实完满和质的存在，更纯粹地体验这种东西。"因此，通过这种摹仿的意向性构成活动就确立了模仿艺术的意向性构成物——强化了"主观意味"的意象。"这样，意象本身从一开始就具有了某种艺术价值，即使当它摒弃了对内容的任何构造、对客观对象的选择、理想化，或者艺术观念的时候，情况依然是如此。从心理学的角度来说,这种意象可以比人们所谓的实在更真实。"这就是说,摹仿作为一种意向性构成活动,它本身就具有艺术价值和审美价值,因为它以"意象"构成了一个新的意向性对象世界——具有主观意味的艺术世界。"因此,艺术家的构造性任务(即使在模仿理论的框架之中,人们也是以这种方式来理解,他们根本不关心艺术家所做的意象性解释)仍然是:艺术家不能根据他自己的意愿创造他的意象,而必须通过这样一种方式构造它,使人们能够以纯洁的、富有强度的心境去体验它再现的东西。"①

他还以诗歌(文学)作为例子专门论述了纯粹模仿的艺术价值和审美价值。他说:"纯粹模仿所具有的价值隐含在所有各种模仿艺术之中;它还决定了诗歌所具有的那些基本价值。"因为,诗歌(文学)是通过语词来构成"意象"的,所以诗歌(文学)之中的"意象"就不是严格意义上的意象,诗歌(文学)并不能像绘画艺术那样直接复制再现"各种事件、事变以及可见的客观对象","在这里,诗歌表现出来的并不是形象的东西,但是却把我们放在这样一种位置上,使我们从内部和外部都把这个情境'形象化',并且强烈地体验它。读者所具有的客观反应和主观反应被提高到体验的最高实在的地位;这种体验无论何时何地都是有关**存在的**(existential)。也许我们可以把这一点称为'可见的东西'——它是可见的东西,但却不是一幅图画。我们还可以更明确、更尖锐地把这种对于可见的东西的要求系统表述出来:诗歌必须尽最大的可能通过它的表达向读者提供丰富性或者'饱和性',以便他们的体验的丰富性能够尽最大可能从它那里产生出来。对于实现这种丰富性来说,这种如画的特性是一种手段——是许多手段之中的一种手段。要想使它成为实现丰富性的唯一手段,就必须限制并且误解诗歌的意味。存在于歌德的诗歌之中的这种情境并不是如画的情境,但是,它在最高层次上来说却是丰富的。在一部文学艺术作品之中,每一种客观对象、每一种情境都必然能够以同样的方式、通过丰富性而被表现出来;在这个时候,人们对它的领会就可以产生那种对于全部艺术感知来说都是不可或缺的、关于存在的体验。"② 在这里,盖格尔对于文学作品的构成艺术形象(意向性对象)的特殊性——我们一般所谓的"形象的间接性"——作出了"意向性"的解释,也就是说,文学作品虽然不能像绘画那些直接再现和复制客观对象,但是他可以通过自己所特

---

① [德] 莫里茨·盖格尔:《艺术的意味》(*Die Bedeutung der Kunst*),艾彦译,北京:华夏出版社 1999 年版,第 155—156 页。

② [德] 莫里茨·盖格尔:《艺术的意味》(*Die Bedeutung der Kunst*),艾彦译,北京:华夏出版社 1999 年版,第 156—158 页。

有的方式,以"体验的丰富性或者饱和性"把读者引向关于存在的体验,从而实现文学(诗歌)的审美的模仿价值意味。这是文学艺术及其作品的模仿价值的第一种意味,也就是单纯地再现客观对象的模仿艺术的价值意味,它主要体现在现实主义和自然主义的艺术流派的文学艺术思想之中。

但是,盖格尔认为,这一种模仿价值的意味并没有把模仿的意义发挥殆尽,"即使严格的现实主义,也几乎从来没有使自身局限在通过客观对象那赤裸裸的存在来再现客观对象这个范围之内;它还向更深的层次前进,不仅试图再现存在,而且还试图再现存在的本质。"① 在辨析了理想主义艺术理论把本质混同于"理念"、"理想"对本质概念的"讹用"之后,盖格尔对文学艺术及其作品的模仿价值的意味——对本质的表现进行了分析,并且认为"这就是存在于模仿方面的第二种价值成分:对本质的表现雄踞于单纯地再现客观对象之上。"值得注意的是,盖格尔所谓的"本质",并不是柏拉图那样的一成不变的、预先存在的"共相"——理念,也不是黑格尔那样的抽象存在的、自我矛盾运动的"本原"——绝对精神(理念),也不是亚里士多德那样的某个种类所具有的"共性"——形式因,而是现象学的"本质",即直接呈现在纯粹意识现象之中的"实事本身"。这种作为纯粹意识现象的"实事本身"的"本质"可以通过完全不同的方式表现出来。例如,即使在一幅现实主义的肖像画中[诸如弗兰斯·哈尔斯的《希尔·巴勃》,戈雅创作的西班牙王后像,以及萨拉库(Sharaku)创作的一个男演员的肖像等],"普遍的东西也通过恰到好处的偶然的东西表现了出来,本质的东西也通过个别的东西表现了出来。"因此,"就真正的肖像艺术而言,即使在它表现个别人、表现最个别的个别人的时候,它也使某种本质的东西显现出来。试图在普遍的类型中——也就是说,在对于作为某种规范的所有的人都相同的东西中——找到本质的东西是愚蠢的;每一个个别的人,每一把个别的椅子或者工具都具有它自身的本质。而且,艺术可以表现任何一种一般的、典型性的以及个别的本质。"因此,对于现象学美学来说,本质就是直接呈现在纯粹意识现象之中的"实事本身"或"事物本身",或者简而言之就是直接呈现在直观面前的纯粹意识现象本身;只要这个对象(客体)在纯粹意识现象之中呈现出自己本身,或者作为纯粹意识现象呈现出自己本身,这种纯粹意识现象就是事物(对象)的本质,不管它是一般的、典型性的,还是个别的。正是从这样的现象学本质观出发,盖格尔充分肯定了文学

---

① [德] 莫里茨·盖格尔:《艺术的意味》(*Die Bedeutung der Kunst*),艾彦译,北京:华夏出版社1999年版,第159页。

艺术及其作品的模仿价值的再现本质的意味。他指出:"每一种再现——不仅在绘画方面,而且也在史诗和戏剧方面——都表现了这种本质,表明这是一个男人而不是其他什么东西。但是不仅如此,每一个值得人们花时间欣赏的故事或者戏剧,都不仅表现了人的本质、各种情境的本质、人们之间的相互关系的本质,以及各种事件的本质,而且还表现了人们在其中发现所有这些东西的这个世界的本质。在每一出戏剧、每一个故事背后,都存在着没有表达出来的意思:'生活就是这样,世界就是这样'。"①

与此同时,盖格尔还进一步指明了这种模仿价值的再现本质的双重意味。他说:"这种存在于艺术作品之中的本质所具有的精神意味是什么? 它是双重的:首先,它具有一种与和谐律动原理所具有的意味相似的意味,这是一个形式的侧面;其次,它还具有一个与艺术作品的内容相联系的侧面,这种意味与意象原理所具有的意味处在同一个平面上。"从形式的侧面来看,艺术再现本质的精神意味就是使得本质呈现为可以直观的"现象"。"例如,在那些现实主义肖像画中,本质的东西是通过特殊的东西显现出来的;我们通过它们来领会这个主体的本质和存在的统一体。从这种观点出发,这种直接的本质在审美经验中具有一种与概念性本质在知识中所具有的功能相似的精神功能。"从内容的侧面来看,艺术再现本质的精神意味就是使得艺术作品的内容的本质变成可以感知的、被表现出来的东西,并且从形式的感知上升到内容的体验。在这个过程中,"审美感知不仅仅是认识;它还是体验过程。在审美感知中,人们并不是从理智的角度客观地领会这种本质的;它获得了主观意味,它被带到我们面前并且得到我们的体验。"

最后,盖格尔还更加强调了艺术再现本质的模仿价值意味。他说:"表现存在和再现本质都属于模仿领域,因为本质也**存在于**事物之中。但是,与单纯的表现存在相比,艺术家的创造性活动在再现本质的过程中显得更重要、更意味深长。"因为,"艺术家拥有探矿杖 (divining rod),它可以向他表明这种本质的生命源泉的源头;每一个艺术家拥有的探矿杖都各不相同,因为每一个艺术家所发现的都是事物本质的不同侧面。"②像盖格尔这样来理解"文学艺术反映本质"的命题,就把西方传统文学艺术思想的"摹仿说"的意蕴,不仅大大地扩展了,而且建立在现代本质观的基础上,

---

① [德] 莫里茨·盖格尔:《艺术的意味》(*Die Bedeutung der Kunst*),艾彦译,北京:华夏出版社 1999 年版,第 160—161 页。

② [德] 莫里茨·盖格尔:《艺术的意味》(*Die Bedeutung der Kunst*),艾彦译,北京:华夏出版社 1999 年版,第 162—165 页。

赋予古老的"摹仿说"以新的生命力，而不是简单地全盘否定它。

所谓文学艺术及其作品的"积极内容价值"就是指，"由那存在于它（审美的东西）的最深刻的本质之中的至关重要的生命内容和精神内容构成的"事实。它是比纯粹的模仿更进一层的价值，而且是更加具有积极意义和肯定意义的价值，具体说来就是："从审美的角度来看，每一种能够使我们从中感受到人类的力量、人类的完美、人类的丰富、人类的文雅的精神性的和至关重要的生命的东西都是有价值的；所有内部贫乏空虚、软弱琐碎的东西，在审美价值方面都是低劣的。"①

盖格尔把文学艺术及其作品中的这种肯定性、积极的精神成分和至关重要的生命成分称为"建筑学成分"（archithectonic），并且认为，这种"积极内容价值"在非模仿性艺术之中首先表现出来，并且扩展到模仿艺术的领域之中去。他指出："所有那些模仿性的艺术——诸如建筑和音乐——都从这个事实推导出它们的价值。使这些艺术得以超越空洞的形式游戏的，正是这些精神成分、至关重要的生命成分，以及它那富有特色的价值。从建筑学的角度来看，一根只表现软弱无力的支撑力的圆柱是没有什么价值的；从音乐角度来看，一个普普通通的表现主题也是低劣的。同样，这些精神成分和至关重要的生命成分也决定了所有自然美、美的形体，以及美丽的风景所具有的价值。不仅如此，它们还把它们的王国扩展到模仿艺术的领域之中去了：所有理想主义都认为这个世界的本质是人们从肯定的角度美化了的东西；在它看来，只有那些包含了积极的精神成分和至关重要的生命成分的东西，才值得艺术去摹仿去表现。"②

这种"积极内容价值"也有两个侧面：一个是客观对象的内容的侧面，另一个是艺术的表现方式和艺术观念的侧面。他说："存在于被表现出来的客观对象的内容之中的精神成分只不过是存在于这个艺术作品之中的精神成分的一个侧面；存在于表现方式、存在于艺术观念之中的精神成分和至关重要的生命成分也同样重要。"不同的艺术家可以把同一个人、把具有精神内容和至关重要的生命内容的同一个形体描绘得大相径庭。正是这后一种积极内容价值的意味使得人们把对艺术的意味的领会从自然属性和心理生理价值的侧面转移到艺术家的观念上来了。"因此，在艺术家所创造的每一种意象中，都存在着超越了那些纯粹模仿价值的价值要素；也就是说，存

---

① ［德］莫里茨·盖格尔：《艺术的意味》（*Die Bedeutung der Kunst*），艾彦译，北京：华夏出版社1999 年版，第 169—171 页。

② ［德］莫里茨·盖格尔：《艺术的意味》（*Die Bedeutung der Kunst*），艾彦译，北京：华夏出版社1999 年版，第 167—172 页。

在着艺术家的人格所具有的价值。现在,这些心理生理价值的重心——在自然美中,这种重心存在于这个美的客观对象所具有的那些精神成分和至关重要的生命成分之中——已经转移到艺术家的观念上来了。""艺术价值的重心已经从被艺术表现的东西转移到表现上来、转移到具有积极的心理生理价值的艺术观念上来了。"① 而且在这时,那种和谐律动秩序的形式价值又与艺术表现结合并且为之服务就具有了一种新的艺术意味:"以前,我们把和谐律动的功能描述为手段时客观对象变得可以理解。现在,它同时也为这种艺术表现服务:通过韵律和谐的组织安排,这种艺术表现作为某种新的、不同的东西,就与被表现的客观对象分离开来了。"除了提出秩序和把表现与被表现对象分离开来以外,和谐律动还有第三种功能。"也就是说,和谐律动通过它借以确立节奏韵律的那种方式,构成了把艺术观念付诸实现的成分之一。"②

在这里,盖格尔指明了形式价值意味的"和谐律动"的三种功能:赋予客体秩序和连接方式,把表现和被表现对象分离开,把艺术观念付诸实现。而其中后面两种功能就与艺术的"积极内容价值"意味紧密相连的。这里体现出盖格尔重视艺术表现和艺术观念的现代意识。如果我们环顾一下欧美和德国在 20 世纪前后所兴起的意大利克罗齐的"直觉表现说"(美即直觉,直觉即表现,表现即艺术,艺术即直觉,直觉即美),英国科林伍德的"想象和情感表现说",美国苏珊·朗格的"情感符号形式表现说",德国的表现主义文学艺术和文学理论等等,我们就可以看到,盖格尔是在把西方传统美学思想和文学思想的"摹仿说"逐步地过渡到现代的"表现说"和"形式表现说"。这也是现象学美学在文学思想上的一个重大历史贡献:通过现象学方法"明修栈道,暗度陈仓",在审美价值的烟幕中实现这种从传统到现代的转换。

在这里,盖格尔不仅通过艺术家的表现所具有的"积极内容价值"来实现文学思想的现代转型,而且通过艺术家的艺术观念在作品中的投射和客观化所具有的"积极内容价值"意味从艺术家、作品和接受者之间的沟通交流来实现文学思想的现代转向。盖格尔认为,我们不能用"移情理论"来解释接受者对艺术家的艺术观念的理解。他指出,在审美经验的过程中,我们不可能直接面对艺术家本人,而是只能直接面对艺术作品。"对于我们来说,只有艺术作品——这幅绘画,这首音乐——是存在的,此外再也没有别的东西了。当我们谈论艺术家所具有的、存在于这个艺术作品

---

① [德] 莫里茨·盖格尔:《艺术的意味》(*Die Bedeutung der Kunst*),艾彦译,北京:华夏出版社 1999 年版,第 172—174 页。

② [德] 莫里茨·盖格尔:《艺术的意味》(*Die Bedeutung der Kunst*),艾彦译,北京:华夏出版社 1999 年版,第 174—175 页。

之中的艺术观念的时候，我们并不是说人们应当在这个艺术作品中找到这个艺术观念本身。与此相反，艺术家的艺术观念已经被投射在这个艺术作品之中了；它已经通过某些结构特色而客观化了。""艺术观念所具有的这些客观化成分，推动观赏者通过自己去实现与艺术家的艺术观念相同的艺术观念。……在海涅的诗歌中，诗人针对他自己的痛苦所持的幽默态度，通过它的节奏韵律在读者那里引出了同样的态度。因此我们应当更确切地指出，我们获得了与诗人对这个世界及其客观对象所持的态度相同的态度。把艺术家和观赏者结合到一起的就是这种表现所具有的结构。就艺术家这个方面而言，它是他的态度在创作这个艺术作品的过程中的投射——由于他的幻相是庄严宏伟的；所以，观赏者在这种作为被表现出来的东西而存在的风景中发现的这些形式、这些简化、这些构成关系，也完全是庄严宏伟的。另一方面，对于观赏者来说，正是从这种表现结构中产生了某种强制他接受与艺术家的态度相似的态度的力量。"这样，我们就不得不抛弃了我们的日常生活所持的态度。"这个艺术作品迫使我们超越自己，去庄严宏伟地、热情奔放地、品格高尚地观看、感受、体验。我们顺从了这个艺术大师的支配……至少在很短一段时间内，我们允许艺术家的态度变成我们的态度。""在审美经验中，这是一个决定性的关节点——自我的转变受到了影响，自我的实在超越了它自身，人们在日常生活中不可能接近的那些深层自我被激发出来了，自我所具有的那些在其他条件下容易处于沉睡状态的存在层次也受到了影响。""艺术家投射在艺术作品之中的艺术观念就这样吸引了观赏者所具有的那些积极的人类价值。""只有通过一种强制性的、观赏者接受的态度，甚至只有通过可能存在的有关这种态度的预备条件，艺术才能够使自我超越自身。"[①]毫无疑义，盖格尔的这些分析之中明显地蕴涵着西方和德国 20 世纪现代主义和后现代主义文学思想的解释学美学的"视界融合"、接受美学的"期待视野"、读者反应理论的"隐含的读者"、解构主义的"可写的文本"等文学观念，把接受者、观赏者、读者与艺术家、作者、作家之间通过文学艺术作品的沟通交流，作为构成和实现文学艺术及其作品的"积极内容价值"的精神意味的审美经验过程。这对于西方和德国文学思想的现代转向就是一种不可或缺的中介和环节。从此我们也可以看到现象学美学的历史地位和历史意义。

　　从以上所述可以看到，一个艺术作品，一般说来具有三种审美价值意味——形

---

① ［德］莫里茨·盖格尔：《艺术的意味》（*Die Bedeutung der Kunst*），艾彦译，北京：华夏出版社1999 年版，第 178—181 页。

式价值意味、模仿价值意味、积极内容价值意味。那么,这三者在一个文学艺术作品之中如何统一为一个统一体,这种统一体的绝对价值应该如何决定? 这就是盖格尔要解决的所谓"各种价值的位置"问题。从总体上来看,盖格尔是主张,这些一般价值都是具有绝对性的,但是,它们在一部作品之中"相互之间还是部分地相互矛盾的"。米开朗琪罗的力度,贝多芬的巨人般的力量与洛可可艺术的秀丽可爱、古希腊的(Hellenistic)阿弗罗狄蒂所具有的娇嫩纤弱都同样是一种价值。沃尔夫林已经揭示了文艺复兴时期艺术特色的价值,与巴洛克艺术"缺乏这种特色"的价值之间的对立。"在艺术中,各种几何类型具有严格的数学形式,与不允许这种形式上的限制存在的现实主义所具有的价值形成了对比。从本质上来说,每一种价值都是绝对的、至高无上的,但是它在实现它的领域中就开始和其他同样绝对、同样至高无上的价值矛盾起来了。个别的艺术作品必须选择它要承认哪一种至高无上性——它不可能同时在设计方面突出醒目,又在细节上精细微妙。"①

盖格尔是既要承认文学艺术及其作品价值意味的多元性、多样性,又要强调这种价值意味的风格同一性、统一性。他认为,"一个艺术作品不可能超越那些绝对性的价值,但是,它所实现的**那些**价值不应当被规定给它。它为自身创造了属于它自己的平衡。"每一个艺术作品的所具体表现出来的价值意味统一体的"风格"都是在作品之中通过各种价值意味的相互对立统一而达到平衡的结果。而且,在每一部艺术作品中都具有多重价值,但是它们可以通过协调平衡而形成某种价值模式,也就表现为某种风格。盖格尔以文学为例指出:"任何艺术作品都不会只实现一种单一的价值:一首诗歌包含了一种本身就具有价值的情感内容;它是由语言构成的,这些语言的语音和节奏韵律表现了属于它们自己的价值;这首诗歌用来适应它的内容的方式,以及各种意义相互交织的方式——因此,这里存在着许多种价值,它们协调地相处在一起。"这就形成了所谓的"风格"问题,"因为从最宽泛的意义上来说,这就是风格的本质:也就是说,它表现了某种统一的价值模式。""它涉及了与多样性对立的统一性。""新的艺术风格意味着新的价值模式。""对于价值模式来说,在一种艺术风格中也存在着许多构造它的可能性。只不过根本的图式(Schema)保持不变。""在艺术风格中,除了这种价值概念之外还存在技巧概念。艺术风格方面的变化时常伴随着艺术技巧方面的变化。"正是在价值和技巧的关系之中,艺术风格出现

---

① [德] 莫里茨·盖格尔:《艺术的意味》(*Die Bedeutung der Kunst*),艾彦译,北京:华夏出版社1999 年版,第 199 页。

了一个"风格纯正"的问题。盖格尔认为,"艺术风格的纯正本身只不过意味着,一个艺术作品试图运用所有各种技巧方法达到某种价值模式,而不意味着它实际上已经达到了这些价值模式。"因此,我们不能用"风格纯正"来评价一个艺术作品的价值。根据艺术风格纯正作出判断是一种张冠李戴的做法,"它用使艺术作品服从于某种价值图式支配的做法,代替了对这些价值本身作出判断。"与此同时,我们也不能用"艺术风格"来判断艺术作品本身的价值。因为,"最出色的艺术作品不能被人们互相比较。每一个最出色的艺术作品都通过'风格'、通过它的价值模式表现了一种绝对。""每一个艺术作品都只允许人们在它的价值模式方面进行比较。"这就好像人们不能比较康德、牛顿、拿破仑、歌德哪一个更"聪明","在这里,聪明是由各种完全不同的内容组成的各种价值模式的统一;人们之所以不能比较这些价值模式,是因为它们处在各不相同的层次上,表现了各不相同的价值。在上述四个人当中,每一个人在他自己的领域中都是巨擘,对于那些伟大的艺术家来说情况也同样是如此。他们的艺术作品完全实现了它们的价值模式,包含在它们的价值模式中的各种价值本身就具有最伟大的深度。"因此,价值和价值模式之间是不可比较的,"在各种价值和各种价值模式之间都存在着深度上的不同。"因此,不同价值和价值模式之间是不可比较的,要比较就只能在每一种价值和价值模式之内来进行比较。一个第一流的笑话具有审美价值,没有一个人会想到把这种审美价值与一出由索福克勒斯创作的戏剧所具有的价值相比较。[1] 盖格尔这样从价值论角度来阐释艺术风格,虽然目的是为了阐述对艺术作品的价值评判不能根据艺术风格来进行,但是,他却把西方传统的所谓"风格即人"(布封)的信条转换为"风格即价值模式"的观念,由艺术家"主体决定论"转换为艺术作品"客观决定论",或者更准确地说,转换为"主客体关系决定论"——"在一个艺术作品之中,这种价值模式就是表现了这些价值之间的组织关系的东西。""艺术风格既是由价值模式决定的,同时也是由与它们有关的艺术家的设计决定的。风格纯正本身并不是一种艺术价值。"[2] 这是西方哲学和美学的本体论观念在 20 世纪初由传统的"实体本体论"转向现代的"关系本体论"在文学思想上的具体表现。

　　既然不能以艺术风格来评判一部艺术作品,那就是应该以艺术作品的价值本身

---

① [德] 莫里茨·盖格尔:《艺术的意味》(*Die Bedeutung der Kunst*),艾彦译,北京:华夏出版社 1999 年版,第 200—203 页。

② [德] 莫里茨·盖格尔:《艺术的意味》(*Die Bedeutung der Kunst*),艾彦译,北京:华夏出版社 1999 年版,第 208 页。

来进行判断。盖格尔指出："各种价值在深度方面存在着区别。但是它们却不是一维的；我们顶多可以把它们和存在于相似的价值模式之中的那些价值进行比较。艺术作品的深度就是以它们为基础的。"① 对此，盖格尔进行了具体分析。

盖格尔认为，可以从"消极的侧面"方面来进行价值判断，因为"价值判断所涉及的艺术作品是一个整体；它综合了这个艺术作品的各种积极侧面和消极侧面"。这也就是指，在一个艺术作品之中找出它在表现它的价值模式的过程中所包含的"各种不完美的东西、不纯正的东西、不合适的东西"。而这些"消极的侧面"有三种类型："a. 缺乏完美，b. 那些价值缺乏深度，c. 存在消极的价值。"其一，从"缺乏完美"来看。"在一个艺术作品中，缺乏完美意味着这个艺术作品或者在技巧方面，或者在价值内容方面没有符合人们所期待的价值模式。"比如说，一旦完美的素描恰如其分，那么，素描所具有的那些不完美之处就构成了某些消极的价值。"当人们要求深度却没有深度——当这样一种渐强音节 (crescendo) 过去之后，作曲家没有能够成功地表现人们所期待的音调印象的完满时，当忠实于自然，或者心理上的精确性没有得到实现时，当动机不能胜任创作时，当色块在一幅绘画中的合适的平衡被打乱时，就会出现这样的消极价值。这些缺陷都是形式方面的——这个作品没有达到人们'所希望的水平'，它本来可以表现得更好，它却没有达到它自身的整体结构所表明的东西。举止笨拙的人、业余艺术爱好者，都通过他无力实现他对自己提出的要求表明了他的笨拙粗陋。但是，即使就伟大的艺术家来说，他也总是认为他正处在那他通向他永远达不到的完美的途中。"② 至于价值内容方面，他认为"不是在成就与意向的关系方面发挥作用，而是在意向本身之中发挥作用"。像那些学院风气的二流艺术家，他们的作品是完成了，也具有某种"高贵的气质"，但是，它那些价值却没有什么深度，被人们评价为"空洞的"，或者是模仿诸如拉斐尔等一流艺术家的，但是，却缺少"拉斐尔所具有的那种内在的优势、那种实实在在的特色"，正是这种"缺乏深度"使得那些一般化的学院派成为了二流的艺术家。其二，从"那些价值缺乏深度"来看。盖格尔认为，"价值成分是在艺术作品的两个不同侧面上出现的，这两个侧面就是深度和完美。只有从理论上，我们才能从一个以上的方面把它们区分开来。特别是就完美而言，我们不应当单纯从形式的意义上来理解它。"同样，"我们也不应当仅仅根据内

---

① ［德］莫里茨·盖格尔：《艺术的意味》（*Die Bedeutung der Kunst*），艾彦译，北京：华夏出版社1999 年版，第 204—206 页。

② ［德］莫里茨·盖格尔：《艺术的意味》（*Die Bedeutung der Kunst*），艾彦译，北京：华夏出版社1999 年版，第 208 页。

容来判断深度。在这里也存在着肤浅表面的形式和深刻的形式。"所以,完美和深度,在对艺术作品的价值判断之中,往往是交织在一起的,因此,盖格尔认为,我们对艺术作品的价值判断,首先就是要判断一个艺术作品有没有价值,然后再看它是否"完美"或者"缺乏深度"。"一个艺术作品只要包含了价值,它就是一个艺术作品。一个粗糙庸俗的作品只拥有一个艺术作品的形式,却不具有艺术作品的价值——它实际上根本不是一个艺术作品。"其三,从"存在消极的价值"来看。盖格尔指出,要把"没有什么深度的价值"与"真正的消极的价值"区别开来。"一幅小小的、朴实无华而又循规蹈矩的绘画,或者一首合乎规矩的诗歌,都可以通过它自己的方式而包含价值;但是,一幅庸俗的绘画或者一首粗俗的诗歌则包含着消极价值。"①盖格尔的这些关于价值判断的具体分析,由于艺术作品本身的价值的复杂性,也由于不同人们之间价值判断的差异性,还由于《艺术的意味》是一本未完成的提纲类著作,可能还是不那么完善的。但是,它毕竟从审美价值论的角度提出了一个判断的基本方向——从积极的价值方面先评判一个艺术作品是否具有价值,然后再从消极的价值方面来评判一个艺术作品是否"完美",是否"缺乏深度",是否存在着"消极的价值"。这些对于我们进行艺术鉴赏判断的实践来说,还是比较具有可操作性的,也是具有现象学的"严格科学"的学理性的。

基于这种现象学的"严格科学"的学理性要求,盖格尔进一步阐述了对艺术作品的价值判断的绝对性和相对性的关系,客观性和主观性之间的关系。

在盖格尔看来,解决艺术作品的价值判断问题的"困难在于价值都是与它们的实现相分离的个别的实体,而艺术作品所具有的价值却取决于价值的实现"。这里的意思似乎是说,价值本身是一种存在于个别实体之上的东西,而艺术作品所具有的价值却必须在艺术作品的具体化实现过程之中作为一种"现象"呈现在人们的审美经验之中,因此,艺术作品的价值与评判者的主观意识是密切相关的。这样一来,"对于艺术作品来说,在这里存在着我们可以称之为任何唯一标准都不可能客观存在的东西。**那些价值是绝对的,但是,它们在艺术作品中的实现却不允许任何唯一的标准存在。**"②如此看来,在现象学美学那里,对艺术作品的价值判断并没有所谓的"唯一标准",艺术作品的审美价值本身是客观的,绝对的,但是最终价值的实现却是

---

① [德]莫里茨·盖格尔:《艺术的意味》(*Die Bedeutung der Kunst*),艾彦译,北京:华夏出版社1999年版,第204—206页。

② [德]莫里茨·盖格尔:《艺术的意味》(*Die Bedeutung der Kunst*),艾彦译,北京:华夏出版社1999年版,第208—209页。

主观的，相对的，然而，"无论如何，有关这种价值实现的相对来说很重大的一致意见确实是存在的"。① 为了具体说明这种复杂结构，盖格尔以"特色 (distinctness)"为例加以阐述。

盖格尔认为，"特色是一种与另一个价值概念相对立的价值成分：这里存在着与巴洛克式艺术'缺乏特色'相对立的文艺复兴时期的艺术的特色；出于那些深刻的原因，这种特色本身就是一种价值概念。"特色是一种积极的价值，而"无特色"则是与之相对立的消极的价值。例如，浪漫主义所具有的无特色是一种无法被人们确切领会的、关于意义和基调的多元性的价值——在这里，"无特色是一种消极价值。"特色是完美的一种表现，无特色则是不完美的价值。他说："特色也是完美所具有的一种价值，与此相反，无特色则是不完美的价值（例如，素描中的错误就是如此）。"作为一种消极的价值，无特色应当受到人们的拒斥，而且当人们认识到无特色本身的时候，人们就会拒斥它。不过，从理论上说，它们并不具有正确或者错误之分，我们可以用其他价值来补偿存在于一个价值模式之中的、作为一种不完美的类型的无特色。他从"这些价值作为特性是属于这个艺术作品的"观点出发，指出："我们就可以把这些价值聚集在艺术作品之中；它们属于这个艺术作品；我们并不是简单地把它们'归结于'这个艺术作品，而是从有机体的角度出发把它们结合在这个艺术作品之中。"② 这里明显地表示出了现象学美学的意向性对象构成理论的观点：一个艺术作品的审美价值并不是纯粹客观的东西，而是一种与观赏者的意向性构成意识不可分割的，或者说，审美价值就是由观赏者的意识构成的艺术作品所具有的关系属性。因此，他的结论就是："美学或者艺术理论必须承认审美价值的客观地位；它必须列举和分析这些审美价值，描述它们的结构所具有的、存在于客观对象之中的那些根据。"这是问题的一个方面。"但是，美学还有另一个侧面。与那些色彩、音响、气味相比，审美价值存在于更直接的、与自我的关系之中。色彩和音响具有'主观性'，这是人们进行科学推理所得出的一个结论。在纯朴天真的人看来（也就是说，在任何一个没有学习研究过科学和哲学的人看来），这些色彩是本来就存在于客观对象之中的；血液总是红的，即使当他们看不见它，或者当它在微弱光线之中看上去是黑色的时候，情况也是如此——'这时它只不过显得不同而已。'对于各种审美价值来说，情况也

---

① ［德］莫里茨·盖格尔：《艺术的意味》（*Die Bedeutung der Kunst*），艾彦译，北京：华夏出版社1999 年版，第 209 页。

② ［德］莫里茨·盖格尔：《艺术的意味》（*Die Bedeutung der Kunst*），艾彦译，北京：华夏出版社1999 年版，第 209—210 页。

同样是如此，它们的客观地位与观赏者毫无关系。但是，与'血不是红的'是因为这个事实对于存在着的某一个人来说具有意味相反，审美价值除了它所具有的、相对于观赏者来说的独立性之外，还具有另一个侧面：它是出于观赏者的缘故，而且'只是'为了人类才存在的。"①这就是说，审美价值具有客观地位，它是艺术作品所具有的、与观赏者毫无关系的独立性质，但是，它同时具有主观性，它是由观赏者的意识构成的，或者具体化实现的，而且'只是'为了人类才存在的关系属性。如果说，对象的与人毫无关系的属性是"第一性质"，那么，与人的感觉相关的属性就是"第二性质"，而与人类的自我相关的属性则是"第三性质"——价值属性。②这样一来，审美价值论就把审美价值与对象的作为纯粹客观的东西的属性和对象的与一般感觉相关的属性区别开来了，也就是把形而上学的对象、科学的对象、美学的对象所具有的属性区别开来了，这也是现象学美学反对启蒙现代性的形而上学、科学主义、理性主义的现象学方法的策略。它标志着西方和德国的文学思想由启蒙现代性转向审美现代性的新的历史进程。盖格尔指明了这样三种主观性：形而上学的、科学的、价值论的"主观性"，从而把审美价值划为价值论的关系性"主观性"——有客观根据的主观性。从这样的观点来看，不仅艺术作品的美（审美价值），而且自然的审美价值（自然美）也是这样一种关系属性："艺术作品只是为了人们才存在，它们会得到人们的领会。如果说人们不应当以同样的方式从人类形状的角度（anthromorphically）出发考虑自然美，那么，对于艺术作品来说也同样是如此：自然美只是为了那些了解它的主体而存在；美与主体、与自我具有某种直接的关系，我们在体验美的过程中就可以意识到它与自我的关系。"因此，现象学美学把审美价值的客观性和主观性通过价值的关系性属性统一起来，并且把它们融合入审美体验（审美经验）之中。盖格尔说："我们必须承认客观性，并且与此同时通过艺术的主观性来理解它。因为对于自我、对于体验来说，艺术通过它的意味达到了顶峰——我们寻找艺术不是为了领会这些价值，而是为了得到比我们日常的体验更深刻的体验。"在这里盖格尔把艺术体验和审美体验放在了最高地位，这就是要强调艺术的意味，而不是把审美活动局限在艺术的审美价值本身，这也是现象学美学的一个重要贡献——意向性对象的意味理论。它指明了，艺术的地位在于它通过审美主体所构成的意向性对象——审美对象揭示了审美体验之中艺术及其审美价值所意指的与观赏者的自我和人类存在的相关

---

① ［德］莫里茨·盖格尔：《艺术的意味》（*Die Bedeutung der Kunst*），艾彦译，北京：华夏出版社1999年版，第211页。

② 张玉能：《美学教程》（第二版），武汉：华中师范大学出版社2008年版，第137页。

的意义本身。所以，盖格尔强调："一个艺术作品只有与一个理解它的主体发生关系时，它的美才会产生意义和效果。的确我们确实在我们面前发现了审美价值、发现了美——但是，这种我们所发现的、在我们面前的美，只存在于它与体验它的人类的关系之中。"他为了反对效果论美学和主观论美学，注意了审美价值和美的客观性，为了反对形而上学、科学主义、理性主义的实体本体论美学和客观论美学，他又强调了审美价值现象"与自我的接近性，强调它与主体发生的亲密关系"。① 这些分析对于我们解决美的本质问题的思考是很有启发意义的：我们必须在人类与现实的审美关系之中来考察、分析、规定美的本质、术的审美属性，否则不但不能解决问题，而且必然会陷入二元对立的思维方法的矛盾和悖论之中无法自拔。当然，我们也要看到，盖格尔的现象学美学把审美关系和艺术的意味的最终根源归结为人类的审美体验（审美经验）及其先验主体和先验主体性，归根到底还是回到了人类的意识根源之中起来。而我们认为，这个最终根源只能是人类的社会实践——以物质生产为中心的物质生产、话语生产、精神生产的完整整体。正是社会实践本身生成了人对现实的审美关系，而这种审美关系体现在对象上就是美，体现在主体上就是审美体验（美感），它们的最高表现形式就是艺术或者美的艺术。②

3. 文学艺术的审美意味的本质

众所周知，价值哲学和审美价值论是 19—20 世纪之交西方和德国美学思想和文学思想的一个热门话题。在这股热潮中，新康德主义和现象学的哲学和美学是用力最多，收效最大的。它们不仅把价值概念直接引入哲学和美学领域，而且对价值和审美价值进行了具体深入的分析研究。如果说新康德主义主要是从自然科学和人文科学的区分的角度分析和研究了价值本身，给美学研究提供了价值论维度，初步确立了审美价值论和文学价值论，探讨了美的价值及其意义（Sinn, meaning），那么，现象学哲学和美学就以现象学方法进一步分析和描述了审美价值的主体性或主观性根源和意味（Bedeutung, signification），建构了意向性构成的作品分析论（英伽登）和意向性构成对象的艺术意味论（盖格尔）。前者主要分析和研究了艺术作品本身的价值意向性构成及其审美经验——艺术作品的四层次结构及其具体化和现实化，后者主要分析研究了艺术作品审美价值意味的本质及其审美经验——艺术作品的审

---

① ［德］莫里茨·盖格尔：《艺术的意味》（*Die Bedeutung der Kunst*），艾彦译，北京：华夏出版社 1999 年版，第 212—213 页。

② 张玉能：《美学教程》（第二版），武汉：华中师范大学出版社 2008 年版，第 11—13 页；张玉能等：《新实践美学论》，北京：人民出版社 2007 年版，第 19—28 页。

美价值意味的本质就是意指着人类自我的存在及其幸福。

盖格尔的现象学艺术意味论抓住了审美价值本身来进行研究和分析，因此，从审美价值再深入进行现象学分析就"必须分析和理解审美价值与主体的这种亲密联系，它把每一种价值都连接起来了"。[①] 也就是说，正是这种审美价值与主体的亲密关系把上述分析过的"形式价值"、"模仿价值"、"积极内容价值"连接起来，共同意味着（意指着）人类的自我存在，使人们得到审美快乐和审美享受，真正实现幸福，成为真正的自我存在（先验主体性）。

盖格尔认为，价值与意味是不可分离的，只有一个事物对于主体来说是有意味的，它才是有价值的。他指出："与各种价值有关的至关重要的问题在于，只有当人们使用**意味**（significance）这个范畴的时候，他们才能够公正地对待所有各种价值。只有一个事物对于主体来说具有意味，它才是有价值的。也许作为不同的价值类型，金钱的价值、收藏家所收集的东西的价值，以及一幅绘画具有的审美价值是大不相同的，但是，正是它们对于一个主体（或者对于一些主体）来说所具有的意味，体现了它们作为不同的价值所具有的特征。"[②] 这个特征就是它的关系性，这种关系性特征决定了价值论不同于西方传统形而上学的二元对立的思维方法，关系性特征把主体和客体内在地统一在一起，从而超越了形而上学的二元对立的思维方法。所以，盖格尔指出："这就是意味这个范畴的具有特色的东西：它预先假定了存在于主体和客体之间的对比。它从**内部**（within）把主体和客体联系在一起。对于主体来说，这个由事物和事件构成的世界是以它为中心被建立起来的；对于主体来说，这些事物和事件具有各种各样的意味——其中有些意味对于主体来说不具有直接的意义，有些意味对于主体来说则具有直接的意义。"因此，意味这个把主体和客体联系在一起的范畴就不同于仅仅联系客体和客体的诸如原因与结果、仅仅从外部联系主体和客体的诸如手段与目的之类的范畴。"意味这个范畴完全是从内部，而不是从外部来考虑这种关系的。**只有**通过事件与主体的关系，通过这些事件对于主体来说'所具有的意味'，它们在这个世界上才能够为人们所理解。"这样一来，意味所表示的就不是一种认识论意义上的态度关系，而是一种本体论意义上的实际存在关系。因此，"事物对于主体来说具有的意味是一种实际存在的关系，而不单纯是

---

① ［德］莫里茨·盖格尔：《艺术的意味》（*Die Bedeutung der Kunst*），艾彦译，北京：华夏出版社1999 年版，第 213 页。

② ［德］莫里茨·盖格尔：《艺术的意味》（*Die Bedeutung der Kunst*），艾彦译，北京：华夏出版社1999 年版，第 215 页。

一种态度。"① 我们从这里可以看到现象学哲学和美学与新康德主义在价值论上的一点有特征的区别。尽管二者的价值论都是在力图克服形而上学的二元对立的思维方法，但是新康德主义把价值与主体的关系理解为一种实际存在的事物所固有的"意义"（Sinn），而现象学却把价值与主体的关系理解为主体的意向性构成对象的实际存在的"意味"（Bedeutung）；意义是客体所固有的性质对主体显示出来的效果，而意味则是主体所构成的意向性对象对主体的直观显现出来的本质现象（纯粹意识现象）。二者虽然都是实际存在的关系，但是，前者是先验地存在的关系属性而属于对象，而后者是先验主体意向性构成的关系则是意指着对象。所以，盖格尔明确指出："只有运用意味这个范畴，我们才能够正确地理解价值的本质——这两者如此紧密地联系在一起，以至于语言把它们当作完全相同的东西了：感知对于教育来说具有**意味**，因而它对于教育来说具有**价值**。但是，我们从主体的角度出发所进行的更彻底的研究表明，价值是某种事物所具有的特性，**是因为它对于一个主体来说具有意味**。价值是在客体方面的一种投射，主体则认识到，这种客观投射的意味是由于主体才存在的。某个事物之所以**具有价值**，是因为它对于一个主体（或者对于一些主体）来说具有意味；某个事物**是一种价值**，则是因为它已经完全获得了这种意味。"② 这里所强调的就是先验主体性的意向性构成理论观点。正是这一点使得现象学美学比新康德主义美学在价值论方面更加突出了主体性和先验主体性的重要性，并且现象学美学正是在这样的前提下论述了审美价值及其意味的本质——意指着自我的存在及其幸福的体验。

正因为现象学美学把审美价值和审美意味都当做是"纯粹意识现象"的性质，因此，它们是离不开人的意识活动——审美经验的，那么，要研究审美价值和审美意味的本质就必须依靠心理学。但是，当时西方和德国所流行的行为心理学和意识心理学都不能解决问题，因为行为心理学把人和动物等量齐观，而意识心理学却是从心理效果来研究审美经验，它们都是属于"经验心理学"的。于是，盖格尔要建立一种"真正的精神生活的心理学"。他说："与这种经验心理学相对立，我们在这里要建立一种更现实的精神生活观念，这种精神生活观念使精神生活得到了一个明确的结构、一个坚实可靠的理论框架。为了反对这种经验心理学，我们要

---

① ［德］莫里茨·盖格尔：《艺术的意味》（*Die Bedeutung der Kunst*），艾彦译，北京：华夏出版社 1999 年版，第 215—217 页。

② ［德］莫里茨·盖格尔：《艺术的意味》（*Die Bedeutung der Kunst*），艾彦译，北京：华夏出版社 1999 年版，第 217 页。

建立一种关于真正的精神生活的心理学。""关于真实的精神生活的心理学也就是关于**自我**的心理学。"这种关于自我的心理学,并不是形而上学的理论,"它只不过肯定了下面这一点,即在我的意愿中,我是把我的自我当作这种意愿的真正出发点来体验的。"这是一种精神实在论,它否定了"某种绝对的、无法改变的、永恒存在的东西","它却告诉我,我的自我是一个确定不移的关节点,我的意愿正是从这里出发向前发展的;正是**我**在下决心,在恐惧,在希望;而且仅仅那些经验在意识中根本不可能扩展开来。""'心理的实在'已经十分清楚地与那些把它包含于其中的'单纯'的经验区别开来了,因此,人们可以直接研究这些真实的活动,而不用考虑那些把它们包含于其中的经验。"① 就是以这种现象学观点和方法的"关于真实的精神生活的心理学"为基础,盖格尔对审美价值和审美意味进行分析和研究,既避免了形而上学的自然主义和科学主义倾向,也反对了经验心理学的心理主义倾向,使得他的分析和研究由西方传统的观点和方法转向了现代的观点和方法。

在盖格尔看来,"每一种价值之所以是价值,是因为它对于一个主体、对于一个主体集团、对于'主观性本身'来说具有意味。这个定义描述的框架适用于大多数各种各样的价值:适用于经济价值、社会价值、收藏家所收集的东西的价值、伦理价值、审美价值等等。一种价值理论必须表明这些价值之中的每一种价值在对于主体所具有的意味中的地位。"② 在这些价值之中,盖格尔划分出三种价值及其意味:不通过经验的价值及其意味(比如人们意识不到的童年经验的价值),间接的价值及其意味(没有"体验"过的但是"知道"的价值)和直接的价值及其意味(以一种内在的态度"体验"了的价值,比如伦理价值或者审美价值)。在此基础上,盖格尔进一步来分析和描述审美价值及其意味。他说:"但是,审美价值却是通过一种与其他任何价值的方式都大不相同的方式与主体联系在一起的。"这个不同的方式就是包含着"审美享受"的审美经验。"审美经验在审美享受中达到了顶峰;审美经验的意义就是审美享受。这样,我们又得被迫回过头来把享受看作是审美经验的核心了。只要享受的问题是一个能够确定我们用于领会审美价值的器官是什么的问题,那么,我们就不得不拒绝考虑这个问题;但是,领会审美价值本身并不是审美经验的最终目的。审美

---

① [德] 莫里茨·盖格尔:《艺术的意味》(*Die Bedeutung der Kunst*),艾彦译,北京:华夏出版社1999年版,第219—224页。

② [德] 莫里茨·盖格尔:《艺术的意味》(*Die Bedeutung der Kunst*),艾彦译,北京:华夏出版社1999年版,第224—225页。

经验的最终目的是审美享受。"① 这样问题又回到了"审美享受现象学"。

在盖格尔的审美享受现象学之中，我们必须注意几点：其一，审美享受不同于其他所有的非审美享受。"不应当把一个醉汉清醒过来时所感受到的单纯的享受与享受巴赫的一支赋格曲所获得的快乐相提并论；也不应当把通过锻炼身体获得的享受与欣赏奈费尔提蒂王后的头像所达到的快乐的审美享受相提并论。"审美享受现象学就是要找出审美享受与这些享受之间的差别。其二，审美享受之中的快乐也是不同于其他任何享受的快乐的。"毋庸置疑，任何一种享受都意味着欢乐。因此，我们必须在审美经验中寻找审美享受给人们带来的欢乐。"审美享受给人们带来的欢乐是不同于享受美酒、享受令人心旷神怡的沐浴、享受游戏娱乐、享受性经验所带来的快乐的。审美享受现象学同样必须区分这种快乐。其三，审美享受所带来的欢乐是精神生活中所具有的意味。"只有我们理解了欢乐在精神生活中所具有的意味，我们才能够理解审美享受与审美享受之外的其他享受的区别。因为每一种欢乐都不同于其他任何一种欢乐。经验心理学一视同仁地对待所有各种欢乐，认为它们都是一种经验；现在，这种经验与人们过去曾经建立起来的一个目的的实现联系在一起，与一个艺术作品，或者与一个有益的行为联系在一起了。"审美享受现象学就是要与经验心理学不同地分析出审美经验与其他任何经验的区别，以确定审美享受与其他精神享受之间的差异。其四，审美享受现象学从真实的精神生活的心理学出发，在欢乐之中分析出那种"真实的意味"。"从关于真实的精神生活的心理学的立场来看，'欢乐'（或者'悲哀'）并不仅仅是我们的经验的一种状态；它还具有一种**真实**的意味。我们在欢乐之中能够直接体验到这种真实的意味。""全部欢乐都是可以享受的对象进入到自我之中去的过程。各种欢乐之间的差别不仅取决于这种进入的本质，而且也取决于这个客观对象所唤起的主体的态度。"② 盖格尔的审美享受现象学的这几个要点实质上就是点明了审美享受现象学的思路：区分审美享受——区分审美快乐——区分精神生活的意味——区分真实的意味——区分对象进入自我的过程和对象唤起的主体的态度。通过这一系列的区分就可以达到审美价值和审美意味的本质了。这个区分过程也就是一种现象学方法的分析和描述的过程。而它的最终目的就是回到"实事本身"，也就是要回到那决定着现象本质的"主体"或"先验主体"（先

---

① ［德］莫里茨·盖格尔：《艺术的意味》（*Die Bedeutung der Kunst*），艾彦译，北京：华夏出版社 1999 年版，第 225—226 页。

② ［德］莫里茨·盖格尔：《艺术的意味》（*Die Bedeutung der Kunst*），艾彦译，北京：华夏出版社 1999 年版，第 226—228 页。

验主体性)。因此,这样的现象学分析就真正达到了审美价值和审美意味的本质——存在的自我及其幸福。

盖格尔分析了作为审美价值和审美意味所意指的对象——主体的结构,并从这种结构之中揭示出审美价值和审美意味的本质。盖格尔指出:"因为主体并不是一个单一的点,并不仅仅是各种行为、各种意志活动,以及各种欲望的出发点。它是由深度、意味、特性都各不相同的层次构成的一个结构。"① 在这些层次之中有三种层次是特别重要的。第一种层次是"纯粹的生命层次"。"在这里,自我是所有各种生命事件的核心。在享受一个水果的过程中,人们所体验到的就是这种生命自我对接近它的感官刺激所作出的反应。人们对性行为的享受也以同样的方式存在于这种纯粹的生命领域之中。这个纯粹的生命层次所涉及的另一个方面是激动和松懈,亦即生命律动的加快和放慢。"把审美价值和审美意味归结在这个层次上的艺术理论主要有各种游戏理论和纯粹享受的理论。盖格尔认为这些理论是错误的。"如果这些理论是正确的,那么从理论上来说,音乐厅、博物馆,以及剧院,就会和露天酒吧、赌场,以及妓院处在同一个水平上了。"不过,他并不否定艺术作品之中要涉及这个生命层次。他说:"那些感官方面的魅力和那些更深层的价值一样,都属于一幅绘画;如果没有激动和紧张状态,那么一出戏剧、一部小说就不可能存在。"但是,一部艺术作品却不应该停留在这个层次上。"如果一个艺术作品只对这些表面肤浅的享受具有吸引力,那么它就是空洞的、没有生命的。"② 第二种层次是"'经验性自我'的自我层次"。"与自我这种第二层次联结在一起的所有享受,都不仅必然接受真正的艺术享受的支配,而且实际上还必然被消灭掉。"这是一种只考虑自身的、构成了利己主义基础的自我层次,它"使一切事物都接受它自己的希望和欲望的支配"。因此,"在艺术体验中,这种'经验性自我'无论如何都没有存在的权利;如果我们想公正地对待艺术作品的各种价值,那么,我们就必须清除这个经验性自我的享受。"③ 盖格尔认为,以上"生命的自我"和"经验性自我"两个层次"都不是审美经验由之肇始的至关重要的层次"。"我们的幸福来源于更深刻的自我层次,来源于我们的存在的最深层层次——就像我们可以称呼这种层次那样,来源于我们的'存在的自我'。"因此,

---

① [德] 莫里茨·盖格尔:《艺术的意味》(*Die Bedeutung der Kunst*),艾彦译,北京:华夏出版社1999年版,第228页。

② [德] 莫里茨·盖格尔:《艺术的意味》(*Die Bedeutung der Kunst*),艾彦译,北京:华夏出版社1999年版,第228—229页。

③ [德] 莫里茨·盖格尔:《艺术的意味》(*Die Bedeutung der Kunst*),艾彦译,北京:华夏出版社1999年版,第229—230页。

第三种层次就是"存在的自我",它是审美价值和审美意味所意指的层次,这种"存在的自我"及其幸福也就是审美价值和审美意味的本质所在。"'幸福'是自我的某种状态,而不是单纯的个人经验;人们在最富有审美特性的艺术那里所寻求的欢乐,就是这种内在的幸福状态。正是在这种幸福状态之中,存在的自我被进入到它那得到了最充分发展的领域中去的那些价值和艺术作品深深地吸引住了。""那些来自最伟大的艺术作品行列的例子,完全可以更明确、更纯粹地表现审美经验——存在的幸福——的这个侧面。"①

经过了这样的现象学方法的还原分析,盖格尔就回到了审美价值和审美意味的实事本身——存在的自我及其幸福,也就是所谓的"先验主体性"。因此,他说:"只有通过领会艺术作品的价值,那伴随着审美享受而产生的存在的幸福——人们必定会承认这一点是事实的——才能得到实现。这些艺术价值之所以是价值,是因为它们能够吸引自我并且使它幸福。只有在这种主体和客体、自我和艺术作品的直接联系之中,这种幸福才能够实现。只有当主体真正领会了这些艺术价值的时候,审美经验才能够真正变成体验;而且只有在外在的专注,而不是内在的专注之中,情况才是如此。""因为存在的体验和存在的幸福以主体对这些价值、对这些作为**艺术作品的价值**的直接领会为基础,这些价值把它们对于存在的自我来说所具有的意味包含在自身之中。"而且,只有用"幸福"来表示审美经验才是最恰当的。幸福意味着比享受、欢乐更多的东西,幸福是某种与生命欢乐的兴奋或者人们对经验自我的奉承不同的东西。"当存在的自我与它自身相一致的时候,当存在的自我的精神活动、它的欲望和希冀、它的目的和行动与它那内在的存在保持和谐的时候,幸福就成了快乐的符号。"而且,盖格尔认为这种审美的幸福"只是少数几个被上帝选中的人所获得的礼物",因为"就审美经验而言,这种和谐是在这种经验本身的简短的存在过程中形成的。为了有利于这种更深刻的存在层次,经验性存在被打碎,并且被抛在一边了"。②

这就是现象学美学对审美价值和审美意味的本质的揭示。从中我们可以看到,审美价值和审美意味的本质是意指着"存在的自我",超越了"生命的自我"和"经验性自我"层次的"先验主体性"及其幸福,它是对艺术作品的"外在的专注"的结

---

① [德]莫里茨·盖格尔:《艺术的意味》(*Die Bedeutung der Kunst*),艾彦译,北京:华夏出版社1999年版,第230—231页。

② [德]莫里茨·盖格尔:《艺术的意味》(*Die Bedeutung der Kunst*),艾彦译,北京:华夏出版社1999年版,第232—233页。

果，是审美价值和审美意味直接呈现在直观面前的"纯粹意识现象"，它是主体和客体的统一，存在和体验的统一，是存在的自我通过生命的自我、经验性自我的过程回到自身的一种包含着审美快乐、审美享受的和谐幸福。这里面包含着许多合乎审美经验事实的东西，但是，我们也不能忘记，在这里也有着一些脱离了人类根本的社会实践的"纯粹意识现象"的分析，显得有些玄虚奥秘，不着边际，同时，其中充满着贵族化、精英化倾向。实际上，这些难以理解的表现和倾向，都是来源于现象学哲学和美学的"纯粹意识"的、脱离实践的观点、立场、方法。

4. 文学艺术的审美意味与审美态度

现象学美学强调，文学艺术及其作品的审美价值和审美意味，虽然存在于文学艺术作品之中，但是，却不是一种自在的、纯粹客观的东西，而是审美主体在审美经验之中构成的东西，亦即意向性构成的相关物。因此，现象学美学把审美态度当做实现审美经验并且在审美经验之中建构审美价值和审美意味的不可或缺的先决条件。盖格尔说："并不是每一种态度都可以达到内在的幸福这个审美经验的核心。人们并不是运用任何一种方法都能够领会一个艺术作品的审美价值；存在的自我也不是每时每刻都可以暴露出来。在普通人的一生中，他只有在那些极为罕见的时刻才能进入这种幸福的最完满状态。如果审美经验的动态过程要想从根本上发挥作用，那么，审美态度就是不可或缺的先决条件。"[1] 在这里，他指明了审美态度可以使人达到内在幸福这个审美经验的核心，领会艺术作品的审美价值，使得存在的自我（先验主体性）显现出来。

（1）审美态度与非审美态度。

正因为在现象学美学看来审美态度如此重要，所以盖格尔不是简单地对审美态度做一个界定，而是对审美态度进行了分析、辨析和描述。他首先像康德分析艺术的本质那样从否定方面对审美态度进行了辨析和分析。一方面，他指出："关于审美态度，我们可以说的最不证自明的话就是：它是**一种审美**态度，而不是一种伦理态度，科学态度，或者经济态度。它必须是一种审美态度，而不是一种审美之外的态度。"[2] 另一方面，他辨析了"**有意识地用**艺术作品来产生审美经验之外的经验的人"的"审美之外的态度"与"根本没有意识到与真正的审美经验的区别"的人的

① ［德］莫里茨·盖格尔：《艺术的意味》（*Die Bedeutung der Kunst*），艾彦译，北京：华夏出版社1999年版，第234页。
② ［德］莫里茨·盖格尔：《艺术的意味》（*Die Bedeutung der Kunst*），艾彦译，北京：华夏出版社1999年版，第234页。

"伪审美态度",并且明确地指出:"**危险的是伪审美态度(the pseudo-aesthetic attitude),而不是审美之外的态度。**只有一种经验的存在是由艺术作品的价值,或者由审美对象造成的,这种经验才是审美经验。因此,虽然每一种由审美之外的原因引起的经验都声称自己是审美经验,但是,我们必须根据它们的本性而把它们称为业余的东西(dilettante)。"① 这就是说,在盖格尔看来,所谓"审美之外的态度"是那种有意识地从非审美的角度来对待艺术作品的方式,而所谓"伪审美态度"则是虽然意识不到却在本性上是从非审美的角度来对待艺术作品的方式;而且只有这后一种"伪审美态度"才是真正的"审美经验的业余艺术爱好者"的态度。比如,当席勒为了进入诗歌创作的合适心境而请他的朋友施特莱谢尔(Streicher)演奏钢琴的时候,这就是一种业余艺术爱好。当一个人阅读薄伽丘的作品是为了引起性冲动(虽然他可以向其他人声称他正在获得艺术体验)的时候,这并不是一种业余艺术爱好。

盖格尔指出这些区别,是为了把真正的审美经验和艺术体验及其审美态度集中在艺术作品的审美价值和审美意味的意向性对象——存在的自我之上。为此,他不仅反对对艺术作品内容方面的非审美的体验和态度,而且反对对艺术作品的技巧方面的伪审美的态度和体验。因此,盖格尔指出,一个具有党派偏见的人对涉及到他的国家的历史,涉及战争和胜利的那些戏剧和小说,会表现出极大的热情;宗教界人士对那些宗教绘画和宗教小说,会表现出极大的热情;工人会被那些描绘他那个阶级的贫穷的艺术作品所感动,因为它们唤起了他心灵中那些相似的方面;那些具有伦理倾向的人会享受道德方面的艺术表现;而对于那些追求理想的人来说,表现现实生活所具有的理想主义,对于伪审美的享受来说是绰绰有余的。一旦一部小说的男主人公或者女主人公具有强烈的高贵气息,他就会得到那些天真质朴的灵魂出于同情的确信不疑。"在所有这些情况下,由艺术作品的主题唤起的伦理、宗教、党派性方面的意气昂扬,都被看作是艺术方面的意气昂扬,而且人们仅仅对这些材料表现出来的热情,也被看作是艺术方面的热情了。"但是,他认为,这些都不是艺术体验和审美态度,而是伪审美态度和伪艺术体验:"在所有这些情况下,艺术作品的内容都给人们带来了强烈的体验;虽然这些体验有可能影响观赏者的存在层次,但是,如果人们领会了那些艺术价值,那么这些强烈的体验就不会产生这种效果了;所以,这些强烈的体验并不是艺术体验。"这是反对艺术作品的内容方面的非审美态度和

---

① [德] 莫里茨·盖格尔:《艺术的意味》(*Die Bedeutung der Kunst*),艾彦译,北京:华夏出版社 1999 年版,第 235 页。

体验的表现。还有在艺术作品的技巧方面的非审美态度和体验。"这种被人们用来代替审美态度的审美之外的态度,并不总是仅仅与主题有关。例如,它也可以在艺术家创作艺术作品的过程中由技巧能力引发出来。我们已经明确指出过,正是艺术家用人们对技巧能力的赞美代替了人们的审美欣赏。当艺术家把人们对技巧能力的单纯赞美(人们完全有理由这样做)当作人们的审美评价而提出辩护的时候,这种赞美实际上与人们对游泳或者拳击的最完美技巧的赞美没有什么不同。"因此,对技巧能力的赞美也不是审美态度和审美体验。还有一种情况就是,"艺术史家们把一个艺术作品的历史意味和审美意味混为一谈",那也是一种非审美态度的表现。[①] 总而言之,盖格尔要以"审美态度"这个概念来保护一个受到严格限定的艺术观念。

不过,他认为不能因此就走向"**为艺术而艺术** (l'art pour l'art) 的象牙塔"。因为"这却意味着排斥绝大多数有价值的艺术。我们只能用它来反对旧的赞美诗 (the Psalms) 的神圣庄严和阿里斯托芬的社会讽刺作品。即使但丁的《神曲》也由于'有偏见地'强调了中世纪的世界观而被排斥在这种艺术的界限之外了;对于席勒年轻时代创作的戏剧、狄更斯的小说,以及各个时代的宗教题材的绘画来说,情况也同样是如此。就诗歌而言,所剩下的也只不过是少数几个纯形式的大师——在这样一种排斥其他所有态度的要求控制下,活生生的艺术就会受到压抑。艺术所具有的冷冰冰的孤立状态变成了唯美主义、变成了对纯形式的享受。"在绘画中,所有宗教题材的绘画,所有历史题材的绘画,以及任何使被表现的客观对象具有重要性的东西都会受到排斥。"也许我们会在使自己局限于'抽象艺术'的过程中做得很好,这样做也就通过把客观对象及其给人们带来的欢乐一起排斥掉而避免了这种快乐所具有的危险。"他认为,唯美主义和形式主义美学"混淆了两种问题:我们可以分别称之为审美态度的外在决定和审美态度的内在决定。人们在这里所坚持认为的只不过是,当有人由于一个艺术作品所具有的党派性内容而狂热地欣赏它的时候,审美态度是不存在的——是的,当然是这样。当艺术作品由于其内容而受到排斥的时候,审美态度也不存在。"前者就是"审美态度的外在决定",即艺术作品的内容从外面来决定是否是审美态度;后者则是"审美态度的内在决定",即艺术作品的内容从内部与形式一起来决定是否是审美态度。这就涉及艺术作品的内容的"意味"问题。盖格尔说:"我们不得不谈谈艺术作品的内容对于审美经验来说所具有的**意味**;在这里,

---

① [德] 莫里茨·盖格尔:《艺术的意味》(*Die Bedeutung der Kunst*),艾彦译,北京:华夏出版社 1999 年版,第 235—236 页。

我们决不会认为内容是某种无关紧要的东西。这里有各种各样的艺术风格，其中有些艺术风格所具有的艺术价值以纯形式为基础，另一些艺术风格所具有的艺术价值则建立在充满内容的形式基础上。"他认为，印象派和后期表现主义忽视内容的作用，是不对的。盖格尔坚持认为："如果人们只把艺术享受看作是对**客观对象**本身的享受，而不把艺术表现这种客观对象的方式考虑在内，那么，他们就没有达到审美态度的水平。不论是特殊的偏见、世界观，还是那些宗教题材、社会题材、哲学题材的艺术，都不会因此而受到排斥——而人们是接受还是排斥仅仅由世界观**来决定**。有的人也许会说，他无法忍受宗教艺术，他无法忍受一出社会主义戏剧，或者他无法忍受某种反动倾向的戏剧——这完全是每一个人的权利。但是，保留这样的判断却与赞成或者反对一个艺术作品的艺术判断（这种艺术判断以它背后的世界观为基础）没有什么关系。"① 换句话说，对艺术作品的审美态度必须是在艺术作品的内容和形式相统一的整体上形成的，单纯的内容方面（客观对象）的或者形式方面（表现方式）的，都可能是"非审美态度"或者"伪审美态度"的，要保持对艺术作品的审美态度就必须对艺术作品的审美价值和审美意味进行体验，不能单纯注意客观对象本身的现实存在（这正是现象学哲学和美学要悬置和中止判断的东西），而是要通过艺术作品的内容和形式所意指的"存在的自我"的直接呈现来体验到这种艺术作品所具有的审美价值和审美意味，从而达到这种"存在的自我"（先验主体性）。

　　盖格尔所提倡的这种审美态度，是一种明显地不同于西方传统美学思想和文学思想的文学思想，也是一种完全不同于现代主义的唯美主义、形式主义、表现主义、抽象主义的文学思想。这种文学思想指明了人们对艺术作品的审美态度，既不能单纯地指向艺术作品所表现的客观对象本身，也不能单纯地指向艺术作品表现客观对象的形式技巧和表现方式，而是应该通过这种艺术作品所表现的客观对象的审美价值和审美意味而达到"存在的自我"（先验主体性）。这似乎可以看作是现象学美学对文学艺术及其作品的价值实现的一种新的看法。这种看法，是反对传统的客观论的"摹仿说"的，也是反对主观论的"表现说"的，还是反对"唯美主义"和"形式主义"的客观论的，又是反对"抽象主义"的主观论的，凸显了主体和客体在审美经验之中的统一。当然现象学美学的这种主体和客体的统一是在"纯粹意识现象"之中实现的，实际上那是不可能的，因为要达到主体和客体的统一除了人类的社会实践

① ［德］莫里茨·盖格尔：《艺术的意味》（*Die Bedeutung der Kunst*），艾彦译，北京：华夏出版社 1999 年版，第 238—239 页。

(包括艺术实践) 之外，就别无他途。

盖格尔还认为，"我们也不应当把反对**存在于**审美态度**之中**的审美之外的态度与对这种态度作出的判断混为一谈。研究某一种态度的特性并不意味着我们必须每时每刻、在所有各种情况下都坚持这种态度。"[①] 这里指的是，审美态度本身并不是人们时时刻刻、在任何情况下都必须采取的正确的态度，有时候审美态度也是应该反对的。例如，古罗马暴君放火焚烧罗马城用来供他观赏，他可能是对火烧之中罗马城采取了真正的审美态度，但是，这种审美态度却是应当反对的，尽管"从审美态度的立场来看，在这样一幅奇景中没有人们应当反对的任何东西"。再比如，意大利文艺复兴时期的著名画家卢卡·西纽雷利被他的濒临死亡的儿子所具有的特征的美陶醉了，他试图通过一幅绘画把这些特征保存下来。他的这种行为"特别充分地表现了审美态度"，作为一个艺术家是可以理解的，但是，作为一个人应当受到指责。盖格尔进一步指明，我们只有在模仿艺术中才确实能够发现对这种客观对象的误解，这种误解忽视了把真实的材料与被表现的材料区分开来的界限。只有在文学、绘画，以及雕塑中，这种材料才能具有通过模仿而来源于生活的实在。在所有非模仿性艺术中只有音乐具有它自己对这种客观对象的错误表现 (misrepresentation) ——门外汉常常会造成这种错误表现，而艺术家却几乎从来没有造成过这种错误表现。"那些对音乐一知半解的门外汉，时常让音乐在他们的心灵之中唤起一些图画、梦幻以及故事；他们享受的是这些图画、梦幻和故事，他们并没有享受这种**艺术作品**。"也就是说，"听音乐所涉及的是音乐本身，而不是与音乐有关的联想。"当然，盖格尔在这里主要是指审美欣赏之中的情况。"我们反对联想是为了审美经验，而不是为了审美创造 (这就像我们反对内在的专注适用于审美经验，而不反对它适用于艺术创造一样)。"[②] 也就是说，他认为，在音乐欣赏中人们不要产生音乐本身之外的联想。至于作曲家在创作过程之中充满联想，那倒肯定是他个人的事情，这个作曲家"具有视觉倾向"，他"可能看到过出现在他面前的各种风景、各种夜景、正在战斗的人群或者张张笑脸——这些东西从心理学角度来看都是非常有趣的，但是从审美的角度来看则是无关紧要的。"在听音乐时出现视觉画面的联想，这是一种事实，这种事实是由观赏者的心理生理素质决定的，不必有意压

---

① [德] 莫里茨·盖格尔：《艺术的意味》（*Die Bedeutung der Kunst*），艾彦译，北京：华夏出版社1999 年版，第 240 页。

② [德] 莫里茨·盖格尔：《艺术的意味》（*Die Bedeutung der Kunst*），艾彦译，北京：华夏出版社1999 年版，第 240—241 页。

抑它。"如果它们只不过是没有什么害处的伴生现象，那么，我们就不应当指责这些视觉画面。至关重要的一点只在于，人们是不是让这些视觉方面的、想象出来的幻想影响艺术体验——也就是说，人们是仅仅把它们当作表面肤浅的偶然性的附属物而予以承认呢，还是使自己陶醉到这种由思想和意象组成的戏剧之中去享受**它们**，而不是由音乐本身来决定自己的体验。如果人们享受这些联想，那么，他们就会同时忽略审美客体——这就像他们让艺术作品的主题决定他们的审美经验时所发生的情况那样。因此，只有当人们完全沉浸到音乐本身所具有的价值之中去的时候，他们通过艺术态度对纯粹音乐的体验才能够存在。"通过了这些否定性的分析和辨析，盖格尔的结论就是："'审美态度必须是审美态度，而不能是审美之外的态度。'这种要求把那些异己的态度排除到审美态度之外了；但是它并没有根据审美态度的特色确定什么是审美态度。"① 那么，接下来盖格尔就对什么是审美态度进行肯定性的界定，指明审美态度的特征。

（2）审美态度的特征。

什么是审美态度呢？盖格尔说："审美态度是这样一种态度，人们通过它就可以领会艺术作品的审美价值；此外，它也是使这些审美价值找到进入存在的自我中去的道路的先决条件。从这两个事实出发，我们就可以发现审美态度的各种特征。"② 他在这里指明了关于审美态度的两个事实：一是审美态度是领会艺术作品的审美价值的对待艺术作品的方式。二是审美态度是使艺术作品的审美价值找到进入存在的自我中去的道路的先决条件。盖格尔通过这样两个事实来分析审美态度的特征。

审美态度的第一个特征就是直观性。这是为了保持自我与艺术作品的审美价值之间的道路畅通。盖格尔说："联结自我和艺术作品的审美价值的道路必须畅通无阻；因此，审美态度不可能是内在的专注。只有通过外在的专注，自我才能够确实领会艺术作品所具有的审美价值。"而审美的外在的专注就是"审美**直观**"。盖格尔规定了"直观"这个概念："'直观'所指的只不过是我们必须根据艺术创造的直接特征来领会它们。审美价值就包含在这些直接的艺术创造之中（我们不应当通过分析审美态度，而应当通过分析审美价值本身，来了解为什么会是这样，来了解这种包含的本性）；因此，从审美态度领会艺术作品的直接特征这种意义上来说，审美态度

---

① ［德］莫里茨·盖格尔：《艺术的意味》（*Die Bedeutung der Kunst*），艾彦译，北京：华夏出版社1999 年版，第 242—243 页。

② ［德］莫里茨·盖格尔：《艺术的意味》（*Die Bedeutung der Kunst*），艾彦译，北京：华夏出版社1999 年版，第 243 页。

必然是直观性的。""直观是这样一种态度，人们通过这种态度可以领会艺术作品那些以直接联系的形式存在的价值。因此，'直观'本身并不是审美经验，而是审美经验的先决条件。"① 在这里，盖格尔规定了"直观"的"外在的专注"和"领会艺术作品那些以直接联系的形式存在的价值"这样两个方面。我国现象学研究学者倪梁康在《胡塞尔现象学概念通释》之中说："在术语的运用上，'直观'一方面作为与'表象'（Vorstellung）相平行的概念通常与'概念'、'思维'相对立；另一方面则与'Intuition'（直觉）的概念完全同义。"② 因此，我们可以这样来理解审美态度的直观性：这是一种直接面对艺术作品的那些以直接联系的形式存在的价值、外在专注于艺术形象、直接观照（通过感官）来对待艺术作品的方式。它的关键之处就是从直接呈现在人们感官面前的艺术形象及其价值而直接把握艺术作品，却不通过概念和思维把握艺术作品的审美价值和审美意味。

为了澄清审美态度的直观性，盖格尔还指明了现象学美学的"直观"概念与其他的直观理论的不同之处。他特别指出，现象学美学的"直观"并不是某些直观理论所说的类似于"灵感"的意义。他指出："直观作为审美态度的一种成分，与富有创造性的艺术家所具有的灵感毫不相干。处于这种联系中的直观只不过是下面这个事实，即对于观赏者来说，他是通过艺术作品被感觉到的方面来领会审美价值的——对于艺术作品的消极的审美价值来说，情况也是如此。即使画法拙劣的绘画也是一幅由色彩和形式组成的构图；低劣的音乐是通过音调体现出来的，而且，拙劣的诗歌也是通过语词音响序列体现出来的。直观绝不是积极的审美经验的符号，因此，即使价值最低劣的艺术作品也可以由人们通过直观来领会。"③ 与此同时，盖格尔还强调了他要与审美感伤主义和审美理性主义区别开来。他说："要强调直观，就应当避免审美感伤主义的盲目性，又避免缺乏感官方面的审美理性主义。内在专注的感伤主义——就像关于效果的美学所系统论述的那样——主要强调情感的产生。我们已经详细地论述过这种观点为什么在今天是一种危险。另一方面，审美理性主义则倒退到背景（即一种认为'审美经验应当以概念知识为基础'的理论）之中去了。与这种理性主义相反，我们必须坚持这样的主张：人们必须领会和感受审美价值，而绝不

① ［德］莫里茨·盖格尔：《艺术的意味》（*Die Bedeutung der Kunst*），艾彦译，北京：华夏出版社1999年版，第243—244页。
② 倪梁康：《胡塞尔现象学概念通释》，北京：生活·读书·新知三联书店1999年版，第40页。
③ ［德］莫里茨·盖格尔：《艺术的意味》（*Die Bedeutung der Kunst*），艾彦译，北京：华夏出版社1999年版，第244—245页。

是认识审美价值。"① 通过这样的辨析，盖格尔就把审美态度的直观性限定在审美观赏者方面，指明了审美态度的感受性、领悟性、外观性、外在专注性——直接感悟性。这也是现象学美学继承鲍姆加登以来关于审美的感性特征的一个重要方面，而且，现象学美学又把直观与本质联系起来，突出了审美直观的观照本质现象的审美价值和审美意味特征。也就是说，审美直观，虽然不是一种通过概念和思维的认识活动，但是它同样可以把握艺术作品的审美价值和审美意味的本质现象，因此，审美直观是现象学的"本质直观"的一种"面向实事本身"的方式。

审美态度的第二个特征就是非概念性。这是从审美直观的非概念性特征之中引申出来的。盖格尔指出："由于纯粹的理智上的理解是审美之外的东西，因此，'演绎'在审美领域中并没有合适的一席之地。演绎推理所遵循的是下面这个公式：'苏格拉底是人，所有的人都终有一死，因此苏格拉底最终也会死。'这个公式在审美领域中是没有权利存在的。'和谐是一种审美价值，这幅绘画具有和谐，所以这幅绘画具有审美价值。'这并不是一个有关审美态度的演绎推理。如果一个人自己没有体验到这种审美价值，那么，任何演绎推理都不能，而且也不应当指导他、让他了解它。'不凭借概念而能使人感到快乐的东西就是美的'——康德就这样系统论述了审美判断与逻辑判断之间的对立；而且，他因此便得出了当时的理性主义时代所忽略的一个重要的真知灼见。"② 审美态度的非概念性是康德就已经解决了的，似乎无须多说。

审美态度的第三个特征是非功利性。盖格尔说："最后，而且也是最重要的，审美直观是与人们日常生活的行为态度相对立而存在的。在后者看来，我们只能根据那些人、那些事、那些价值的'使用价值'，而不能根据我们所感觉到的它们的外表来考虑它们。我们所感觉到的它们的外表，只是作为我们认识这些客观对象的一种手段而被注意到。我们透过这种外表来看这种客观对象。假设没有人告诉我们，有一个人一直想访问我们。我们所能够发现的一切只不过是这个人年老还是年轻，或者是高还是矮、是胖还是瘦。'他戴眼镜吗？'——我不知道。'它穿的衣服是什么样子的？'——我不知道。'他的眼睛是什么颜色？他的脸庞是什么形状？他的行为举止是怎样的？'——我不知道，我不知道，我不知道。就记忆这些细节来说，人与人之间的差别是相当大的——与其说这是因为人与人之间的记忆力不同，还不如说是

---

① [德] 莫里茨·盖格尔：《艺术的意味》（*Die Bedeutung der Kunst*），艾彦译，北京：华夏出版社1999 年版，第 245 页。

② [德] 莫里茨·盖格尔：《艺术的意味》（*Die Bedeutung der Kunst*），艾彦译，北京：华夏出版社1999 年版，第 246 页。

因为他们针对这个客观对象的兴趣强度有所不同，或者也可以这么说，是因为他们透过外表观察客观对象的能力不同，而其他人则只限于观察外表的细节。当有人使一个人的兴趣转到'坐在你对面的这个男子英俊吗?'这个问题上去的时候，他只需要评论一下这种态度是怎样突然发生转变的就可以了。现在，他的兴趣突然转到外表上来了，突然转到这张脸的形状和色彩方面来了，突然转到鼻子的形状和眉毛的弓形上来了。现在，这种在我和这个客观对象(这个男子)交谈的过程中处于我们'之间'的外表突出表现出来了。以前，有关这个客观对象的意识流曾经直截了当地穿过这种外表；现在它却牢牢地抓住了这种外表——尽管并没有持续很长时间。因为这些色彩和形式仍然是**人们**的色彩和形式；如果它们不是人们的色彩和形式，那么，它们本身就没有任何意义。那些伴随着生命的律动而搏动变化的皮肤色彩是十分奇妙的、是美的；同样，这些色彩如果仅仅作为色彩以简单并列的方式排列起来，那么它们就会失去全部审美价值。"[①]

盖格尔从这个例子出发，批评了康德的"纯粹美"和"依存美"的理论，而以现象学意向性构成的理论来解释审美态度的"非功利性"或者"非日常生活化"。他认为，康德的"纯粹美"理论，排斥了那些处于概念之嫌的附属物，比如，人和文学，那么"剩下来作为'纯粹'美的东西也就寥寥无几了"。他认为，前后两种情况"至少存在着两个过程：一个过程是构造客体的过程，也就是'把某种事物**当作**某种事物来领会'的过程；另一个过程则是概念归属(conceptual subordination)过程——我看见了一个男人，或者说我把我领会的某种事物归属到某一种类之中"。这两个过程的心理学意味、逻辑学意味，尤其是审美意味都是不同的。"说'我**看见**了一个男人'并不是一个隐喻——这种客体构造是我在我面前发现的某种东西，是某种我觉察到的东西，是某种给定的东西。作为一种**现象**，这种客体的构造是存在于我面前的，并且是应当归于我在我面前发现的这个客观对象的；它绝对不是'理智的'东西，绝对不是从外部插入的东西。"另一个过程就不一样了。"概念归属则是另一种东西：它是一个推论过程——是一个把两种本身并不相互归属的事物融合到一起的过程。真正的概念归属与审美对象毫不相干。'我知道这种动物是鳄鱼'这个事实既不能使它更美，也不能使它更丑。从审美的角度来看，只有这种得到人们直接领会的客体构造才是有意味的——而这种客体构造确实从审美角度来看**是**有意味的。从审美的角

---

① ［德］莫里茨·盖格尔：《艺术的意味》(*Die Bedeutung der Kunst*)，艾彦译，北京：华夏出版社1999年版，第246—247页。

度来看,对**作为**一个男人而站在我面前的这种客体构造的领会是有意味的。因为这种客体构造是直接给定的。"① 在这里,盖格尔完全是以意向性构成对象的理论来解释审美态度的非功利性或者非日常生活化的特征。日常生活化的、功利性的态度是把某一个事物归属于某一种概念(种类)之中,要进行逻辑判断。与之不同,非日常生活化、非功利性的审美态度则是在"看见"的直接感觉之中构成一个,发现一个,直接领会、感受一个给定的,具有客体构造及其意味的现象,对它进行审美判断,即揭示所发现的事物的审美价值和审美意味。

盖格尔把这种审美态度称之为"静观"。这就是审美态度的静观性特征——审美态度的第四个特征。他指出:"人们通过直观来领会艺术作品的审美价值,人们必须把直观本身与艺术作品分离开来。人们必须通过直观来观察艺术作品、静观艺术作品。"他明确地指出了"静观"的含义:"静观所指的只是:人们以某种形式(或者另一种形式)在心灵深处接近艺术作品(或者美的客观对象)的感官方面的特征。"我们在实际生活中并不静观;我们行动,我们制订计划并且把它们付诸实现。我们对来自外界的东西作出反应,但是我们却不静观它。"如果说人们通过静观可以领会艺术作品的感官方面的特征,那么,人们就必须通过**静观**来面对艺术作品。正因为如此,在日常生活中,不论语词、人们,还是各种事物,都与审美毫不相关——他们并没有得到人们的静观,而是被淹没在由各种事件组成的洪流之中了。"② 在他看来,人们对"实用艺术"的态度是没有这种"静观"态度的。比如,巴洛克时代的宫殿并不是"艺术作品",它们的审美价值只存在于艺术史学家们和艺术风格研究权威们的静观之中,或者说,只存在于那些游览者——他们在导游的引导下怀着崇敬的心情小心翼翼地穿过这些房间——的静观之中。作为王孙贵族居住的场所,作为充满了盛大宴会的壮丽气氛、侍从仆人穿梭往来、杯盏交错叮咚的宴会大厅,这种宫殿具有真正的审美意味;作为人们生活起居的家,公寓式的房间也具有审美意味;公园也由于玩耍嬉戏的儿童、倾诉喃喃情话的恋人而获得了生命。巴洛克式教堂是供天主教举行大弥撒(High Mass)盛典的礼堂,教士们祝贺着,广大会众身穿节日的盛装跪拜行礼。竞技场是一个幽灵,当人群四散离去之后,它仍然悲哀地留在那里。在博物馆的展览橱窗里,各种水罐、花瓶、瓷器都未能充分展示它们的艺术服务效果;衣物、

---

① [德]莫里茨·盖格尔:《艺术的意味》(*Die Bedeutung der Kunst*),艾彦译,北京:华夏出版社1999年版,第249页。

② [德]莫里茨·盖格尔:《艺术的意味》(*Die Bedeutung der Kunst*),艾彦译,北京:华夏出版社1999年版,第250—251页。

装饰品以及珠宝,是供人们穿戴用的——在其他情况下它们则像珍珠那样,除非它们与人体有关,否则它们就会失去光泽。但是,人们在使用这些东西的过程中却没有对它们进行静观。所以,他强调:"静观所指的只是把被观赏者享受的东西所具有的感觉方面的特性孤立出来,并且领会这些特性。"[①] 因此,"最大限度地实用与最大限度地审美印象是不可能统一起来的。审美效果根本不会在人们单纯使用客观对象的过程中产生——但是,审美效果也根本不会完全在人们单纯静观客观对象的过程中产生。这种态度必须是一种关于静观性的使用、关于使用过程中静观的态度。"对待这些"实用艺术"首先当然是实用,要产生审美印象和审美效果就必须在使用之中产生静观态度。"正像美的服装的功能既在于穿戴,也在于供人们观赏那样,其他所有实用艺术也都是如此。对于人们享受风景来说,情况也同样是这样。如果一个人只在田间溜达闲逛,那他就不能从审美的角度体验它;他必须在田间散步的同时从静观的角度体验它。对于这种审美静观形式来说,语言是没有表达方法的;在这里静观者实际上在没有面对被静观的对象的情况下就把自己与后者分离开了。"在此,盖格尔强调了静观态度把静观者与被静观者分离开来的作用。这里实际上就是强调了审美静观的"现象学还原"过程之中构成审美"现象"——纯粹意识现象。在这个过程之中,客观对象已经被构成为具有审美价值和审美意味的"现象",脱离了客观对象的现实存在,脱离了客观对象的"使用价值",而呈现为纯粹意识现象——具有审美价值和审美意味的"现象",意指着与意向性对象相关的"存在的自我"。盖格尔还注意到了不同的艺术类型的不同情况。对于绘画和诗歌来说,静观态度的这种"分离"是显而易见的,对于实用艺术不那么明显,而对于运动的艺术——舞蹈就更加复杂了。"有的舞蹈可以观看,这对于高贵的'静观者'来说是没有什么困难的;但是,也有一些舞蹈没有向旁观者(onlooker)表现任何东西,在这里,舞蹈者的运动本身就是激发出人们的审美享受的媒介。这种舞蹈并不是人们通过内在的专注来享受的、以激起性冲动或者以宗教狂欢为目的的舞蹈,而是能给人们带来对肢体的运动(或者节奏韵律)、对身体的平衡变化,以及身体重心转变的真正的审美享受的舞蹈。真正的审美经验可以使人意识到所有不是存在于概念知识之中的一切,它们存在于人们**在舞蹈过程中**对审美价值的领会方面。通过保持正在进行体验的自我这个方面并完全参与到舞蹈之中去,这就是对于舞蹈的艺术态度,这就是人们对自己的

---

① 　[德] 莫里茨·盖格尔:《艺术的意味》(*Die Bedeutung der Kunst*),艾彦译,北京:华夏出版社1999年版,第251—252页。

运动的审美享受。"①

    盖格尔还注意到不同的感觉与静观和审美态度的关系。他认为,比较高级的感觉(视觉和听觉)可以促成和加强审美静观和审美态度,而那些与身体方面联系紧密的感觉(味觉、触觉、嗅觉)则使人们很难纯粹地静观对象。他说:"这些更高级的感觉更适合于审美经验,是因为它们以这样一种方式(就这种方式而言,它们是作为'为我而存在'的东西被给定的)促成了审美态度,是因为它们使客观对象的外表、使对客观对象的表现有可能通过一种艺术方式而形成。"也就是说,视觉和听觉可以使人们与客观对象拉开距离,而不是像嗅觉、味觉、触觉那样把人们引向内在的专注和单纯追求快乐的享受。他说:"视觉和听觉方面的印象(它们与这些感觉没有关系,而且也不是断言性的)以一种截然不同的方式使某种距离有可能存在,这种距离对于我们区别色彩和声音的价值来说是不可或缺的。"这是一种距离说的美学理论。不过,盖格尔对它进行了现象学的解释。他说:"直观(即根据审美价值的感性特征对这些价值的领会)和静观(即为了领会这些审美价值把自我和客观对象分离开来)是构成这种态度的两种成分,而正是这种态度使人们有可能领会审美价值。""完满的审美经验要求这些审美价值渗透到存在的自我之中去,它要求存在的自我保持开放状态。"在这里,人们要排斥自我的生命层次和经验性自我层次,而达到存在的自我。因此,他"反对把认同与经验性自我联系起来"。观赏者不能把自己与艺术作品中的情感表现"认同"为自己的经验性自我的内在的专注。他反对精神分析理论把审美和艺术与自我的生命层次和经验性自我联系起来的"对生命实在的升华"说,同时也补正康德的"无兴趣"理论。他指出,康德所排斥的"兴趣"应该是"纯粹自我的兴趣,是经验性自我的兴趣"。他认为康德美学虽然指明了审美的无功利性,但是他的解释却是有问题的。他也不同意"艺术幻觉论"。他认为"艺术家的幻觉是'表现'"。"在真正的艺术表现的顶点,我们发现了一个存在于我们面前的世界;对于我们来说,这个世界根本不是实际存在的世界,但是它却拥有它自己的实在形式。"他称之为"不真实的现实性"。这就是盖格尔强调审美态度的直观性和静观性的关键所在。他要用审美态度的直观和静观等特征来领会艺术作品的审美价值和审美意味,从而达到存在的自我(先验主体性)这种本真的存在。所以,他指出:"审美态度并不是目的。对于人们领会审美价值来说,对于使审美价值接近存在的自我来说,它是

---

① [德] 莫里茨·盖格尔:《艺术的意味》(*Die Bedeutung der Kunst*),艾彦译,北京:华夏出版社1999 年版,第 253—254 页。

不可或缺的条件。""在这里，这个圆圈闭合了；我们在审美态度中把自己和审美价值联系起来，而且这些审美价值只有通过审美态度才能得到实现。这样，艺术和审美价值所具有的存在意味就可以清楚地显现出来。"①

盖格尔把审美态度当做审美活动的关键和先决条件，并且对审美态度的特征进行了具体分析。我们可以归纳为这样一个观点：审美态度的根本特征就是它的直观性，而这种直观性具体表现在三个方面：非概念性、非功利性、静观性。他的这些分析从现象学的角度来看，应该是想得比较周全的，但是，他忽视了使人们产生审美直观的态度的最终根源：以物质生产为中心，包括物质生产、话语生产、精神生产的社会实践。如果没有人类的社会实践，人们是不可能从实用的态度、知识的态度、宗教的态度、伦理的态度转向审美态度的，人们也不可能以外在的专注态度来静观客观对象的感官方面的特性与存在的自我的关系。人们首先必须生存，因此实用的态度、知识的态度、宗教的态度、伦理的态度是在审美态度之先的，有了人类自身的生存，才可能发展为人类的审美活动和艺术活动。单纯的意识活动的"专注"是不可能产生这样的根本性转变的。

① [德] 莫里茨·盖格尔：《艺术的意味》（*Die Bedeutung der Kunst*），艾彦译，北京：华夏出版社1999年版，第256—271页。

第 三 章

德国象征主义文学思想

第一节 概 述

一、欧洲象征主义的产生和发展

象征主义是 19 世纪末 20 世纪初西方现代派文学中产生最早、影响最大、波及面最广的一个文学流派。无论在思想倾向或艺术方法上,象征主义都是欧美古典文学和现代文学的分界线。象征主义一般分为前期象征主义、后期象征主义。象征主义这一称谓最早出现于 1886 年。首先,法国诗人勒内·吉尔出版《言词研究》一书,试图系统地肯定自波德莱尔以来先锋派作家们在诗歌艺术上出现的新倾向和新成就,马拉美为其写了前言。1886 年 9 月 15 日,长期定居法国的希腊年轻诗人让·莫雷亚斯在《费加罗报》上发表"文学宣言",主张用"象征主义者"这个称号来称呼当时用象征手法创作诗歌的现代派诗人。这篇宣言得到了广泛热烈的响应。自此,法国文学史上正式出现了"象征主义"这一流派。其实,"象征主义"的名称来自"象征"(Symbol) 一词。它在希腊文中的原意是指"一块木板 (或一种陶器) 分成两半,主客双方各执其一,再次见面时拼成一块,以示友爱"的信物。经过长期演变,其义成了"用一种形式作为一种概念的习惯代表",又引申为任何观念或事物的代表,凡是能表达某种观念及事物的符号或物品就叫做"象征"。它与通常人们所谓的比喻不同,它涉及事物的实质,含义远较比喻深广。

早在莫雷亚斯提出"象征主义"名称 30 多年前,象征主义就已经产生。1857 年,法国年轻诗人波德莱尔发表的《恶之花》是象征主义的开山之作。《恶之花》像怪物似地出现在法国诗坛上,成为法国文学,乃至世界文学史上一件令人瞩目的大事。波德莱尔成为文坛泰斗后,以他为中心的一种新的文学流派也迅速形成。诗集《恶之花》，在西方诗歌界开拓出新的路子。在题材上，它把社会之恶和人性之恶作为艺术美的对象来写（《恶之花》是说诗人可从丑恶的事物创造美好的东西），揭示了现代城市巴黎这座"地狱"中的种种罪恶现象（如乞丐、娼妓、战争等），突破了浪漫主义后期风花雪月的框框；在艺术方法上，波德莱尔发展了瑞典神秘主义哲学家安曼努尔·史威登堡的"对应论"，认为外界事物与人的内心世界息息相通，互相感应契合，把山水草木看做向人们发出信息的"象征的森林"，诗人可以运用有声有色的物象来暗示内心的微妙世界。强调刻画个人的感受和内心世界，强调用有物质感的形象，通过暗示、对比、烘托和联想来表现的方法，后来就成为象征主义以及整个现代派文学的基本倾向和艺术手法。其后，在波德莱尔的重要追随者魏尔伦、兰波和马拉美的共同努力之下，象征主义流派在 19 世纪末，即 1886—1891 年达到昌盛时期。

　　一般说来，前期象征主义又可以分为三个阶段：波德莱尔以前为萌芽期象征主义。这个时期里，有法国第一散文诗人贝尔特朗、散文家奈瓦尔、诗人洛特雷亚蒙和美国著名诗人和作家爱伦·坡。他们的诗和诗歌理论都曾对波德莱尔以及后来的一大批象征派诗人的创作发生过作用，但还算不上"真正的"象征主义诗歌。第二个阶段是波德莱尔时期。波德莱尔不但是象征主义的鼻祖，也是整个现代派文学的先驱，可以把这一个阶段称为先驱期象征主义。第三个阶段是继波德莱尔之后出现的三个重要诗人：兰波、魏尔伦、马拉美时期。这个时期可以称为正统的前期象征主义时期。由于他们三个人的努力，象征主义到 19 世纪末出现了前所未有的热潮。法国的拉弗格、歇尼埃和莫雷亚斯等诗人都先后加入象征主义行列。用象征主义手法创作了大量诗歌，形成了一种要淹没已奄奄一息的浪漫主义的声势，并形成了与方兴未艾的帕尔纳斯派相抗衡的格局。继波德莱尔之后，法国诗人兰波和保尔·魏尔伦（1844—1896）强调诗人的幻想、直觉和诗歌的音乐性。1886 年 9 月 15 日巴黎《费加罗报》上，诗人让·莫雷阿斯提出了象征主义（Le Symbolisme）这个称谓，要求诗人们摆脱自然主义文学着重描写外界事物的倾向，努力探求内心的"最高真实"，要求赋予抽象观念以具体的可以感知的形式，这时象征主义就作为自觉的文学运动开展起来。这在当时是对日益发达的科学、工业所引起的注重物质世界的思潮和自然主义文学的反拨。马拉美是象征主义运动中承前启后的中坚人物。理论上，他进一步发展了唯美主义的见解，把诗与散文的语言截然分开；创作上，他刻意追求诗的雕塑美、音乐美，注重形式上的工整和音韵上的和谐。他认为诗歌是用象征体镌刻出来的思想；他认为写诗就和作曲一样，文字就是音符，要求诗篇产生交响乐一样的效果，为此不惜废弃标点符号。由于马拉美的努力和阿瑟·西蒙斯的著作《象征主义文学运动》的影响,原来局限于法国的象征主义在 19 世纪 90 年代开始向英、美、德、俄、意、西等国家传播,到 20 世纪 20 年代终于成为一个影响深远的国际性的现代派文艺运动。但是在法国,高峰过后,前期象征主义随即开始衰落。1891 年,象征派"文学宣言"的作者莫雷亚斯首先宣布脱离象征派,而提倡一种所谓"罗曼派"的文学,试图恢复他的先祖古希腊罗马文学的传统。接着,兰波、魏尔伦、马拉美分别于1891 年、1896 年、1898 年过世,其他许多象征派诗人也纷纷选择新的发展方向,不再遵循象征主义艺术标准。前期象征主义作为一个文学流派,到 19 世纪末实际上已经解体。但是,前期象征主义作为一种文艺思潮,其影响已在法国深深扎根。

由于马拉美等著名诗人的作用,象征主义在 19 世纪末开始越过法国国界,向西欧、北美扩展,到 20 世纪 20 年代,又兴起了后期象征主义。法国的瓦雷里继续着马拉美"纯诗"的道路,在追求音乐性的同时,更增加了哲理的思考。保尔·瓦雷里(1871—1945)青年时代崇拜马拉美,法学院就读期间结识了马拉美和纪德。23 岁开始定居巴黎,先在国防部任文稿起草员,后来又长期担任哈瓦斯社社长秘书。第二次世界大战胜利后不久去世。历任国际笔会主席、法兰西学士院院士,逝世后,戴高乐将军坚持主张为他进行了国葬。在他一生中,1892 年 10 月 4—5 日最关键,他经历了"惊心动魄的一夜",从诗歌转向哲学思辨和数学研究,用了二十年时间。他研究人的精神活动的方式、精神活动与人的本质之间的关系。最后结论是:精神最重要的作用在于它有综合能力,能够把感官的印象加以综合整理,因此,创造的起点是理智对感觉的作用,是精神活动,而精神活动的起点则是形式和结构。这些形成了后期象征主义诗学理论的基础。美国的庞德举起了意象主义的大旗,领导了英美的意象派大军。俄国的勃洛克运用象征派的艺术,讴歌苏维埃的革命事业。美国的艾略特则兼容并蓄,又融进了宗教意识,开拓了西方现当代诗歌的先河。比利时诗人维尔哈伦的作品反映了城市的腐败和农村的贫困,表达了对入侵者的反抗,有很大的现实意义。后期象征主义主要代表作家还有:奥地利的里尔克、爱尔兰的叶芝、比利时的梅特林克。

前后期象征主义的共同点:(1)反对肤浅的抒情和直露的说教,主张情与理的统一。(2)通过象征、暗示、意象、隐喻、自由联想和语言的音乐性去表现理念世界的美和无限性。(3)曲折地表达作者的思想和复杂微妙的情绪。前后期象征主义的不同点:(1)前期象征主义象征内涵意义单一、单义、简单,暗示和对应的关系相对明晰,而后期象征主义则表现出多重、多义、复杂的特征,其内涵意义更具暗示性、联想性、含蓄性,象征意象交错重叠,复杂难辨。(2)前期象征主义注重感情象征,通过对应和暗示，可以窥见作者丰富的情感世界，而后期象征主义更在于表现理智，表达抽象的思想观念，着眼于对艺术、生活和人生哲理的理性探索。(3) 前期象征主义追求迷离朦胧的、梦幻般的诗歌意境，把直觉幻觉、暗示象征、音乐梦幻等冶为一炉，而后期象征主义则把诗歌引入到宗教神秘之中，建立起象征主义的神话体系，将玄学、典故、宗教神话与象征意象结为一体，表现出空灵虚无的特征。

象征主义不仅在文学方面成就卓著，而且影响到绘画艺术。在欧洲绘画史上，19 世纪下半叶的一个重要特色是，诗歌向着绘画靠拢，绘画向着诗歌飞跃。象征主义就是这一特色的代表。法国象征主义诗人卡恩在 1886 年的一篇文章中深刻地阐述了它的特性："我们艺术的根本目的是使主观事物客观化 (理念的外化)，而不是使客观事物主观化 (通过有个性的眼睛看到的自然)。"通常人们有一种错觉，认为 19 世纪下半期艺术的主流是印象主义绘画，把印象主义画家视为现代主义的先驱。虽然印象主义绘画与象征主义绘画差不多同时出现，但前者是"模仿自然"的绘画传统的最后阶段，而后者的主要特征则表明它属于印象主义之后的发展，它的出现标志着欧洲艺术从传统主义向现代主义过渡的起点。象征主义对绘画的影响，无论在持续时间的长度还是波及地域的广度上，都超过了印象主义。象征主义的革命意义在于它产生了一种新的更接近现代的艺术哲学。评论家奥里埃在一篇评论高更的文章中概括了象征主义的艺术哲学。他指出，艺术作品"第一，是观念形态的，因为它唯一的理想是理念的表现；第二，是象征主义的，因为它用各种形式表达这种理念；第三，是综合主义的，因为它用一种普遍理解的方法表现这些形式和符号；第四，是主观的，因为客体不再被认为是一个客体，而是被认为是主体所领悟的思想的符号；第五，是装饰性的，因为严格地说，正如埃及人，或许更如希腊人和文艺复兴早期的人所理解的那样，装饰画只不过是一种主观的、综合的、象征的和观念形态的艺术表现形式而已。"由此亦可见出，综合主义与象征主义是相互渗透的。

象征主义绘画活跃于 1885—1900 年之间，与 19 世纪 80 年代中叶法国文学，特别是诗坛的象征主义运动有密切关系。象征主义绘画发于法国，被认为是象征主义主要代表的画家有夏凡纳、莫罗和雷东。皮维·德·夏凡纳 (1824—1898) 的艺术活动主要是给许多公共建筑作装饰壁画，因此他的油画也具有湿壁画的特点。他创造了一种淡色平涂、简练单纯、气氛恬静、节奏分明的装饰风格，描绘寓意性的情节和源自古代的题材，表现出学院派的特点。他的画面总是带有一种稍显粉气的色彩，无论是内体还是衣袍，泥土还是树叶，好像都是同一材料做成的，这种考古发现般非真实的处理方法，强调了画面理性的抽象和统一。正是这种特性吸引了当时许多青年画家。夏凡纳在壁画中大多采用象征手法来传达对生活的寓意,如他为里昂艺术宫所做的《文艺女神们在圣杯中》(1884—1889)就是一例。整幅画给人以一种梦幻的、充满诗意的意境。同他的其他作品一样,这幅画和平宁静的气氛中也带有一丝忧郁,这是典型的世纪末情调。夏凡纳的作品还影响到高更、梵·高、修拉、德尼、毕加索等人的创作。就对画面统一性的关心而言,他是塞尚真正的先驱。与夏凡纳分享殊荣的是居斯塔夫·莫罗(1826—1898),他是象征主义绘画的中心人物,比夏凡纳更大胆地使用象征符号,而且不怕触及最怪诞的题材。他以描写神话和宗教题材的充满情欲的绘画著称,笔下的女性形象大多妖艳而邪恶,画中充满了异性的冲突、生与死的谜语、善与恶的寓意。他的创作糅合了意大利的古典艺术和异国情趣的东方艺术,这在很大程度上得益于文学,尤其是诗。他的作品也引起了文学家的关注。莫罗作的《在希律王面前跳舞的莎乐美》(1876)展于沙龙时,吸引了 50 多万名观众。这幅画有着宝石般的明亮色彩和梦幻般的神秘情调。奥迪隆·雷东(1840—1916)被德尼比作"画坛的马拉美"。雷东在美学上主张发挥想象而不依靠视觉印象。19 世纪 70 年代末,他开始创作石版画,共创作了近 200 幅,总标题为《在梦中》。法国作家于斯曼称雷东的画是"病和狂的梦幻曲"。他献给诗人艾伦·波的组画(1882)可以说是视觉造型的诗篇,展现了诗人痛苦的内心世界,这也是一个没有光照、没有时间的黑夜王国。由于雷东差不多完全以单色作素描和版画,所以他后来的色彩画能达到非常简练的程度,甚至几乎没有真实的背景。

19 世纪末,英国文学的唯美主义运动也对象征主义绘画产生了重要影响,这个运动的学说是,艺术只为本身之美而存在,也就是说,主张"为艺术而艺术"。唯美主义的哲学基础是康德的审美不涉及功利的学说。19 世纪 80 年代后期,英国的唯美主义进入了最旺盛时期,其标志为王尔德的颓废主义小说《道林·格雷的肖像》(1891)和剧本《莎乐美》(1893)的出现,以及画家奥布里·比尔兹利(1872—1898)为《莎乐美》作的插图的发表。唯美主义运动中最突出的美术家除了比尔兹利外,还有乔治·瓦茨(1817—1904)和伯恩 – 琼斯(1833—1898)。法国画家图卢兹—劳特累克(1864—1901)也明显地受到英国唯美主义的影响。

法国和英国的象征主义美术成就最突出,但在欧洲其他各国也涌现出一些著名的团体和杰出的画家,他们对象征主义绘画作出了重要的贡献。例如,比利时的二十大团,巴黎的玫瑰十字,德奥的分离派,等等。杰出的画家有比利时的费尔南·赫诺普夫(1858—1921)、詹姆斯·恩索尔(1860—1949),挪威的爱德华·蒙克(1863—1944),荷兰的扬·托岁普(1858—1928),德语国家的阿诺尔德·勃克林（1827—1901）、古斯塔去·克利姆特（1862—1918）等。他们的作品大多流露出一种忧郁、颓废、苦闷、孤独、彷徨的情绪，这就是所谓的世纪末情调。

概而言之，象征主义的哲学基础是神秘主义，信仰那种理想的彼岸世界。对象征主义来说，重要的是反映个人的主观感觉，使个人从现实中超脱出来，把他引向虚无缥缈的"理念"世界。所以在象征主义作品中所能感受到的只是形象的抽象性和不稳定性，是那种强烈的主观色彩和含义的朦胧晦涩。象征主义，一般指创作方法，表达令人难以捉摸的幻觉，其内容则是神秘主义。作家所要阐述的不是现实的客观世界，而是个人主观的内心世界。象征自古有之，它是联想的一种方式，即把眼前所见的事物，与以往所感受过的事物联系起来，形成独特的新的意境。

象征主义者认为，文学艺术所应表达的不是现实生活，而是意识所不能达到的超时间、超空间，超物质、超感觉的"另一世界"，这种超感觉的事物，只有通过象征才能表达出来。他们认为，现实黑暗无常，虚幻痛苦，只有"另一世界"才是真、善、美。文学艺术是用恍恍惚惚、半隐半现的景物来暗示另一世界，而象征就是沟通这两个世界的媒介。如用乌鸦代表命运，象征灵魂的黑暗，以虹象征光明，黑象征悲哀，白象征纯洁，黄象征权威，等等。这些象征意义，是事物、词语所固有的特性，为人们所熟知。然而在更多的情况下，其象征性往往不是事物、词语所固有的属性，而是人为的主观赋予的特性，如以大雨象征天主，圣杯象征神力等，其意义也就令人费解。同样一种事物，同样一首诗往往可以作出不同的多种解释。

象征主义的诗歌是以暗示和联想为基础的文艺创作。它不同于浪漫主义诗歌，反对直接抒情，主张间接抒情，也不同于现实主义的诗作，反对对事物作客观的具体的描绘，它把人们的视线从外部的物质世界引向内部的精神世界。如何表达这种内部的精神世界呢？主要靠象征性的暗示，即暗示主题、暗示事物、暗示感情。十样东西，只说三样，留下七样，由读者的感官去推想，或者只说一事一物，由读者联想出无穷无尽的事物。这样，读者仿佛一半在读诗，一半在进行创作，从中得到乐趣。象征派的诗歌极力避免一般性的描述，尤忌赤裸裸的说教。

象征派的诗歌要求具有形象美、音乐美和绘画美的统一性。象征主义者认为，写诗如同作曲一样，文字就是音符，要求诗篇产生交响乐般的艺术效果。兰波曾作了一首十四行诗，分别给元音字母定了色，"A 是黑，E 是白，I 是红，U 是绿，O 是蓝"。有人还从乐器的种类上联想出音与色的关系，说竖琴是白的，四弦琴是青的，横笛是黄的，风琴是黑的。这种色与音的交错，打破了视觉、听觉等感官的界限，使诗歌、音乐、绘画混在一起。这样的诗，才被认为是上乘之作。

象征派主张自由诗体，倡导不定型的散文诗。他们打破了传统的固有的缀音押韵的格律，而由语言本身的音乐性来代替，以表达刹那间的印象或情调。象征主义者认为，刹那间的印象或情调是不可捉摸的，要传达出这种情调，用语言是不可能的，用诗歌的格律也无济于事，只有用言语音响本身来表达，而不是由词汇语意来体现，因而反对修辞，废弃诗行形式的约束，主张根据诗人思想感情表达上的需要，灵活安排音步、顿挫和韵脚；这就导致现代自由诗体的出现。因此，诗体格律的自由化，是象征派的重大特色，也是对现代诗歌的一大贡献。

象征主义的理论基础是唯心主义的，它肯定和承认尼采的"超人"哲学和瑞典神秘主义哲学家安曼努尔·史威登堡的"对应论"。"对应论"认为自然界万物之间，存在着神秘的相互对应的关系，在可见事物与不可见的精神之间有互相契合的内在联系。它的美学基础是利普斯的"移情说"、佩特的唯美主义和柏格森的直觉主义。从哲学和美学上，都与亚里士多德的"摹仿说"相对立，是对这种美学理论和艺术法则的反叛。从创作方法上来看，象征主义是对古典主义、现实主义、浪漫主义的反叛，是浪漫主义文学运动开始走向没落，现实主义转入批判现实主义阶段和出现自然主义分支的极端时候的一种艺术倾向。它与批判现实主义同时发展着，成为资本主义社会两大艺术潮流之一。象征主义认为世界是虚幻的、痛苦的，而"另一世界"是真的、美的。它把文学重新拉回抒写个人感情为重点的老路上去。然而，它抒写的个人情怀和浪漫主义的抒情大异其趣，抒写的不是日常生活中肤浅的喜怒哀乐，而是不可捉摸的内心隐秘。诗的目的不是要读者理解诗人究竟要说什么，而是要读者似懂非懂，恍惚有所悟，使读者体会其中的深意。象征主义不追求单纯的明朗，也不故意追求晦涩，而是追求半明半暗、明暗配合、扑朔迷离的意象。象征主义的倡导者马拉美说："指明对象，将使对诗歌所给予我们的满足减少四分之三，因为那样一来，一切的美都渐次地成为鲜明的了，唤起关于对象的观念——是为诗人的空想。这种神秘的完全的适用，便是象征。"象征主义一词，是由法国诗人莫雷亚斯命名的，它的影响不限于法国，也不仅限于西方世界。中国在"五四"新文学运动以后的诗坛上的诗人，如戴望舒、李金发等人都曾受过象征主义的深刻影响，写出了许多象征主义的诗歌。

19 世纪末 20 世纪初，象征主义从法国扩及英、美、德、意、俄等国家和地区，发展成国际性文学思潮，并在 20 世纪 20 年代达到高潮。象征主义理念和各国的文学传统及创作风格结合，显得复杂起来。法国仍然是象征主义毋庸置疑的中心。法国后期象征主义诗人的主要代表是保尔·瓦雷里（1871—1945）。他继承了马拉美的纯诗传统,却在诗歌中融入了关于生与死、变化与永恒、行动与冥思等哲学上的思索。其成名作是《年轻的司命女神》(1917),描写不同性质意识之间的矛盾冲突。1922年,瓦雷里出版诗集《幻美集》,其中收录了诸多优秀的诗作,包括《脚步》、《石榴》、《风灵》等。瓦雷里一生的巅峰之作是晚年的《海滨墓园》,诗的主旨是关于绝对静止与人生交易的对立统一关系。开篇"这片平静的房顶上有白鸽荡漾"成为脍炙人口的名句。这首诗代表在诗歌创作方面瓦雷里的成就高过了他的前人马拉美。除瓦雷里外,雷米·德·果尔蒙(1858—1915)和弗兰西斯·耶麦(1868—1938)也是颇负诗名的法国象征主义诗人。前者风格柔婉清丽,注重对嗅觉的表达;后者则以淳朴的语言风格著称。

奥地利的莱纳·马利亚·里尔克(1875—1926)是象征主义在德语文学中的代表。他早年曾担任过雕塑家罗丹的助手,受到罗丹雕塑风格的启发,其诗作风格刻画精细,名作《豹》就是其作品雕塑性的代表。里尔克的作品主要收录在《图像集》(1906)、《新诗集》(1908)等几部作品集中。1922年,里尔克迁居瑞士,并迎来了他一生中创作的高峰。在这段时间内,他完成了著名的组诗《致奥尔弗斯十四行诗》和《杜伊诺哀歌》,也正是这两部作品奠定了里尔克在现代诗坛上大师的地位。其风格晦涩难懂,有些评论家甚至认为其中包含了很多存在主义的观点。象征主义诗歌系统化和抽象化的特点在里尔克的作品中达到极致。

除欧洲大陆外,象征主义的影响也波及了英语世界,代表人物主要有爱尔兰的威廉·巴特勒·叶芝(1865—1939)和 T.S. 艾略特(1888—1965)。叶芝早期诗作中的象征主义是和爱尔兰民族的古老神话密切结合在一起的。他利用神话传说中的角色、故事和事物来做象征。《奥辛之浪迹》(1889)是叶芝早期的重要作品,以古代英雄奥辛骑着仙马游历世界的故事来比喻人生的各个时期。进入 20 世纪后,随着大量地参加政治运动和社会活动,叶芝的风格逐渐明朗化,并逐渐抛却了早期的神秘主义倾向。其诗作主题开始与现实紧密结合,语言更加洗练,是现代英语诗歌中的一座高峰。其后期的代表作品包括《驶向拜占庭》、《丽达与天鹅》、《在学童中间》等。叶芝是象征主义诗人中第一个建立了自己复杂的象征体系的诗人。其理论著作《灵视》(1937)大量涉及诗人自己的历史观、宇宙观,并包含了广泛的意象。

艾略特是美国象征主义诗歌的代表人物,无论在理论上还是创作上都作出了巨大贡献。其代表作《荒原》(1922)已经被誉为有史以来最伟大的英语诗歌之一。《荒原》取材自关于"圣杯"的古老传说,把丧失了信仰的现代世界比作一个荒原。在诗中,艾略特旁征博引,涉及了大量神话传说和象征意象,并运用了多种古语言和现代语言。尽管诗人自己为之加注了 50 多条注释，却还是鲜有人能读懂。艾略特的另一篇重要作品是《四个四重奏》，以高度抽象的手法表达了诗人对暂时与永恒之间的对立统一观点的思索。艾略特的诗作的一个显著的特点是和宗教的关系十分密切。无论是《荒原》还是《四个四重奏》都体现了解救人类最终极的途径就是皈依宗教的观点。1927 年，艾略特加入英国国籍，转向宗教剧的创作。这一时期重要的象征主义诗人还包括美国的华莱士·斯蒂文斯 (1879—1955)，其代表作《风琴》(1923) 和《黑色的统治》也是象征主义的杰出诗作。

20 世纪 20 年代兴起的后期象征主义在更深刻的程度上反映了第一次世界大战后西方世界的精神危机。但这个流派本身在十月社会主义革命的冲击下也出现了分化。俄国亚历山大·勃洛克 (1880—1921) 的长诗《十二个》是用象征主义手法歌颂十月革命的进步诗篇。谢尔盖·叶赛宁的组诗《不堪视听的莫斯科》则表现了严重的颓唐情绪。法国后期象征主义诗歌的主要代表人物保尔·瓦雷里 (1871—1945) 更加倾向于内心的真实，更加脱离外在的实际。他的主题经常是感性与理性、灵与肉、变化与永恒、生与死的冲突等哲理问题，但却运用了有感染力的形象和语言。德国大诗人莱纳·马利亚·里尔克 (1875—1926) 以对人生和宇宙的深刻玄想以及新奇的形象著称。他的《新诗集》力图在诗中创造雕塑的效果。《献给奥尔菲斯的十四行诗》和《杜伊诺哀歌》表现出神秘主义的倾向。在英美两国，象征派的影响在经过"意象派"的阶段 (1908—1917) 以后，发展为现代派的诗歌运动，其中的主要代表人物为爱尔兰的威廉·勃特勒·叶芝 (1865—1939) 和美国的托·史·艾略特 (1888—1965)。叶芝中后期的诗歌运用洗练的口语和复杂的象征来描写现实生活，表达抽象哲理，颇有一些成功的作品。艾略特的《荒原》是被称为 20 世纪英美诗歌的里程碑的，以万物枯死的荒原比喻现代世界，既反映了现代西方人的精神衰竭状态，也宣传了皈依天主教以求死而复生的思想，曾经产生过巨大影响。在法国象征主义诗歌的影响下，在 20 世纪 20、30 年代的意大利，出现了以埃·蒙塔莱 (1896—1981) 等为代表的"隐逸派"诗歌，他们回避写实，而侧重以敏锐的感觉，奔放的想象，借助隐喻和意象来描绘自然景色，抒发微妙情绪。它是意大利当时历史条件下的产物，表达了在法西斯统治下艺术家对现实的不满。西班牙著名诗人费·加·洛尔伽 (1899—1936) 的作品在接受象征派影响的同时，吸取了西班牙民间歌谣的特色。它歌颂了西班牙的美好景色和人民的理想及愿望，具有进步的内容和新颖的表达方式，曾经在本国及欧洲产生重大影响。象征主义在戏剧方面也有所成就。比利时莫·梅特林克 (1862—1949) 的《青鸟》、德国盖·霍普特曼 (1862—1946) 的《沉钟》和英国约翰·沁 (1871—1909) 的《骑马下海的人》都是著名的象征主义剧作。

总起来看,象征主义文学在各个国家和各个作家身上的表现是并不相同的,它有直接地或曲折地反映现实生活的一面,也有贵族主义和神秘主义的倾向;它开拓了一些新的表现手法,也有唯美主义、形式主义的倾向。它十分重视形象思维,用文学所拥有的全部手段来形象地构造意境,力求表现方法上的浓缩和精炼,也有做过了头,变得晦涩难解的时候。德国象征主义文学流派和文学运动就是在这样的背景下产生和发展起来的。[①]

二、德国象征主义的总体特征

众所周知,西方象征主义文学流派和文学思潮首先是产生于 19 世纪末的法国,然后扩展和影响到欧美其他国家,而且,象征主义不论是在法国还是在欧美都分为 19 世纪末的前期象征主义和 19—20 世纪之交的后期象征主义两个发展阶段。因此,德意志民族的象征主义及其文学思想的特征,就必然地受到两个主要因素的制约和决定:一方面,它被德意志民族的民族性格和民族精神所制约和决定;另一方面,它也被后期象征主义的发展及其特征所制约和决定。而且,虽然 19 世纪末德意志民族的统一国家已经初步形成,但是,奥地利作为德意志民族的一部分并没有完全与德国 (普鲁士) 统一起来,而象征主义文学流派却在奥地利更加蓬勃发展。因此,我们在这里把德国和奥地利作为一个德意志民族共同体来考察象征主义文学流派及其文学思想。从总体上来看,德国象征主义的文学思想的总体特征大致可以归纳为三个方面:象征主义的哲学思辨倾向、宗教神秘主义色彩、唯美主义追求。

1. 德国象征主义的哲学思辨倾向

德国象征主义及其文学思想的哲学思辨倾向是德意志民族的民族性格和民族精神的一种具体表现。德意志民族的哲学思辨倾向是许多人已经指出过的。德国著名诗人亨利希·海涅在《论德国宗教和哲学的历史》之中就明确指出:"法国人最近读了一些我们的文学作品,就以为能够理解德国了。然而他们借此只不过从完全无知的状态,刚刚上升到问题的表面。因为只要他们不理解德国宗教和哲学的意义,我

[①] 全国高等师范院校外国文学教学研究会编:《欧美文学 200 题》,南宁:广西人民出版社 1986 年版,第 495—496 页;廖星桥主编:《西方现代派文学 500 题》,沈阳:辽宁人民出版社 1988 年版,第 50—136 页;袁可嘉:《欧美现代派文学概论》,桂林:广西师范大学出版社 2003 年版,第 95—151 页。

们的文学作品对他们仍是一些默默无言的花朵,整个德国思想对他们仍是一个拒人于千里之外的哑谜。"① 正因为德国文学的作品及其所表现的思想与哲学思辨是密不可分的,因此,对于德国文学作品的理解就必须以对德国宗教和哲学的意义的理解为前提。马克思在《黑格尔法哲学批判导言》中同样指出:"正像古代各族是在幻想中、**神话**中经历了自己的史前时期一样,我们德意志人是在思想中、**哲学**中经历自己的未来的历史的。我们是本世纪的**哲学**同时代人,而不是本世纪的**历史**同时代人。德国的哲学是德国历史**在观念上的继续**。"换句话说,德意志民族的哲学思辨倾向已经成为了德意志人的一种现代时代特征。恩格斯在《路德维希·费尔巴哈和德国古典哲学的终结》之中也指出:"正像在 18 世纪的法国一样,在 19 世纪的德国,哲学革命也做了政治变革的前导。""在法国发生政治革命的同时,德国发生了哲学革命。这个革命是由康德开始的。"哲学对于德意志民族来说是一种本质特征。因此,恩格斯在《大陆上社会改革运动的进展》中就更加明白而直截了当地说:"德国人是一个哲学民族;……对抽象原则的偏好,对现实和私利的轻视,使德国人在政治上毫无建树;正是这样一些品质使哲学共产主义在这个国家取得了胜利。"② 海涅、马克思、恩格斯,他们指明了德意志民族的哲学思辨倾向的特征,却没有详细分析产生这种特征的根源和原因。

我们认为,德意志民族的哲学思辨精神和倾向的产生缘由大致上有两个方面:一方面是德意志民族的"浮士德精神"的表现,另一方面则是德语严谨周密精细结构的促成。因此,有人认为,德国哲学应该是在中世纪末期库萨的尼古拉那里启蒙,而在马丁·路德的宗教改革之中真正创立。③ 按照亚里士多德在《形而上学》之中的说法,人类之所以要研究哲学就是出于"惊异"(惊奇诧异)。亚里士多德说:"人们是由于诧异才开始研究哲学;过去是这样,现在也是这样。他们起初是对一些眼前的问题感到困惑,然后一点一点前进,提出了比较大的问题,例如日月星辰的各种现象是怎么回事,宇宙是怎样产生的。一个人感到诧异,感到困惑,是觉得自己无知;所以在某种意义上,爱神话的人就是爱智慧的人,因为神话也是由奇异的事情构成的。既然人们研究哲学是为了摆脱无知,那就很明显,人们追求智慧是为了求知,并

---

① [德] 亨利希·海涅:《论德国宗教和哲学的历史》,海安译,北京:商务印书馆 1974 年版,第 11 页。

② 北京大学哲学系哲学史组编:《马克思、恩格斯、列宁、斯大林论德国古典哲学》,北京:商务印书馆 1972 年版,第 23—30 页。

③ 高宣扬:《德国哲学通史》第一卷,上海:同济大学出版社 2007 年版,第 42—43 页。

不是为了实用。"①而亚里士多德所说的这种"诧异"和"困惑"而形成的爱智慧的追求，在德意志民族那里就表现为一种哲学思辨倾向和精神。这种哲学思辨倾向和精神在德意志民族那里就首先表现为"浮士德精神"。德国著名作家艾米尔·路德维希在他的《德国人》一书中指明了这种"浮士德精神"："他是一个脑子里永远充满问题的德国人，就像哥特式建筑的塔尖永远向上，向上，而不会回到地面上来一样。他就是我们的音乐所要启示的一种精神力量，尽管音乐本身从来没有占据过他的心房。对，这就是浮士德，德国人灵魂的最大象征，一个永远得不到宁静灵魂的活生生的证明。"②正是这种德意志民族的浮士德精神驱使着德意志人不知疲倦地追求那形而上的终极关怀和终极目标，从而养成了德意志民族的哲学思辨精神和倾向。这是一个方面。

另一方面，由马丁·路德在宗教改革之中翻译《圣经》而固定下来的德语的严谨周密精细，从语言表达形式上促成了德意志民族的哲学思辨精神和倾向。正如孙周兴所说："神圣罗马帝国皇帝查理五世曾讽刺德语，说它只配用来与马讲话。其时为 16 世纪上半叶，马丁·路德通过翻译《圣经》而初创德语——诗人海涅说，路德把《圣经》译成了'一种还完全没有出生的语言'。自那以后，作为一个文化单元的德意志才算上了路。德意志在欧洲常被称为'中央之国'（das Land der Mitte），至少在文化学术上这大概是可以成立的。"（"同济·德意志文化丛书"总序）③。经过了马丁·路德的努力，德语已经完善起来，不再是"马语"，而是一种最适合于表达"浮士德精神"的哲学思辨精神和倾向的哲学语言、思想语言、文化语言。艾米尔·路德维希这样写道："秋天来临了，有一天他打开伊拉斯默斯的希腊文《圣经》，把神圣的内容翻成他喜爱的德文。从瓦尔特·封·德尔·福格威德到歌德，凡是领略过路德的优美的语言的人，在谈到路德的德文《圣经》时，无不怀着深深的敬意。这也许正是路德的最伟大的贡献。的确，路德把《圣经》翻译成德文的创举，对德国的全部历史产生了重大的甚至可悲的，时至今日仍然不可磨灭的影响。"马丁·路德花了 12 年多的时间把《圣经》全部翻译成德文。这是一个伟大的创举。"路德创造中的最根本的东西是以有力的事实唤醒了德国人民早已忘怀的自己的成就。没有人还记得自己

---

①　北京大学哲学系外国哲学史教研室编译：《西方哲学原著选读》上卷，北京：商务印书馆 1981 年版，第 119 页。

②　艾米尔·路德维希：《德国人》，杨成绪、潘琪译，北京：生活·读书·新知三联书店 1991 年版，第 55 页。

③　高宣扬：《德国哲学通史》第一卷，上海：同济大学出版社 2007 年版，第 1 页。

的日常语言,成语,谚语,俗语。这些语言已经完全失去了它的光采,成了不知源于何处的民间传说,而现在又在路德的书中出现了。"① 由此可见,路德所推陈出新了的近代德语是把人民口中流传的有生命力的日常语言、成语、俗语、谚语融汇成了路德作为"演说家,教员和诗人"的语言,成为了准确、鲜明、生动的语言。这种语言当然也就成了促成德意志民族的哲学思辨精神和倾向的工具和手段。

就是在这样的背景下,19—20 世纪之交的象征主义文学流派,借着法国象征主义的东风,在德国应运而生了。因此,德国象征主义文学及其文学思想很自然地与德意志民族的哲学思辨精神结合起来了,形成了德国象征主义文学及其文学思想的哲学思辨性特征。

德国象征主义及其文学思想的哲学思辨倾向和精神,最为明显地表现在德国象征主义流派的主要团体"格奥尔格圈子"(George—Kreis)的核心人物斯特凡·格奥尔格和莱纳·马里亚·里尔克的诗歌和论文之中。格奥尔格在他主编的德国象征主义主要刊物《艺术之页》的第 2 期(1894)的导言之中,大力张扬象征主义的"象征",并且认为,"把握这种象征是思想成熟与深邃的自然结果。"尽管他反复强调诗"不是思想的再现,而是情绪的再现",但是,他非常明确地把象征与思想的成熟和深邃必然地联系在一起,并且说"诗是一件事情的最高、最彻底的表达方式"。② 这就说明,他是把诗与思想(思)不可分割地联系在一起的,而且要求诗以情感再现的方式来象征生命的颓废现象,似乎把"诗"看得与"思"相通,而且把诗看得比思更加本真和根本。这也许就是海德格尔晚期思想把诗与思联系起来的源泉之一。大概正因为如此,格奥尔格的一首名为《词语》的诗,就引起了海德格尔的极大关注和兴趣,所以在 1957—1958 年的三次讲演之中专门围绕着格奥尔格的这首诗来论述"语言的本质"。格奥尔格的《词语》一诗的最后一节诗是这样的:

> 我于是哀伤地学会了弃绝:
> 词语破碎处,无物存在。

海德格尔对这最后的一句诗进行了哲学阐释:"这是一首两行诗,共七节。最后一节不仅结束了全诗,同时又开启了这首诗。这已经明显表现在,光是诗的最后一句就

① 艾米尔·路德维希:《德国人》,杨成绪、潘琪译,北京:生活·读书·新知三联书店 1991 年版,第 89—90 页。
② 刘小枫选编:《德国诗学文选》下卷,上海:华东师范大学出版社 2006 年版,第 50—51 页。

特别道说了标题的内涵——'词语'。最后那句诗就是：

> 词语破碎处，无物存在。

我们曾尝试把这最后一句诗改变为下面这样一个陈述句：词语破碎处，无物存在 (KeinDing ist, wo das Wort gebricht)。某物破碎处，就有一个裂口，一种损害。对某事物造成损害意味着：从某事物那里取走什么，使它缺失什么。破碎意味着缺失。词语缺失处，无物存在。唯有我们能支配的词语才赋予物以存在 (Sein)。"[①] 由此可见，格奥尔格的诗《词语》是一首充满着德国哲学思辨精神和倾向的诗，把词语与物的存在联系在一起，给词语赋予了存在的意义或本体论意义，而海德格尔就从解读格奥尔格的《词语》来阐述了他的语言本体论以及诗与思的本体论关系。关于这一点，我们在论及格奥尔格的象征主义诗论时还会详细分析。

至于莱纳·马里亚·里尔克的文学思想所表现出来的德国哲学思辨精神和倾向，也是十分明显的。张玉书主编的《20世纪欧美文学史》就着重指出："尤其值得注意的是诗人一开始就表现出对哲学思辨的癖好。同时，叔本华对诗人有着不可忽视的影响，他把存在称作充满悲哀的监牢，里尔克正是从这里出发，走向他神秘主义哲学家诗人的归宿。"[②] 里尔克认为，诗不是感情，而是经验。他说："诗不应是感情的瞬间喷发，而是来自于'物'，来自于深邃的生存经验，这是诗人写诗的必要性所在。"[③] 在里尔克的《图象集》(1902)之中有一首诗《入口》(也有人译为《开场白》)是这样的：

> 入口
> 不论你是谁：晚上就跨出
> 你的房间，在那里你认知着一切；
> 当时你的房子在那远方的边际：
> 不论你是谁。

---

① ［德］海德格尔：《在通向语言的途中》，孙周兴译，北京：商务印书馆1997年版，2004年修订译本，第216—217页；孙周兴选编：《海德格尔选集》下，上海：上海三联书店1996年版，第1065页。

② 张玉书主编：《20世纪欧美文学史》，北京：北京大学出版社1995年版，第114—115页。

③ 潞潞主编：《准则与尺度——外国著名诗人文论》，北京：北京出版社2003年版，第101页。

你的眼睛疲惫得几乎

摆脱不了那破损的门槛，

你却用它们完全慢慢地抬起一棵黑树

并把它放在天边：细长而孤单。

你还制造出了世界。那个世界是伟大的，

就像成熟于沉默中的一个词语。

而一旦你的意志去把握它的意义，

它就让你的眼睛温柔地离去……①

在诗中，诗人以诗的方式沉思冥想，思考了对事物了解的通道，并且以词语与世界的关系，即海德格尔和福柯所谓的"词与物"的关系，来思索了人的生存经验的神秘性、不确定性、不可捉摸性。这首诗在一定意义上与格奥尔格的《词语》有异曲同工之妙，都是在探讨人类的词语与世界的存在和生存经验的形而上关系。

至于德国象征主义的其他代表人物同样是具有这种德意志民族所特有的的哲学思辨精神和倾向。比如，弗里德里希·贡多尔夫（1880—1931）。雷纳·韦勒克在他的《近代文学批评史》第七卷之中指出："人们不免要把贡多尔夫降低至他本人的过去和周围背景；也不免把他看成一个鸣锣开道的人，主张格奥尔格的令人怀疑的信条，主张一种不讲人性的英雄崇拜，一种孤傲的姿态或态度，主张一种谈不上神秘的'神秘论'。人们也可以看出他离不开自己哲学方面的学殖背景：与西梅尔和柏格森的关系，和非理性主义的**生命哲学**的全部传统的联系，（这种生命哲学——引者加）最有影响的首次系统阐述在德国出自威廉·狄尔泰。"②"格奥尔格圈子"里的另一个重要人物胡戈·霍夫曼斯塔尔（1874—1929）对于狄尔泰的生命哲学和阐释学也是非常感兴趣和熟悉的。"霍夫曼斯塔尔研读过而且推崇狄尔泰；他为狄尔泰所写的悼文使他联想到'林叩斯的心声（希腊神话中的英雄，浮士德的守塔人，他面对海伦一吐衷肠，详见《浮士德》第二部第三幕第二场，9218—9245 行。——原注），乃是歌德发自肺腑的欢乐之歌'（《霍夫曼斯塔尔随笔文集》卷 3，第 53 页）。霍夫曼斯塔尔表明了他理解狄尔泰的阐释学：'认知过程中有一种洞达、沉思和模仿的要素。完全

---

① 《里尔克诗选》，绿原译，北京：人民文学出版社 1996 年版，第 69 页。引者根据德文原文对译文做了较大改动。

② [美] 雷纳·韦勒克：《近代文学批评史，1750—1950》第七卷，杨自伍译，上海：上海译文出版社 2006 年版，第 40 页。

的理解在于部分的认同'(《霍夫曼斯塔尔随笔文集》卷1，第335页）。"① 这些都足以说明，德国和奥地利的象征主义及其文学思想都是充满了德意志民族的哲学思辨精神和倾向的。

2. 德国象征主义的宗教神秘主义色彩

与德国象征主义及其文学思想的哲学思辨特征相适应，德国象征主义及其文学思想还具有宗教神秘主义色彩。本来宗教与哲学在本源上是相通的，尤其对于西方民族来说，由于西方文化的两个源头——希腊文化和希伯来文化都具有浓厚的哲学和宗教相融汇的特征，而且这两种文化最终在中世纪早期汇融为基督教的宗教和哲学，从而形成了西方文化的强烈的宗教神秘主义色彩。那么，德意志民族的哲学思辨精神就更加加强了德国象征主义及其文学思想的宗教神秘主义色彩。不仅如此，德国强大的浪漫主义文学传统还直接地加强了德国象征主义及其文学思想的宗教神秘主义色彩，或者换句话说，德国象征主义及其文学思想把象征主义与德意志民族的浪漫主义文学传统结合起来，从而使得德国象征主义及其文学思想具有了浓郁的宗教神秘主义色彩。

从历史发展来看，西方浪漫主义文学思潮最早就是在德意志民族之中产生的。18世纪70、80年代在德意志民族之中兴起的"狂飙突进"文学运动就是西方浪漫主义文学思潮的滥觞和第一次高潮。在这个浪漫主义文学思潮之中，青年时代的歌德和席勒异军突起，莱辛和赫尔德成为它的主要旗手，并且直接引发了18世纪末到19世纪初的德国耶拿派浪漫主义流派，以《雅典娜神殿》杂志为阵地，以施莱格尔兄弟、瓦肯罗德尔、诺瓦利斯、蒂克为主要代表人物的德国早期浪漫主义流派。紧接着，1802年以后耶拿派逐渐解体，1805年左右在海德堡，阿尔尼姆、布伦塔诺、艾兴多夫、格雷斯和格林兄弟等年青作家创办了杂志《隐士报》，反对古典主义，致力于德国民间文学作品的收集和整理，形成了德国中期浪漫主义流派。此后发展为后期德国浪漫主义流派，它包括施瓦本浪漫派（亦称南德意志浪漫派，包括乌兰德、尤·克尔纳、施瓦布、豪夫等作家）和青年德意志浪漫派（19世纪30年代兴起，包括伯尔纳、古茨科、劳伯、温巴尔格、毕希纳、海涅等作家）。正是在这种浪漫主义文学传统的直接影响下，尤其是耶拿派早期德国浪漫主义文学传统的直接启发下，在直接反对自然主义文学思潮的斗争中，德国象征主义借鉴法国象征主义，特别是后期象征主义

---

① ［美］雷纳·韦勒克：《近代文学批评史，1750—1950》第七卷，杨自伍译，上海：上海译文出版社2006年版，第76—77页。

的文学经验,从而形成了德国象征主义。因此,德国象征主义流派,以"格奥尔格圈子"为中心,一方面与德意志民族的浪漫主义文学传统息息相通,另一方面与法国后期象征主义流派同气相求。众所周知,德意志民族的浪漫主义文学传统,特别是耶拿派早期浪漫主义流派的宗教神秘主义色彩是举世闻名的,法国后期象征主义流派,像马拉美、瓦莱里、克洛岱尔等人的宗教神秘主义色彩也是显而易见的。他们对德国象征主义及其文学思想的影响当然也就很鲜明地彰显了西方基督教的宗教神秘主义色彩。

中外许多专家学者都曾经以确凿的事实直接或间接地论述过德国耶拿派浪漫主义和后期象征主义与德国象征主义及其文学思想的关系,从而使我们能够更清楚地理解德国象征主义的宗教神秘主义色彩及其根源。德国伟大诗人亨利希·海涅在他的著名的《论浪漫派》中对德国浪漫派,尤其是耶拿派进行了界定。德国的浪漫派究竟是什么东西? 海涅指出:"它不是别的,就是中世纪文艺的复活,这种文艺表现在中世纪的短歌、绘画和建筑物里,表现在艺术和生活之中。这种文艺来自基督教,它是一朵从基督的鲜血里萌生出来的苦难之花。我不知道,我们在德国称之为苦难之花的这朵悲惨的花儿,在法国是否也叫这个名字,法国的民间传说是否也同样赋予它那个神秘的来历。这是一朵稀奇古怪,色彩刺目的花儿,花萼里印着把基督钉上十字架的刑具:铁锤、钳子、钉子等。这朵花绝不难看,只是鬼气森然,看它一眼甚至会在我们心灵深处引起一阵恐惧的快感,就像是从痛苦中滋生出来的那种痉挛性的甘美的快感似的。在这点上,这朵花正是基督教最合适的象征,基督教最可怕的魅力正好是在痛苦的极乐之中。"① 这里把耶拿派的宗教神秘主义和象征特征揭示得淋漓尽致,可以使我们联想到它与德国象征主义及其文学思想的内在联系。法国结构主义文论家和符号学家茨维坦·托多洛夫在《象征理论》一书之中分析了德国耶拿派浪漫主义对象征理论和象征主义文学流派的影响,并且把耶拿派的文学思想看做是由西方传统文学思想的摹仿说转向西方现代文学思想的符号论和象征论或表现说的一个环节,同时指明了耶拿派与象征理论和象征主义及其文学思想的关系。他说:"我们可以毫不夸张地说,如要把浪漫主义美学浓缩成一个词,这就是 A.W. 施莱格尔在这里用的**象征**这个词;这样,整个浪漫主义美学最终就成了一种符号理论。反之,要理解'象征'这词的现代意义,必须重新阅读浪漫派的文章,就此足矣。"② 尽

---

① [德] 亨利希·海涅:《论浪漫派》,张玉书译,北京:人民文学出版社 1979 年版,第 5 页。
② [法] 茨维坦·托多洛夫:《象征理论》王国卿译,北京:商务印书馆 2004 年版,第 254 页。

管海涅和托多洛夫对于耶拿派浪漫主义的褒贬不一，但是，他们都指明了耶拿派浪漫主义的宗教神秘主义色彩和对象征理论和象征主义文学的直接影响，应该是十分确切的。我国诗人和诗歌理论家飞白，在他编注的《诗海——世界诗歌史纲·现代卷》之中指明了法国后期象征主义诗人马拉美、瓦莱里、克洛岱尔等人的宗教神秘主义色彩。他关于保尔·克洛岱尔说道："保尔·克洛岱尔是宗教哲理诗人，曾创作许多宗教主题的诗剧和抒情诗。"关于马拉美和瓦莱里他写道："瓦雷里继承了马拉美的语言崇拜和诗艺，但是他没有陷入马拉美的艺术宗教，摆脱了马拉美的为诗而诗，而集中精力探索心智活动，探索思想在下意识和意识之间萌生的过程。他的诗结合了感性的印象和抽象的思考，沟通了意识层次和非理性层次，在某种程度上恢复了法国诗的理性传统，故有'理性神秘主义'之称。"[1]众所周知，德国和奥地利的象征主义诗人大多数都是在法国直接接受了后期象征主义大师的影响的，因此，他们的象征主义的宗教神秘主义色彩也必然与法国后期象征主义的宗教神秘主义是密切相关的。

我们从一些相关的 20 世纪德国文学史的评价中，就可以看到，德国象征主义及其文学思想的宗教神秘主义色彩是十分明显的，可以视为它的一个特点。这种特点既是德国浪漫主义文学传统的延续，也是后期象征主义的现代性表现。吴元迈主编的《20 世纪外国文学史》第一卷《世纪之交的外国文学》关于格奥尔格这样写道："1888 年格奥尔格遍游欧洲，次年夏在巴黎同以马拉美为首的法国象征派的交往，使他的艺术见解受到决定性的影响。他认为，新的艺术应该摆脱平凡、理性的现实，创造只有少数精英才能欣赏的诗意现实。他还认为，决定诗歌价值的不是思想，而是形式：诗不是思想的再现，而是情绪的再现。在他看来，绘画讲究的是布局、线条和色彩，而诗歌偏重的是选材、尺度和音调。因此，他的作品拒绝反映社会生活，一味追求完美的形式和优雅的语言。格奥尔格深受尼采思想的影响，认为只有少数精英才能进入纯艺术的圣殿。为了反对艺术作品的商品化，他的早期诗集印制数量都限制在一二百册之内，只分送朋友。"[2]由此可见，格奥尔格的艺术见解是一种形式主义的神秘主义，也许与瓦雷里的"理性神秘主义"是相通的，与尼采的超人哲学的东方神秘主义色彩也是殊途同归的。实质上，格奥尔格的艺术见解是把艺术和艺术形式宗教化、神秘化的结果，因此，同样是一种宗教神秘主义色彩的观点，与耶拿派浪漫

---

[1]　飞白：《诗海——世界诗歌史纲·现代卷》，桂林：漓江出版社 1990 年版，第 966、974—975 页。

[2]　吴元迈主编：《20 世纪外国文学史》第一卷《世纪之交的外国文学》，南京：译林出版社、凤凰出版社 2004 年版，第 77 页。

主义和法国后期象征主义的理论观点基本上是一脉相承的。关于里尔克，这本书是这样写的："他赞美生命和上帝，歌颂黑夜和'独特的死亡'，宣示爱与死的哲理以及对生命存在的体验，对城市化和科技化的批判，对天主教方济各会创始人、意大利修士圣方济各的赞颂，等等。敏感的诗人看到并强烈感受到的现代工业发展所带来的种种弊端，在诗中多有反映，如小修士与邻居'上帝'的对话，概括了对现实所持的批判态度。这是他感到忧郁和恐惧的根源。里尔克的诗歌具有哲学思辨的特点，这在《祈祷书》中有了进一步的发展。诗人以富有乐感的语言诗化了生命的存在，赞美无所不在的上帝这位人生的化身。诗人绿原指出，诗中的僧侣'既是祈祷者，又是艺术家，既是全神贯注于上帝的隐修者，又是现代事物的批评家'：所以这部诗集'既是一个青年人的密码化的爱情知识，又是一个男人的决定方向的蓝图，又是一个伟大的艺术家的自白尝试'。"[①] 里尔克的诗歌及其文学思想的宗教神秘主义色彩当然也就是不言而喻的了。

3. 德国象征主义的唯美主义追求

德国象征主义作为后期象征主义思潮和流派，其唯美主义追求相对于法国早期象征主义和法国后期象征主义表现得更加突出。这同样是德国古典美学、德国浪漫主义文学传统、法国后期象征主义流派的直接或间接的影响结果。

众所周知，西方唯美主义思想的哲学基础就是德国古典美学，特别是康德和席勒的审美自律性思想。西方文学艺术思想，经过了长期的发展和积淀，到了 18 世纪启蒙主义时代才把文学艺术从技艺的观念之中解放出来，把文学艺术与美联系起来，形成了"美的艺术"的概念。根据波兰美学史家塔塔凯维奇的梳理，"美的艺术从工艺之中分离出来，这是社会情势促成的，也是由艺术家们提高自己的地位的努力促成的。"（《西方美学概念史》）这个过程开始于文艺复兴，而完成于 18 世纪。这一术语的确定的确不是当时就能得到承认的，而是迟至 19 世纪。16 世纪，弗朗西斯科·达·赫兰达在谈到视觉艺术时就曾选用了"美的艺术"这个表达（其葡萄牙文的原文是"boas artes"）。然而，这一表述虽然对我们来说是自然的，但在最初却是不确定的。与这一表述相应的概念（虽然并未使用这一表述）则是在十七世纪后半期出现的，亦即明确地出现在佛朗索瓦·布隆德尔 1675 年出版的一部关于建筑的巨著之中。在这部巨著中，他连同建筑一起列举了诗、论辩术、喜剧、绘画与雕塑（以

---

① 吴元迈主编：《20 世纪外国文学史》第一卷《世纪之交的外国文学》，南京：译林出版社、凤凰出版社 2004 年版，第 86 页。

后还加上了音乐和舞蹈)。一句话,他将前人称作是机巧、高雅等所有的艺术都列举进来,将后一个世纪构成"美的艺术体系"的所有艺术都列举出来。而且,他还在作品的和谐之中发现,所有这些艺术的共同联系在于这些艺术是使我们的以愉悦的根源。因此,他提出了这样的思想,认为各种艺术都是通过美来发挥作用的,而将这些艺术联系在一起的也是美。然而,他也还是没有用到"美的艺术"这个表述。对以往历史的回顾表明,从 15 世纪开始,出现了一种活跃的看法:绘画、雕塑、建筑、音乐、诗歌、戏剧和舞蹈形成了独立的一类艺术并与工艺和科学相区别;许多世纪之中,这些艺术一直与工艺和科学共享'艺术'的称号。1747 年,查里斯·巴托则将这些艺术命名为"美的"艺术。这样就产生了一次有决定性意义的转变。"美的艺术"独立出来后,则是普遍的。"美的艺术"这个术语,18 世纪出现在学者的语言中,而且一直保持到以后的一个世纪。这一术语是有着明确的体系的,巴托曾列举出五种美的艺术:绘画、雕塑、音乐、诗歌、舞蹈,与此相关的还有艺术与修辞两种。这种罗列得到了普遍的承认。不仅美的艺术这个概念建立起来了,而且,这种罗列附加上了建筑与修辞从而达到七种,也就形成了美的艺术的体系。当然,美的艺术的本质仍然是摹仿。概括起来说,巴托美的艺术理论就是主张,所有美的艺术,其共同性便在于它们都是摹仿现实的。看上去,他似乎是走上了一条老路,一条确实相当古老而且自古就相当著名的老路。然而,这只是表面上的,因为自古以来(更确切地说,是自柏拉图和亚里士多德以来),艺术就是区分为独创的艺术和摹仿的艺术的。而在两千多年的时间里,关于摹仿 (imitatio) 的讨论则一直是针对"摹仿的"艺术的,亦即只针对绘画、雕塑和诗,而不包括建筑或音乐。巴托最先将所有美的艺术都看做是摹仿,也最先以摹仿作为这些艺术的一般理论。看起来,这种理论似乎有所失误,然而,它却得到了广泛的流传。这是最初的一般性理论,它反映了关于艺术的新的认识,18 世纪,艺术已在近代的意义上独立出来,而且找到了支配艺术的法则的独特的表达方法。很早以前,亚里士多德就曾写道,"衡量诗与衡量政治正确与否,标准不一样。"在艺术中正确的东西,在现实之中却是不可能的。然而,只是到了 18 世纪才有人提出了这样的断言:"艺术,亦即是那种为自己制定了法则的东西。"(Kunst ist was sich selbst der Regel gibt) 这一思想是弗里德利希·冯·席勒在写给科尔纳的书简中提出来的。① 塔塔凯维奇梳理了"美的艺术"概念的产生历史,他却没有指明其原因。

① [波兰] 符·塔达基维奇.:《西方美学概念史》,理然译,北京:学苑出版社 1990 年版,第 19—29 页。

其实,席勒的审美自律性的思想是对康德的审美自律性思想的进一步发挥。与席勒大致同时代的耶拿派以及谢林和黑格尔也是赞同这种审美自律性思想的。这种审美自律性思想要求把文学艺术,即"美的艺术",与它本身之外的一切外在的历史和社会的因素隔绝开来,回到文学艺术自己本身。其本质就是西方哲学和美学的"认识论转向"的结果,正是这种转向导致了"美的艺术"概念的确立。一方面,西方美学的"认识论转向"使美学的基本问题在艺术本质方面,由一般的哲学本质必然地转向具体的审美本质,因此,艺术家、文学家、美学家就迫切要求把艺术区别于原本包含在同一的自然本体中的工艺、技艺、科学,最终找到了把绘画、雕塑、音乐、舞蹈、戏剧、建筑等连成一体的"美",以"美的艺术"来区别于工艺、技艺、科学等,从而确立了艺术的审美本质。另一方面,认识论的二元对立的思维方式,由于它的外在性、人类中心论、认识桥梁型的特点,使得它以人的认识作为桥梁来统一主客体关系和规定艺术的本质,因此,站在认识论视角上的美学家就把人的感性认识作为统一主客关系以规定艺术本质的根据,鲍姆加登就认为,艺术是人的感性认识,感性认识的完善就是美,所以必然的结论是,艺术以美为本质特征;狄德罗也认为,艺术的模仿就是要使艺术的形象与事物相一致,而这种一致也就是美,同样认可了艺术的审美本质。与此同时,西方认识论美学又突出了艺术的主体性。这正是二元对立的"主体—客体"思维方式的人类中心论的具体表现。由于在人与世界的关系中把人作为主导方面、中心,因此,对于本来就是人的创造品的艺术就很自然的要凸显其中的人的主体性。这时,艺术模仿自然的命题的中心就不再是自然、客体、对象,不再像亚里士多德那样依据自然、客体、对象来规定和区分艺术,比如,亚里士多德的《诗学》依据模仿的对象、媒介、方式把艺术区分为悲剧、喜剧,绘画、雕塑、音乐、诗(文学),史诗、抒情诗、戏剧,而是以人为主(体),艺术的模仿就是感性认识,就是形象的镜子。这种对主体性的凸现,固然有着人类中心论的偏见,但是也蕴含着审美人类学的契机,而席勒的"艺术就是那种为自己制定了法则的东西"的命题的巨大历史贡献,恰恰就在于把这种蕴含在西方认识论美学中的审美人类学的契机给明确地揭示出来了,把被自然本体论美学所遮蔽的艺术的人类学本质给敞亮了,尽管席勒还未完全摆脱二元对立的思维模式,还未完全掌握"天人合一"的实践辩证法。① 正是在这样的西方美学关于文学艺术思想发展变化的前提下,在19—20世纪之交,不仅产生了法国(戈蒂耶等)和英国(佩特、王尔德等)的唯美主义思潮和流派,而且,在德国的象征主义

---

① 张玉能:《西方美学关于艺术本质的三部曲》,《吉首大学学报》2003 年第 2、3 期。

及其文学思想也就特别凸显了唯美主义追求。

斯特凡·格奥尔格在《艺术之页》第一期的导言（1892）之中开宗明义地指出了"格奥尔格圈子"及其象征主义文学思想的唯美主义追求。他说："本刊物的名称已部分地表明了它的宗旨：为艺术尤其是诗歌及其他著作服务，对所有带有国家与社会色彩的东西则避而远之。""他追求的是建立在新的感觉方式与技巧基础之上的精神艺术——为艺术而艺术——，因此，它是与那些基于对现实的错误看法而产生的陈腐低劣的学派背道而驰的。它也不从事于改造世界，不沉湎于天下大同的梦幻，目前在我国，这些梦幻让人窥见了许多新生事物的萌芽。不过，梦幻虽然美妙，但它毕竟是属于与文学大相径庭的另一个领域。"① 在这里，格奥尔格把象征主义及其文学思想的唯美主义追求表明得非常清楚。不过，我们必须注意两点：第一，格奥尔格的象征主义及其文学思想已经在19世纪中后期的唯美主义的基础上把象征主义及其文学思想的唯美主义追求着重放在了艺术对国家和社会的独立性上，而不再是像英法唯美主义者那样把主要矛头指向摹仿说的艺术本质论。第二，格奥尔格的象征主义及其文学思想把自己的矛头所向直指当时德国所盛行的自然主义文学思潮及其文学思想。这样，格奥尔格的象征主义及其文学思想的时代和民族的特色就是比较明显的了。莱纳·马里亚·里尔克在1898年于布拉格所做的题为《现代抒情诗》的报告中，比较详细地阐述了他的象征主义文学思想的唯美主义追求。在这个报告中，我们可以看到这么几点：第一，现代抒情诗是倾听自我的心声。里尔克以但丁为例指出："自从他第一次努力在白日的喧闹中倾听，一直深入到自我的最深层的寂寞当中，——现代抒情诗便存在了。""只有当个人穿过所有教育习俗并超越一切肤浅的感受，深入到他的最底部的音色当中时，他才能与艺术建立一种亲密的内在关系：成为艺术家。这是衡量艺术家的唯一尺度，其余所有舞弄毛笔、钢笔或凿子的行为都只不过是个人的习惯而已，对个人及其身边的人而言，它们就好像吸烟或无所事事一样，也许无伤大雅，也许很令人生厌。"这就是要艺术和诗回到其自身，而不是要与其他的外在的东西发生关系。这就是所谓的"为艺术而艺术"在抒情诗观念之中的表现。第二，反对艺术的任何外在目的性。里尔克指出："各位不要忘记了，艺术仅仅是过程，而并非目的。"一方面，他反对现实主义和自然主义的模仿外在世界的目的性。他说："这种将艺术的使命理解为模仿外在世界（无论是理想化还是尽可能忠实再现）的讨厌想法正在一点点复苏。同时，将这偏见唤醒的时代也一再在艺术

① 刘小枫选编：《德国诗学文选》下卷，上海：华东师范大学出版社2006年版，第49页。

行为与生活之间制造虚假的鸿沟。"另一方面,他也反对艺术的功利目的性。他说:"一种以愤怒或赞许的姿态与当前无足轻重的时事相伴左右的艺术——不管它多么爱国——就是一种押韵的或用画笔画出来的新闻,尽管它的教育与文化价值不应遭到贬低——但它却不是艺术。"他针对德国的具体情况进行了分析和批评。第三,强调了艺术与美的不可分割性。他说得很明白:"在我看来,艺术是个体的追求,它越过界线与黑暗,寻求与万物的一致,不分巨细,在这种持续的对话中摸索,最终来到一切生命幽秘的发源地。万物的秘密在他内心与他自己最深切的体验融为一体,好像成了他自己的渴望一样,让他能听得见它。这种内心表白的丰富语言就是美。"那么,在里尔克看来,抒情诗就是最美的艺术。他说:"如果所有的艺术都是美的语言的各种惯用语,那么,最精细的情感表述,这里指的是它在那种艺术中最易辨认,并在情感本身之中找到素材——是在抒情诗中。"① 这两位德国象征主义的最主要代表人物的这些论述就已经足以表现德国象征主义及其文学思想的唯美主义追求,这种追求还是具有德意志民族特色的。

三、德国象征主义对文学的审美现代性的拓展

德国象征主义文学流派,作为19—20 世纪之交的西方文学艺术流派,同样具有当时的时代特点:对资本主义制度的全面反思和批判,以审美现代性取代启蒙现代性,对启蒙现代性的"三大神话"进行反思和批判,这就是:其一,对理性主义的反思和批判——象征世界的构建,以象征符号来表达理念世界,解构了纯粹的理性主义世界。其二,对科学主义的反思和批判——审美自律性的张扬,以唯美的象征形式把握世界,以对抗科学主义神话。其三,对社会进步神话的反思和批判——"世纪末"情绪的表达,以神秘莫测的象征世界批判资本主义的理想王国。这种对启蒙现代性的反思和批判以及审美现代性的张扬和拓展是以德意志民族的象征主义及其文学思想来实现的,既与西方象征主义思潮整体上步调一致,又明显地显示出德意志民族的自身特色。

1. 对理性主义的反思和批判——象征世界的构建

西方资产阶级从文艺复兴时代开始就在设计和经营自己的资本主义理想王国,特别是那些充满信仰而思想敏锐的资产阶级思想家们,在反对中世纪封建主义制度

---

① 《永不枯竭的话题——里尔克艺术随笔集》,史行果译,北京:东方出版社 2002 年版,第44—47 页。

和神学思想的过程之中选择了理性,作为资本主义理想王国的哲学思想基础,到启蒙主义运动时代一个资本主义的理性主义神话王国就构建起来了。恩格斯在《反杜林论》中指出:"我们在《引论》里已经看到,为革命做了准备的 18 世纪的法国哲学家们,如何求助于理性,把理性当作一切现存事物的唯一裁判者。他们认为,应当建立理性的国家、理性的社会,应当无情地铲除一切同永恒理性相矛盾的东西。我们也已经看到,这个永恒的理性实际上不过是恰好那时正在发展成为资产者的中等市民的理想化的知性而已。因此,当法国革命把这个理性的社会和理性的国家实现了的时候,新制度就表明,不论它较之旧制度如何合理,却不是绝对合乎理性的。理性的国家完全破产了。"① 启蒙主义的文化形式及其所建构的理性主义王国,在以后的历史发展之中逐步暴露出它的严重弊端,它不过是资产阶级理想化了的神话王国。恩格斯一针见血地指出:"总之,同启蒙学者的华美诺言比起来,由'理性胜利'建立起来的社会制度和政治制度是一幅令人极度失望的讽刺画。"② 因此,严峻的现实引起了另一些思想家对启蒙现代性的反思和批判。这种反思和批判有两个方面:一方面来自与资产阶级对立的无产阶级思想家,这便是马克思主义的创立和发展,另一方面来自资产阶级内部的激进派,这就是现代主义的形成。19—20 世纪之交的德国象征主义就是这种反思和批判启蒙现代性的理性主义王国神话的一个现代主义文学艺术流派。德国象征主义的文学思想直接针对启蒙现代性的理性主义神话世界,要重新构建一个象征世界来代替启蒙现代性的理性世界,从而大力张扬和拓展了审美现代性。

所谓理性世界或者理性主义世界,是以人类的理性能力(运用概念、判断、推理的抽象思维能力)及其知识体系为基础构建起来的现实世界模式。这个世界的本质特征就是:其一,逻辑性:一切事物在这个世界之中都必须按照固定不变的法则运行,必须符合同一律、排中律、矛盾律的形式逻辑规律;其二,先验性:在这个世界中的一切事物都具有某种先于感性经验的一成不变的本质,而这种本质唯有人类的抽象思维能力,即理性可以把握住并形成真理性的知识;其三,确定性:在这个世界中的一切事物都是可以计算它的数量和质量的,它们的存在都是确定不移的,都是可以由人类的理性能力进行定量和定性的明晰清楚的存在物。这个理性主义世界,在19 世纪以前,在西方世界之中是一种占统治地位的世界模式,欧洲的奴隶社会、封

---

① 《马克思恩格斯选集》第 3 卷,北京:人民出版社 1995 年版,第 606 页。
② 《马克思恩格斯选集》第 3 卷,北京:人民出版社 1995 年版,第 607 页。

建社会、资本主义社会,在理论上都是按照这种理性主义世界模式来设计和实施的,不过,古希腊罗马的奴隶社会信奉的主要是自然宗教的多神论的自然理性,中世纪的封建社会信奉的是基督教的一神论的神学理性,文艺复兴至 19 世纪的资本主义社会信奉的是人文主义的世俗理性。因此,在理性主义这一点上奴隶社会、封建社会、资本主义社会是息息相通的,这就是西方哲学史上所谓的"形而上学"传统的一脉相承。到了 19 世纪末,这种理性主义的形而上学传统遭到了质疑和解构。因此,从整个西方哲学传统来看,反理性主义传统的非理性主义思潮,是对整个西方哲学传统的形而上学的颠覆;而从现代性的发展过程来看,非理性主义和反理性主义的兴起则是由启蒙现代性向审美现代性的转型的表现。德国象征主义及其文学思想就是这样一种反对西方哲学传统形而上学的,由启蒙现代性转向审美现代性的,非理性主义和反理性主义的文学艺术思潮。

所谓象征世界或者象征主义世界,是以人类的象征能力(运用联想、暗示、想象、直觉等形象思维的能力)及其符号系统为基础构建起来的现实世界模式。这个世界的本质特征,一般说来,是与理性世界或者理性主义世界相对立的。虽然目前关于象征还没有一个大家公认的涵盖面广泛的界定或定义,但是,象征还是可以基本上予以确定的。瑞士著名分析心理学家卡尔·荣格所主编的《人类及其象征》,对象征及其性质特征做了比较细致的研究,这些专门研究人类无意识领域的分析心理学家,把象征作为人类非理性主义或者反理性主义的心理活动的主要表现形式,是原始人的主要思维形式。在《人类及其象征》第一章"潜意识研究"之中,卡尔·荣格对象征及其本质特征进行了分析和界定。他指出:所谓象征,是指术语、名称,甚至是人们日常生活中常见的景象。但是,除了传统的明显的意义之外,象征还有着特殊的内涵,它意味着某种对我们来说是模糊、未知和遮蔽的东西。"因此,当一个字或一个意象所隐含的东西超过明显的和直接的意义时,就具有了象征性。象征有着广泛的'潜意识'方面,并且从没有被准确地加以规定或充分地解释过,也没有谁能做到这一点。在对象征的探讨中,会导致形成超出理性范围的观念。车轮可能会令我们想到'神性'的太阳的概念,但这时,理性定会认为这种想法不适当;人类不可能界定'神性'的存在。由于我们理智的限度,当我们说某物具有'神性'时,实际上只是赋予某物一个名字,这或许基于某个信条,而绝非基于确实的论据。"我们不断运用象征的名词来表示我们无法下定义,或者不能完全理解的概念,乃是因为有无数事情人类还难以认识。这也是所有宗教运用象征语言或意象的原因之一。这种有意识地使用象征,只是极为重要的心理事实中的一个方面:人类仍在潜意识地、本能地以梦的形式创造象征。[1] 我们认为，一般说来，象征是以具体的形象、意象或符号来意指某种抽象的概念或观念的认识形式。它具有非抽象逻辑性，感性经验性和不确定性的本质特征，它是一种形象思维的认识形式，曾经是原始人的主要思维方式。以象征方式所建构的象征世界或者象征主义世界的主要特征也就是这样三个方面：其一，非抽象逻辑性。象征世界或象征主义世界中的一切事物并不遵循理性的抽象逻辑或形式逻辑的规则，它们并不是理性思考的对象，而是人们感知的对象。"显现出来的只是象征的意象，而非理性的思考。"[2] 象征世界或象征主义世界主要服从于无意识（潜意识）的意象性逻辑或者形象化逻辑。荣格说得好："无论潜意识可能是什么东西，它仍是创造有意义的象征的自然现象。"[3] 他又说："逻辑分析是意识特有的能力；我们凭理性知识进行选择。然而，潜意识似乎主要是受着本能所驱动，以与其对应的思想形式——原型——来表现的。"[4] 其二。感性经验性。象征世界或者象征主义世界给予人们的，首先是一个个可以被人们的感知所把握的形象、意象、符号，然后通过联想、暗示、想象、直觉等心理活动人们从象征物意指到被象征的概念和观念的意义。因此，象征世界和象征主义世界是以具体的形象、意象、符号作为本体的意义单位，离开了这些具体可感的象征物（形象、意象、符号）就没有了象征世界和象征主义世界。比如，天平——公平，白鸽——和平，白色——纯洁，红色——热烈，蓝色——宁静，十字架——苦难，3——三位一体，13——灾祸，斧头与镰刀——工农联盟，五星红旗——中华人民共和国，等等，离开了前面的象征物（形象、意象、符号）也就没有了后面的意义指向。因此，象征往往没有固定不变的意指结构，要遵循历史的、社会的、民族的约定俗成。荣格认为这种象征、象征世界、象征主义世界，实际上是人类的原始思维的历史积淀的结晶。他指出："可以说这个梦中画面是象征性的，因为它用了我开始没懂的暗喻手法，而没有直接表明这一方面。当然它发生时（它经常如此），它不是用梦故意'伪装'起来；而只是反映我们不能理解的，富有感情的图画式的语言。因为，在日常生活中，我们总要想把事情描述得准确一些，而且，

① ［瑞］卡尔·荣格等：《人类及其象征》，张举文、荣文库译，陆梁校，沈阳：辽宁教育出版社1988年版，第1—2页。

② ［瑞］卡尔·荣格等：《人类及其象征》，张举文、荣文库译，陆梁校，沈阳：辽宁教育出版社1988年版，第5页。

③ ［瑞］卡尔·荣格等：《人类及其象征》，张举文、荣文库译，陆梁校，沈阳：辽宁教育出版社1988年版，第83页。

④ ［瑞］卡尔·荣格等：《人类及其象征》，张举文、荣文库译，陆梁校，沈阳：辽宁教育出版社1988年版，第59页。

我们学会了以语言和思想来消除空想的修饰——由此,失去了的乃是原始人心灵性格的特质。"① 因此,荣格才会有"集体无意识"和"原型"的概念,用来说明人类的心灵历史积淀的象征性表现。其三,不确定性。象征世界或象征主义世界的意指意义,往往并不是确定不移的,也不是单一的,而是模糊的,多义的,不确定的。荣格指出:"符号的含义总是比它代表的概念的含义更少,而象征总是代表超出其自身明显和直接含义的东西。不仅如此,象征又是自然的产物。"② 例如,基督教中的十字架是个有意义的象征,表现了外表、观念和感情的多重意义;但在一份名单中的一个名字后的十字架则仅指这个人已死。③ 象征之所以具有不确定性,就是因为"形象大于思想",一个形象、意象、符号通常可以有多层次、多维度、多样化的含义和解释。这就要取决于理解者的文化背景,联想、暗示、想象、直觉等心理活动如何展开。总而言之,象征世界或者象征主义世界的本质特征是对理性世界或者理性主义世界的一种消解和反拨。德国象征主义及其文学思想正是在这样的基础之上,以象征主义世界的建构来反思和批判启蒙现代性的理性主义神话,以象征主义世界言说着审美现代性的非理性主义和反理性主义的本质特征。

无论是把象征主义及其文学思想的美学特征归结为"暗示手法的运用","浓厚的神秘主义色彩","音乐美"④,还是把象征主义的艺术特征归结为"与现实主义有着根本区别,笔触从外部世界转向精神世界","与浪漫主义大相径庭,反对直意抒情,主张象征暗示,甚至运用'客观对应物'的方法来表达诗人的情感","反对实证主义和自然主义,重视主观的认识作用和艺术想象的创造作用","反对帕尔纳斯派的片面注重描写造型美,强调诗歌的音乐美","提出了独特的'美的定义'","冲破传统诗歌的禁区,扩大了题材范围"⑤,我们都可以看到,象征主义及其文学思想确确实实是以象征主义世界替代理性主义世界,反思和批判了启蒙现代性,拓展了审美现代性。

① [瑞]卡尔·荣格等:《人类及其象征》,张举文、荣文库译,陆梁校,沈阳:辽宁教育出版社1988 年版,第 23 页。

② [瑞]卡尔·荣格等:《人类及其象征》,张举文、荣文库译,陆梁校,沈阳:辽宁教育出版社1988 年版,第 32 页。

③ [瑞]卡尔·荣格等:《人类及其象征》,张举文、荣文库译,陆梁校,沈阳:辽宁教育出版社1988 年版,第 70 页。

④ 全国高等师范院校外国文学教学研究会编:《欧美文学 200 题》,南宁:广西人民出版社 1986 年版,第 495—496 页。

⑤ 廖星桥主编:《西方现代派文学 500 题》,沈阳:辽宁人民出版社 1988 年版,第 52—53 页。

19—20 世纪之交的西方非理性主义和反理性主义思潮，最初就是在德意志民族之中兴起和发展起来的。叔本华、尼采的唯意志主义，狄尔泰、奥伊肯的生命哲学，弗洛伊德的精神分析理论，等等，都是德意志民族反对西方传统哲学和美学的思想结晶。就是在这样的非理性主义和反理性主义思潮的意识形态背景之下，德国象征主义及其文学思想应运而生，虽然其直接导引却是法国后期象征主义文学流派。深受德意志民族意识形态制约和直接受益于法国后期象征主义流派的德国诗人斯特凡·格奥尔格和奥地利诗人莱纳·马里亚·里尔克，就最为明显地表现出了德国象征主义及其文学思想的非理性主义和反理性主义思潮特征。格奥尔格在《艺术之页》第二期的导言（1894）之中明确提出："近代诗人大多数是创作自己的作品，或者至少愿意把它们看作是一种观点的支柱：——一种世界观——而我们在每一事件中，在每个时代里看见的只是艺术冲动的手段。"[1] 这就明确地划分了近代艺术和当代艺术的区别：近代艺术是理性主义的表达，而当代艺术则是艺术冲动的象征表现。里尔克在《关于艺术》的随笔札记之中指出："真正艺术家的根是在这内心深处扎下的，不是在学校的那些日子和经历里。它们处在这更为温暖的土壤里，在宁静而幽暗的成长中，从未有什么打破这宁静，这成长对时代的标准亦一无所知。从教育中吸收力量、从受表面变化影响的严峻土地中生长出来的别的树干可能比深深扎根的艺术家之树长得高。艺术家之树并不将它那经历春与秋的短暂的枝丫伸向上帝，永远陌生的神，它只是伸展它的根，在那极其温暖而又幽暗的地方，将事物后面的上帝围住。"[2] 这就是说，艺术家的根不在于学校的理性主义教育，而在于艺术家的生命和心灵深处，因为在人类的生命之中，在人们的心灵深处，有着象征世界或者象征主义世界的真正源泉。关于这一点，卡尔·荣格的"集体无意识"和"原型"理论似乎可以作为象征主义及其文学思想的佐证。

2. 对科学主义的反思和批判——审美自律性的张扬

西方世界从文艺复兴时代开始，科学技术突飞猛进，自然科学理论到了 18 世纪启蒙主义时代已经形成了西方自然科学的经典理论形态，这就是以哥白尼的日心说为中心的天文学，牛顿、伽利略的经典物理学，笛卡尔、莱布尼茨、牛顿的高等数学，发现新大陆的自然地理学，脱离了炼金术的近代化学等都已经初具规模；科学发明和发现在技术运用上也是日新月异，能源、动力、机械都有了质的飞跃。然而，科学

---

①　刘小枫选编：《德国诗学文选》下卷，上海：华东师范大学出版社 2006 年版，第 51 页。

②　《永不枯竭的话题——里尔克艺术随笔集》，史行果译，北京：东方出版社 2002 年版，第 88 页。

技术神话的构建使得科学技术这把双刃剑的作用特别地凸显出来：一方面，19—20世纪之交的科学技术的发展极大地改变了西方人们的生活方式，明显地提高了西方人们的生活质量和水平；另一方面，科学技术神话的构建也极度地膨胀了人类征服自然的野心和欲望，不仅形成了人类中心主义，而且也形成了以人类为中心的"认识论转向"，产生了人类凌驾于自然之上的"主体性"，从而破坏了人与自然的协调和和谐关系，构成了自然科学理论的机械论和形而上学观点立场方法。在《自然辩证法》中恩格斯指出："18世纪上半叶的自然科学在知识上，甚至在材料的整理上大大超过了希腊古代，但是在观念地掌握这些材料上，在一般的自然观上却大大低于希腊古代。在希腊哲学家看来，世界在本质上是某种从混沌中产生出来的东西，是某种发展起来的东西，某种生成着的东西。在我们所探讨的这个时期的自然研究家看来，它却是某种僵化的东西，某种不变的东西，而在他们中的大多数人看来，则是某种一下子就造成的东西。科学还深深地禁锢在神学之中。"① "在这种情况下，占首要地位的必然是最基本的自然科学，即关于地球上的物体和天体的力学，和它靠近并且为它服务的，是一些数学方法的发现和完善化。在这方面已取得了一些伟大的成就。在以牛顿和林耐为标志的这一时期末，我们见到这些科学部门在某种程度上已臻完成。最重要的数学方法基本上被确立了；主要由笛卡儿确立了解析几何，耐普尔确立了对数，莱布尼茨，也许还有牛顿确立了微积分。固体力学也是一样，它的主要规律一举弄清楚了。在太阳系的天文学中，开普勒终于发现了行星运动的规律，而牛顿则从物质的普遍运动规律的角度对这些规律进行了概括。自然科学的其他部门甚至离眼前的这种完成还很远。"② 这样一来，摆在德国象征主义者面前的整个世界就是一个人类中心主义的，人与自然的关系逐步失去平衡的，人和自然都被"异化"的尴尬图景。德国象征主义者以诗的形式和文论形式反思和批判了启蒙现代性的科学主义神话，张扬审美自律性，以唯美主义的象征来反对实证主义和自然主义文学思想，构建象征主义的理想家园。

19世纪90年代初，在斯特凡·格奥尔格的周围聚集了一批志同道合，意气相投的年轻人，形成了"格奥尔格圈子"（一译"格奥尔格派"），并于1892年在柏林创办了同人刊物《艺术之页》，他们逐渐在德国和奥地利掀起了一场"精神运动"，1910—1912年又出版了《精神运动年鉴》，倡导"为艺术而艺术"的唯美主义美学倾向，以

---

① 《马克思恩格斯选集》第4卷，北京：人民出版社1995年版，第265页。
② 《马克思恩格斯选集》第4卷，北京：人民出版社1995年版，第263—264页。

摆脱日常生活的理性现实,建立纯粹的艺术世界。[①] 韦勒克认为:看待格奥尔格时必须考虑 19 世纪晚期的唯美主义的背景,他与马拉美交往及其贵族气派的濡染,追随尼采和他对超人的吹捧,同时必须把他置于当时德国的特殊背景之下,即一种逆反情绪,反对霍亨索伦帝国令人不堪的平庸世风,反对自然主义的支配地位和诗歌衰替,流于无足轻重的点缀或者感伤主义的慰藉。[②] 这里,我们看到了德国象征主义及其文学思想就是以唯美主义来反对自然主义文学思潮及其文学思想,实质上也就是反对启蒙现代性的科学主义神话,因为自然主义文学思潮及其文学思想的哲学基础和理论基础就是当时的自然科学哲学和理论。格奥尔格的诗的一个重要主题就是在现代化和科学主义的实现过程之中人的异化或者人的无根状态。例如:

回乡
我乘着富丽的船回乡,
目的地在夕阳中浮现,
桅杆上飘着白色的旗帜
我们越过好多船前面。

古老的河岸和建筑物
古老的钟都焕然一新,
温和的风在向我保证
一定有新的喜事来临。

这时从碧波中涌现出
一句话,一个粉红色的面庞:
你在异乡居住了多久,
而我们的爱并未消亡。

你在天蒙蒙亮时出发

---

① 吴元迈主编:《20 世纪外国文学史》,第一卷《世纪之交的外国文学》,南京:译林出版社、凤凰出版社 2004 年版,第 77—78 页。

② [美] 雷纳·韦勒克:《近代文学批评史,1750—1950》第七卷,杨自伍译,上海:上海译文出版社 2006 年版,第 26 页。

好像只过了一天光景

现在水妖、河岸和昏星

都在向你高呼欢迎。①

这首诗可以有多种解读，不过，我们在这里从现代性的角度来看，它确实表达了格奥尔格的象征主义及其文学思想，反思和批判启蒙现代性的科学主义神话而张扬一种诗意的审美现代性。这是一个"衣锦还乡"的诗意表述。"我"乘着被现代科学技术装点的"富丽的船"，现代科学技术使得这艘船能够"越过好多船前面"，然而这艘船的"桅杆上飘着白色的旗帜"，表示对故乡的"投降"或皈依。故乡的一切，虽然是"古老的"，但是因为永远不会改变和消亡的对一切游子的爱而"焕然一新"，把游子的归来当做"喜事来临"，把游子的漂泊异乡的"很久"的过往视为"一天的光景"，故乡以自己古老的诗意的、童话般的仪礼欢迎归来的游子：水妖、河岸和昏星／都在向你高呼欢迎。看来，还是古老的，诗意的，童话般的故乡，比起那现代工业化的，科学技术神话王国的"故乡"更有吸引力，更适合于审美经验的表达，更适宜于人的"诗意的栖居"。这种"回乡"的情怀和诗之思，就是对启蒙现代性的反思和批判，对审美现代性的张扬和拓展。

莱纳·马里亚·里尔克有一首名为《豹》的象征主义诗，最为直接地显现了资本主义现代化、工业化、科学技术化对生命的压抑和异化作用。

豹

它的目光被那走不完的铁栏

缠得那么疲倦，什么也不能收留。

它感到，仿佛有千条铁栏

千条铁栏后面并没有宇宙。

强韧的脚步迈着柔软的步子

这步子在极小的圈子中旋转，

有如力之舞围绕着一个中心，

在中心，一个伟大的意志昏眩。

---

① 《德国抒情诗选》，钱春绮、顾正祥译，西安：陕西人民出版社 1988 年版，第 260—261 页。

只有对眼帘无声地撩起——

于是一幅图象进入，

通过四肢紧张的静寂——

在心里又趋消失。①

里尔克在诗中以被困于牢笼之中的豹子的形象象征着在资本主义社会现代化、科学技术化、工业化的"铁笼"（马克斯·韦伯语）人的异化和困境。里尔克不仅在诗歌中表达了对于启蒙现代性的科学主义神话的反思和批判，而且在他的艺术评论随笔之中直截了当地说出了自己的这种反思和批判。他非常欣赏那些表现大自然的原生态状况的文学艺术流派和艺术家。在《古斯塔夫·法尔克的〈新的路程〉》（1899）之中，里尔克赞誉法尔克的诗的自然清新和回归物的本性，而不像德默尔那样迷失了物的本性。他指出："物从他口中发出声响，每个物都有每个物的声调，它们超越他的欢乐，犹如穿越一座被花枝装饰的大门，每个物都穿着各自不同的服装，有着不同的姿态。它们不像面对德默尔时一样在法尔克身上迷失自己，它们存在，而他将它们说出来。没有他，它们依然存在。而更为深切的德默尔则用他那有力而严肃的话语和他奋斗的旋律创造它们，又摧毁它们。"里尔克在这里很明显地崇尚"顺乎自然"的文学艺术创造，而对于刻意追求"人工匠意"的文学艺术创作稍有微词。"于是，法尔克对世界快乐、明朗的肯定让人忆起那些优秀的德国画家，他们也是这样乐意帮助所有的物找到最合适的言语。'恋爱者'一诗（第15页）好比一幅托玛的画，朴素而美丽，公正地处理了大与小的比例，光亮处宁静，阴暗处清晰。很多诗都是如此。在歌谣体的诗歌中，这种特性更加明显。——这亦是通向歌曲之路。从对风景与生活的简单的观察中，不知不觉地诞生出真正的歌，轻盈得让每阵风都可顺便将它捎走。人们确实可以设想法尔克的歌在夜晚飘荡在一座小山城的巷子里，在灿烂的星期日的清晨，它们几乎醒得比百灵鸟还早，在黄昏，它们温柔地在温暖的草地上蔓延。"② 正因为里尔克具有这样的非科学主义的自然诗意化的美学思想，所以，他对德国风景画家所组成的沃普斯韦德画派大加称赞，在《沃普斯韦德》（1903）一文中阐发了他的人与自然和谐统一的非科学主义美学思想和文学思想。他痛感现代社会中人们对于自然风景的"陌生"和"改造"。他指出："我们不得不认识到，深藏于历

---

① 余匡复：《德国文学史》，上海：上海外语教育出版社1991年版，第502—503页。

② 《永不枯竭的话题——里尔克艺术随笔集》，史行果译，北京：东方出版社2002年版，第116页。

史之后的大自然才是最最残酷和最最陌生的。即便是人类与自然几千年来的交往也改变不了这个事实。因为，这种交往相当片面。我们改造自然，我们谨慎地将一小部分自然力加以利用，而大自然对此似乎总是毫不知晓。我们在某些方面促使它的生机更加旺盛，而在另一些方面，又用城市的马路扼杀正在泥土中跃跃欲出的蓬勃春机。我们将河水引入工厂，河水却毫不了解自己推动的机器为何物。我们像玩火的儿童，与叫不出名的阴暗力量玩耍，在一瞬间，我们觉得，仿佛所有能量以前都白白可惜地伏在万物体内，直到我们来把它们消耗在自己短暂的生命中，满足我们的种种欲求。但是，几千年来，这些力量一次又一次甩掉我们给它们取的名称，像被压迫者一样起来反抗它们渺小的主人。其实，这根本算不上什么反抗，——它们只是站起来罢了。于是，文明从大地肩膀上跌落，大地重新变得广阔，它又独自与它的海洋、森林和星辰相守了。"① 正是从这样的非科学主义的美学思想和文学思想出发，里尔克强调艺术家和诗人永远不离开大自然。"诗人、画家、作曲家和建筑师，他们都是内心寂寞的人。他们推崇永恒，厌恶过眼云烟，尊敬本质合乎自然准则的事物，鄙视急功近利的行为。因此，他们将身心投入大自然。他们无法让自然关注自己，于是就将理解自然当做任务，要把自己投入自然的伟大因果当中。就是通过这些寂寞的个体，整个人类向大自然靠拢。借助艺术这个媒介，人与风景，形与世界相遇并相识，这虽不是艺术的最高价值所在，却可能是它最独特的价值体现。实际上，人与风景，形与世界，它们虽互不相识，却毗邻而居。在绘画、建筑和交响乐中，总而言之，在艺术当中，它们就像置身于一个更高级的预言性真相中，完整又和谐。"② 从这里我们可以看到，里尔克在反思和批判启蒙现代性的科学主义的同时，又大力张扬了审美现代性，把美和审美以及艺术当做是人与自然和谐统一的媒介和体现，并且把这种人与自然的和谐统一的艺术功能视为艺术的最独特的价值体现。这种审美现代性对启蒙现代性的反思和批判，在里尔克的美学思想和文学思想之中是表现得非常突出的，而且，他是在评论德意志民族的艺术和艺术家的过程之中表述了这些审美现代性的思想，也就使得他的审美现代性的思想带有了明显的德意志民族特色。

3. 对社会进步神话的反思和批判——"世纪末"情绪的表达

西方社会的启蒙现代性信仰社会进步神话，由于从文艺复兴时代以来直到 18

---

① 《永不枯竭的话题——里尔克艺术随笔集》，史行果译，北京：东方出版社 2002 年版，第 213—214 页。

② 《永不枯竭的话题——里尔克艺术随笔集》，史行果译，北京：东方出版社 2002 年版，第 215—216 页。

世纪启蒙主义运动的蓬勃展开，资本主义的生产力和生产关系迅速在欧美，乃至全球各地得到实现，并且产生了直接的现实效果，因此，充满乐观主义情调的资产阶级及其思想家们都是信奉这种社会进步神话的。在《路德维希·费尔巴哈和德国古典哲学的终结》中恩格斯指出：“关于人类（至少在现时）总的说来是沿着进步方向运动的这种信念，是同唯物主义和唯心主义的对立绝对不相干的。法国唯物主义者同自然神论者伏尔泰和卢梭一样几乎狂热地抱有这种信念，并且往往为它付出最大的个人牺牲。”① 但是，到了 18 世纪末，一些思想敏锐的思想家，像卢梭、康德、席勒等人就已经发现了资本主义社会并没有给人类社会带来整体上的进步，反倒是相对于古希腊的古代社会大大地倒退了。卢梭在《论人类不平等的起源和基础》等著作中，康德在《什么是启蒙？》等作品之中，席勒在《审美教育书简》等文章之中，对资本主义的启蒙现代性对于人类社会的异化状况所产生的影响和后果进行了一针见血的分析，对于当时的资产阶级及其政治代言人所宣扬的社会进步神话进行了反思和批判，甚至进行了激烈的抨击。就是在 18 世纪末到 19 世纪中期，欧美的浪漫主义者也发现资本主义社会相对于中世纪的封建社会，尤其是相对于基督教的理想化社会，也是谈不上社会进步的。像德国的“狂飙突进”时代的赫尔德、荷尔德林，德国早期浪漫派的施莱格尔兄弟、诺瓦利斯、瓦肯罗德尔、蒂克等人，还有英国的湖畔派诗人柯勒律治、华兹华斯，法国浪漫主义诗人夏多勃里昂等人都把他们所生活的启蒙现代性的资本主义时代，视为一种历史的倒退，希望能够回到中世纪的理想化社会之中去。就是秉承着这些审美现代性的先知先觉者的思路，面对着资本主义发展的日益明显的危机和弊病，19 世纪末的德国象征主义者与其他的现代主义者一样，对于启蒙现代性的社会进步神话产生了质疑、反思和批判，以“世纪末”情绪及其审美表达来消解启蒙现代性的社会进步神话。

斯特凡·格奥尔格在《艺术之页》的第二期的导言之中，明明白白地宣扬“颓废”的精神和现象。他指明：“从许多方面看来，颓废是人们不明智地想将其作为我们时代唯一的影响的一种现象——当然总有一天会有称职者对此种现象进行艺术上的研究，而在其他情况下则只能让医学来对付它。”也就是说，在他看来，他所生活的时代就是一个“颓废”的时代，这个时代的状况要靠医学来对付，换句话说，它就是一种社会的病态。而且，格奥尔格还认为：“每一种颓废现象同时也是更高一级生命的证明。”那么，在他看来，社会的发展并不是一个直线性发展过程，而是一个生命的

① 《马克思恩格斯选集》第 4 卷，北京：人民出版社 1995 年版，第 232 页。

螺旋形发展过程，而"颓废"就是社会的生命体的一个必不可少的环节，因此社会的发展有所前进，同时也会有所倒退，更高一级的生命就诞生在"颓废"之中。而这种颓废现象以象征的方式表达出来就是象征主义流派以古老的艺术方式来表达现代的社会状况。所以，格奥尔格认为："象征与语言和文学本身一样古老。个别部分的个别词句可用来象征，一种艺术创作的全部内容也可用来象征。后者也称为更深刻的喻意，而每一部有影响的作品都具有这种喻意。"换句话说，象征主义的象征手法是以古老的方式来更深刻地揭示现代社会的颓废现象，因此，他的文学思想实质上是一种复古主义的现代复活，而"把握这种象征是思想成熟与深邃的自然结果"。① 这样一来，格奥尔格就以审美的反思和艺术的方式否定了启蒙现代性的社会进步神话，而力图以古老的审美方式和艺术方式——象征来表现他们对于社会颓废现象的反思和批判的"思想成熟与深邃的自然结果"。这正是一种以审美现代性来反思和批判启蒙现代性的具体体现。

　　这种非进步主义的观点在象征主义的文学思想上表现得也十分清楚。像"格奥尔格圈子"的主要成员弗里德里希·贡多尔夫就认为，文学的发展并不是一种所谓的"进步"，而是一种对古代和过去的文学典范的"复归"和"企及"。在《莎士比亚和德意志精神》这个第一部也是他写得最好的文学史论著之中，贡多尔夫臆断莎士比亚在德国具有一种近似规范的力量。他认为，从 17 世纪至德国浪漫主义运动期间，德国文学的全部历史乃是奋力企及莎士比亚，他的语言，他的诗歌，他的悲剧或喜剧感情，不仅通过译本和改编或者批评评价，而且在创作比赛和戏剧以及抒情诗或小说方面。② 这种文学思想在德国是具有非常明显的非进步主义色彩和德意志民族特色的。众所周知，德意志民族由于 17—18 世纪的长期分裂造成了一种落后于法国、英国、意大利、西班牙等发达较早的资本主义国家的畸形、颓败的状况，同时在文学上德意志民族也迟迟不能得到独立的发展，甚至在高特雪特的莱比锡派与波特马和布莱丁格的苏黎世派之间还产生过"古今之争"：德意志民族的文学究竟是效仿法国文学的新古典主义，还是效法英国文学的现实主义？在这个过程之中，还有一种情况就是崇尚古希腊的文学艺术传统，无论是"狂飙突进"运动中的浪漫主义精神，还是歌德和席勒的魏玛古典现实主义高峰，或者是回到过去的耶拿派浪漫主义，大多把古希腊的文学艺术传统奉为圭臬，作为理想来追求和企及。因此，德国文学发展

① 刘小枫选编：《德国诗学文选》下卷，上海：华东师范大学出版社 2006 年版，第 50 页。
② ［美］雷纳·韦勒克：《近代文学批评史，1750—1950》第七卷，杨自伍译，上海：上海译文出版社 2006 年版，第 28 页。

史上的这种文学思想的非进步主义或者反进步主义就是自然而然的，也是具有德意志民族特色的。德国象征主义的文学思想的这种反思和批判启蒙现代性的进步主义神话的表现也就是与上述传统一脉相承的，其精神也是息息相通的。不过，德国象征主义的文学思想是在 19 世纪"世纪末"的思想影响下产生的，所以，把颓废现象作为一种反进步主义和非进步主义的审美现象彰显出来了，因而具有了现代主义的特征。

总而言之，德国象征主义的文学思想是反思和批判启蒙现代性的理性主义神话、科学主义神话、进步主义神话的思想结晶，也是张扬审美现代性的一种探索。这种探索，以"为艺术而艺术"的唯美主义为目标，来表达 19 世纪的"世纪末"情绪和"颓废"情调，以古老的象征和喻意来宣泄诗人们的审美情怀。这是一种审美现代性对启蒙现代性的消解，也是一种象征性的审美现代性的抒发。它既是 19—20 世纪之交的时代产物，也是德意志民族的民族精神和文学传统的继续和发扬。

第二节　格奥尔格的象征主义诗论

斯特凡·格奥尔格 (Stefan George, 1868—1933) 是德国象征主义的核心代表人物，德国象征主义流派又被称为"格奥尔格圈子"(Georg-Kreis)。之所以如此，就是因为德国象征主义流派的形成和发展都是以格奥尔格及其活动为中心的。因此，德国象征主义的文学思想首先就表现在格奥尔格的象征主义诗论之中。

一、"格奥尔格圈子"与德国象征主义

斯特凡·格奥尔格原名亨利希·阿贝莱斯 (Heinlich Abeleis)，出生于图宾根一个葡萄种植园主兼酒商家庭，父亲让他受到了良好的教育。因此，他在青年时期就学会了几种外语并翻译了莎士比亚十四行诗、波德莱尔的《恶之花》以及法国象征主义和英国拉斐尔前派等等诗歌作品。1888 年入柏林大学学习，第二年开始游历欧洲各国。后来在巴黎大学、柏林大学、维也纳大学攻读语言学、哲学和艺术史。1889 年在巴黎结识了法国后期象征主义诗人魏尔伦、马拉美，经常参加马拉美家里的星期二聚会，直接受到法国象征主义的熏陶感染。回国后，格奥尔格有意在德国传播象征主义及其文学思想，1892 年创办文艺刊物《艺术之页》(*Blätter für Kunst*)，一直到 1919 年停刊。在这二十多年之中，这份杂志不仅努力宣传传播法国象征主义及其文学思想，而且成为德国象征主义流派的基本阵地，在格奥尔格和《艺术之页》周

围聚集了德国、奥地利的一批青年诗人,形成了一个志同道合的"圈子",被称为"格奥尔格圈子",也有人译为"格奥尔格派"。

"格奥尔格圈子"也就是德国象征主义流派的代名词。大约在格奥尔格漫游欧洲之后,格奥尔格圈子就开始形成。起初的一批朋友大都是他的同龄人,是清一色的世界主义者,具有强烈的欧洲意识,多半是他的志同道合者和崇拜者。在年龄上,格奥尔格圈子内的人主要包括三代:他的同龄人,他的下一辈和第三代。在时间上,格奥尔格圈的存在时间大致从 1891 年到 1933 年。在数量上,格奥尔格圈子的核心成员、外围成员,加上一些与格奥尔格有特殊关系的人,前前后后总共不下百人。从职业和身份上看,其主要成员大都是诗人、作家、学者、教授、艺术家。从国籍上看,他们主要来自德国、奥地利、荷兰、波兰、比利时。这些成员在格奥尔格圈子内的时间或长或短,有少数人与格奥尔格保持着终生友谊,只有极少数属于核心成员,也有一些成员后来模仿格奥尔格建立了自己的圈子。格奥尔格的主要活动地点是慕尼黑(大约 1892 年起)、柏林(1896 年秋起)和海德堡(1911 年起),因为他在这三处分别有一个朋友圈。生活简单、不求奢侈的格奥尔格常常转徙于这三个城市,过着吉卜赛人式的浪游生活。格奥尔格圈子没有固定的组织形式,对成员也没有成文的明确要求,他本人就是这个群体的标尺、维护者和评价人。按贡多尔夫的说法:"格奥尔格圈子既非一个具有确定章程和固定组织及活动形式的秘密社团,也非一个具有教义和仪式规程的宗教派别,更不是一个文学帮派,就算参加了《艺术之页》的编辑和出版工作,还并不意味着就是格奥尔格圈子内的人。属于格奥尔格圈子的是这样一小群人:他们具有共同的精神旨趣和思想,出于对一个伟大人物的崇敬而走到一起;他们追求的是这个人身上体现出来的那种理念,他们愿意通过自己的日常生活和社会业绩为他朴素、客观而严肃地效劳。对格奥尔格圈子的一切此外的解释,都是愚蠢的昏话或胡说"。除了胡戈·冯·霍夫曼斯塔尔(Hugo von Hofmannsthal, 1874—1929)和莱纳·马里亚·里尔克(Rainer Maria Rilke, 1875—1926)以外,曾属于格奥尔格圈子的重要人物大致有:哲学和心理学家及现代笔迹学奠基人路德维希·克拉格斯(Ludewig Klages, 1872—1956),作家路德维希·德尔勒特(Ludwig Derleth, 1870—1948),历史学和考古学家阿尔弗雷德·舒勒(Alfred Schuler, 1865—1923),作家卡尔·沃尔夫斯克尔(Karl Wolfskehl, 1869—1948),文学批评家弗里德里希·贡多尔夫(Friedrich Gundolf, 1880—1931),文学史家和作家弗里德里希·沃尔特斯(Friedrich Wolters, 1876—1930),诗人和戏剧家贝恩特·海泽勒(Bernt Heiseler, 1875—1928),学者罗伯特·海林格拉特(Norbert Hellingrath,

1888—1916），文学史家和作家恩斯特·贝特拉姆（Ernst Bertram, 1884—1957），荷兰诗人阿尔伯特·费尔维（Albert Verwey, 1865—1937），医生兼作家库尔特·希尔特布兰特（Kurt Hildebrandt, 1881—1966），犹太作家恩斯特·康托罗维茨（Ernst Kantorowicz, 1895—1963），文学批评家和作家马克斯·科梅内尔（Max Kommerell, 1902—1944），学者佩尔希·高特因（Percy Gothein, 1896—1944），艺术家梅尔希奥尔·莱希特（Melchior Lechter, 1865—1937）等。而与格奥尔格圈有往来的哲学家主要有格奥尔格·齐美尔（Georg Simmel, 1858—1918）、威廉·狄尔泰（Wilhelm Dilthey, 1833—1911）、马克斯·韦伯（Max Weber, 1881—1961）等。格奥尔格圈子办了两个同人刊物：《艺术之页》（1892—1919）只刊登作品，1910 年，格奥尔格支持贡多尔夫和沃尔特斯等人创办了评论性质的刊物《精神运动年鉴》（*Das Jahrbuch für die Geistesbewegung*, 1910—1912），旨在吸引年轻一代的文学精英尤其是大学生到格奥尔格旗下，共同对抗那个"被神所抛弃、没有英雄、毫无福佑、不再追思伟人、堕落而失去良知"的时代，该年鉴与《艺术之页》一样也只发行500 份。[①]

"格奥尔格圈子"的形成，除了这个圈子的人们之间的朋友情谊相交，性格意气相投，志同道合等等个人的因素之外，还有一个美学思想和文学思想的大致相近：反对实证主义美学和自然主义文学思潮及其文学思想。19 世纪末欧洲的文学潮流和文学思想是笼罩在实证主义美学和自然主义文学思潮及其文学思想之下。自然主义文学思潮及其文学思想是以实证主义美学思想作为理论基础的，它把自然科学及其方法作为文学创作和文学思想的指南，力图使文学创作和文学理论以自然科学及其方法为圭臬和指导。在法国，泰纳的实证主义美学和艺术哲学，左拉的自然主义文学思想，已经成为了比较系统的理论和方法。在德国，自然主义的文学思想同样是比较流行的。德国的自然主义理论家威廉·伯尔舍（Wilhem Bölsche, 1861—1939）在《诗歌的自然科学基础》（*Die naturwissenschaftlichen Grundlagen der Poesie*, 1887）之中明确地指出："自然科学构成了我们整个当代思维的基础。"那么，诗歌（文学）当然也不例外，也要以自然科学的方法来研究自己的对象——整个世界。所以，他认为："我们必须使自己靠近自然研究者，必须以他们的成就为依据来检查我们的理想，并使陈旧的淘汰。"[②] 这种把文学艺术等同于自然科学，试图运用自然科学的方法

---

① 莫光华：《词语破碎处：格奥尔格引论》，《同济大学学报》（社会科学版）2005 年第 6 期。

② 刘小枫选编：《德国诗学文选》下卷，上海：华东师范大学出版社 2006 年版，第 37、39 页。

来进行文学艺术创作的自然主义文学思想当然会受到象征主义的批判。在法国，从波德莱尔开始的前期象征主义，一直到瓦莱里、马拉美、魏尔伦的后期象征主义就是在反对自然主义文学思想的过程之中逐步兴起的。那么，德国的象征主义就更是在法国后期象征主义的直接影响下针对德国的自然主义文学思潮及其文学思想，高举起象征主义的大旗，而它的旗手就是斯特凡·格奥尔格，在这面大旗之下的队伍就是"格奥尔格圈子"的精英们。格奥尔格在《艺术之页》第一期的导言之中就把矛头直指自然主义，以"为艺术而艺术"的唯美主义来反对自然主义。他说："他（指《艺术之页》杂志——引者按）追求的是建立在新的感觉方式与技巧基础之上的精神艺术——为艺术而艺术——因此，它是与那种基于对现实的错误看法而产生的陈腐低劣的学派背道而驰的。"① 这个陈腐低劣的学派就是自然主义流派。在格奥尔格等等的象征主义者看来，把现实看作是自然科学所研究的那种世界图景就是错误的，世界图景应该是以"象征"的方式暗示和表现出来的，因此，"把握这种象征是思想成熟与深邃的自然结果"（《艺术之页》第二期导言)②。

　　"格奥尔格圈子"的象征主义文学思想在德国象征主义批评家，格奥尔格的崇拜者弗里德里希·贡多尔夫的文学批评论文之中表现得非常充分。贡多尔夫原名弗里德里希·莱奥波德·贡多尔芬格 (Friedrich Leonpold Gundelfinger)，生于达姆施塔特，早年在慕尼黑大学、海德堡大学、柏林大学攻读德国文学史、艺术史和哲学。1903 年获博士学位。1911 年起任海德堡大学德国近代文学教授。1916—1918 年被征入伍，第一次世界大战之后继续在海德堡大学执教，为海德堡大学赢得世界声誉的主要教授之一。是格奥尔格圈子的主要成员，早期诗作大多数发表于格奥尔格主编的《艺术之页》杂志，模仿格奥尔格的风格，主张"为艺术而艺术"，诗作形式完美，语言形象鲜明，但流于矫揉造作。代表作为《幸福女神》(1903)、《对话》(1905)。文学史和文学批评方面的论著有：《莎士比亚和德意志精神》(1911)、《歌德》(1916)、《斯特凡·格奥尔格》(1920)、《浪漫派》(1930—1931)，并翻译有莎士比亚的作品。③ 在贡多尔夫的《莎士比亚和德意志精神》、《歌德》等著作之中，他区分了象征、抒情、讽喻。贡多尔夫运用**象征**一词是指某种经过特别组织过的东西：人物和行动构成的一个世界，一个与理智的、经营出来的讽喻世界形成对照的神话。《莎士比亚和德意志精神》开卷便突出地提出了象征与讽喻的区别："象征所表达者，在

① 刘小枫选编：《德国诗学文选》下卷，上海：华东师范大学出版社 2006 年版，第 49 页。
② 刘小枫选编：《德国诗学文选》下卷，上海：华东师范大学出版社 2006 年版，第 50 页。
③ 张威廉主编：《德语文学词典》，上海：上海辞书出版社 1991 年版，第 283 页。

于躯干。讽喻所示意者，在于符号。讽喻是陈陈相因的。讽喻乃是关系。象征才是本质"(《莎士比亚和德意志精神》，第 1—2 页)。在象征型艺术里，特指的我和世界不谋而合；在抒情诗里特指的我而不存在世界；在讽喻型艺术里特指的我与世界之间悬殊显示出来有待弥合，或者经过人工之力建立相互联系或者"连贯起来"(《歌德》，第 24 页)。象征表达的是特指的我的运动：这个我处于本来与诗人格格不入的一团材料之中，只是通过创作过程这些材料才为诗人所吸收(同上，第 23 页)。"象征型艺术"和艾略特所谓的"客观对应物"相吻合，虽然在艾略特的理论中的"客观对应物"是名实相符的诗歌表达所必不可少的载体。另一方面，在贡多尔夫看来，象征型艺术是一个低于最高层次的抒情诗艺术的阶段，在抒情诗里特指的我等同于世界，主体与客体之间的区别荡然消失于看来无非是趋于神秘的结合这一理念的堂而皇之地姿态。[1] 贡多尔夫就是以这三种诗歌方式来区分文学类型：讽喻(寓言)型艺术——象征型艺术——抒情型艺术，并且依次由低到高形成一个序列。因此，讽喻(寓言)型艺术是最低层次的艺术形式，因为讽喻是经营的，人工的，理智的。"生活和艺术则不讲逻辑"(《莎士比亚和德意志精神》，第 154 页)是贡多尔夫基本的预先前提。诗人之所以为诗人在于他感受而不思考，至少不是理性地思考。[2] 而象征型艺术则是第二层次的艺术形式，抒情型艺术就是最高层次的艺术形式。由此可见，在贡多尔夫那里，诗歌和艺术的本质就是要表现"特指的我"的情感，因此，抒情型艺术就是最高层次的艺术形式。而象征型艺术则是以一定的感性具体的客体"躯干"来表达主体的情感，因而象征就是情感的"客观对应物"，而象征型艺术就是主客体之间的统一或者"神秘的结合"，是诗人把这个"客观对应物"与本来毫不相干的主体情感创造性地结合在一起了。这一文学思想应该可以看做是西方文学思想由传统的"摹仿说"转向现代的"表现说"的一个重要标志。或者我们也可以按照贡多尔夫的分类，把自然主义文学看做是"讽喻(寓言)型艺术形式"，而把格奥尔格圈子所主张的"象征主义文学"视为"象征型艺术形式"，而把现代主义文学作为"抒情型艺术形式"。这样我们就可以看到，象征主义及其文学思想是从西方传统文学转向现代主义文学的一种过渡形态。正因为如此，也有许多研究者把象征主义(包括前期象征主义和后期象征主义)当做是现代主义文学的最早的

---

[1] [美] 雷纳·韦勒克：《近代文学批评史，1750—1950》第七卷，杨自伍译，上海：上海译文出版社 2006 年版，第 35 页。

[2] [美] 雷纳·韦勒克：《近代文学批评史，1750—1950》第七卷，杨自伍译，上海：上海译文出版社 2006 年版，第 35—36 页。

流派①。

二、尼采"超人"思想的诗化表现

"格奥尔格圈子"作为一个德意志民族的"精英"团体，在19—20世纪之交的尼采的哲学思想之中找到了自己的精神寄托和理想追求。格奥尔格圈子的主脑——斯特凡·格奥尔格表现尤其突出，以至于他和他所崇拜的尼采一起被德国法西斯的纳粹分子所歪曲利用，包括德国第三帝国的宣传部长戈培尔也利用格奥尔格的某些诗歌（如《追随者》，*Der Jünger*），进行符合法西斯主义的曲解阐发，使得格奥尔格与尼采一样仿佛成为了1933年以后德国法西斯的思想表达者和代言人。这种状况迫使格奥尔格不得不愤然离开德国，躲避到瑞士，并且于同年逝世于瑞士洛迦诺附近的米努西奥。这也使格奥尔格成为了现代德国文学史上颇有争议的作家。也许就是因为如此，我国文学界和文学理论界对于格奥尔格的研究，要么讳莫如深，要么轻描淡写，要么一笔抹杀，使得我们的广大读者不能看到一个真实全面的格奥尔格的文学映象。

的确，毋庸讳言，斯特凡·格奥尔格是一个尼采哲学思想的崇拜者和宣扬者。像尼采一样，格奥尔格也看不起这个世界和凡人，把沉浸在象牙之塔的艺术和"自我"之中，与这个世界"决裂"看做第一任务。他不满现实世界，但是他孤芳自赏，自命"超人"，脱离现实，把从事艺术当做"宗教"一样进行自我崇拜。格奥尔格说过，他只为极少数懂得艺术的人写作，只为能猜透他的诗歌含义的人写作。② 不过，从格奥尔格最后要与法西斯纳粹分子划清界限而逃避到瑞士去的实际行动来看，他并不是完全要成为法西斯纳粹分子所鼓吹的那样的民族沙文主义和反人类的"超人"，而是把"超人"作为一个象征来暗示、联想和想象，以此反思和批判资本主义的启蒙现代性所显露出来的现实世界的弊端和丑恶，力图成为超凡脱俗，救赎匡世，重新评估一切价值，拯救人类的"救星"或者"救世主"。因此，在格奥尔格的诗歌中，"超人"的形象，就是"救星"和"救世主"的象征符号。这在他的《外来人》（*Die Fremde*）一诗中表现得非常清楚。这首诗的标题，似乎还可以译为《异己者》或者《陌生者》。

---

① 全国高等师范院校外国文学教学研究会编：《欧美文学200题》，南宁：广西人民出版社1986年版，第495页；"象征主义是资本主义文艺思潮中出现最早，影响最大的一个主要文学流派。"廖星桥主编：《西方现代派文学500题》，沈阳：辽宁人民出版社1988年版，第59页；"象征主义是100多年来西方现代主义文学中产生最早、影响最大、波及面最广的一个现代派文学流派。"

② 余匡复：《德国文学史》，上海：上海外语教育出版社1991年版，第500页。

诗的文本如下：

> 外来人
> 她孤身来自遥远的地方
> 村民惊惶地避开她的住房
> 她又煮又烤又给人算命
> 她披散头发在月光中歌咏。
>
> 礼拜天她穿上五彩锦绣
> 出现在阁楼的小窗口……
> 她的微笑辛辣又甜蜜
> 毁了多少丈夫和兄弟。
>
> 一年后当她在夜影下
> 寻找接骨木和毛茛花
> 有人看见她沉入了沼泽
> 但也有人发誓赌咒说
>
> 她在村外大路中央消失……
> 她留下的抵押只有个孩子
> 苍白如亚麻乌黑如黑夜
> 降生在雪光暗淡的二月。[①]

这首诗无疑可以做多种阐释和理解，但是，其最主要的含义应该是描绘了一个来自外乡的"异己者"和"陌生者"在村民眼中的印象，表现了这个外来人，异己者，陌生者与"地球村"的村民们的格格不入。虽然这个"外来人"、"异己者"和"陌生者"并不一定可以等同于"超人"，或许可以认为这个异己者是一个吉卜赛女郎，但是，她留下的一个孩子，似乎可以视为一个"黑白分明"的"超人"，也许可以看做就是诗人及其"格奥尔格圈子"。也许这个孩子的历史使命就是进一步拯救地球村的村民们，

---

① 飞白：《诗海——世界诗歌史纲·现代卷》，桂林：漓江出版社 1990 年版，第 1045 页。

去完成他的母亲没有能够完成的让村民们"脱胎换骨"的任务,而且,这个孩子诞生在"雪光暗淡的二月",也就是冬天以后的春天时光,给地球村的村民们带来了无限的希望。

实际上我们看到,尼采的"超人"哲学是一种"世纪末"的救赎和理想化的策略。如前所述,当文艺复兴到启蒙主义运动时期,西方资产阶级对自己的前途充满了雄心和理想,因此就产生了启蒙现代性的理性主义神话、科学主义神话、进步主义神话这样"三大神话"。但是,资本主义的生产方式所固有的私有制与社会化大生产之间的矛盾,到 18 世纪和 19 世纪末就日益明显地显示出来了。原来资本主义的启蒙现代性的"三大神话"都不过是海市蜃楼,资本主义社会的现实却是充满着"肮脏和血污","丑恶和虚伪"。因此在 19 世纪末,许多人,尤其是一些敏感的思想家、艺术家、诗人更是感触良多。首先是一种悲观主义的情绪和颓废主义的思想蔓延扩散。这就是叔本华的唯意志主义的悲观主义的哲学反思和前期象征主义、印象主义等颓废主义文学的诗意思索产生的社会历史根源。叔本华的悲观主义哲学唤醒了许多有抱负的中产阶级知识分子,尼采就是其中的一个代表人物。不过,作为还没有堕落到无可救药的中产阶级的知识分子,尼采对于叔本华的完全悲观失望的情绪不能够完全接受,而是一方面要反思和批判资产阶级的弊病和罪恶,另一方面还要谋求新的发展。因此,尼采一方面对西方社会进行了刨根问底的清算,宣告了"上帝死了","重新评估一切价值",把西方社会的传统势力一直批判到古希腊和基督教的根基之上。然而,尼采摈弃了叔本华的悲观主义,而是高扬"权力意志",鼓吹一种"超人"的诞生,以拯救资本主义大厦于倾倒之中。这样一来,尼采的"超人哲学"就成了力图拯救资本主义社会的一些知识分子的一种"武器"。当然,尼采的"超人哲学"同时也就成为了"格奥尔格圈子"的精英们的救世主、救星的"象征"和理想化追求。他们是想把资本主义社会"起死回生"的一代诗人和诗化思想家。格奥尔格的那首《在金光灿烂的山毛榉林荫路上》或许已经透露出了这样的希望。

在金光灿烂的山毛榉林荫路上

在金光灿烂的山毛榉林荫路上
我们走来走去几乎走到出口处
我们从格子中间向着原野眺望
看那又在第二次开花的扁桃树。

> 我们寻找没被树荫遮蔽的坐椅
> 在那没有人声惊动我们的地方
> 在梦想中我们的手交叉在一起
> 愉快地享受那又长又温和的光。

> 我们感激地觉得那零星的光点
> 从树梢上被轻风吹到我们头上
> 我们只是看着而在停顿时听见
> 成熟的果实落到地面上的声响。①

这首诗看起来好像是一首风景诗,记录了诗人和他的同路人在林荫路上游览的心情和感想,或者也可以把它解读为一首爱情诗。不过,如果我们把它作为一种象征的诗歌来读解的话,就可以看到,诗人和他的同路人是在林荫路上寻觅着希望,在寻找着人生的"出口处",而且是充满着期待和追求。林荫路上洒满了金光灿烂的阳光,他们在向着原野眺望,看到了"第二次开花的扁桃树"。这不是充满着希望吗?它不是象征着资本主义社会的"第二次开花",再度繁荣吗?他们要完完全全地享受这阳光,寻找没有被树荫遮蔽的坐椅,愉快地享受那又长又温和的光。不仅如此,他们还在轻风吹拂之中感受到了成熟的果实落到地面上的声响。他们是否已经预感到资本主义社会的中兴时期的到来?第一次世界大战之前的德国迅速发展,德国的工业化、帝国主义化,是否使得诗人和他的志同道合者感受到了一种希望和兴奋?不然的话,格奥尔格的诗歌怎么会被后来的法西斯纳粹分子那么利用呢?

三、"为艺术而艺术"的诗的形式

"为艺术而艺术"的美学主张,本来是唯美主义文学思想的口号。但是,德国象征主义在法国后期象征主义流派的影响下形成,同时也吸收了法国和英国唯美主义的美学主张,从而形成了德国象征主义及其文学思想的某种特征。格奥尔格在《艺术之页》第一期导言(1892)之中,开宗明义就亮出了唯美主义的口号——为艺术而艺术。他说:"他追求的是建立在新的感觉方式与技巧之上的精神艺术——为艺术而

---

① 《德国抒情诗选》,钱春绮、顾正祥译,西安:陕西人民出版社 1988 年版,第 262—263 页。第二节第三行原为"耽于梦想我们的手交叉在一起",根据钱春绮先生的手写修改,该书是钱春绮先生签名赠送本,尤其珍贵的是,书上有许多钱春绮先生亲手写的红色修改之处。

艺术——因此,它是与那种基于对现实的错误看法而产生的陈腐低劣的学派背道而驰的。"①

所谓"为艺术而艺术"是一种只关注艺术作品本身的美学主张,它把艺术作品与其本身之外的一切,诸如社会、历史、创作者、接受者等等都隔离开来,或者说它认为,艺术除了它本身之外没有其他任何的目的。俄国马克思主义美学家普列汉诺夫指出:在"为艺术而艺术"的主张者看来,"艺术本身就是**目的**,把艺术变为**手段**以求达到某种别的目的、即使是最崇高的目的,那就等于降低艺术作品的价值。"(《艺术与社会生活》)②"为艺术而艺术"的艺术主张正是 19—20 世纪之交西方现代主义文学思想对西方启蒙现代性进行反思批判的一种表现,它突出了自康德、席勒以来的审美现代性的审美自律性。而这恰恰是西方现代主义文学思想对启蒙现代性进行反思和批判的一种特殊的方式。正如普列汉诺夫所深刻地指出的:"凡是在艺术家和他们周围的社会环境之间存在着不协调的地方,就会产生为艺术而艺术的倾向。"(《艺术与社会生活》)③ 因此,尽管"为艺术而艺术"的美学主张把注意力集中在艺术及其作品本身,并且主要关注艺术作品的形式方面,但是,它的宣扬者并不是完完全全的离群索居者,也不是社会生活的局外者,更不是社会发展的反对者,而是在运用一些特殊的方式来表示他们对资本主义社会的启蒙现代性及其"三大神话"的不满,而想要在艺术的象牙之塔中洁身自好,不与资本主义社会的各种弊端和罪恶同流合污,并且把艺术的形式及其美当做目的来追求。斯特凡·格奥尔格就正是如此。他对世界的蔑视和与社会的决裂也表现在对传统的否定上。他不仅仅反对世俗世界的陈规陋习,而且在艺术创作的具体形式上也是高举反传统的大旗。比如,他的作品中一反德语的传统,名词不再把第一个字母大写,诗句中也从不用逗号,而是自己发明一个右上角的句点来代替逗号。他的"为艺术而艺术"的美学思想和文学思想使得他非常讲究格律,注重辞藻和形式。④ 他还在《艺术之页》第二期的导言(1894)之中对于这些形式问题给予了充分的关注。格奥尔格把诗的形式放在了一个非常突出的位置。他要求:"简短——惜墨如金——再简短。"这是因为,"诗是一件事情的最高、最彻底的表达方式:不是思想的再现,而是情绪的再现。绘画中起作用的是布局、线条和色彩;诗中则是选择、内涵和音调。"在这里,格奥尔格不仅重视了文学艺术的形式方

① 刘小枫选编:《德国诗学文选》下卷,上海:华东师范大学出版社 2006 年版,第 49 页。
② 《普列汉诺夫美学论文集》Ⅱ,曹葆华译,北京:人民出版社 1983 年版,第 815 页。
③ 《普列汉诺夫美学论文集》Ⅱ,曹葆华译,北京:人民出版社 1983 年版,第 822 页。
④ 余匡复:《德国文学史》,上海:上海外语教育出版社 1991 年版,第 501 页。

面,而且也是按照法国象征主义的基本观点来阐述诗的形式特征的。正因为从前期法国象征主义到后期法国象征主义都强调了诗歌的暗示性,神秘主义色彩和音乐性等审美特征,所以,格奥尔格就在这里明确地指出:诗的形式的审美特征就是"选择、内涵和音调",换句话说,在他看来,一首诗要具有诗的审美特征就必须选择最具有暗示性的象征"客观对应物"来表达那神妙莫测的诗的内涵,创造出一种具有音乐性的音调的诗歌作品。不仅如此,格奥尔格还要求他的志同道合者们大胆反对传统的语言模式。他说:"如果我们摒弃所有的外来语以及那些已经德语化了的词——所有的时髦词也包括在内——这样就会产生许多空白,但如果一个不能缺少这样一个词的句子被舍弃了,对语言与社会也无伤大雅。"这可能是对德意志民族文学在17—18世纪的模仿法国或英国的传统模式的一种反拨,对德意志民族文学的健康发展无疑是大有裨益的。格奥尔格还指出了诗歌创作中韵脚的创新问题。他说:"韵脚是代价极高的游戏。如果一个艺术家将两个词相互押上了韵,那么此游戏对他来说就已时过境迁了,他就不应该重复或仅仅偶尔重复一下这两个词的韵脚。"这也是一种对诗歌的音乐性的创新性的追求。格奥尔格是一个"为艺术而艺术"的创新者,他追求的还是具有德意志民族特色的创新性。因此,他在《艺术之页》第二期导言(1894)的结尾处如是说:"多年来我们已经发现,没有一个邻近国家像我国一样(在与我们有亲缘关系的种族中也少见,北方国家除外),相同的读者阶层能获得这样的文学作品,由此带来了下一个时期我们的艺术任务与邻国的不同之处。"[①] 由此可见,格奥尔格的"为艺术而艺术"的象征主义诗论恰恰是为了在艺术形式上努力创造出具有德意志民族特征的创新性的诗歌,以凸显审美现代性的审美自律性,反思和批判启蒙现代性的三大神话,表现出德国象征主义及其文学思想的反对西方社会制度传统和艺术形式传统的德意志民族品格。

四、反自然主义,反商品化的"纯艺术"

德国象征主义及其文学思想是在反对自然主义及其文学思想的过程之中产生和完善的。美国文学史家和文学理论家雷纳·韦勒克在《文学史上象征主义的概念》之中指出:"本文打算讨论的问题要更专门一些,不仅是文学史中的象征和象征主义,而且是象征主义作为文学史上的一个时期的概念。我认为,可以很方便地把它用作一个时期的概念,指十九世纪现实主义和自然主义没落以后,新的先锋派文学运动,

---

① 刘小枫选编:《德国诗学文选》下卷,上海:华东师范大学出版社2006年版,第51—52页。

即未来主义、表现主义、超现实主义、存在主义等兴起之前西方所有国家的文学。"①
在这里，韦勒克明确地指出了在整个西方文学史和文学思想的发展过程中，象征主
义就是一种对现实主义和自然主义的反拨，又是新的现代主义和先锋派文学产生的
前奏。在谈到德国象征主义及其文学思想的时候，他明确说明了德国象征主义是由
斯特凡·格奥尔格从法国巴黎直接带回了法国象征主义的影响，但是，格奥尔格却
避免用"象征主义"来说明自己和他那个圈子里的诗人，表明了格奥尔格圈子与法国
象征主义的不同之处。他指出："早在一八九二年，格奥尔格的一位拥护者卡尔·奥
古斯特·克莱因就在格奥尔格主办的期刊《艺术之页》上著文批驳那种认为格奥尔
格依赖法国人的观点，他说，瓦格纳、尼采、博克林和克林格等德国作家表明在德国
和在西方任何地方一样，对自然主义有一种根深蒂固的反抗。格奥尔格本人后来也
说过，这些法国诗人只是他'早年的同盟者'。"② 因此，我们可以说，德国象征主义及
其文学思想，虽然直接受到了法国象征主义及其文学思想的影响，但是，它更多的是
在反对现实主义和自然主义的过程中产生出来的，尤其是德国文学思想之中"根深
蒂固"的反自然主义倾向应该是德国象征主义产生的根本原因，因而反自然主义就
是德国象征主义及其文学思想的一个基本特征，也是格奥尔格的象征主义诗论的一
个基本特征。格奥尔格的象征主义诗论的这种反自然主义的特征具体表现在，他的
诗歌从来就不像自然主义者那样按照科学方法和自然的细节来进行描绘和表现，而
是直接运用形式完美，精炼词语所表达的"象征"来暗示和意指一个象征世界。因此，
诗人评论家飞白指出："格奥尔格对德语诗歌的主要贡献是精炼的有如钢铸石雕般的
诗歌语言。他的诗歌高度浓缩，删去一切可有可无的词，甚至连一般认为必要交代
的背景也不交代。另一个特色是他在诸现代诗派中率先省略（少用或不用）标点，并
把德语名词的大写字母（按：德语不论专有名词或普通名词均须大写）改为小写。这
都是诗人用以测试读者的路障，用格奥尔格的说法是'防止闲人入内的铁丝网'。这
样一来，不懂诗的人便望而却步，'闲人免进'了。"③ 换句话说，格奥尔格就这样创造
出了一种"纯艺术"或"纯诗"，彻底地与自然主义和自然世界隔离开来。像他的那
首《周年祭》（*Jahrestag*）：

① ［美］R.韦勒克：《文学思潮和文学运动的概念》，刘象愚选编，北京：中国社会科学出版社
　　1989 年版，第 251 页。
② ［美］R.韦勒克：《文学思潮和文学运动的概念》，刘象愚选编，北京：中国社会科学出版社
　　1989 年版，第 269 页。
③ 飞白：《诗海——世界诗歌史纲·现代卷》，桂林：漓江出版社 1990 年版，第 1040—1041 页。

> 好妹妹，带上灰色的陶瓮，
>
> 陪我同去吧！你并未忘记
>
> 这是我们一向虔诚的惯例。
>
> 七年前今日当我们在泉边
>
> 汲水谈笑时，传来了消息：
>
> 未婚夫死了，死在同一日。
>
> 到泉边去吧，那儿草地上
>
> 立着两株白杨一株云杉，
>
> 让我们汲满这灰色的陶瓮。①

这首诗"诗体是德国传统的抑扬格五音步无韵诗，即'素体诗'（Blankvers），虽说无韵，但根据德语特点，几乎全部诗行都用鼻音结尾（9 行中有 7 行是 n，1 行是 m），这种鼻音半韵造成了低吟的和声。——轻轻地，没有激动和爆发，悲哀情感被抑制着，没有从瓮口溢出来。它像泉水一样，被约束在'灰色的陶瓮'之中"。② 这是一首精雕细琢的反自然主义的"纯艺术"的"纯诗"，确确实实正如格奥尔格所说："诗是一件事情的最高、最彻底的表达方式：不是思想的再现，而是情绪的再现。"③ 这就是德国象征主义和格奥尔格的象征主义诗论的"纯艺术"和"纯诗"的追求，也就是把象征主义和唯美主义结合起来的一种德意志民族的典型。

这种格奥尔格的象征主义诗论所追求的"纯艺术"和"纯诗"，除了上述反自然主义的方面，再就是表现出一种反对资本主义的"商品化"倾向。众所周知，资本主义的最典型特征即是把一切都商品化，德国象征主义的文学思想恰恰是反商品化的，要保持艺术和诗的纯洁性和非功利性，也就是要保持艺术和诗的审美性和审美自律性。所以，格奥尔格在《艺术之页》第一期的导言（1892）之中，开宗明义指出："本刊物的名称已部分地表明了它的宗旨：为艺术尤其是诗歌及其他著作服务，对所有带有国家与社会色彩的东西都避而远之。"④ 为了反对艺术作品商品化，格奥尔格的早期诗集印制数量都限制在一二百册之内，只分送朋友。⑤ 他所主编的《艺

---

① 飞白：《诗海——世界诗歌史纲·现代卷》，桂林：漓江出版社 1990 年版，第 1043—1045 页。

② 飞白：《诗海——世界诗歌史纲·现代卷》，桂林：漓江出版社 1990 年版，第 1041—1042 页。

③ 刘小枫选编：《德国诗学文选》下卷，上海：华东师范大学出版社 2006 年版，第 51 页。

④ 刘小枫选编：《德国诗学文选》下卷，上海：华东师范大学出版社 2006 年版，第 49 页。

⑤ 吴元迈主编：《20 世纪外国文学史》第一卷《世纪之交的外国文学》，南京：译林出版社、凤凰出版社 2004 年版，第 77 页。

术之页》、《精神运动年鉴》等刊物也不过印制 500 本左右。这种反商品化倾向，尽管渗透着尼采"超人哲学"和精英贵族化色彩，而且实际上也是难以彻底实现的，但是，它实实在在地揭露和抨击了资本主义社会及其生产与艺术和诗歌"相敌对"的本质特征，对于文学艺术的发展也具有一定的现实意义和理论价值。当然，格奥尔格的象征主义诗论所主张的反商品化倾向，也只是从艺术和诗歌本身的审美本质特征的角度来进行的阐发，还有待于理论上的进一步阐释和论述。在这一点上，马克思主义文论就相对于象征主义诗论来说要深刻得多。马克思早在 1861—1863 年的《剩余价值理论》之中在批评施托尔希的非**历史地**考察物质生产本身的观点和方法时，就已经指出过："资本主义生产就同某些精神生产部门如艺术和诗歌相敌对。"①马克思的这种认识是与格奥尔格的象征主义诗论的看法殊途同归的，但是，马克思的分析和论证却是更加深刻和彻底的，因为它是从资本主义生产方式内部的物质生产与精神生产之间的具体历史表现来分析和论述的，进一步阐发了他在《〈政治经济学批判〉导言》(1857) 中所提出的关于"物质生产的发展同艺术生产的不平衡关系"的规律。这样，马克思主义文论的历史唯物主义哲学基础就比德国象征主义及其文学思想的乌托邦的历史唯心主义更加深刻和彻底地揭示了资本主义社会及其生产与艺术和诗歌的"相敌对"的本质特征。所以马克思在后面进一步对此做了一些说明：(1) 在资产阶级社会中，各种职能是互为前提的；(2) 物质生产领域中的对立，使得由各种意识形态阶层构成的上层建筑成为必要，这些阶层的活动不管是好是坏，因为是必要的，所以总是好的；(3) 一切职能都是为资本家服务，为资本家谋"福利"；(4) 连最高的精神生产，也只是由于被描绘为、被错误地理解为物质财富的直接生产者，才得到承认，在资产者眼中才成为**可以原谅的**。②只有从马克思的这几点说明的基本原理出发才能够真正理解和解释资本主义社会及其生产的商品化倾向的本质，也才可能理解和解释资本主义生产与艺术和诗歌相敌对的本质特征。所以，我们可以说，格奥尔格的象征主义诗论看到了资本主义社会及其生产与艺术和诗歌"相敌对"的现象，并对此作出了一些反对行动，比如尽量把自己的作品和《艺术之页》、《精神运动年鉴》等出版物的印制数量限定在赠阅志同道合者的范围之内，但是，这些行动本身并不可能阻止资本主义社会及其生产与艺术和诗歌相敌对的现象及其本质的发生和存在。而且，随着资本主义社会及其生产的不断发展，

---

① 陆梅林辑注：《马克思恩格斯论文学与艺术》(一)，北京：人民文学出版社 1982 年版，第 99 页。
② 陆梅林辑注：《马克思恩格斯论文学与艺术》(一)，北京：人民文学出版社 1982 年版，第 101 页。

艺术和诗歌等精神生产的商品化，资本主义社会及其生产与艺术和诗歌相敌对的情况，到了现代主义和后现代主义的时代，不但没有减少和消灭，而且更加变本加厉，愈演愈烈，到 21 世纪的今天，后现代主义的消费社会使得艺术和诗歌的商品化成为了人们不得不正视的"基本规律"。那么，在这种情况下，我们倒是可以吸取格奥尔格的象征主义诗论的反商品化倾向的精神，以马克思主义文论的历史唯物主义观点和方法洞悉艺术和诗歌商品化的现象及其本质，更加有效地应对消费社会之中艺术和诗歌商品化的倾向，既顺应它，又利用它，还要从根本上消灭它。这就是我们社会主义初级阶段对于艺术和诗歌的一种马克思主义的态度。换句话说，我们要首先把艺术和诗歌当做一种特殊的商品，按照商品生产和消费的规律来操作艺术和诗歌，我们还必须把握住艺术和诗歌的非商品的审美特性和超越功利性的本质特征，加强作为精神生产和话语生产的艺术和诗歌的人文性、精神性、审美性。这样才可能真正实现格奥尔格的象征主义诗论所倡导的反商品化倾向的"纯粹"艺术和诗歌的审美理想。

第三节　里尔克的象征主义诗论

莱纳·马里亚·里尔克 (Rainer Maria Rilke, 1875—1926)，原名勒内·卡尔·威廉·约翰·约瑟夫·马里亚·里尔克 (René Karl Wilhelm Johann Josef Maria Rilke)，是 19—20 世纪之交德语诗人之中影响最大的一位，也是奥地利现代文学史上的大师级文学家、文学思想家和文艺理论家。他出生于布拉格一个军官转业的铁路职员家庭，早年曾经遵从父命上过军校，也于 1891—1892 年在林茨就读商业学院，最终于 1895—1896 在布拉格大学攻读艺术史、文学史和法学史，曾经在慕尼黑和柏林从事文学创作。早期诗歌具有印象主义特征。1899 年创作散文诗《旗手克里斯托夫·里尔克的爱与死之歌》，赞美旧奥地利的军旅生活，抒发青年旗手向往"英雄业绩"，甘愿为国捐躯的感情，在青年知识分子中有很大影响。后来受维也纳青春派绘画风格影响，也接触了格奥尔格诗风，成为"格奥尔格圈子"的成员，曾经两次到俄国旅行，并会见了列夫·托尔斯泰。1902 年侨居巴黎，并到意大利、丹麦、瑞典等国旅行。1905—1906 年担任法国伟大雕塑家罗丹的秘书，逐步加强了诗歌的雕塑性、意象性和客观化的象征性，成为一个独具风格的象征主义诗人，出版《图象集》(*Das Buch der Bilder*, 1902)，《祈祷书》(*Das Stundenbuch*, 1905)，《新诗集》(*Neue Gedichte*, 1907)，《新诗续集》(*Der Neuen Gedichte anderer Teil*, 1908)，长篇日记体小说《马尔特·劳里茨·布里格记事》(*Die Aufzeichnungen des Malte Laurids Brigge*, 1910)。1910 年去北非旅行。1911—1912 年在亚得里亚海岸杜伊诺写作《杜伊诺哀歌》。1912—1913 年去西班牙旅行。第一次世界大战期间侨居慕尼黑,中断创作十余年。第一次世界大战之后,里尔克埋头宗教,1919 年卜居瑞士。1922 年完成《杜伊诺哀歌》(*Die Duinesner Elegien*, 1923)。1923 年完成组诗《致俄耳甫斯的十四行诗》(*Die Sonette an Orpheus*, 1923)。1926 年因白血病逝世于日内瓦湖畔的蒙特勒,年仅 51 岁。[1]

一、神秘主义的宗教意识

一般说来,象征主义及其文学思想,从萌芽期到早期再到后期,都充满了神秘主义色彩。这种神秘主义色彩的产生,除了"世纪末"的资本主义经济、政治、思想危机等社会历史原因之外,还来源于象征主义及其文学思想都强调诗歌的"象征"和"暗示"的朦胧晦涩和宗教意蕴。而宗教神秘主义则是从早期朦胧、模糊、神秘的象征主义美学观转向后期象征主义的世界观的一个主要标志。[2]而里尔克在这方面表现得最为典型和突出。

《祈祷书》(1905 年,一译《时辰祈祷书》或《时祷书》)是里尔克的成名之作。在这部诗集里,里尔克赞美生命和上帝,歌颂黑夜和"独特的死亡",宣示爱与死的哲理以及对生命存在的体验,对城市化和科技化的批判,对天主教方济各会创始人、意大利修士圣方济各的赞颂。诗人以富有音乐感的语言诗化了生命的存在,赞美无所不在的上帝这位人生的化身。诗人绿原指出,诗中的僧侣"既是祈祷者,又是艺术家,既是全神贯注于上帝的隐修者,又是现代事物的批评家";所以这部诗集"既是一个青年人的密码化的爱情知识,又是一个男人的决定方向的蓝图,又是一个伟大的艺术家的自白尝试"。[3]德国文学研究家冯至指出,《祈祷书》仍带有诗人早期诗歌的一些特点:"处处洋溢着北欧人的宗教情绪,那是无穷的音乐,那是永久的感

---

① 张威廉主编:《德语文学词典》,上海:上海辞书出版社 1991 年版,第 658—659 页;《德国抒情诗选》,钱春绮,顾正祥译,西安:陕西人民出版社 1988 年版,第 284—285 页;余匡复:《德国文学史》,上海:上海外语教育出版社 1991 年版,第 501—505 页;飞白:《诗海——世界诗歌史纲·现代卷》,桂林:漓江出版社 1990 年版,第 1046—1051 页。

② 廖星桥主编:《西方现代派文学 500 题》,沈阳:辽宁人民出版社 1988 年版,第 58—60 页;全国高等师范院校外国文学教学研究会编:《欧美文学 200 题》,南宁:广西人民出版社 1986 年版,第 495—496 页。

③ 《里尔克诗选》,绿原译,北京:人民文学出版社 1996 年版,第 157 页。

情泛滥。"①《祈祷书》标志着里尔克第一阶段创作的结束。② 尽管《祈祷书》标志着里尔克的创作和文学思想的转变，从情感的宣泄到客观的"观看"，但是，他的神秘主义的宗教意识仍然是一以贯之的，不过，到了创作的中期他是运用一种新型的"物诗"，而到了创作的晚期（1912），他重新苦苦地进行形而上的哲学思考，深究个体存在的意义，甚至"达到了与天地精灵相往还的境地"，不时流露出神秘主义情绪。在《杜伊诺哀歌》和《致俄耳甫斯十四行诗》（1923）之中里尔克又一次歌颂人类共同的感情，表现死与生之类的永恒主题。总而言之，他的作品多以探求宇宙万物的本质和变化——这就是他要描写的事物的灵魂——对于永恒的向往，并以对生与死等人生奥秘的哲理思索为主题。他厌恶大城市的尔虞我诈、繁华喧嚣，一生都在往宁静之所逃遁，一生都在孤独的沉思冥想中度过。他在作品中流露了对社会现代文明的怀疑和否定，充满深沉的忧郁、孤独、恐惧和悲观的情绪。这种郁闷和恐惧是对工业时代物质诱惑所做的抗拒性反应，是对现代社会异化威胁人类生存发出的警告。他的诗思想深邃而晦涩，语言艰深而朦胧，形式复杂而多样，而且不时带有神秘主义色彩，要读懂它并不是一件容易的事。③

里尔克在《祈祷书》之中以这种神秘主义的宗教意识阐发了他关于诗歌的文学思想。他认为，诗歌或许就是像修士在生长的圆（轮回）之中体验到的生命（生活），换句话说，诗歌就是生命体验或者生活经验。其中第一部分"修士的生活"之中有一首诗叫做《我在生长的圆里活着我的生命》（*Ich lebe mein Leben in wachsenden Ringen*）。我试译如下：

> 我在生长的圆里活着我的生命，
> 圆在万物之上伸张。
> 我或许最终不会完成，
> 但我愿将之试尝。
>
> 我围绕着上帝，围绕着古老的教堂旋转，

---

① 《冯至选集》第 2 卷，成都：四川文艺出版社 1985 年版，第 156 页。
② 吴元迈主编：《20 世纪外国文学史》第一卷《世纪之交的外国文学》，南京：译林出版社、凤凰出版社 2004 年版，第 86—87 页。
③ 吴元迈主编：《20 世纪外国文学史》第一卷《世纪之交的外国文学》，南京：译林出版社、凤凰出版社 2004 年版，第 92—93 页。

我旋转了千年之长。

可我还是不知道：我是鹰隼，还是狂飙，

或者是一篇伟大的诗章。①

在这里，里尔克把生命象征为一个在万物之上伸张的圆，而修士自己就在这个圆里活着他的生命，这个生命的圆在每一个个体之上可能不会最终完成，但是，无论是一个鹰隼，或者一场狂飙，还是一篇伟大的诗章都是这个生命轮回的圆的伸张和显现。而对于人来说，尤其是对于诗人来说，诗歌就是一种生命的体验。正因为如此，里尔克后来就提出："诗并非像人们认为的那样是感情（说到感情，以前够多了），而是经验。为了写一行诗，必然观察许多城市，观察各种人和物，必须认识各种动物，必须感受鸟雀如何飞翔，必须知晓小花在晨曦中开放的神采。必须能够回想异土他乡的路途，回想那些不期之遇和早已料到的告别，回想朦胧的童年时光，回想双亲……然而，这样回忆还是不够的，如果回忆的东西数不胜数，那就还必须能够忘却，必须具备极大的耐心等待这些回忆再度来临。只有当回忆化为我们身上的鲜血、视线和神态，没有名称，和我们自身融为一体，难以区分，只有这时，即在一个不可多得的时刻，诗的第一个词才在回忆中站立起来，从回忆中迸发出来。"② 应该说，里尔克的前后两种说法是完全一致的，不过，前面的诗意表达更加凸显了神秘主义的宗教意识，而后面的说法则是把这种神秘主义的宗教意识进行了理性的分析和阐发。然而，这种生命的体验究竟如何显现出来，仍然是一种不期而至的神秘时刻的回忆的迸发，仍然具有一种生命的奥秘。在《给一个青年诗人的十封信》的第一封信（1903 年 2 月 7 日）中里尔克就指出："一切事物都不是像人们要我们相信的那样可理解而又说得

---

① 里尔克作品，"德语诗人里尔克的汉译与研究"网，http://www.myrilke.com。

　　Ich lebe mein Leben in wachsenden Ringen

　　Ich lebe mein Leben in wachsenden Ringen,

　　die sich über die Dinge ziehn.

　　Ich werde den letzten vielleicht nicht vollbringen,

　　aber versuchen will ich ihn.

　　Ich kreise um Gott, um den uralten Turm,

　　und ich kreise jahrtausendelang;

　　und ich weiß noch nicht: bin ich ein Falke, ein Sturm

　　oder ein großer Gesang.

② 潞潞主编：《准则与尺度——外国著名诗人文论》，北京：北京出版社 2003 年版，第 97—98 页。

出的；大多数的事件是不可言传的，它们完全在一个语言从未达到过的空间；比一切更不可言传的是艺术品，它们是神秘的生存，它们的生命在我们无常的生命之外赓续着。"①

从这种生命体验的诗歌本体论出发，里尔克要求诗人向自己的内心深处寻找个性特征。在《给一个青年诗人的十封信》的第一封信中集中谈论的就是这个问题。他认为，一首诗的好不好，不应该诉诸外在的别人，而应该反问自己的内心。他指出："你在信里问你的诗好不好。你问我。你从前也问过别人。你把它们寄给杂志。你把你的诗跟别人的比较；若是某些编辑部退回了你的诗作，你就不安。那么（因为你允许我向你劝告），我请你，把这一切放弃吧！你向外看，是你现在最不应该做的事。没有人能给你出主意，没有人能够帮助你。只有一个唯一的方法。请你走向内心。探索那叫你写的缘由，考察它的根是不是盘在你心的深处；你要坦白承认，万一你写不出来，是不是必得因此而死去。这是最重要的：在你夜深最寂静的时刻问问自己：我必须写吗？你要在自身内挖掘一个深的答复。若是这个答复表示同意，而你也能够以一种坚强、单纯的'我必须'来对答那个严肃的问题，那么，你就根据这个需要去建造你的生活吧；你的生活直到它最寻常最细琐的时刻，都必须是这个创造冲动的标志和证明。然后你接近自然。你要像一原人似地练习去说你所见、所体验、所爱以及所遗失的事物。"换句话说，诗歌是一个人的内心深处体验的自然流露，是一个人的生命的创造性表现，因此，诗歌应该是具有个性的。里尔克说："不要写爱情诗；先要回避那些太流行、太普通的格式：它们是最难的；因为那里聚有大量好的或是一部分精美的流传下来的作品，从中再表现出自己的特点则需要一种巨大而熟练的力量。所以你躲开那些普遍的题材，而归依于你自己日常生活呈现给你的事物；你描写你的悲哀与愿望，流逝的思想与对于某一种美的信念——用深幽、寂静、谦虚的真诚描写这一切，用你周围的事物、梦中的图影、回忆中的对象表现自己。如果你觉得你的日常生活很贫乏，你不要抱怨它；还是怨你自己吧，怨你还不够做一个诗人来呼唤生活的宝藏；因为对于创造者没有贫乏，也没有贫瘠不关痛痒的地方。即使你自己是在一座监狱里，狱墙使人世间的喧嚣和你的官感隔离——你不还永远据有你的童年吗，这贵重的富丽的宝藏，回忆的宝库？你往那方面多多用心吧！试行拾捡起过去久已消沉了的动人的往事；你的个性将渐渐固定，你的寂寞将渐渐扩大，成为一所朦胧的住室，别人的喧扰只远远地从

---

① "德语诗人里尔克的汉译与研究"网，http://www.myrilke.com，里尔克作品。

旁走过。——如果从这收视反听，从这向自己世界的深处产生出'诗'来，你一定不会再想问别人，这是不是好诗。你也不会再尝试让杂志去注意这些作品：因为你将在作品里看到你亲爱的天然产物，你生活的断片与声音。一件艺术品是好的，只要它是从'必要'里产生的。在它这样的根源里就含有对它的评判：别无他途。所以，尊敬的先生，除此以外我也没有别的劝告：走向内心，探索你生活发源的深处，在它的发源处你将会得到问题的答案，是不是'必须'的创造。它怎么说，你怎么接受，不必加以说明。它也许告诉你，你的职责是艺术家。那么你就接受这个命运，承担起它的重负和伟大，不要关心从外边来的报酬。因为创造者必须自己是一个完整的世界，在自身和自身所连接的自然界里得到一切。"① 他的这种"走向内心，探索你生活发源的深处"，表现个性，"从这向自己的世界深处产生出'诗'来"的劝告，最为明确地表达了里尔克早期的象征主义诗论的心灵本体论，同样充溢着神秘主义的宗教意识。这一点从他写给一个青年诗人的第二封信（1903 年 4 月 5 日）中所说的，他在身边总是带着《圣经》和丹麦伟大诗人茵斯·彼得·雅阔布生（Jens Peter Jacobsen, 1847—1885）的书，就可以看出了。里尔克还告诉青年诗人：从伟大的诗人雅阔布生和伟大的雕塑家罗丹那里，他体验到一些关于创作的本质以及它的深奥与它的永恒的意义。从这里同样也流露出里尔克关于艺术和诗的本体论的神秘主义的宗教意识。甚至他还把艺术和诗的创造与性联系起来进行阐述。他在谈到德国著名诗人理查德·德默尔（Richard Dehmel, 1863—1920）的诗歌创作时如是说："其实艺术家的体验是这样不可思议地接近于性的体验，接近于它的痛苦与它的快乐，这两种现象本来只是同一渴望与幸福的不同的形式。若是可以不说是'情欲'，——而说是'性'，是博大的、纯洁的、没有被教会的谬误所诋毁的意义中的'性'，那么他的艺术或者会很博大而永久的重要。他诗人的力是博大的，坚强似一种原始的冲动，在他自身内有勇往直前的韵律爆发出来的，像是从雄浑的山中。"（《给一个青年诗人的十封信》第三封信，1903 年 4 月 23 日）这种类比无疑有其合理性，因为诗歌创作与性的体验都具有某种无法言传，只可意会的无意识因素，而且二者的创造力都是博大的、坚强的原始冲动的爆发。我们应该看到，在里尔克那里，一切的本原和归宿都是上帝（神）。于是，他在《给一个青年诗人的十封信》第六封信（1903 年 12 月 23 日）中这样说道："像是蜜蜂酿蜜那样，我们从万物中采撷最甜美的资料来建造我们的神。我们甚至以渺小、没有光彩的事物开始（只要是

---

① "德语诗人里尔克的汉译与研究"网，http://www.myrilke.com，里尔克作品。

由于爱），我们以工作，继之以休息，以一种沉默，或是以一种微小的寂寞的欢悦，以我们没有朋友、没有同伴单独所做的一切来建造他，他，我们并不能看到，正如我们祖先不能看见我们一样。可是那些久已逝去的人们，依然存在于我们的生命里，作为我们的禀赋，作为我们命运的负担，作为循环着的血液，作为从时间的深处升发出来的姿态。"他把一切都寄托在上帝（神）的身上："现在你所希望不到的事，将来不会有一天在最遥远、最终极的神的那里实现吗？"[1] 所以我们应该记住，在里尔克那里，一切都充满了神秘主义的宗教意识。这正是他的文学思想——象征主义诗论的一个最大的特征。

里尔克的象征主义诗论之所以会具有如此显明的神秘主义的宗教意识，就是因为他既是奥地利诗人，又是象征主义诗人。众所周知，奥地利是一个基督教正宗——天主教势力非常强大的国家。直到今天，奥地利国内大约有84%的人信奉罗马天主教，另外6%的人信奉基督教新教，其中大部分属于奥格斯堡教派，大约4%信奉其他的宗教，剩下6%的人不信教。[2] 在长期的欧洲宗教战争和宗教改革之中，欧洲许多国家和民族都改宗基督教新教，然而奥地利却一直是一个以天主教为主的德意志民族国家，特别是从15世纪起，哈布斯堡家族几乎不间断地占据了神圣罗马帝国的王位，一直到1918年11月11日奥地利共和国诞生。尤其是17世纪末和18世纪上半叶哈布斯堡家族王朝的神圣罗马帝国达到鼎盛时期，而其政权的一个重要支柱就是罗马天主教。因此，在奥匈帝国浓郁的宗教氛围之中成长起来的里尔克就自然而然地熏染了神秘主义的宗教意识。这是一个方面。另一个方面，基督教的神学文化传统的象征性给作为象征主义诗人的里尔克塑造了一种神秘主义的宗教意识。基督教的《圣经》、教义和礼仪之中充满了各种各样的象征，诸如，十字架——苦难、希望，三位一体——圣父、圣子、圣灵，蛇——魔鬼、邪恶，绵羊——善良、温顺，鸽子——圣灵、纯洁、和平，圆——完善、轮回，蜡烛——世界之光、耶稣，戒指——结合，剑——力量、权力、正义，圣杯——忠诚，圣杯与薄脆饼——基督为世人赎罪的力量，面包——耶稣的肉体，葡萄酒——耶稣的血，眼罩——无知、贪婪，斗篷——庇护，圣带——神父的尊严、权力、责任，苹果——堕落，雪松——基督、圣母无玷受胎，雏菊——婴儿基督的纯真，百合——处女的纯洁、圣母，无刺玫瑰——无原罪的圣母，红玫瑰——殉道者的血，白玫瑰——贞洁，荆棘——

① 里尔克作品，"德语诗人里尔克的汉译与研究"网，http://www.myrilke.com。
② 蒋保忠编著：《奥地利风情》，上海：知识出版社1994年版，第216页。

小过错……① 这些象征，在时时刻刻不离《圣经》的里尔克那里，自然具有潜移默化、触发灵感、点石成金的艺术魅力，成为他象征主义及其文学思想的取之不尽、用之不竭的诗歌创作源泉，也是他象征主义诗论的千变万化的宝库。与此同时，基督教神学的神秘主义宗教意识当然也就浸染了他的象征主义诗论，成为他的文学思想的一个突出的特征。

二、追求雕塑美的诗意创造

里尔克的象征主义及其文学思想的最为突出的特征应该是：追求雕塑美的诗意创造。这是他追随法国伟大的雕塑家奥古斯特·罗丹（Auguste Rodin, 1840—1917），并担任罗丹的私人秘书的一个艺术结晶，也是他对西方象征主义思潮及其文学思想的一个最为杰出和鲜明的贡献。正是他这种把象征主义诗歌的音乐性审美追求转化为雕塑美的审美追求，标志着西方象征主义思潮及其文学思想由早期象征主义转换为后期象征主义。这给里尔克带来了世界性荣誉，使他登上了西方诗歌发展史和文学发展史的一个光辉的顶峰。

如果说里尔克在 1905 年以前的象征主义诗论，主要是受到印象主义、法国萌芽期和早期象征主义及其文学思想的影响，强调"走向内心"、"走向内心深处"，突出象征和象征主义的暗示、联想、想象的心理内涵以及诗歌的音乐性，具有强烈的神秘主义的宗教意识，那么，在 1905—1912 年之间里尔克的象征主义诗论，则受到法国雕塑大师罗丹的引导，转向了象征和象征主义的"客观对应物"的"观看"，强调诗歌的雕塑性，形成了他独树一帜的后期象征主义诗论和文学思想。罗丹的艺术创作给里尔克极大的启发。罗丹要他像画家或雕塑家那样在自然面前工作，坚持不懈地领会和模仿。通过对罗丹创作的观察，里尔克发现，罗丹每天都在不停地工作和异常仔细地观看，"工作"和"观看"成了罗丹艺术创作的基础。他在罗丹那里最大的收获，就是学会了"工作"和"观看"，并把这个认识付诸自己的实践。他观看世间万物，不但观看具体的，也观看抽象的；不但看事物的外表，更注意观看事物的内涵和灵魂，并以文字为材料将把握住的事物"雕塑"出一首首诗来。对他来说，把"观看"的结果化成诗句的过程，就是对客观事物哲理化或称作"思想知觉化"的过程。艺术家历来强调灵感，而罗丹却否认灵感的存在，因为在他身上灵感和工作已经融为一

---

① ［美］詹姆斯·霍尔著，克里斯·普利斯顿绘画：《东西方图形艺术象征词典》，韩巍、徐延波、郝一匡译，施竹筠、穆瑾校，北京：中国青年出版社 2000 年版。

体。早期的里尔克也是注重情感的抒发,从这时起他的认识发生了很大的变化,认为诗并不是情感,而是经验,而经验是通过观看获得的。要通过反复地观看和回忆,直到从外部观看到和经验到的事物成为自己的血肉时,诗行才会在某个时刻脱颖而出。这些认识使里尔克摆脱了早期注重感情抒发的诗风,从重感情转变为重经验,从抒写内心主观的"我",转向通过细致的观察去描绘客观事物的姿态和灵魂,并把自己的主观意识和感情融注于客观事物中。无论所写的是人还是物,是人间的离愁还是欢聚,他都尽量同它们保持距离,不让它们染上作者自我的色彩。这一时期他创造的诗被称为"物诗"。这是他为德语诗歌奉献的新品种,单就这一点,里尔克的名字就足以载入德国文学史了。在《给一个青年诗人的十封信》第十封信(1908)中,他还认为,艺术也是一种生活方式,呼唤着真实的生活,因为生活更接近于艺术。从1902 年开始的"物诗"阶段,主要集中在 1905—1908 年。许多诗歌精品从他心底源源不断流出,汇集在《新诗集》(1907)和《新诗续集》(1908)里。至此,他从《图象集》和《祈祷书》开始的由语言的音乐性到雕塑性,由抒发个人情感到客观"状物"的过渡就完成了。[1]

早在 1903 年的《图象集》中里尔克追求造型艺术的雕塑性的审美趣味就已经初露端倪。他的《图象集》的第一首诗《入口》(或译为《开场白》)就已经表明了这种追求诗歌雕塑美的审美情趣。请看:

入口

不论你是谁:晚上就跨出

你的房间,在那里你认知着一切;

当时你的房子在那远方的边际:

不论你是谁。

你的眼睛疲惫得几乎

摆脱不了那破损的门槛,

你却用它们完全慢慢地抬起一棵黑树

并把它放在天边:细长而孤单。

你还制造出了世界。那个世界是伟大的,

---

[1]　吴元迈主编:《20 世纪外国文学史》第一卷《世纪之交的外国文学》,南京:译林出版社、凤凰出版社 2004 年版,第 87—88 页。

就像成熟于沉默中的一个词语。

而一旦你的意志去把握它的意义，

它就让你的眼睛温柔地离去……①

这一首诗实际上在我们眼前描绘了一幅立体感非常强的雕塑性图景。我们可以像欣赏一尊雕塑那样变换着不同的角度来"看"这幅图景。这是一幅用文字雕刻出来的图景：一个人，在傍晚时分，走出了那个拘囿了自己认知的小小斗室，用疲惫的眼睛在天边抬起了一棵细长而孤单的黑树，努力地制造出一个伟大的世界，就好像诗人在用文字语词在沉默之中构筑一个诗意的世界，然而这个世界却是不可捉摸的，就像天边那棵慢慢被抬起的黑树，瞬间又温柔地消失在眼前。因此，我们的视线在诗人、斗室、门槛、天边、黑树、词语、世界之间不断"游目以观"，这样就预示着一个千变万化的诗歌世界的空间转换，在我们的眼前雕刻出一个变幻莫测的诗意世界。这就是里尔克《图象集》的"入口"，就好像是罗丹所雕塑的"地狱之门"，把人们导入一个充溢着雕塑美的诗意空间，让人们在那里"诗意地栖居"。正是为了追寻这样一个具有雕塑美的诗意空间，里尔克 1902 年秋，为了写《罗丹评传》（1903）来到巴黎，结识了法国雕塑大师罗丹。1905 年 9 月至 1906 年 5 月担任罗丹的秘书。这是里尔克生活和创作道路上的一个重大的转折，使得他的诗歌创作的雕塑性审美情趣转化为他的以诗歌雕塑性为突出标志的后期象征主义诗论，形成了"物诗"理论的文学思想。

---

① 《里尔克诗选》，绿原译，北京：人民文学出版社 1996 年版，第 69 页。引者根据德文原文对译文做了较大改动。德文原诗如下：

Eingang

Wer du auch seist: am Abend tritt hinaus

aus deiner Stube, drin du alles weißt;

als letztes vor der Ferne liegt dein Haus:

wer du auch seist.

Mit deinen Augen, welche müde kaum

von der verbrauchten Schwelle sich befrein,

hebst du ganz langsam einen schwarzen Baum

und stellst ihn vor den Himmel: schlank, allein.

Und hast die Welt gemacht. Und sie ist groß

und wie ein Wort, das noch im Schweigen reift.

Und wie dein Wille ihren Sinn begreift,

lassen sie deine Augen zärtlich los...

里尔克这种追求诗歌雕塑美的诗意创造的象征主义诗论和"物诗"理论的文学思想，实质上是一种文学艺术的认识方式和存在方式的新探索，革新了象征主义及其文学思想关于文学艺术的本体论和认识论。

里尔克在罗丹那里领悟了雕塑的独特存在性。在《罗丹论》中，他指明了这种雕塑的独特存在性："如果我们从中世纪的雕刻回顾到古代，又从古代回顾到那渺渺茫茫的太初，我们难道不觉得人类的灵魂永远在清明或凄惶的转折点中追求这比文字和图画、比寓言和现象所表现的还要真切的艺术，不断地渴望把它自己的恐怖和欲望，化为具体的物么？文艺复兴时代可算是最后一次掌握这伟大的雕刻术；那时候万象更新，人们找着了面庞的隐秘，找着了那在展拓着的雄浑的姿势。"① 也就是说，从本体论（存在论）的角度来看，雕塑是比文字和文学、现象和绘画，更加真切的艺术，因为雕塑是一个个实实在在的存在物和具体的物。经过了罗丹的艰苦努力，上下求索，雕塑的独特性或雕塑性被突出出来："现在，每个石像是孤立的，正如一幅屏画是孤立的；而它再不需要什么墙壁，也和后者无异。连屋顶它也不需要了。它已经成为一个可以独自存在的物了。我们自然也应该完完全全赐给它一个完整的物的生命，使我们可以绕它而行，从四面八方观赏它。同时它又应该多少不同于旁的物，一些人人都可以随意抚玩的平凡的物。它应该是不可捉摸的、不可侵犯的、超越机缘和时间的、孤寂光灿如先知的面庞的；我们应该给它一个适当稳固的、非轻忽武断所能安置的地位；把它插在空间的沉静的延续和它的伟大的规律中，使它在包围着它的空气中如在神龛里一样，因而获得一种保障、一种支持、一种崔巍的不可企及性。所有这些全凭它本身的唯一存在，而不是倚靠它所蕴含的意义。"② 罗丹不仅仅深刻地揭示了雕塑的雕塑性，而且非常善于把诗歌和雕塑结合起来，从诗歌中体悟雕塑性，并且成功地以雕塑性来表达了诗歌的内在意蕴。对此，里尔克进行了论述和阐发。他指出：一年又一年，罗丹在这生命的路上前进，细心虚怀，如一个小学生在开步走。没有一个人知道他的苦心孤诣，他既没有可诉衷曲的人，朋友也少而又少。在那维持他糊口的日常工作后面，他的未来功业一声不响地潜伏着，静候它的时辰。他读书很多。在比京的街上，居民习见他来来往往，老是一本书在手里；然而这本书或许不过是在那期待着他的浩大的任务中，一个借以沉埋在他的自我里的托故而已。像对于一切大有为的人一样，那任重致远的心情

① ［奥］里尔克：《罗丹论》，梁宗岱译，桂林：广西师范大学出版社2002年版，第7页。
② ［奥］里尔克：《罗丹论》，梁宗岱译，桂林：广西师范大学出版社2002年版，第10—11页。

自然在他里面激起一种冲动，一种增加和鼓足干劲的勇气。当疑惑来临的时候，当踌躇与彷徨来临的时候，当一切转变中的生物所共具的焦躁、夭亡的恐惧或饥寒交迫来临的时候，无不在他身上碰到一种一往无前的缄默的抵抗，一种固执，一种坚定和确信——这种种堂皇的、还未展开的伟大的胜利旗帜。这或许就是在这万难纷集时骤现于他眼前的过去，他所百听不厌的天主教堂的声音吧。就是从典籍里也显现许多鼓励他的事物。"他第一次读但丁的《神曲》。那简直是一个启示。他看见无数异族的苦难的躯体在他面前挣扎。超出于时间以外，他看见一个给人剥掉外衣的世纪，他看见一个诗人对他的时代的令人难以忘却的大审判。里面许多形象都支持他。而当他读到一本书叙述眼泪流在尼古拉三世的脚上时，他就知道有些脚是会流泪的，有些泪水是无处不到的，是灌注人的全身，或从每个气孔溅射出来的。于是从但丁他走向波特莱尔。在这里，既没有审判庭，也没有诗人挽着影子的手去攀登天堂的路；只有一个人，一个受苦的人提高他的嗓子，把他的声音高举出众人的头上，仿佛要把他从万劫中救回来一样。而在这些诗中，有些句子简直是从字面走出来，仿佛不是写成的，而是生成的，有些字或一组组的字，在诗人热烘烘的手里熔作一团了，有些一行一行地浮凸起来，你可以抚摩它们，更有些全首十四行，简直像雕饰模糊的圆柱般支撑着一个凄惶的思想。他隐约地感到这艺术，在它骤然止步处，正与他所寤寐思服的艺术的起点相毗连；他感到波特莱尔是他的先驱，一个不惑于面貌，而去寻求躯体里那更伟大、更残酷而且永无安息的人。"[①] 在这里，里尔克揭示了诗歌的雕塑性：诗歌生成出一个具体的、有生命的、独立的存在物。如果说，罗丹的许多伟大的雕塑是把但丁、波德莱尔等伟大的诗人的诗意雕塑性地表现出来，那么里尔克就是要像罗丹那样在诗歌创作中体现出语言文字及其文学作品的雕塑性来。这就是他所倡导的"物诗"产生的过程，也是他的"物诗"的根本特征——雕塑性的来源。

再从认识论的角度来看，里尔克从罗丹的雕塑艺术创作过程之中领悟到了一种特殊的"观看"方式，而且他也试图以这种新的观看方式来观察世界，从而写出具有雕塑性的诗歌——物诗。罗丹把握住了雕塑的雕塑性，这就是：一座雕刻的动作不管如何大，不管它是万里长空或是无底深渊做成的，它必定要在雕像的身上归宿，正如那伟大的圈儿必定要自己封闭起来一样——一件艺术品在里面过日子的孤寂的圈儿。这是活在前代雕刻里的一条无形的规律。罗丹认识它的存在。一切物的特

---

① ［奥］里尔克：《罗丹论》，梁宗岱译，桂林：广西师范大学出版社 2002 年版，第 19 页。

征，就在于它们对自己的全神贯注，所以一件雕刻是那么宁静；它不该向外面有所要求或希冀，它要与外物绝缘，只看见它身内的东西。它本身便包含着它的环境。把这空灵不可及的姿态，这内倾的节奏，这不可逼视的明眸赐给《蒙娜丽莎》画像的，就是达·芬奇这个"雕刻师"。无疑地，他的《斯科查》亦是一样，一种仿佛完成了使命的公使堂堂皇皇地回国的姿势，使它栩栩如生。① 换句话说，雕塑的雕塑性就是它的艺术整体性、内在性、独立性。那么如何才能把握住这种雕塑的雕塑性呢？那就只能够依靠一种特殊的"观看"方式。这种观看方式的要点在于：第一，要把对象感知为一个整体，哪怕这个对象是一个没有手臂的躯体或者就是一个脱离了躯体的手。里尔克说："一件艺术品的完整不一定要和物的完整相符合。它是可以离开实物而独立，在形象的内部成立新的单位、新的具体、新的形势和新的均衡的。雕刻又何尝不如是？艺术家的任务就在于用许多物造成一件新的、唯一的，或从物的一部分造成一个世界。"罗丹的作品里有些手儿，有些孤立而且小小的手儿，并不附属于任何躯体，却一样生气勃勃。有些手直竖起来，愤怒而带着恶意，有些仿佛用五个竦立的指儿狂吠，如地狱里那有五道咽喉的狗一样。有些手在走着，在睡着，有些在醒着；有些在犯罪，而且负载着一个沉重的遗传；有些却疲倦，再不想望什么，只蜷伏在一隅，像些生病的畜生，因为它们知道再没有人能够帮助它们了。可是手儿已经是一个复杂的机体，一个三江口，许多自远而来的生命在那里总汇，以便投身于行动的洪流里。它们自有它们的历史、传说，它们的特殊的美；人们承认它们有自己的发展，自己的愿望，自己的感情、气质和脾性的特权。但罗丹，从他自身的经验知道，人体是由无数生命的戏剧组成的，这生命到处都可以变得独创而伟大，而且他能够把一个整体的丰盈和独立性，赐给这辽阔的震荡的面的任何一部分。正如一个人体，对于罗丹，所以成为整体，全在于一种共通的动作（内在的或外在的）运用它的四肢和全力；同样，几个不同的人体的各部分对于他，可以由一种内在的需要互相依附而融成一个有机体。一只手放在另一个躯体的肩膀上或腿上，便不再完全属于它原来的躯体：它和它所抚摩或握住的物品已经组成一件东西，一件无名而且不属于任何人的新的东西；现在问题就在于这件特殊的又有其确定范围的东西。② 第二，要把对象感受为一个个面的构成，"面"是罗丹的雕塑艺术及其雕塑性的基本元素。里尔克指出：罗丹已发现他的艺术的基本元素，或者可以说，他的

---

① ［奥］里尔克：《罗丹论》，梁宗岱译，桂林：广西师范大学出版社 2002 年版，第 27—28 页。
② ［奥］里尔克：《罗丹论》，梁宗岱译，桂林：广西师范大学出版社 2002 年版，第 31 页。

宇宙的细胞了。"这就是'面',那界线分明,色调万变的广大的'面',无论什么都应该由它造成的。自那一刻起,这面遂成为他的艺术——那使他劳瘁,使他吃苦,使他废寝忘餐的艺术的唯一资料了。他的艺术并不建立在什么伟大的思想之上,而在于一种小小的认真的实现上,在那可以攀及的某种东西上,在一种能力上。他丝毫骄傲也没有。他全心献给这不显赫而粗重的美,他还可以恣意观赏、呼唤和裁判。"而且这些"面"是充满生命的。罗丹的最富于独创性的工作,遂与这发现同时开始了。现在,雕刻上一切传统的概念,对于他完全失掉它们的价值了。再无所谓姿势、组合或结构了。"只有无数活生生的面,只有生命,而他所找出的表现方法却直达这生命的肺腑。现在他的唯一考虑,就在于怎样支配生命及其丰裕。凡视线所及,罗丹无处不抓住了生命。他在最偏僻的角落也抓住它,观察它,追逐它。他在它踟蹰不前的路口等待它,在它飞奔的地方跑去和它相会,他到处都发觉它一样伟大,一样庄严,一样迷人。这躯体没有一部分是卑微而可忽视的:什么都蓬蓬勃勃地活着。那镌刻在面孔上的如在日晷上的生命,是易于认识,而且与时光的流逝有关的;那蕴藏在躯体里面的,却更飘逸、更伟大、更神秘、更悠久了。"① 正因为如此,在罗丹的雕塑艺术中,这些充满生命的"面"所构成的整体就形成了一种运动的姿势。所以,这种独特的"观看方式"就是一种运动的观看,即中国道家哲学和美学所谓的"游目以观"。里尔克对于罗丹的这种观看方式这样描绘:"罗丹创造这工具时,对着他的是一个沉静地坐着的人,带了一副沉静的面孔,然而那是一个生人的面孔;当他开始去探寻的时候,他立刻发现这面孔是充满了波动、扰攘和起伏的。每条线纹有之,每一平面的斜度亦有之,影子像在睡眠中移动,光在它的额上恬静地来去。然则静根本不存在,就是死也没有;因为在溶解过程中,死仍是属于生命的:溶解本身也是一种动。的确,宇宙间一切都是动;假如艺术想给生命一个忠实亲切的解释,它就不能把那根本不存在的静作为理想。"② 这些就是罗丹的雕塑艺术的独特的观看方式的基本特征:内向的整体观照,"面"的生命构成把握,运动的姿态收视。

就是在罗丹的直接启发下,里尔克根据雕塑艺术的雕塑性的本体论和认识论的特征,努力追求诗歌的雕塑性和雕塑美,提出了"物诗"的概念。里尔克在《马尔特·劳里茨·布拉格记事》之中,曾经借助布拉格的口,谈到这种"物诗"的观看方

---

① [奥] 里尔克:《罗丹论》,梁宗岱译,桂林:广西师范大学出版社 2002 年版,第 15—16 页。
② [奥] 里尔克:《罗丹论》,梁宗岱译,桂林:广西师范大学出版社 2002 年版,第 26—27 页。

式和基本特征。他认为，诗并不是感情，而是经验。因此，首先应该学会"看"。布里格在 28 岁时，感到自己一事无成，因此布里格写道："我想，我得着手干些什么了。现在我要学习去'看'。"没有生命经过"观看"而来的经验积累，是不能够写出好的诗歌来的。他感慨："唉，要是过早地开始写诗，那就写不出什么名堂。应该耐心等待，终其一生既可能长久地收集意蕴和精华，最后或许还能写成十行好诗。"他心目中的诗人是什么样子呢？他说："他不住在巴黎，他在群峦叠嶂中隐居。他的声音在清澄的空气里像钟声一样鸣响。他是一位幸福的诗人，吟咏着他的窗子和书橱的玻璃门如何映射出一种可亲而孤寂的遥远。我一直向往成为这样的诗人，因为他像我一样对姑娘了如指掌。他了解生活在一百多年前的姑娘，她们早已香消玉殒，不过这没有什么，因为他了解她们的一切，了解才是最重要的。他念叨着她们的芳名，那些用纤柔细长的老式花体字母轻轻地写下的芳名，还有那些比她们年长几岁的女友成熟的芳名，而这些名字里已经有少许命运，少许死亡，而死亡在曼声长吟了。在他红木书桌的抽屉里，可能收藏着她们褪色的书信和日记的散页，那上面记载着生日、夏季舞会的情形。或许，他卧室背面墙边那架装得满满登登的五斗柜里有一只抽屉，里面保存着她们春季用的服装，复活节时第一次穿的浅白衣裙，本来是夏装，但她们等不及提前上身的缀着薄纱花饰的布拉吉（连衣裙——引者按）。啊，这命运是多么幸福：坐在祖传邸宅的一间静室里，周围的东西显得宁静安谧，漫步屋外，在铺青叠翠、令人心旷神怡的花园里聆听刚来此地的山雀的学唱和远处村落的钟声。坐着，凝视午后太阳铺下的一条温暖的光带，知道那么多已逝少女的往事，俨然一位诗人。我想，假如我能住在某个地方，大千世界的某个地方，远离尘嚣无人打扰的一座乡村别墅，我也会成为一位这样的诗人。我只要一个房间（靠山墙光线明亮的房间）就够了。这样我就可以和我的旧物、和家族肖像、和书生活在一起了。此外我还要有一把扶手椅，几束鲜花，几条狗和一根走石子路用的粗手杖。再不需要其他什么了，除了一本用淡黄的象牙色皮面装订的、衬面上画有古老花纹的本子：我要在这本子上写作，写很多很多，因为我有很多想法和回忆。"① 换句话说，里尔克所谓的"物诗"，并不是感情的瞬间迸发，而是来自于"物"的深邃生存经验的象征，也就是要把人生的深沉的生存经验通过"物"的象征符号描绘出来，因而诗歌就是人生经验的象征物，也就是人生经验的"客观对应物"。这正是象征主义及其文学思想与一般的"表现说"文学思想的区别：表现说强调的是诗歌（文学）直接表现人的情感或者主观意识本身，

① 潞潞主编：《准则与尺度——外国著名诗人文论》，北京：北京出版社 2003 年版，第 100—101 页。

而象征主义却突出要求通过象征符号来表达人的主观意识，即诗歌必须有一个象征符号系统来成为人的感情或者主观意识的"客观对应物"，通过这个"客观对应物"的象征符号系统来"暗示"或者"联想"、"想象"到诗歌要表达的感情或者主观意识。然而，里尔克的"物诗"与一般的象征主义及其文学思想的不同之处则在于，这个象征符号系统的"客观对应物"是来自于诗人的人生经验的"物本身"，因此"物诗"之中的这个"物"就是一个诗人在生活之中理解和体验所了解的独立的生命整体，它就以独特的方式象征着人生经验的生命整体本身。这正是里尔克从罗丹的雕塑艺术的雕塑性的本体论和认识论出发对象征主义及其文学思想的创新和发展。飞白指出："里尔克在《新诗集》中发展了所谓'物体诗'（Ding—Gedicht），这是一种雕塑诗，然而不同于戈蒂耶和巴那斯派的冷凝的雕塑诗，而是罗丹式的富于生命的雕塑诗。"[1] 像《仅剩躯干的古阿波罗像》对于那个古代的阿波罗残像的生命整体本身进行的讴歌赞美。正是这样一尊仅剩躯干的古代阿波罗雕像，虽然已经没有了头颅和眼睛，但是，"他的躯干仍在燃烧，炯炯而视，/像辉煌的灯台，尽管拧低了灯芯，"/"仍然发光不止。"就像"猛兽毛皮般颤动，闪烁，""从每处断椽迸出光热/如同一颗星星，他的每个部位/向你注视着，迫使你改变你的生活。"[2] 这就是追求雕塑美的诗意创造的"物诗"，一种把象征主义诗歌的音乐美和音乐性融入诗歌的雕塑性和雕塑美之中的诗意创造。

三、"世纪末"的颓废、悲观情调

里尔克的象征主义诗论主要表达了"世纪末"的颓废、悲观情调，把这种颓废、悲观情调作为诗歌的审美特征来表征，主张诗歌就是要表达这种颓废、悲观情调。而这种颓废、悲观的情调，在里尔克的象征主义诗论那里，主要表现为：孤独、寂寞、痛苦。飞白指出："里尔克是现代机械文明的对立面，是现代世界'孤独'的歌手。选自《图象集》的(323)《秋日》就是一首咏孤独的名作。此诗描写秋的逼近，自然与人生都受到存在的催促，都在被'催向完成'。于是诗人不复让上帝来催自己，反而自己来催上帝：夏日如此之长了，快把日影卧在日规上吧，快把秋风放出来吧，快给果实加最后两天阳光吧！"原诗的最后两行直译应该是："将在林荫道上来来回回"/"不安宁地游荡，当树叶飘落的时光"，飞白把"来来回回"，"不安宁地"，"游荡"，

---

① 飞白：《诗海——世界诗歌史纲·现代卷》，桂林：漓江出版社 1990 年版，第 1050—1051 页。
② 飞白：《诗海——世界诗歌史纲·现代卷》，桂林：漓江出版社 1990 年版，第 1056—1057 页。

都译为"彷徨"。① 这样就更加凸显出了孤独者的生命整体和生存经验。

里尔克确确实实就是这样一个现代社会中的"孤独者",感到无限的寂寞和痛苦。在《给一个青年诗人的十封信》的第三封信（1903 年 4 月 23 日）中写到自己的生活。那是一种艺术家的生活，充满了孤独、寂寞、痛苦，需要忍耐的生活："不能计算时间，年月都无效，就是十年有时也等于虚无。艺术家是：不算，不数；像树木似地成熟，不勉强挤它的汁液，满怀信心地立在春日的暴风雨中，也不担心后边没有夏天来到。夏天终归是会来的。但它只向着忍耐的人们走来；他们在这里，好像永恒总在他们面前，无忧无虑地寂静而广大。我天天学习，在我所感谢的痛苦中学习：'忍耐'是一切！"因此，他在艺术之中度过他的孤独、寂寞、痛苦的生活，把艺术作为一种生活方式，来对抗那"世纪末"的悲苦的生活。在《给一个青年诗人的十封信》第十封信（1908 年 12 月 26 日）中里尔克写着："艺术也是一种生活方式，无论我们怎样生活，都能不知不觉地为它准备；每个真实的生活都比那些虚假的、以艺术为号召的职业跟艺术更为接近，它们炫耀一种近似的艺术，实际上却否定了、损伤了艺术的存在，如整个的报章文字、几乎一切的批评界、四分之三号称文学和要号称文学的作品，都是这样。我很高兴，简捷地说，是因为你经受了易于陷入的危险，寂寞而勇敢地生活在任何一处无情的现实中。即将来到的一年会使你在这样的生活里更为坚定。"② 因此，艺术和诗就是里尔克的生命，他以他的象征主义诗歌来抒发"世纪末"的颓废、

---

① 飞白：《诗海——世界诗歌史纲·现代卷》，桂林：漓江出版社 1990 年版，第 1049—1052 页。

秋日
主啊，是时候了，夏日如此之长。
把你的影子卧在日规上吧，
再在田野上放开风的马缰。

命令那最后的水果更加饱满；
再给它们加两天南方的温暖，
好把它们催向完成，再往那
浓冽的酒浆里压进最后的甜。

今日无房者，不再为自己造房，
今日孤独者，将会长期这样，
将会长醒，长读，写长长的信，
将会随着飘荡的落叶之群
在林荫道上彷徨，彷徨，彷徨……

② 里尔克作品，"德语诗人里尔克的汉译与研究"网，http://www.myrilke.com。

悲观情调,在颠沛流离的浪游生涯中完成了他的生命的"圆"。他是把他的一切孤独、寂寞、痛苦都化为诗歌,并且也主张诗歌就是这种"世纪末"生活的深沉体验,是一种生活经验的象征表达。

里尔克认为,孤独是诗歌的一个主要审美特征。在《威尔海姆·冯·朔尔茨的〈霍尔克林恩〉》中,里尔克指出:"诗歌这个被一再遗忘的艺术旁支走向了沙漠,变得明智起来。它成了孤独者,成了孤独者的知心人。它不再受缚于心胸狭窄的今天,它发现,明天是它的家园,于是,从此以后,它开始越来越洪亮地讲述它的奇迹与欢喜,我们也希望从中找到通往它的道路。"里尔克认为,戏剧和长篇小说仍然还是大众的奴仆,必须像宫廷小丑那样去讨社会这个君王的欢心,就是最坦诚的短篇小说,也必须乔装改扮一番,去赢取读者的微笑。在这些"媚俗"的艺术之外,"只有一种大众已不再知晓的艺术才能彻底的真实与深刻,并保持它的真实与深刻,它宣布的不是一个行将逝去的白昼的要闻,而是次日清晨的光明高贵,因为,它不必去应和张三李四的欲求,它要答复的是那极少数人的隐秘的渴望。"由此可见,被德国象征主义者所标榜的所谓"颓废"、"悲观"情调,包括"孤独"、"寂寞"、"痛苦",并非我们以前有一段时间所理解的"没落"、"腐败"、"堕落",而是一种对于资本主义的社会和思想危机的"个体的反抗",是一种不愿意与腐败、堕落的资本主义社会及其意识形态同流合污、助纣为虐的"苦闷的象征"表现。它应该是有其积极作用的,尽管它也有着某些消极方面。不仅如此,孤独还是使得诗歌充分显示自己意义的审美特征。里尔克说:"读者的淡然为我们保持住了诗歌中纯艺术的意义。这在其他艺术领域已经变得那样模糊可疑。在与万物的内在交流中,在持续的对话中变得更丰富、更深远、更明朗,一切艺术的这个目的可以在这个最个性化的领域得以最圆满的实现,在透光的诗歌素材后面,人的内心袒露所获得的永恒的成果得以最清晰地显露出来。因为,袒露内心最深处的圆满是所有艺术的最终意图,所有的艺术素材都只是表达它的借口。"[①] 在这里里尔克又把诗歌的孤独与诗歌的"纯艺术"意义,即审美意义密切联系起来。这表明了一种纯艺术或唯美主义的审美倾向。

里尔克还认为,寂寞也是诗歌和艺术所应该具有的审美特征。在《有关物之韵律的笔记》中,他说:"艺术无所作为,它只是将迷惑指给我们看,我们大多都身处迷惑之中。它没有使我们变得安详宁静,而使我们胆怯。它证明我们人人都生活在不同的岛上,但这些岛屿彼此未离太远,远得足可以寂寞和无忧。一个人可以打扰、惊

---

① 《永不枯竭的话题——里尔克艺术随笔集》,史行果译,北京:东方出版社 2002 年版,第 69 页。

吓、或拿着长矛逐另一个人——却没人可以帮助另一个人。"① 换句话说，艺术和诗歌就是给人们指点迷津，让人保持一种寂寞和无忧，以避免人们之间的利益冲突，也就是使得每一个人成为他自己，从而清醒地认识到现代资本主义社会的人对人的异化和隔膜。因此，了解寂寞，保守寂寞，就是现代人一种颓废而悲观的情调，这种情调塑造着现代人的心灵。所以，里尔克在《有关物之韵律的笔记》的结束处如此写道："越寂寞，越庄重，它的共同性便越感人，越有力量。"在这样一个现代社会中，寂寞者才成为现代人的审美品格的表达者。所以他说："恰恰是最寂寞者拥有最多部分的大同。我此前说过，有人听到的那广阔的生命旋律要多些，有些人听到的要少些；相应地，他们在这伟大的乐团里承受的义务也或多或少。那听见了整个旋律的人便既是最寂寞者，又是最具有大同者。他将听见任何人都听不到的东西，因为，他在他自己的完善中听懂了别人听来断断续续、模糊不清的东西。"② 那么，艺术和诗歌就是在寂寞者的寂寞之中倾听生命的旋律的心声。

　　里尔克同样认为艰难困苦是艺术和诗歌的审美特征。在《一次晨祷》之中，他说过，生活本身就是艰难的，而只有在这种艰难困苦之中，人们才能够与上帝相遇，也才能够到达艺术和诗歌的终极——上帝。他指出："你必须成为自己的一个世界，你的艰难应是这世界中心，吸引着你，有朝一日，它将越过你，以其重力影响一个命运、一个人，影响上帝。当它成熟，上帝将进入到你的艰难之中。除了在此，你难道还会在别处与上帝相遇吗？"③ 里尔克深信，亲爱的上帝不是对已逝去的神的回忆，他曾经存在，现在，他依然存在。艺术家的信念已不再仅仅是信念，而是行动，艺术家在为艺术品的最终完成而工作，上帝便是一切艺术品的终极完美。接近艺术，便是接近神。将一切回复到艺术，便是接近神。④ 尽管这里面充满着神秘主义的宗教意识，但是，这也恰恰是里尔克的艰难困苦生活的真实写照，他的诗歌也就是他的痛苦的生活的结晶。他一生居无定所，到处游荡，体验到了一切物质的和精神的痛苦，一如上述他写给一个青年诗人的十封信中所说。总而言之，在里尔克那里，艺术和诗歌就是生命痛苦的象征表达。他的象征主义及其文学思想的世界是一个充满"世纪末"颓废、悲观情调的与上帝相遇的诗意世界。这是否有一些基督教的"原罪"意识呢？这种

---

① 《永不枯竭的话题——里尔克艺术随笔集》，史行果译，北京：东方出版社 2002 年版，第 75 页。
② 《永不枯竭的话题——里尔克艺术随笔集》，史行果译，北京：东方出版社 2002 年版，第 82—83 页。
③ 《永不枯竭的话题——里尔克艺术随笔集》，史行果译，北京：东方出版社 2002 年版，第 320 页。
④ 《永不枯竭的话题——里尔克艺术随笔集》，史行果译，北京：东方出版社 2002 年版，第 324 页。

"原罪"意识可能与叔本华的悲观主义哲学及其唯意志主义的痛苦意识息息相通吧？里尔克一开始就表现出对哲学思辨的癖好，同时，叔本华对诗人有着不可忽视的影响，他把存在称作充满悲哀的监牢，里尔克正是从这里出发，走向他神秘主义哲学家诗人的归宿。[①]

第四节　霍夫曼斯塔尔的象征主义戏剧论

胡戈·封·霍夫曼斯塔尔（Hugo von Hofmannsthal, 1874—1929）奥地利诗人，剧作家。1874 年 2 月 1 日生于维也纳银行家家庭，1929 年 7 月 15 日卒于维也纳近郊罗道恩。他先在文科学校学习，1892—1895 年入维也纳大学攻读法律、法国文学和哲学，1898 年获博士学位。1891 年结识德国象征主义诗人斯特凡·格奥尔格，深受其唯美主义和象征主义文学思想影响，成为"格奥尔格圈子"（格奥尔格派）的主要成员之一，并在格奥尔格主编的《艺术之页》杂志上发表诗歌作品。1901 年后专事文学创作。第一次世界大战期间被征入伍，曾随外交使团去斯堪的那维亚和瑞士执行公务。战后曾主编《奥地利图书藏书》。受尼采、弗洛伊德等人的哲学和美学思想的影响，创作追求"纯艺术"，为 19—20 世纪之交奥地利象征主义和表现主义文学流派及其文学思想的主要代表人物。16 岁开始发表作品。其诗优美的抒情，迷人的语言和梦幻的情调立即引起轰动，被称为新浪漫主义神童。写于 19 世纪末的作品《诗选》，早期诗剧《昨天》（1892）、《蒂齐安之死》（1892）、《傻子和死神》（1893）、《提香之死》（1901）、《白扇子》（1907）等都深受唯美主义思想影响，主人公多为病态的幻想家，描写即将来临的死亡和深沉的梦境，充满感伤、忧郁和悲观的情调。情节简单，独白冗长，带有一定的寓意性和象征性。1900 年以后，开始改变消极情绪和纯艺术倾向，对帝国主义时代激烈而复杂的社会现实感到厌恶和恐惧，因而遁入过去，用精神分析和现代表现手法来革新希腊悲剧、中世纪神秘剧和巴洛克戏剧，试图把古代人道主义精神传统与基督教神学思想结合起来，建立现代宗教剧。除改编多部古希腊悲剧外，还发表剧作《耶德曼》（1911）和《萨尔茨堡的世界大舞台》（1922）等。1893 年由于性格不合开始与格奥尔格疏远，1906 年二人彻底决裂。1920 年参与创办萨尔茨堡音乐戏剧节。曾与作曲家理查·施特劳斯合作完成《玫瑰骑士》（1911）、《阿里阿得涅在纳克索斯岛上》（1912）、《没有影子的女人》（1919）、

---

① 张玉书主编：《20 世纪欧美文学史》（一），北京：北京大学出版社 1995 年版。

《埃及的海伦娜》(1928)等许多歌剧,闻名于世。他编选的《德语小说选》(1926)、26 卷小开本《奥地利文库》(1915—1917)、《德语读本》(1922—1923),为推广优秀文学遗产作出了贡献。他的作品还有《第 672 夜的童话》(1895)、《钱多斯爵士致弗朗西斯·培根》等。①

一、世纪末感伤和听天由命的情绪宣泄

19—20 世纪之交的奥地利维也纳是欧洲文化的中心。英国思想史家彼得·沃森在《20 世纪思想史》之中指出:"如果说什么地方能被说成是代表作为 20 世纪开端的西欧精神世界的话,那么,它就是奥匈帝国首都维也纳。"②他把维也纳称为"思想中途的小憩之地",因为这里有一个著名的咖啡馆——格里因斯达耶德咖啡馆。在那里许多哲学家、思想家、作家等知识分子相聚在一起,甚至于可以在那里工作。而胡戈·封·霍夫曼斯塔尔就是格里因斯达耶德咖啡馆的座上客,是他的银行家父亲把他引荐到这里来的。19—20 世纪之交的维也纳可以说是整个欧洲的精神世界的缩影:弗洛伊德的《梦的解析》(1900)代表了非理性主义和反理性主义思潮的兴起,"世纪末"感伤和听天由命的情绪宣泄弥漫于整个欧洲,人们感到资本主义社会似乎已经到了不可救药的地步。彼得·沃森指出:"但弗洛伊德及其无意识并非是唯一的例子。治疗的虚无主义学说——社会之病无可救药,甚至折磨人的疾病亦无可救药——显然漠视与经验主义、乐观主义科学方法完全相反的进步教育理论。印象派美学在维也纳特别得宠,属于这一相同分歧的内容。印象派的本质,被匈牙利 A. 豪泽界定为城市艺术。城市艺术'描述城市生活的易变性、令人厌恶的节奏及突变性,但这总是城市生活给人的短暂的印象'。有关短暂性,即经验的昙花一现,与治疗的虚无主义思想相一致:除了冷眼旁观外,对于世界我们无法作出什么改变。"③霍夫曼斯塔尔就是在这样的"世纪末"情绪弥漫的维也纳氛围之中开始了他的文学创作。在其早年时期,霍夫曼斯塔尔所取得的成就被说成是"德语诗歌史上最完美的

① 张威廉主编:《德语文学词典》,上海:上海辞书出版社 1991 年版,第 655—656 页;《德国抒情诗选》,钱春绮,顾正祥译,西安:陕西人民出版社 1988 年版,第 278 页;余匡复:《德国文学史》,上海:上海外语教育出版社 1991 年版,第 505—512 页;张玉书主编:《20 世纪欧美文学史》(一),北京:北京大学出版社 1995 年版,第 121—123 页。
② [英]彼得·沃森:《20 世纪思想史》,朱进东、陆月宏、胡发贵译,上海:上海译文出版社 2005 年版,第 28 页。
③ [英]彼得·沃森:《20 世纪思想史》,朱进东、陆月宏、胡发贵译,上海:上海译文出版社 2005 年版,第 29—30 页。

成就",但他从未囿于唯美主义的态度。《提香之死》(1892)和《傻子与死神》(1893)(他 1900 年前所写的最著名的两首诗剧)不大相信艺术会在任何时候都构成社会价值观念的基础。对霍夫曼斯塔尔来说,问题是,虽然艺术可为创造美的人提供自我实现,但其未必能为无法创造美的社会大众提供自我实现:假如圣化不来自虚无,/那么现在充满寂寞、阴郁。霍夫曼的观点,在其诗作《吟古代花瓶画》中表现得淋漓尽致。这首诗讲述了一位希腊花瓶画家之女的故事。她有一位铁匠夫君,过着舒适平凡的生活,但她并不如意;她认为,自己的生命并未实现其价值。她把时间花在梦想自己的童年上,回忆她父亲在花瓶上所画的那些希腊神话。这些希腊花瓶画上的神的英雄行为使她过着那种自己所渴望的戏剧性生活。一位半人半马的怪物走进了她的生活,这使得她的命运出现了转机。于是她想立即结束旧生活,与半人半马的怪物私奔。她的丈夫却想,如果连他都不能与她一起生活,那么其他人也不可能和她一起生活。于是,他用矛刺死了她。在这里,霍夫曼斯塔尔的观点是一目了然的:"美是自相矛盾的,可能是颠覆性的,甚至是可怖的。虽然自发的、本能的生活具有诱惑力,并且不管对于现实来说生活的表现是多么的重要,但生活仍是充满危险的、爆炸性的东西。换言之,美学绝非只是封闭的、被动的,它意味着判断和行为。"① 霍夫曼斯塔尔所描绘的现实世界是一幅"世纪末"的庸俗、平凡,甚至堕落的市民生活图景,与古希腊的理想化美好生活是格格不入的,而人们一旦企图去实现这种理想化美好生活时,就必然地遭到资本主义社会现实的致命打击。因此,美与现实社会是敌对的,艺术和诗歌与资本主义社会是敌对的。不仅如此,霍夫曼斯塔尔还看到了资本主义社会和启蒙现代性的不可捉摸性和不确定性,发出了一种听天由命的慨叹。他指出:"我们这个时代的本质,是多重性的、模糊不清的。它可能只依赖于滑动性。"他继续写道:"其他时代人认为的坚固的东西,其实是滑动的。"在麦克斯韦和普朗克的发现后,牛顿的世界是滑动的。我们还能作出比这更好的描述吗?"凡物皆可分为许多部分,部分又可分成更多的部分,空无仍让自身被概念拥抱。"②26 岁时,年轻气盛的霍夫曼斯塔尔决定不再写诗,认为戏剧为迎接现时代的挑战提供了更好的机会。因此,在霍夫曼斯塔尔那里,政治成了戏剧的一种形式(施尼茨勒语)。他的剧本,从《福蒂纳图斯与他的儿子》(1900—1901)、《坎道尔斯王》(1903)到写给理查·施特劳

---

① [英] 彼得·沃森:《20 世纪思想史》,朱进东、陆月宏、胡发贵译,上海:上海译文出版社 2005 年版,第 31 页。

② [英] 彼得·沃森:《20 世纪思想史》,朱进东、陆月宏、胡发贵译,上海:上海译文出版社 2005 年版,第 31—32 页。

斯谱曲的剧本,全都涉及作为艺术形式的政治领导,即国王的旨意,这旨意维持一种审美观,这审美观提供一定的顺序,并在这样做的过程中控制不合理的东西。霍夫曼斯塔尔说,必须为非理性提供一个出口,他倚重"整体的仪式"即人人都涉入的政治仪式来解决这一问题。他的剧本力图创造出整体的仪式,使个体心理学与群体心理学联姻,其心理学剧本是弗洛伊德后期理论的先兆。因此,霍夫曼斯塔尔被认为是维也纳社会的观察者,即维也纳社会缺点的文雅的诊断医师,不过,他却拒绝这种治疗的虚无主义,自视扮演了一个更直接的角色,并试图改变社会。如他坦率地论述的那样,艺术成了"奥地利的精神空间"。他希望自己剧本中的国王将成为维也纳的伟大领导者,此人将提供道德上的指导并指引前程,"把全部支离破碎的东西融为一个整体,将一切东西变成'一种形式,即德意志的新实体'"。他用语怪诞,他祈望的是"天才……黥面篡位者"、"真正的德意志人和绝对者"、"先知"、"诗人"、"教师"、"引诱者"和"性爱的梦想者"。霍夫曼斯塔尔的君主制美学,与弗洛伊德男性统治的思想,与 J. 弗雷泽爵士的人类学发现,以及尼采和达尔文学说都有相合之处。霍夫曼斯塔尔对艺术的融合的可能性寄予厚望,他认为艺术会有助于抵消科学的种种破坏性影响。[1] 霍夫曼斯塔尔的思想明显地显示出审美现代性对启蒙现代性的理性主义神话、科学主义神话、社会进步神话的反思和批判,表达了 19—20 世纪之交德意志民族的"世纪末"感伤和听天由命的情绪宣泄。

　　霍夫曼斯塔尔在《傻子与死神》(*Der Tor und der Tod*, 1893) 之中所塑造的主人公贵族青年克劳迪阿就处在这样一种"世纪末"的精神状态之中:"我已经被思索撕裂,嚼碎,我大智大慧却因此感到痛苦;我十分高傲,然而又早已疲倦,心灰意懒。"[2] 正如德国文学研究学者余匡复所说:霍夫曼斯塔尔的创作表明他有着世纪之交作家常有的特色,即世纪末的悲哀,对资本主义社会异化现象的厌恶,在现实面前听天由命的情绪,但是霍夫曼斯塔尔在新旧交替时代仍不断地追求信仰。从下面他 16 岁时写的几行诗就可以看到他的语言表达力,以及他对现实的厌恶和对未来的憧憬:

Zum Traume sage ich:	我对梦境说:
"Bleib, bei mir, sei wahr!"	"请在我身边停留,但愿这是真的!"

---

[1]　[英] 彼得·沃森:《20 世纪思想史》,朱进东、陆月宏、胡发贵译,上海:上海译文出版社 2005 年版,第 32 页。

[2]　张玉书主编:《20 世纪欧美文学史》(一),北京:北京大学出版社 1995 年版,第 121 页。

Und zu der Wirklichkeit   我对现实说：

"Sei Traum, entweiche!"   "但愿这是梦，快快离开！"

他愿梦是一个真的现实，又希望这丑的现实是一个梦。① 在《钱多斯致培根》的信中，霍夫曼斯塔尔以写信人的口气写出了自己的精神状态，而这种精神状态实质上就是一种"世纪末"精神面貌的写照。他这样写道："不过无论如何，我必须向您说明我内心深处的状况。我的精神是古怪的，淘气的；您未尝不可称它是病态的，如果您能理解：一道难以逾越的鸿沟将我与我那些已问世的作品和看来好像尚待问世的作品割裂开来。那些已献与世人的诗文对我来说是那么陌生，我几乎不愿将其称为我的东西。"② 这些都可以视为霍夫曼斯塔尔的一种文学思想：以诗歌和戏剧表达"世纪末"的感伤和听天由命的情绪。

"世纪末"的感伤和听天由命情绪，在 19—20 世纪之交的整个欧洲蔓延弥散。在法国的萌芽期象征主义、早期象征主义之中都有显明的表现，不过在德意志民族的象征主义及其文学思想之中表现得尤其突出。这是因为，19 世纪末的维也纳恰恰是当时欧洲的精神思想中心，它集中地反映了人们的精神世界和思想情绪。霍夫曼斯塔尔就是在维也纳进行他的诗歌和戏剧创作活动的，自然而然地就带上了这种"世纪末"情绪。不过，霍夫曼斯塔尔毕竟还是在悲观主义情调之中挣扎，于是，他把某些梦想和希望寄托在他的戏剧创作之中，以寓意和拟人的象征主义手法来宣泄自己的"世纪末"情绪和听天由命的渺茫的梦想和希望。

二、寓意、拟人的象征主义表现手法

1902 年所写的《钱多斯致培根》被认为是霍夫曼斯塔尔的文学创作的一个转折点。有人认为："该作品标志了霍夫曼斯塔尔创作中的一个转折点。他早期诗歌和抒情诗剧中的语言魔力在世纪之交消逝了，他开始寻找不仅仅以语言为表现手段的新的艺术形式，最后终于找到了戏剧。"③ 也有人认为："这封信被看作是结束新浪漫主义—象征主义运动危机的一个征兆。"④ 韦勒克也认为："霍夫曼斯塔尔对语言局限性

---

① 余匡复：《德国文学史》，上海：上海外语教育出版社 1991 年版，第 512 页。

② 刘小枫选编：《德国诗学文选》下卷，上海：华东师范大学出版社 2006 年版，第 83 页。

③ 张玉书主编：《20 世纪欧美文学史》（一），北京：北京大学出版社 1995 年版，第 122 页。

④ 吴元迈主编：《20 世纪外国文学史》第一卷《世纪之交的外国文学》，南京：译林出版社、凤凰出版社 2004 年版，第 97 页。

的意识完全可以肯定使他坚定地转向戏剧和歌剧。在霍夫曼斯塔尔看来,形体动作和音乐渐渐成为通向现实的新途径。但是诗歌——现实的诗歌也是异曲同工。"① 这些看法都是有一定的道理的。不过,我们似乎可以说,《钱多斯致培根》这一封信主要是表明了霍夫曼斯塔尔关于诗歌和戏剧的象征主义的文学思想:诗歌和戏剧并不是一种概念上的语言,这种概念上的语言是无法表达事物本身的,而应该以寓意和拟人的象征主义手法才能够表现事物本身。这种文学思想在霍夫曼斯塔尔 1902 年以后的戏剧和歌剧剧本之中表现得越来越明显,可以说是他的象征主义及其文学思想的一个独特之处。

在《钱多斯致培根》的信中,霍夫曼斯塔尔通过写信人的口道出了他对寓言、传说、比喻、拟人等象征主义手法的特殊敏感。他说:"古人(指古希腊罗马人——译注)留给我们不少寓言和神秘的传说,画家雕塑家们下意识地对此爱不释手。当时我打算将这份遗产阐释为符咒,某一种取之不尽的神秘智慧的符咒。我好像有时已经隔着一层薄纱感受到这种智慧的气息了。"② 这些话似乎可以看作是霍夫曼斯塔尔与德意志民族的经典作家一样崇尚古希腊罗马人,把古希腊罗马文化视为德意志民族文化的源头和楷模,把古希腊罗马人的寓言、传说视为一种象征性的神秘智慧的符咒。正是从这样的基本观点出发,霍夫曼斯塔尔阐发了象征主义及其文学思想的一个核心观点:世界上的一切都是比喻或象征。他指出:"我有这样的预感,一切都是比喻,每一造物都是把握另一造物的钥匙。我觉得我有能力不断抓住一个又一个的造物,用一个造物来揭开尽可能多的其他各事物的奥秘。这便是我为什么要给那本百科全书式的集子起这么一个名字的缘故。"③ 从这里我们可以看出,霍夫曼斯塔尔与里尔克这位奥地利同乡一样是十分看重"事物本身"的,尽管霍夫曼斯塔尔没有像里尔克那样倡导"物诗",但是,他却同样看重"事物本身",不过,他把每一个事物都看作是其他一切事物的"钥匙",因为他认为各种事物之间是可以相互"比喻"或者"象征"的,它们之间有着一种神秘的关联,就像古希腊罗马的寓言、神话传说所表现的那样。因此,他感到了抽象语言的不足:"我渐渐地不能用所有人不假思索就能运用自如的词汇来谈论较为高尚或较为一般的题目了,即使说一说'精神'、'灵魂'或'身体'这些词,我都会感到一阵莫名其妙的不适。我从内心觉得自己已无力

---

① [美]雷纳·韦勒克:《近代文学批评史,1750—1950》第七卷,杨自伍译,上海:上海译文出版社 2006 年版,第 80—81 页。

② 刘小枫选编:《德国诗学文选》下卷,上海:华东师范大学出版社 2006 年版,第 84 页。

③ 刘小枫选编:《德国诗学文选》下卷,上海:华东师范大学出版社 2006 年版,第 86 页。

对宫廷、议会的政事国务，或者您想得起来的其他什么作出判断了。这倒并非出于某种顾忌——您知道我直率到了轻率的地步——而是因为那些抽象的词汇像腐坏的蘑菇一样在我嘴里烂掉了，而要作出任何判断，理所当然免不了要使用这些词汇。"①在这里我们似乎可以听到俄国形式主义文论"奇特化"（一译"陌生化"）理论的渐行渐近的足音。霍夫曼斯塔尔也认为我们在长期的生活之中已经把我们的语言抽象化、概念化了，因而也腐朽化、腐坏化了，因此，要想办法另辟蹊径来进行表达。当然，霍夫曼斯塔尔不是要将语言本身"奇特化"以显示出事物的本性，而是要用"一个造物"来"比喻"或者"象征"其他的相关事物。他要用事物及其相关性来表达那种抽象的词汇无法表达的事物本身及其本性。他感到这一切都在人们的心中，不必求助于那些"渐渐生疏的词汇"，这些事物本身就可以通过比喻和象征来显示事物本身及其本性。为什么会这样？这是因为，"这些不会说话的，甚至不会活动的造物那么充实，带着那么现实的爱，赫然呈现在面前，我幸福的目光无暇光顾周围的毫无生气之处了。存在的一切，我能想起的一切，触动我杂乱思绪的一切，一切的一切在我看来都意味着些什么。甚至我的体重，我通常愚钝的头脑也意味着些什么；我感到我内心、我周围有一种使人目夺神摇的，简直无涯无渚的相互作用，同参与这种相互作用的所有物质我都愿意融为一体。这样，我的躯体似乎纯粹由密码组成，这些密码向我阐释一切。或者可以说，当我们开始用心灵思考时，好像就能与全部的存在发生一种全新的、充满预感的关系了。一离开这种奇特的陶然魔镜，我就说不清楚这是怎么回事了，我就既不能用理智的语汇说明这种流贯我全身、充斥整个大千世界的和谐究竟在哪里，又怎样使我感觉到它，也无力一五一十地描写我的五脏六腑是如何运动、我的血液是如何凝结的了。"② 因此，霍夫曼斯塔尔是用事物本身通过物我同一地融为一体来阐释万事万物及其相互关系。这就是一种象征主义的阐释方式。所以，他说："我既能用于写作，也能用于思考的语言不是拉丁语和英语，也不是意大利语和西班牙语，而是一种我一字不识的语言。万千哑物操着这种语言朝我说话，我也许只有在坟墓里才能以这种语言在一位陌生的法官面前为自己辩护。"③ 换句话说，象征主义的写作和思考的语言，不是那种抽象的、概念的语言，而是事物本身的"自我显现"的语言，也就是事物本身的"自我敞亮"，是一种"主体间性"的语言。从这里我们似乎可以听到现象学美学和阐释学美学的声音，这似乎也可以说是

① 刘小枫选编：《德国诗学文选》下卷，上海：华东师范大学出版社 2006 年版，第 86—87 页。
② 刘小枫选编：《德国诗学文选》下卷，上海：华东师范大学出版社 2006 年版，第 89—91 页。
③ 刘小枫选编：《德国诗学文选》下卷，上海：华东师范大学出版社 2006 年版，第 93 页。

德国后期象征主义及其文学思想是与胡塞尔的艺术哲学，海德格尔的存在论阐释学息息相通的。这不禁让人想起了 1907 年胡塞尔在看了霍夫曼斯塔尔赠送给他的几个短剧以后写给霍夫曼斯塔尔的信。在这封信中，胡塞尔谈到了现象学还原的方法与审美的感受和艺术的观照之间是相似的，它们都是"回到实事本身"。胡塞尔在致霍夫曼斯塔尔的信中说："因此，现象学的直观与'纯粹'艺术的美学直观是相近的；当然这种直观不是为了美学的享受，而是为了进行进一步的研究、进一步的认识，为了科学地确立一个新的（哲学）领域。"[①] 这也可以看作是德国后期象征主义与德国早期现象学美学的相互融通。

霍夫曼斯塔尔不仅仅在理论上做了如此的阐释和论述，而且把象征主义及其文学思想直接运用于自己的戏剧创作之中，充分地体现了他的象征主义的寓言、拟人的"比喻"或"象征"的象征主义手法。在《傻子与死神》（1893）之中，死神给贵族出生的美学家克劳迪阿带来三个亡灵以证明他只知道追求享受却并不知道人生的价值，虚度了一生。这三个亡灵，一个是他的母亲，第二个是他的女友，第三个是他的朋友。他们分别象征或比喻着人生最宝贵的母爱、爱情和友情。当他明白了这一切，决心在今后弥补失去的一切时，死神告诉他为时已晚，他必须离开这个世界。剧本试图以此说明人生的真谛，具有浓厚的象征意义。在剧本《耶德曼》（*Jedermann*，1911）之中，富商耶德曼的名字在德语中就是"每个人"的意思，象征着资本主义社会中的"每个人"都是一个被金钱异化的人。他为富不仁，上帝派死神去人间将他缉拿归案，清算他在世上的罪孽。他想找一个陪他同去的人，可是找不到一个愿意陪他到上帝那里去的人。他只好带了自己的钱箱上路，想不到金钱竟从钱箱里跳出来嘲笑他，说他占有了金钱，却受着金钱的控制，金钱是主人的"主人"，将永存于世。这时，他过去做过的一点儿"好事"告诉他，愿在审判日为他出庭作证。他开始感到人生要有"信仰"。于是，"好事"和"信仰"陪同他去见上帝，获得了上帝的宽恕，逃脱魔鬼的惩罚，"信仰"陪同他走进了坟墓。剧中人物只有象征性的名字，以此揭露资本主义社会人的异化现象，每个人都成为了金钱的奴隶，只有"好事"和"信仰"才能拯救人的灵魂。[②] 这是一个关于金钱和人的异化现象的现代寓言，运用了古代宗教剧的题材，把"金钱"、"好事"、"信仰"等抽象概念意象化、象征化、拟人化，运用象征、寓言、传说、神话、比喻、拟人等艺术手法，讲述了一个人生哲理，形成了德国

---

① 倪梁康选编：《胡塞尔选集》下，上海：上海三联书店 1997 年版，第 1203 页。
② 张威廉主编：《德语文学词典》，上海：上海辞书出版社 1991 年版，第 656 页。

后期象征主义的文学思想。因此，我们应该说，霍夫曼斯塔尔在理论上阐述和实践中运用的德国象征主义及其文学思想，并不是象征、比喻、拟人等修辞手法的阐发和运用，而是形成了一个以寓言、寓意、拟人、比喻、象征等为艺术手法的象征主义及其文学思想的理论形态。

首先，霍夫曼斯塔尔的象征主义及其文学思想的理论形态，把寓言、寓意、传说、比喻、象征、拟人等修辞手法，不仅仅上升到艺术手法的层面，而且把它们在"象征主义"的总体之中融汇成一体。在《钱多斯致培根》的信函中，我们已经看到了霍夫曼斯塔尔的论述。我们认为，这种融汇一体在审美心理学和普通心理学之中是有其根据的。众所周知，寓言、寓意、传说（神秘的神话传说）、比喻、象征、拟人等，在普通心理学和审美心理学之中都是被解释为一种"联想和想象"的产物，或者说是以联想和想象为心理活动的"形象思维"的产物。而且，它们基本上都是一种以相似联想为基础的"联想和想象"活动。寓言和寓意是把一些抽象的道理寄寓在一个形象化的故事之中，让人们通过它们之间的相似、相近、相关产生一定的联想和想象，从而领悟其中的道理；神秘的神话传说也是以神秘事物与普通事物之间的相似、相近、相关来使得一切事物泛灵化，从而从中领悟一个泛灵论的神秘世界及其存在；比喻就是以事物之间的相似、相近、相关由一个事物想到另一个事物，从而从具体的、熟悉的事物出发去把握被联想和被比喻的事物；象征则是把抽象概念与具体事物通过相似联想联系起来，从而通过具体事物去领悟抽象概念；拟人同样是通过事物与人之间的某种相似、相近、相关而把事物视为某种人，从而把握这个事物的性质和状态。正因为如此，霍夫曼斯塔尔把它们融汇成象征主义及其文学思想的理论形态，就是顺理成章，水到渠成的。其次，从本体论角度来看，霍夫曼斯塔尔的象征主义及其文学思想的理论形态，是以事物本身的存在来象征性地、意象化地、具体地显示抽象道理、抽象概念、非现实事物等存在，是将对象直接地呈现在人们的直观感受之前，因此象征主义的艺术世界就是一个"意向性世界"，不论这个"意向性世界"是抽象的道理、抽象的概念，还是非现实的存在，也不论这个"意向性世界"是运用什么修辞手法建构的，它们都是一种通过联想和想象的"形象思维"建构起来的象征性的存在和存在世界。因此，它们是"象征主义的"存在和存在世界，而不仅仅是一种"象征"修辞格。再次，从认识论角度来看，霍夫曼斯塔尔的象征主义及其文学思想的理论形态，并不仅仅是对现实世界的一种"反映"，也不仅仅是所谓的"能动的反映"，而是一种"联想和想象"的形象思维的建构和创造。它不仅仅可以像法国萌芽期象征主义和早期象征主义的文学思想那样，给人们"暗示"一个现实世界，或者让人们联想到一个现实世界,而是要求建构和创造出一个"客观对应物"的世界,或者说建构和创造一个"意向性世界"或"意指的世界",而这个世界就是显现了现实世界本质的"本真的世界"。总而言之,霍夫曼斯塔尔的象征主义及其文学思想的理论形态似乎更加与胡塞尔的现象学美学和完形心理学美学有某些相通之处。

三、"纯艺术"的诗意表现

霍夫曼斯塔尔的象征主义戏剧论是在他的早期唯美主义"纯艺术"的诗歌理论基础上演化出来的。尽管如前所述,霍夫曼斯塔尔从一开始就是对唯美主义有所保留的,但是,他毕竟深受斯特凡·格奥尔格的唯美主义"纯艺术"诗歌理论的影响,因此,在本质上,他还是主张戏剧的"纯艺术"的诗意表现。在霍夫曼斯塔尔的早期创作中,唯美主义"纯艺术"倾向是比较明显的。这一时期霍夫曼斯塔尔还写了许多短小的诗剧,如《昨日》(1891),《提香之死》(1892)、《傻子与死神》(1893)、《白扇子》(1897)、《窗中妇人》(1899)、《苏贝德的婚礼》(1899)、《冒险家与女歌手》(1899)、《皇帝与女巫》(1900)、《小世界舞台》(1903) 等。"这些作品刻意追求形式的完美,内容多表现感伤和抑郁情绪、瞬息印象和死亡的神秘等主观感受,纯艺术倾向和'世纪末'情绪比较明显。这些早期作品对霍夫曼斯塔尔来说,戏剧形式只是一个盛满诗情的容器,因此可以说这些短剧实际是具有戏剧形式的抒情诗。"[①] 后来,霍夫曼斯塔尔经历了一次精神和创作的危机,在《钱多斯致培根》的信中就表现出了这种危机,他有意要摆脱早期的诗歌和诗剧的唯美主义倾向,不过,在他的戏剧创作中"纯艺术"的唯美主义倾向总还是有所表现。不过,他的这种唯美主义"纯艺术"的倾向,并没有在理论文字中表达出来,而是直接渗透在他的许多戏剧作品之中,尤其是表现在他与理查·施特劳斯合作的一系列歌剧之中。

霍夫曼斯塔尔的"纯艺术"诗意表现与一般的唯美主义是有所不同的。它并不像一般的唯美主义或"为艺术而艺术"的文学思想那样,把艺术和诗歌封闭在艺术作品本身及其形式之中;它是要创造出一个象征性的,非现实的"纯艺术"世界或"意向性世界"来意指或表征某种道理、某种概念、某种意义。因此,霍夫曼斯塔尔的"纯艺术"的象征主义世界是一个内容和形式相统一的"意向性世界"或非现实的"纯艺术世界",绝不是一个"纯形式"的、封闭的文本世界。在1902年以后的文学创作中,

---

①　吴元迈主编:《20 世纪外国文学史》第一卷《世纪之交的外国文学》,南京:译林出版社、凤凰出版社 2004 年版,第 95—96 页。

霍夫曼斯塔尔就不再像格奥尔格那样强调"为艺术而艺术"的唯美主义文学思想。"由于作家通过人物形象使舞台成为大千世界,用伦理观替代了唯美主义,他的创作道路愈走愈宽。"① 其实,应该准确地说,霍夫曼斯塔尔是以一种非现实的"纯艺术"象征主义世界来代替了那种"格奥尔格圈子"的"为艺术而艺术"的唯美主义文学思想,从而形成了他自己的"纯艺术"诗意表现的唯美主义,因此,霍夫曼斯塔尔的象征主义及其文学思想就自然而然地成为了奥地利和德国文学在 19—20 世纪之交由自然主义向表现主义转换的一个重要环节。因此,有人称他的象征主义剧作《耶德曼》(*Jedrmann*, 1911)"为表现主义的重要剧作"。② 霍夫曼斯塔尔是强调艺术作品的内容和形式相统一的。他认为,艺术作品也必须是一个整体。形式与内容是同一性的:"如果你把形式脱离于内容,你就绝非创造性的艺术家。形式是内容的意义所附,内容是形式的生命。"他特别强调文学作品的整体性:"一切同时存在于一部艺术作品。文学作品不仅是一个整体;它必须总是映现存在的伟大的总体。"因为"诗歌乃是世界的精神;世界的一个形象总是包含于一位诗歌天才的作品之中"。但是这幅世界图像绝非自然的一个摹本,那是自然主义者可能要求的:"诗歌的任务在于对生活的原始素材的纯化、组织、表达",换言之,加以理想化。③ 准确地说应该是象征化,即在生活的原始素材的基础上加以纯化、组织、表达,创造出一个完整的象征主义世界——"意向性世界",来意指、表征某种概念、某种意义、某种道理。他的象征主义代表性剧作就是这样的。

霍夫曼斯塔尔的《萨尔茨堡世界大舞台》(*Das Salzburger grosse Welttheater*, 1922)就是创造了一个天使、世界女神、美神、智慧女神、好奇心先生、上帝等形象所组成的非现实的象征主义"意向性世界"来意指某种宗教信念,象征和表征永恒的"上天的权力"。天使、世界女神、死神、好奇心先生等聚集在天上,上帝命令世界女神在人间的舞台上导演一出戏。世界女神要演有关取消自然法则的戏,好奇心先生要演魔术戏。上帝执意要演表现人类的戏,世界女神无奈,召来无数精灵,根据上帝的安排分配角色。只有扮演乞丐者不乐意,并发表了反对人间不幸和灾难的宣言。演出由皇帝登基作为开场,美丽女神和智慧女神开始"二重唱",富人利用皇帝权势保卫自己的财富。农民成了皇帝驯服的臣民。而乞丐一无所有,于是,他要变革世

---

① 张玉书主编:《20 世纪欧美文学史》(一),北京:北京大学出版社 1995 年版,第 122 页。
② 张威廉主编:《德语文学词典》,上海:上海辞书出版社 1991 年版,第 656 页。
③ [美]雷纳·韦勒克:《近代文学批评史,1750—1950》第七卷,杨自伍译,上海:上海译文出版社 2006 年版,第 84 页。

界，要砸烂一切。智慧女神百般劝说，乞丐虔诚地做了忏悔。后来美丽女神、皇帝、富人和农民先后预感到时间女神即将来临，皇帝第一个退位，临死前把皇冠交给智慧女神，继而被世界女神夺走。美丽女神由智慧女神扶着走上最后的路。农民装聋作哑，好似没有听到死神的召唤。乞丐顺从地死去。富人害怕死神，天使出庭审判，要将他罚入地狱。智慧女神为他求情，富人命运未卜。① 霍夫曼斯塔尔所描绘的完全是一个非现实的象征主义"意向性世界"，其中蕴涵着丰富的象征性意义和哲理。霍夫曼斯塔尔的《塔楼》(Der Turm, 1925) 同样如此。它根据西班牙戏剧家卡尔德隆的《人生如梦》(1635) 改编。叙述波兰国王巴西列奥听信神的预卜，将儿子赛西斯蒙多自幼关在塔楼里，防止他长大后推翻自己的统治。塔楼看守长认为王子心地善良，极力在父子间进行调解，以便日后建立温和的统治。国王不认同，调解未成。后来国内的贵族与人民起来推翻了国王的残暴统治，救出王子，推选他为国王。但在起义中夺得兵权的贵族奥利维派人暗杀了王子，篡夺了王权。"剧本具有神秘主义色彩，反映作者对当时的欧洲政治形势的悲观主义观点。"② 这些都明显地表现出霍夫曼斯塔尔的象征主义戏剧论的基本特点：以象征主义的非现实的"意向性世界"来意指或表征某种抽象的道理，某种概念，某种意义。这就是霍夫曼斯塔尔的象征主义戏剧论与一般的唯美主义的区别之所在。正因为如此，我们看到，霍夫曼斯塔尔的戏剧创作在题材和表现形式方面有两个非常突出的特点，那就是：第一，他改编了许多古希腊罗马、中世纪、文艺复兴和巴洛克，甚至东方古代的戏剧作品。像改编英国剧作家奥特威的《得救的威尼斯》(1904)、索福克勒斯的《厄勒克特拉》(1903，后由理查·施特劳斯作曲) 和《俄狄浦斯》(1910) 等，创作了《俄狄浦斯与斯芬克斯》(1906)，取材于中世纪英国的宗教道德剧和汉斯·萨克斯的短剧《濒死的富翁》的《耶德曼》(1911) 等。③ 这样一来，霍夫曼斯塔尔就可以使人们产生一种自然而然的"陌生化"效果，从而更好地实现他的象征主义世界所要表达的象征性意义、抽象概念和某种道理。而且，他也充分发挥了西方和世界古典艺术的象征主义价值。对此，斯特凡·茨威格 (Stefan Zweig, 1881—1942) 在追悼霍夫曼斯塔尔时说："在创造精神试图以不间断的努力从戏剧中夺走他的秘密时，他那只对戏剧训练有素的手便开始运用陌生的、早已被创造出来的形式了。我们的不可估量的充实全归功于他的这

---

① 张威廉主编：《德语文学词典》，上海：上海辞书出版社 1991 年版，第 636—657 页。

② 张威廉主编：《德语文学词典》，上海：上海辞书出版社 1991 年版，第 657 页。

③ 吴元迈主编：《20 世纪外国文学史》第一卷《世纪之交的外国文学》，南京：译林出版社、凤凰出版社 2004 年版，第 97 页。

种摹仿活动,永远占据舞台也要归功于他的努力。因为,用他的广阔的人道主义的、他的真正有魔力的、使宝物失去魅力的目光通观一切时代的文学,霍夫曼斯塔尔正好看到那里的粗矿石里的黄金,而别人却认为是废物。于是,它便诱使他发挥自己的力量,使我们的时代和我们的剧院重新得到早已被冷落的世界文学作品。他在戏剧方面的这种具有献身精神的工作,为我们从一切时代挽救了何等多,何等无限多的东西!"① 第二,霍夫曼斯塔尔与理查·施特劳斯合作,创作了 13 部歌剧。这种歌剧形式不仅最为鲜明地显示出了奥地利的"音乐之乡"、维也纳的"音乐之都"的特色,而且更好地体现了德国象征主义文学思想的"陌生化"象征性"意向性世界"的"纯艺术"诗意表现。特别是像《玫瑰骑士》(1911)、《约瑟夫传奇》(1914)、《没有影子的女人》(1919)等,都是以歌剧表演的,非现实的"陌生化"象征性"意向性世界"来象征、比喻、表征某种道理,某种概念,某种理念,某种意义。比如,最有名的《玫瑰骑士》至今还是欧洲各大歌剧院的保留剧目。它以幽默的对话和风趣的情节,构建了"奥地利喜剧"。"这部歌剧歌颂真诚的爱情,嘲笑了把婚姻当作手段来维护自己经济地位的没落贵族。"② 对此,茨威格指出:"表面上只是写一本歌剧的脚本,实际上霍夫曼斯塔尔利用《玫瑰骑士》创作了最完美无缺的奥地利喜剧,这个喜剧属于我们,是我们奥地利的《明娜·封·巴恩海姆》(德国作家莱辛的戏剧作品——译者注),是真正的民族作品,它把这个城市的色彩和情调,上层和下层,贵族和平民,甘美和快活,整个巧妙地掺和在一起的性格表现得极富感染力。也许人们会不无保留地说:但是一个喜剧只是为音乐写的,它所以有生命力,那要归功于音乐! 然而,一部真正的奥地利喜剧怎么能没有音乐呢? 如果您从莱蒙德《挥霍者》和《农民百万富翁》中去掉刨刀之歌、灰之歌和'正直的小兄弟'之歌,如果您去掉内斯特洛依的欢乐的随想曲,那您就是削掉了它们的顶端,剥夺了它们的最精美最柔和的光泽。它永远是奥地利音乐灵魂的一部分,正因如此,《玫瑰骑士》在其永恒的联系中是我们的现实生活和昔日生活的绝对象征。"③ 霍夫曼斯塔尔的象征主义及其文学思想不仅具有一般象征主义的共同特点,而且还富有德意志民族的独特的色彩:"纯艺术"的诗意表现,也就是创造出一个"陌生化"的非现实的"意向性世界"来象征和表征某种道理,某种概念,某种理念,某种意义。还是茨威格说得好:"胡果·封·霍夫曼斯塔尔曾经要求,并通过他的作品证实了:即使在今天也可能存在一种高尚的、贵族

---

① 高中甫主编:《茨威格文集》第 6 卷,西安:陕西人民出版社 1998 年版,第 63 页。
② 余匡复:《德国文学史》,上海:上海外语教育出版社 1991 年版,第 510 页。
③ 高中甫主编:《茨威格文集》第 6 卷,西安:陕西人民出版社 1998 年版,第 65 页。

的艺术,一种为绝对真理服务的艺术,而我们从他的生命上也感受到了这一点,伟大的义务便表现在这里。"①德国象征主义的文学思想就是要以象征性的,非现实的"意向性世界"来"为绝对真理服务",来象征、表征某种道理,某种意义,某种概念,某种理念。

---

① 高中甫主编:《茨威格文集》第6卷,西安:陕西人民出版社1998年版,第67页。

第 四 章
德国批判现实主义文学思想

第一节 概 述

一、西方现实主义的产生和发展

1. 现实主义概念的起源

现实主义是文学批评和文学研究中最常见的术语之一。这个术语一般在两种意义上被人们使用：一种是广义的现实主义，泛指文学艺术对自然的忠诚，最初源于西方最古老的文学理论，即古希腊人那种"艺术是自然的直接复现或对自然的模仿"的朴素的观念，作品的逼真性或与对象的酷似程度成为判断作品成功与否的准则。瓦萨拉的《画家的生活》曾叙述了一些有趣的艺术史轶事：孔雀啄食贝那左尼画得太逼真的樱桃；乔托的老师用刷子驱赶乔托在一幅人物肖像上增添的苍蝇。这种现实主义概念雄霸人类艺术史近两千年，至今仍残留在日常生活中。另一种是狭义的现实主义，是一个历史性概念，特指发生在 19 世纪的现实主义运动。历史地看，现实主义发端于与浪漫主义的论争，最终在与现代主义的论战中逐渐丧失了主流话语的位置。

雷纳·韦勒克《文学研究中现实主义的概念》追溯了现实主义术语在欧美各国的发生史：这个概念在文学领域的具体运用是 1826 年。法国一作家撰文宣称忠实地摹仿自然提供的范本的现实主义信条日益增长，它将是 19 世纪的写实文学。而这个术语的流行与画家库尔贝和小说家尚弗勒里的积极应用有关，库尔贝将自己被拒绝的作品贴上了现实主义的标签引发了一场论战，尚弗勒里 1857 年出版题为《现实主义》的文集，捍卫现实主义信条。同时其友人迪朗蒂又推出文学评论杂志《现实主义》，虽然昙花一现只出了六期，但其文风的论战性产生了广泛影响。被 20 世的现代主义先锋派视为保守的现实主义，在 19 世纪诞生之时也具有挑战文学成规的前卫品格。迪朗蒂曾明确地说："这个可怕的术语'现实主义'是它所代表的流派的颠覆者。说'现实主义'派是荒谬的，因为现实主义表示关于个人性的坦率而完美的表达；成规、模仿以及任何流派正是它所反对的东西。"准确地说，现实主义挑战的是浪漫主义的艺术成规，卫姆塞特和布鲁克斯在《西洋文学批评史》中就把现实主义理解为 19 世纪中叶的一种逆动，它抵制"不现实的各种事物"，迪朗蒂和尚弗勒里继承了 30 年代普朗什抵制浪漫主义的思想，尖锐地攻击雨果、缪塞、维尼等浪漫派作家，指责他们"无视自己的时代，企图从往昔的岁月里掘出僵尸，再给它们穿上历史的俗艳服装"。现实主义者则拒绝这种诗的谎言。因此现实主义是作为浪漫主义的对立面和论辩敌手出现的，它本源地含有反对幻想和伪饰崇尚真实的意义。①

2. 现实主义的理论含义

现实主义经过泰纳、恩格斯、别林斯基直至 20 世纪卢卡契等理论家的发展和巴尔扎克、列夫·托尔斯泰等伟大作家的文学实践达到高潮。现实主义理论日趋完善，形成一套完整的话语成规。它包括以下层面的含义。

第一，真实客观地再现社会现实，这是现实主义术语的最根本的意义。达米安·格兰特用"应合"理论解释现实主义的客观性成规，他称应合为一种文学的认真心理，"如果文学忽视或贬低外在现实，希冀仅从恣意驰骋的想象汲取营养，并仅为想象而存在，这个认真心理就要提出抗议。"这强调的是文学对现实的忠诚和责任。雷纳·韦勒克从现实主义反对浪漫主义的文学史背景来诠释这层含义："它排斥虚无缥缈的幻想、排斥神话故事、排斥寓意与象征、排斥高度的风格化、排除纯粹的抽象与雕饰，它意味着我们不需要虚构，不需要神话故事，不需要梦幻世界。"在这个意义上，现实主义试图真实地呈现社会生存的本真样态。作为浪漫主义的论辩敌手，作为社会边缘贫困小人物的代言，现实主义理论强调披露真实，戳穿伪饰现状的意识形态。也就是说，现实主义抵制作为资产阶级知识分子话语形态的浪漫主义，转而追求客观性，为那些堕入贫困、被边缘化的弱势群体或阶层发声。显然具有素朴的人间情怀和人道精神。

现实主义"客观再现当代社会现实"的理论含义在卢卡契的论述里得到了最深入的阐释。这位现实主义最忠诚的信仰者和最后的辩护师撰写了大量论著，总结现

---

① [美] R. 韦勒克：《文学思潮和文学运动的概念》，刘象愚选编，北京：中国社会科学出版社 1989 年版，第 214—250 页。

实主义艺术经验,回应现实主义在 20 世纪遭受的挑战:《现实主义历史》(1939)、《巴尔扎克,司汤达和左拉》(1945)、《伟大的俄国现实主义者》(1946)、《欧洲现实主义研究》(1948)、《当代现实主义的意义》(1958)等。首先,他从认识论的高度重新阐释了现实主义客观性的含义:"艺术的任务是对现实整体进行忠实和真实的描写。"卢卡契提出了对现实进行整体描写的现实主义艺术要求,所谓整体描写就是反映社会——历史的总体性,追求文学描写的广度,从整体的各个方面掌握社会生活;向深处突进探索隐藏在现象背后的本质因素,发现事物内在的整体关系。其次,卢卡契并没有把现实主义的客观性理解为排除任何主观因素的纯客观性,他不是把反映社会现实的文学视为一面静止的镜子。卢卡契肯定了主观认识的重要性,强调客观性和主观性的统一、外在世界与内心世界的统一。卢卡契两面作战,一面为现实主义的纯洁而与自然主义战斗,把福楼拜和左拉那种缺乏整体性的琐碎客观性排除出现实主义阵营;另一面又要回应现代主义的挑战,批评乔依斯、普鲁斯特和其他现代派作家,认为他们使所有内容和所有形式都解体了。因此,现代主义达不到对现实整体的真实反映。

第二,广为人知的典型理论。典型论构成现实主义理论的一项核心内容,概括而言,典型论欲求解决的即是文学人物的特殊与一般的关系问题。黑格尔和谢林为典型论的流播奠定了美学基础,黑格尔认为性格是理想艺术表现的真正中心,一个性格之所以引人兴趣是它的完整性,而完整性则"是由于所代表的力量的普遍性与个别人物的特殊性融会在一起,在这种统一中变成本身统一的自己"。据韦勒克的历史追溯,典型术语的最初使用者是谢林,意指一种像神话一样具有巨大普遍性的人物。浪漫派首先广泛使用这个概念,典型概念从浪漫主义转移到现实主义,与巴尔扎克和泰纳的转用相关。在《人间喜剧》的序言里,巴尔扎克自称为社会典型的研究者,泰纳则频繁使用此术语讨论社会阶层人物的性格,逐渐演变成现实主义最重要的理论概念。典型也是别林斯基论俄国小说时常用的工具,他甚至认为:"典型性是创造的基本法则之一,没有它就没有创造……必须使人物一方面成为一个特殊世界人们的代表,同时还是一个完整的、个别的人。"果戈理笔下的科瓦辽夫少校不是一个科瓦辽夫少校,而是科瓦辽夫少校们,即使是描写挑水人也不是仅仅写某一个人,而是要借一个人写出一切挑水的人。这就是别林斯基所说的典型的本质。现实主义把这种个性和共性完美结合的文学形象称为典型形象。

第三,历史性的要求。在韦勒克看来,历史性是现实主义理论中比较可行的一个准则,他援引奥尔巴赫对《红与黑》的评述说明这一点:"主人公'植根于一个政治、社会、经济的总体现实中,这个现实是具体的,同时又是不断发展的'。"韦勒克的看法是对的,现实主义确有历史性的维度。恩格斯在致玛·哈克奈斯的信中说"现实主义的意思是,除细节的真实外,还要再现典型环境中的典型人物"。把人物置身于一个政治、社会、经济的具体的总体现实中刻画才能达到"充分的现实主义"的高度。而且,这个具体的总体现实还是不断发展的,就像卢卡契所阐述的现实主义要塑造那些生动的辩证过程。"在这个过程中本质转化为现象并在现象中显示自己;它还塑造着这过程的那个侧面,即现象在过程运动时揭示着自己的本质。另一方面,这些个别的因素不仅包含着辩证的运动,互相转化,而且彼此间不断相互影响;它们是一个不间断的过程的诸因素。真正的艺术从而总是通过塑造这些因素的运动、发展、展开来表述人类生活的整体的。"简单地说,现实主义的历史性维度即是要求真实摹写复杂的社会关系,并且反映出复杂的社会关系的矛盾运动过程。现实主义的历史性要求,实质上是以社会分析为核心,即以摹写人的社会经验和社会本身的结构为艺术原则。而且现实主义竭力通过人的现实矛盾去揭示人与社会的辩证法则,现实主义确认:对社会现实观察得越仔细研究得越深入,对事件及细节的相互关系和矛盾运动理解得越透彻,就越能获得真实的力量。

3. 西方现实主义的发展

就西欧来说,现实主义(Realism)是从文艺复兴到 19 世纪这一特定历史时期形成的一种文艺思潮和创作方法,也是西欧资产阶级登上历史舞台以及确立政治统治时期出现的一种文学现象。作为文学理论的一个专门术语,现实主义最早出现在 18 世纪德国诗人、剧作家、美学家席勒的理论著作《论素朴的诗与感伤的诗》中。但是,"现实主义"作为一种文艺思潮、文学流派和创作方法的名称则首先出现于法国文坛。法语中的 Realisme 一词,来源于拉丁文 Realistas(现实、实际)。现实主义名称的出现和这种文艺思潮的存在完全是两码事。在法国,现实主义之称始于 19 世纪50 年代。最初,由法国小说家尚弗勒里(1821—1599)用现实主义当作表现艺术新样式的名词,他于 1850 年在《艺术中的现实主义》一文中,初次用这个术语作为批判现实主义文学艺术的标志。其后,法国画家库尔贝(1819—1877)在绘画上提倡现实主义。1855 年,库尔贝举办了一次个人画展,引起一场大辩论,文艺史上称为"现实主义大论战"。就在这次论战中,库尔贝创办了一种定期性的刊物,命名为《现实主义》。1857 年,库尔贝的热心支持者尚弗勒里又把他的文集定名为《现实主义者》,从此在欧洲文坛上正式树立起一面现实主义的旗帜,这一术语也就在法国流行起来了。众所周知,巴尔扎克(1799—1850)是现实主义这个名词最深刻含义上的作家,他的《人间喜剧》乃是深刻的规范化的现实主义文学。但是,巴尔扎克正如这一流派的伙伴们司汤达、狄更斯、萨克雷以及果戈理一样,都不曾用"现实主义"这一名词来标明他们的新型的文学流派。在俄国,首先使用这个术语的是文艺理论家皮萨列夫(见他的《现实主义者》),不过,那已是 19 世纪 60 年代的事了。

一般说来,凡是在形象中能最真实地、最充分地表现现实生活的典型特征的,都可以称为现实主义作品。法国文学史家爱弥尔·法盖解释说:"现实主义是明确地冷静地观察人间的事件,再明确地冷静地将它描写出来的艺术主张。……要从几千几万的现实事件中,选择出最有意义的事件,再将这些事件整理起来,使之产生强烈的印象。"这同恩格斯所说的"除了细节上的真实之外,现实主义还要求如实地再现典型环境中的典型人物"的定义基本一致。如果我们不把现实主义简单地理解为各种真正艺术所固有的现实性,而是理解为单独具有一整套性格描写的原则和艺术方法的话,那么,在西欧来说,现实主义的形成,一般认为是在文艺复兴时期。从文艺复兴的现实主义到 19 世纪 30 年代的批判现实主义,其中又有 18 世纪启蒙时代的现实主义。文艺复兴时期的现实主义以描写人物生动的丰富的感情、欲望和感受而著称,它表现出人类的崇高,人物性格的完整、纯洁,而且富有诗意。但在分析社会关系方面又不及启蒙时代的现实主义。后者具有更多的社会性和分析性,强调创作要有明确的社会目的和思想教育作用。19 世纪的批判现实主义思潮既是历史的继承,又是现实的创新。它总汇了 18 世纪以前的文学经验,补充了文艺复兴时代现实主义历史具体性之不足,摆脱了古典主义的理性原则,克服了启蒙时代现实主义的说教成分和浪漫主义的主观性。它又从文艺复兴时期的文学中接受了性格描绘的具体性,从古典主义和启蒙时代文学中接受了社会分析因素,从浪漫主义中汲取了一些激情,但它逐渐丧失了前代文学中特有的乐观主义,沾染了无法摆脱的悲观主义。19 世纪的批判现实主义仿佛是文艺复兴和启蒙时代现实主义特点的有机结合;又在新的历史条件下加以发展。它能从事物的运动和发展中,从人与环境的多种关系中去描写人,特别是它在再现典型环境中的典型性格,再现社会生活的真实,直接分析社会的经济关系,对现实作出尖锐的揭露和批判方面,又达到前所未有的程度。在世界文学史上,19 世纪的批判现实主义文学,成为欧洲资产阶级文学艺术发展的最高峰。随着无产阶级革命运动的深入和马克思主义的传播,欧洲现实主义文学的创作实践和理论进入了一个新的发展阶段。早在 19 世纪 60 年代,马克思、恩格斯就对未来的无产阶级革命文学寄予深切的期望,认为它应该是"较大的思想深度和意识到的历史内容,同莎士比亚剧作的情节的生动性和丰富性的完美的融合"。恩格斯在给哈克奈斯的信中明确地提出了现实主义文学要正确地表现无产阶级的革命斗争的要求,指出:"工人阶级对他们四周的压迫环境所进行的叛逆的反抗,他们为恢复自己做人的地位所做的剧烈的努力——半自觉的或自觉的,都属于历史,因而也应当在现实主义领域内占有自己的地位。"恩格斯还对现实主义的创作原则做了明确的规定,指出:"据我看来,现实主义的意思是,除细节的真实外,还要真实地再现典型环境中的典型人物。"马克思主义创始人的这些科学论断,为革命的现实主义文艺奠定了坚实的理论基础,使它既同只注重表面的、细节的真实而忽视典型化的自然主义,也同那些抹杀文艺的现实基础、用理想代替现实、"把个人变成时代精神的单纯的传声筒"的反现实主义流派划清了界限。早期的马克思主义批评家梅林、卢森堡、拉法格、普列汉诺夫等人,也都反对自然主义和颓废派文艺歪曲现实、鼓吹"为艺术而艺术"、否定文艺的思想性的理论,坚持和捍卫现实主义的创作原则,为继承和发展现实主义文艺的优秀传统进行了不懈的斗争。

19世纪30年代,首先在法国、英国等地出现了现实主义文学思潮,以后波及俄国、北欧和美国等地,成为19世纪欧美文学的主流,也造就了近代欧美文学的高峰。由于现实主义文学具有强烈的社会批判性,高尔基称之为"批判现实主义"。德国是后起的资本主义国家,以海涅为代表的早期现实主义文学把批判的锋芒主要指向君主专制和诸侯割据。普法战争以后,德国实现了统一,随着资本主义的迅速发展,现实主义文学才繁荣起来,出现了亨利希·曼和托马斯·曼等作家。他们的作品反映了德国从自由资本主义走向垄断资本主义的历史过程,辛辣地讽刺了大资产阶级及其帮凶的贪婪无耻,但由于看不到新兴的无产阶级的力量,又把资产阶级的没落看作"世界末日",流露出浓厚的悲观主义情绪。这一时期,在北欧以易卜生为代表的现实主义文学却大放异彩。正如恩格斯所指出的,易卜生的戏剧反映了"一个即使是中小资产阶级的但是比起德国来却有天渊之别的世界;在这个世界里,人们还有自己的性格以及首创的和独立的精神"。易卜生创作的一系列"社会问题剧",尖锐地揭露了资本主义社会的民主自由的虚伪和资产阶级的利己主义、市侩主义,达到了思想深度和戏剧性的有机统一,对当时欧洲戏剧的改革作出了重大贡献。①

综上所述,我们认为,现实主义的含义只有以下三种:第一种含义是指,文学艺术创造及其文学思想中的一种精神倾向,这种精神倾向主要是对自然和社会的现实

---

① 全国高等师范院校外国文学教学研究会编:《欧美文学200题》,南宁:广西人民出版社1986年版,第315—317页;贺祥麟主编,杜东枝副主编:《西方现实主义文学》,贵阳:贵州人民出版社1988年版,第1—39页。

的忠实描摹和表现。从这个意义上说，无论中西方，也不论哪个民族，人类的文学艺术创造及其文学思想都可以区分为现实主义和浪漫主义这样两种基本精神倾向。最早明确提出现实主义概念的德国伟大诗人、美学家席勒，后来对现实主义和浪漫主义概念加以阐释的俄国革命民主主义者、美学家、批评家别林斯基和俄苏无产阶级作家高尔基也是在这种意义上来论述和阐发现实主义和浪漫主义这样两种主要文学艺术创造精神倾向的。从这种意义上看，我们以前以这样两种文学艺术创造精神倾向来描述中国文学艺术的发展历史应该是有一定的道理和价值的。不过，仅仅用这样两种文学艺术创造精神倾向来描述中国文学艺术的发展历史，还没有抓住中国文学艺术发展的独特性，而只是阐述了一种文学艺术创造精神倾向的普遍性。第二种含义是指，文学艺术的一种创作方法，这种创作方法是作家、艺术家按照对象事物本来的样子来描绘自然和社会的现实的创造方式和手段，与其他的创作方法有所区别，比如，浪漫主义的创作方法就是按照作家、艺术家的理想的样式来描绘自然和社会的现实，象征主义创作方法则是按照对象事物的符号表征、暗示的奥秘意义来描绘自然和社会图景，印象主义创作方法又是以作家、艺术家的瞬间感受和印象为基础来描绘自然和社会图景，自然主义创作方法则是以自然科学的方法，严格按照现实事物的每个细节来如实地描绘自然和社会图景的，诸如此类，还有许许多多。第三种含义是指，文学艺术发展历史上的一种思潮或者流派。这种思潮和流派主要是指产生于 19 世纪中叶欧洲的一种文学艺术思潮和流派。从总体上来看，现实主义思潮是对 18 世纪末到 19 世纪初期欧洲浪漫主义思潮的反拨，现实主义思潮之内又形成了不同国家民族的流派，比如，德国以歌德和席勒为代表的"古典现实主义"，俄国的"自然派现实主义"，还有流行于法国、英国、俄国、德国的"批判现实主义"，等等。现实主义思潮和流派是与浪漫主义思潮和流派、自然主义思潮和流派、现代主义思潮和流派、后现代主义思潮和流派等相对举的。也有一些文学艺术史家把自然主义思潮和流派视为现实主义思潮和流派的发展变化，而把现代主义思潮和流派、后现代主义思潮和流派看作是浪漫主义思潮和流派的变化发展。

二、德国批判现实主义文学思想的特征

德国现实主义文学思想就是对西方现实主义文学思潮和文学运动的总结。它主要表现为两种文学思想形态：一种是马克思和恩格斯所创立的，后来为梅林、蔡特金、李卜克内西等继承和发展的，代表无产阶级利益和理想的，马克思主义现实主义文学思想；另一种是以托马斯·曼、亨利希·曼、海塞为代表的，从资产阶级营垒内

部反思和批判资本主义社会的,批判现实主义文学思想。我们这里主要是指德国批判现实主义文学思想。

与英国和法国比较而言,德国作为欧洲后发现代化资本主义国家,在 19 世纪 70 年代,随着经济上的快速发展,普法战争之中普鲁士战败法国,迅速崛起。1871 年 1 月 18 日普鲁士国王威廉一世成为统一的德意志帝国皇帝。德国的统一为德国资本主义的发展创造了良好的条件,但是,德国资产阶级与容克贵族的统治相互妥协和互相勾结,使得德意志帝国成为容克—资产阶级帝国。在这种情况下,德国资产阶级的两面性突出地表现出来,德国资产阶级从启蒙主义运动开始所标榜的理性主义神话王国、科学技术神话和社会进步神话,已经日益显露出它的局限性、欺骗性、腐朽性。与此同时,资产阶级社会在其内部培育了它自身的掘墓人。19 世纪 40 年代无产阶级革命的理论——马克思主义在德国诞生,更加促进了人们对资产阶级和资本主义社会本质的深刻认识。这些对德国 19—20 世纪之交的文学艺术及其文学思想的发展无疑都产生了广泛而深远的影响。一部分德国中产阶级知识分子及其作家、艺术家,在欧洲现实主义思潮和流派的影响下,在反对自然主义思潮和流派的斗争中,推动着德国现实主义思潮和流派由古典现实主义转向批判现实主义,与马克思主义的现实主义文学创作和文学思想一起,大大促进了德国现实主义文学创作和文学思想的发展和完善。正是由于德国批判现实主义的文学创作和文学思想是在德国资产阶级的特殊性格与德国资本主义发展的特殊情况下产生和发展起来的,因此也就具有了自己的某些特征,从而不同于法国、英国、俄国等民族的批判现实主义的文学创作和文学思想。从文学思想的角度来看,德国批判现实主义文学思想的总体特征大体上就在于:第一,悲观主义的哲学反思,表现出叔本华悲观主义影响下的“世纪末”思想情调。第二,民族主义的自我批判,表现为对第一次世界大战前后的德国民族主义思潮的自我审视。第三,温情主义的阶级揭露,对德国资本主义社会种种丑恶现象进行了不够彻底的鞭笞。

1. 悲观主义的哲学反思

德意志民族是一个哲学思辨的民族,因此,德意志民族对于资本主义社会的批判也表现为哲学形态。叔本华的唯意志主义和悲观主义的哲学就是这样一种哲学形态。它在反思和批判德国古典哲学的基础上,随着德国现实生活的急剧变化应运而生。叔本华的唯意志主义和悲观主义哲学,是 19 世纪中期的产物,他的主要著作《作为意志和表象的世界》完成于 1843 年,出版于 1844 年。在他花甲之年以前,并没有引起大家的注意。1848 年欧洲资产阶级革命失败后,他的著作才开始走红。也就是说，人们在社会变革处于低潮，对前途感到迷茫的时候，就与叔本华的唯意志主义和悲观主义的哲学反思，一拍即合了。个中原因就在于，"在人们处在革命的狂热、陶醉于科学进步、理性权威的时候，叔本华已经预见到了理性的悲剧性结局。不过当时人们雄心勃勃，没有人听得进这位在大学失意的自由作家的嘟嘟囔囔。仅当人民在革命中碰得头破血流、理性的权威已经被严酷的事实批判得体无完肤之时，人们又重新发现了叔本华，请他出来当自己的代言人。"① 作为产生于德国本土的哲学，叔本华的唯意志主义和悲观主义，自然也会在德意志民族内部产生直接的影响。虽然，在叔本华哲学产生之初人们对它并没有多少兴趣，但是随着德国现实生活的变化、精神危机的加剧，叔本华的唯意志主义和悲观主义也逐步引起了德国知识分子和中产阶级的注意。因为人们，尤其是作为社会和民族的感官和神经的作家、艺术家，从叔本华的哲学之中，不仅仅看到了资本主义社会的弊病及其贪得无厌的意志根源，而且他们从叔本华那里找到了摆脱盲目的生存意志和人们痛苦渊薮的一条现实的途径——文学艺术。他们，作为文学艺术家对这条拯救人类的途径就备感亲切，也力图担负起反思和批判资本主义社会的历史使命和现实责任。所以，德国批判现实主义文学创作和文学思想的主要代表人物，像托马斯·曼、亨利希·曼、海塞等人也多多少少受到了叔本华哲学的影响。不过，德国批判现实主义作家、艺术家们，在反思和批判资本主义和资产阶级的时候，也就必然表现出两面性，既有革命性，也有软弱性。正因为如此，当他们对德国的资本主义社会和资产阶级进行现实主义的批判时，并不能够像无产阶级的革命家和作家、艺术家那样去进行马克思主义、现实主义的反思和批判，而是或多或少地带着叔本华的哲学思辨倾向，对德国资产阶级和资本主义社会进行着悲观主义的哲学反思，表现出叔本华悲观主义哲学影响下的"世纪末"思想情调。

托马斯·曼在创作伊始就找到三位精神导师：叔本华、瓦格纳、尼采。叔本华的悲观主义哲学否定人生，同时又指出在艺术审美中可以消除现实苦难，摆脱意志的束缚。他还破天荒地在自己的艺术体系中把音乐置于一种至高无上的地位的这些思想引起了托马斯·曼的极大兴趣。② 托马斯·曼在一篇关于"弗洛伊德与未来"的讲演之中把弗洛伊德与叔本华相提并论，指明了他所受到的叔本华唯意志主义和悲观主义哲学的影响。他指出："当我谈到我自己时，在向你讲述某些对我们的成长

---

① 靳希平、吴增定：《十九世纪德国非主流哲学——现象学史前史札记》，北京：北京大学出版社2004年版，第135页。

② 张玉书主编：《20世纪欧美文学史》（一），北京：北京大学出版社1995年版，第89页。

有决定作用的经历是如何深刻，奇特地使我对弗洛伊德的经历有思想准备时，那么我毫无疑问是在为他代言。不止一次了，而且是在许多地方，我都在自己的灵魂深处供认了甚至在我年轻时就留给我的那种支离破碎的印象，那种印象是在接触了亚瑟·叔本华的哲学后产生的，后来我在《布登勃洛克一家》中还为他的哲学树碑立传呢。""他的革新与叔本华的革新有着多么密切的关系啊！"① 在《布登勃洛克一家》（1901）之中，托马斯·曼集中塑造了布登勃洛克一家四代资产阶级的形象：老约翰，小约翰及其儿子托马斯，第四代哈诺，等等，表现了资产阶级的家庭由盛而衰的历史过程，小说描写了19世纪中叶自由资本主义时代"勤勤恳恳做生意，规规矩矩发家"的资本家被投机发家的资本家所排挤的严酷现实。其中托马斯与暴发户哈根斯特雷姆的形象最为明显地表现了这样两种资本家的典型特征。哈根斯特雷姆是一个不择手段、不顾道德、投机钻营、追逐高额利润的新一代资产阶级，托马斯·布登勃洛克在与他竞争中连连失利，损失了不少资金。可是托马斯还必须顺着面子维护资产阶级的外表，加上家事烦恼，使他日益感到内心的孤独，最后只能逃避到叔本华的悲观主义哲学中去寻求精神支柱。② 这一方面反映了托马斯·曼对资产阶级历史命运的批判和反思，另一方面也表明了这种反思和批判的悲观主义色彩。资产阶级经过了文艺复兴和启蒙主义时代的乐观主义和积极进取的奋斗之后，日益走向没落和衰败，而投机取巧、唯利是图、巧取豪夺，不顾廉耻的暴发户之流的新型资产阶级的胜利，恰恰是整个资产阶级的衰落命运的真实写照。托马斯·布登勃洛克对叔本华的悲观主义哲学的迷恋，也就是作者托马斯·曼对资本主义社会的悲观主义的哲学反思的审美化形态。这种悲观主义的哲学反思和审美化形态，在托马斯·曼的许多作品之中都有显明的表现。不仅如此，托马斯·曼也像叔本华和尼采一样，对艺术家在资本主义社会之中的困窘境地进行了描绘，揭露了资本主义社会与艺术相敌对的性质和状态。在《布登勃洛克一家》之中，布登勃洛克家族第四代的哈诺，性喜音乐，自小体弱多病，毫无创业精神，在这竞争的社会里他表现出无法适应和自立。哈诺在学校里就害怕一切人群，在母亲的熏陶下，音乐成了他逃避现实的王国。托马斯死后，他随母亲迁到一个小城，15岁那年他染上了传染病，毫无挣扎地离开了人世。《托尼奥·克勒格尔》（1903）、《特里斯坦》（1903）、《在威尼斯之死》（1912）等作品都深入地讨论了艺术家与生活、艺术与社会生活的关系问题。在作者看来，艺术是崇高

① 王宁主编：《诺贝尔文学奖获奖作家谈创作》，北京：北京大学出版社1987年版，第78、79页。
② 余匡复：《德国文学史》，上海：上海外语教育出版社1991年版，第570页。

的，有感情的，也是讲道德的，因此，艺术与资本主义是不相容的。在资本主义竞争中站得住脚的暴发户和投机商便是冷酷无情、敌视艺术、不顾道德的人。托马斯·曼在其创作的第一阶段深受叔本华和尼采哲学的影响，因此在《布登勃洛克一家》的下部插入了托马斯·布登勃洛克读叔本华哲学著作的章节。① 在《特里斯坦》之中，作者借作家斯比乃尔写给一个商人的信，谴责了资产阶级不但不懂美，不懂艺术，资产阶级和资本主义社会还俗化和破坏了"美"，他实质上写了资本主义社会糟蹋艺术和美这一主题。斯比乃尔从唯美主义、"象牙之塔"出发批判资产阶级和资本主义社会的庸俗生活，这在世纪之交的知识分子中是一种典型现象。② 在《托尼奥·克勒格尔》之中，克勒格尔觉得生活庸俗，因此钻入"象牙之塔"成了他的必然行动，可是"象牙之塔"也使他烦恼苦闷。在《在威尼斯之死》中，著名作家阿森巴赫在威尼斯看到一个波兰美少年塔齐奥，这位少年神态悠闲，纯真可爱，美丽得像一尊完美的希腊雕塑，犹如大自然造成的一件无与伦比的杰作。美少年使他如痴如醉，神魂颠倒。在霍乱流行游客纷纷离开威尼斯的时候，阿森巴赫却冒着生命危险留下了。当塔齐奥一家即将离开的前夕，阿森巴赫在海边的椅子上凝视着美少年。阿森巴赫目睹着美少年，心力交瘁，对"美"可望而不可即，他最后的目光紧紧地跟随着那已经主宰了他的精神世界的美少年，然后在注目中他静静地死在椅子上。③ 这一方面表现了托马斯·曼对资本主义社会和资产阶级的批判和对美和艺术的死心塌地的追求，也表明了他的悲观主义反思。

亨利希·曼的作品也有这样的悲观主义的反思。《在懒人的乐园里》（1900）和《垃圾教授》（1905）就是如此。亨利希·曼在这两部作品中以犀利的无所顾忌的漫画手法鞭挞了"有教养的市民"的丑恶灵魂和肮脏行为，这是带有悲观主义色彩的对德国历史和现实的否定。这种否定在《臣仆》（1911—1914）中有了进一步的发展。作者直接把矛头对准帝国的最高统治者国王，对准民族的历史和现状，对准这个帝国内大大小小既是国王的奴仆，又是更低一些的国王的臣仆。他在为《臣仆》所写的一个未公诸于众的题词中写道："这个民族毫无希望。"这个民族的毫无希望就在于灵魂中的奴性，一方面卑劣地追求支配他人的权力，另一方面对统治者俯首帖耳。亨利希·曼在《臣仆》主人公身上倾泻了他对这种民族劣根性的极度憎恶，他有意给这个主人公起了赫斯林——在德语里这个字是丑恶、可憎的意思——的名字。作者

---

① 余匡复：《德国文学史》，上海：上海外语教育出版社1991年版，第571页。

② 余匡复：《德国文学史》，上海：上海外语教育出版社1991年版，第572页。

③ 余匡复：《德国文学史》，上海：上海外语教育出版社1991年版，第573页。

描述了赫斯林的发迹史，他小时候怯懦、胆小；念书时欺软怕硬，两面三刀，满脑子沙文主义，一身奴性；到他掌握家业时野心勃勃，为了达到目的，使出各种卑劣伎俩、无耻手段，最后击败了自由党，成了保守党的首领，国王的死心塌地的臣仆。[①] 最后虽然亨利希·曼以漫画式的笔触预示了德意志帝国的覆灭命运，但是仍然充满着悲观主义的"世纪末"情调。

2.民族主义的自我批判

美国历史学家约翰·巴克勒、贝内特·希尔、约翰·麦凯所著的《西方社会史》第三卷，把欧洲的 1850—1914 年称为"民族主义的时代"。在这个时代，民族主义成为一种普遍的信仰，这个民族主义原则就是"献身和认同于民族国家"[②]。在这种普遍的民族主义信仰运动之中，德意志民族达到了真正的统一，国力迅速加强，最后成为了第一次世界大战的策源地。《西方社会史》第三卷这样写道："1870 年至 1871 年的普法战争，欧洲人通常将其看作一场民族测试，这些民族为了生存而进行了无情的达尔文式的斗争，但它释放了澎湃在德意志的巨大的爱国感情。俾斯麦的天才，无数的普鲁士军队，在一个统一民族中国王和人民的团结——这些主题和类似的主题无论在战时还是在战争结束之后都被无穷无尽地鼓吹着。1862 年，列强中的最弱者普鲁士——继奥地利、英国和俄罗斯之后——通过其他德意志各邦的统一增强了自己的力量，不到十年它就成为欧洲最强大的国家。大多数德国人非常骄傲也非常放心，他们有点沉醉在胜利里，幸福地想象着他们自己是欧洲人种里最合适的和最优秀的。半专制主义的民族主义胜利了，只有很少一部分批评家，还继续献身于真正由议会负责的政府的自由理想。"[③] 就这样德意志这个"迟到的民族"在民族主义的信仰和日益膨胀的经济、政治野心的驱使之下，成为第一次世界大战的策源地。

第一次世界大战给世界各国、各民族人民造成了巨大的灾难，尸骨遍野，血流成河，生灵涂炭，经济凋敝，民不聊生。实质上，这一次世界大战是资本主义社会发展到垄断资本主义——帝国主义阶段的必然结果，它是各帝国主义国家为瓜分这个世界，企图称霸全球进行利益再分配的残酷争斗，是一场大狗、小狗、饱狗、饿狗之间

---

① 高中甫、宁瑛：《20 世纪德国文学史》，青岛：青岛出版社 1998 年版，第 18 页。

② [美] 约翰·巴克勒、贝内特·希尔、约翰·麦凯：《西方社会史》第三卷，霍文利、赵燕灵、朱歌姝、黄鹤、倪咏娟、钱金飞等译，朱孝远审校，桂林：广西师范大学出版社 2005 年版，第 110。

③ [美] 约翰·巴克勒、贝内特·希尔、约翰·麦凯：《西方社会史》第三卷，霍文利、赵燕灵、朱歌姝、黄鹤、倪咏娟、钱金飞等译，朱孝远审校，桂林：广西师范大学出版社 2005 年版，第 128—129 页。

的狗咬狗的战争。这次世界大战，除了深层次的经济政治利益的驱动以外，当时欧洲所盛行的民族主义思潮也起了推波助澜的作用。在这种民族主义思潮和情绪的笼罩和蒙蔽之下，德意志民族的许多人看不清世界大战的本质，甚至连一些著名的知识分子也是非不分，当时已经成名的作家托马斯·曼就是一个最为突出的例子。第一次世界大战爆发后，托马斯·曼对这场战争的性质认识不清，持民族主义立场，政治思想上的分歧导致与他哥哥亨利希·曼关系的破裂。托马斯·曼在一篇题为《一个不问政治者的观点》(1918)的政论中，同兄长展开论战，表示要保卫所谓的"德意志精神文化"。直到第二次世界大战期间，他才做了自我批评。此后他对战争与和平等大是大非问题逐步采取了正确的立场。[①] 因此，对第一次世界大战前后的德国民族主义思潮进行自我审视，就成为了德国批判现实主义文学思想的一个重要方面和主要特征。在这方面的代表人物是亨利希·曼。

第一次世界大战爆发后，德国和奥地利的许多作家受到沙文主义和战争狂热的煽动，对帝国主义战争认识不清，卷入了"爱国主义"情绪之中。1914 年 9 月 18 日，托马斯·曼在给他哥哥亨利希·曼的信中曾写道，这是一场"伟大的、正义的、庄严的战争"，还发表《战争中的思考》一文支持这场战争。但亨利希·曼头脑清醒，看清了战争的实质，以极大的勇气发表了《论左拉》(1915)一文，表明自己对民主的信念，明确认为，一个不是建立在自由、平等和真理之上而是建立在暴力之上的帝国，必然要失败。这是一篇反对帝国主义战争的战斗檄文。[②] 这也是一篇对德意志民族的民族主义思潮和情绪进行反思和批判的论文。他的《论左拉》主要不在于对左拉的评论，它的价值更在于：作者含沙射影地揭露了第一次世界大战的帝国主义性质，亨利希·曼的这一见解和当时许多德国沙文主义或受沙文主义影响的作家相比，立场是多么鲜明。[③] 不仅如此，在亨利希·曼的许多小说之中都有类似的对帝国主义的发动实质和民族主义保守思想的反思和批判。诸如 1911—1925 年创作的长篇小说三部曲《帝国》(包括《臣仆》、《穷人》、《首脑》)，揭露德意志帝国的反动社会制度，讽刺沙文主义者和社会民主党人中的工人贵族，在德国近代文学史上占有重要地位。[④] 还有长篇小说《小城》(*Die kleine Stadt*, 1909)，虽然描写的是第一次世界大

---

① 吴元迈主编：《20 世纪外国文学史》第一卷《世纪之交的外国文学》，南京：译林出版社、凤凰出版社 2004 年版，第 107 页。

② 吴元迈主编：《20 世纪外国文学史》第一卷《世纪之交的外国文学》，南京：译林出版社、凤凰出版社 2004 年版，第 104 页。

③ 余匡复：《德国文学史》，上海：上海外语教育出版社 1991 年版，第 599 页。

④ 张威廉主编：《德语文学词典》，上海：上海辞书出版社 1991 年版，第 240 页。

战前意大利的社会现实,但是同时也反映了亨利希·曼对于民主势力的倾向和对民族主义保守势力的批判。

赫尔曼·海塞的许多小说也表明了他对第一次世界大战的谴责和批判,对民族主义思潮和情绪的反思和批判。1912年海塞迁居伯尔尼,结识罗曼·罗兰,两人意气相投,结下深厚友谊。1914年,第一次世界大战爆发,一向不问政治的海塞这时"被战争的残酷现实惊醒",踏上政治道路,"抛弃全部静观哲学"。海塞发表《呵朋友,不要这种声音》,呼吁人们坚持人道与理智,反对战争。次年10月又发表《又是在德国》一文,使他遭受报界的诽谤,诬蔑他是"叛国者"。海塞把全部精力投入德国战俘救济会的工作。① 第一次世界大战结束不久,海塞以辛克莱的笔名发表了长篇小说《德米安》(Demian,一译《彷徨少年时》,1919),引起了极大的轰动。托马斯·曼曾经指出:"第一次世界大战刚结束,一个名叫辛克莱的有点神秘的人发表了《德米安》(1919)一书,它所产生的震撼人心的效果令人难以忘怀。这部作品吸引了整整一代青年,使他们既兴奋又感激,他们误以为在他们中间产生了这么一个人,向他们宣讲了他们自己的内心生活,可这个人却是一个年已四十二岁的男子。"(托马斯·曼:《德米安》美国版前言)② 德米安爱好独立思考,反对社会上的虚伪道德。他开导主人公埃米尔·辛克莱认识到自己有能力冲破资产阶级生活准则和道德规范的束缚,去做符合自己意愿的事。第一次世界大战爆发,德米安和埃米尔入伍参战,德米安身负重伤,临终前,再次告诫埃米尔不要过一种掺杂资产阶级传统观念的生活。作品批判限制个人发展的资产阶级社会,深受青年的欢迎,被誉为《少年维特的烦恼》的姐妹作。③ 其中也包含海塞对于资产阶级的沙文主义和民族主义思潮和倾向的反思和批判。

托马斯·曼在第一次世界大战以后写出了他的代表作《魔山》(Der Zauberberg,1924)。这是一部主要通过对话的形式反映第一次世界大战前欧洲知识界、思想界各种政治、哲学思潮的"思想型"小说,它不以情节取胜,而以深刻的哲学思想见长,《魔山》表达了在这一动荡的历史变革时期一代知识分子的彷徨与追求。其中也表现了托马斯·曼对第一次世界大战的态度转变和对德国以及欧洲民族主义思潮和情绪的反思和批判。主人公汉斯在"魔山"的疗养院里,接触到代表软弱无力的人道主义、主张现世享受和自己主宰生死、主张法西斯主义而否定理性和人道等等思想

---

① 张玉书主编:《20世纪欧美文学史》(一),北京:北京大学出版社1995年版,第107页。

② 张玉书主编:《20世纪欧美文学史》(一),北京:北京大学出版社1995年版,第107页。

③ 张威廉主编:《德语文学词典》,上海:上海辞书出版社1991年版,第264—265页。

的各种人物，但是又对这些世纪之交没落或颓废思潮感到不满足。他的思想充满了彷徨和矛盾。汉斯在第一次世界大战爆发以后，从"魔山"上下来到了"平地"，投身于第一次世界大战，说明这一代仍然是没有希望的一代，他们还没有真正认识到生活的意义。错误的世界观导致他们错误的行动，造成他们可悲的结局。托马斯·曼并没有说汉斯死于战火，而只是说他消失在战火之中，这说明汉斯如果不死，他还将在大战结束之后对自己投身世界大战的"实际行动"进行思考。这一结尾反映了作者自己当时的思想实际，1918 年托马斯·曼发表《一个不问政治者的观点》时，还没有认识到第一次世界大战的帝国主义性质，但是在 1930 年写《马里奥和魔术师》时，托马斯·曼的思想却有了明显的进步。面对法西斯的崛起，作者用这篇短篇小说向人民发出了警告，并且预言一旦人民觉醒起来和行动起来，必然会致法西斯于死地。①

以上这些德国批判现实主义的主要代表人物的作品都在不同程度上反映了德国现实主义文学思想对于德国民族主义思潮和情绪的反思和批判，表现了德国批判现实主义文学思想的一个方面的特征。

3. 温情主义的阶级揭露

相对于英国、法国、意大利等先发资本主义国家，德国的资本主义和资产阶级的兴起和发展是后发的，民族国家的最后形成也是滞后的，因此，德国资产阶级就先天地带有革命性和妥协性这样二重性。这种二重性在德国资产阶级的知识分子、思想家和作家身上表现得尤其明显。马克思在《资产阶级和反革命》之中指出："德国资产阶级发展得如此萎靡、萎缩、缓慢，以致当它同封建制度和专制制度对峙的时候，它本身已经是同无产阶级以及城市居民中所有那些在利益和思想上跟无产阶级相近的阶层相对峙的了。它不仅看见，在它后面有一个阶级对它采取敌视态度，而且看见，在它**前面**整个欧洲都对它采取敌视态度。与 1798 年法国的资产阶级不同，普鲁士的资产阶级并不是一个代表整个现代社会反对代表旧社会的君主制和贵族的阶级。它降到了一种**等级**的水平，既脱离国王又远离人民，对国王和人民双方都采取敌对态度，但是对于每一方的态度都犹豫不决，因为它们总是在自己前面和后面看见这两个敌人；它一开始就蓄意背叛人民，而与旧社会的戴皇冠的代表人物妥协，因为它本身已是属于旧社会的了；它不是代表新社会的利益去反对旧社会，而是代表已经陈腐的社会内部更新了的利益；它操纵革命的舵轮，并不是因为它有人民为其后盾，而

---

① 余匡复：《德国文学史》，上海：上海外语教育出版社 1991 年版，第 577—578 页。

是因为人民在后面推着它走;它居于领导地位并不是因为它代表新社会时代的首创
精神,而只是因为它反映旧社会时代的不满情绪;它是旧国家的一个底层,这个底层
并没有为自己打通道路,而是被地震般的力量抛到了新国家的表层上;不相信自己,
不相信人民,在上层面前嘟囔,在下层面前战栗,对两者都持利己主义态度,并且意
识到自己的这种利己主义;对于保守派来说是革命的,对于革命派来说却是保守的;
不相信自己的口号,用空谈代替思想,害怕世界大风暴,同时又利用这个大风暴来谋
私利;毫无毅力,到处剽窃;因缺乏任何独特性而显得平庸,同时又因本身平庸而显
得独特;自己跟自己讲价钱;没有首创精神,不相信自己,不相信人民,没有负起世界
历史使命;活像一个受诅咒的老头子,注定要糟蹋健壮人民的最初勃发的青春热情
而使其服从于自己晚年的利益,没有眼睛,没有耳朵,没有牙齿,衰颓不堪,——这
就是**普鲁士资产阶级**在三月革命后执掌普鲁士国家政柄时的形象。"[1]19—20 世纪之
交的德国资本主义和资产阶级的基本状况仍然如此。所以,德国批判现实主义作家
对德国资本主义社会种种丑恶现象进行了不够彻底的鞭笞,也表现出来德国资产阶
级所固有的二重性,妥协性和平庸性,显示出一种温情主义的阶级揭露。这个时候
的德国批判现实主义的文学思想主要代表人物几乎都是如此。

亨利希·曼是德国批判现实主义作家之中最为清醒和激进的一个代表人物,但
是在他的早期作品之中仍然表现出德国资产阶级的这种两面性和二重性。他早期最
好的作品《小城》(1909),叙述了 19 世纪末意大利某小城里两派人的争论和和解。
亨利希·曼笔下的这一意大利小城,一直保持着 1848 年后的民主传统和加里波第
为自由而斗争的思想影响。对小城起主导作用的是这里的居民的爱的感情,这种情
感使这里的居民品格高尚,小说描写的实际上不是个别的人,而是人民群众这一集
体。作者自己解释这个作品时说:"在这里响彻的乃是高尚的民主之歌。"小说最后
双方的和解并不是通过斗争,而是通过爱和谅解,作者希望通过爱和谅解来调和人
间的对立,解决世上的矛盾和纠纷。[2] 在这里,亨利希·曼把人间的一切矛盾和纠纷
都寄托于爱和谅解来化解,在 19—20 世纪之交的欧洲和德国实际上是根本不现实
的,这只不过是一种人道主义的幻想和良好愿望,实质上就是德国资产阶级知识分
子的平庸性和妥协性的一种艺术表现。即使在他的最具批判性、讽刺性、政治性的
长篇小说巨作《臣仆》(1918)之中,亨利希·曼,虽然极其真实地塑造了德国资产阶

---

① 北京大学哲学系哲学史组编:《马克思恩格斯列宁斯大林论德国古典哲学》,北京:商务印书馆
1962 年版,第 15—16 页。

② 余匡复:《德国文学史》,上海:上海外语教育出版社 1991 年版,第 589 页。

级的典型形象赫斯林，辛辣地揭露了德国民族性格的劣根性，忠实地反映了德国资产阶级由自由资产阶级转变为垄断资产阶级的历史图景，对德国资产阶级进行了无情的揭露和嘲讽，矗立起德国批判现实主义文学的高峰，但是，作者仍然对德国无产阶级的革命性和先进性认识不足，"尚未把工人们当作自觉的战斗阶级来看，只是强调他们忍辱负重的悲苦一面"，[①] 或多或少地表现出他所处时代和世界观的局限性。此外，像长篇小说《首脑》（1925）、历史小说《亨利四世》（1935）等等，也是把解救人民和世界的希望寄托于人类的理性和开明君主，对德国资本主义社会现实的批判总还是带有一点点温情主义的色彩。

托马斯·曼的温情主义阶级批判和揭露在他的文学作品中表现得比较明显。他一直认为，他是一个"不问政治者"，并且声称："我是一个艺术家，而不是一个思想家。"因此受到他的哥哥亨利希·曼的批评。[②] 在《布登勃洛克一家》之中，他区分了两种不同的资本家：一种是，像布登勃洛克家族那样的"勤勤恳恳做生意，规规矩矩发财"的资本家，他们诚实经营，恪守信誉，不图暴利；另一种是，像哈根斯特雷姆那样的暴发户资本家，他们不择手段，不顾道德，投机钻营，追逐高额利润。对于后者，他给予了严厉的批判，但是，对于前者，他却给予了无限的同情。托马斯·曼对不顾一切道德靠投机发家致富的暴发户资本家类型是反感的，而对 18 世纪末以来的"正派"资本家虽在客观上做了批判，却并没有认识到他们的剥削本质。[③] 在长篇小说《魔山》（1907）之中托马斯·曼描写了第一次世界大战前欧洲知识界的各种思想见解以及一个正直青年对生活理想的追求，但是，其中主要是反映了作者自己在第一次世界大战前的思想苦闷和彷徨。他始终并没有找到真正的生活理想，甚至对第一次世界大战的帝国主义性质也认识不清，直到 1918 年还发表了《一个不问政治者的观点》，为德国发动帝国主义侵略战争进行辩护。而且，在《魔山》之中有一句全书唯一以斜体字标明的结论性话语，非常明确地表明了作者的人道主义思想和人性论观点。这句话就是："为了善和爱，人决不能让死亡控制自己的思想。"在这里虽然可以看到托马斯·曼的一种矛盾和彷徨以及在悲观主义之中的企求，但是，一方面作者及其主人公并不明确自己的真正前途，另一方面他们仍然是力图以"善和爱"来

---

① 贺祥麟主编，杜东枝副主编：《西方现实主义文学》，贵阳：贵州人民出版社 1988 年版，第 298—299 页。

② 贺祥麟主编，杜东枝副主编：《西方现实主义文学》，贵阳：贵州人民出版社 1988 年版，第 298 页。

③ 余匡复：《德国文学史》，上海：上海外语教育出版社 1991 年版，第 570 页。

拯救人类和世界。因此，在《魔山》的结尾处，主人公投身到第一次世界大战的战场，并且消失在战火之中，尽管他也许并没有死在战火之中，然而，他的前途毕竟是渺茫的。因此，我们看到，小说的主人公在"魔山"和"平地"之间徘徊彷徨，始终不知所措，他的世界观仍然是停留在资本主义社会的现实"平地"之上的。这就反映出托马斯·曼对资本主义制度和资产阶级的本质在当时并没有清楚的认识，因此，对于第一次世界大战的帝国主义性质在一个相当长的时期内是模糊不清的，当然，他对于这个资本主义制度、资产阶级的剥削本质、第一次世界大战的帝国主义性质的批判就不可能不带有温情主义的笔触。这一些还是得到 1930 年以后法西斯纳粹逐步暴露出他们的丑恶本质以后，托马斯·曼才慢慢惊醒过来的。我们不能也无权指责一个批判现实主义作家的这种时代和阶级的局限性，但是我们必须正视德国批判现实主义文学创作和文学思想的这种温情主义阶级揭露的特征。

赫尔曼·海塞的小说和诗歌更加明显地表现了德国批判现实主义的文学创作和文学思想的温情主义和不彻底性。小说《彼特·卡门青德》（*Peter Camenzind*，1904）是他的成名之作。在这部作品中，他通过卡门青德的自叙表现了一个青年人成长过程中的探索与内心苦闷，以及他对人生意义的不断追求。彼特·卡门青德这个农民的儿子，为了追求爱情和友谊以及人生意义，到过苏黎世，也远游意大利的一些大城市，于是他苦闷、厌倦，只得酗酒度日。后来在残疾青年鲍比的鼓励下得到了一些满足和安慰，然而，不久鲍比也离开了人世。此后，他日益对大城市感到失望，觉得还是朴素的农家生活最值得留恋，并逐渐感到只有对人的爱、对故乡人民的恋情才能使他的生活充实，这样，彼特最后回到了故乡。这表现了作者对资本主义都市文明的嫌恶。然而，彼特虽然回到了故乡，与普通劳动者亲密接触，对他们怀有人道主义的同情心，但是他仍然没有得到人生意义的回答。他在故乡最后做了旅店老板，表示他已与现实妥协。这部小说是苦闷的海塞所写的一个彷徨青年心灵追求的记录，也可以说是海塞自己探求人生意义的记录。[①] 它无疑表明了海塞的批判现实主义文学思想的不彻底性和温情主义。《在轮下》（*Unterm Rad*，1906）对现实的批判有所加强，具体批判了威廉时代摧残人的教育制度。在这种教育制度下，个性被压抑，自由被剥夺，儿童们成了会说话而不会思考的机器，功名成了驱使这一机器运转的动力。小说中虽然写了汉斯的同学赫尔曼用逃脱神学校的行动来表示对窒息人的教育制度的抗议和对神的反叛。不过，最后，汉斯被逼死了，赫尔曼

① 余匡复：《德国文学史》，上海：上海外语教育出版社 1991 年版，第 606—607 页。

虽然反抗了，却仍然处在彷徨之中。这样的结局是受作者当时的世界观制约的，因为什么才是理想的、正确的人生道路，是海塞自己也说不清楚的问题，所以小说没有写出赫尔曼出逃并被开除后的生活道路。① 这些都可以看做是海塞的批判现实主义的文学创作和文学思想的不彻底性和二重性的表现。其他许多作品之中，大致也是如此。尤其是第一次世界大战以后，海塞的文学作品中社会批判的色彩虽然加强了，但是，作品的神秘主义色彩也明显地浓厚起来，作品在内容上更趋于晦涩难懂。他的《德米安》（*Demian*, 1919）、《荒原狼》（*Der Steppenwolf*, 1927）等小说都表现出他对资本主义现实的"个人反抗"，抽象人道主义和人性论的思想。海塞发现了资本主义社会的罪恶，又把这罪恶归结于人性中恶的一面。② 这些应该看作是德国批判现实主义的一个基本特征，它恰恰是德国资产阶级知识分子的二重性和不彻底性的艺术表现形式。

在海塞的一些诗歌之中，也表现出了一种无可奈何的哀愁和温情主义的揭露。像写于 1903—1910 年之间的《在烦恼之中》，诗人就这样地吟唱：

随着山上的燥热风，
雪崩滚了下来，
发出吓人的巨响——
这岂是上帝的安排？

我不得不像个异邦人
漂泊在人世之间，
没有人可与交言，
这岂是上帝的恩典？

上帝可看到我
在忧伤与痛苦中彷徨？
唉，上帝死掉了！
我还该活在世上？

① 余匡复：《德国文学史》，上海：上海外语教育出版社 1991 年版，第 609—610 页。
② 余匡复：《德国文学史》，上海：上海外语教育出版社 1991 年版，第 617 页。

对于类似的诗歌，翻译家钱春绮先生做了这样的解读："黑塞 (即海塞——引者按) 是一个漂泊诗人，……由于他厌恶资本主义社会的现代文明，于是想到另一些陌生的地方，去寻觅他的理想的境界，用现代时髦话说，就是出于一种'寻根'的心理。可是，结果，他并没有寻到他要追寻的东西，只得仍旧绝望地回到他的隐遁的洞天里寻求他的内心世界，过他的隐士生活。"[①] 从中我们似乎可以看到，海塞的苦闷和彷徨，也可以看到他对资本主义社会现实的不满和批判，但是，他看不到明确的前途和希望，只有无奈的哀伤和叹息。这些可以说是德国批判现实主义的文学创作和文学思想在 19—20 世纪之交的一个典型特征。不过，在不同的德国批判现实主义作家身上表现出来的具体形态和深浅程度有所差异而已。

三、德国批判现实主义文学思想对现代性的揭露和批判

德国批判现实主义在 19—20 世纪之交达到比较成熟的高度，虽然比起法国、英国、俄国等批判现实主义有所逊色，但是，也同样对德国和欧洲的资本主义社会转向帝国主义阶段所表现出来的种种弊病和启蒙现代性所构筑的理性主义神话、科学主义神话、社会进步神话进行了力所能及的揭露和批判，动摇了资本主义社会和启蒙现代性的乐观主义，尽管由于德国批判现实主义作家的时代和阶级局限性，这种揭露和批判不仅比起马克思主义现实主义文学思想的批判和揭露显得乏力，而且比起法国、英国、俄国的批判现实主义大师的文学创作和文学思想也显得不足。在德国批判现实主义的文学创作和文学思想之中，主要代表人物对资本主义社会和启蒙现代性的揭露和批判，以间接方式肯定了审美现代性。它的主要表现在于：一是揭露资本主义的理性主义王国的腐朽和虚伪，向往美和艺术的审美王国。二是批判资本主义的科学主义神话，张扬人道主义精神。三是动摇资本主义的社会进步神话，揭示历史发展的曲折性。

1. 揭露资本主义的理性主义王国的腐朽和虚伪，向往美和艺术的审美王国

托马斯·曼是德国批判现实主义作家之中最为集中地批判和揭露资本主义社会和启蒙现代性的理性主义神话王国的代表人物。他的主要作品，诸如《布登勃洛克一家》(1901)，《特里斯坦》(1903)，《托尼奥·克勒格尔》(1903)，《王爷殿下》(*Königliche Hoheit*, 1909)，《死于威尼斯》(1912, 一译《在威尼斯之死》) 等都对资本

---

① [瑞士] 赫尔曼·黑塞:《黑塞抒情诗选》，钱春绮译，天津:百花文艺出版社 1989 年版，第 74 页。

主义社会和启蒙现代性的理性主义王国进行了揭露和批判,尤其是揭露和批判了资本主义社会与美和艺术的敌对性质,使人们认清资本主义社会及其启蒙现代性的虚伪性、欺骗性、腐朽性。《布登勃洛克一家》是托马斯·曼的代表作,其副标题是"一个家庭的没落"。它描述了布登勃洛克一家四代人"一代不如一代"的衰败,而这种衰败和没落主要是表现在布登勃洛克一家作为诚实经营、规矩发家的自由资产阶级与投机取巧、不顾道德的暴发户,垄断资产阶级哈根斯特雷姆之间的竞争。最后,布登勃洛克家族不敌垄断资产阶级代表哈根斯特雷姆,不断失败,最后破产。小说展示了 19 世纪末叶德国社会生活的广阔图景,揭露垄断资本主义的掠夺本性和资产阶级的腐朽没落。《特里斯坦》之中,作者塑造了一个不幸的、美丽的商人妇及其资产阶级丈夫的形象,不仅揭露和批判了资产阶级的唯利是图和不懂美和艺术的平庸,还借颓废派作家德特莱夫·斯皮内尔一封愤慨的书信,为商人妇加布里拉·克莱特扬的婚姻抱不平,讽刺商人糟蹋了这朵鲜花。商人阅信以后,赶到作家的病房训斥和责骂作家,就在这时有人来叫商人,说他的妻子咯血不止。小说探讨了艺术家与生活、艺术与社会的关系问题,以象征手法抨击资本主义糟蹋了生活中的艺术和美。《王爷殿下》描述了 19—20 世纪之交一个政治落后、经济凋敝小公国王子克劳斯·海因里希与世隔绝的生活及其最后与美国百万富翁联姻的故事。克劳斯走出封闭的宫殿,与美国火车大王斯珀尔曼相识,并与他的独生女儿伊玛相爱而结婚。克劳斯得以从同社会隔绝的宫廷生活中解放出来,小公国的经济状况也由于受到百万富翁的支持而得到改善。小说反映封建势力和拥有经济实力的资产阶级结成联盟,成了德国帝国主义的特征。① 《死于威尼斯》则以著名作家阿森巴赫对波兰美少年的欣赏和爱恋并因此而死去的故事,来揭示资本主义社会中作家的复杂心理状态和不可能得到美和艺术的悲剧结局,一方面揭露和批判了资本主义社会对美和艺术的摧残,另一方面也批判和揭露了资产阶级著名作家的荒唐变态状态。通过这些资本主义社会现实的真实描绘,托马斯·曼把德国资本主义社会和资产阶级的实际状况揭示出来,并且进行讽刺和批判,从而让人们看到了德国资本主义和资产阶级的虚伪性、腐朽性、平庸性、与美和艺术的敌对性,间接地肯定了审美现代性,批判和揭露了德国资本主义的理性主义王国神话的虚幻性。

托马斯·曼不仅以小说的艺术形式来揭露和批判德国资本主义的理性主义神话王国,而且还直接运用德国非理性主义思想家叔本华、尼采、弗洛伊德等人的思想理

---

① 张威廉主编:《德语文学词典》,上海:上海辞书出版社 1991 年版,第 255 页。

论来直截了当地表达自己的反理性主义神话的文学思想。托马斯·曼对弗洛伊德和叔本华的非理性主义作出了高度评价。他指出："现在，弗洛伊德这位无意识心理学家，是叔本华和易卜生那个世纪的忠实产儿，因为他出生于上世纪中期。他的革新与叔本华的革新有着多么密切的关系啊！这不仅体现在其内容上，而且还体现在其道德观点上。他发现了无意识在人们的心理生活中所起的巨大作用，这在过去和现在都向古典心理学提出了挑战（对于古典心理学来说，意识和心理是一回事），恰像当年叔本华的唯意志学说对哲学的理念和理性提出的挑战那样大胆放肆。"① 这种对叔本华和弗洛伊德的非理性主义的充分肯定，实质上也就是对资本主义社会和启蒙现代性的理性主义神话王国的批判和揭露，表明了托马斯·曼的批判现实主义的锋芒是直指理性主义的谎言和现实的。在《从我们的体验看尼采哲学》之中，托马斯·曼高度赞扬了尼采的非理性主义思想。他说："尼采首次使用了'理论人'这一称呼，采取了与苏格拉底为敌的立场：苏格拉底这个理论人的最大典型轻视本能，颂扬意识，倡言只有意识到的东西才是好的，他是狄俄尼索斯的对手和杀害悲剧的凶手。在尼采看来，苏格拉底留下了苍白的、学究气的、远离神话和生活的亚历山大式科学文化，乐观主义和理性崇拜占尽上风的文化，像民主一样系力量衰竭和生理疲乏之症状的实践的和理论的功利主义。崇尚苏格拉底式的、反悲剧的文化的人、理论人不愿全面把握任何事物，大千世界生来残酷，而他们却被乐观主义的观察方式惯得娇滴滴的。但是青年尼采坚信不渝，苏格拉底式人的时代一去不复返了。一代洋溢着英雄气概，大胆地蔑视所有懦弱教义的新人登上了舞台。在我们今天的时代，在1870年的世界上，狂热纵情的狄俄尼索斯精神逐渐苏醒了；在德意志精神、德意志音乐和德意志哲学的狄俄尼索斯深度里，悲剧复活了。"② 在这里，托马斯·曼要以尼采的狄俄尼索斯的精神来对抗苏格拉底式的"理论人"和理性主义文化，力图颠覆启蒙现代性的理性主义和乐观主义，复活悲剧，让人们直面人生的悲剧式命运，也就是要批判和揭露资本主义社会和启蒙现代性的理性主义神话王国。这种思想观点和文学思想在他的小说作品之中生动地表现出来。除了上述那些作品之外，他的《魔山》（1907）同样如此。在这部"思想小说"之中，托马斯·曼描述了第一次世界大战前欧洲的病态社会和形形色色的思想见解，表现了"魔山"与"平地"之间的对立，批判和揭露了各种各样的资产阶级的理性主义、乐观主义、人道主义、颓废主义

---

① 王宁主编：《诺贝尔文学奖获奖作家谈创作》，北京：北京大学出版社1987年版，第79页。
② 刘小枫选编：《德国诗学文选》下卷，上海：华东师范大学出版社2006年版，第164页。

思想见解，虽然他并没有看到真正的前途，可是，他已经完成了他批判现实主义的任务。最终，主人公汉斯投身于第一次世界大战，消失在战火之中。也许作者是想唤起人们投身于战争去改变资本主义社会的现实吧，尽管作为批判现实主义作家，他并不知道究竟应该怎样到达理想境界，可是，他的批判和揭露能够惊醒人们去审视启蒙现代性和资本主义社会的理性主义王国，他的任务也就完成得可以了。正如恩格斯 1885 年对敏·考茨基所说的："在当前条件下。小说主要是面向资产阶级圈子里的读者，即不直接属于我们的人的那个圈子里的读者，因此，如果一部具有社会主义倾向的小说，通过现实关系的真实描写，来打破关于这些关系的流行的传统幻想，动摇资产阶级世界的乐观主义，不可避免地引起对于现存事物的永恒性的怀疑，那么，即使作者没有直接提出任何解决办法，甚至有时并没有明确地表明自己的立场，但我认为这部小说也完全完成了自己的使命。"[1] 社会主义倾向的小说尚且如此，那么，批判现实主义形式就更加应该如此了。

　　亨利希·曼是比弟弟托马斯·曼更加清醒的批判现实主义者。他的一系列作品对于德国的政治、经济、教育、文化等等方面进行了辛辣的讽刺，全面地颠覆了资产阶级的资本主义社会和启蒙现代性的理性主义神话王国。《臣仆》是亨利希·曼1914 年创作的一部讽刺性的长篇小说。此书被公认为是德国批判现实主义文学的代表作品之一。亨利希·曼在这部作品中通过对狄德利希·赫斯林这一典型形象的塑造，将 19 世纪末 20 世纪初德国中等资产阶级的本质特征鲜明而生动地勾画出来，真实地再现了德国从资本主义进入帝国主义阶段的社会风貌。[2] 他先后创作的长篇小说《穷人》（1915）、《臣仆》（1918）、《首脑》（1925）组成了讽刺和批判德意志帝国的三部曲《帝国》。这个三部曲揭露德意志帝国的反动社会制度，讽刺沙文主义和社会民主党人中的工人贵族，在德国近代文学史上占有重要地位。他的早期长篇小说《在懒人乐园里》（*Im Schlaraffenland*, 1900），运用漫画式的手法，描写 19 世纪90 年代一个外省大学生在柏林的浮沉，反映了帝国主义时期垄断资产阶级的某些特征，对柏林交易所和新闻界形形色色的投机家做了辛辣的讽刺。长篇小说《垃圾教授》（*Professor Unrat*, 1905），又名《一个暴君的末日》，通过一个绰号"垃圾教授"的中学教师的丑恶行径，揭露德国资产阶级的道德败坏，抨击帝国时代的法西斯主义教育制度。[3] 作为德国批判现实主义的主要代表人物，亨利希·曼以他的讽刺文学

① 《马克思恩格斯选集》第 4 卷 . 北京：人民出版社 1995 年版，第 673—674 页。

② 贺祥麟主编，杜东枝副主编：《西方现实主义文学》，贵阳：贵州人民出版社 1988 年版，第 293 页。

③ 张威廉主编：《德语文学词典》，上海：上海辞书出版社 1991 年版，第 240 页。

及其文学思想赢得了很大声誉,同时也成为了德意志帝国统治者的眼中钉、肉中刺。1914 年 1 月《臣仆》在慕尼黑一家杂志上连载,同年 8 月被迫中断,编辑部在给作者的信中解释说:"在当今时代,一个大型刊物不能以讽刺形式来批判德国现实……更不能影射政治现实,比如影射皇帝本人。否则,我们在报刊审查中会遇到恼人的麻烦。"这部作品直到 1918 年才在德国正式出版。① 这一切都证明了亨利希·曼的讽刺小说直接刺痛了德意志帝国统治阶级的神经,准确地打中了德意志帝国的资产阶级和资本主义社会的要害,揭露和批判了在德国资产阶级和资本主义的启蒙现代性所标榜的理性主义神话王国的虚伪和腐败。

赫尔曼·海塞对于德国资本主义、资产阶级和启蒙现代性的批判和揭露是独树一帜,不同凡响的。他早期的长篇小说《彼特·卡门青德》(1904) 就批判和揭露了资本主义文明对人性和个性的压抑,《在轮下》(1906) 则是一份对威廉皇帝时代德国教育制度的控诉书,《格特鲁德》(1910) 和《骏马山庄》(1914) 反映了在资本主义社会中艺术家所遭受的孤独、痛苦和不幸。《格特鲁德》之中,迎合世风又厌恶世风的歌唱家摩特自杀了,作曲家库恩则对一切外来的命运逆来顺受并追寻内心的平和。《骏马山庄》之中,画家维拉古陷入了婚姻危机,他在婚姻破裂以后跟友人去了印度。第一次世界大战以后,海塞对于资本主义社会的批判和揭露更加深入具体,同时也别开生面。他的化名辛克莱所发表的小说《德米安》批判了资本主义文明的堕落,书中有不少道家语言,如海塞所说,他是"用东方的形象语言表达"他在战时的新经验。《荒原狼》主人公哈里·哈勒曾反对战争,被诬为"叛国者",厌恶物质至上主义,跟资产者社会格格不入,追求理想与不朽,患精神分裂症,自认为有两个灵魂——人与狼——同寓于自我中,故自称"荒原狼"。他来到德国某城,后复离去,遗下一份手稿,被女房东侄子拿去发表,是为《哈里·哈勒手记——供疯子阅读》② 赫尔曼·海塞对资本主义社会、资产阶级和启蒙现代性进行了如此独特的揭露和批判,不仅从社会的层面,而且从心理的层面挖掘了资本主义和资产阶级的所谓理性主义神话王国的深刻根源,尽管其中有着许多似是而非、模棱两可的思想意识和人性论观点,但是,对于资本主义社会制度和启蒙现代性的理性主义神话的批判和揭露却是一针见血的,也是发人深省的,甚至是振聋发聩的,使得人们看清楚了资本主义制度和资产阶级的真正本质。这正是德国和欧洲批判现实主义文学创作和文学思想的历史功绩

① 高中甫、宁瑛:《20 世纪德国文学史》,青岛:青岛出版社 1998 年版,第 17 页。
② 张玉书主编:《20 世纪欧美文学史》(一),北京:北京大学出版社 1995 年版,第 106—108 页。

和现实价值。

2. 批判资本主义的科学主义神话,张扬人道主义精神

19—20 世纪之交的德国迅速崛起,科学技术的发展和工业化进程的不断加深,一方面给人们带来了德意志民族的兴起和现代化的生活,另一方面也给人们造成了战争威胁和精神危机。敏锐的德国作家面对这一切,以艺术形象的方式进行了反思和批判。他们批判资本主义和启蒙现代性的科学主义神话,张扬人道主义精神,指出科学技术的发展并不能拯救人类,而唯有爱和人道主义才能使人类和人类社会摆脱危机。在这方面,赫尔曼·海塞是最为突出的代表,亨利希·曼和托马斯·曼兄弟也表达了类似的文学思想。

赫尔曼·海塞的早期小说作品《彼特·卡门青德》(1904)就是批判资本主义科学主义神话,主张回到自然和人道的文学思想的鲜明表现。小说以第一人称形式叙述了一个农民的儿子彼特·卡门青德的成长过程。他出生于瑞士阿尔卑斯山地区一个偏僻的农村,自幼热爱家乡的自然风光,富有才华,爱好幻想。后去苏黎世学习,结识音乐系学生理查德,开始文学创作,作品发表后一举成名。他与理查德同去意大利旅行,深感现代文化的鄙陋。理查德游泳溺水死去后,他混迹于无聊文人的圈子里,空谈艺术、政治和文学,深感苦闷和彷徨。他返回瑞士后,在巴塞尔结识一个半身不遂的青年博比,卡门青德对博比百般照顾,关怀备至,后来虽然博比死了,卡门青德却体会到了为他人服务的乐趣。由于厌恶大城市的空虚生活,怀念家乡的人民和生活,他返回家乡,投身于家乡的集体福利事业,照料多病的父亲,感到了生活的充实。父亲去世后,他接办了一家乡村酒店,渴望在生活的洪流中创作有益于人民的真正的艺术作品。小说通过主人公探索人生意义的经历,表现出对资本主义都市文明的厌恶,说明艺术和才能只有在为他人服务中才能得到发展。[①] 从中我们可以感到,在海塞的笔下,资本主义和启蒙现代性的科学主义神话给人们带来的并不是福音,而是人与自然之间的疏离,人与人之间的隔阂,科学和技术虽然使得许多现代化大城市拔地而起,可是并没有显示出人生的真正的意义和价值。正因为如此,彼特·卡门青德才经历了许多周折和现代化巡视以后,又回到了美丽的大自然之中,走上了为他人服务的人道主义道路,才感到了人生的意义。赫尔曼·海塞对于西方启蒙现代性的科学主义神话的批判,有一个重要方面就是,用东方(印度和中国)的诗性智慧来对抗西方的科学主义神话。1919 年 7 月,海塞撰文称,"我们迫切需要的

---

① 张威廉主编:《德语文学词典》,上海:上海辞书出版社 1991 年版,第 263—264 页。

智慧在《老子》中，把《老子》译成欧洲语言是我们当前唯一的思想任务。"他的小说《悉达多》可称是"释老"之作。悉达多（梵语，"达到自身目的者"之义）系安罗门之子，因《奥义书》不解他求知之渴，便离家从沙门学习，又求教于佛陀，终归失望，入尘世，尽享物欲之欢，厌倦而去，至大河边，遇摆渡船夫华素德伐，乃大智若愚得道至人。从而悟出：人应该怀着爱、赞叹与敬畏去观察人世、自我与生命。海塞对中国的儒家思想起先持冷漠态度。《易经》所表现的"道德秩序"（"系辞"）于他"这个出世者是格格不入的"，只有占卜使他感兴趣。1929 年春起，他日读一段《吕氏春秋》并写书评，说此书的"智慧"是"把人纳入自然的秩序、宇宙的节奏"而乱世则把人从这种秩序中"解放"出来，"这种虚伪的解放实际导致奴役"，就像今日的欧洲人貌似解放，其实"是金钱和机器的无意志的奴隶"。赫尔曼·海塞的《玻璃球游戏》（1943）的故事发生在 2200 年左右的未来世界，23 世纪的编年史家描写玻璃球游戏的发展过程。玻璃球游戏产生于 19 世纪和 20 世纪之间，是音乐和数学演变而成的符号系统，集科学和艺术、思想和感情于一体。在与世隔绝的卡斯塔利亚有一个宗教团体，其宗旨是通过玻璃球游戏为全国培养精神人才。小说主人公约瑟夫·克奈希特（意为"仆人"），12 岁入卡斯塔利亚的学校学习，潜心研究《易经》和玻璃球游戏规则，数年后跻身精英之列，终于获得鲁地法师称号。他悟到，已达到的一切成果，若失去演变能力，必归于灭亡。他于是离开卡斯塔利亚，去到民间，收他的一个从事政治的朋友之子蒂托做学生，使他成为一个既有教养又有创造力的人。克奈希特跟蒂托在高山湖中同太阳比赛游泳，克奈希特淹死在山阴笼罩的湖水（阴）中，蒂托在阳光照耀的湖水（阳）中获胜。这部小说，集中了海塞数十年汉学研究的心得，包含着对《易经》、《老子》、《庄子》、《吕氏春秋》等的阐释和发挥，尤其是《易经》。他把中国儒家注重教化和"有教无类"的思想与德国人文主义者们通过教育改善社会的思想结合起来[1]，反对资本主义和启蒙现代性的科学主义神话，提倡东方诗性智慧与西方人文主义相融汇，以科学与艺术相结合的变易思想和阴阳互补思想改善社会，反对法西斯纳粹的沙文主义和帝国主义思想。

托马斯·曼的文学创作和文学思想之中有一个比较重要的方面，就是对于艺术和艺术家与资本主义社会的现实和生活的关系的阐述。他通过自己的小说作品揭露和批判了资本主义社会的现实和生活对艺术和艺术家的不利状态和敌对状态，表达了自己对审美乌托邦的向往和追求。这种批判和揭露以及向往和追求，从现代性的

---

① 张玉书主编：《20 世纪欧美文学史》（一），北京：北京大学出版社 1995 年版，第 108—110 页。

角度来看，实际上也就是对资本主义社会和启蒙现代性的科学主义神话的批判和揭露，间接地表现出了对审美现代性的探索。

现代性概念是一个复杂而又含义丰富的概念，它是表述资本主义社会的现代化进程的社会性质和文化逻辑的范畴。19—20 世纪之交以来许多思想家都从不同的角度对现代性进行了研究和探索。一般说来，现代性的发展过程经历了 16—18 世纪的启蒙现代性——18 世纪末—20 世纪初的审美现代性——20 世纪 50 年代后的文化现代性（即后现代性）的合逻辑的发展；从意识形态和文化的角度来看，像德国思想家马克斯·韦伯所说，西方现代化进程就是一个资本主义生产方式对中世纪封建主义生产方式的"祛魅"的过程，也是宗教，科学，艺术的相互分化的过程；具体来说，16—18 世纪的启蒙现代性确立了科学对宗教的"祛魅"，建构了一个理性主义和科学主义的神话王国；但是，这个理性主义和科学主义神话王国在 18 世纪末，特别是 19—20 世纪之交就显露出它的虚伪和腐败的本质，而且遭到了卢梭、康德、席勒、斯宾格勒、叔本华、弗洛伊德、尼采等人的审美主义和非理性主义的反思和批判；换句话说，启蒙现代性所标榜的理性和科学并没有给人们带来希望，反而带来了质疑和反思，人们似乎觉得科学和理性非但拯救不了西方社会，而是加速了西方社会的危机，于是另辟蹊径，探求西方社会发展的出路，从而找到了艺术和审美；这样，现代性就进入了审美现代性阶段，西方思想家们纷纷转向 19 世纪末—20 世纪上半叶的审美化的批判现实主义和现代主义的审美意识形态。[①] 德国批判现实主义就是在这种形势下发展起来，成为了反思和批判西方资本主义社会和启蒙现代性的主要力量，与表现为先锋派的现代主义的文学艺术思想一起批判和揭露了资本主义和启蒙现代性的理性主义和科学主义神话。在这种批判和揭露的文学思想潮流之中，托马斯·曼的批判现实主义文学创作和文学思想比较集中地描绘和探索了资本主义社会与艺术和艺术家的矛盾关系和敌对状态，也就是直接对资本主义和启蒙现代性的科学主义神话的批判和揭露，同时就是对审美现代性的间接探索和肯定。

艺术和艺术家与资本主义社会的现实和生活的关系，一直是托马斯·曼所关注的一个重要问题。在一系列文学作品之中，他都探讨了这个问题，而且以形象化的描写表述了与马克思相同的思想观点：资本主义社会与艺术和诗歌是相敌对的。而且，他通过对资本主义社会和启蒙现代性与艺术和艺术家相敌对状态的揭露和批判，

---

① 周宪主编：《文化现代性精粹读本》，北京：中国人民大学出版社 2006 年版，"序言"第 14—15 页；汪民安主编：《文化研究关键词》，南京：江苏人民出版社 2007 年版，第 382 页。

表达了他对美和艺术的审美王国的向往和追求,因此,间接地肯定了审美现代性。《布登勃洛克一家》,虽然主要是描写一个自由资产阶级家族的衰败的历史,但是,就在这个衰败过程的描绘中,托马斯·曼仍然没有忘记刻画资本主义社会和启蒙现代性与艺术和艺术家的敌对状态的表现。布登勃洛克一家四代人,从老约翰到小约翰,再到托马斯,最后到第四代哈诺,在经商方面一代不如一代,可是在艺术方面,特别是对音乐的爱好方面却是一代更比一代强,正是这种强烈的对比揭露和批判了资本主义社会和启蒙现代性与艺术和艺术家的敌对状态。而且,到了布登勃洛克家族的第四代哈诺那里,家族的经济地位彻底地衰败了,音乐不过是哈诺逃避现实的一个审美乌托邦,最终,一个15岁的音乐家苗子就染上传染病而夭折了。其中的象征意义和所表达的文学思想是不言而喻的。在几篇专门表现艺术和艺术家生活的小说作品之中,托马斯·曼更是集中地表达了他关于资本主义社会和启蒙现代性与艺术和艺术家相敌对的思想观点。《托尼奥·克勒格尔》、《特里斯坦》、《在威尼斯之死》等小说是最具代表性的。《托尼奥·克勒格尔》之中,天生倾慕"美"的作家斯比乃尔对商人妇的美丽资质的热恋同商人追逐利益而对美丽的冷漠形成了鲜明的对照。正是这种强烈的反差激起了斯比乃尔的愤怒之情,在商人妇病情恶化的情况下给粗俗的商人写了一封信,讽刺和怒斥这个商人糟蹋了这朵美丽的鲜花,感叹资本主义社会之中频频出现的"鲜花插在牛粪上"的可悲现实。这无疑是对资本主义和启蒙现代性的摧残美的本质的揭露和批判,尽管这种揭露和批判并不能影响强悍富商的一根汗毛,而且显得极其无奈和软弱。在《托尼奥·克勒格尔》之中,托马斯·曼通过吕贝克商人之子克勒格尔与他的俄国女友、画家伊万诺芙娜讨论艺术家与生活、艺术与社会的一席谈话,表现了资本主义社会中艺术家的烦恼苦闷和矛盾寂寞。克勒格尔觉得生活庸俗,因此钻入艺术的"象牙塔"之中,然而,他又耐不住"象牙之塔"的寂寞,希望回到普通人的生活中来,不过,一旦回到普通人之中,他又蔑视芸芸众生和平淡乏味的生活。这种状况也就表明了资本主义社会和启蒙现代性的"祛魅"以后的现实生活是缺乏诗意的,是与艺术和诗歌相敌对的。《在威尼斯之死》描写了一个著名作家阿森巴赫对一个波兰美少年塔齐奥的爱恋而致死的哀怨故事。这个故事象征色彩非常浓郁,看似一种变态的同性恋的背后,却暗示着人们在资本主义社会和启蒙现代性的理性主义和科学主义神话王国之中无法得到真正的"美",即使像阿森巴赫这样的唯美主义作家为了追求美而冒生命危险也是徒劳,就算是结束了自己的生命,"美"的象征塔齐奥仍然无法得到。最令人扼腕的是,阿森巴赫为了"美"而献出了自己的生命,可是世人并没有任何惋惜之情,换来的不过是"上流社会"的一点点震惊而已。那么,在资本主义社会之中,作家艺术家的命运就只有像阿森巴赫这样为"美"而死,因此,资本主义现实中审美和艺术与科学和技术是截然对立的,要得到"美"就必须付出生命的代价。这是一个审美乌托邦的象征性故事,但是以唯美主义的作家艺术家的可悲命运揭露和批判了资本主义和启蒙现代性的科学主义神话与审美和艺术相敌对的本质特征。

3. 动摇资本主义的社会进步神话,揭示历史发展的曲折性

从 16 世纪文艺复兴时代到 18 世纪启蒙主义时代,西方资产阶级在"自由、平等、博爱"的大旗之下,以全人类的代表自居,充满自信地以"宏大叙事"的话语描述历史,描绘了一幅不断进步的历史发展图景,以乐观主义的腔调宣告了一种"社会进步神话":资本主义的理性主义和科学主义神话王国是历史进步的成果,资本主义社会的发展必将带来整个人类社会的进步,社会进步必然带来人类的解放,实现"自由、平等、博爱"的世界。但是,从启蒙主义时代末期的 18 世纪末开始,资本主义社会的现实状况就使得一些资产阶级的先知先觉者们感到了失望和感慨,像卢梭就感到了资本主义社会的现实是虚伪、奢侈、腐败的,是没有真正的自由、平等、博爱的社会,因此,他极力要求人们"回到自然去",回到那原始状态的自然人那里去。从此以后,西方的资产阶级的知识分子不断有人反思和批判早期资产阶级和启蒙现代性所建构的社会进步神话。康德、歌德、席勒、黑格尔等德国古典哲学和美学的代表人物以及施莱格尔兄弟、诺瓦利斯等德国浪漫主义者都已经看到了西方资产阶级的资本主义社会的虚伪性、腐败性、奢侈性,都把过去的古代社会,前者的古希腊罗马社会,后者的中世纪社会,作为理想化的社会,要求回到古希腊罗马社会或者中世纪欧洲骑士社会去。到了 19 世纪中期以后,空想社会主义对资产阶级的社会进步神话的反思和批判在傅立叶、欧文等人那里得到了系统的表达,而无产阶级的科学社会主义和共产主义对资产阶级的社会进步神话的反思和批判则在马克思主义创始人的学说之中表现得最为彻底和全面。就是在这样的历史语境之中,19—20 世纪之交的德国批判现实主义的文学思想和文学创作也参与了对资产阶级的社会进步神话的揭露和批判。

亨利希·曼的《在懒人乐园里》,副标题是"一部上等人的小说",描绘了 19 世纪 90 年代柏林上流社会大大小小资产阶级的沙龙里的种种虚伪、奢侈、腐败的现象。大学生安德烈亚斯·楚姆泽在大银行家蒂尔克海姆的沙龙里目睹了资本主义社会发展到 19 世纪末帝国主义阶段的形形色色丑恶。在这个沙龙里聚集了普鲁士的大资产阶级、暴发户、投机商人、股票经纪人和附庸文人等,他们之间尔虞我诈,他们过着纸醉金迷的腐朽生活。这个原来四处碰壁的大学生楚姆泽很快熟悉了这个"懒人乐园里"的生活，逐渐左右逢源，威望大增，成为蒂尔克海姆的妻子阿尔德海黛的情夫，并试图借助于与蒂尔克海姆的情妇阿格内丝的关系来要挟蒂尔克海姆的妻子。小说不仅塑造了一个德国的"漂亮的朋友"，更加以漫画式的手法描写了德国进入帝国主义阶段的垄断资产阶级的丑恶嘴脸，对柏林交易所的投机家和新闻界作了辛辣的讽刺。这就形象地表明，资产阶级的生活和资本主义社会并没有随着历史的发展而"进步"，反倒是更加变本加厉地虚伪、狡诈、奢侈、糜烂、腐败，成了一口大染缸，把一个单纯的青年大学生也熏染成为了"懒人乐园里"的投机家和暴发户。他的《垃圾教授》抨击军国主义摧残人的奴化教育，揭露贵族、资产阶级的虚伪和堕落。他的《臣仆》描绘了一个投机钻营，媚上欺下，卑鄙无耻的资产阶级分子赫斯林的发迹史，把德国资产阶级的暴君和臣仆的双重性格揭露得淋漓尽致，并且预示了这种丑恶小人及其同类的可笑而可鄙的下场。小说中描绘了这样一个场景：在颂扬德皇威廉一世的纪念碑揭幕的时刻，赫斯林作为纪念碑兴建委员会主席发表了鼓吹军国主义的演说，突然天降狂风暴雨，刮得一群衣冠楚楚的文武大员狼狈逃窜，丑态毕露。而亨利希·曼的理想人物却是16世纪的法国的新教首领、国王亨利四世。在历史小说《亨利四世》之中，他塑造了一个代表民族利益、体恤人民的开明君主。[1] 这部历史小说不仅影射和抨击了制造民族灾难的希特勒独裁统治，还有力地批判和揭露了资产阶级和启蒙现代性的所谓"社会进步神话"，表明了历史的发展并不是一种线性的所谓的"社会进步"，而是迂回曲折的艰难历程。

托马斯·曼的《布登勃洛克一家》描绘了一个自由资产阶级家族的衰败和垄断资产阶级的暴发的残酷现实过程，同样表明了资产阶级和资本主义社会在历史发展过程中并没有产生社会进步的作用，而是在残酷的自由竞争之中诚信经营、恪守信誉、不图暴利的自由资产阶级（布登勃洛克一家）必然被不顾道德、投机钻营、牟取暴利的垄断资产阶级（哈根斯特雷姆）所取而代之。就在这个投机家和暴发户取代诚信商人和慈善资本家的过程之中，资本主义社会的现实也必然地变得更加不择手段、不顾道德、投机钻营、牟取暴利、尔虞我诈、虚伪狡诈、奢靡腐败。《魔山》则描述了第一次世界大战之前欧洲社会的形形色色病态现象和意识形态奇谈怪论，以理想化的"魔山"来反衬资本主义社会现实的"平地"的庸俗、虚伪、腐败，而且作者最终并没有看到这个现实世界的前途究竟在哪里，而是让主人公汉斯的身影消失在第

---

[1]　张威廉主编：《德语文学词典》，上海：上海辞书出版社1991年版，第241—243页。

一次世界大战的战火之中。这些都表明了托马斯·曼对资本主义社会和启蒙现代性的社会进步神话的批判和揭露。不仅如此,托马斯·曼与他的哥哥亨利希·曼一样,并不看好资产阶级和资本主义社会的发展前景,而是把自己的社会理想和救世英雄放在了资本主义时代之前的原始神话时代。1933—1943 年间,托马斯·曼陆续出版了卷帙浩繁的长篇小说《约瑟和他的兄弟们》四部曲:第一部《雅各的故事》(1933),第二部《年青的约瑟》(1934),第三部《约瑟在埃及》(1936),第四部《赡养者约瑟》(1943)。这一组著作取材于《圣经·旧约》中关于约瑟的传说,描写了犹太人善良的性格和高尚的品德,借以驳斥希特勒种族主义者妄图灭绝犹太人的种种谬论,全书充满人道主义思想。作者在法西斯分子迫害犹太人的高潮中,写出这样一组作品,用历史小说的形式来反映现实生活的一个重要方面,具有很大的积极意义。不仅如此,这样的描写,在历史观方面也反映了托马斯·曼的"非线性发展观",对资本主义和启蒙现代性的社会进步神话是一种批判和揭露,从而更进一步地批判和揭露了德国法西斯的反人道主义本质和开历史倒车的罪恶行径。因此,在《弗洛伊德与未来》的讲演之中,托马斯·曼在谈到《约瑟和他的兄弟们》的创作时,他充分地肯定了作为神话的《圣经》故事的意义。他指出:"人类灵魂的原始基础也就是原始时期,这些基础是那些深邃的时代渊源,因为正是在那里,神话才有了自己的家园,并且形成原始的生活标准和方式。因为神话是生活的基础,它是永恒的图解,虔诚的准则,当它从无意识中再现其特性时,生活便源源流进了这个准则。诚然,当一位作家有了把生活视为神话和原型的习惯时,就出现了一种对他的艺术家气质进行令人不可思议的拔高现象,一种对他的洞察力和塑造力的新的恢复,若非如此,这种情况在生活中的出现就会晚多了;因为虽然在人类生活中,神话幻想是早期和原始的一个阶段,但在个人的生活中,它却是一个较晚的、成熟的阶段。"[①] 换句话说,在托马斯·曼创作《约瑟和他的兄弟们》的过程中,他是把《圣经》故事的神话作为人们的成熟的、理想化的表现形式来描写的,在这里他与法国启蒙主义者雅克·卢梭倒是息息相通的,表现出对人类社会原始状态的怀念和憧憬。那么,古代犹太人的聪明才智、诚实善良、乐善好施、正直大度等优良品质和人道主义精神才应该是人类的发展方向和理想追求,而德国法西斯的灭绝人性的反犹太人的种族主义就是历史的大倒退。

赫尔曼·海塞热爱东方文化,潜心研究中国古代哲人老庄的学说。1911 年曾到

---

① 王宁主编:《诺贝尔文学奖获奖作家谈创作》,北京:北京大学出版社 1987 年版,第 88 页。

印度旅行,1912 年迁居瑞士。第一次世界大战期间,他积极投入反战运动,发表反战文章,并与罗曼·罗兰建立了友谊,中篇小说《席德哈尔塔》(1922)便是献给罗兰的。德国十一月革命时,他站在革命一边;但革命失败,他对德国失去信心,1923年加入瑞士国籍,住在乡间,基本上过着一种隐居的生活。这个时期,他发表的重要作品有长篇小说《德米安》(1919)、《荒原狼》(1927)、《纳尔齐斯和戈尔德蒙德》(1930)和《东方之行》(1932)。第二次世界大战中,他对希特勒法西斯暴行十分愤慨,对现代文明产生了更为深刻的怀疑,在现实生活中找不到解决问题的良策,便只能从精神上寻求寄托和探索答案。1943 年海塞发表最后一部长篇小说《玻璃球游戏》,体现了他的哲学思想和人道主义理想。《玻璃球游戏》是海塞最后一部长篇小说,也是他后期代表作,始写于 1931 年,1943 年出版。故事发生在 2200 年左右的未来世界,23 世纪的编年史家描写玻璃球游戏的发展过程。小说由三部分组成。第一部分引子,叙述玻璃球游戏的历史和意义。它产生于 19 世纪和 20 世纪之间,是音乐和数学演变而成的符号系统,集科学和艺术、思想和感情于一体。第二部分为玻璃球游戏大师约瑟夫·克内希特传。在与世隔绝的卡斯塔利亚有一个宗教团体,其宗旨是通过玻璃球游戏为全国培养精神人才。孤儿克内希特聪明、刻苦,有音乐天赋,12 岁时被吸收去卡斯塔利亚学习,过着苦行僧的生活。他因潜心研究《易经》、《吕氏春秋》等中国古代著作,精通玻璃球游戏的规则,成为出色的人才;后被教团委派去本笃会修道院传授《易经》和玻璃球游戏。后来因前任玻璃球游戏大师托马斯去世,克内希特被选为大师。随着年龄的增长和地位的提高,他内心产生矛盾,逐渐不满足于这个与世隔绝的精神王国的生活,怀疑卡斯塔利亚存在的价值。他决心回到现实世界去过有意义的社会生活,用教育来改善整个世界。他认为从教育入手世界就能由乱而治,精神与自然就能和谐一致。然而他事业未竟就在一次游泳中被淹死了。第三部分收集了克内希特的遗著,包括十三首诗和三篇传记。这部小说以东、西方的宗教、哲学糅合而成,包含着深刻的哲理性。它是海塞的理想世界,但并不是很容易实现的。作品具有乌托邦的教育小说性质,反映作者对未来和谐社会的向往。小说中许多地方赞美了中国的古代哲学,表明海塞对东方文化的热爱。这也表明,赫尔曼·海塞把自己的社会理想放在了东方的古代社会,对于资本主义和启蒙现代性的社会进步神话是采取批判和揭露的态度的。

总而言之,德国批判现实主义的文学创作和文学思想以自己冷峻、辛辣、真实的笔触批判和揭露了资本主义社会和启蒙现代性所构建的理性主义神话、科学主义神话、社会进步神话,在反思和批判启蒙现代性而宣扬审美现代性的文学创作和文学思想之中占有独特的历史地位,具有不可忽视的意义和影响。

第二节　托马斯·曼的批判现实主义文论

托马斯·曼(Thomas Mann, 1875—1955),是德国杰出的批判现实主义小说家。他出生于吕贝克一个大商人家庭。他的父亲1891年去世之后,商号倒闭,家道中落。母亲于1892年带着三个妹妹迁居慕尼黑,他留在吕贝克读完中学。服一年志愿兵役,但未到期即被革除。1894年托马斯·曼也来到慕尼黑,在火灾保险公司当见习生,次年参加讽刺性杂志《西木卜里其西木斯》的编辑工作。1894年在自然主义杂志《社会》上发表中篇小说《堕落》,获得好评,决定专攻文学,并在大学旁听历史、经济和文学艺术课程。1895—1897年间,和哥哥利希·曼两度旅居意大利,开始职业创作生涯。1898年出版第一部短篇小说集《矮个先生弗里德曼》。1901年发表长篇巨著《布登勃洛克一家》,给他带来很大声誉,确立了他在文坛上的地位。托马斯·曼早期创作受叔本华、尼采和瓦格纳的影响。这个时期发表的中篇小说《特里斯坦》(1902)、《托尼奥·克勒格尔》(1903)、《在威尼斯之死》(1912),短篇小说《神童》(1903)、《沉重的时刻》(1905)等,描写了艺术家孤独、彷徨、苦闷的情绪和某种病态心理,在一程度上反映了19—20世纪之交德国资产阶级艺术家的时代特征。第一次世界大战期间,托马斯·曼认不清帝国主义战争的性质,曾针对亨利希·曼批评德国战争政策的政论《左拉论》,发表《一个不问政治者的观点》,与哥哥论争。战后,他继续创作因战争而中断的长篇小说《魔山》,该书于1924年发表,又一次受到文坛的重视。1929年他获得诺贝尔文学奖。接着发表的中篇小说《马里奥和魔术师》(1930),预示了法西斯主义垮台的必然性。1933年希特勒篡夺政权后,托马斯·曼的政治认识有了提高。他被迫流亡国外,在瑞士参加反法西斯阵线,1938年到美国,受聘为普林斯顿大学客座教授。他在流亡期间,发表了一系列反法西斯主义的文章和演说,收在《注意,欧洲!》(1938)、《民主即将胜利》(1938)、《德国听众们!》(1945)等文集里。1933—1943年间,托马斯·曼陆续出版了卷帙浩繁长篇小说《约瑟和他的兄弟们》四部曲。这一组著作取材于《圣经·旧约》中关于约瑟的传说,描写了犹太人善良的性格和高尚的品德,借以驳斥希特勒种族主义者妄图灭绝犹太人的种种谬论,全书充满人道主义思想。1939年,托马斯·曼发表了长篇历史小说《绿蒂在魏玛》,写老年歌德于1816年和他青年时代曾热恋过的情人绿蒂在魏玛会面的故事。在这部作品里,作者用现实主义手法塑造了歌德的伟大形象,同时也写出了他渺小的一面。在描写歌德的心理状态时,采用了现代派意识流手法,通过歌德大段的内心独白,再现了歌德生活的时代、矛盾的性格和卓越的思想。这部作品以及作者在此之前发表的一系列文章,如《歌德和托尔斯泰》《1923》、《歌德——资产阶级时代的代表》(1932)、《叔本华》(1938)等,可以说是托马斯·曼对他青年时代把叔本华、尼采、瓦格纳奉为引路的"三颗明星"的清算,同时也是转向歌德和转向德国古典文化的标志。后来,托马斯·曼发表的政论《反对布尔什维主义是我们时代的大蠢事》(1946),是一篇表明世界观进一步转变的代表作。托马斯·曼后期的重要作品是长篇小说《浮士德博士》(1947),它反映了帝国主义时代德意志民族的命运和灾难,是一部"痛苦之书"。其他作品还有长篇小说《被挑选者》(1951)、《大骗子菲利克斯·克鲁尔自白》(1954)、中篇小说《受骗的女人》(1953)等。托马斯·曼一生维护人道主义传统,在艺术创作上既有继承也有创新。他的小说结构严谨,独具匠心。他是一位爱国主义者,虽于 1944 年获得了美国国籍,但对 1950 年代初美国推行麦卡锡主义、迫害进步人士极为不满,愤而离开美国。他希望德国民族得到统一,在没有统一前,他于 1952 年选择瑞士作为定居地。1949 年,纪念歌德诞生二百周年时,他在西德的法兰克福和东德的魏玛各发表一次演说;1955 年纪念席勒逝世一百五十周年时,他又在西德的斯图加特和东德的魏玛各发表一次演说。这两项活动引起了巨大反响。托马斯·曼曾获多项文学奖,并被国内外许多著名大学(包括美国哈佛大学,英国牛津大学、剑桥大学)授予名誉博士学位。1955 年 8 月 12 日,托马斯·曼在世界各地庆贺他八十寿辰后不久在苏黎世逝世。他在国际文坛上享有很高的声誉,被认为是 20 世纪欧洲现实主义文学的重要代表之一。[①] 托马斯·曼是德国批判现实主义文学思想的主要代表人物,他的批判现实主义文学思想主要在他的文学创作之中表现出来,他也有几篇文学批评文章。

一、叔本华悲观主义的哲学反思和揭露资本主义的腐朽与虚伪

托马斯·曼在文学创作的早期受到叔本华、尼采、瓦格纳的哲学思想的影响,从悲观主义的哲学反思出发,对资本主义社会的腐朽和虚伪进行揭露和批判。他的成名之作《布登勃洛克一家》就是最集中的代表之作。1929 年在他获得诺贝尔文学奖时,诺贝尔文学奖委员会委员弗雷德克·伯克所作的颁奖词之中这样写道:"作为一

[①] 《世界文学评介丛书·德国文学简史》(下),蓝田玉 PDF 小说网,http://www.lantianyu.net;张威廉主编:《德语文学词典》,上海:上海辞书出版社 1991 年版,第 253—254 页。

种社会的描摹，一种具体的、客观的现实反映，《布登勃洛克一家》在德国文学家里几乎是无与伦比的。除了风格的独到，这本书也流露了德国文化共同的特色，那就是哲学与音乐的优越性；这位青年作家完美地发挥了写实文学的技巧，并且特地把作品引向尼采的文明批判和叔本华的悲观主义，小说中的几个主角更是隐约地包含了音乐中的神秘色彩。"不过，这种悲观主义的哲学反思是与他的人道主义精神和热爱生命的矛盾心境交织在一起的。"由于托马斯·曼年轻时代的苦痛经历，赋予了《布登勃洛克一家》一种沉重而玄奥的风格，这本书所涉及的问题，是他一直想用作家的阅历寻求各种途径来解决的；在他的生命里，他痛切地感觉到美的追求和中产阶级那种急功近利的现实作风的尖锐对立；这种对立，他企图从更高的层次里去寻求解决。在《托尼奥·克勒格尔》和《特里斯坦》（1903）这两部小说里，为了不甘心'生命被逐步地引向陈腐和凡俗'的事实，他宁可自我放逐，献身于艺术和知识的追求，直至死亡，以显示自己热爱生命的纯真和健康。这就是托马斯·曼本身透过那些人物，所道出的对纯真烂漫的生命那种充满矛盾的热爱。"① 托马斯·曼的悲观主义的哲学反思、对资本主义社会现实的批判和揭露、对人道主义的希望，是矛盾统一地表现在他的文学创作和文学思想之中的。1947 年 1 月 1 日，托马斯·曼在写给匈牙利学者卡·凯伦尼的信中关于他的小说《浮士德博士》结尾的乐观主义闪光时这样写道："难道你不认为哭具有非常现实的内容吗？事情很糟。我从德国得到的消息是令人沮丧的。但是我在心灵深处坚信，无论如何，人类是向好的方面发展的，尽管现象作出了相反的证明。而人类是生气勃勃的猫。甚至原子弹也不能使我真正担忧。难道它不会使我们更加表现出内在的坚定性吗？我们还在继续写作，这是多么奇怪的轻率，或者，对于生活的信心多么坚定！为谁写呢？为什么样的未来写呢？一部作品即使充满绝望，它还是不能不以乐观主义和对生活的信心作为自己最根本的基础，因为要知道，绝望是一种特别的玩意儿，它本身包含着向希望的转化。"② 从中可以看出，托马斯·曼面对资本主义社会的现实是在进行着悲观主义的哲学反思，所以，在他的早期文学创作和文学思想之中是以叔本华、尼采和瓦格纳作为他的哲学思想导师的，甚至到了他的文学创作和文学思想的中期，他仍然面对着德国法西斯的丑恶、虚伪、残暴，所以，他对现实始终是以叔本华悲观主义的哲学反思来思考的，但是，

---

① 《诺贝尔文学奖颁奖演说集》，毛信德、蒋跃、韦胜杭译，毛信德校，南昌：百花洲文艺出版社 1995 年版，第 226—227 页。

② 《托马斯·曼和卡尔·凯伦尼的通信》，苏黎世 1960 年版，第 146 页，转引自苏联科学院编：《德国近代文学史》下，北京：人民文学出版社 1984 年版，第 831—832 页。

作为一个人道主义者，从心灵深处他又是希望人类不断地向好的方向发展的，就像叔本华虽然认为人生是痛苦的深渊，但是仍然在探寻解救痛苦人生的道路。正因为如此，托马斯·曼从生活辩证法的高度来看待了人生的痛苦、绝望与乐观、希望的对立和转化，在悲观主义的哲学反思之中以自己的现实主义小说来揭露和批判资本主义社会的现实，而在极度的悲观绝望之中转化出对未来的乐观希望。这就是一种人生的辩证法：绝处逢生，置之死地而后生。

正是在这样的认识辩证法的基础之上，在批判和揭露资本主义社会现实的真实描绘之中，托马斯·曼描写了布登勃洛克家族的衰败和许多具有人性和善良品质的人们，特别是艺术家的死亡，从这种悲观的衰败和死亡之中升华出乐观的希望和生存。这似乎可以看做是海德格尔存在主义死亡哲学的形象表达：向死而生。这便是生活于19—20世纪之交，经历了两次世界大战的德国思想家的共同命运和思考。托马斯·曼与马丁·海德格尔一样，都有着强烈的民族主义情感，面对着同样的德国从自由资本主义转向垄断资本主义的社会现实，他们都希望看到一个"迟到的民族"能够在欧洲和德意志大地上崛起，张扬"德意志精神"和德意志文化，然而德意志民族的社会现实却是一个正在腐败和蜕变的资本主义社会境况，这个社会和境况正在泯灭人性、人道，摧残着正直、诚信、善良、真诚、美好的人们和艺术家，滋生着投机取巧、欺诈成性、巧取豪夺、虚伪狡诈、不顾道德、色厉内荏、媚上欺下、灭绝人性的垄断资产阶级和法西斯纳粹分子，因此，他们的内心充满着矛盾、苦闷、彷徨、悲观、绝望，在悲观主义的哲学反思之中涌动着德意志民族精神的渴望，在生与死的哲学思考之中就产生了这种人生的辩证法及其文学艺术的形象显现。在托马斯·曼的文学创作和文学思想之中就非常明显地表现出来。在《布登勃洛克一家》之中，布登勃洛克家族的四代人的不断衰败，而暴发户哈根斯特雷姆的兴起和屡屡得手，就形象地展现了德国资本主义社会转型时期的悲观主义趋势，小说的主人公托马斯·布登勃洛克在与对手的残酷竞争之中不断败北，最终不得不退回到自己的书房里去阅读叔本华的悲观主义哲学著作聊以自慰，最终显赫一时的布登勃洛克家族在第四代传人哈诺的手中覆亡，哈诺也幼年夭亡。整个作品充满了悲观主义的哲学反思以及批判和揭露资本主义社会的基调，不过，作品之中内在地包含着对自由资产阶级的同情，也暗含着某种绝望中的希望。因此，诺贝尔文学奖的颁奖词对它做了这样的评价："《布登勃洛克一家》是一部中产阶级的小说，因为它特别把本世纪描写成一个中产阶级的时代。它把一个社会刻画得既没有崇高得令人目眩，也不至于卑微得让人纳闷。这些中产阶级的人喜欢一个充满智慧的、发人深思的、精巧敏锐的分析与创造；而本书对这些现象所做的冷静、成熟和高雅的反应形成了它的史诗性的趣味。我们在全书中看到的都是中产阶级的色调、历史的局限、时代的变化以及世代的变迁，看到从强而有力的、自足的、不自觉的角色逐渐变成书中文弱而敏感的类型；它也清楚地洞察到隐匿的生命过程；它强劲但绝不野蛮，并且轻巧地勾勒出精微的事物，它沉痛但绝不沮丧，因为它仍然充满安逸的情趣以及具有深度的幽默感，而这些都呈现在讽刺性的智慧的多棱镜里，显得多姿多彩。"① 不仅《布登勃洛克一家》以这种悲观主义的哲学反思辩证地批判和揭露了资本主义社会的残酷竞争现实及其虚伪和腐朽，而且在长篇小说《魔山》之中以汉斯·卡斯托尔普在"魔山"疗养院中的所见所闻和亲身体验映射了欧洲第一次世界大战前的社会状况和意识形态。当时的欧洲社会是一个病态社会，集中在"魔山"疗养院中的各色人等代表了形形色色的思想观点，让刚出校门，初识社会的大学生汉斯既感到新奇，也感到迷茫。疗养院里的人来自欧洲各国，都是贵族和大资产阶级，家庭富有，与社会完全隔绝，表面上生活平静而愉快，但是实际上空虚而困惑，各种思想观点争论不休，使得汉斯无所适从，意大利作家的人道主义思想，俄国女人的美貌，耶稣会教士的强权暴力观点荷兰富商的厌世情绪，无谓的争论和决斗，让汉斯无法理解，最终，感觉人生的空虚和寂寞。不过，汉斯最后投身于第一次世界大战，小说结尾，主人公汉斯消失在战火之中。这是一部哲学小说，是以悲观主义的哲学反思完成的西方资产阶级意识形态的形象显现。对此，诺贝尔文学奖颁奖词如是说："第一次世界大战的发生和结果，使得托马斯·曼离开纯粹的冥思、分析以及美感的范畴，因为那是一个需要实际行动的时代；他甚至在《高贵的皇族》中决心告诫自己不再继续逍遥和悠闲，而必须在自己的国家忧患的时候，认真地去重估这个痛苦的问题。日后的作品，尤其是 1924 年问世的《魔山》证实了他这种思想斗争，它反映了托马斯·曼思考问题时的辩证态度，以及不达目的誓不罢休的禀性，在他看来，这些思想深处的搏斗甚至比陈述他单方面的观点还来得重要。"② 这样的评价应该是比较客观地点明了托马斯·曼的文学创作和文学思想的悲观主义的哲学反思，与批判和揭露资本主义社会弊端的辩证法以及悲观和乐观、痛苦和希望、死与生同生共在的人生辩证法。苏联科学院主编的《德国近代文学史》对于《魔山》的结尾做了如下的评价："第一次世界大战爆发和汉斯·卡斯托

---

① 《诺贝尔文学奖颁奖演说集》，毛信德、蒋跃、韦胜杭译，毛信德校，南昌：百花洲文艺出版社 1995 年版，第 226 页。

② 《诺贝尔文学奖颁奖演说集》，毛信德、蒋跃、韦胜杭译，毛信德校，南昌：百花洲文艺出版社 1995 年版，第 228 页。

尔普的突然决定上前线——所有这一切都是具有悲剧性的怪诞色彩的。托马斯·曼用来结束他的小说的思想结论，没有为形象的逻辑所充分证明。托马斯·曼虽然可以给主要的思想冲突安排一个乐观主义的解决，但是，他却不能自信地、清楚地证明它。正因为如此，他作为一个诚实的艺术家，用痛苦的、疑惑的声调结束了他的叙述：'从这全世界的死亡筵席中，从战争的熊熊烈火中，是否有一天会诞生出爱呢？'这个问题的提出再一次证实了托马斯·曼向政治人道主义的转变，对战时支配着他的民族主义、军国主义思想的扬弃。从他那里，已经可以听到他对不久的将来德国人民和欧洲其他各国人民必然要遭到的那场浩劫发出的真诚而悲哀的困惑和忧虑。"① 这样的分析也应该是抓住了托马斯·曼的批判现实主义文学创作和文学思想的辩证发展和人生辩证法的精神实质的，对于我们理解和评价托马斯·曼的批判现实主义的文学创作和文学思想是大有裨益的。

二、批判资本主义社会与美和艺术的敌对性质

在托马斯·曼的批判现实主义的文学创作和文学思想之中，一个非常引人注目的方面就是，批判资本主义社会与美和艺术的敌对性质。这一方面的描绘和思索也可以说是托马斯·曼的一个贯穿始终的主题思想。

马克思在 19 世纪中期分析资本主义生产方式的时候就已经明确指出，资本主义生产方式与艺术和诗歌是相敌对的。在《剩余价值理论》（1861 年 8 月至 1863 年 7 月）之中，马克思指出："资本主义生产就同某些精神生产部门如艺术和诗歌相敌对。"② 这是因为资本主义生产方式把艺术家和诗人变成了雇佣劳动者，由**非生产劳动者**变成了**生产劳动者**。资本主义社会中的艺术家和诗人，已经不再能像"密尔顿由于同春蚕吐丝一样的必要而创作《失乐园》，那是**他的**天性的能动表现"。他们必须为书画商而写诗画画歌唱，"他们的产品从一开始就从属于资本，只是为了增加资本的价值才完成的。一个自行卖唱的歌女是**非生产劳动者**，但是，同一个歌女，被剧院老板雇用，老板为了赚钱而让她去唱歌，她就是**生产劳动者**，因为她生产资本。"③ 马克思以政治经济学的剩余价值理论分析了资本主义社会中的诗人和艺术家的地位，指明了资本主义生产与诗歌和艺术相敌对的性质和状态，表明了马克思主义文学思想。而托马斯·曼则以他的艺术家和作家的敏锐感受力体悟到了资本主义社会与诗歌和

---

① 苏联科学院编：《德国近代文学史》下，北京：人民文学出版社 1984 年版，第 793 页。
② 陆梅林辑注：《马克思恩格斯论文学与艺术》（一），北京：人民文学出版社 1982 年版，第 99 页。
③ 陆梅林辑注：《马克思恩格斯论文学与艺术》（一），北京：人民文学出版社 1982 年版，第 105 页。

艺术相敌对的性质和状态，表明了德国批判现实主义的文学思想。

在最具盛名的长篇小说《布登勃洛克一家》中托马斯·曼不仅描绘了一个自由资产阶级家族在资本主义社会之中颓败的必然命运，而且塑造了这个家族中的一个具有艺术家气质的人的夭折。这就是布登勃洛克家族的第四代继承人哈诺。哈诺也是小说着重描写的人物。他的悲剧在于社会环境与个人志趣之间的不可调和的矛盾。作为布登勃洛克一家唯一的继承人，他的责任是重振家业。这是社会在他未出世之前就已经给他规定好的任务。但是，他气质敏感，秉性懦弱，不适应也不喜欢这种明争暗夺的商业生活。他只喜欢音乐，希望家里人不要干扰他。然而他的父亲托马斯没有放过他：经常检查他的功课，灌输商业知识，带他去参加商业活动……这一切有没有使哈诺"潜移默化"呢？恰恰相反，托马斯的压力越大，哈诺越是内向，越是陶醉于艺术，陶醉于一件不会给布登勃洛克公司增加任何利润的东西。哈诺对于学校生活，也像对于商业生活一样地害怕。这个时期的教育也发生了变化："威信、责任、权力、职务、事业这些观念都成了至高无上的东西"，"普鲁士的纪律严明的精神在这里占了绝对统治地位"。这就更使他沉湎于音乐，来摆脱精神上的苦闷。所以，哈诺之喜爱音乐，不仅是他天生的秉性，还应该说是他对于家庭和学校生活的逃避。至于哈诺的死因，与其说是生理上的羸弱，不如说是社会环境窒息了他的生命。这是资本主义社会一个具有艺术才能的人的悲剧。① 这就充分地显现了资本主义社会与艺术的敌对性质和敌对状态。

如果说《布登勃洛克一家》还只是揭示了资本主义社会对具有艺术家气质的人的摧残，那么，几篇专门以艺术家作家为主要人物的小说，诸如《托尼奥·克勒格尔》、《特里斯坦》、《在威尼斯之死》就直截了当地描述了资本主义社会与诗歌和艺术的敌对状态和敌对性质。

《在威尼斯之死》（*Der Tod in Venedig*），又译《魂断威尼斯》，是托马斯·曼的中篇小说，发表于 1912 年。是托马斯·曼最优秀的作品之一。故事描写一位德国慕尼黑的作家古斯塔夫·冯·阿森巴赫（Gustav von Aschenbach）因长年刻苦严谨的写作生涯而感到倦怠。一天，他突然看见一个肩上扣着一只帆布包的怪家伙似乎是去旅行，他这时"企图尽力摆脱本身的工作和刻板的、冷冰冰的、使人头脑发胀的日常事务"，于是前往威尼斯度假，住在丽都岛的"至上饭店"（Hotel Exelsior）。威尼斯华丽得化不开的美景，唤醒了阿森巴赫的内心长久的感性思维。在异乡国度里他

---

① 百度百科，baike.baidu.com/view/640677.htm—49k。

邂逅一位美少年塔齐奥 (Tadzio)，他深深爱上这位俊美如希腊雕像的波兰少年，"长着一头蜂蜜色的柔发，鼻子秀挺，而且有一张迷人的嘴。"阿森巴赫认为"这不是自然界的塑造，也不是造型艺术至今所能创构的宏伟巨作"。他每每追随着塔齐奥，完全被激情所左右，几乎是到达忘我的境界。美少年塔齐奥成为老年丧女的阿森巴赫的一种补偿，他对美少年由欣赏到赞叹，再由赞叹到关心。威尼斯的天气使他产生一种憋闷的感觉，他决定离开，退房账后，他又感到很懊悔，他想多看美少年几眼，结果行李送错了方向迫使他从车站返回饭店，这时他表面上看来镇定，其实内心欣喜若狂。此时此刻，威尼斯正爆发了一场霍乱，官方刻意将消息封锁，阿森巴赫一开始并无知觉，当他发现游客纷纷走避，才逐渐了解事态的严重性，但为了多看美少年塔齐奥一眼，他竟不想离开被瘟疫所笼罩的威尼斯，继续在大街小巷跟踪那个小孩。后来他做了一场梦，梦见原始部落里野蛮人正在放荡淫乱地进行祭神。他开始感觉到自己的衰老，为了博得对方的欢心，他开始染发整容，好让自己焕发出青春的姿态。长时间的追逐，使他精疲力竭，最终因为吃了过熟的草莓，霍乱使他一病不起，进而丧身在威尼斯这个城市，孤独地死在荒凉的海滩上，老人垂死时最后的眼里，仍是那位百合花一般俊美的少年。美少年塔齐奥除了瞅过几眼这个怪老头外，根本无视于他的存在，阿森巴赫甚至无法与他对话。最后波兰美少年站在海边，做了朝天的手势，"美丽而苍凉的手势"，仿佛是死亡的另一种延续。阿森巴赫对美少年的追求，是一个临死的人对生命充满眷恋、对美的追求与热爱的象征。[①] 从表面来看，阿森巴赫对波兰美少年塔齐奥的迷恋，似乎是一种变态心理，一种同性恋的表现。但是，实质上，著名作家阿森巴赫已经功成名就，但是他在资本主义社会中并没有感到一种美的满足，反倒是感到了一种美的匮乏，加上他自己的女儿的离去，使他感到非常的孤单和寂寞。这种孤单和寂寞恰恰是资本主义社会中艺术家和作家经常感觉得到的。不仅托马斯·曼描绘了这种孤单和寂寞，而且诗人里尔克也多次在诗中，在论诗人的文章中描绘和叙述过。还有许多其他的作家艺术家都有同样的感触。由此可见，托马斯·曼所表现的这种作家艺术家的孤单和寂寞就是资本主义社会中的必然的本质现象，也就是资本主义社会与艺术和诗歌的敌对性质和敌对状态的一种具体表现。正因为托马斯·曼痛切地感觉到资本主义社会和资产阶级的急功近利、唯利是图与对美的追求、诗歌和艺术是尖锐对立的，所以他以自己的文学创作和文学思想来表达自己的美的追求和艺术至上的艺术家的生命价值。"在《托尼奥·克勒格尔》和《特

---

① 百度贴吧，http://tieba.baidu.com。

里斯坦》（1903）这两部小说里，为了不甘心'生命被逐步地引向陈腐和凡俗'的事实，他宁可自我放逐，献身于艺术和知识的追求，直到死亡为止，以显示自己热爱生命的纯真和健康。这就是托马斯·曼本身透过那些人物，所道出的对纯真烂漫的生命那种充满矛盾的热爱。"（诺贝尔文学奖颁奖词）① 一方面是资本主义社会和资本主义生产方式与诗歌和艺术的敌对性质和敌对状态，另一方面是托马斯·曼及其所创作出来的作家艺术家对于诗歌和艺术及其对美的热爱和追求，二者形成了不可调和的矛盾冲突。就是在这种矛盾冲突之中，托马斯·曼的文学创作和文学思想显示出了一种批判现实主义的文学思想的巨大力量：不仅入木三分、一针见血地揭露了资本主义社会和资产阶级的唯利是图的本质特征，而且表明了作家艺术家与资本主义社会和资产阶级的势不两立和不共戴天，在一定程度上预示了未来社会的审美性质和诗意特征，从而凸显了审美现代性对启蒙现代性的反思和批判。

三、以人道主义精神和理想反思资本主义社会意识形态

托马斯·曼对于资本主义社会的批判和揭露，不仅仅表现在社会现实的层面，而且深入到了资本主义社会中意识形态和人们精神领域的层面。在《布登勃洛克一家》之中，托马斯·曼就已经注意到主人公托马斯·布登勃洛克为了逃避残酷的现实而阅读叔本华的著作时的精神状态。在《魔山》之中，他更加集中地描述了第一次世界大战前欧洲社会的意识形态和形形色色思想潮流，并且对此进行了揭露和批判，而充分地肯定了人道主义思想和理想。

1915 年，他在给奥地利语文学家保罗·阿曼的信中曾谈起《魔山》的写作缘起："我在战前不久开始写一部中篇小说——一个具有教育和政治意图的故事。情节发生在山中的一所肺病疗养院里，在这里，一个年轻人遇到了极大的诱惑，遇到了死亡，并且滑稽而可怕地经历了人道与浪漫主义、进步与反动、健康与疾病的矛盾。但与其说是为了要解决什么，倒不如说是为了理解和获得认识。这一切具有幽默的虚无主义精神。"②《魔山》是以瑞士一座著名的国际疗养院为背景的。疗养院里住着各色各样的人物，有刚毅正直、日夜盼望下山回联队的德国军人约阿希姆，有乐天知命、嗜酒成性的荷兰富商明希尔·皮佩尔科尔恩，有酷爱自由、不拘小节的俄国女人肖夏太太，有愚昧无知、专爱自吹自擂和卖弄风情的斯特尔夫人，有学识渊博、以人类

① 《诺贝尔文学奖颁奖演说集》，毛信德、蒋跃、韦胜杭译，毛信德校，南昌：百花洲文艺出版社1995 年版，第 227 页。
② 《托马斯·曼给保罗·阿曼的信（1915—1952）》，吕贝克 1959 年版，第 29 页。

进步为己任的意大利人文主义者塞塔姆布里尼，还有口若悬河、愤世嫉俗的犹太人纳夫塔，他对欧洲的一切现存秩序嗤之以鼻，竭力鼓吹战争的正义性和必要性……主人公汉斯·卡斯托尔普就是生活在这群人中间，同他们混日子，打交道。他是汉堡一名见习工程师，本是以"客人"身份上山来探望他表哥约阿希姆的，想不到自己也染上了肺结核，一住七年，经受了生活的甜酸苦辣和疗养院里的风风雨雨。七年里，他怀着沉痛的心情眼看许多男女病友悄然去世，其中也包括亲爱的表哥。七年里，他学习到许多学校和社会看不到的东西，了解"精神分析法"是怎么一回事，还参加了招魂会一类的把戏，悠悠晃晃看到了表哥的亡魂。他探究宇宙的奥秘和疾病与死亡之谜，对人生的各种问题进行了深刻的内省。妩媚的肖夏太太激起他初恋般的热情，在狂欢节之夜，他终于跪在她面前，向她倾吐自己的衷肠；可她却对他不冷不热，若即若离，不久就下山离他而去。数年后肖夏太太回疗养院，身边伴着的是荷兰富商皮佩尔科尔恩，这不由使汉斯·卡斯托尔普妒火中烧，但经过一番波折，这三个人终于结成亲密的友谊。在疗养院漫长而无聊的岁月里，人文主义者塞塔姆布里尼经常苦口婆心地教育他，要他有独立思考能力，不受耶稣会会士纳夫塔的异端邪说所蛊惑，而纳夫塔也竭力向他说教，希望能争取他到自己这边来。这两个对手经常唇枪舌剑，最后到水火不相容的地步，他们终于提出决斗。一声枪响，纳夫塔倒在地上，他自杀了。不久，第一次世界大战的炮声隆隆响起，疗养院里的病人纷纷下山，汉斯·卡斯托尔普穿起戎装、在枪林弹雨中向前挺进——故事就在硝烟弥漫的战场上结束。在这部近七十五万字的巨著里，托马斯·曼绘声绘色地刻画了各色各样的人物，描写了他们颓废腐朽的生活方式和精神面貌，指出这些人不但身体上患有痼疾，而且思想上也病入膏肓。对于某些知识分子，作者也写得很有分寸，既指出他们正直、热情、追求光明等积极的一面，也揭露他们的弱点和致命伤。至于那些流行于当时欧洲的各种思潮和社会现象（例如弗洛伊德学说的传播，招魂术的兴起等），作者也用了相当多的篇幅，通过具体事例栩栩如生地反映出来。作者本人认为这部作品有双重意义，说它既是一部"时代小说"，又是一部"教育小说"。关于《魔山》究竟是一部批判现实主义小说抑或是"现代派"小说，历来众说纷纭，莫衷一是。许多评论家倾向于前一种观点，认为托马斯·曼从疗养院的各种病态现象中看出了资本主义社会的本质，作者爱憎分明，通过各种人物形象，以批判的眼光鞭挞这一腐朽没落的社会制度。例如德国当代作家埃伯尔哈尔德·希尔歇尔在《论托马斯·曼》一书中，对《魔山》做了这样的评价："托马斯·曼的《魔山》是一部批判现实主义小说，它同时具有三重象征内容：首先，我们在《魔山》中看到后期资产阶级社会的象征。《布登勃洛克一家》的资产阶级腐朽没落问题,不但在这里以新的生活形态重复出现,而且场景有所扩展……在山庄疗养院的狭小天地里,我们看到了来自世界各国的各种人物,既有许多德国人和俄国人,又有斯堪的纳维亚人和其他欧洲人,他们优哉游哉,无所事事,在作者心目中,这批人无疑是冈察洛夫笔下的奥勃洛摩夫。这个圈子里的人没有工作,没有职业,没有配偶,没有家庭,没有子女,没有政治的和经济的生活现实。总之,这个培养疾病的豪华大饭店里,住的全是那些不从事生产劳动的社会阶层的人。"① 其实,《魔山》的主要倾向是批判现实主义的,不过,在批判和揭露资本主义社会的意识形态和人们的精神状态的过程中必然地运用了诸如精神分析、意识流、超现实的现代派手法,从而使得现实主义的批判和揭露具有了社会生活的本来面目的表现和描绘。

托马斯·曼对于产生于 19—20 世纪之交德国的各种资产阶级意识形态和思想潮流,比如弗洛伊德的精神分析学说、叔本华的悲观主义、尼采的权力意志理论等,不仅在小说创作之中进行了形象化的分析和表现,而且在一些演讲和论文之中也进行了意识形态和思想潮流的分析和阐释,从而对于资本主义社会的意识形态进行了反思和批判,以彰显他自己的人道主义思想。

托马斯·曼对于 19—20 世纪之交德国资本主义社会的意识形态和思想潮流的发展脉络是非常清楚的,这就是:叔本华—尼采—弗洛伊德的非理性主义思潮。在《弗洛伊德与未来》(*Freud und Zukunft*, 1936)之中,他就指出:"说到弗洛伊德对伊底和自我的描绘,难道不是不折不扣地如同叔本华对意志和理性的描绘吗?不正是将后者的形而上学变成心理学的一种翻版吗?因此,曾经被引入叔本华的形而上学之门,并在尼采那里尝到心理学的痛苦快感的弗洛伊德,在第一次受到一种感觉的外来物鼓励时,肯定是充满了那种受到认可和熟悉的感觉,于是他便进入了心理分析的王国,并且观察起自己周围的情形来了。"② 托马斯·曼对于叔本华、尼采、弗洛伊德的非理性主义思想和理论的态度是复杂的。他充分地肯定了这些思想家的非理性主义的合理性,并且自觉地运用非理性主义的哲学观点和心理分析方法来进行自己的文学创作,他的《约瑟和他的弟兄们》(*Joseph und seine Brüder*, 1933—1942)之所以采用了《圣经》之中的神话传说就是他自觉地运用弗洛伊德的精神分析学说的实际成果。他直接地讲述了文学艺术家与弗洛伊德的精神分析学说的一种自然的密

---

① 百度贴吧, http://tieba.baidu.com。
② 王宁主编:《诺贝尔文学奖获奖作家谈创作》,北京:北京大学出版社 1987 年版,第 81—82 页。

切关系，并且自认为是一个精神分析派的艺术家。他说："文学艺术家对于这一点最不应当表现出惊异。他也许应该比较早地就对此表示惊异：他在考虑到自己那强有力的一般和个别的倾向时，竟然这么迟才意识到，自己的生存同精神分析研究以及西格蒙德·弗洛伊德的毕生事业有着如此密切的和谐关系。我只是到了这一时刻才认识到这种密切联系的；他的成就再也不被看做只是一种疗法了，而对于这种方法得到认可或引起争议则不去管它了。当时，这种方法早已超过了弗洛伊德那纯粹的医疗含义，而成了一种渗入科学的每一个领域和知识界的每一个王国的世界性运动。文学，艺术史，宗教和史前学：神话学，民俗学以及教育学等学科，多亏那些富有实践精神和卓有成效的专家们，才得以围绕精神病学和医学的中心建立了一个更为一般性的探讨结构。确实，要说我走向精神分析未免有点过分了，其实倒是精神分析来到我这边来的。这个领域里一些比较年轻的工作者对我的作品表示出友好的兴趣，他们对《矮个先生弗里德曼》、《威尼斯之死》、《魔山》以及《约瑟和他的弟兄们》均感兴趣；这倒使我明白了，原来我自己也'属于'那一类小说家。同时还使我意识到（也应当如此）我自己潜在的、前意识的同感。当我开始心理分析文学创作时，我由于掌握了那种具有科学的精确性概念和语言，因而便清楚地认识到许多早就在我年轻时，头脑里经历过并为我熟悉了的东西。"[1] 从中我们完全可以看到，托马斯·曼对于弗洛伊德的非理性主义和精神分析的方法、概念和语言是比较认同的。不过，他对非理性主义和精神分析学说并不是完全赞同，而是在人道主义和人性完整的角度来认同的。因此，1935 年在致美国文艺学家斯洛乔威尔的一封信中回忆他写论著《歌德与托尔斯泰——略论人道问题》（1922）时，这样写道："在这里，我的思想是服从于我所理解的人道思想的；按照这种思想，人的本质问题同时包含着自然的和精神的两种相辅相成的因素。我主张两者应该保持平衡，应该说，这决定了我对当前问题的策略和态度。在我近十年写的文章和有关文化问题的论文中，我采取强调理性主义和理想主义的立场；但我之所以持这种立场，只是由于受了非理性主义和政治上反人道主义的压力，这些东西风行于欧洲，特别是德国，它们破坏了人类的一切平衡。"[2] 因此，对于流行于当时的欧洲和德国的非理性主义哲学和精神分析学说，托马斯·曼是在人道主义思想的前提下，吸取了它们的概念、语言和方法，但是对于它们的资产阶级意识形态的本质方面还是有着比较清醒的认识的，特别是随着德国法

① 王宁主编：《诺贝尔文学奖获奖作家谈创作》，北京：北京大学出版社 1987 年版，第 77—78 页。
② 苏联科学院编：《德国近代文学史》下，北京：人民文学出版社 1984 年版，第 781—782 页。

西斯纳粹的上台，当非理性主义哲学和民族沙文主义成为德国帝国主义意识形态的主宰以后，托马斯·曼的人道主义思想在文学思想之中占据了主导地位，他有了更加清醒的认识。这最明显地表现在他的《从我们的体验看尼采哲学》(1947) 之中。

对于尼采及其权力意志理论、超人理论等，托马斯·曼同样是怀着复杂的心情来对待的，并在这种复杂的心态中显示了他自己的人道主义思想和对资本主义意识形态的反思和批判。他认为，尼采是一个"有魅力"的人物。他说："尼采—奥菲莉娅或许会称这位思想家和文学家为'人伦的雅范'——是一种集欧罗巴精神于一身、具备文化的丰富性和复杂性的非凡现象。"[1] 这就明白地表示，他是把尼采视为一个人伦典范，一个欧罗巴精神和文化的丰富而复杂的代表人物，是一个天才的文学家，是一个人道主义思想家和传统文化的批评者。因此，他说："尼采首先是一位伟大的批评家和文化哲学家、一位师承叔本华学派的欧洲一流散文作家和随笔作家，他的天才在写作《善恶之彼岸》和《道德体系论》时达到了巅峰。"[2] 托马斯·曼借着评述尼采表达了他自己对资产阶级意识形态的批判和揭露。他指出，尼采的一生的历史可以视为叔本华思想的衰落史。而这一思想"发轫于完全健康的状态，具备无可辩驳的针砭时弊的合理性。随着时光的推移，这一思想染上了迈娜得斯（追随酒神狄俄尼索斯的疯女——译注）的狂乱粗野"。这一思想的要素是：生活、文化、意识或知识、艺术、高雅、道德、本能。"在这个观念综丛中占主宰地位是文化这一概念。文化概念几乎和生活本身等同起来：文化是生活的高雅，艺术和本能与文化相联系，成为文化之源泉和条件；而文化和生活的死敌和凶手则是意识、知识、科学，最后还有道德——作为真理维护者的道德致生活于死地，因为生活就其本质而言乃是建立在假象、艺术、错觉、前景和幻想的基础上的，错误乃是生气活力之父。"托马斯·曼借尼采之思批判了资本主义意识形态和启蒙现代性的理性主义神话、科学主义神话、社会进步神话，高扬了审美现代性："即是说，生活唯有作为审美现象才有存在的理由。生活只是艺术和假象，如此而已。因此，(文化、生活范畴的) 智慧高于 (道德领域的) 真理，这一悲剧性讽刺性的智慧出于艺术本能，为了艺术而限制科学，为了保卫生活这一最高价值而兵分两路：一路抵挡诽谤生活者和崇尚彼岸或涅槃者的悲观主义，另一路抗御自封理智者和改变世界者的乐观主义——这些乐观主义者编造关于天下人均可得尘世幸福，关于正义公道的童话，为发动社会主义性质的奴隶起义

---

① 刘小枫选编：《德国诗学文选》下卷，上海：华东师范大学出版社 2006 年版，第 153—154 页。
② 刘小枫选编：《德国诗学文选》下卷，上海：华东师范大学出版社 2006 年版，第 160 页。

做准备。这种悲剧性智慧为充满虚妄、艰辛和残酷的生活祝福,尼采为这种悲剧性智慧洗礼并起名狄俄尼索斯。"换句话说,尼采的"重估一切价值"的目的就是要否定包括资本主义社会的意识形态和价值体系的一切西方传统意识形态和价值体系,高扬审美的悲剧性智慧。"尼采首次使用了'理论人'这一称呼,采取了与苏格拉底为敌的立场;苏格拉底这个理论人的最大典型轻视本能,颂扬意识,倡言只有意识到的东西才是好的,他是狄俄尼索斯的对头和杀害悲剧的凶手。"但是,苏格拉底式人的时代一去不复返了,"在我们的时代,在 1870 年的世界上,狂热纵情的狄俄尼索斯精神逐渐苏醒了:在德意志精神、德意志音乐和德意志哲学的狄俄尼索斯深度里,悲剧复活了。"不过,托马斯·曼也看到了尼采思想的审美个人主义倾向。他指出:"尼采对群众一无所知,也不想有所知。……这就是尼采的个人主义:一种审美的天才崇拜和英雄崇拜。"他同样也看到了尼采思想的权力至上和强权政治:"这一切都隐藏在强权、暴力、残酷无情和政治欺诈的恶象和狂音后面。在后期著述中,尼采关于生活是艺术品、是一种被本能主宰的、放弃反思的文化这一思想令人注目地衰变成了政治欺诈。"他还反思和批判了尼采思想的两大错误:"一是完全地、故意地(人们只能这样认为)颠倒了人世间本能和理智之间的力量对比,好像理智是危险的主宰,好像从理智手里解救本能刻不容缓似的。""二是认为生活和道德在分庭抗礼,从而完全摆错了这两者的关系。事实上,生活和道德乃是休戚相关的同一整体。伦理是生活的支柱,有德之人乃是真正的生活者——也许有点儿乏味,但却是极为有用的。真正在分庭抗礼的是伦理和审美。德与美并非像众多的墨客骚人所云所言的那样是生死相连的,难道尼采不知道这个道理?"托马斯·曼进一步揭示了尼采的超人哲学被法西斯所利用的实质。他说:"尼采的超人只是法西斯元首的理想化,尼采本人以其全部哲学活动为欧洲以至世界的法西斯主义开辟道路,出谋划策,成为法西斯的始作俑者之一;这样一来,我们对尼采的崇敬之心当然就陷入了尴尬的境地。我暗暗地试图颠倒这里的因果关系,我不信是尼采铸就了法西斯,相反,是法西斯塑造了尼采,我想说,尼采实际上是不问政治的,是无辜和精神的,他宛如一架高灵敏度的指示记录仪,以其强权哲学预感了帝国主义时代的崛起,他宛如不停抖动的指针,预告了西方法西斯主义时代——我们生活在这一时代,尽管从军事上挫败了法西斯主义,我们依然还将在这一时代里生活很久——的到来。"① 从中我们可以看到,托马斯·曼在评价尼采的过程中,不仅对尼采反对一切西方传统意识形态和价值体系的

① 刘小枫选编:《德国诗学文选》下卷,上海:华东师范大学出版社 2006 年版,第 163—178 页。

观点立场给予了高度赞扬，而且也借此表明了他自己对资本主义社会意识形态和价值体系的揭露和批判，同时还对于当代法西斯主义、帝国主义的意识形态和价值体系进行了揭露和批判，揭露了法西斯分子对尼采思想的曲解和利用，又指出了尼采思想的错误，以表达自己的人道主义思想和文学思想的人道主义。所以，托马斯·曼在批判和反思尼采的唯美主义的同时，也在弘扬尼采的人道主义思想。他指出："归根结底，唯美主义——自由思想者打着唯美主义旗号向资产阶级道德发难——本身属于资产阶级时代，而逾越资产阶级时代则意味着从一个审美时期跨入一个道德的、社会的时期。审美的世界观对我们义不容辞要解决的问题一筹莫展，尽管尼采的天才为创造全新的气氛作出了贡献。尼采曾推测，在他幻想的未来世界中宗教力量可能依然强大到足以形成一种菩萨意义上的无神论宗教，超乎各种教派区别之上的宗教，科学则不反对一种新的理想。他又未雨绸缪地补充道：'但这不会是人类的博爱！'——如果偏偏是这样呢？——这不必是那种乐观主义的诗情画意的'人类'之爱，18 世纪曾为这种人类之爱一洒柔情之泪，文明教养的长足的进步也得益于这种人类之爱。尼采宣告：'上帝死了'——这一论断对他来说不啻最沉痛的牺牲——，如果不是意在褒扬人类又是为了崇敬褒扬什么呢？如果他是无神论者，如果他能够成为无神论者，那么他就是出于人类之爱——尽管这一措辞听起来有点传教士般的多愁善感——而成为无神论者的。他必须容忍人们称他为人道主义者，正像他不得不接受人们将他对道德的批评理解成启蒙主义的一种最终形式一样。以我所见，他倡言的超乎一切教派之上的宗教信仰只能是和人的观念相联系的，只能是一种以宗教为基石的、带宗教色彩的人道主义，只能是一种饱经沧桑、阅尽世事、将一切关于低贱和魔邪的知识纳入它对人类奥秘的尊崇中的人道主义。"[1] 这一席话，应该就是托马斯·曼自己的夫子自道，不过是借着评价和阐释尼采思想表达出来了。当然，托马斯·曼文学思想的人道主义是没有宗教色彩的，是在反思和批判资本主义社会意识形态和思想潮流的基础上的人道主义，尽管这种人道主义同样不能解决当时的德国和欧洲的问题。

在托马斯·曼的文学批评之中，我们同样可以看出他的人道主义思想和对资本主义社会意识形态和思想潮流的批判和反思。

托马斯·曼的长篇论文《歌德与托尔斯泰》（1922）的副标题就是"略论人道问题"。在这篇论文中，他主张人的本质应该是自然的因素与精神的因素的平衡和统一，

---

① 刘小枫选编：《德国诗学文选》下卷，上海：华东师范大学出版社 2006 年版，第 186—187 页。

而当时的非理性主义和政治上的反人道主义则破坏了这种人的本质。正是从这样观点出发，托马斯·曼继承了歌德、席勒、荣格等人的人道主义立场和文学思想，提出了"精神—自然（物质、肉体）"和"疾病—健康"的对照，把偏向于描写苦难和疾病的艺术家称为"精神之子"。他觉得，深入到人类灵魂中黑暗的"魔鬼"的深渊，可以丰富人和艺术家的认识，并且归根结底将帮助他们战胜恶；这也把他吸引到了德国颓废派的哲学理论中去。但是，托马斯·曼也逐渐相信，叔本华和尼采的非理性主义正在成为当代"政治上反人道主义"的支柱。（颓废派的非理性主义、悲观主义哲学与法西斯反动派的联系，托马斯·曼早在纳弗塔（《魔山》）这个形象中已从艺术上很深刻地意识到了。）正是这一点促使他日益公开和热情地捍卫高尚的，尽管是抽象的，人道主义理想，肯定理性和善的力量。[1] 基于这种认识，托马斯·曼认为，歌德是最伟大的"自然之子"之一，是精神健康和严整的化身，同时又是典型的"市民时代代表"，旧德意志生活的基石——勤劳、秩序、中庸之道的体现者。[2] 列夫·托尔斯泰与歌德是相似的艺术家。与此相对，席勒和陀思妥耶夫斯基则是"精神之子"。前者强调自然、物质、肉体，后者则强调精神、观念、意识。[3] 托马斯·曼认为，歌德和托尔斯泰是具有健康的理想，与周围的自然界和谐相处，艺术地再现丰富的物质世界的艺术家；相反，席勒和陀思妥耶夫斯基却是"精神之子"，是描写忧患的、内心不和谐的、充满苦难与病痛的艺术大师。哪一种艺术家——哪一种人——更好呢？文章以论述歌德和托尔斯泰为主，而不是席勒和陀思妥耶夫斯基。但是，不论席勒或陀思妥耶夫斯基，他们都以各自的方式丰富了世界文学，而这正是由于他们作为艺术家和受难者，善于特别敏感地感受人们的痛苦。另一方面，不论歌德或托尔斯泰，尽管他们天生对生活抱着乐观态度，但不能对人类的苦难视而不见，超越了"自然之子"原有的天真态度，真诚地为人们服务，有时甚至把自己的艺术创作才能呈献给日常生活问题。显然，托马斯·曼企图借助于过去伟大作家的遗产来反对现代蒙昧主义。从这个意义上说，歌德和托尔斯泰都与他站在一起。不过，在论文的结尾，托马斯·曼批评了托尔斯泰的后期思想的"落后粗野"和"教育学布尔什维克主义"，认为这些是危险的无政府主义宣传。而他更满意于歌德的明哲的中庸之道。[4] 对于席

---

[1] 苏联科学院编：《德国近代文学史》下，北京：人民文学出版社1984年版，第794页。

[2] 苏联科学院编：《德国近代文学史》下，北京：人民文学出版社1984年版，第806页。

[3] [美] 雷纳·韦勒克：《近代文学批评史，1750—1950》第七卷，杨自伍译，上海：上海译文出版社2006年版，第16页。

[4] 苏联科学院编：《德国近代文学史》下，北京：人民文学出版社1984年版，第780—781页。

勒,托马斯·曼虽然不像对歌德那样推崇,但是,他仍然对席勒的人道主义理想及其文学思想表示了极大的兴趣和热情。在《歌德与托尔斯泰》之中,他把席勒的《强盗》与歌德的《浮士德》作为对立的创作精神和文学思想的表现,一个体现了抽象的精神艺术,另一个则是肯定人间生活的艺术。在后来为纪念席勒诞辰 100 周年而写的《试论席勒》(*Versuch über Schiler*, 1955)之中,托马斯·曼就比较全面地论述了席勒的文学创作和文学思想,注意到了席勒对生活和人类的关切。他指出:"你觉得,应该给公认的环绕着席勒形象的那圈天蓝色理想主义光轮增加一点鲜艳的颜色,使那天蓝色多一点人间的、现实的色彩——由于他精力充沛、倔强、坚韧和热爱生活,他的伟大与这些色彩是分不开的。""我们从这位自由的喉舌那儿发现了对政治和社会问题的主张,其清醒的现实精神令人惊叹不已。"①这实际上就是托马斯·曼的人道主义思想和关于人的本质的统一论和平衡论的具体阐发,也是席勒美学思想的当代阐释。他把席勒的人道主义思想和精神充分地阐发出来,以求达到真正的人和完整的人。因此,在《试论席勒》的结尾,他指出,席勒"追求美、真、善,追求内心的自由、艺术、爱情、和平,追求保持对他降世以前的人类的一份尊严",②席勒利用艺术对人进行道德教育的思想,是高尚的,任何时候都不会失去现实意义的"对人类的关心,因为人类要求道德与秩序,正义与和平,而不是互相辱骂,野蛮欺诈和残忍仇恨……"③这些无不淋漓尽致地表现了托马斯·曼的人道主义文学思想和对资本主义社会意识形态的批判和反思。

在《试论契科夫》(*Versuch über Tschechow*, 1954)之中,托马斯·曼高度评价契科夫的短篇小说创作,认为"毫无疑问,契科夫的艺术在全欧洲文学中是属于最有力、最优秀的一类的"。当然这首先就是因为契科夫的人道主义思想。他把契科夫的《第六号病房》称为"很卓越的"、"最伟大的小说"。"这篇最伟大的小说写于 1892年,它虽然没有直接控诉什么人,却可怕地富有象征意义,揭露了那时的俄国道德上不可救药的腐化堕落和专制制度末期对人类尊严的贬抑屈辱。"托马斯·曼赞叹契科夫对艺术创作的"纯净形式的劳动",对作为"劳动本身的最高范例"的热爱,并且不断地以艺术形式来实现这种劳动的道德价值。他指出:"有一位契科夫传记作者说,最足以见出契科夫的发展特征的,是他的**随着自己掌握形式技巧的程度**而不断改变

---

① 苏联科学院编:《德国近代文学史》下,北京:人民文学出版社 1984 年版,第 841—842 页。
② [美] R. 韦勒克:《文学思潮和文学运动的概念》,刘象愚选编,北京:中国社会科学出版社1989 年版,第 23 页。
③ 苏联科学院编:《德国近代文学史》下,北京:人民文学出版社 1984 年版,第 842 页。

对待时代的态度。这种新态度在材料的选择上显露出来了，它决定了情节的发展和人物的描绘，在这一时期他常常把自己的人物提高到能做自觉的思考。这证明他有着无可争辩的敏感和才能，能看出哪些力量不久成为过去，哪些时代征象应当算作将来的东西。这一段话里使我感到兴趣的，是肯定了已经获得的**形式**技巧与日益增长的道德批判的**感应力**之间的联系（所谓日益增长的道德批判的感应力，换句话说，就是一种日益增长的理解力，能理解到什么是已经为社会抛弃的、正在死亡的东西，**什么**是必定会出来接替前者的东西）；换句话说，肯定了美学与伦理之间的联系。难道美学与伦理之间的这种联系不会赋予艺术劳动以价值、意义和功用么，难道契科夫对一切劳动的热爱、对游手好闲的懒汉和一切懒惰行为的斥责，其根源不是正在这儿么？难道他对于建立在奴役之上的生活愈来愈明白地加以否定，其根源不是正在这儿么？"托马斯·曼充分肯定了契科夫的批判现实主义艺术力量："他的这种严厉的斥责是针对着吹嘘自己的人道精神、不愿听到任何关于奴役的话的资产阶级资本主义社会而发的。小说家契科夫表现出令读者惊异的敏感，他认为在他的祖国俄罗斯，人道精神和社会道德状况在农奴解放以后毫无进展——这一论点在某种程度上处处可以观察得到。"[1] 也就是说，契科夫的伟大之处正在于他的艺术形式技巧与道德批判感应力完美地结合成为一种巨大的批判现实主义的艺术魅力，完成了对于资产阶级和资本主义社会意识形态的批判和反思。这也是托马斯·曼与安东·契科夫息息相通之处。

四、论小说艺术

托马斯·曼自己是一个伟大的小说家，对于小说艺术是谙熟于心的，而且非常偏爱，他说："我热爱叙述体文学的创造力，这个艺术门类正是我的兴趣所在。"[2] 因此，他做了一次专论报告《论小说艺术》(1939)论述了叙述体文学的特性和现代性。

首先，托马斯·曼认为，小说或叙述体文学具有巨大的生命力和创造力。他指出："叙述体文学的精神强大又威严、辽阔浩瀚、充满生命力，犹如广袤的海洋在翻滚，虽略呈单调，却不乏宏大与精确，值得称赞又非常审慎。这个精神所关心的不是局部片段，不是一段偶然事件，它要求整体，要求包孕无数事件和细节于其中的世界。在这个世界里，它忘我流连，仿佛其中的每一个细节都对它至关重要。因为它不受时

---

① 王宁主编：《诺贝尔文学奖获奖作家谈创作》，北京：北京大学出版社 1987 年版，第 93—102 页。
② 刘小枫选编：《德国诗学文选》下卷，上海：华东师范大学出版社 2006 年版，第 189 页。

间限制，没有紧迫感，它是耐性、忠诚、坚韧的精神，慢条斯理，借助于爱这个能化无聊为有趣的精神使一切变得饶有兴味。它只知道从事物的原始着手，要结尾却无能为力——诗人的肺腑之言正是对它而发：'你不能结尾，这正使你伟大。'然而这个伟大却是温和、宁谧、明快、智慧的——'客观的'。它的伟大也在于，与事物相隔一定的距离，按其自然它与事物之间也有着距离，它超然于事物之上，向下界颔首微笑，把那凝神谛听或专心阅读的人卷进事件之中，织进事件的网中。叙事体艺术是'阿波罗艺术'，如同美学术语表述的那样；因为阿波罗神距离一切事物这样遥远，对事物却又了如指掌，远离人寰，真乃距离之神、客观性之神、嘲讽之神。客观性就是嘲讽，而且叙事诗的艺术精神就是讽刺精神。"① 在这里，托马斯·曼对于叙述体文学进行了最高的礼赞，指明了叙述体文学的生命力和创造力，并且按照尼采的艺术分类，把叙述体文学归于阿波罗艺术（太阳神艺术），与狄俄尼索斯艺术（酒神艺术）相对，从而指出了叙述体文学的审美特征：整体性、客观性、嘲讽性、距离性（静观性），并且认为叙述体文学的审美特性具有同一性，其表征就在于它的客观的嘲讽。

其次，托马斯·曼论述了叙述体文学的表征——客观的嘲讽，表明了他的批判现实主义的文学思想。他认为，嘲讽，虽然有浪漫主义的主观含义，但是，他在更为深远的意义上却指出："在这里，我是在比之浪漫主义的主观主义所赋予这个词的含义远为广泛、更为伟大的意义上使用这个词的，这个含义貌似平平，却已近乎惊人的大：这正是嘲讽一词在艺术本身里的含义，它肯定一切，正因为如此，也否定一切；它是一种昭若日月、明晰、轻快、包罗一切的目光，称得上艺术的目光，毋宁说是最高的自由、静穆和一种不为任何道学所迷惑的客观目光。这是歌德的目光，——关于嘲讽，他道出了奇妙而令人永不忘怀的箴言，正是在这个程度上他堪称艺术家：'它（嘲讽——译者注）是一颗小小的盐粒，通过它菜肴方成为美味的。'他毕生都是莎士比亚如此伟大的崇拜者，这并不是没有来由的；因为在莎士比亚浩如烟海的戏剧创作中，首当其冲的正是这种艺术对世界的嘲讽，从而使得托尔斯泰极力想成为的那一类道学家却对莎士比亚的作品非常厌恶。我所谈到的叙事体艺术的嘲讽的客观主义，指的就是这种嘲讽。您不要联想到冷酷和无情，嘲笑和讥诮。叙事体艺术的嘲讽更主要的是一种发自心灵的嘲讽，一种可爱的讽刺，是一种对微小事物充满了脉脉温情的伟大。"② 托马斯·曼在这里如此强调叙事体艺术的嘲讽的客观主义，就是要求叙述

---

① 刘小枫选编：《德国诗学文选》下卷，上海：华东师范大学出版社 2006 年版，第 189—190 页。
② 刘小枫选编：《德国诗学文选》下卷，上海：华东师范大学出版社 2006 年版，第 190 页。

体文学坚持现实主义原则,对事物进行冷静的、有距离感的、客观的描绘,而且他特别引述了现实主义大师歌德和莎士比亚;与此同时,他还突出了现实主义的叙述体文学的嘲讽性,而且指明了这种嘲讽性的肯定性和否定性的辩证法,因此,他所谓的叙述体文学就是一种批判现实主义的文学。那么,他所说的叙述体文学的客观的嘲讽也就是一种批判现实主义的文学思想和创作原则。而这种批判现实主义的嘲讽性是非常注意创作中的细节真实和整体真实的统一的。所以,他说:"史诗作品,这饮不尽的大海,人类举业中的一件奇迹,无数的生活、忍耐、深切的努力,一种持续的、每日每时都唤起灵感的诚挚都尽揽于其中,——而且每一件小事,每一个细节都画得细致入微,惟妙惟肖,好像对细节如醉如痴,似乎细微的事物就是一切,同时却毫不动摇地注视着整体——……"①这是否与恩格斯关于现实主义的审美特征的论述,即"真实地再现典型环境中的典型性格"的论断,有着某种异曲同工之妙呢?

再次,托马斯论述了叙述体文学从古代诗体的史诗到现代散文体的小说的发展,并且指出这种发展的关键在于"内向化"原则,阐述了小说与现代生活、现代市民的密切关系,从而阐发了小说的现代性特质。这种观点实质上是对于黑格尔的美学观点的继承和发展,表现出托马斯·曼的文学思想的历史主义和辩证观念。黑格尔在他的《美学讲演录》之中把小说称为"近代市民阶级的史诗"②,而托马斯·曼继承了这一思想并加以发展,进一步论述了从史诗到小说的发展过程、小说的现代性和现代特质。他说:"在这样一种关系中来考察小说和史诗的关系,是可能的,也许是必要的。这二者一个属于现代世界,另一个属于古代世界。诗体史诗对我们来说,带有古代的印记——正如诗在其自身中带有古代的色彩,并且本来就是一种神秘世界情感的组成部分。"因此,在他看来,完全有理由"把史诗仅仅看成小说在古代的超前形式","说史诗发展到散文小说无疑意味着叙述文体的生命之升华与细腻化,是个大胆的提法。"那么,古代的诗体的史诗是怎样发展为现代的散文体小说的呢?他认为,"使小说走上这条对于人类意义重大的道路的原则,则是内向化的原则。"所谓"内向化"原则,就是叔本华所说的"一部小说越是多描写内在的、越少描写外在的生活,就越高级和具有高级的性质……写小说的艺术在于:尽可能少地着墨于外在生活,而最强有力地推动内在生活。因为内在生活才是我们兴趣的根本对象。——小说家的任务,不是叙述重大事件,而是把小小的事情变得兴趣盎然"。托马斯认为,

①　刘小枫选编:《德国诗学文选》下卷,上海:华东师范大学出版社 2006 年版,第 191 页。
②　[德] 黑格尔:《美学》第三卷,下册,朱光潜译,北京:商务印书馆 1981 年版,第 167 页。

"散文小说自脱离史诗时,叙述文体就踏上了一条通往内向化和精致化的道路。"也就是说,小说脱离史诗发展成为散文体叙述体文学是与社会发展由古代的诗意生活转向现代的散文化生活的内向化密切相关的。这种观点明显地受到赫尔德的历史发展模式:神话时代——诗的时代——散文时代的影响。因此,黑格尔认为小说是近代市民阶级的史诗,是对古代诗的时代的发展和否定,托马斯·曼也就沿着这条思路进行论述和阐发。他说:"正是小说的市民性,土生土长的民主主义,使小说在形式、思想性和历史性上有别于史诗的封建性,使小说成为我们时代独占鳌头的艺术形式,成为现代灵魂的容器。19 世纪在欧洲大地上,在英国、法国、俄国,在斯堪的纳维亚,盛开着灿烂的小说之花。这朵奇花绝非偶然;它与小说应运而生的民主性,与小说天赋的表现能力,与现代生活密切相关,它与小说的社会和心理上的激情也联系紧密,这种激情使小说成为时代的具有代表性的艺术形式,使那些甚至只具备中庸之材的小说家成为文学中现代的艺术家典型。"他还从席勒关于素朴的诗与感伤的诗的观点和俄国哲学家季米特里·梅日施科夫斯基关于"从无意识的创造到创造性意识的过渡"的说法,来论述这种从古代的史诗到现代的小说的变化发展:"小说作为现代的艺术作品,继'诗'的阶段之后,代表了'批评'的阶段,小说与史诗的关系,正如'创造性的意识'与'无意识的创造'的关系,值得一提的是,小说作为创造性意识的民主产品,丝毫不乏史诗的伟大。"从这种观点来看,他认为,"狄更斯、萨克雷、托尔斯泰、陀思妥耶夫斯基、巴尔扎克、左拉、普鲁斯特等人伟大的社会小说创作,正是 19 世纪具有纪念碑意义的艺术。"他还认为,德国小说也相应地在现代生活和现代社会中正在发展起来:"我谈到德国小说的不景气,以及德国小说在国外的同样境况,指的当然是 19 世纪,在这里尤其是指 19 世纪下半叶。因为,让·保尔、诺瓦利斯、蒂克、施莱格尔、阿尔宁和布伦塔诺等人,对德国浪漫派的小说作出了值得惊叹的贡献,浪漫派小说至少在 E.T.A.霍夫曼身上找到了一个代表,他神奇鬼怪的寓言式艺术具有了欧洲范围的意义,特别在法国产生过强烈的影响。新近故去的德国血统捷克人弗兰茨·卡夫卡风格独特、意蕴深远的小说作品开始对欧洲文学界产生类似的影响。他的作品中带有宗教色彩,又不乏幽默的梦幻、恐惧,堪称世界文学在散文形式中所产生的最深刻、最奇异的作品。——19 世纪与 20 世纪之交,以及 20 世纪头三分之一里,德国小说在形式上和精神上都渗透进整个欧洲,引起关注。"①托马斯·曼的这种文学思想是具有历史主义观点和辩证法方法论的,它不仅继承和发

① 刘小枫选编:《德国诗学文选》下卷,上海:华东师范大学出版社 2006 年版,第 192—197 页。

展了德国古典美学的思想方法和观点立场,对小说艺术进行了历史主义和辩证法的分析和阐述,指明了小说与史诗,作为叙述体文学的相同之处和历史沿革关系,阐述了小说的审美特性和现代性特质,并且以广阔的视野观照了德国小说的变化发展。这些无疑对于欧洲小说艺术的发展和德国小说艺术的进一步繁荣起到了不可替代的伟大推动作用。这些论述,当然是在批判现实主义文学思想的指导下产生和论证的,是托马斯·曼整个批判现实主义文学思想的一个重要组成部分。因此,我们可以说,托马斯·曼的文学思想就是一种严格意义上的批判现实主义的文学思想和文学理论。是整个 19—20 世纪之交德国文学思想的一份弥足珍贵的财富和珍宝,也是值得我们中国文学家和文学界借鉴来建构中国当代文学思想和文学理论的,可以攻玉的他山之石。

第三节　亨利希·曼的批判现实主义文论

亨利希·曼 (Heinrich Mann, 1871—1950),是托马斯·曼的哥哥,也生于商业城市吕贝克。他青年时代在书店和出版社工作,后来在柏林和慕尼黑的大学学习。1894 年开始发表小说,早期重要作品有长篇小说《在懒人乐园里》(1900),通过对交易所经纪人、投机商人、银行家和暴发户的描写,辛辣地讽刺了柏林新闻界和交易所。长篇小说《垃圾教授》(1905),描写了中学教师拉特的两面性,借以抨击德意志帝国的教育制度,揭露资产阶级道德的虚伪堕落;这部小说后由剧作家楚克迈耶改编成电影,名为《蓝天使》(1930),放映后引起轰动。另一长篇小说《小城》(1909)以意大利为背景,通过一个剧团在小城的演出,描写了第一次世界大战前意大利的社会生活,是对民主制度的一曲颂歌。亨利希·曼的代表作是长篇小说《臣仆》(1918),这部作品完成于 1914 年。但由于第一次世界大战爆发,当时未能出版。在创作长篇小说的同时,他还发表了不少中、短篇小说和一些剧作。第一次世界大战前后,他写了大量政论,抨击德国帝国主义的战争政策,号召进步作家投入反战运动,对俄国十月社会主义革命表示由衷的拥护。政论中最著名的是《左拉论》(1915),它以拿破仑三世——威廉二世、普法战争——第一次世界大战、左拉——亨利希·曼三重伪装,借 19 世纪下半叶的法国含沙射影地抨击正在进行战争的德意志帝国。重要政论集有《权力和人》(1919);《理性的独裁》(1923)、《七年》(1929)和《精神与事业》(1931)。1933 年法西斯上台,亨利希·曼流亡法国,他和高尔基、罗曼·罗兰等一起反对希特勒暴政和侵略政策。在此期间,完成了杰出的长篇历史小说《国王亨利四世的青年时期》(1935)和《国王亨利四世的完成时期》(1938)。1940 年法国沦陷前夕,他流亡到美国。在那里完成了自传《观察一个时代》(1944)和长篇小说《呼吸》(1949)。第二次世界大战结束后正当他准备回德国时,不幸病逝。后遵照其遗愿,骨灰运回柏林安葬。长篇小说《臣仆》是亨利希·曼最重要的小说,它是《帝国》三部曲中最成功的一部,另两部为《穷人》(1917)和《首脑》(1925)。《臣仆》创作于 1912—1914 年间,完成后于 1914 年 7 月,先在慕尼黑著名杂志《时代画报》上连载,但因第一次世界大战爆发,于 1914 年 8 月 13 日遭到禁止,中断登载。1918年才让出版,大受欢迎,六星期内销售十万册,创当时的新纪录。《臣仆》可以说是威廉二世时代的真实记录,它不仅揭露批判了德国的资产阶级,而且对 19—20 世纪之交的整个德意志帝国也做了全面的揭露批判。小说通过主人公狄德利希·赫斯林的一言一行,塑造了德国进入帝国主义阶段谄媚君主的忠顺臣仆的典型形象。赫斯林的父亲是旧普鲁士军官,战争中发了财开了造纸厂,母亲是一个懦弱的人。赫斯林自小性格就非常复杂。在家里在学校里,他都欺软怕硬。大学毕业后回到家乡继承父业。他在激烈的政治斗争中见风使舵、左右逢源,最后无耻地投向保皇党。贯穿他一生的是又胆小又残忍,害怕权势又崇拜权势,在强者面前是奴才,在弱者面前是暴君,这样一个体现了当时德国一切忠诚臣仆各种特点的典型。无限忠于德皇的奴隶劣根性是当时德国资产阶级的本质特征,亨利希·曼塑造了这样一个典型,使《臣仆》成为德国批判现实主义文学的一部重要代作。小说在艺术上的主要特点是运用讽刺的笔调刻画人物形象,然后用这些形象进行深刻的揭露,其次是广泛使用夸张和对比的手法,彻底暴露主人公的内心世界和外形特征。看完全书,对赫斯林无不感到憎恶,都会有"赫斯林——丑恶"(德文原义)的感觉。小说第六章中,赫斯林在威廉一世纪念像揭幕典礼上的演讲和表现,一方面反映出德国帝国主义侵略和扩张的野心,另一方面也显露了赫斯林之流色厉内荏的本质。当他正大言不惭地讲述德意志帝国的光荣历史时,一阵暴风雨袭来,他吓得赶忙躲在桌子底下的丑态,使人忍俊不禁。全书语言幽默生动,形象鲜明,讽刺性很强。历史小说《亨利四世》,是他另一部重要小说。该书分上下两部:《国王亨利四世的青年时期》(1935)和《国王亨利四世的完成时期》(1938)。这部作品取材于 16 世纪法国宗教战争。代表封建势力的天主教集团与代表新兴资产阶级的胡格诺教派,前后进行了三十多年战争。当时法国南边的纳瓦拉公国的王后珍妮是一个胡格诺教徒,她常用人文主义思想教育和影响她的儿子亨利。亨利属波旁家族,这波旁家族又是 16 世纪在朝的法国统治王族瓦罗亚的近亲旁支。后来珍妮成了南方新教胡格诺派的首领。不久,珍妮去世后,亨利成为新教首领。1572 年,19 岁的亨利带领大批新教贵族前往巴黎和玛果公主结婚。但天主教集团首领洛林公爵吉士和太后卡塔林娜乘机策划了屠杀胡格诺教徒的"圣巴托洛美惨案"。亨利带去的贵族、将士大多被杀,他自己遭软禁,被迫改信天主教。卡塔林娜所以不杀亨利,主要是用亨利来牵制觊觎王位的洛林公爵吉士。亨利最后终于逃出巴黎,返回南方,与胡格诺派一起继续进行斗争。他以南方为基础,进行经济改革,争取到新的支持者。查理九世死后,继位的亨利三世软弱无能,失去了对全国的控制。由于瓦罗亚家族没有后裔,便立波旁家族的亨利为王位继承人。不久亨利三世被天主教联盟谋杀。亨利依法成为法国国王,是为亨利四世。1590 年他出兵击败了西班牙和天主教联盟的军队。为了争取巴黎的天主教徒,不使国家动荡,他以国事为重,本着人文主义的宽容原则,违反他的胡格诺朋友们的意愿,再度改信天主教。对于北方的其他城市,亨利也一一用外交、经济手段加以占领,使国家得到统一。亨利四世为了民族的统一和国家的强大,采取了经济、政治、法律等各方面的措施,并努力改善连年遭受战争灾难的农民的生活,赢得了百姓的拥护和爱戴。1598 年亨利颁布《南特敕令》,宣布天主教为国教,但胡格诺新教徒也享有一切平等权利。这一民主政策结束了宗教对立和宗教战争,促进了国家的繁荣昌盛。亨利四世对发展经济和欧洲和平事业的努力,特别是他代表新兴市民阶级利益的内外政策,激起了天主教反动势力的仇恨。他们多次派刺客暗杀他,终于在 1610 年 5 月 13 日将其刺死,法国人民十分悲痛,为他守灵三周。亨利四世为法国统一,为建立法兰西民族国家,为上升时期的资本主义的发展立下了功绩。亨利希·曼在这部历史小说中,借古喻今,以一个博得人民爱戴、代表民族利益的开明君主,影射抨击残酷迫害人民、制造民族灾难的希特勒的独裁统治。亨利四世的一生始终以民族、国家利益为重。他几次改宗天主教,完全是为了顺应发展、顺乎民心,为了国家的统一和民族的利益。作者塑造这样一位领袖形象,这和法西斯匪徒把希特勒吹捧为德国人民的"领袖"形成鲜明的对比,因此,这虽是一部历史小说,但在反法西斯斗争中却有着很大的现实意义。①

一、滑稽漫画式讽刺资本主义社会的欺骗和虚伪本质

《臣仆》(1918)是德国批判现实主义作家亨利希·曼的成名杰作,是《帝国》三部曲的第一部。它描写主人公狄德利希·赫斯林获博士学位后,回到家乡,继承父

---

① 《世界文学评介丛书·德国文学简史》(下),蓝田玉 PDF 小说网,http://www.lantianyu.net。

业当上一家小造纸厂的老板。为了追求金钱和权势,他耍弄吹牛拍马、阿谀奉承、趋炎附势的伎俩,不惜使自己"变成坏蛋",这部小说活脱脱地描绘了19世纪末20世纪初德国资产阶级一副既卑鄙可笑又怯懦渺小的丑恶嘴脸。这是一部长篇讽刺小说,是德国批判现实主义文学的一部代表作。这部作品以第一次世界大战前威廉二世当政时期德国的一个小城市为背景,通过造纸厂老板赫斯林的发迹史,勾画了当时德国社会三大力量——保皇党、自由党和社会民主党的勾结和斗争,展示给读者一幅当时德国社会生活的图画。主人公赫斯林具有帝国主义时代德国资产阶级的典型特征。他对德皇无限忠诚,对进步势力极端仇恨,为人欺软怕硬,左右逢源,是德国皇帝的忠实臣仆。但是在奈泽西这个鄙陋的小城市里,赫斯林却凭着自己两面三刀的本领扶摇直上,不仅纸厂的生意兴隆,而且当选为地方议员,成为当地炙手可热的人物。自由党同社会民主党右翼在书中也各有自己的代表人物。前者虽然对现状不满,但懦弱无能,不肯也无力同反动力量进行斗争。后者,书中描写了一个工贼式的人物。这个人热衷走议会道路,忙于做官发财,根本不关心工人的疾苦,反而同保皇势力互相勾结。《臣仆》以犀利的语言和漫画式的手笔为我们勾画出一个个既可憎又可笑的小丑式的人物。特别是对主人公的描写,作者用粗线条的笔触进行了无情的嘲讽,但又处处细致地写出他的内心深处的活动。读者越感到这一人物的可信,也就越感到他的灵魂的可鄙。这种对反面人物的刻画法别具一格。[①] 亨利希·曼的《臣仆》是一部揭露和批判德国资产阶级的滑稽可笑和卑鄙无耻的漫画讽刺长卷,非常成功地表现了亨利希·曼的批判现实主义文学思想:批判和揭露资产阶级的欺骗和虚伪本质。亨利希·曼的《帝国三部曲》的第一部《臣仆》计划描写资产阶级,第二部《穷人》打算描写工人,第三部《首脑》则描写德国资产阶级知识分子的遭遇,描写没有群众的"首脑"和没有军队的司令。[②] 后来,亨利希·曼曾经透过《帝国》三部曲的《首脑》(1925)主人公之一,反叛者和神秘主义者,军火大王的法律顾问特拉的口表白了一个流氓无产阶级者的心迹:"我过着苦役者的生活,过着遮遮掩掩的逃犯生活……为了达到自己的目的,我必须撒谎,为了暗中破坏世界强者的事业,必须帮助他们做这些事。必须当着他们的面把人道拿来取笑挖苦,因为在我生活的地方再也没有比实行人道更可笑的了。这样,你得自己先干这些事,自己发财,才可以揭露有钱人。为了揭露他们,我什么都干。可是现在我在盘陀路上迷失了方向。生活充满了谎言和

① 百度百科, baike.baidu.com/view/879433.htm–42k。

② 苏联科学院编:《德国近代文学史》下,北京:人民文学出版社1984年版,第848页。

欺骗。"① 这正是亨利希·曼通过《帝国三部曲》所要批判和揭露的资本主义社会和资产阶级的本质特征。

《垃圾教授》是亨利希·曼的另一部漫画讽刺小说。德国某城文科中学的教师拉特已执教二十五年。他表面道貌岸然,内心却卑鄙无耻。学生按照他名字的谐音给他起了"垃圾教授"的绰号。全校师生乃至分布在全城的历届毕业生都在明里和暗里叫他垃圾教授。拉特把学生当敌人,更把班上的洛曼、封·埃尔楚姆和基泽拉克三个学生视为眼中钉,经常借故关他们禁闭。一次,拉特在洛曼的作文本里发现了一首赞美歌女罗莎·弗蕾利希的诗,他认定这是道德败坏。为了抓到惩罚洛曼的把柄,他四出奔走,在全城寻找歌女罗莎·弗蕾利希。他终于在一家名叫"蓝天使"的下等娱乐场找到了罗莎,立刻为她的风流美貌所倾倒。以后他每日必去蓝天使,与自己的学生争风吃醋,极尽向罗莎献媚之能事,服侍她更换服装,给她化妆。罗莎随洛曼等去郊游,砸烂了一座巨人墓,引起诉讼案。拉特也由于罗莎牵涉进去,搞得声名狼藉,因而被迫提前退休。拉特干脆与罗莎结婚,搬到城外一所住房居住。拉特自此完全受罗莎的控制。他的住房成为她勾引本城男性公民的幽会场所。拉特的积蓄花光后,只得依靠聚赌和罗莎卖淫为生。这个藏污纳垢的地方导致许多人家破产,一些有身份的富裕市民也陷了进去不能自拔,把全城搞得乌烟瘴气,民怨鼎沸。一天,罗莎在城里偶然与刚从国外归来衣冠楚楚的洛曼相遇,约他趁拉特不在家时去相会。正当罗莎与洛曼在家约会时,拉特突然闯入,妒火中烧,竟下手要把罗莎捏死,还抢了洛曼的钱包。洛曼报告了警察,警察赶来逮捕了拉特,同时带走了祸害市民的罗莎·弗蕾利希。全城人民为之松了一口气,欢呼"终于运走了一车垃圾"!这部小说以漫画手法,多方面地暴露和讽刺了德皇威廉二世统治下摧残人性的法西斯奴化教育制度和丑恶的社会现实。小说有一个副标题"一个暴君的末日"。由于小说的背景正是德国资本主义向垄断资本主义过渡的时代,因而作者笔下的垃圾教授不是一个人,而是代表他的整个阶级,以此反映19世纪末德国封建贵族和资产阶级的虚伪和堕落:他们自己虚伪堕落,却指责别人道德败坏;他们为了巩固军国主义统治,采用专制高压手段,对青年一代进行奴化教育,稍有越轨,就关禁闭惩罚,或是利用权势,断送年轻人的前程。垃圾教授对待学生犹如一个"暴君"。可是,疯狂一时的垃圾教授是短命的。拉特这个暴君的末日也象征了德国帝国主义的末日。②

---

① 苏联科学院编:《德国近代文学史》下,北京:人民文学出版社1984年版,第850页。

② 百度百科,垃圾教授,baike.baidu.com/view/583106.htm 10K 2007-3-27。

《垃圾教授》对于德国自由资本主义转向帝国主义时代的教育制度进行了揭露和抨击，同时也把当时德国容克资产阶级及其知识分子的虚伪和欺骗的本质暴露在光天化日之下，让人们看清了容克资产阶级的"一个暴君的末日"的必然来临，把他们的外表上道貌岸然而实质上道德腐败的滑稽可笑的丑恶面目公诸于世，使他们成为了人类不齿的一堆垃圾。这就是亨利希·曼通过他的漫画讽刺小说所要表达的文学思想。

二、温情主义阶级批判的真实性描绘

亨利希·曼的《帝国三部曲》，特别是《臣仆》和《首脑》以及《垃圾教授》这类漫画讽刺小说，虽然尖锐泼辣地批判和揭露了德国资本主义社会转型时代的容克资产阶级及其知识分子的代表人物的丑恶嘴脸，不过，亨利希·曼的人道主义思想却使他并不能像马克思主义创始人及其文学批评家那样对资本主义社会和资产阶级进行彻底的革命性的批判，始终是一种温情主义阶级批判的真实性描写。不过在这些著名的鸿篇巨制的长篇小说之中，亨利希·曼并没有指明革命性的前景，因而主要是一种批判现实主义的文学思想，特别是人道主义文学思想的表现，而且在他的许多短篇小说之中，同样是如此。

德国文学翻译家关惠文在《亨利希·曼短篇小说选》的序言之中，对于亨利希·曼的短篇小说名篇进行了简明扼要的阐释与解读。他说：我们这里选编的七篇短篇小说，都是历来最受青年读者欢迎的名作，篇篇都有不寻常的友谊，奇异的激荡人心的爱情，篇篇又都在探索人生，发人深省。譬如：《心》为作家的创作开辟了一个新的领域：描写社会和经济的主题，特别是爱情和事业的纠葛。小说通过克里斯多夫和美拉尼的神秘莫测的爱情生活，着力描写了克里斯多夫在维也纳、意大利和美洲的经历，刻画了他的性格的发展和变化，向我们展示了人心的状况和变化。我们清楚地看到一颗正义的心、忠诚的心是怎样一步步变成了一颗冷漠的心和严酷的心。再譬如：《斯台尔尼》写的是第一次世界大战后一个名叫拉克夫的退役军官为寻找战时人们遗失的一批价值昂贵的镭所做的冒险；他受了大投机商斯台尔尼的蛊惑，为了发财，竟然舍弃了自己的情人丽茜；只是当他险些断送了生命时，他才认识到这是一场骗局；最终还是丽茜的忠贞的爱情挽救了他。又譬如：《少年》写一个从维也纳到德国内地剧院演戏的演员途经苏黎世、在剧院和离开剧院的旅途中和一个少女、一个女演员、一个女房东和一个女窃盗相爱的复杂经历，他虽刚刚踏上社会，但他走了很多坎坷的路，经历了一次又一次欢乐和离别，最后又孑然一身继续走他人生

的路。①

亨利希·曼的第一部成功的长篇小说是《在懒人的乐园里》（*Im Schlaraffenland*, 1900），它的副标题"一部上等人的小说"（Ein Roman unter feinen Leuten）昭示了它的矛头就是对准所谓的"上等人"。这部小说以一个穷困潦倒的外省大学生楚姆才在柏林上流社会之中往上爬的经历，揭露了德国帝国主义阶段垄断资本家的金融统治和垄断统治以及这一时期的文化和道德的堕落腐朽。主人公楚姆才结识了垄断资本家、大财主托尔克海姆才得以在他的沙龙之中运用各种手段往上爬，先是充当年老色衰的托尔克海姆太太的情夫，后来为了更好地利用女人的嫉妒心理从托尔克海姆太太那里捞取更多好处，又与托尔克海姆的情妇阿格内丝勾勾搭搭，关系暧昧。没想到楚姆才的这一举动引起了托尔克海姆夫妇两人的同时愤怒，最终楚姆才与阿格内丝又回到了原先的底层生活环境之中，但是，托尔克海姆仍然是经济、文化、政治生活中的大人物。这种结局，一方面表明了德国垄断资本主义社会的根深蒂固，盘根错节，难以改变；另一方面也表示出亨利希·曼的一种温情主义的批判现实主义文学思想和批判现实主义的真实性思想。这些文学思想实质上也就是亨利希·曼当时政治思想的一种曲折表现。当时，他并不希望通过彻底的无产阶级革命来改变现实，还是充满人道主义理想。他怀疑用暴力使社会主义取得胜利的必要性，他把社会主义想象成建筑在平均财产和人人向往和平的基础上的自愿的阶级友爱。亨利希·曼把希望寄托在超时间的公正理想上，把它当做民族良心和智慧的最高综合，他相信人道宣传万能，认为它能使大家都相信"人人皆兄弟"，这就使他脱离了现实。②

长篇小说《小城》（*Die klein Stadt*, 1909）同样也表现了亨利希·曼的反对暴力，主张和平的人道主义思想。故事虽然发生在意大利的一个小城，但是仍然是当时德国和欧洲的政治风云的风向标。意大利某小城于第一次世界大战前要来一个歌剧团，这是这个小城 48 年来第一次有歌剧演出。然而，关于是否演出的问题却产生了两派斗争。民主势力支持演出，而保守势力则反对演出。虽然斗争的结果是民主势力取胜了，可是，演出过程又产生了两派人们的吵闹和混乱，甚至武力冲突。问题却解决不了。不仅如此，斗争还在继续。某一天，剧团住地发生大火。放火的人就是保守派的神父堂塔德奥，他出于嫉妒而放火，后来，他因为被女演员伊塔里阿所感

---

① 理想藏书，《亨利希·曼短篇小说选》序，www.lxbook.org/xuba/023.htm–4k–。
② 苏联科学院编：《德国近代文学史》下，北京：人民文学出版社 1984 年版，第 845 页。

动,承认了放火的事实,并表示忏悔,认识到两派斗争导致了小城的混乱,决心与对方和解,呼吁全城市民保持和平。形势缓和下来,演出得以顺利进行。四天以后歌剧团又离开了小城。这篇小说虽然真实地反映了第一次世界大战前意大利乃至欧洲的社会状况,表现了当时社会民主势力与保守势力的激烈斗争,不过,解决矛盾斗争的方式却是一种因为矛盾的一方堂塔德奥神父受到一名女演员的感动而承认错误和忏悔,终于一切矛盾就化为乌有,演出就得以顺利进行。这种温情脉脉的人道主义思想在阶级矛盾比较缓和的历史阶段和历史时期也许是行之有效的,但是,故事发生在第一次世界大战一触即发的阶级矛盾和民族矛盾相当突出的历史时期,亨利希·曼的这种人道主义的温情主义似乎就并不一定能够解决问题,不过是一种美好的愿望而已。当然,这种愿望的表达也许正好更加真实地反映了当时的矛盾斗争的激烈状态。这种激烈的矛盾斗争状态确实是武力无法解决的,而只能由人道主义理想的良心发现来解决。不过,这种解决方式归根到底还是蕴含着或多或少的人道主义的温情主义思想。

三、以古喻今的历史主义真实性揭示

亨利希·曼的历史小说《亨利四世》(*Henri Quatre*, 1935) 分为两部:《国王亨利四世的青年时期》和《国王亨利四世的完成时期》。取材于 16 世纪的法国历史。法国历史上的亨利四世 (1553 年 12 月 13 日至 1610 年 5 月 14 日),也被称为亨利大帝 (Henri le Grand) 或纳瓦拉的亨利 (Henri de Navarre),法国国王 (1589—1610 年在位),纳瓦拉国王 (称恩里克三世,1572 年起),法国波旁王朝的创建者。原为法国南部又小又穷的纳瓦拉王国国王,是法国瓦卢瓦王室的远亲。在 1562 年由顽固的天主教分子挑起的胡格诺宗教战争中以新教领袖的身份参战,凭借出色的军事才能和善于利用敌方矛盾,成为这场内战中笑到最后的人,在 1589 年加冕为法国国王,开始了波旁王朝。称王之后的表现更加证明了亨利四世的远见卓识。亨利是旺多姆公爵安托万·德·波旁的第三子,母为纳瓦拉女王让娜·达布雷特 (即胡安娜三世),生于法国—西班牙边境的波城。他自青年时代起就卷入了法国残酷的宗教战争。作为胡格诺派的领袖他逐渐拥有了很高的声望。但是圣巴托洛美惨案之后,他被软禁在法国宫廷里,接受法王查理九世的庇护。1584 年,由于王储阿朗松公爵弗朗索瓦的死,他成为了法国王位的合法继承人。1589 年亨利三世遇刺身亡后,他即位为法国国王。亨利四世结束了困扰法国多年的宗教战争。由于首领亨利公爵死去,长期在法国政坛占主导地位的吉斯家族再也不能成为和平的阻碍。法国的经济在他统

治时代发展起来。亨利四世成为一个深受人民爱戴的君主。考虑到法国还是一个以天主教徒为多数的国度,1593 年,亨利四世宣布改宗天主教,5 年后颁布了"南特敕令",宣布天主教为国教,同时给予新教徒充分的信仰自由,体现了在那个时代很难得的宗教宽容精神,结束了 30 多年的胡格诺战争,使他充分获得了民心。亨利四世以他的名言"要使每个法国农民的锅里都有一只鸡"而流芳后世,他也确实在经济恢复上取得不错的政绩。他任用苏利整顿财政,成效显著。亨利四世是法国史上难得的人格和政绩都十分完美的国王,在长期混乱之后,重新建立了一个统一且蒸蒸日上的法国。在亨利四世之后的百余年里,是法国历史上最强大的时期,几乎称霸欧洲大陆。1610 年,亨利四世被一个据说有弑君狂的人弗朗索瓦·拉瓦莱克刺杀。①

亨利希·曼以这样一位具有博大胸怀和宽容精神,深受人民怀念,创造了一番伟大事业的法国国王作为自己的历史小说的描写对象,实质上就是为了以古喻今,以一个代表民族利益的开明君主,来影射和抨击创造民族灾难的希特勒独裁统治。亨利希·曼的主要用意仍然在于宣传他所热衷的人道主义思想和人民性思想。实际上,《亨利四世》既是历史小说,又是同过去一些伟大的现实主义者的作品相类似的"教育小说"。光是这两本叙述主人公"少年时代"和"成熟时期"的书的书名就告诉我们,摆在我们面前的是形式有所改变,然而毕竟早就在德国文学中确立了的"教育小说"(Erziehungsroman)。读者的面前展现了用人道主义"熏陶"主人公的感情,以及他在精神成熟时期和治理国家时期实际运用人道主义的过程。②

亨利希·曼所塑造的亨利四世的形象是一个人道主义和人民性的典型形象。

首先,亨利希·曼笔下的亨利四世是在人文主义(人道主义)的熏陶下成长起来的人文主义者。亨利四世生活的时代正是欧洲文艺复兴时代的晚期,人文主义(人道主义)在欧洲已经接近战胜中世纪以来的封建主义的神权统治,封建主义和旧的基督教(罗马天主教)已经在新生的资本主义生产方式、生产关系和经济制度及其人文主义思想文化的不断冲击之下,经过了以马丁·路德和加尔文为代表的宗教改革,封建主义制度及其神权统治已经奄奄一息,但是,仍然僵而不死。这就是亨利四世在世和在位的社会状况,正是这样的生活状态决定了亨利四世成为了一个人文主义者(人道主义者)。所谓人文主义(人道主义,人本主义)德文为 Humanismus,英文为 humanism,法文为 humanisme,俄文为 гуманизм,汉语翻译这个词却有三个词:人

---

① baike.baidu.com/view/67243.htm 27K 2008–7–8。

② 苏联科学院编:《德国近代文学史》下,北京:人民文学出版社 1984 年版,第 857 页。

文主义、人本主义，人道主义。这是因为作为一种思想文化思潮，humanism 经历了从古希腊罗马到文艺复兴再到 20 世纪的不同发展阶段。因此，我们可以把古希腊罗马时代的 humanism 称为人本主义，把文艺复兴时代的 humanism 称为人文主义，把 20 世纪的 humanism 称为人道主义，而 humanism 的最一般的通名则是人道主义。三者在中文的含义上稍有差异，但总体上是完全一致的。人本主义是以人为本的意思，它主要是古希腊罗马时代以苏格拉底为代表和 19 世纪以费尔巴哈为代表的 humanism，人文主义是人文化成的意思，主要是指文艺复兴时代的 humanism，人道主义是以人为道的意思，主要是指 20 世纪孔德以后的形形色色的 humanism。文艺复兴时代的人文主义的含义主要有两个方面：一是指与神学相对的关于人和社会的学科，大体相当于我们今天所谓的人文社会科学；另一是指以人为中心的，尊重人、人的价值、人的尊严，鼓吹人的解放和自由的一种思想精神。无论从哪方面来看，亨利四世的青年时代都是在文艺复兴时代的人文主义思想、文化、精神的熏陶下成长起来的。这在亨利希·曼的小说中表现为亨利四世与法国怀疑主义思想家蒙田的并肩战斗以及亨利四世的宏伟而崇高的乌托邦的社会纲领。亨利四世与蒙田的相结合缘起于他们共同的和平思想以及蒙田的怀疑主义与亨利四世的宗教自由思想的相接近。亨利希·曼在蒙田的思想品格之中突出了蒙田的思想和行动相一致的特点，同时还注意到蒙田是人道主义者和军人，他用笔和剑进行斗争，两种武器对他同样重要。亨利希·曼在 1918 年说过："在战士为自由举起剑来以前，总是先有语言给予的创伤。"[1] 正因为亨利四世要实现他的乌托邦计划，建立一个宗教信仰自由，各种教派和睦相处，政治统一，经济发展，人民生活富裕的国家，因此他的社会纲领必然与天主教反动势力产生尖锐冲突，最后，他也死于一个疯狂的弑君者的暗杀。这些，在亨利希·曼的小说中得到了生动的典型化描绘，小说塑造了一个历史上人文主义英雄人物的"时代的典型形象"[2]。

其次，亨利四世是一个十分重视人民，尊重人民的利益，顺乎民心民意的开明君主，这个形象不仅仅历史真实地再现了亨利四世的人民性思想，同时也表现了亨利希·曼的人民性文学思想。亨利四世之所以能够从一个贫穷落后的小公国纳瓦拉的国王逐步成为法国国王，其奥秘就在于他对人民和人民力量的依靠。亨利四世之所以由新教胡格诺教派改宗天主教，甚至颁布"南特敕令"宣布天主教为法国的国教，

---

① 苏联科学院编：《德国近代文学史》下，北京：人民文学出版社 1984 年版，第 858 页。
② 苏联科学院编：《德国近代文学史》下，北京：人民文学出版社 1984 年版，第 859 页。

就是因为他看到法国人民中天主教徒占着多数,为了避免教派之间的残杀战争而放弃了新教信仰。所以,亨利四世与人民结合在一起,在人民中汲取力量,他是马背上的人道主义者,由于他是在保卫民族的前途,他在激烈的厮杀中总是占上风。亨利希·曼以这种社会政治的人民性来表现出他的文学思想的人民性。因此,在小说中,人民被描写成最强大的力量。纳瓦拉的亨利在争取王位时求助于他们,天主教同盟为了自己的利益也竭力利用他们。两部小说自始至终都有作者对法国农民和巴黎下层民众的描写,民众被当作决定性的战斗力量,而争夺民众的斗争也就成了敌对双方——胡格诺教派和天主教两个阵营的意图。而且,亨利希·曼历史地真实地把人民描写成暂时还是一支盲目的力量。这些民众听信宣传,被宗教弄得失去理智,容易上当受骗,被人愚弄去干违背自身利益的事情。他们还没有能力从自己的队伍里推选出领袖。这些无疑都表现出亨利希·曼的人民性文学思想。为此,他对欧洲文学史上的许多具有人民性思想的作家都给予了高度评价,比如莱辛、海涅、雨果、法朗士等,亨利希·曼断言这些伟大的作家的名字永远留在人民的记忆中是因为他们创作中包含的公民精神、倾向性和人民性,表现在它们都宣传了一个思想,即在论雨果的文章中准确阐明的那个思想:"光是才能,人民性和对自己的使命的坚定不移的信念三者结合还不够,还必须有坚强的性格。"亨利希·曼希望自己成为坚强的战士,不过,他写历史小说并不是为了再现过去的历史,而是借古喻今,以唤醒人民。他说:"教人学会现代生活比再现过去更加重要。从自己和别人的经验财富中得出结论比单纯塑造这个或那个创作形象更加重要。"① 由此可见,亨利希·曼的借古喻今的历史的真实的文学思想是他当时进行反对现实中的法西斯纳粹思想的一个重要的思想武器,这也就是他的批判现实主义文学思想的现实意义之所在。

第四节　海塞的批判现实主义文论

赫尔曼·海塞(Hermann Hesse, 1877—1962),出生于符腾堡地区的卡尔夫镇一个新教牧师家庭。他是与曼氏兄弟同一时期的现实主义作家。1891年迫于父命进毛尔布龙神学校学习,但他不堪忍受摧残身心的经院教育,半年后就逃离该校。1892—1899年,当过学徒工、书店店员等,靠自修研攻文学。1899年出版第一部诗集《浪漫主义之歌》和散文集《午夜后一小时》,在文坛上初露头角。后来陆续出版

---

① 苏联科学院编:《德国近代文学史》下,北京:人民文学出版社1984年版,第853—854页。

中、长篇小说《彼得·卡门青德》(1904)、《在轮下》(1906)、《盖尔特鲁德》(1910)、《罗斯哈尔德》(1914)和《克努尔普》(1915)等,这些作品描写了艺术家的孤独心境和城镇日常生活,显示出作者对自然和社会观察细微,语言文字优美的特点。海塞热爱东方文化,潜心研究中国古代哲人老庄的学说。1911年曾到印度旅行,1912年迁居瑞士。在第一次世界大战期间,他积极投入反战运动,发表反战文章,并与罗曼·罗兰建立了友谊,中篇小说《席德哈尔塔》(1922)便是献给罗兰的。德国十一月革命时,他站在革命一边;但革命失败,他对德国失去信心,1923年加入瑞士国籍,住在乡间,基本上过着一种隐居的生活。这个时期,他发表的重要作品有长篇小说《德米安》(1919)、《荒原狼》(1927)、《纳尔齐斯和戈尔德蒙德》(1930)和《东方之行》(1932)。第二次世界大战中,他对希特勒法西斯暴行十分愤慨,对现代文明产生了更为深刻的怀疑,在现实生活中找不到解决问题的良策,便只能从精神上寻求寄托和探索答案。1943年发表的最后一部长篇小说《玻璃珠游戏》,体现了他的哲学思想和人道主义理想。

海塞在创作小说的同时,一直没有停止诗歌创作,1937年和1942年两次出版《诗集》。他还写了不少散文,其中部分是以中国历史为题材写的散文和童话。他的重要散文集有《早期散文》(1949)、《晚期散文》(1951)和《回忆之页》(1937年初版,1959年再版扩充)。海塞的作品把浪漫主义,现实主义和心理分析学结合在一起,熔传统的欧洲文化和古代东方文化于一炉。他侧重从精神和心理领域来描写和分析现实社会,洞察力强,语言优美,文笔流畅,生动幽默,具有浓郁的抒情味和深刻的哲理性。1946年他获得诺贝尔文学奖,授奖证书上写道:"由于他的富于灵感的作品具有遒劲的气势和洞察力,也为崇高的人道主义理想和高尚风格提供一个范例。"20世纪50、60年代以来,西方社会中不少人因为厌恶资本主义社会的所谓"文明",厌恶战争,所以从海塞的作品中寻得精神上的慰藉和解脱,因此掀起了持续的"海塞热"。长篇小说《在轮下》是海塞的早期代表作,发表于1906年。小说主要描写一个很有才能的青年在成长过程中受到的摧残,猛烈地抨击了德国的教育制度。这部小说的部分情节是根据海塞和他弟弟(名叫汉斯,被经院教育折磨致死)的经历写成的,控诉了德意志帝国时代不合理的教育制度和教学方法。语言简洁,生动幽默。海塞从20世纪20年代开始,试图从宗教和哲学两方面探索人类精神解放的途径,1927年完成中期代表作、长篇小说《荒原狼》。托马斯·曼认为《荒原狼》在试验的大胆方面并不比乔伊斯的《尤利西斯》逊色。荒原狼是一种比喻,海塞想借此表达在思想破灭之后,人们变得无家可归,陷入恐惧和迷惘,恰如一条被人赶出荒原的狼,迷茫又恐慌。小说主人公哈里·哈勒尔自称荒原狼。他年轻时曾想有所作为，做一番有价值的事业；他为人正直，富有正义感和人道主义思想；他是一名中年作家，反对战争，反对民族沙文主义和军国主义，却招来诽谤和谩骂；他到处看到庸俗鄙陋之辈，追名逐利之徒，与周围环境格格不入；他孤独、彷徨、痛苦，烦躁不安，无家可归。小说通过主人公的精神病态和危机，曲折地反映了德国社会现实以及某些知识分子的精神状态。《玻璃球游戏》是海塞最后一部长篇小说，也是他后期代表作，始写于1931 年，1943 年出版。这部小说以东、西方的宗教、哲学糅合而成，包含着深刻的哲理性。作品具有乌托邦的教育小说性质，反映作者对未来和谐社会的向往。小说中许多地方赞美了中国的古代哲学，表明海塞对东方文化的热爱。①

一、富于浪漫主义情调的批判现实主义

赫尔曼·海塞是一个富于浪漫主义情调的批判现实主义作家。"他的诗歌和散文，都直接受到浪漫主义以及他接触过的诗人和作家的作品的强烈影响，其中包括诺瓦利斯、荷尔德林、莫里克和海因里希·海涅。这一切同强大的象征主义和新浪漫主义潮流混合在一起。然而海塞成功地创立了统一的风格，使他的作品富有真实性和抒情色彩；海塞笔下的主人公在幻想、美和艺术的天地里逃避残酷的平凡庸俗的世界。"②他的《玻璃球游戏》就是一篇最具浪漫主义情调的长篇小说。他自己曾经在几封信中如此说到这部长篇小说：《玻璃球游戏》到底要说什么，你在前言中都读到了，我只能补充一点：我想写的是一个玻璃球游戏大师的故事，我给他取名克乃西特，他生活的时代就是前言结束的那段时间表。再多的现实我自己也不知道。我需要创造一个干净的氛围，这一次我不用过去或无时间性的童话做背景，而是虚构了有时间性的未来。那个时代的通俗文化和今天的相似，不过还具有一种精神文化，使人觉得作为诗人生活在其中是值得的——这就是我想勾勒出的希望。让我们别再谈这事，要不然连芽都萌发不了了。其实我不该这样说的，不过我不后悔说了出来，因为我很愿意让你知道一点我生活的方式，知道一点我潜在的创作力。说得清楚一点，我对自己长期以来作品稀少感到惭愧，因而想让你知道，至少背后还是有点东西的。(信，1933) 我在《玻璃球游戏》里塑造了一个人文精神世界，这个世界尊重宗教，却生活于宗教之外。三十年前，我在《悉达多》中也同样塑造了一位婆罗门后代，

---

① 《世界文学评介丛书·德国文学简史》（下），蓝田玉 PDF 小说网，http://www.lantianyu.net；张威廉主编：《德语文学词典》，上海：上海辞书出版社 1991 年版，第 239—240 页。

② 苏联科学院编：《德国近代文学史》下，北京：人民文学出版社 1984 年版，第 873 页。

他脱离了自己的传统、阶级和宗教,寻找宗教虔诚的形式、智慧的形式。(信,1949)
您想激励我像约瑟夫·克乃西特一样,走出卡斯塔里恩教育国度,到大千世界里去。
您想用我自己的绳子套住我。可是您忘了,约瑟夫·克乃西特并非作为改革者或救
世主走向世界的,他是作为学习者和教师走入这世界的,并且最初只有一个学生,一
个值得教而身陷险境的学生。他所做的其实也就是我一向努力在做的,只要我还能
够从事我的职业我就这么做,他把自己的才华、人格和精力都用来为个体服务,他和
他的朋友德西诺里相反,这位朋友是个政治家,他投身政治,为了能够影响群众而尽
心力,却失去了他的独子的信赖。(信,1950)[1]

　　海塞的小说和诗歌有许多都是虚构了一些理想化的世界,而且这些虚构都显得
非同一般,具有震撼人心的浪漫主义力量。正因为如此,他把自己的作品所虚构的
世界称为"童话"世界,不过,《玻璃球游戏》之中所虚构的世界不再是"过去的或无
时间性的"童话,像《彼得·卡门青德》(一译《乡愁》,1904)、《荒原狼》(1927)和
《纳尔齐斯和戈尔德蒙德》(1930)等那样,是一种未来时代的虚拟。这样就出奇制胜,
让人进入了一个完全可以企望的理想化世界,使人们感受到一种异乎寻常的浪漫主
义情调。这种把浪漫主义和现实主义的创作精神和创作方法统一起来的文学思想,
在席勒的《论素朴的诗与感伤的诗》之中已经明确地提出来了,这种"理想诗"的文
学思想,在席勒的诗歌和戏剧之中,已经初露端倪,后来俄苏伟大的无产阶级文学家
高尔基在文学创作和文学思想之中都更加突出地提出来并实践了,而在海塞的《玻
璃球游戏》之中可以说是达到了一种前所未有的高峰奇观。他的诗歌更是这种浪漫
主义情调的批判现实主义文学思想的淋漓尽致的表达。比如,他的诗《在烦恼中》:

　　　　随着山上的燥热风,
　　　　雪崩滚了下来,
　　　　发出吓死人的巨响——
　　　　这岂是上帝的安排?

　　　　我不得不像个异邦人
　　　　漂泊在人世之间,
　　　　没有人可与交言,

---

① 通向黑塞之路,黑塞的作品,散文,关于自己的作品,www.hesse-cn.com/-8k。

这岂是上帝的恩典？

上帝可看到我
在忧伤与痛苦中彷徨？
唉，上帝死掉了！
我还活在世上？①

像这样的抒情诗在海塞的诗歌之中俯拾皆是，不胜枚举。海塞的这种结合浪漫主义和现实主义的诗歌和小说表达了他的人道主义理想。他在一个理想化的童话世界或神话世界之中来抒发他的人道主义情怀和人类的忧伤、彷徨、孤独、郁闷，把激情与现实结合得天衣无缝，炉火纯青，给我们一种感伤的憧憬和企望，从而表达了他对现实的反思和批判，有时候不免使人感到荒诞、奇诡，但是却一定会使人刻骨铭心地认识到资本主义社会的本质特征，在激情、理想、夸张、变形之中入木三分和一针见血地揭示出资本主义社会的严峻现实。

二、沉思冥想的内省现实主义批判

海塞的文学创作和文学思想之中始终充满了沉思默想和沉思冥想的哲理性。他在思考着人、人性、人格，以便对资本主义社会的人的异化状态和生存状态进行批判。他在一封信中对自己的作品这样概括道：我所有的作品都不是为着某种目的或为着某种倾向而写的，但是如果现在让我回过头来找一个所有作品共同的意义的话，从卡门青德到荒原狼再到约瑟夫·克乃西特（《玻璃球游戏》），都可以解释为对个人人格和对个体本身的捍卫（或者也可看作是窘迫中的呐喊）。个体，有着自己的遗传、机会、天分和爱好的独一无二的个人是如此的柔弱、脆弱，他很需要一个为他说话的人。他所面对的是强大的力量：国家、学校、教会、各式各样的集体、各种阵营里的爱国主义者、正教信徒、天主教徒，也包括共产主义和法西斯，我和我的书也一样面对这些力量，总是受到他们或光明正大、或恶毒残忍、或卑鄙无耻的攻击。千百次证实了，一个不和群体保持一致的个人是多么容易受伤害、多么无保护、多么受敌视，他多么需要保护、鼓励、爱心。同时，多年来的经历也使我们得知，让所有的人千篇

---

① ［瑞士］赫尔曼·黑塞：《黑塞抒情诗选》，钱春绮译，天津：百花文艺出版社1989年版，第74页。

一律的做法有其长处和方便,但是从基督教到共产主义和法西斯所有阵营和集体中,有无数的人不满足于此,他们的心灵备受正统和教条的煎熬。他们有千百种无助的问题和忏悔,而这些所面对的却是集体压倒性的否定和攻击,对于这样的人,我的书(自然还有别人的书)带来温暖、安慰、振作。不过,他们从这些作品所得到的并不总是力量的鼓励,他们常会受到诱惑或感到困惑,因为他们已习惯了教会和国家的语言,习惯了正统派、问答教科书和政治纲领的语言,他们所习惯的语言中没有灰心失望一说,并且,在那种语言中,除了相信和服从之外,不期待或允许有其他的答案。我的读者中有不少年轻人曾经喜欢过《德米安》、《荒原狼》或《哥德蒙特》,不久之后,他们又心甘情愿回到他们的问答式教科书或他们的马克思、列宁或希特勒那儿。又有一些青年,读过这些书之后,就引我为例,以为必须摒弃一切集体、割断一切纽带。不过我相信,还有更多的人会根据自己的天性接受我们的作品,会让像我这样的一个作家来做个体、心灵、良心的守护者,而不会把我的小说当成教规或军令之类的东西去服从,他们不会将集体和隶属于集体这样的高度价值丢弃不顾。因为这些读者会感受到,我所关心的不是摧毁秩序和割断纽带,没有这些,人类根本就不可能有共同生活;他们还会感受到,我并非要神化个体,我所关怀的是生命和生活,具有爱和美和秩序的生活。在共同的生活中,人不会成为羊群中的一只羊,而是能够保持他作为独一无二的人的尊严、美丽和悲剧性。我不怀疑自己有时有疑惑、会犯错,有时过分激昂,有些青年人可能因我所说的话而困惑、而容易受害。但是,只要你仔细看看社会上那些阻挡个人人格、发展、阻挡个人发展为完全人的力量,看看那些毫无想象力、缺乏心灵、只知追逐潮流、只知适应顺从、一个模子印出来的人,他们是大集体,特别是国家最理想的百姓,你就不难理解,也会怜惜小小堂·吉诃德对大风车的战斗了。这种战斗看来似乎无望,也毫无意义,许多人觉得这么做可笑。可是,仗得打,堂·吉诃德所做不比大风车差。(信,1954 年——译者注,下同) 您说,"几乎所有"我写过的书您都读过,可是,从您的信看来,我似乎只写过《德米安》、《荒原狼》和《哥德蒙特》,在这些小说中,个体反抗戒律的巨大压力,自然努力在精神面前保持自己的权利。然而,精神在这些小说中也是不可侵犯的,小说对人永远有很高的要求,要求人尽力做到他所能做的,至少要敬重精神世界。荒原狼的对面有小论文,有精神和不朽者的忠告和教导,哥德蒙特对面有纳尔齐斯。(信,1954 年)①

在这些阐述中,我们可以看到,海塞在孤独和感伤之中沉思冥想,在探究着人生

---

① 通向黑塞之路,黑塞的作品,散文,关于自己的作品,www.hesse—cn.com/-8k。

和现实。尽管他并没有倾向于某一种意识形态，但是，他以艺术家的敏感和默想刻画了现实的鲜明生动的图景和真实的历史画卷，因此，他阐述了艺术的永恒性的文学思想。因此，他说：几百年来有过千百种"意识形态"、党派和政纲，有过千百次革命，它们改变了世界，或许促使了世界的进步。可是没有一种政纲或宗旨超越了它的时代而流传下来。而几位真正的艺术家所做的画和所写的话，还有几位真正的智者、仁者、自我牺牲者说过的话却超越时代，流传至今。耶稣的一句话或一位希腊诗人或其他诗人的一句话几百年后还能打动人们的心，唤醒他们，使他们能够见到人类的苦难与奇迹。我愿望、也有野心成为这仁者和见证者行列中的一员，成为几千人中的一个，而不愿被认为"有天才"或得到其他类似的赞语。(信，1937年)① 说到底，这种艺术的永恒性就来源于艺术家以沉思冥想的哲学家的探究来天才地表现自己的心灵及其对现实的洞察。诺贝尔文学奖颁奖词之中这样写道："在他最有成就的小说中，我们可以直接和间接地了解他的个性。他那总是令人崇敬的风格既具反抗精神，令人心醉神迷，又富于哲理性，发人深省，两者都是完美无缺的。从刻画盗用成性、逃往意大利去孤注一掷的克莱因的故事，到在《回忆录》(1937)里极其冷静地描写与之形象接近的汉斯，都是说明他的创作涉及不同领域的、身手不凡的范例。"②

海塞关于他的小说《彼得·卡门青德》所说的话同样表达了他对于资本主义社会的沉思冥想的现实主义批判。他这样说道：青年朋友们，今年的大会讨论的题目中有一项是《赫尔曼·海塞，小说家，主题：〈彼得·卡门青德〉》，以此为契机你们中会有很多人开始读《彼得·卡门青德》，会对它加以思考。你们会得知，这是我青年时代的作品，是我第一本小说，本世纪初写于巴塞尔，第一次出版时间是1903年。也就是说，它生成于一个久远的已成为传说的年代，早在两次世界大战和你们时代大变革之前，那是个无忧无虑的和平时代，当时的氛围你们或许从父母或祖父母那儿听说过。然而这本小说发出的并非满意和知足的声音，因为这是一个青年的作品，是他的自白，而青年的特征就是不满意、不知足。卡门青德的不满和渴望针对的并不是当时的政治状况，他部分是对自己不满，他对自己的期待超过他可能达到的；部分是出于对社会的不满，他以他年轻的方式批评社会，觉得世界和人类太餍足又太自满、太顺当又太千篇一律，不过当时他还没有机会去认识他们。他想比他们过得

① 通向黑塞之路，黑塞的作品，散文，关于自己的作品，www.hesse-cn.com/-8k。

② 通向黑塞之路，怀念黑塞，诺贝尔文学奖颁奖词，www.hesse-cn.com/-8k，见《诺贝尔文学奖颁奖演说集》，毛信德、蒋跃、韦胜杭译，毛信德校，南昌：百花洲文艺出版社1995年版，第347—348页。

更自由、更热烈、更美好、更高尚一些,他觉得自己从一开始就处在他们的对立面,他没有觉察到,他们对他十分具有吸引力。因为他是诗人,当他的愿望不能实现时,他就求助于自然,他以艺术家的激情和虔诚去爱大自然,当他在自然的怀抱中、当他投身于自然风景、自然氛围以及四时晨昏时,他找到了庇护所,一个他可以崇敬、祈祷和升华的处所。在这一点上,他完全是他那个时代的产儿,也就是 1900 年那个时代,那是个"漫游者"的时代,是青年运动的时代,他尽可能远离社会和人世间,尽可能回到自然的怀里,他重复了卢梭那半勇敢半伤感的反叛,经由这条路他成了诗人。不过,他不属于漫游者一族,不属于青年人的集体,这是这本小说不同于其他青年小说的地方,相反地,倘若他处身于那些围着营火弹吉他或终夜辩论着的天真而诚实、喧闹而自信的青年之间,那是极为不合适的。他的目标和理想并不是成为某个联盟内的弟兄,成为某种共谋的知情人。他寻求的不是集体、同党和位置排列,而是和这种相反的东西,他不想走多数人走的路,而要顽固地走自己的路,他不要跟着人走、不要去适应,而要在自己的灵魂中反映出世界和自然,在这新的图像中体验它们。他天生不适合集体生活,他是他自己创建的梦之王国里孤独的国王。我想,我们已经找到贯穿我全部作品的线索的开端了。我虽然并未停留在卡门青德有些乖僻的隐士态度上,在我发展的过程中我没有避开时代的问题,从未像那些反对我的人所指责的那样生活在象牙塔之中——但是,我写作的首要也是最紧迫的问题向来就不是国家、社会或教会,而是个体精神,人的品格个性、独一无二、不能模仿、未被标准化的个性。以此为立足点,倒真可以根据《卡门青德》分析观察我的一生,虽然这本书有许多不足之处。这本小说里有许多地方会让你们觉得滑稽怪异,觉得过时了。彼得·卡门青德想得太简单,也说得太简单,相对于精神和文化的世界,他过分看重自然和原始的、质朴和心灵的东西。你们还可能因为撞见他说大话狂语或不着边际地乱说一通而窃笑。对我的彼得你们无须保护,用你们的科学方法好好敲打他一番。经过这么久的时间,他现在已经老了,在他长长的人生道路上他丢失了一些他原先的敏感性和一些怪僻奇想。(信,1951 年)①

海塞对法国青年所说的这一番话,把他在《彼得·卡门青德》中对于资本主义社会所谓现代文明的反思和批判表白得非常明白清楚。的确,在海塞看来,《彼得·卡门青德》所描写的现代资本主义文明对于人性、人格、人性是一种摧残的力量,让彼得无所适从,无法适应,所以,他只能像卢梭那样回归自然,回归故土才找到了自己

---

① 通向黑塞之路,黑塞的作品,散文,关于自己的作品,www.hesse-cn.com/-8k。

安身立命之本。通过这部小说，海塞抒发了自己的文学思想和哲学世界观。这是一个清醒的批判现实主义作家的自白，对于我们反思和批判启蒙现代性和审美现代性都是一个很好的启示。

三、双重人格冲突的批判现实主义

海塞在他的《荒原狼》之中，描写了一个既具有人性又具有狼性的双重人格的人物形象，从而完成了他对资本主义社会中的人的哲学思考。关于这部小说，他说道：理解和误解文学作品的方式各式各样。读者的理解在何处为止，他的误解在何处开始，多数情况下作者本人无从判定。有作家发现有些读者比他自己更加清楚他的作品。何况，某些情况下误解还可能引出更多的理解。我的作品中，《荒原狼》最常受到误解，所受的误解也最严重，而产生误解的常是那些对它有好感、喜欢它的读者，不是那些持排斥态度的人。部分原因，只有部分原因，是因为这本小说的作者当时50岁，写的是这一年龄段的问题，而这本书常落在年轻人手里。然而，与我年龄相仿佛的读者之中，也常有这样的人，他们对这本小说印象深刻，却只读出其中一半的内容。这些读者在荒原狼身上见到自己的影子，认同了他，与他一同受苦、一同做梦，因而忽略了其他内容，完全见不到小说讲述的除了哈瑞哈勒的困境还有其他东西，在荒原狼和他的成问题的生活之上有一个更高层次的不灭世界，"小册子"和书中谈到精神、艺术和"不朽者"的地方，描绘了荒原狼痛苦世界的对立面，那是一个正面的、欢畅的、超越个人的时间和有信仰的世界。这本书叙述的虽然是痛苦和困境，但它绝不是关于一个绝望者，而是关于一个有信心的人的书。我自然不能也不愿规定读者该如何理解我的书，愿每个人按照自己的性情去读，读出对他有益的部分！但是，如果可能，我愿有更多人能看出，荒原狼的故事描写的虽然是病痛和危机，但它并不导致沉沦而是引向救赎和痊愈。（《荒原狼》瑞士版跋，1941 年）[1] 因此，我们可以说，海塞在《荒原狼》之中所表现的人的人性和狼性的双重性格的冲突，主要是要表现他对资本主义社会中的人的异化状态和复杂处境，表达的是一种积极向上的批判现实主义的理想境界。

所以，他指出：可以从《荒原狼》里看得到的，不仅仅是时代的问题和对时代的批评，其中还有对意义的信仰：信念不朽。《东方之旅》中那些爱人者和服务于人者正是这样的不朽者。我对我们这时代的信心越少，对人类的腐化越看得真，我就愈

---

① 通向黑塞之路，黑塞的作品，散文，关于自己的作品，www.hesse-cn.com/-8k。

加觉得不要以革命去对付这种堕落，而要更加相信爱的魔力。对一件大家谈论不休的事保持沉默，就已经是做到点事了。对人和事物不怀敌意的笑笑、在小事上和私人的事上多付出一点爱，以此补救世界上爱的缺乏；对工作多一点忠诚，有多一些耐心、放弃对某些嘲讽和批评的无谓的报复，这些都是我们能做到的小事。我很高兴《荒原狼》中已谈道：世界从来也不是天堂，并不是以前很完美，如今才成为地狱，它一向是，并且任何时候都是不完善、都是肮脏的，为了使人能忍受，使它有价值，它需要爱、需要信仰。(信，1933 年)① 这是一个人道主义者的痛切的自我剖白。海塞虽然揭示了在资本主义社会中人的双重人格，但是，他还是力图让人们树立起信仰，去追求生活的意义，显现出人的价值。

正因为海塞对于资本主义社会中人的异化和双重人格非常感兴趣，进行了比较深入的思考和探究，所以他对于俄国批判现实主义作家陀思妥耶夫斯基的双重人格的描写就特别容易理解，可以说是息息相通、心心相印。关于陀思妥耶夫斯基的文学创作和文学思想，海塞这样说道：在陀氏的作品中，有两种力量攥住了我们，而在两种因素和对立两极的彼此消亡和矛盾中，却生长着神秘的深度和巨大的广度。一种力量是绝望，是对恶的忍受，是对人性之残酷野蛮和可疑性的认可和顺从。只有经历死亡，进入地狱，方能听闻来自天国的上帝的声音。真诚而坦率地供认生存和人性的贫乏，可疑和无所希望，这就是前提条件。我们必须听命于痛苦和死亡，面对赤裸裸现实的狰狞面目感到不寒而栗，然后，我们才能吸纳另一种声音的深邃性和真理。这第一种声音是肯定死亡，否定希望，摒弃一切想象的诗意的美化与安慰，正是这种美化和安慰使我们习惯于那些可爱的诗人们对人类生存的危险和恐惧的掩饰。陀氏作品中的第二种声音，即真正的来自天国的声音，它向我们显示了不同于死亡的因素，即另一种现实，另一种本质：人的良知。尽管人类生活处处有战争和苦难、卑辱与伪善，但总是还有另外的东西存在，那就是人面对上帝的良心和能力。即使良心也许会引领我们穿越痛苦和死亡的恐惧，导致不幸与罪责，但它终究会使我们摆脱孤独而无法忍受的无意义状态，使我们进入与意义、本质和永恒的关系之中。无论道德还是法则，良心都与之无关。良心可能会与道德和法则势不两立，不可共融。良心无比强大，它比惰性，比自私，比虚荣都更强大。当苦难深重，迷障重叠时，它总是能敞开一条漫长的道路，这条路不是返回死亡的世界，而是超越这个世界，走向上帝。通往良心的道路艰难曲折，几乎所有人的生活越来越背离良心，他们抗拒着，

---

① 通向黑塞之路，黑塞的作品，散文，关于自己的作品，www.hesse-cn.com/-8k。

背负日益沉重的压力，因良心窒息而归于毁灭。然而，在痛苦与绝望的彼岸，使生活充满意义，使死亡得以慰藉的宁静的道路随时向每一个人敞开着。有一类人不得不长久地与良心相抵触，充满罪恶感。他们只有穿越了所有的地狱，体验了所有的恐惧之后，才能最终对自己的迷误慨然有悟，并经历那转变的瞬间。另一类人则不相违于自己的良心，他们是那种少有的幸福的圣贤，无论发生什么事，都仅仅只能伤及他们的外表，而绝不至于刺痛他们的内心。他们始终纯洁无瑕，微笑是不会从他们脸上消失的。梅什金公爵就是这样一种人。在我沉浸于陀思妥耶夫斯基作品的那段日子里，尤其是当我面临绝望和痛苦时，我从他那里听到了这两种声音，这两种学说，在一位艺术家，也就是一位音乐家身上我也体验过相类似的东西（尽管我不可能在任何时候都去喜欢和聆听这位音乐家的作品，正如我不可能在任何时间都去阅读陀思妥耶夫斯基一样），这就是贝多芬。他追求幸福、智慧与和谐，但它们并不能在平坦的道路上寻获，而只有在濒临深渊的道路上才能显现出来，它们不是轻易就可采撷的，而只能是受尽折磨和苦难。在贝多芬的交响乐和四重奏中，有许多乐章从弥漫着痛苦和绝望的浓郁气氛里闪耀出十分动人的、纯真的柔和的魅力，这就是对意义的预感，对拯救的意识，这一切我们都可在陀思妥耶夫斯基的作品中重新找到。①

的确，在一个充满矛盾的资本主义社会中，人们的人格、人们的思想、人们的处境都是充满着矛盾对立的。作家陀思妥耶夫斯基和音乐家贝多芬都是在这种双重人格和矛盾境况之中挣扎的伟大的艺术家。他们的一生，包括他们的艺术创作活动，都是这种双重人格冲突的现实主义批判的最直接、最生动的表现。因此，海塞抓住了资本主义社会中人的生存状态和人格分裂的本质特征，在文学创作和文学思想表现了自己对于资本主义社会的反思和批判。这也是19—20世纪之交德国批判现实主义的巨大的成就，正是海塞的天才的直接显露。这就铸就了德国批判现实主义的特殊品格，给19—20世纪之交欧洲和世界文学创作和文学思想贡献出了德国批判现实主义作家的一份不可替代的财富和瑰宝。因此，海塞得到诺贝尔文学奖是当之无愧的。

---

① 通向黑塞之路，黑塞的作品，散文，关于自己的作品，www.hesse-cn.com/-8k。

参 考 文 献

[奥] 爱德华·汉斯立克:《论音乐的美》,杨业治译,北京:人民音乐出版社 1980 年版。

[奥] 里尔克:《罗丹论》,梁宗岱译,桂林:广西师范大学出版社 2002 年版。

[波] 罗曼·英伽登:《对文学的艺术作品的认识》,陈燕谷、晓未译,北京:中国文联出版公司 1988 年版。

[波兰] 符·塔达基维奇:《西方美学概念史》,理然译,北京:学苑出版社 1990 年版。

[德] 埃德蒙德·胡塞尔:《纯粹现象学通论》,[荷] 舒曼编,李幼蒸译,北京:商务印书馆 1992 年版。

[德] H. 李凯尔特:《文化科学和自然科学》,涂纪亮译,杜任之校,北京:商务印书馆 1986 年版。

[德] 埃德蒙德·胡塞尔:《欧洲科学危机和超验现象学》,张庆熊译,上海:上海译文出版社 1988 年版。

[德] 埃德蒙德·胡塞尔:《现象学观念》,倪梁康译,夏基松、张继武校,上海:上海译文出版社 1986 年版。

[德] 埃德蒙德·胡塞尔:《现象学与哲学的危机》,吕祥译,北京:国际文化出版公司 1988 年版。

[德] 艾丽卡·曼著,伊·冯·德吕尔、乌·瑙曼编:《我的父亲托马斯·曼》,北京:东方出版社 2001 年版。

[德] 布劳耶尔、洛伊施、默施:《德国哲学家圆桌》,张荣译,北京:华夏出版社 2003 年版。

[德] 迪特夫·拉夫:《德意志史——从古老帝国到第二共和国》,波恩:Inter Nationes 出版社 1987 年版。

[德] 恩斯特·卡西尔:《人论》,甘阳译,上海:上海译文出版社 1985 年版。

[德] 恩斯特·卡西尔:《人文科学的逻辑》,沉晖、海平、叶舟译,冯俊校,北京:中国人民大学出版社 1991 年版。

[德] 恩斯特·卡西尔:《语言与神话》,于晓等译,北京:三联书店 1988 年版。

[德] 弗·威·约·封·谢林:《艺术哲学》上,魏庆征译,北京:中国社会出版社 1996 年版。

[德] 弗兰茨·梅林:《中世纪末期以来的德国史》,北京:三联书店 1980 年版。

[德] 弗里德利希·席勒:《席勒散文选》,天津:百花文艺出版社 1997 年版。

[德] 弗里德利希·席勒:《秀美与尊严——席勒艺术和美学文集》,北京:文化艺术出版社 1996 年版。

[德] 汉斯·约阿西姆·施杜里希:《世界哲学史》(第17版),吕叔君译,济南:山东画报出版社2006年版。

[德] 黑格尔:《美学》第三卷下册,朱光潜译,北京:商务印书馆1981年版。

[德] 亨利希·海涅:《论德国宗教和哲学的历史》,海安译,北京:商务印书馆1974年版。

[德] 亨利希·海涅:《论浪漫派》,张玉书译,北京:人民文学出版社1979年版。

[德] 卡尔·洛维特:《从黑格尔到尼采:19世纪思维中的革命性决裂》,李秋零译,北京:三联书店2006年版。

[德] 康德:《判断力批判》上卷,宗白华译,北京:商务印书馆1964年版。

[德] 马克思:《1844年经济学哲学手稿》,刘丕坤译,北京:人民出版社1979年版。

[德] 莫里茨·盖格尔:《艺术的意味》,艾彦译,北京:华夏出版社1999年版。

[德] 尼采:《悲剧的诞生——尼采美学文选》,周国平译,北京:三联书店1986年版。

[德] 叔本华:《作为意志和表象的世界》,石冲白译,杨一之校,北京:商务印书馆1982年版。

[德] 威廉·狄尔泰:《体验与诗》,胡其鼎译,北京:三联书店2003年版。

[德] 文德尔班:《哲学史教程》下卷,罗达仁译,北京:商务印书馆1996年版。

[德] 于尔根·哈贝马斯:《现代性的哲学话语》,曹卫东等译,南京:译林出版社2004年版。

[俄] 车尔尼雪夫斯基:《车尔尼雪夫斯基论文学》中卷,上海:上海译文出版社1979年版。

[法] 茨维坦·托多洛夫:《象征理论》,王国卿译,北京:商务印书馆2004年版。

[法] 蒂费纳·萨莫瓦约:《互文性研究》,邵炜译,天津:天津人民出版社2003年版。

[法] 米盖尔·杜夫海纳主编:《美学文艺学方法论》,朱立元、程未介编译,北京:中国文联出版公司1992年版。

[美] R.韦勒克:《文学思潮和文学运动的概念》,刘象愚选编,北京:中国社会科学出版社1989年版。

[美] 赫伯特·施皮格伯格:《现象学运动》,北京:商务印书馆1995年版。

[美] 凯·埃·吉尔伯特、[联邦德国] 赫·库恩:《美学史》下卷,上海:上海译文出版社1989年版。

[美] 雷纳·韦勒克:《近代文学批评史,1750—1950》第三卷,杨自伍译,上海:上海译文出版社1991年版。

[美] 雷纳·韦勒克:《近代文学批评史,1750—1950》第四卷,杨自伍译,上海:上海译文出版社1997年版。

[美] 雷纳·韦勒克:《近代文学批评史,1750—1950》第七卷,杨自伍译,上海:上海译文出版社2006年版。

[美] 罗伯特·R.马格廖拉:《现象学与文学》,周宁译,春风文艺出版社1988年版。

[美] 门罗·C.比厄斯利:《西方美学简史》,高建平译,北京:北京大学出版社2006年版。

[美] 梯利:《西方哲学史》(增补修订版),葛力译,北京:商务印书馆1995年版。

[美] 约翰·巴克勒、贝内特·希尔、约翰·麦凯:《西方社会史》第三卷,霍文利、赵燕灵、朱歌姝、黄鹤、倪咏娟、钱金飞等译,朱孝远审校,桂林:广西师范大学出版社2005年版。

[美] 詹姆斯·霍尔著,克里斯·普利斯顿绘画:《东西方图形艺术象征词典》,韩巍、徐延波、

郝一匡译，施竹筠、穆瑾校，北京：中国青年出版社 2000 年版。

[瑞士] 赫尔曼·黑塞：《黑塞抒情诗选》，钱春绮译，天津：百花文艺出版社 1989 年版。

[苏] K.C. 巴克拉捷：《近代德国资产阶级哲学史纲要》，涂纪亮等译，北京：中国社会科学出版社 1980 年版。

[苏] 列·斯托洛维奇：《审美价值的本质》，凌继尧译，北京：中国社会科学出版社 1984 年版。

[英] 艾瑞克·霍布斯鲍姆：《帝国的时代：1875—1914》，贾士蘅译，钱进校，江苏人民出版社 1999 年版。

[英] 彼得·沃森：《20 世纪思想史》，朱进东、陆月宏、胡发贵译，上海：上海译文出版社 2005 年版。

《蔡特金文学评论集》，付惟慈译，北京：人民文学出版社 1978 年版。

《德国抒情诗选》，钱春绮、顾正祥译，西安：陕西人民出版社 1988 年版。

《弗洛伊德论美文选》，张唤民、陈伟奇译，裘小龙校，上海：知识出版社 1987 年版。

《里尔克诗选》，绿原译，北京：人民文学出版社 1996 年版。

《马克思恩格斯全集》第 42 卷，北京：人民出版社 1979 年版。

《马克思恩格斯选集》第 1—4 卷，北京：人民出版社 1995 年版。

《梅林论文学》，张玉书、韩耀成、高中甫译，北京：人民文学出版社 1982 年版。

《诺贝尔文学奖颁奖演说集》，毛信德、蒋跃、韦胜杭译，毛信德校，南昌：百花洲文艺出版社 1995 年版。

《普列汉诺夫美学论文集》Ⅱ，曹葆华译，北京：人民出版社 1983 年版。

《永不枯竭的话题——里尔克艺术随笔集》，史行果译，北京：东方出版社 2002 年版。

《中国大百科全书·哲学卷》（Ⅰ），北京·上海：中国大百科全书出版社 1987 年版。

北京大学哲学系美学教研室编：《西方美学家论美和美感》，北京：商务印书馆 1980 年版。

北京大学哲学系哲学史组编：《马克思、恩格斯、列宁、斯大林论德国古典哲学》，北京：商务印书馆 1972 年版。

曹卫东：《思想的他者》，北京：北京大学出版社 2006 年版。

陈琛主编：《列夫·托尔斯泰文集》第 4 卷，长春：吉林人民出版社 1995 年版。

陈国强等：《建设中国人类学》，上海：上海三联书店 1992 年版。

迟轲主编：《西方美术理论文选》下册，南京：江苏教育出版社 2005 年版。

飞白：《诗海——世界诗歌史纲·现代卷》，桂林：漓江出版社 1990 年版。

高宣扬：《德国哲学通史》第一卷，上海：同济大学出版社 2007 年版。

高中甫、宁瑛：《20 世纪德国文学史》，青岛：青岛出版社 1998 年版。

高中甫主编：《茨威格文集》第 6 卷，西安：陕西人民出版社 1998 年版。

何太宰选编：《现代艺术札记·文学大师卷》，北京：外国文学出版社 2001 年版。

贺祥麟主编，杜东枝副主编：《西方现实主义文学》，贵阳：贵州人民出版社 1988 年版。

洪谦主编：《西方现代资产阶级哲学论著选辑》，北京：商务印书馆 1964 年版。

江怡主编：《理性与启蒙——后现代经典文选》，北京：东方出版社 2004 年版。

蒋保忠编著：《奥地利风情》，上海：知识出版社 1994 年版。

蒋孔阳主编:《二十世纪西方美学名著选》下,上海:复旦大学出版社 1988 年版。

靳希平、吴增定:《十九世纪德国非主流哲学——现象学史前史札记》,北京:北京大学出版社 2004 年版。

廖星桥主编:《西方现代派文学 500 题》,沈阳:辽宁人民出版社 1988 年版。

刘放桐等:《新编现代西方哲学》,北京:人民出版社 2000 年版。

刘蔚华主编:《世界哲学家辞典》,重庆:重庆出版社 1983 年版。

刘小枫选编:《德国诗学文选》上、下卷,上海:华东师范大学出版社 2006 年版。

陆梅林辑注:《马克思恩格斯论文学艺术》(一),北京:人民文学出版社 1982 年版。

潞潞主编:《准则与尺度——外国著名诗人文论》,北京:北京出版社 2003 年版。

罗伯特·C.拉姆:《西方人文史》下,王宪生、张月译,天津:百花文艺出版社 2005 年版。

马奇主编:《西方美学史资料选编》下卷,上海:上海人民出版社 1987 年版。

倪梁康:《胡塞尔现象学概念通释》,北京:三联书店 1999 年版。

倪梁康选编:《胡塞尔选集》上、下,上海:上海三联书店 1997 年版。

倪梁康主编:《面向实事本身——现象学经典文选》,北京:东方出版社 2000 年版。

全国高等师范院校外国文学教学研究会编:《欧美文学 200 题》,南宁:广西人民出版社 1986 年版。

全增嘏主编:《西方哲学史》下册,上海:上海人民出版社 1985 年版。

苏联科学院编:《德国近代文学史》下,福建师范大学外语系编译室译,北京:人民文学出版社 1984 年版。

孙周兴选编:《海德格尔选集》下,上海:上海三联书店 1996 年版。

汪民安主编:《文化研究关键词》,南京:江苏人民出版社 2007 年版。

王宁主编:《诺贝尔文学奖获奖作家谈创作》,北京:北京大学出版社 1987 年版。

王先霈、王又平主编:《文学理论批评术语汇释》,北京:高等教育出版社 2006 年版。

王雨、陈基发编译:《快乐的智慧——尼采精品集》,北京:中国社会出版社 1997 年版。

[美] 韦勒克、[美] 沃伦:《文学理论》,刘象愚、邢培民、陈圣生、李哲明译,北京:三联书店 1984 年版。

吴元迈主编:《20 世纪外国文学史》第一卷《世纪之交的外国文学》,南京:译林出版社、凤凰出版社 2004 年版。

伍蠡甫主编:《西方文论选》下卷,上海:上海译文出版社 1979 年版。

杨身源、张弘昕编著:《西方画论辑要》,南京:江苏美术出版社 1990 年版。

叶秀山:《思·史·诗》,北京:人民出版社 1988 年版。

余匡复:《德国文学史》,上海:上海外语教育出版社 1991 年版。

俞吾金、吴晓明主编:《二十世纪哲学经典文本·序卷 (二十世纪西方哲学的先驱者)》,上海:复旦大学出版社 1999 年版。

袁可嘉:《欧美现代派文学概论》,桂林:广西师范大学出版社 2003 年版。

张汝伦:《德国哲学十论》,上海:复旦大学出版社 2006 年版。

张汝伦:《二十世纪德国哲学》,北京:人民出版社 2008 年版。

张威廉主编:《德语文学词典》,上海:上海辞书出版社 1991 年版。

张玉能:《德国古典美学使西方美学不断完善》,《上海师范大学学报》2008 年第 1 期。

张玉能:《美学教程》(第二版),武汉:华中师范大学出版社 2008 年版。

张玉能:《西方美学关于艺术本质的三部曲》(上、下),《吉首大学学报》2003 年第 2、3 期。

张玉能:《西方美学思潮》,太原:山西教育出版社 2005 年版。

张玉能:《席勒的审美人类学》,桂林:广西师范大学出版社 2005 年版。

张玉能《主体间性与文学批评》,《华中师范大学学报》2005 年第 6 期。

张玉能等:《新实践美学论》,北京:人民出版社 2007 年版。

张玉书主编:《20 世纪欧美文学史》,北京:北京大学出版社 1995 年版。

赵一凡:《从胡塞尔到德里达——西方文论讲稿》,北京:三联书店 2007 年版。

周宪主编:《文化现代性精粹读本》,北京:中国人民大学出版社 2006 年版。

周忠厚、连铗、蒋培坤主编:《国外马克思主义文论家文论选评》,北京:中国人民大学出版社 1991 年版。

后　记

众所周知,19—20世纪的德国文学思想是整个欧洲乃至整个世界文学思想史上最为重要和最为活跃的文学思想,它构成了世界文学思想史的重大的历史转折,直接影响了20世纪乃至21世纪的文学思想史和文学艺术史的繁荣和发展。这其中最重大的事件的就是马克思主义文学思想的产生和发展给世界文学思想史和文学艺术史带来了革命性变革。德国是马克思主义的故乡。在德国文学思想史上,马克思主义创始人马克思、恩格斯以及德国早期马克思主义文论的代表人物梅林、考茨基、蔡特金、李卜克内西等人的有关文学艺术的论述,代表了日渐兴起的无产阶级对文学艺术的理论观点,对于德国文学思想在19—20世纪之交走向现代的潮流和趋势也是一股不可忽视的强大推动力。他们的文学思想,不仅开辟了世界和德国无产阶级文学思想的新天地,而且在社会历史的层面为19—20世纪之交的德国文学思想走向现代打开了新局面。具体说来,马克思主义的文学思想把19—20世纪之交的德国文学思想在马克思主义实践唯物主义基础上引向现代的发展道路。它具体表现为:从历史唯物主义出发多层次、多角度、开放性地定位文学艺术,倡导现实主义的美学原则,弘扬无产阶级和社会主义文学艺术的批判精神。

这一时期的德国文学思想使得欧洲文学思想史和文学艺术史走向了现代化的道路。审美现代性与启蒙现代性的"三大神话"相对具有三大特征:对应于进步神话的"无功利性",对应于科技神话的"自律性",对应于理性神话的"反思性"。它们表现为审美现代性对启蒙现代性的反思、批判和超越。具体表现在现代主义文学艺术上就是:现代主义文学艺术的形形色色形式主义实验,"为艺术而艺术""纯艺术""纯诗",对于启蒙主义运动以来资本主义社会的各种异化现象的批判。但是,审美现代性内在蕴涵着矛盾性,它也必然引起对它的反思和批判,这就是一个否定之否定的辩证发展过程。这样,现代主义就走向后现代主义,审美现代性就走向文化现代性。德国文学思想史就是在这样的反思和批判启蒙现代性、继承康德和席勒的美学思想和文艺思想的语境之中,走向了现代,具有了审美现代性。德意志民族统一国家的建立加强了德国人的民族自豪感,这又加速了德国文学思想的现代化进程,使得德国文学思想的审美现代性在德国古典哲学、美学、文艺学的丰厚土壤之上萌发、开花、结果,并且深刻地影响了整个世界的文学思想和文学艺术的发展。

19—20 世纪之交德国文学思想走向现代的表现,不仅仅在于当时的德国文学思想具有强烈的民族意识性、鲜明的象征符号性、突出的非理性化,彰显为审美现代性对启蒙现代性的反思和批判,而且展开为几种文学思想的流派的相互消长和相互影响,这就是:新康德主义和现象学的文学思想在哲学层面实现德国文学思想的现代转型,象征主义和现实主义的文学思想在文学创作实践的层面实现德国文学思想的现代转型,马克思主义的文学思想在社会历史层面实现德国文学思想的现代转型。

新康德主义继承了康德为人类的不同学科划分界限的哲学理路,给文学艺术进行定位。康德哲学为自己提出了这么几个问题:我们能够认识什么?我们应该做什么?我们能够希望什么?人是什么?为此他写了《纯粹理性批判》来回答认识论问题,写了《实践理性批判》来回答伦理学问题,写了《判断力批判》来回答美学和目的论的问题,最终解决人学的问题。正是在这样的哲学批判的基础上,康德给美学(文学艺术)规定了边界——与感情相对的审美判断力领域,从而开始把美学(文学艺术)从认识论和伦理学之中划分出来。新康德主义继承了康德论述文学艺术的"自律性"的传统,进一步从价值论的角度论证了文学艺术的审美的"自律性"。新康德主义者从符号(语言)和文化的角度看到了文化发展的辩证法,从而否定了启蒙现代性的理性主义和科学技术主义的进步神话。

现象学的文学思想在哲学基础上对于启蒙现代性的反思和批判,对于审美现代性的阐发则与新康德主义有所不同,不过仍然表现出异曲同工之势。现象学的文学思想是以现象学方法来观照文学艺术,而现象学方法的主要方面就是"悬置法(加括号法)""本质的直观""面向事物本身""回到生活世界"。实际上,通过现象学方法的"悬置(加括号)——本质的还原——面向事物本身——返回生活世界"的整个过程,我们就可以得到一个作为审美意象的文学艺术作品,即不关涉对象的存在,不依赖于概念的,在意识之中存在的纯粹的事物本身,而它又由于意向性与生活世界相联系的本质的形象显现。换句话说,这种审美意象也就是一种"自立""自律""自足"的"事物本身"和"生活世界"。

在德国 19—20 世纪之交,最主要的现代主义文学流派就是象征主义。袁可嘉的《欧美现代派文学概论》指出:在欧美现代派文学中出现最早、影响最大的派别当推象征主义诗歌。它的起源可以追溯到 19 世纪中叶的夏尔·皮埃尔·波德莱尔的创作和理论。1886 年,"象征主义"这个称谓首先在法国出现,这股思潮在 1910—1925 年间扩及欧美各国,世称"后象征主义",由此确立为现代派文学的一个核心分支,它的影响一直延续到今天,而且渗透到各种文学体裁。大致以 1890 年为起点的象征主义是划分西方古典文学和现代文学的分界点。在德国,象征主义的审美现代性特征表现得比较明显。与此同时,随着法国、俄国等国的批判现实主义文学的发展,德国的批判现实主义也在不断发展。高中甫、宁瑛的《20 世纪德国文学史》指出:德国现实主义中的社会批判倾向在 19 世纪的一些作家身上已有所发展,这一点在冯塔纳晚年的作品中表现得尤为明显。这条现实主义路线在"一战"后的 20 世纪 20 年代里,特别是在 20 年代中期表现主义已失去活力的时候,明显地加强了。第一次世界大战的灾难、随后的革命时期、战后的悲惨境况、通货膨胀年代、激烈的党派斗争、相对稳定时期中的动荡,这些时代的和社会的课题为现实主义的发展增加了批判内容,注入了活力。包括自然主义在内的各种流派:印象主义、象征主义、表现主义、新实际主义等,承受不了如此沉重的任务,无法从本质上去反映去把握这个时代,尽管它们分别做出了各自的贡献。只有批判现实主义才能承担起这一历史责任,一些自然主义作家、现代派作家纷纷转向批判现实主义,正是基于这一认识。正是象征主义和批判现实主义的文学创作及其文学思想表现了德国文学思想在 19—20 世纪之交走向现代的审美现代性和对启蒙现代性的反思和批判。

马克思主义创始人和德国早期马克思主义文论代表人物对文学艺术进行了现代定位,以实践唯物主义的开放系统方法把文学艺术的本质做了多层次、多角度、开放性的规定。他们的结论是:艺术是创造一个再现一定的社会生活和表现一定的审美意识的形象世界的精神生产,植根于一定的社会生活的意识形态的形式。19—20 世纪之交的马克思主义文学思想特别推崇和高扬现实主义的旗帜,对于西方文学艺术发展史上现实主义的创作方法和创作精神进行了总结和发挥,不仅影响了 19—20 世纪之交的德国文学思想的审美现代性的特征,而且对整个西方 20 世纪文学思想的审美现代性特征也是发生了举足轻重的影响。马克思主义文学思想的另一个特征就是它的革命批判性,以文学艺术为武器批判资本主义社会和资产阶级以及一切腐朽落后的思想观念,从而突出地表现了马克思主义文学思想的审美现代性的反思和批判的特征。这一特征也是从德国文学思想开始的西方马克思主义文论的主要特征,形成了马克思主义文学思想与西方现代主义和后现代主义文学思想的同步发展和对立斗争。

《19—20 世纪之交德国文学思想史》的主要内容和思路就是描述德国文学思想

在 19—20 世纪之交逐步走向现代化的历程，揭示了德国文学思想史在"启蒙现代性→审美现代性→文化现代性"演化过程中的各个主要文学流派的文学思想的发展和变化状况。由于这一过程的概括和总结并没有多少可以借鉴的著作和资料，加上本人各方面的才能和水平的欠缺和积累不足，该书存在着许多瑕疵和不完善，请各位专家学者和读者多多批评。

《19—20 世纪之交德国文学思想史》是 2005 年度教育部人文社会科学重点研究基地重大项目"20 世纪德国文学思想史"（北京师范大学文艺学研究中心曹卫东主持）（项目批准号：05JJD750.11—44207）的子项目的最终成果。现在作为华中师范大学文学院"一流学科建设项目"的资助在人民出版社出版。其中，有一部分是华东政法大学传播学院中文系张弓教授协助写作的，并且其中第三章德国象征主义文学思想和第四章德国批判现实主义文学思想，约 18 万字，已经以《二十世纪德国象征主义与批判现实主义文学思想史》的书名在社会科学文献出版社于 2017 年 10 月出版。但是，为了保持全书的整体性，这次仍然放在本书之中。特此说明。

首先我应该感谢华中师范大学文学院一流学科建设项目的负责人胡亚敏教授。是她最先邀请我参加华中师范大学文学院的一流学科建设项目，并同意我的这一著作入选资助出版项目。其次，我要感谢人民出版社编辑洪琼先生。当我与他联系此书出版事宜时，他非常乐意地答应了，而且以最快的速度办好了一应手续。再次，我还得感谢华中师范大学文学院文艺学学科万娜老师，她帮助我做了一系列的具体工作，使得该书的出版非常顺利进行。最后，当然还应该感谢我的夫人黄敏女士，她一直以来支持、关心我的科研和写作工作。我的每一本著作里面都有着她的关心和支持，特别是在我身体欠佳的时候，更是有她在默默地关心和支持着我，使我能够安心科研工作。当然，还有许多关心我的领导、同事、学生，再次一并致谢。

张 玉 能

于 2020 年 1 月 28 日桂子山知足斋